DATE DUE

FEB 16 2021	
JUN 15 2021	
DEC 27 2021	
AUG 10 2023	

PRINTED IN U.S.A.

CUENTOS CASAENRAMA presenta con orgullo

HOMBRE PERRO Y SUPERGATITO

ESCRITO E ILUSTRADO POR **DAV PILKEY**

COMO JORGE BETANZOS Y BERTO HENARES

CON COLOR DE JOSE GARIBALDI

graphix

UN SELLO EDITORIAL DE

SCHOLASTIC

A BILLY DIMICHELE,
UN VERDADERO HÉROE

Gracias a John Steinbeck, cuyas novelas, especialmente Al este del Edén, todavía captan la atención de los lectores de hoy en día.

Originally published in English as Dog Man and Cat Kid

Translated by Nuria Molinero

ISBN 978-1-338-33131-8

10 9 8 7 6 5 4 3   19 20 21 22 23

Printed in China   62
First Spanish printing, March 2019

Original edition edited by Anamika Bhatnagar
Book design by Dav Pilkey and Phil Falco
Color by Jose Garibaldi
Creative Director: David Saylor

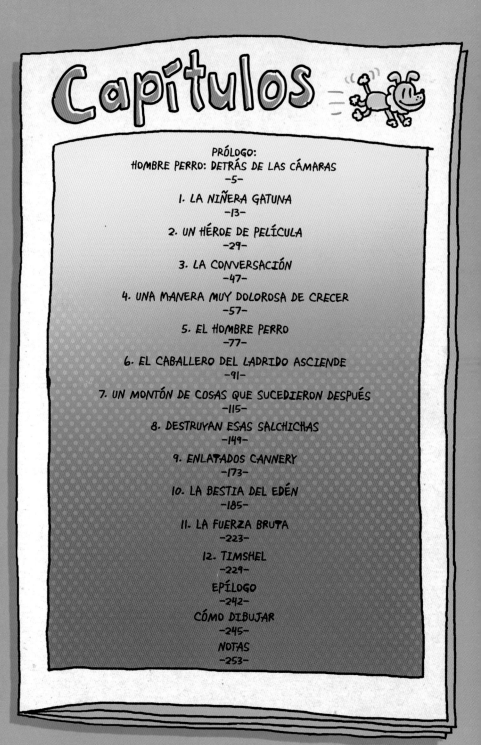

Capítulos

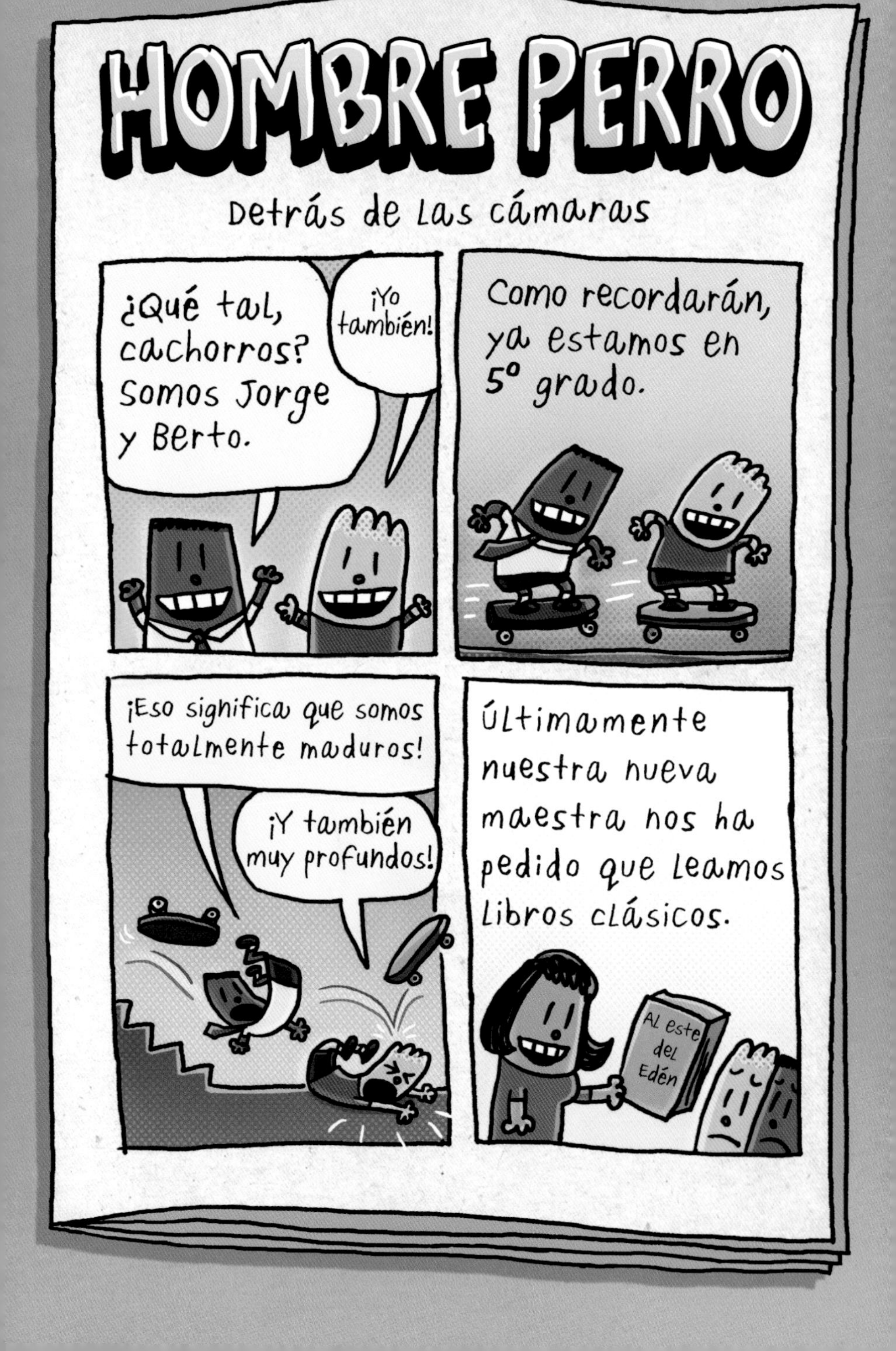
HOMBRE PERRO
Detrás de las cámaras
¿Qué tal, cachorros? Somos Jorge y Berto.
¡Yo también!
Como recordarán, ya estamos en 5º grado.
¡Eso significa que somos totalmente maduros!
¡Y también muy profundos!
Últimamente nuestra nueva maestra nos ha pedido que leamos libros clásicos.
Al este del Edén

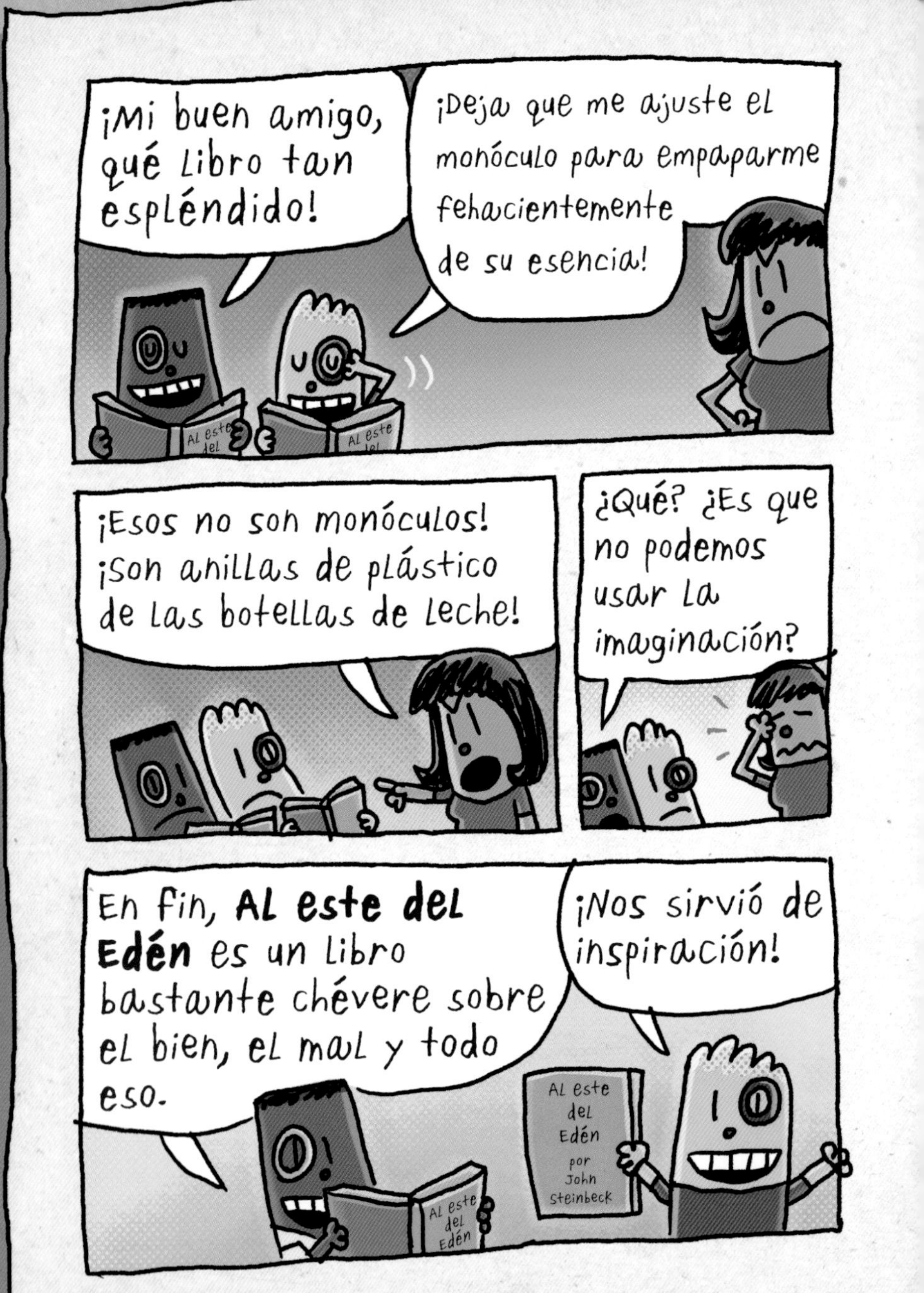

¡Mi buen amigo, qué libro tan espléndido!
¡Deja que me ajuste el monóculo para empaparme fehacientemente de su esencia!
Al este del
Al este del
¡Esos no son monóculos! ¡Son anillas de plástico de las botellas de leche!
¿Qué? ¿Es que no podemos usar la imaginación?
En fin, **Al este del Edén** es un libro bastante chévere sobre el bien, el mal y todo eso.
¡Nos sirvió de inspiración!
Al este del Edén
Al este del Edén por John Steinbeck

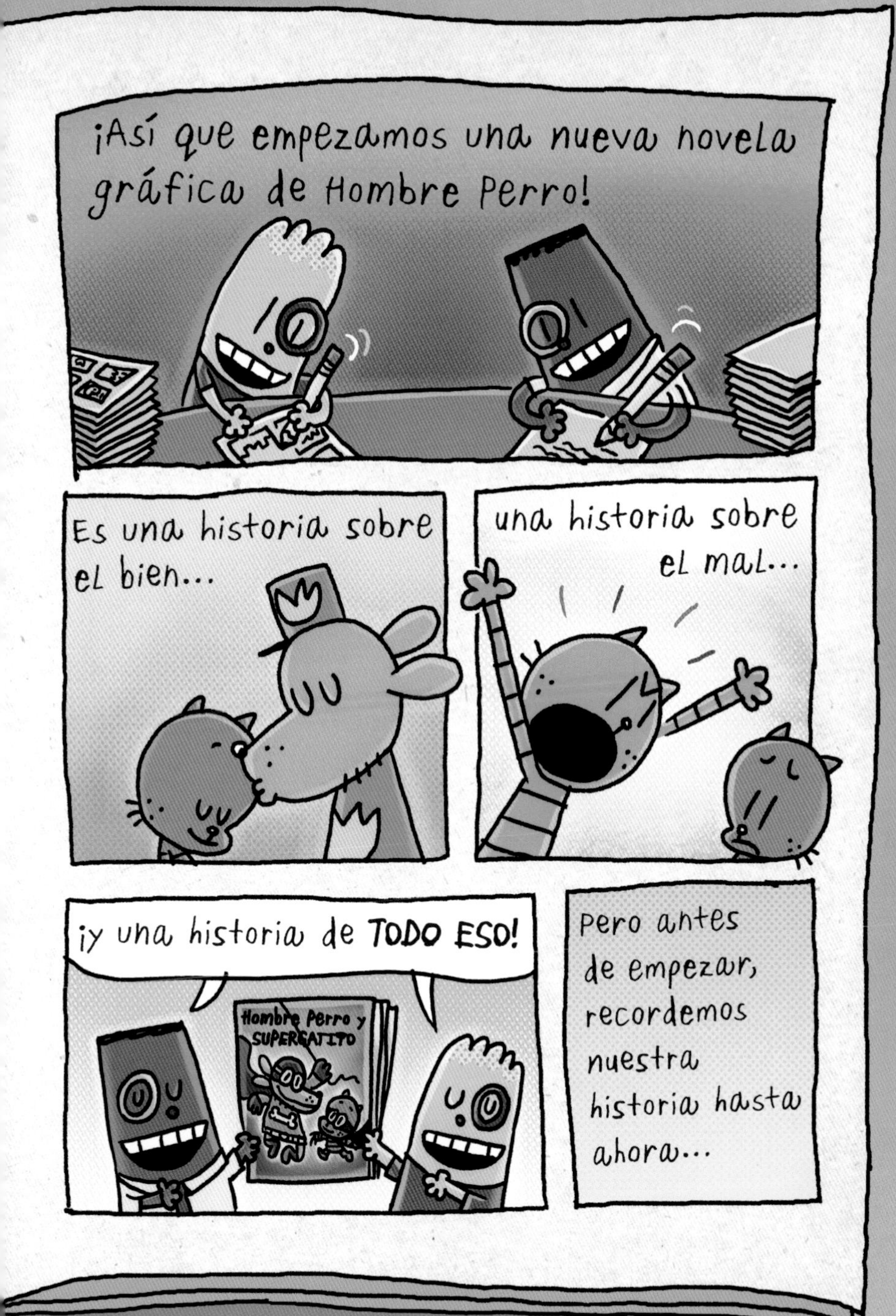

¡Así que empezamos una nueva novela gráfica de Hombre Perro!
Es una historia sobre el bien...
una historia sobre el mal...
¡y una historia de TODO ESO!
Hombre Perro y SUPERGATITO
Pero antes de empezar, recordemos nuestra historia hasta ahora...

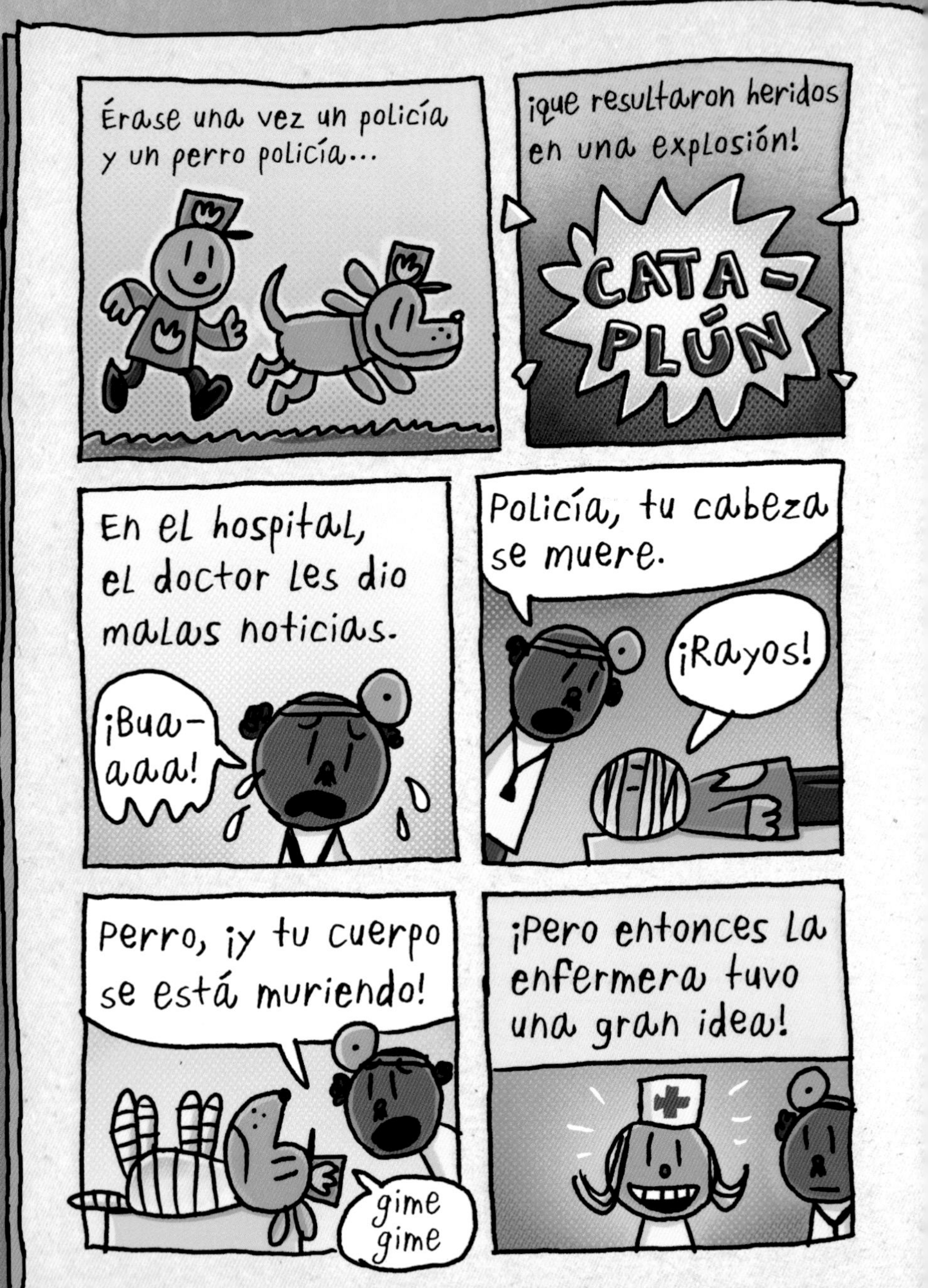
Érase una vez un policía y un perro policía...
¡que resultaron heridos en una explosión!
CATA-PLÚN
En el hospital, el doctor les dio malas noticias.
¡Bua-aaa!
Policía, tu cabeza se muere.
¡Rayos!
Perro, ¡y tu cuerpo se está muriendo!
gime gime
¡Pero entonces la enfermera tuvo una gran idea!

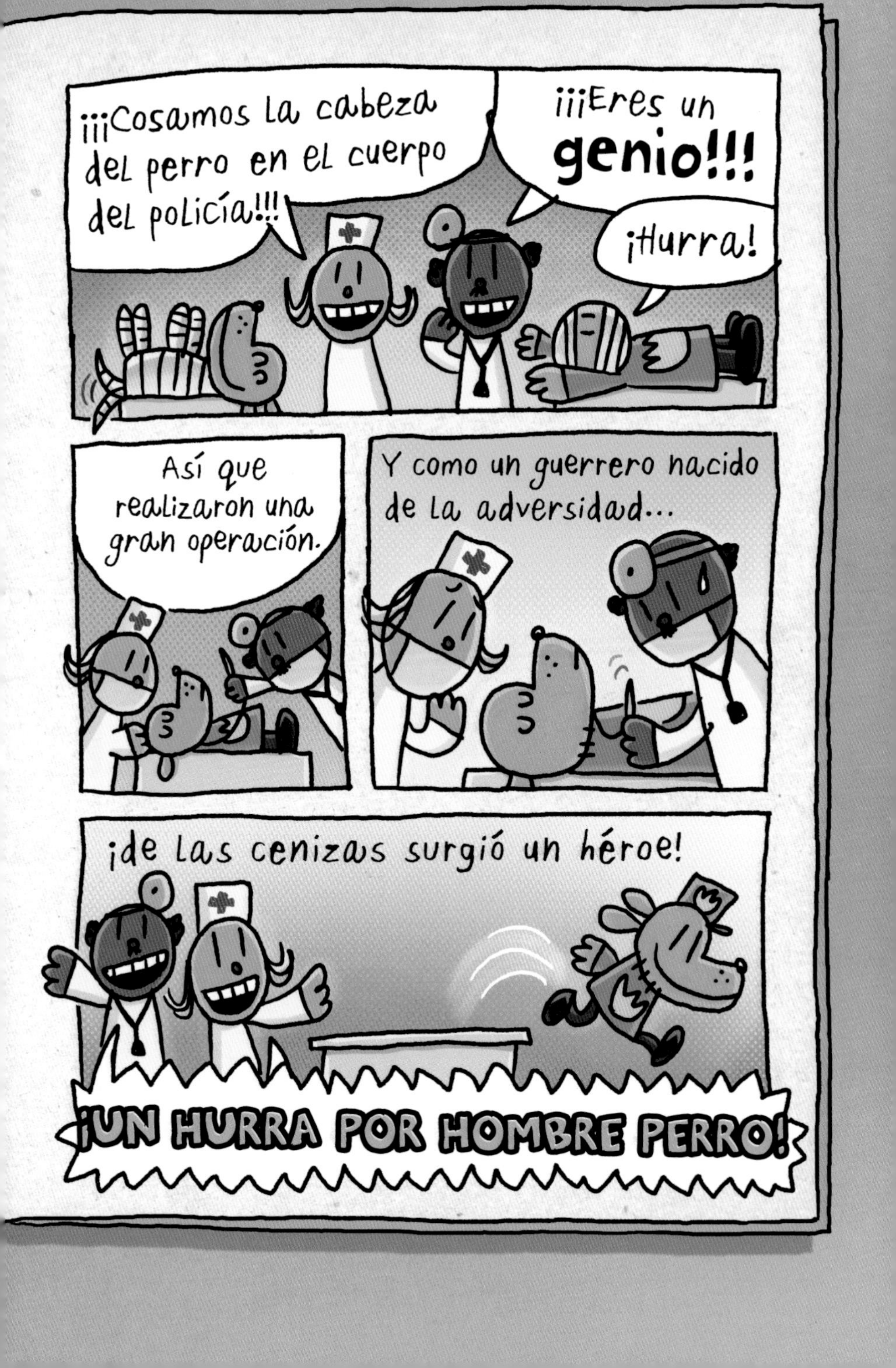
¡¡¡Cosamos la cabeza del perro en el cuerpo del policía!!!
¡¡¡Eres un genio!!!
¡Hurra!
Así que realizaron una gran operación.
Y como un guerrero nacido de la adversidad...
¡de las cenizas surgió un héroe!
¡UN HURRA POR HOMBRE PERRO!

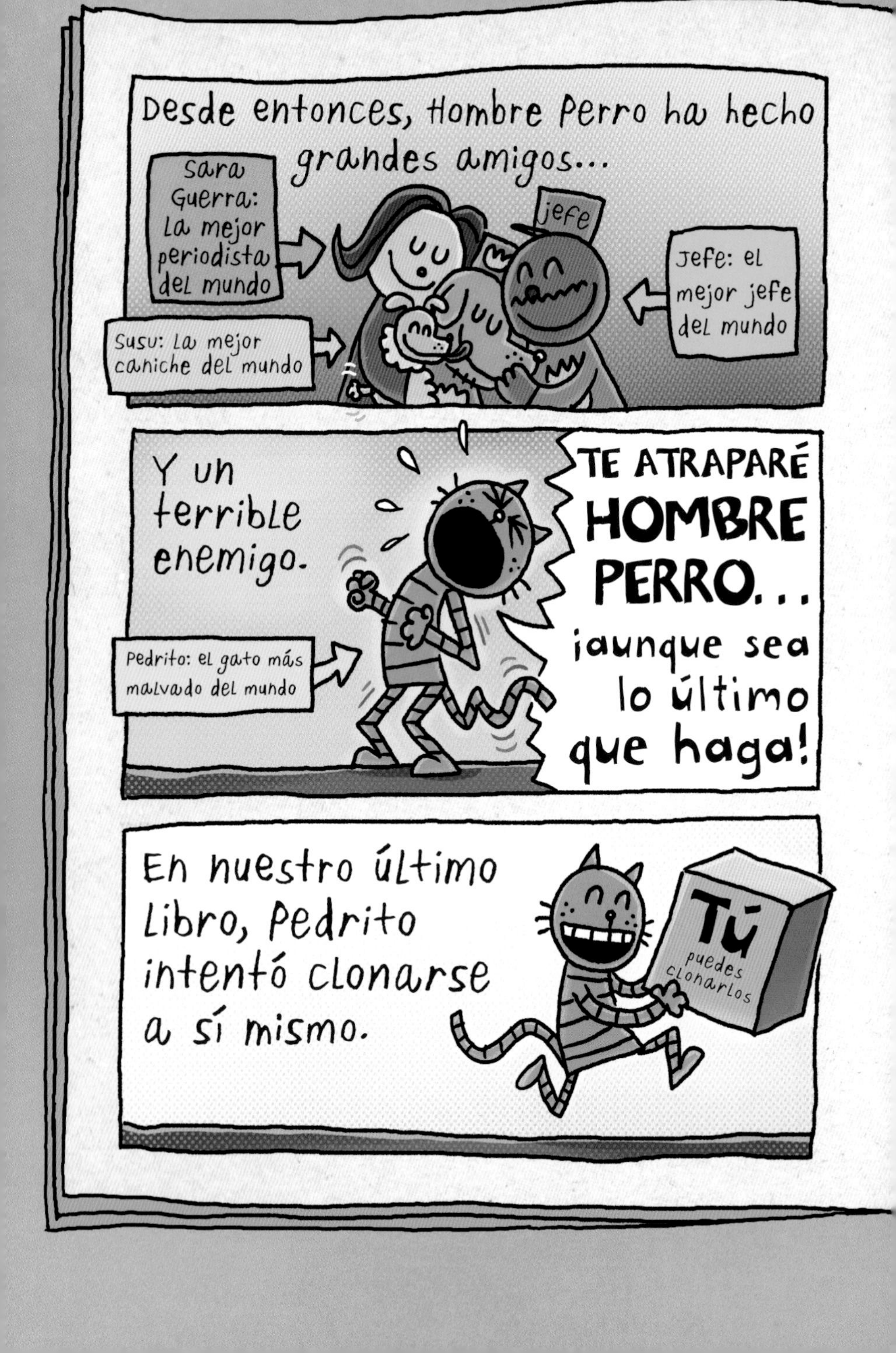
Desde entonces, Hombre Perro ha hecho grandes amigos...
Sara Guerra: La mejor periodista del mundo
jefe
Jefe: el mejor jefe del mundo
Susu: La mejor caniche del mundo
Y un terrible enemigo.
TE ATRAPARÉ HOMBRE PERRO... ¡aunque sea lo último que haga!
Pedrito: el gato más malvado del mundo
En nuestro último libro, Pedrito intentó clonarse a sí mismo.
Tú puedes clonarlos

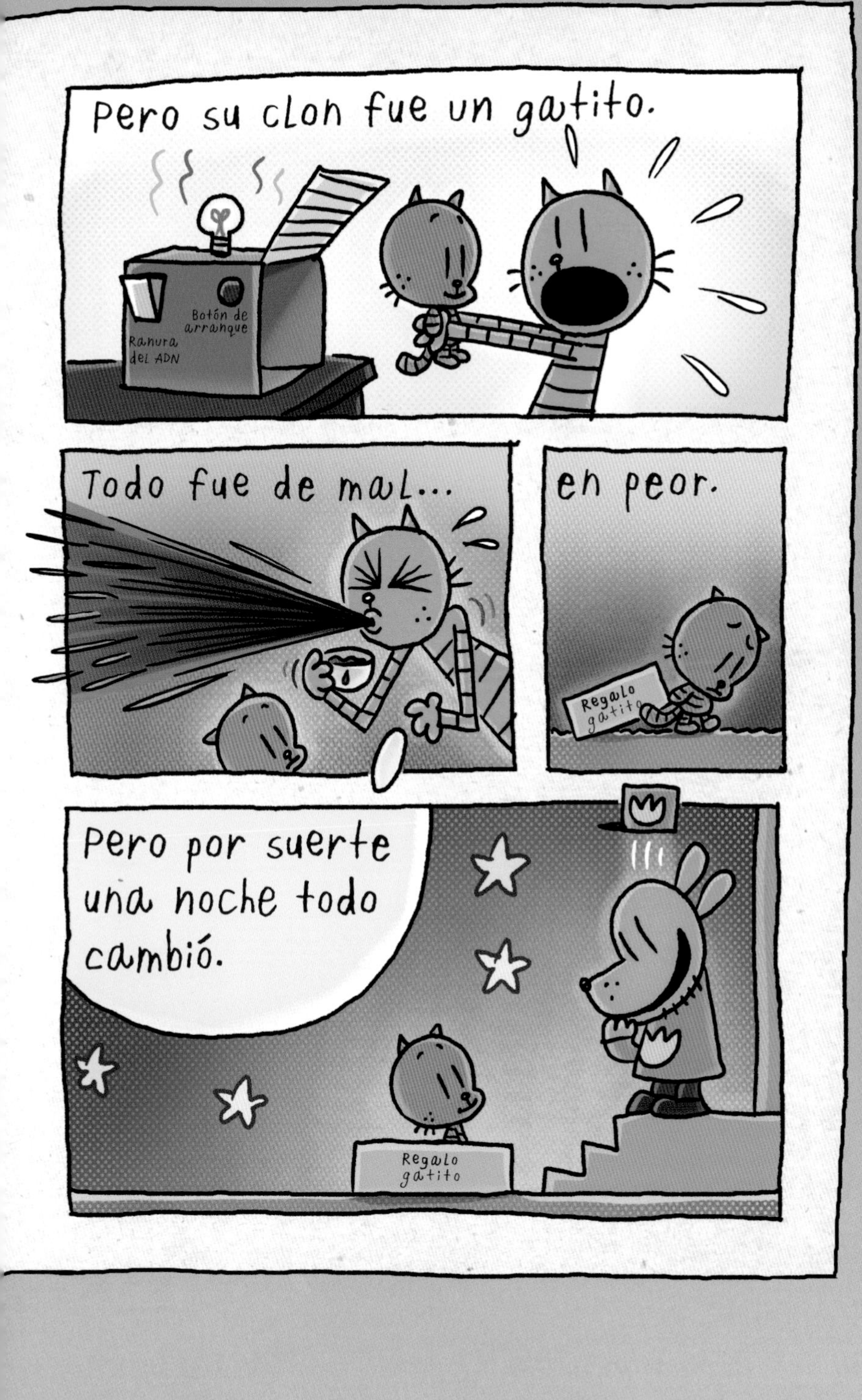
Pero su clon fue un gatito.
Botón de arranque
Ranura del ADN
Todo fue de mal...
en peor.
Regalo gatito
Pero por suerte una noche todo cambió.
Regalo gatito

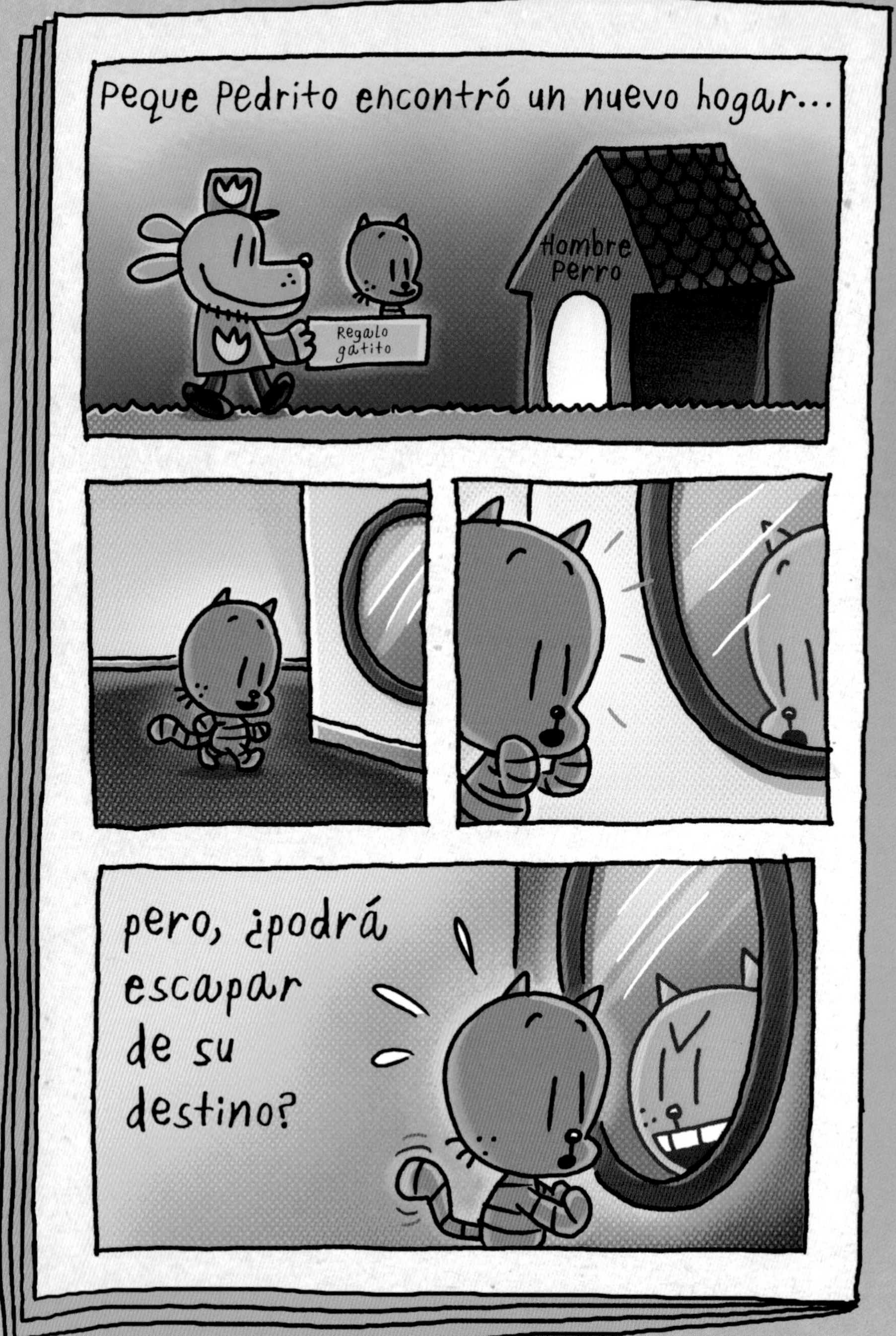
Peque Pedrito encontró un nuevo hogar...
Hombre Perro
Regalo gatito
pero, ¿podrá escapar de su destino?

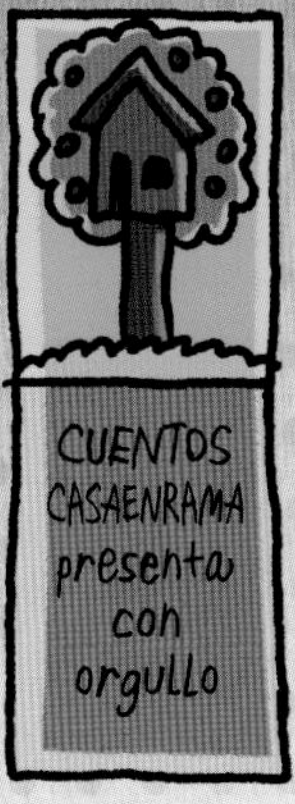
CUENTOS
CASAENRAMA
presenta
con
orgullo

Capítulo 1
La niñera gatuna

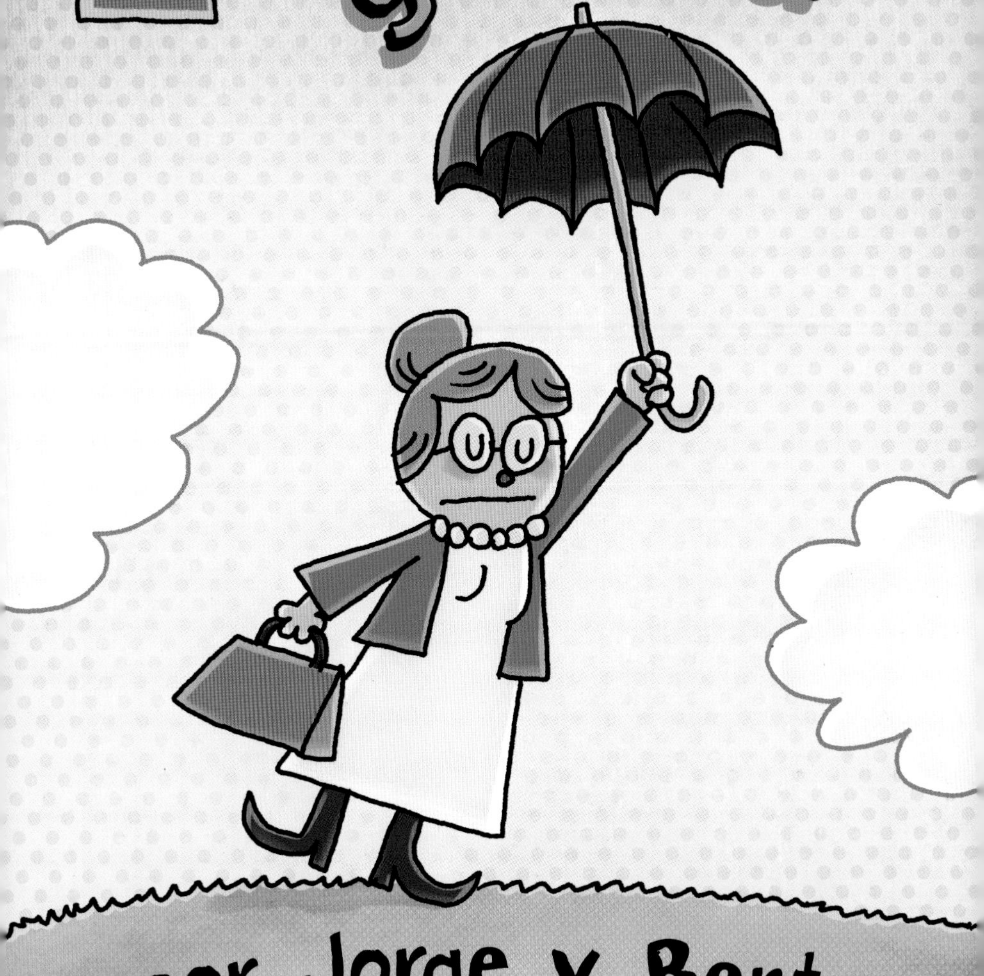

por Jorge y Berto

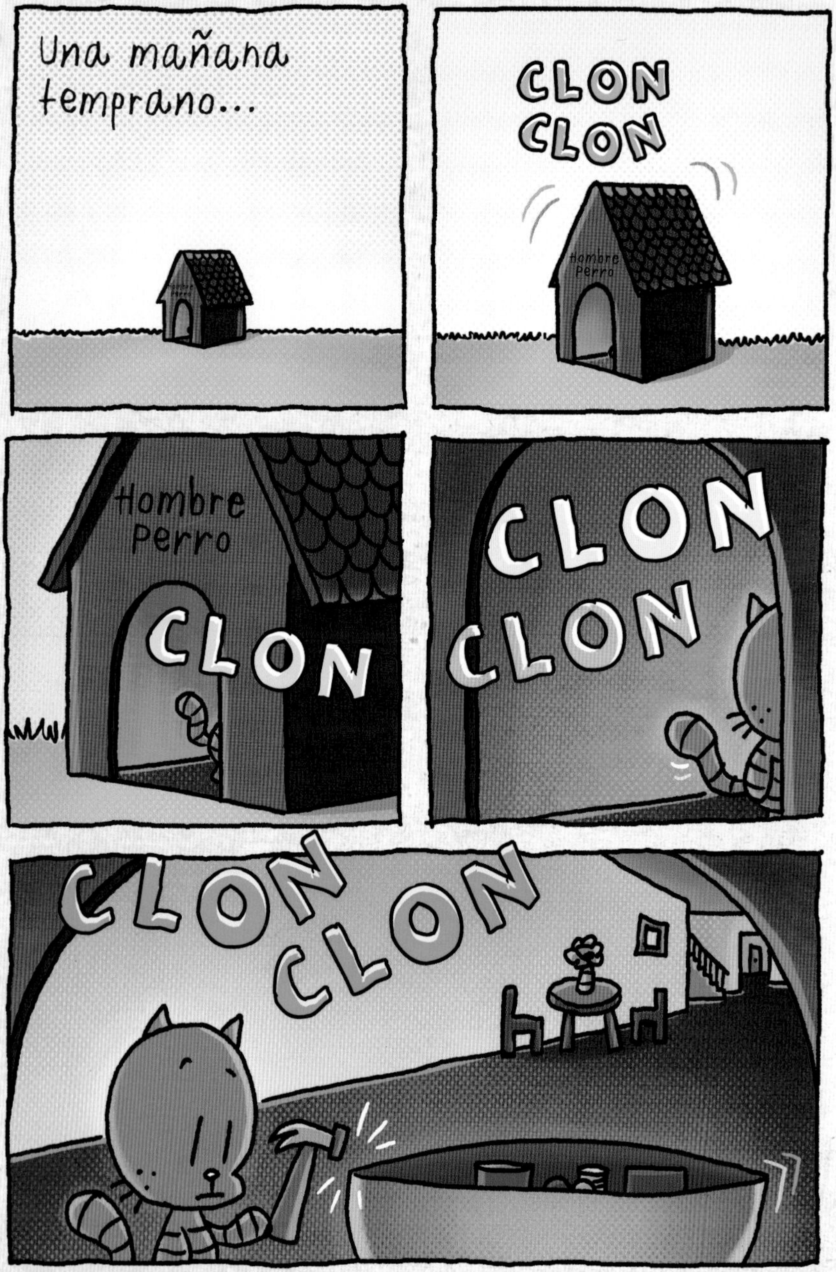
Una mañana temprano...
CLON CLON
Hombre Perro
Hombre Perro
CLON
Hombre Perro
CLON
CLON CLON
CLON
CLON CLON

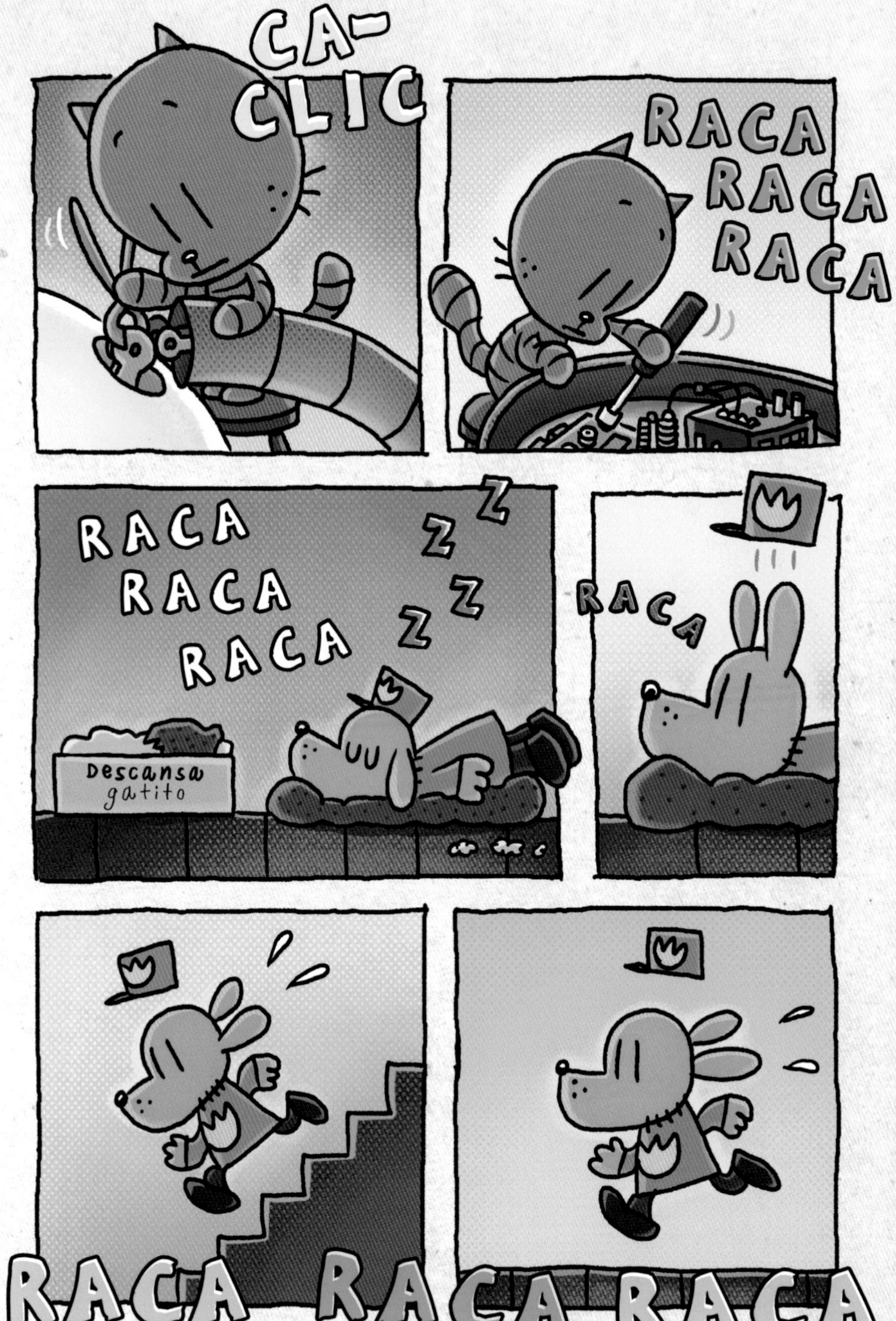
CA-
CLIC
RACA
RACA
RACA
RACA
RACA
RACA
Z
Z
Z
Z
Descansa
gatito
RACA
RACA RACA RACA

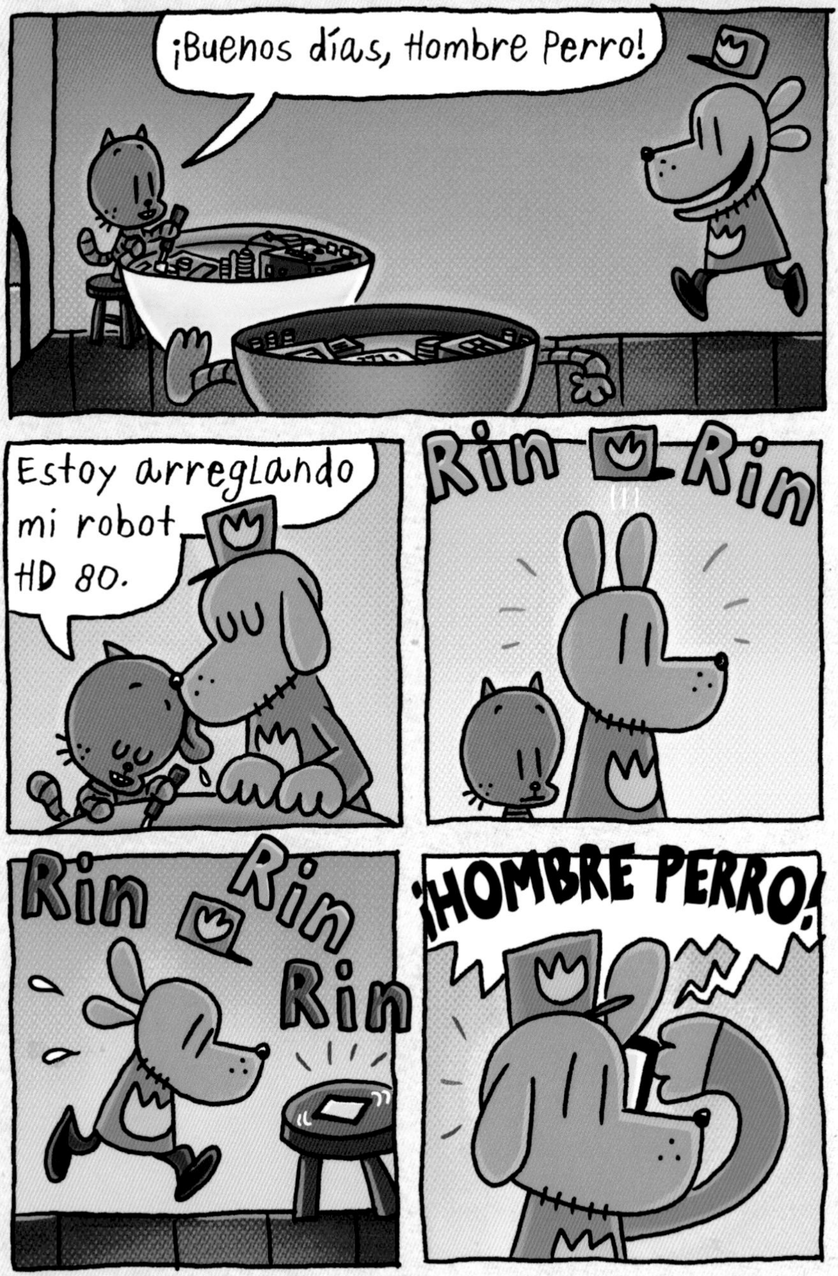
¡Buenos días, Hombre Perro!
Estoy arreglando mi robot HD 80.
Rin Rin
Rin Rin Rin
¡HOMBRE PERRO!

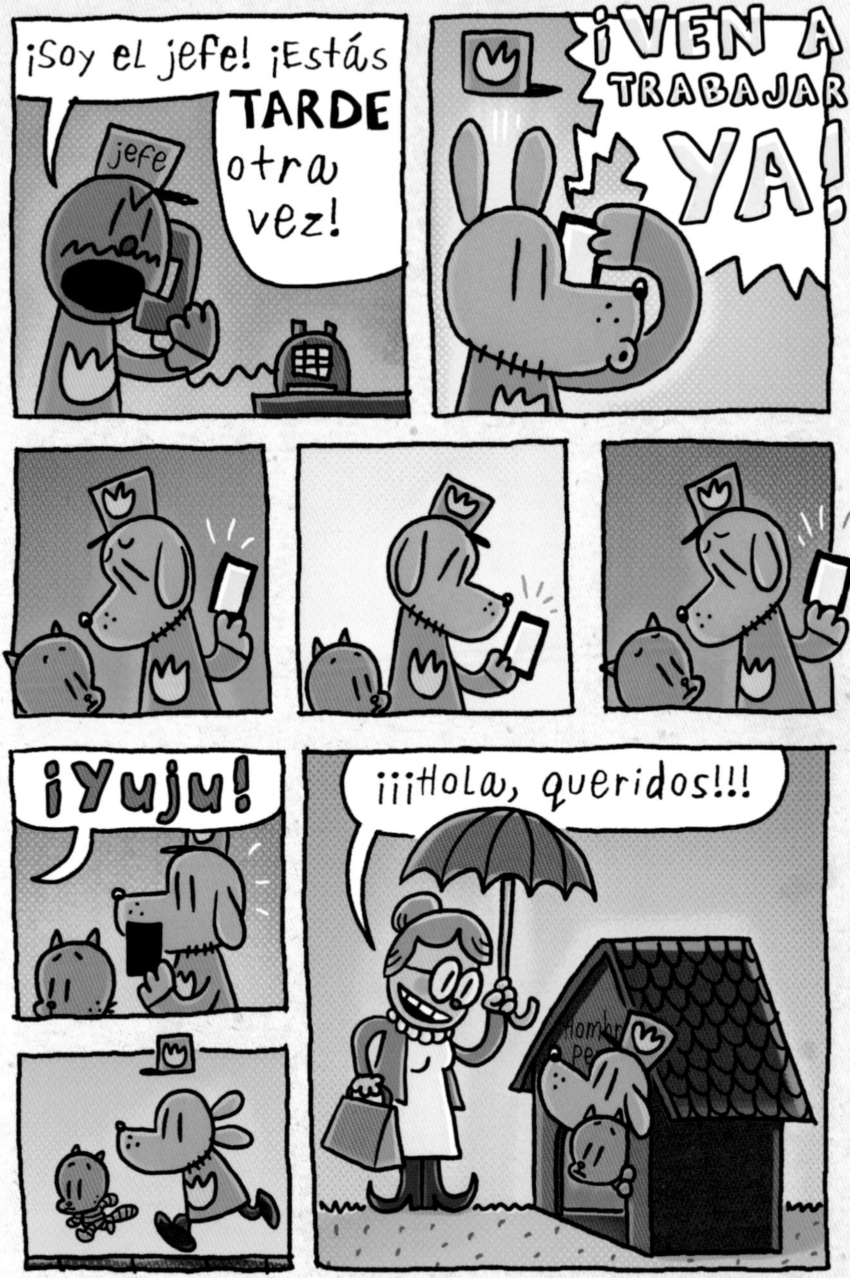
¡Soy el jefe! ¡Estás TARDE otra vez!
jefe
¡VEN A TRABAJAR YA!
¡Yuju!
¡¡¡Hola, queridos!!!

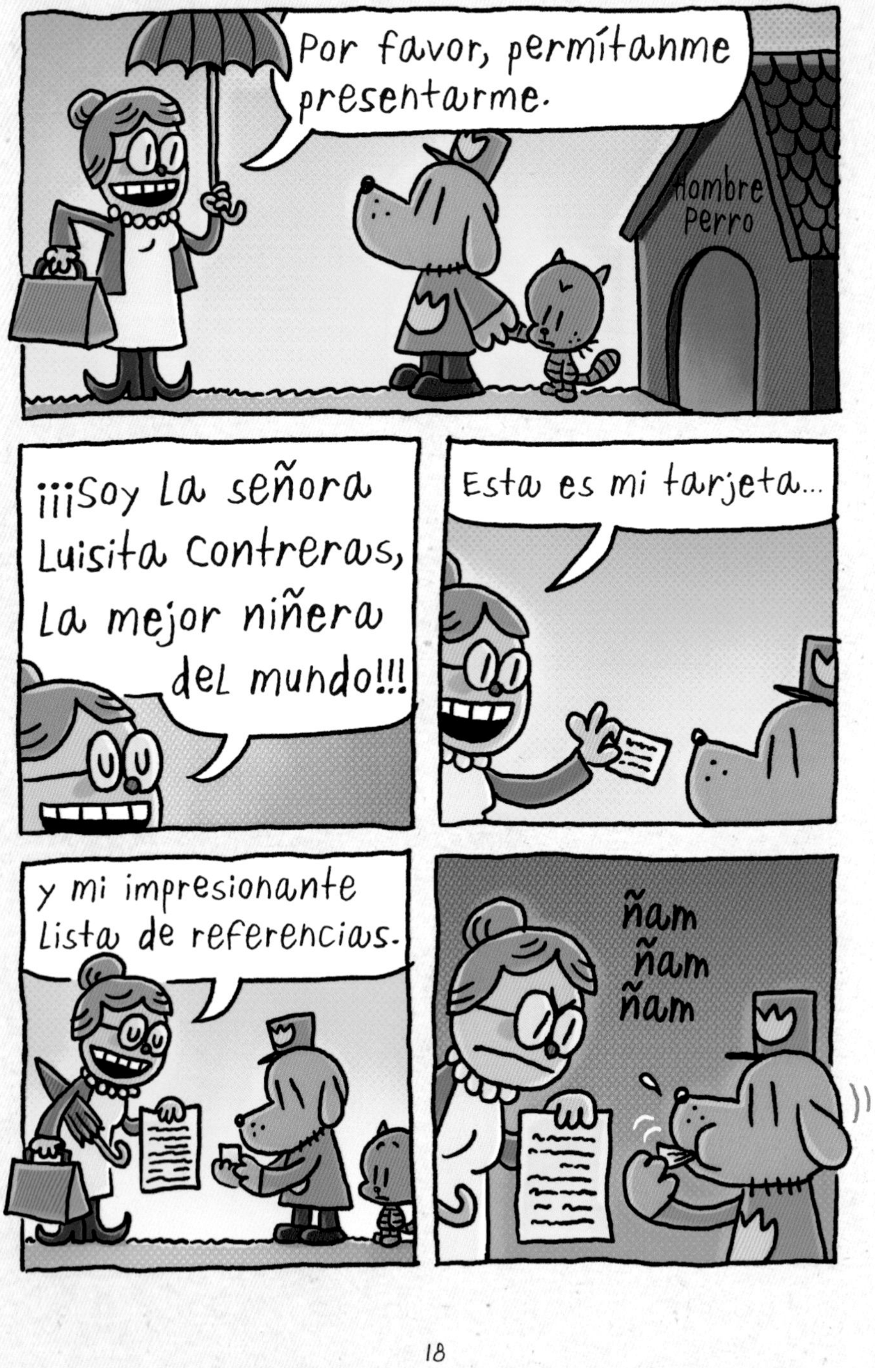
Por favor, permítanme presentarme.
Hombre Perro
¡¡¡Soy la señora Luisita Contreras, la mejor niñera del mundo!!!
Esta es mi tarjeta...
y mi impresionante lista de referencias.
ñam ñam ñam

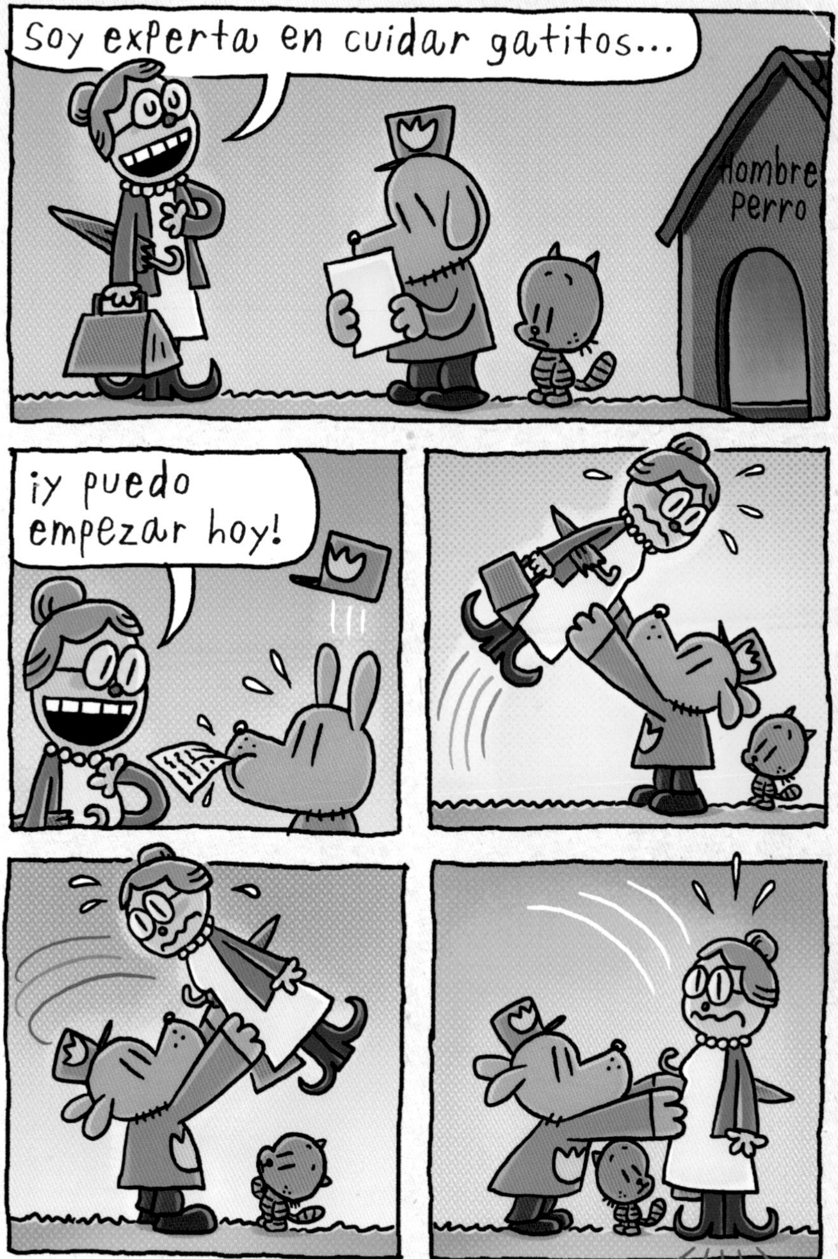
Soy experta en cuidar gatitos...
Hombre Perro
¡Y puedo empezar hoy!

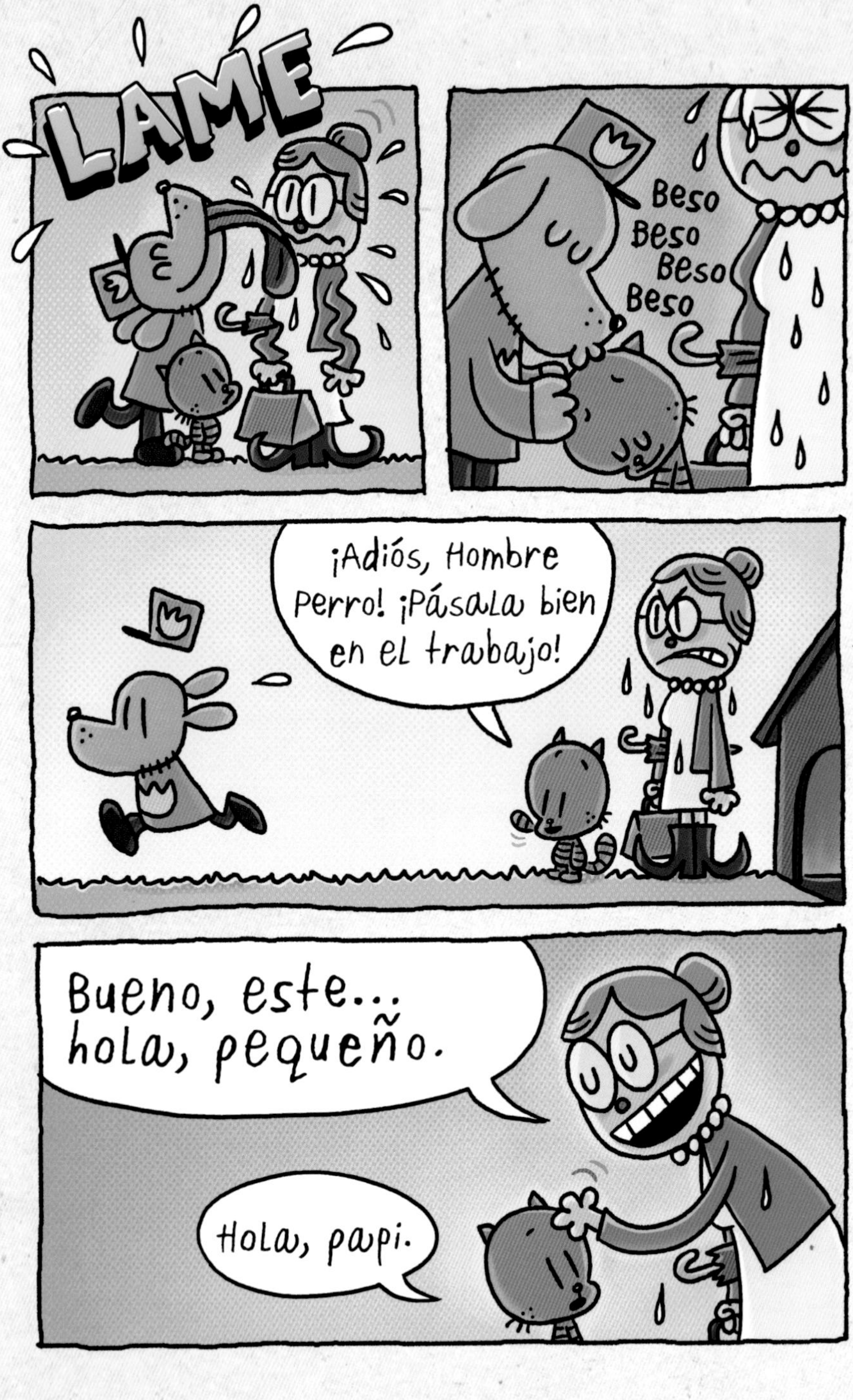
LAME
Beso
Beso
Beso
Beso
¡Adiós, Hombre Perro! ¡Pásala bien en el trabajo!
Bueno, este... hola, pequeño.
Hola, papi.

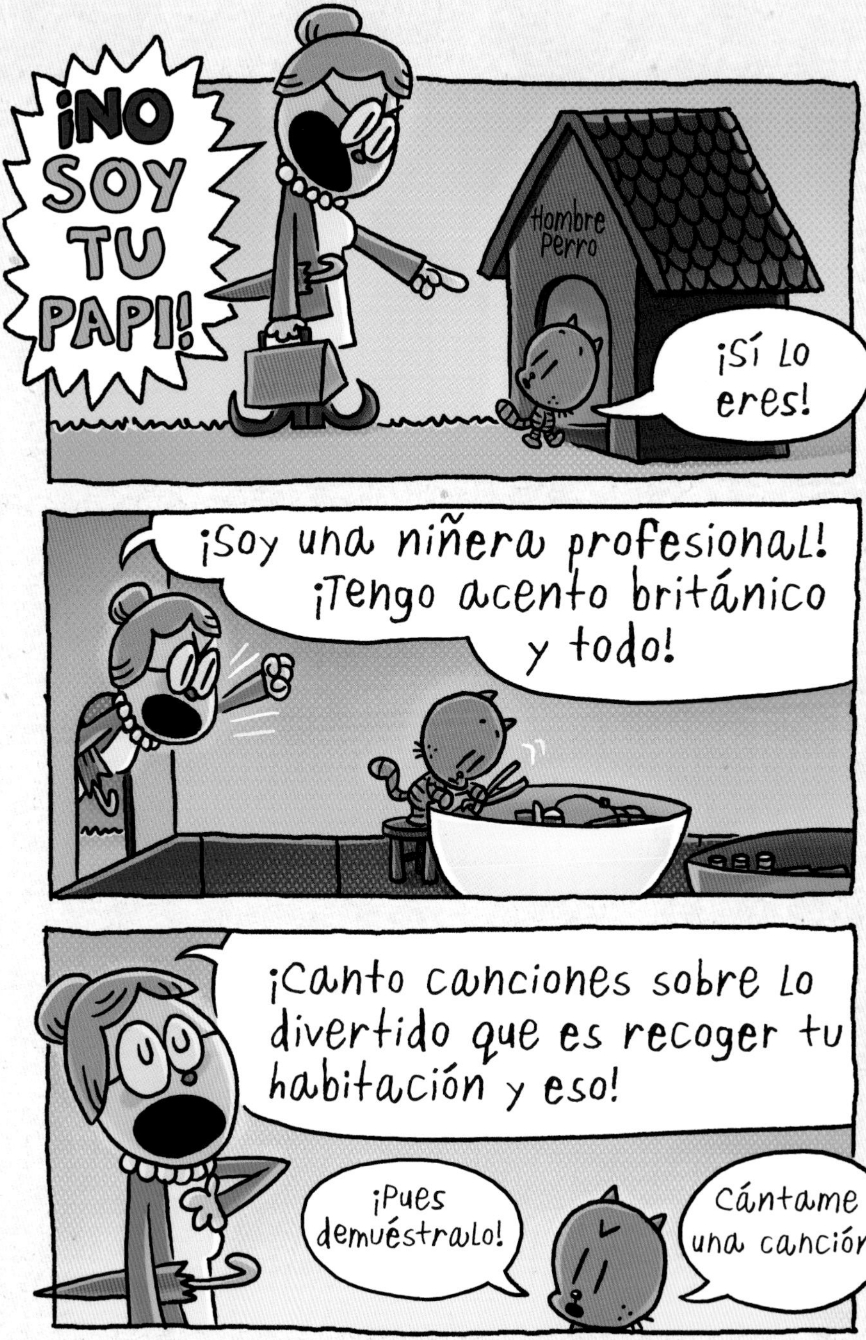
¡NO SOY TU PAPI!
Hombre Perro
¡Sí lo eres!
¡Soy una niñera profesional! ¡Tengo acento británico y todo!
¡Canto canciones sobre lo divertido que es recoger tu habitación y eso!
¡Pues demuéstralo!
Cántame una canción.

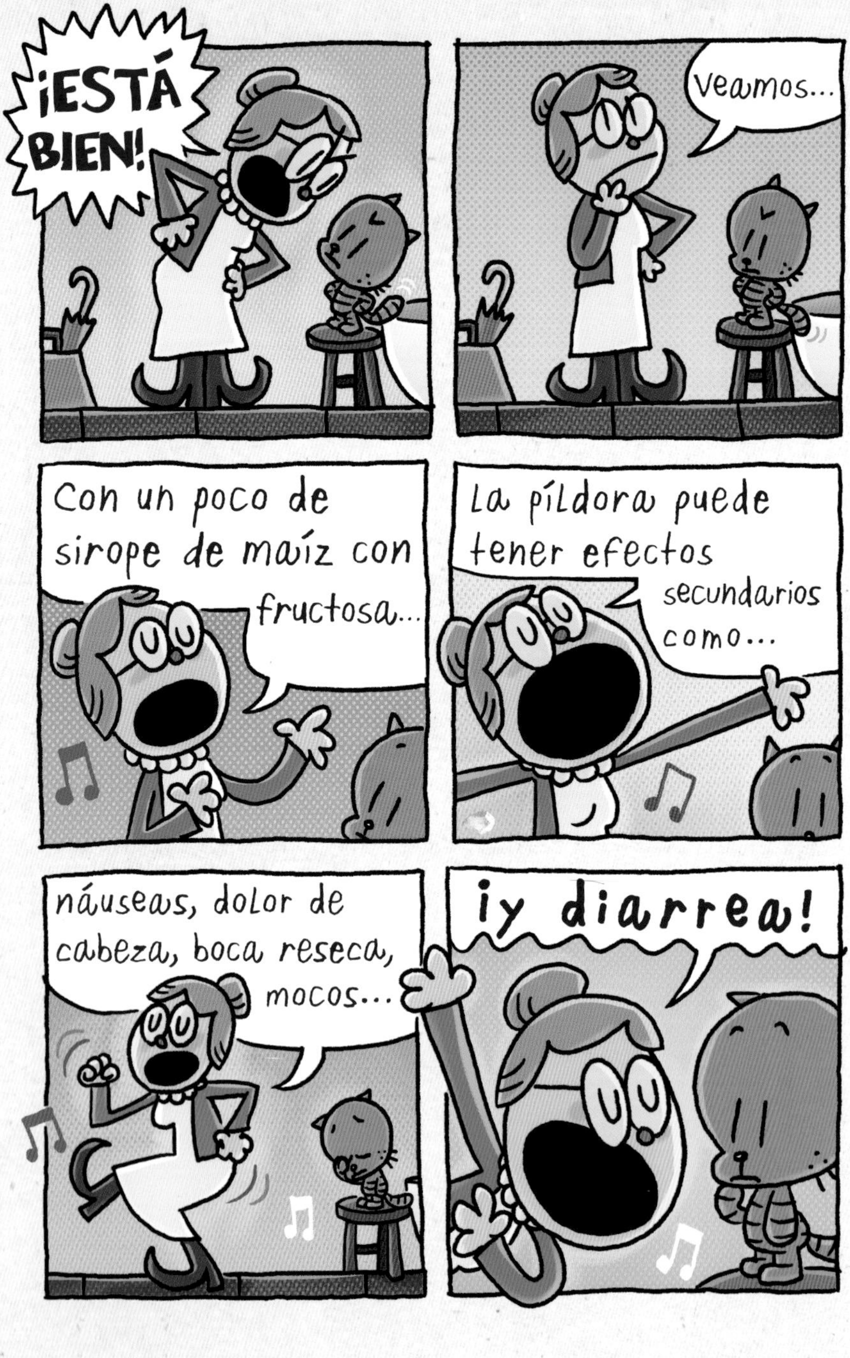
¡ESTÁ BIEN!
veamos...
Con un poco de sirope de maíz con fructosa...
La píldora puede tener efectos secundarios como...
náuseas, dolor de cabeza, boca reseca, mocos...
¡y diarrea!

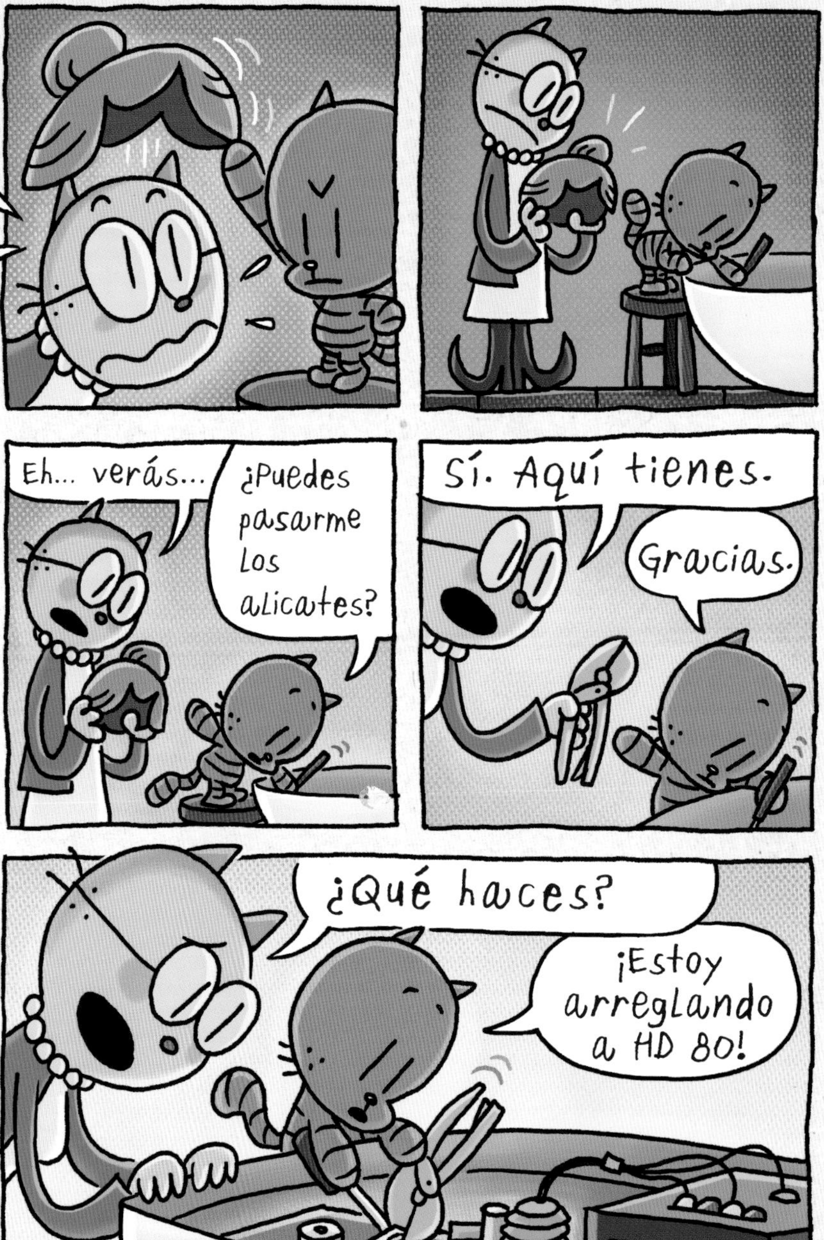
Eh... verás...
¿Puedes pasarme los alicates?
Sí. Aquí tienes.
Gracias.
¿Qué haces?
¡Estoy arreglando a HD 80!

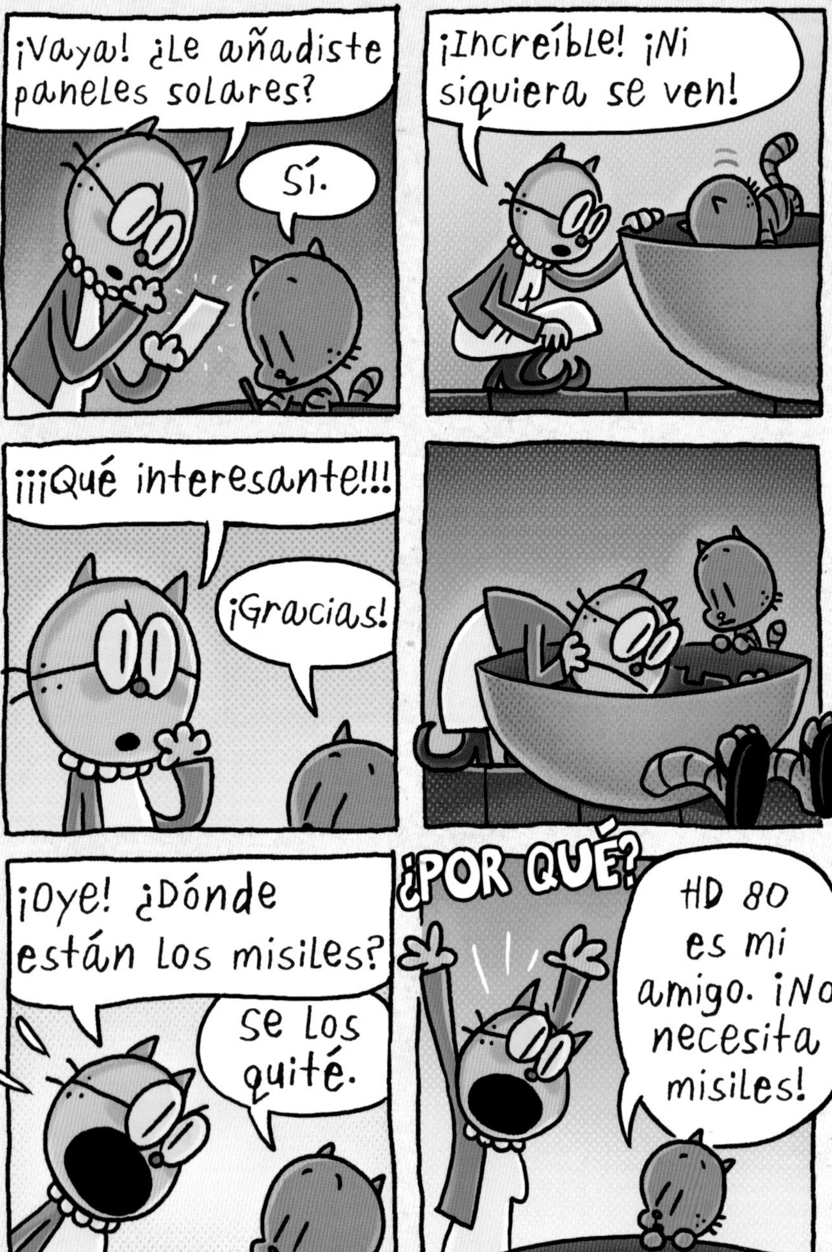
¡Vaya! ¿Le añadiste paneles solares?
Sí.
¡Increíble! ¡Ni siquiera se ven!
¡¡¡Qué interesante!!!
¡Gracias!
¡Oye! ¿Dónde están los misiles?
Se los quité.
¿POR QUÉ?
HD 80 es mi amigo. ¡No necesita misiles!

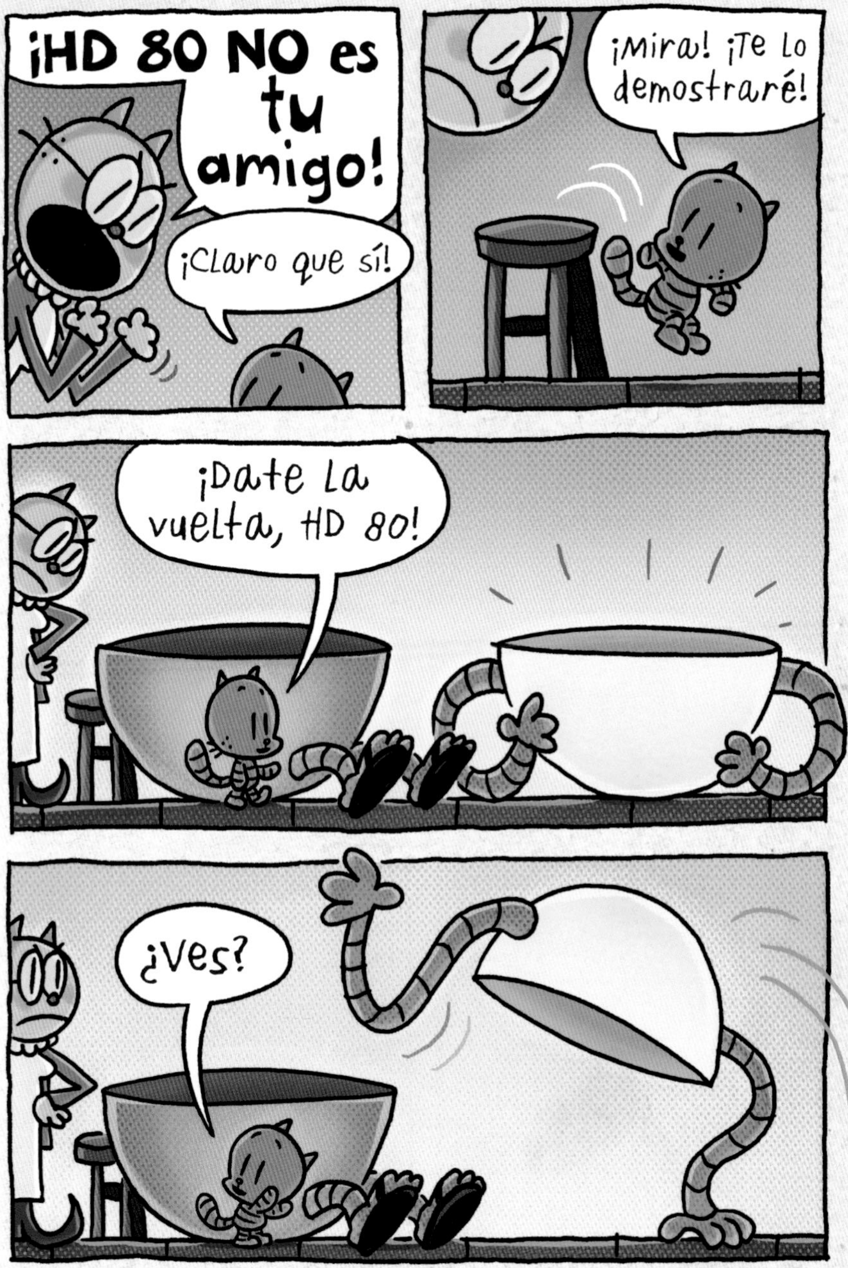

¡HD 80 NO es tu amigo!
¡Claro que sí!
¡Mira! ¡Te lo demostraré!
¡Date la vuelta, HD 80!
¿Ves?

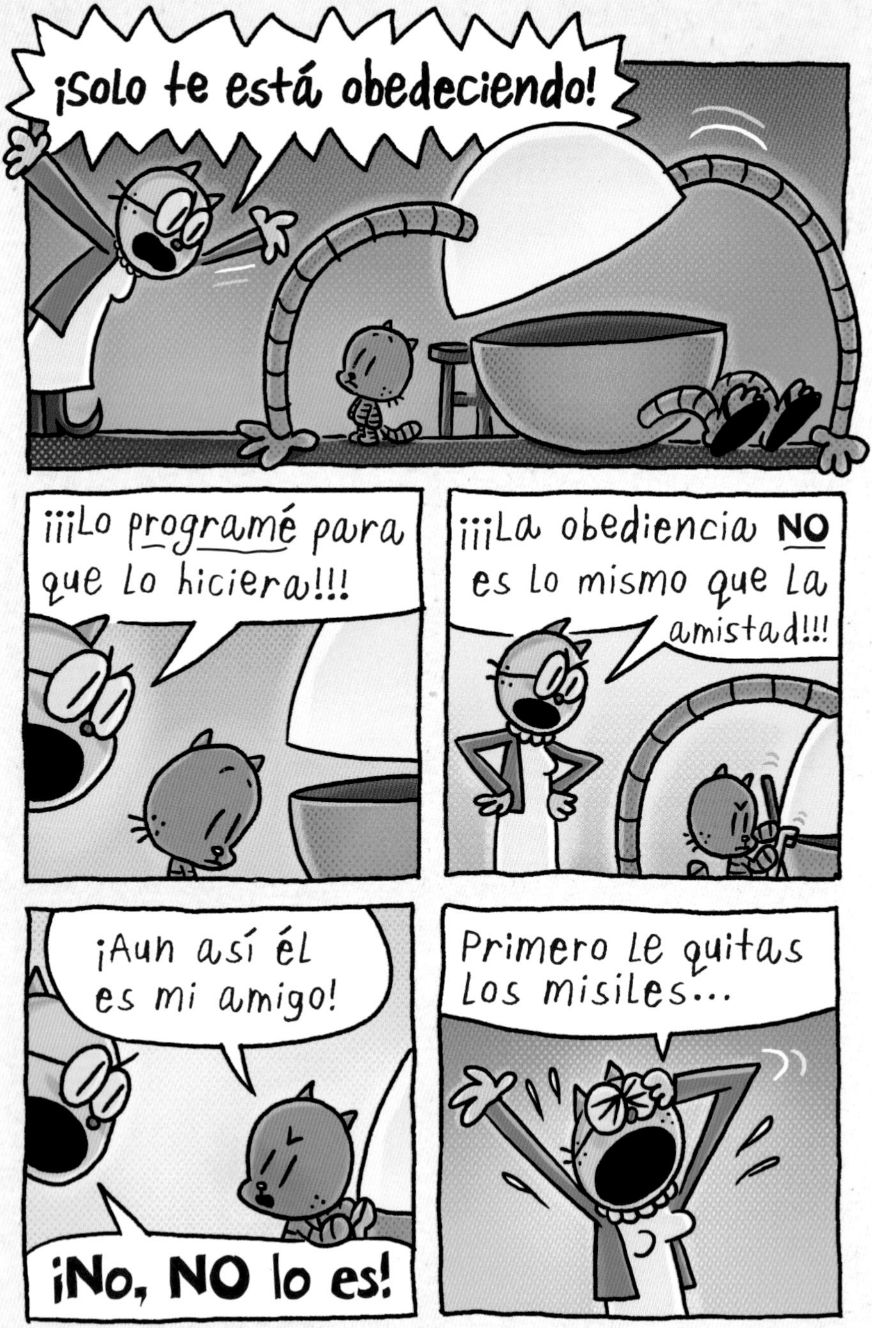

¡Solo te está obedeciendo!
¡¡¡Lo programé para que lo hiciera!!!
¡¡¡La obediencia NO es lo mismo que la amistad!!!
¡Aun así él es mi amigo!
¡No, NO lo es!
Primero le quitas los misiles...

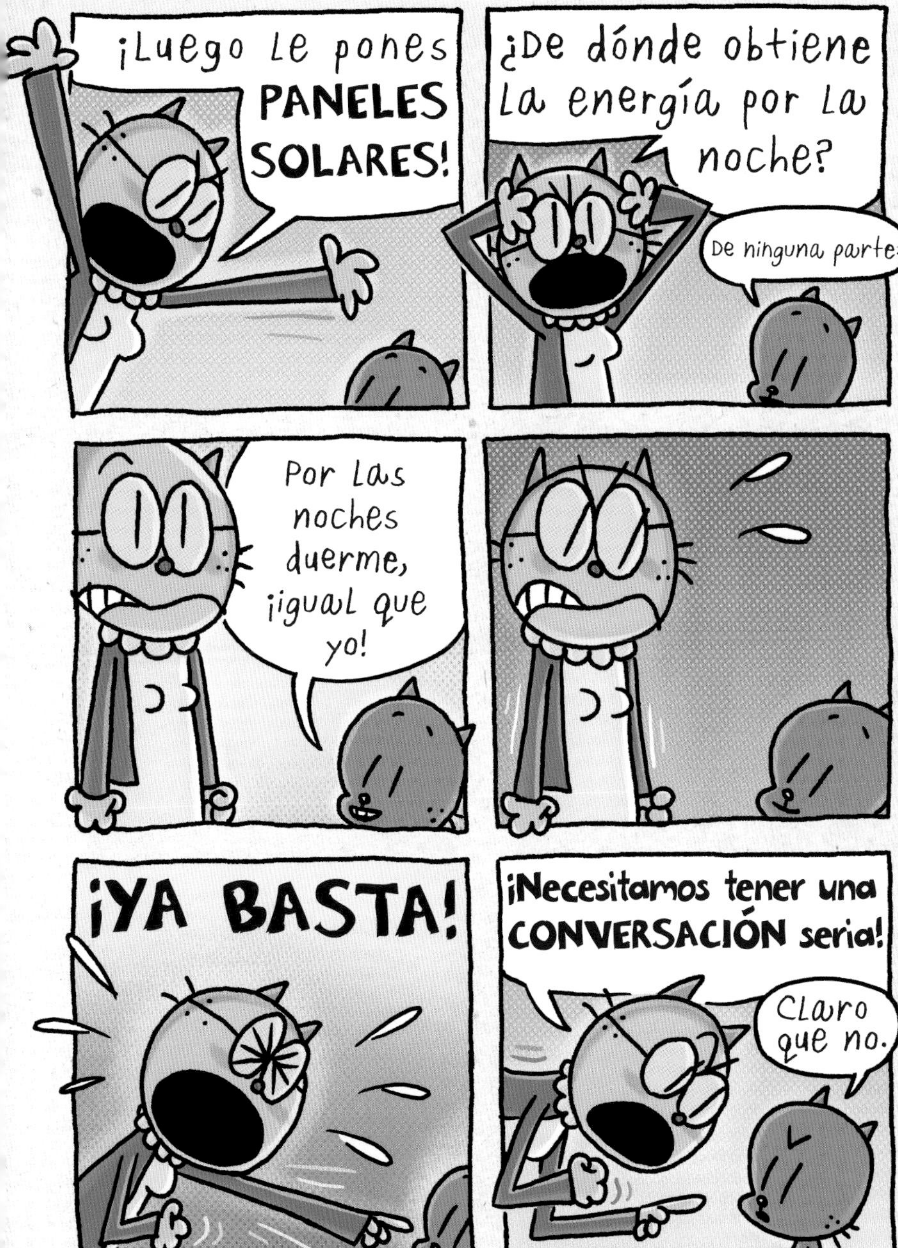
¡Luego le pones PANELES SOLARES!
¿De dónde obtiene la energía por la noche?
De ninguna parte.
Por las noches duerme, ¡igual que yo!
¡YA BASTA!
¡Necesitamos tener una CONVERSACIÓN seria!
Claro que no.

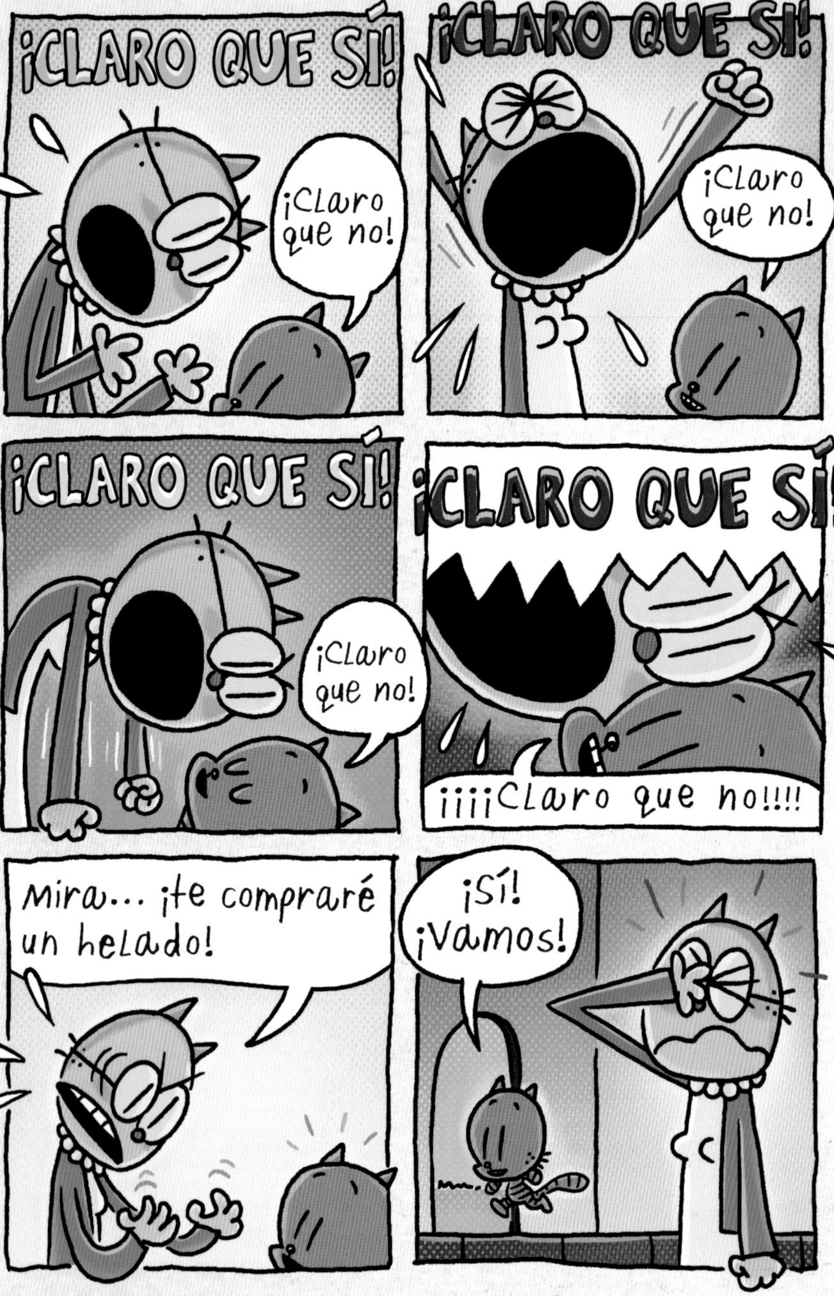
¡CLARO QUE SÍ!
¡Claro que no!
¡CLARO QUE SÍ!
¡Claro que no!
¡CLARO QUE SÍ!
¡Claro que no!
¡CLARO QUE SÍ!
¡¡¡¡Claro que no!!!!
Mira... ¡te compraré un helado!
¡Sí! ¡Vamos!

Capítulo 2

UN HÉROE DE PELÍCULA

por Jorge y Berto

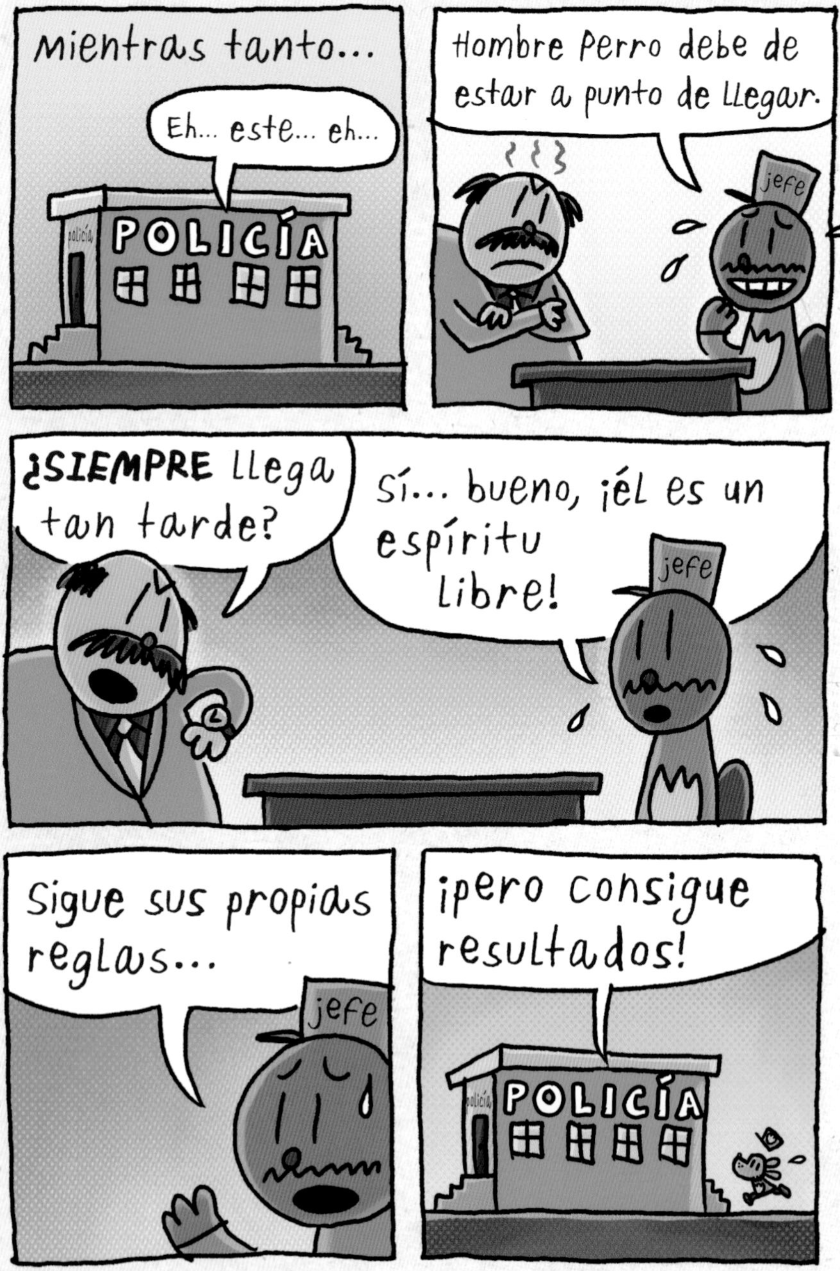
Mientras tanto...
Eh... este... eh...
POLICÍA
policía
Hombre Perro debe de estar a punto de llegar.
jefe
¿SIEMPRE llega tan tarde?
Sí... bueno, ¡él es un espíritu libre!
jefe
Sigue sus propias reglas...
jefe
¡pero consigue resultados!
POLICÍA
policía

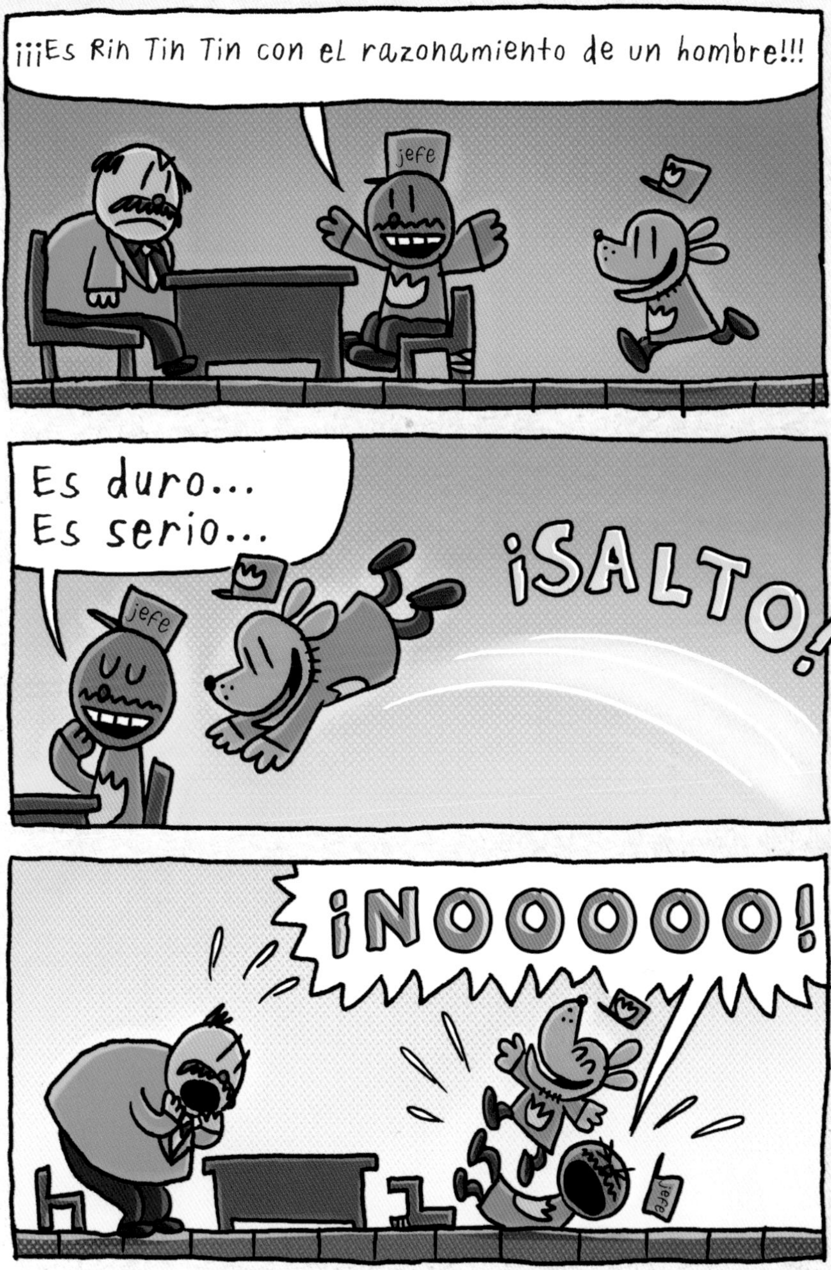
¡¡¡Es Rin Tin Tin con el razonamiento de un hombre!!!
jefe
Es duro...
Es serio...
jefe
¡SALTO!
¡NOOOOOO!
jefe

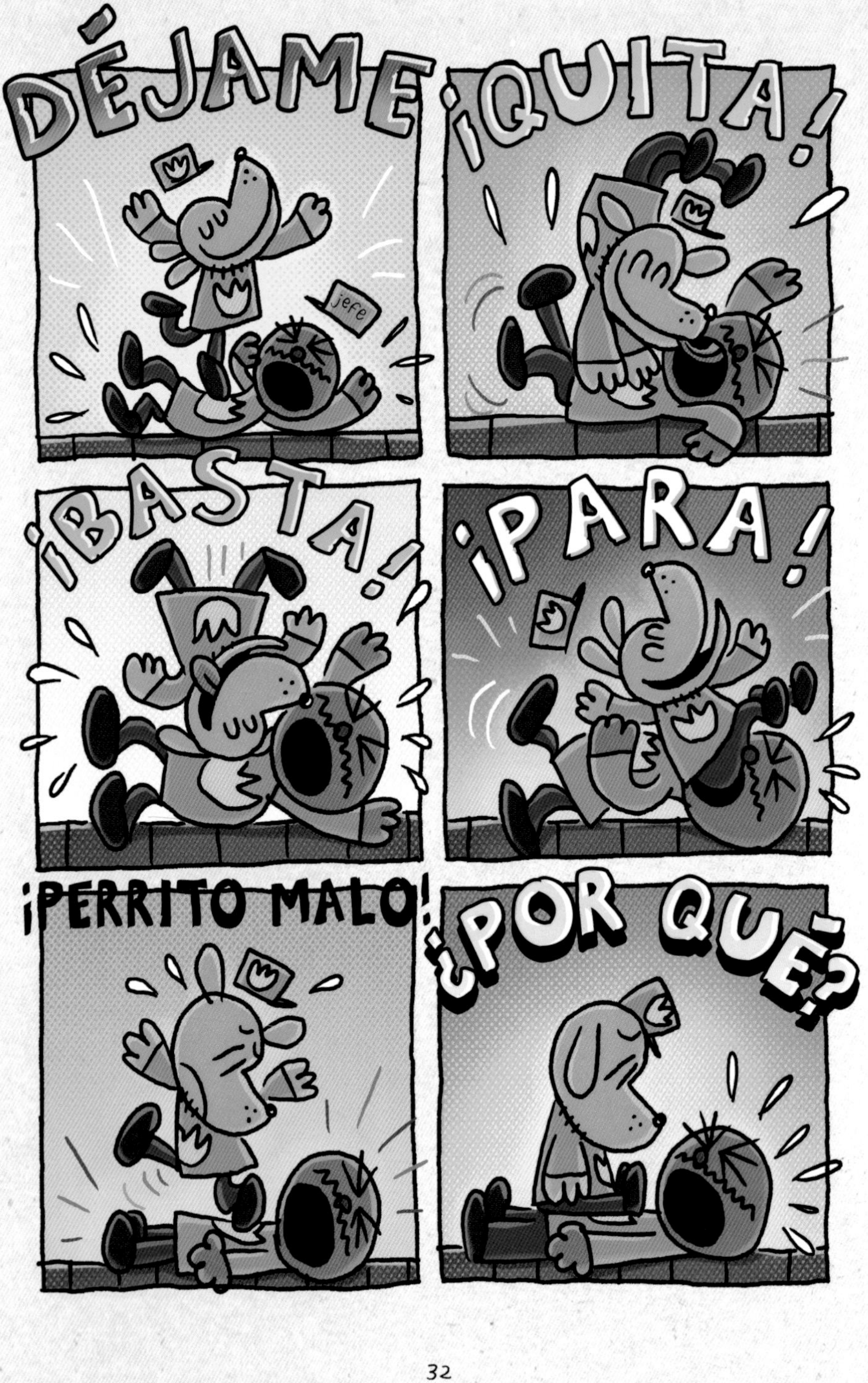
DÉJAME
jefe
¡QUITA!
¡BASTA!
¡PARA!
¡PERRITO MALO!
¿POR QUÉ?

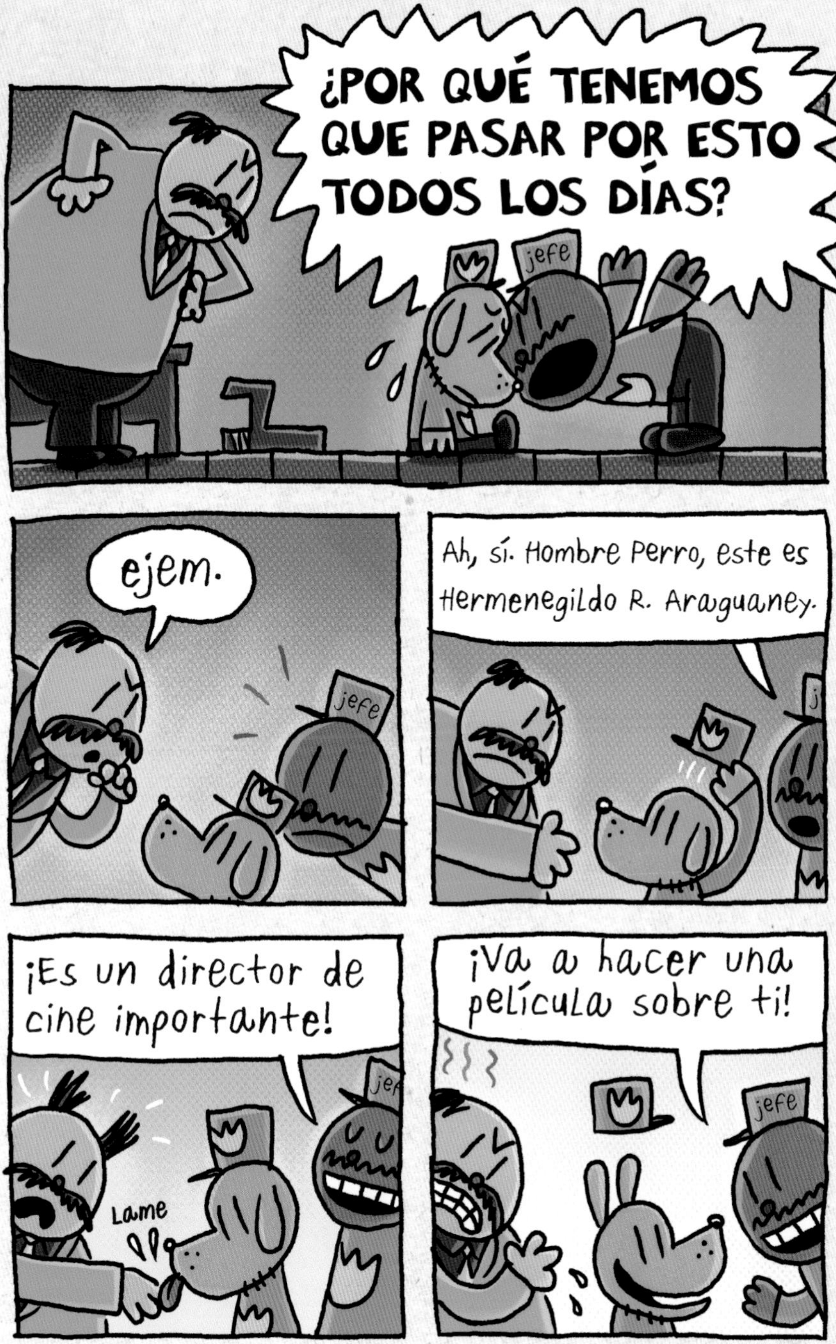
¿POR QUÉ TENEMOS QUE PASAR POR ESTO TODOS LOS DÍAS?
jefe
ejem.
Ah, sí. Hombre Perro, este es Hermenegildo R. Araguaney.
¡Es un director de cine importante!
Lame
¡Va a hacer una película sobre ti!

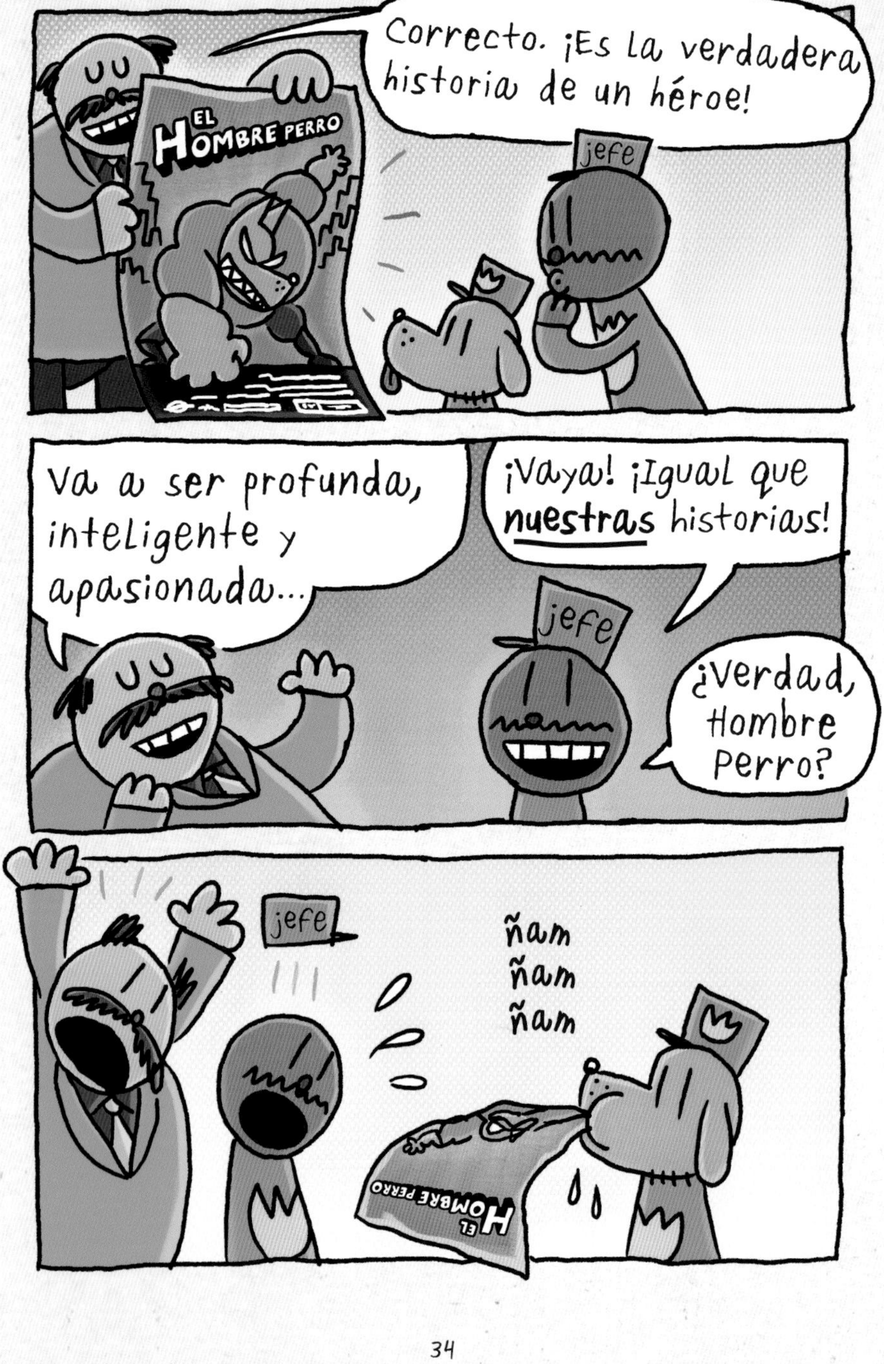
Correcto. ¡Es la verdadera historia de un héroe!
EL HOMBRE PERRO
jefe
Va a ser profunda, inteligente y apasionada...
¡Vaya! ¡Igual que **nuestras** historias!
jefe
¿Verdad, Hombre Perro?
jefe
ñam
ñam
ñam
EL HOMBRE PERRO

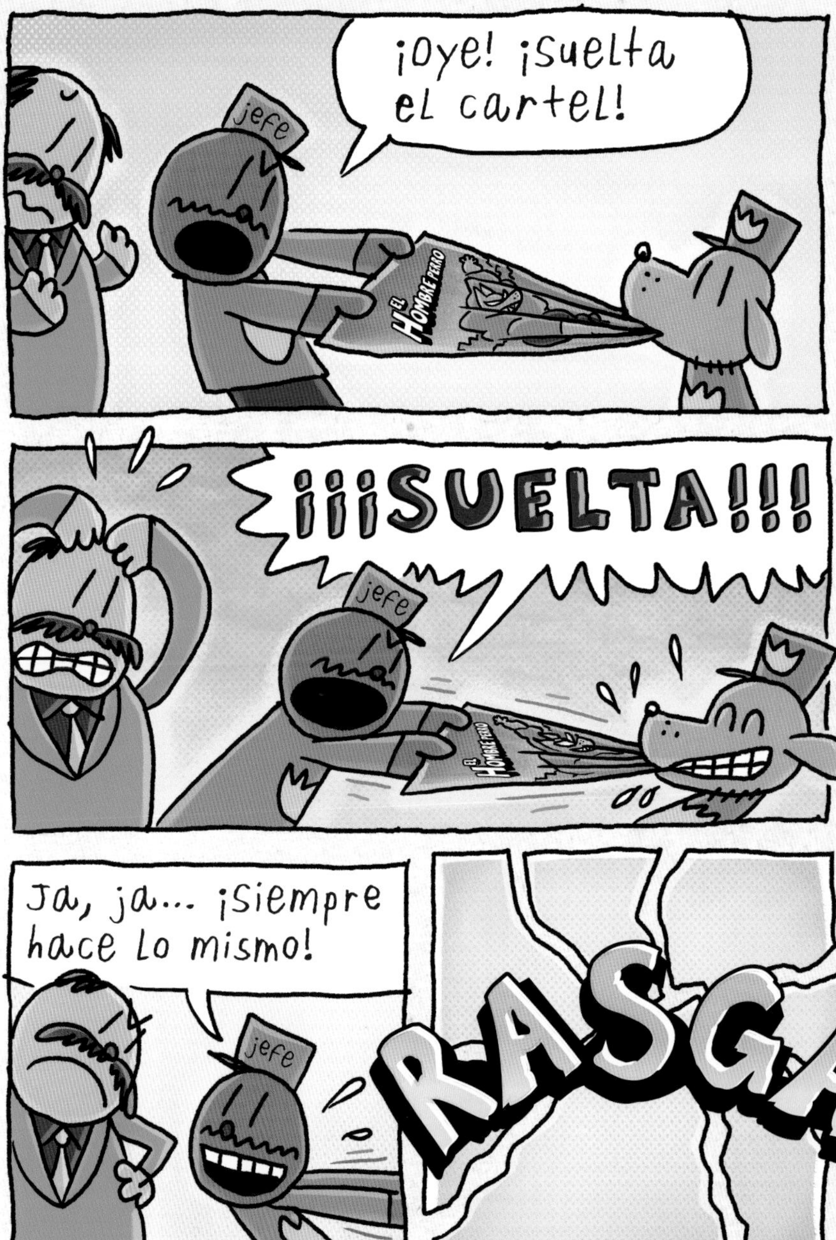
¡Oye! ¡Suelta el cartel!
jefe
EL HOMBRE PERRO
¡¡¡SUELTA!!!
jefe
EL HOMBRE PERRO
Ja, ja... ¡Siempre hace lo mismo!
jefe
RASGA

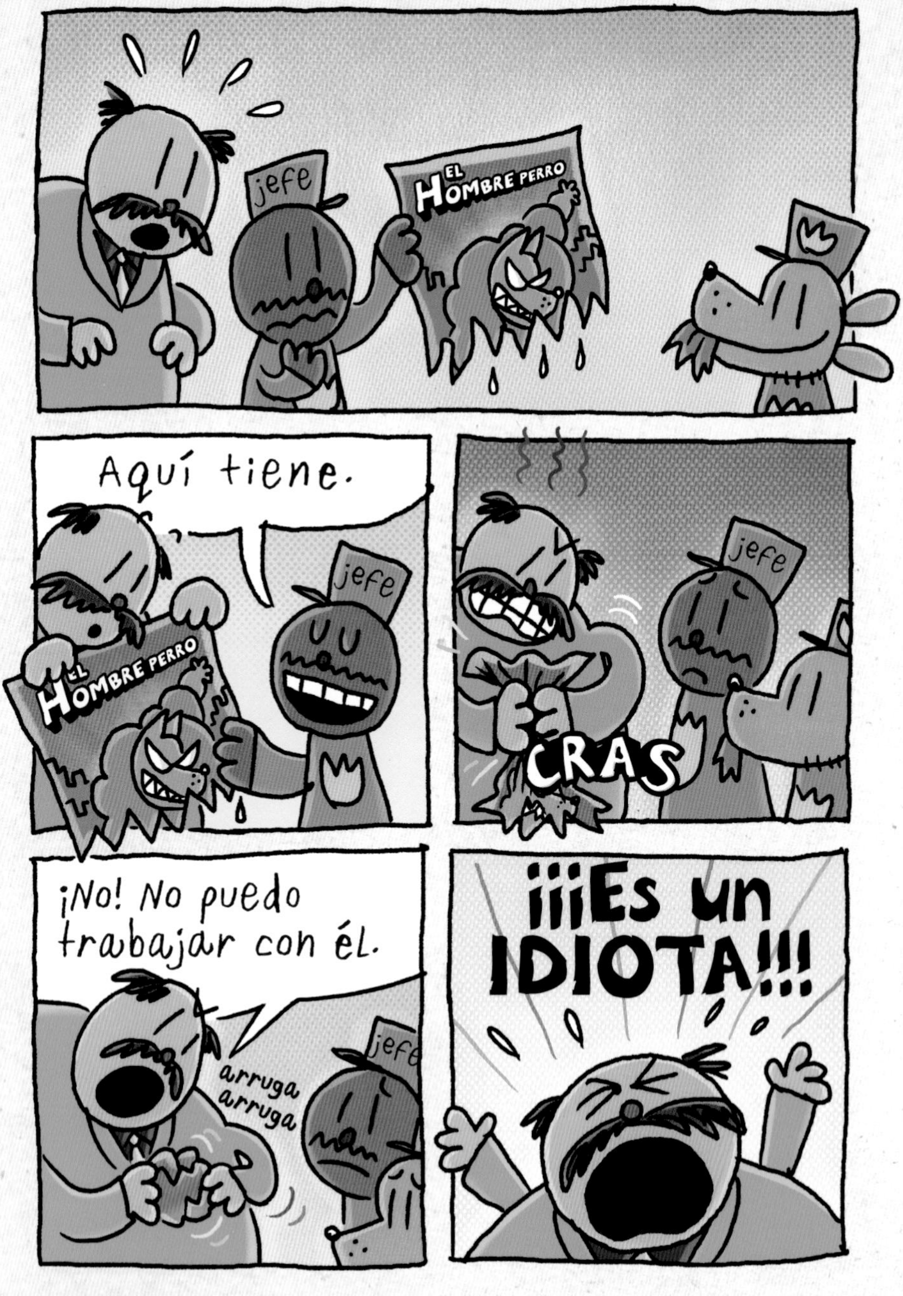
jefe
EL HOMBRE PERRO
Aquí tiene.
jefe
EL HOMBRE PERRO
jefe
CRAS
¡No! No puedo trabajar con él.
jefe
arruga arruga
¡¡¡Es un IDIOTA!!!

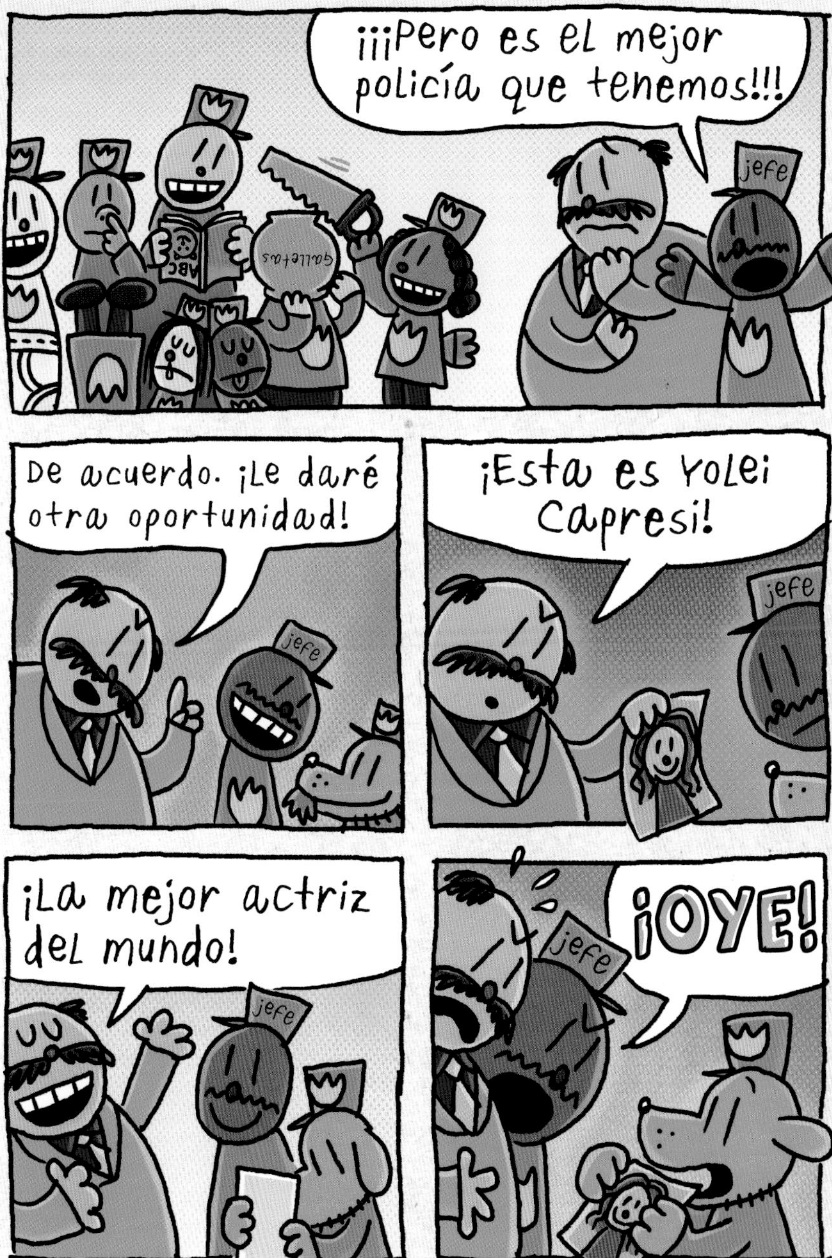
¡¡¡Pero es el mejor policía que tenemos!!!
galletas
ABC
jefe
De acuerdo. ¡Le daré otra oportunidad!
jefe
¡Esta es Yolei Capresi!
jefe
¡La mejor actriz del mundo!
jefe
jefe
¡OYE!

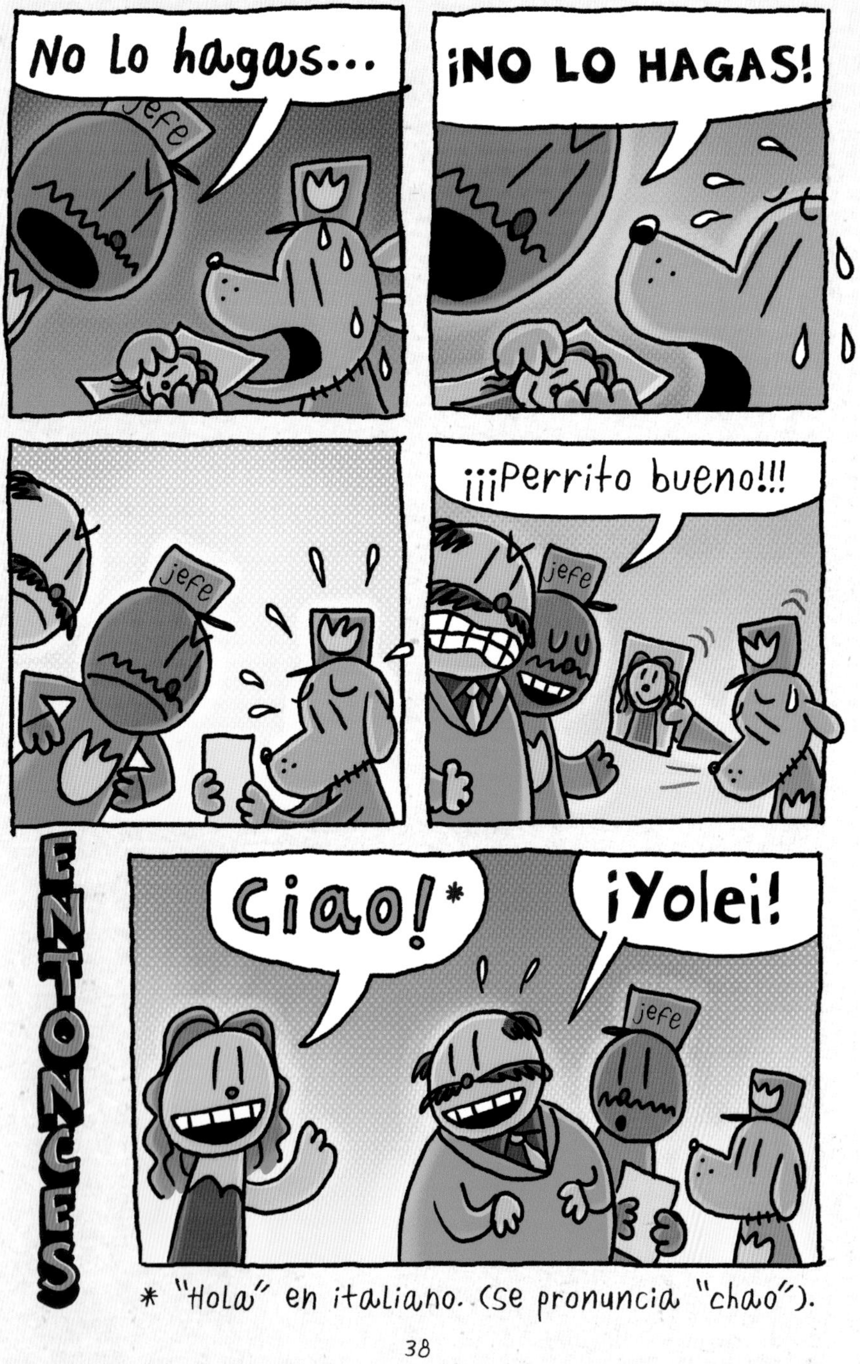
No lo hagas...
jefe
¡NO LO HAGAS!
jefe
jefe
¡¡¡Perrito bueno!!!
ENTONCES
Ciao!*
¡Yolei!
jefe

* "Hola" en italiano. (Se pronuncia "chao").

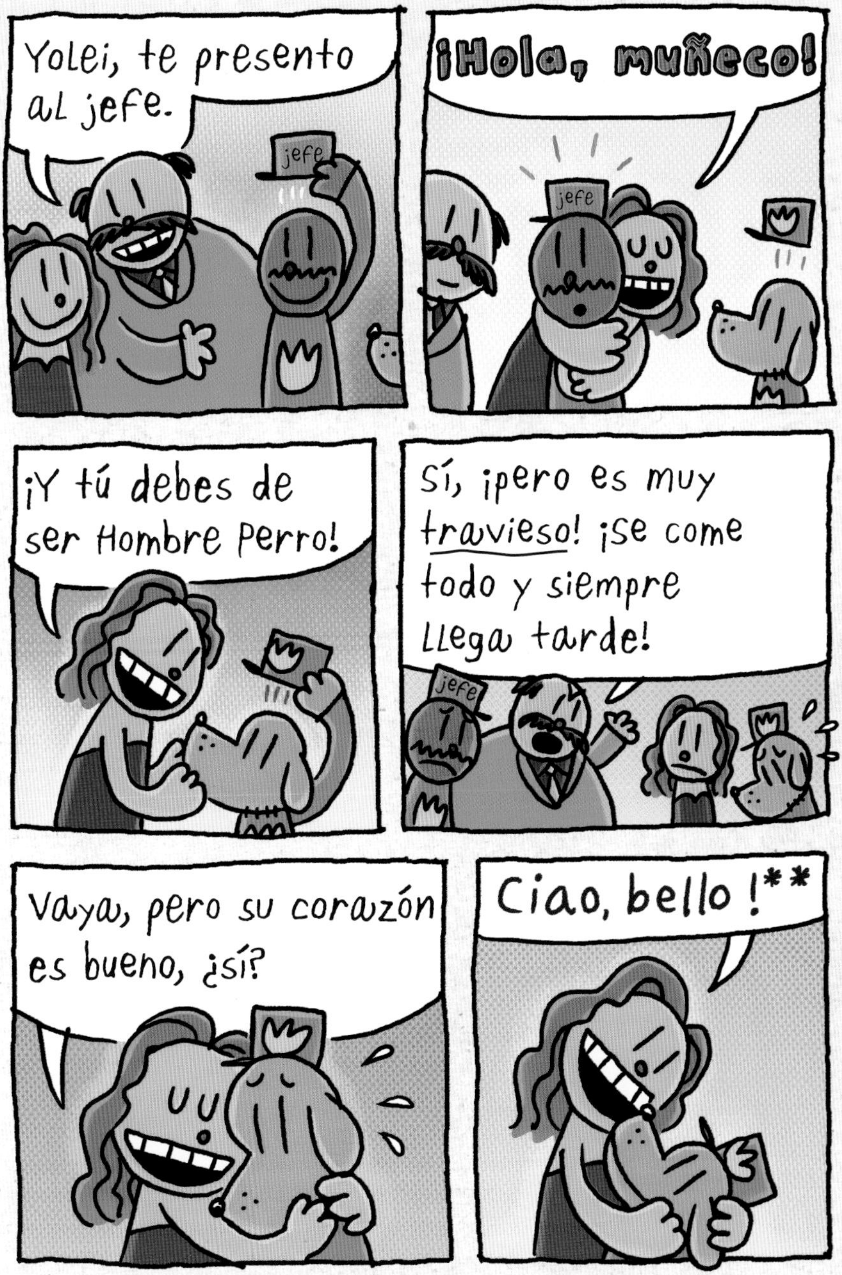
Yolei, te presento al jefe.
jefe
¡Hola, muñeco!
jefe
¡Y tú debes de ser Hombre Perro!
Sí, ¡pero es muy travieso! ¡Se come todo y siempre llega tarde!
jefe
Vaya, pero su corazón es bueno, ¿sí?
Ciao, bello !**

** Traducción: ¡Hola, guapo!

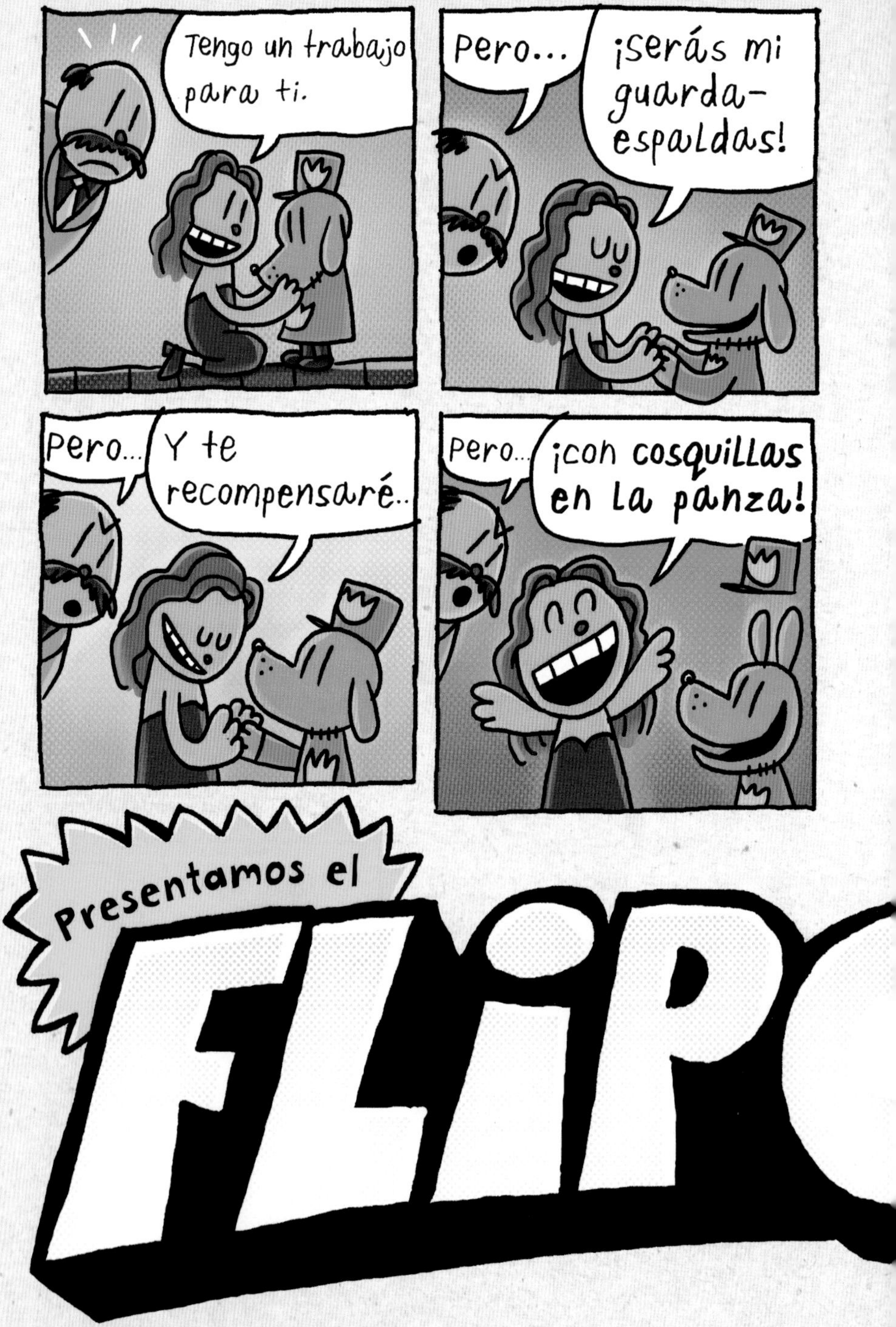
Tengo un trabajo para ti.
Pero...
¡Serás mi guarda-espaldas!
Pero...
Y te recompensaré...
Pero...
¡con cosquillas en la panza!
Presentamos el
FLIP

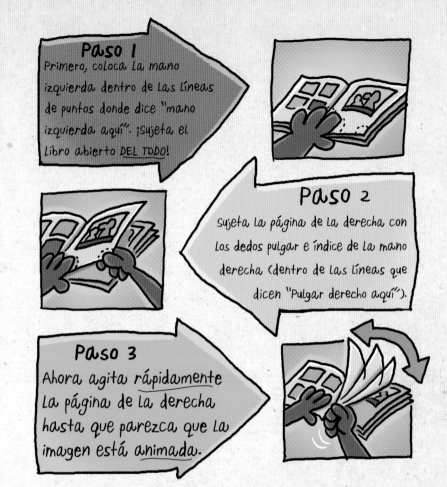

Paso 1

Primero, coloca la mano izquierda dentro de las líneas de puntos donde dice "mano izquierda aquí". ¡Sujeta el libro abierto DEL TODO!

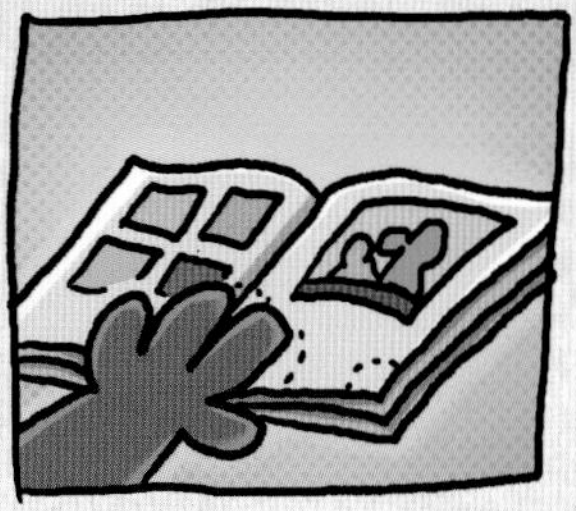

Paso 2

Sujeta la página de la derecha con los dedos pulgar e índice de la mano derecha (dentro de las líneas que dicen "Pulgar derecho aquí").

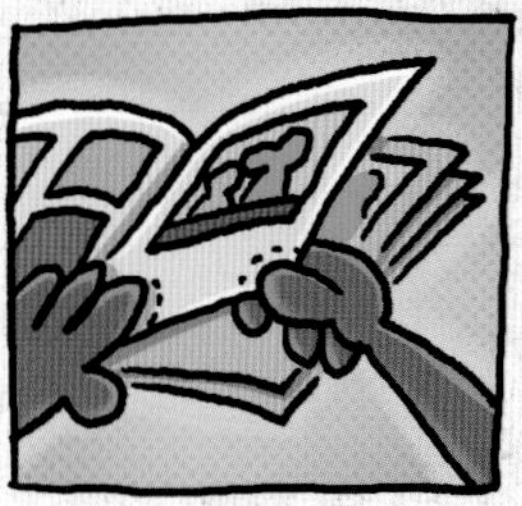

Paso 3

Ahora agita rápidamente la página de la derecha hasta que parezca que la imagen está animada.

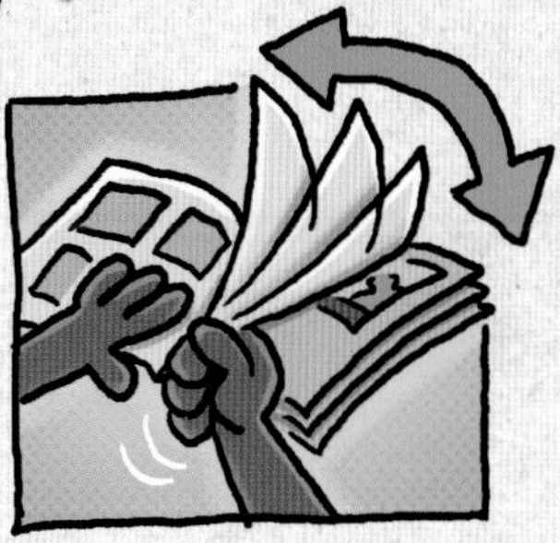

(¡Diversión asegurada con la incorporación de efectos sonoros personalizados!)

RAMA

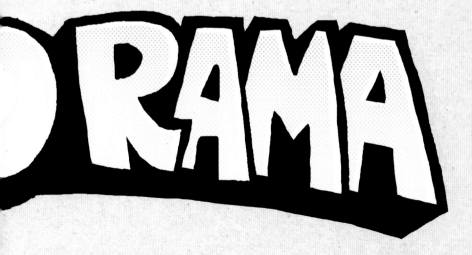

Recuerden,

mientras agitan la página, asegúrense de que pueden ver las ilustraciones de la página 43 **Y** las de la página 45.

Si agitan la página rápidamente, ¡parecerán dibujos **ANIMADOS!**

¡No olviden incorporar sus efectos sonoros personalizados!

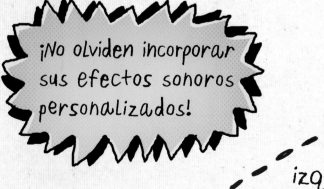

Mano izquierda aquí.

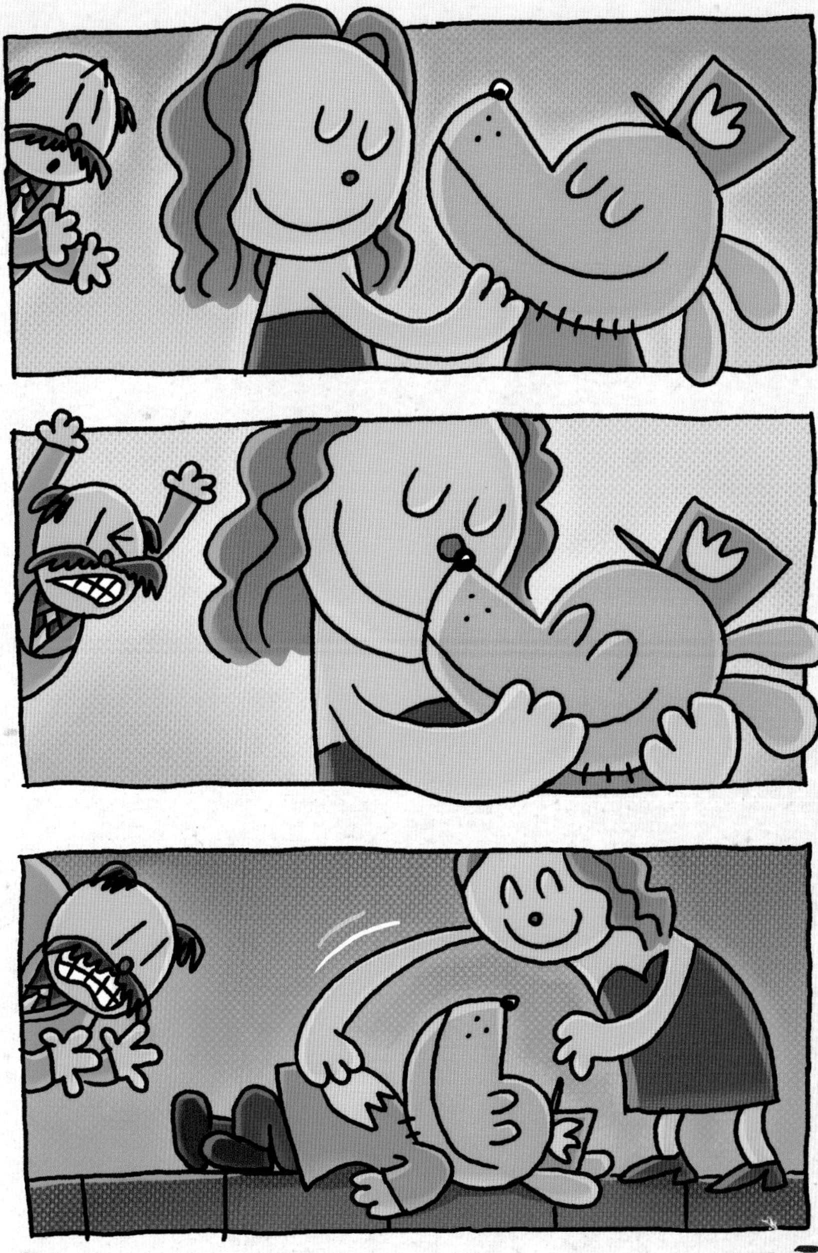

Pulgar derecho aquí.

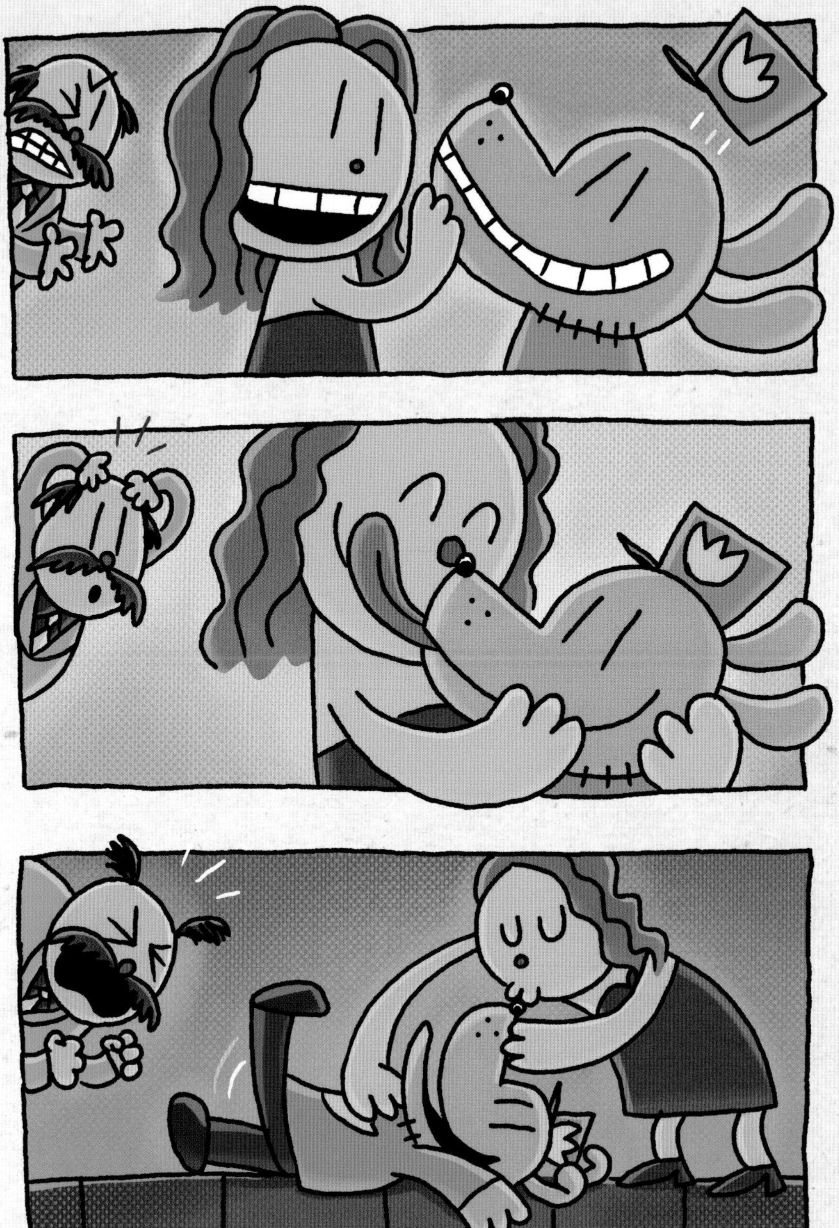

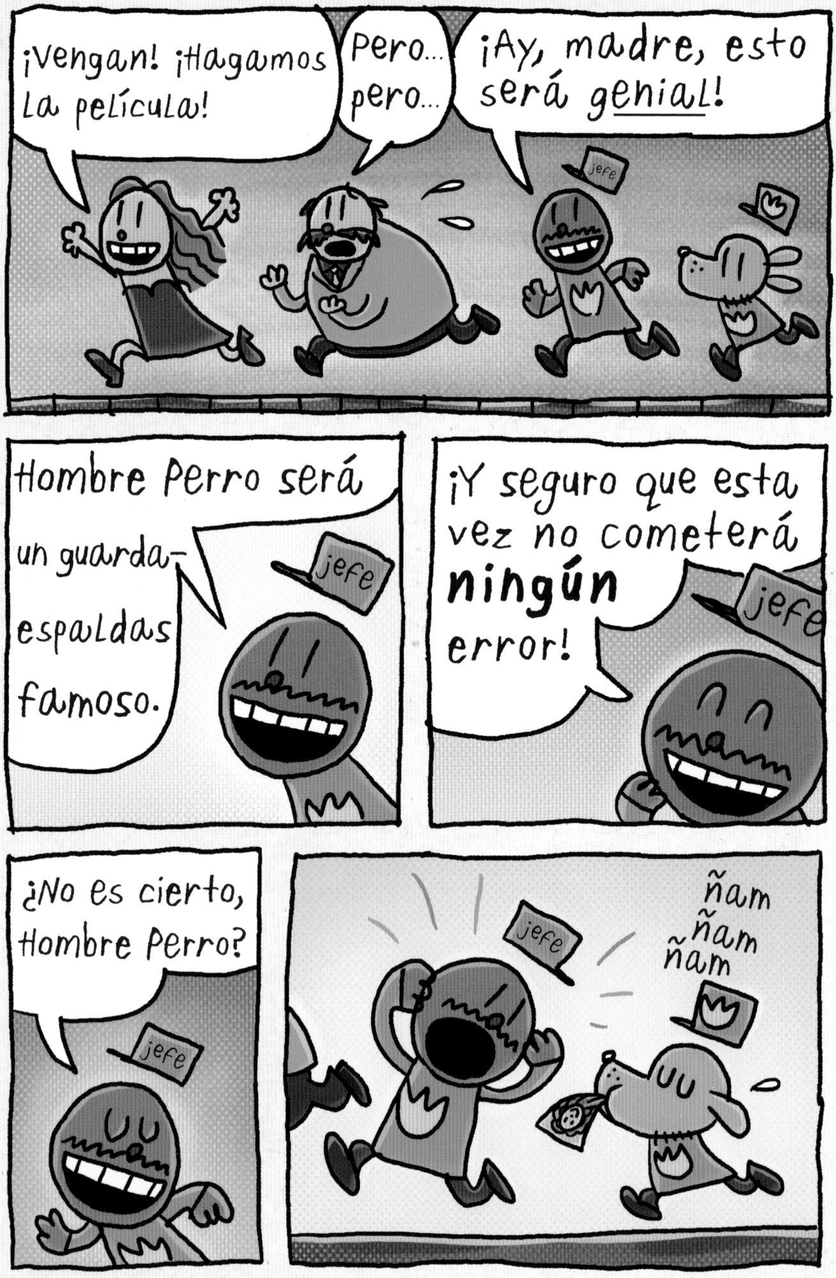
¡Vengan! ¡Hagamos la película!
Pero... pero...
¡Ay, madre, esto será genial!
jefe
Hombre Perro será un guarda-espaldas famoso.
jefe
¡Y seguro que esta vez no cometerá **ningún** error!
jefe
¿No es cierto, Hombre Perro?
jefe
jefe
ñam ñam ñam

Capítulo 3

La conversación

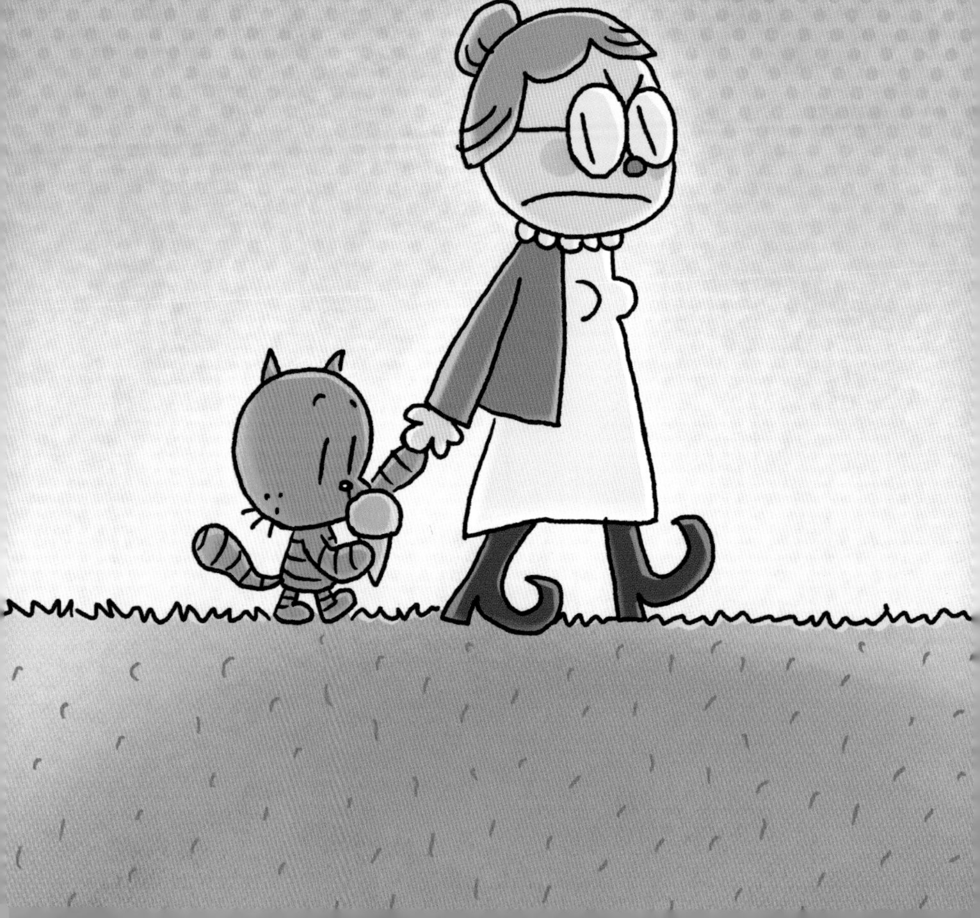

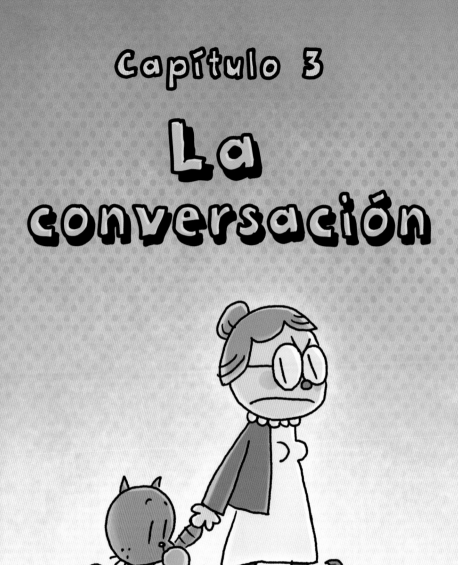

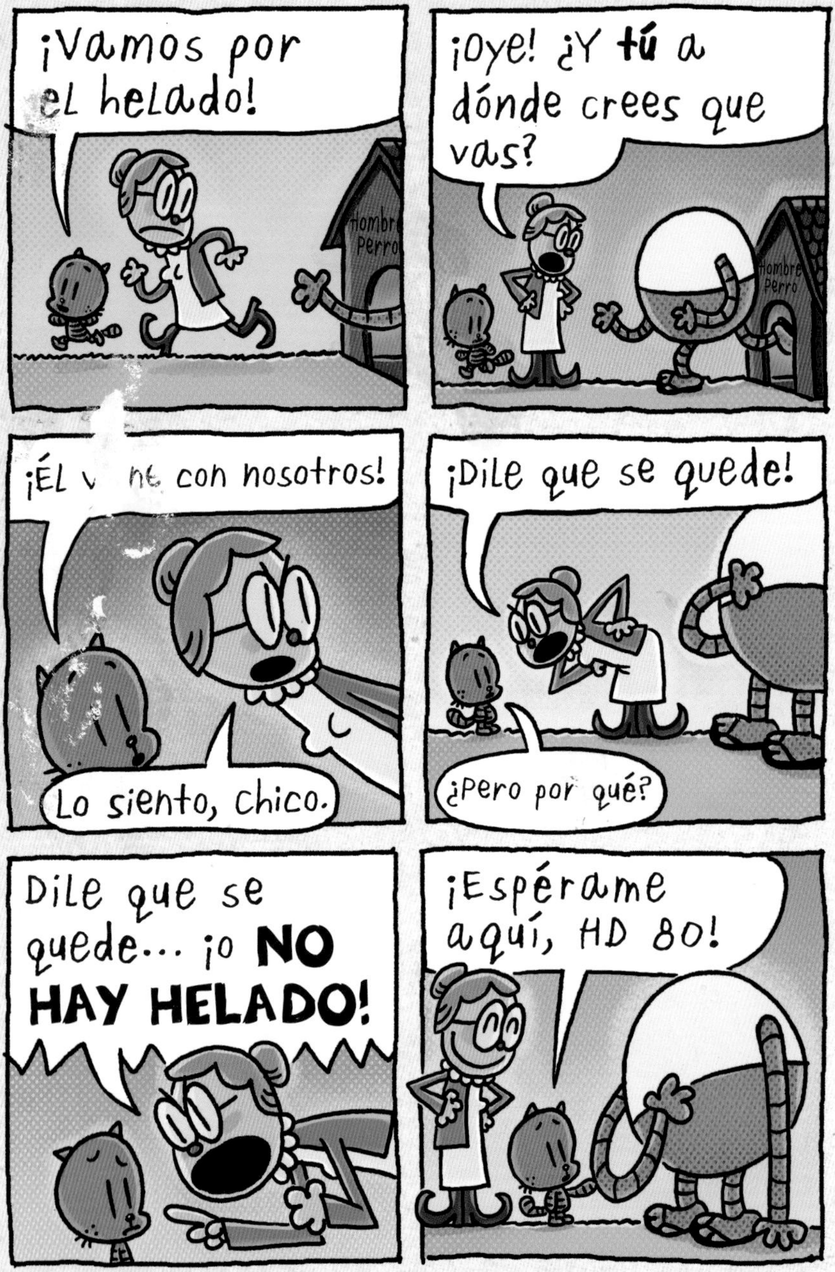
¡Vamos por el helado!
Hombre Perro
¡Oye! ¿Y **tú** a dónde crees que vas?
Hombre Perro
¡ÉL v ne con nosotros!
Lo siento, chico.
¡Dile que se quede!
¿Pero por qué?
Dile que se quede... ¡o **NO HAY HELADO!**
¡Espérame aquí, HD 80!

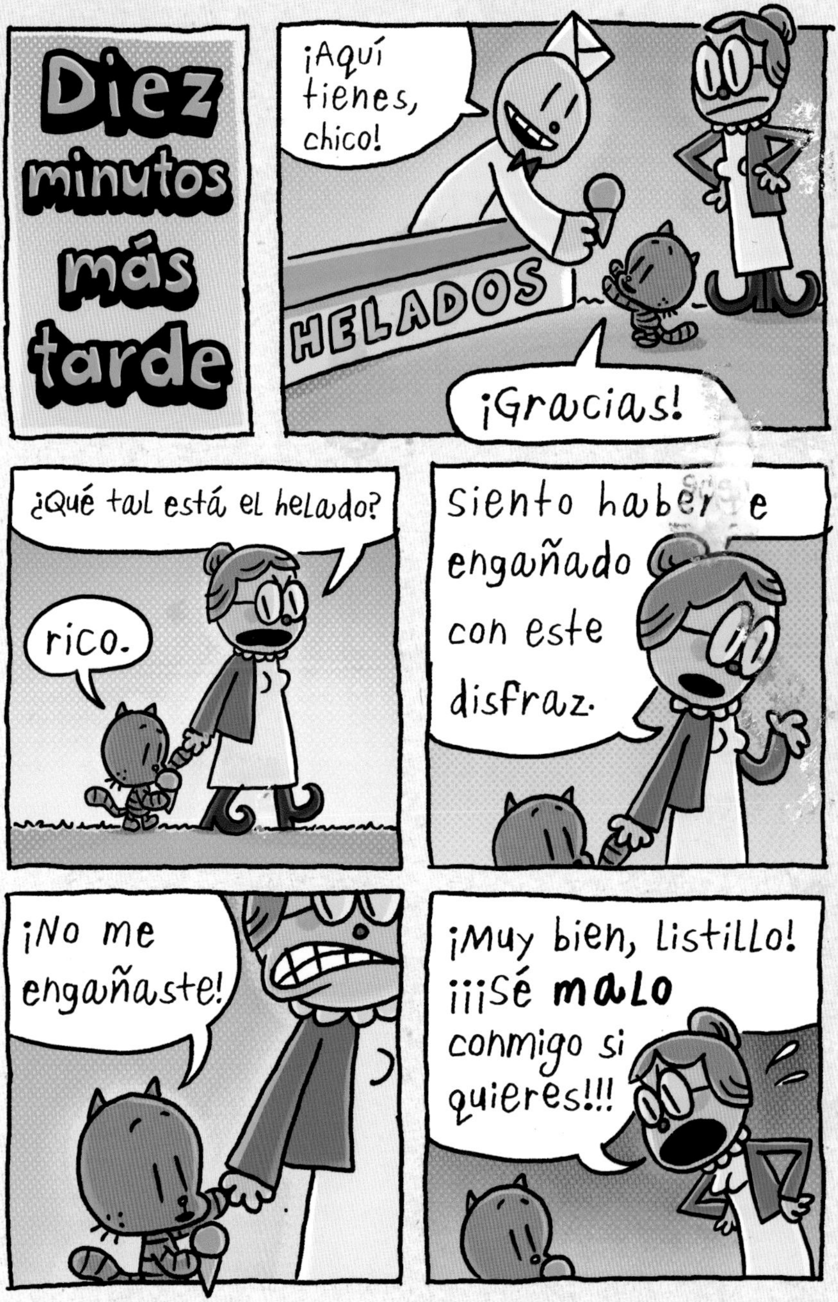
Diez minutos más tarde
¡Aquí tienes, chico!
HELADOS
¡Gracias!
¿Qué tal está el helado?
rico.
Siento haberte engañado con este disfraz.
¡No me engañaste!
¡Muy bien, listillo! ¡¡¡Sé **malo** conmigo si quieres!!!

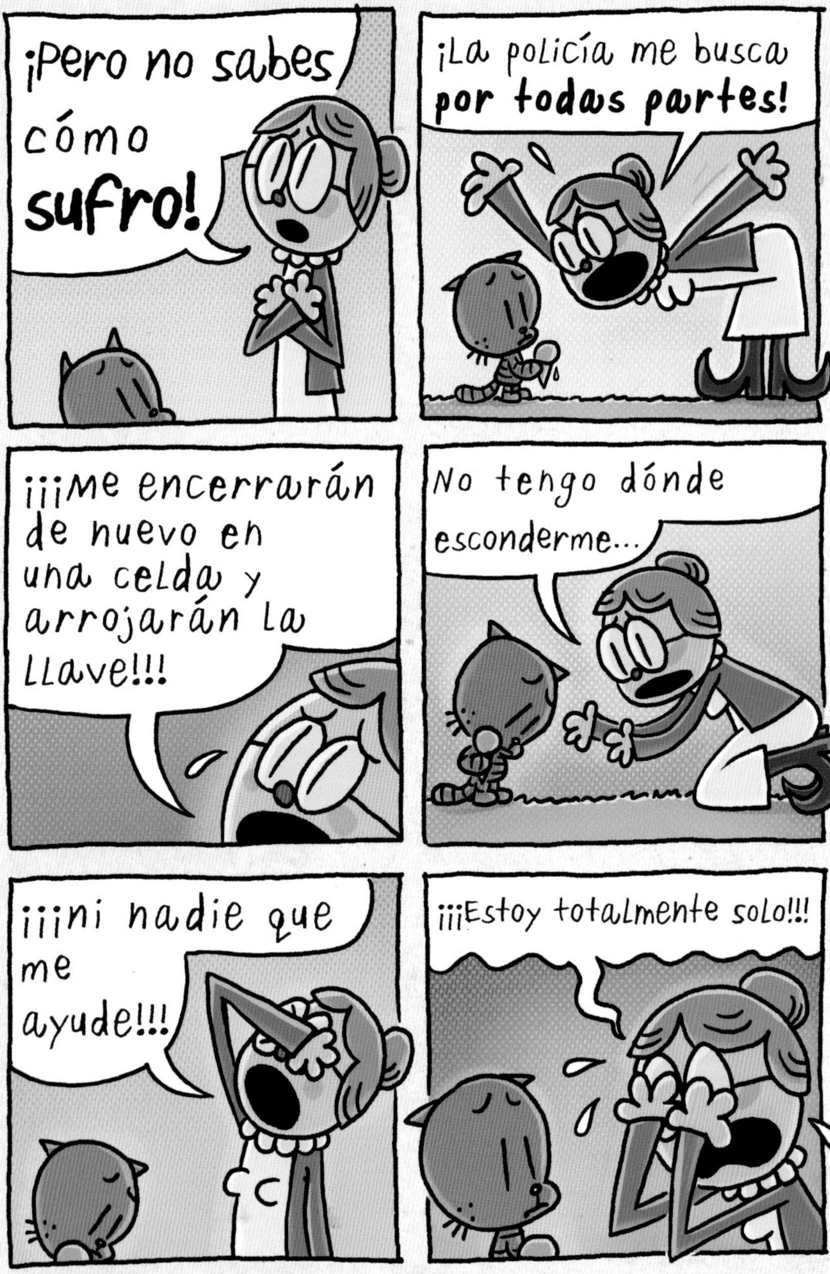
¡Pero no sabes cómo sufro!
¡La policía me busca por todas partes!
¡¡¡Me encerrarán de nuevo en una celda y arrojarán la llave!!!
No tengo dónde esconderme...
¡¡¡ni nadie que me ayude!!!
¡¡¡Estoy totalmente solo!!!

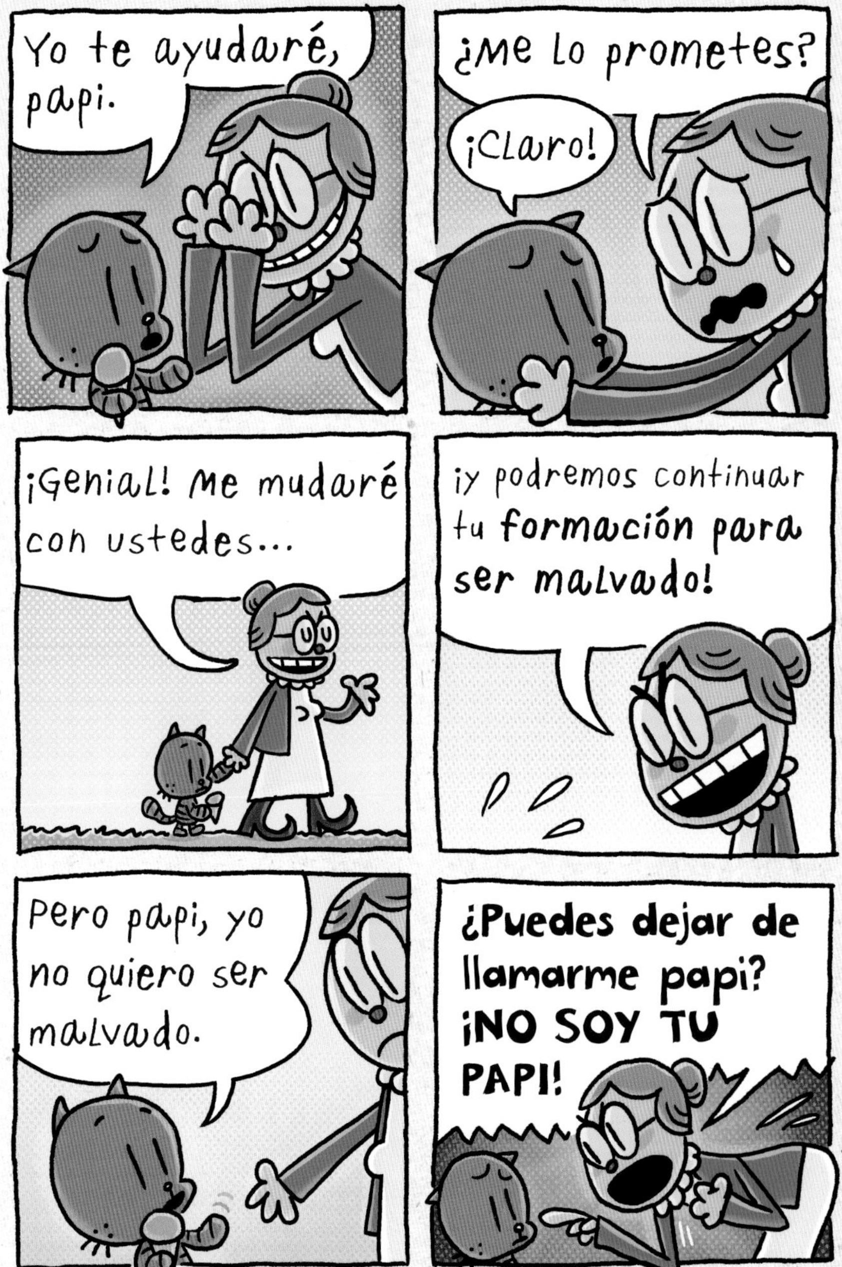
Yo te ayudaré, papi.
¿Me lo prometes?
¡Claro!
¡Genial! Me mudaré con ustedes...
¡y podremos continuar tu **formación para ser malvado!**
Pero papi, yo no quiero ser malvado.
¿Puedes dejar de llamarme papi? ¡NO SOY TU PAPI!

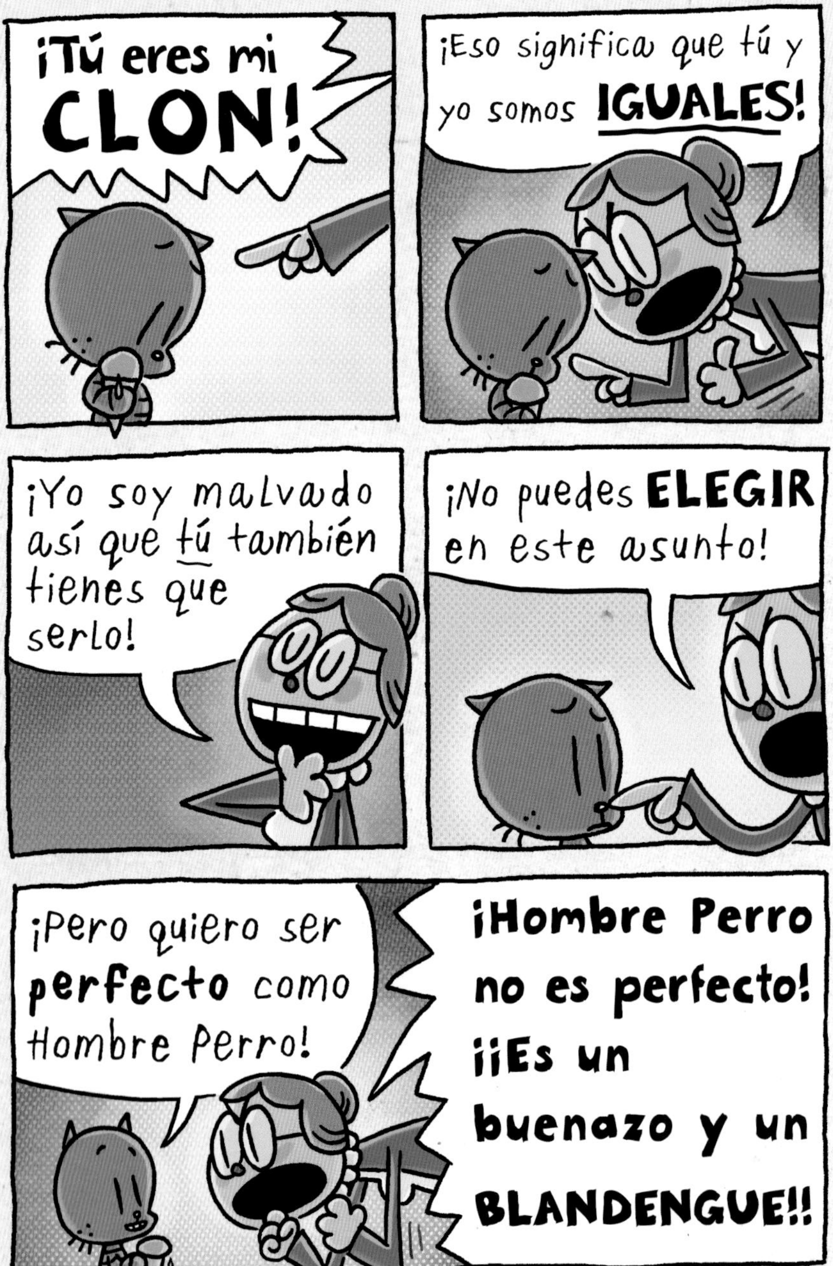
¡Tú eres mi CLON!
¡Eso significa que tú y yo somos IGUALES!
¡Yo soy malvado así que tú también tienes que serlo!
¡No puedes ELEGIR en este asunto!
¡Pero quiero ser perfecto como Hombre Perro!
¡Hombre Perro no es perfecto! ¡¡Es un buenazo y un BLANDENGUE!!

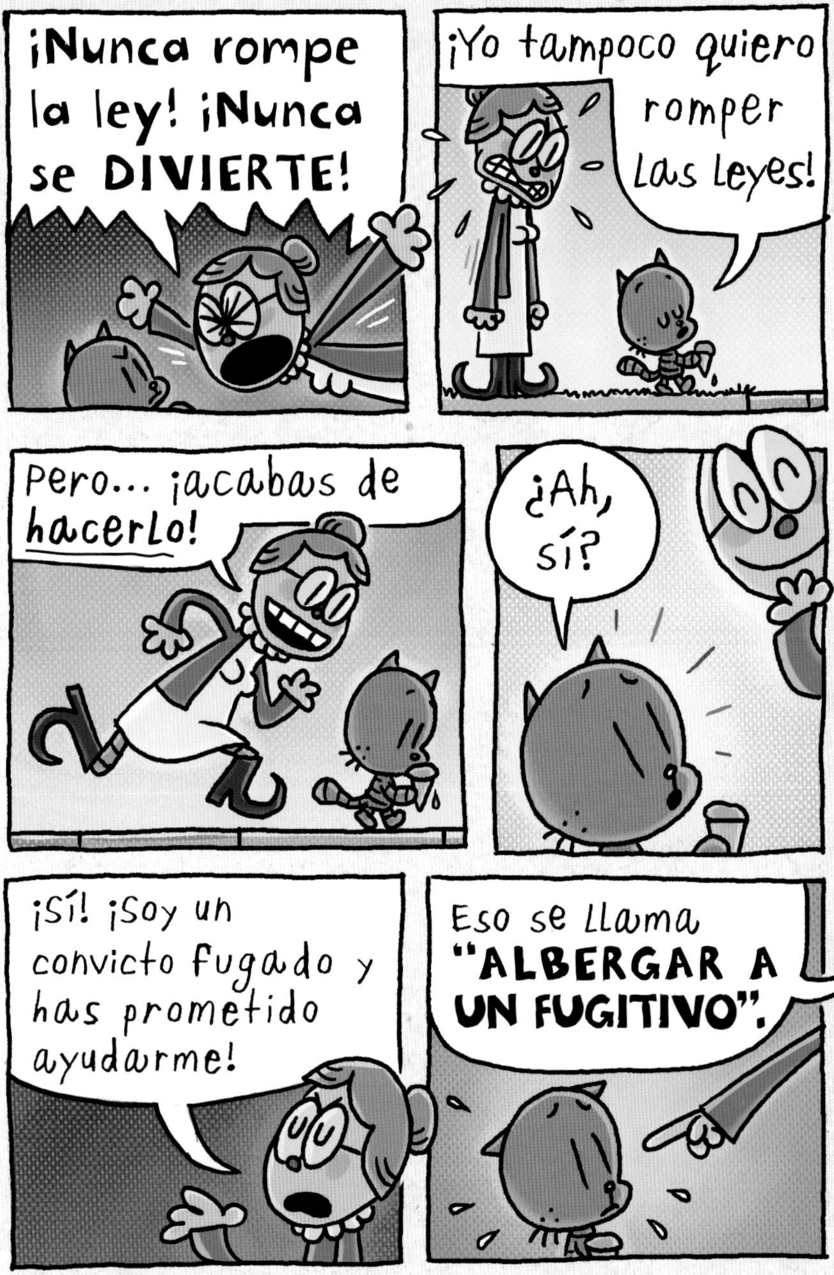
¡Nunca rompe la ley! ¡Nunca se DIVIERTE!
¡Yo tampoco quiero romper las leyes!
Pero... ¡acabas de hacerlo!
¿Ah, sí?
¡Sí! ¡Soy un convicto fugado y has prometido ayudarme!
Eso se llama "ALBERGAR A UN FUGITIVO".

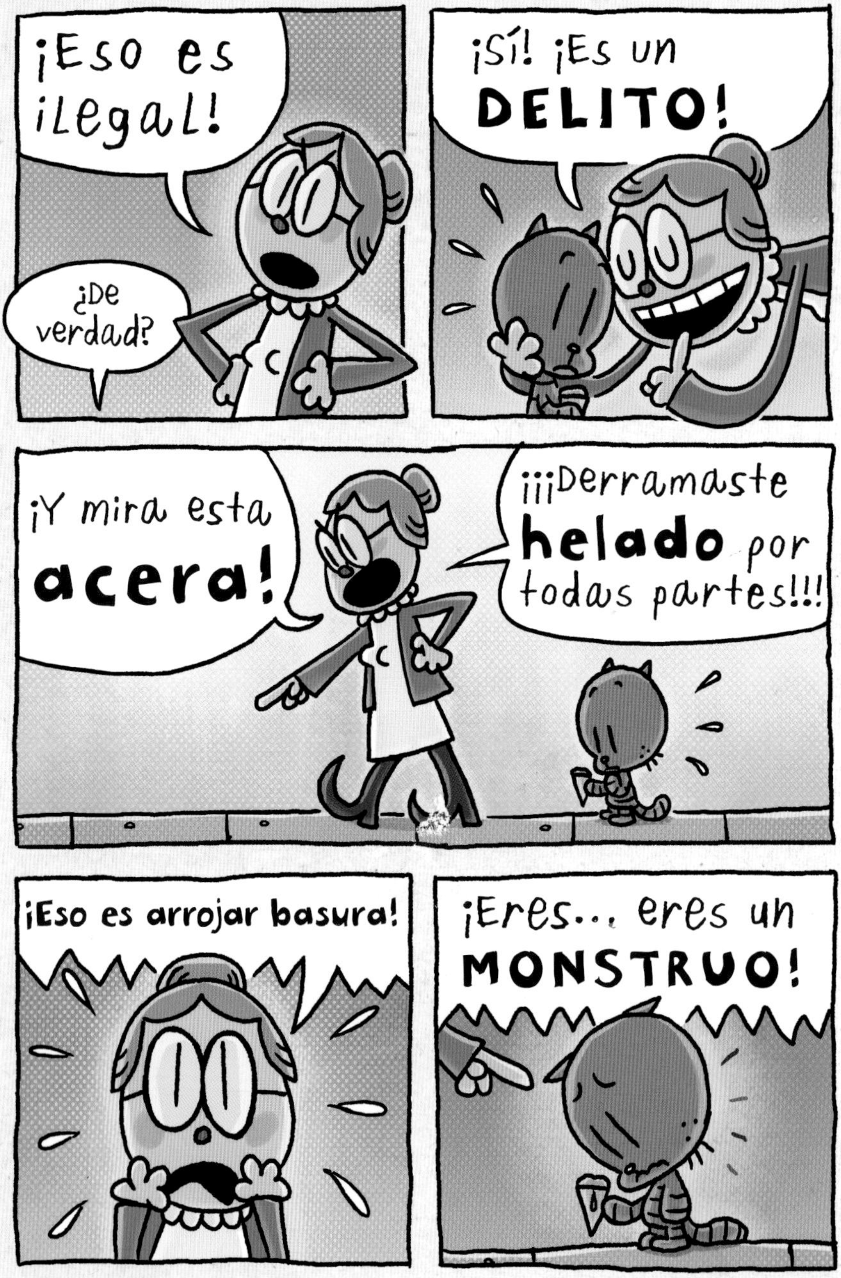
¡Eso es ilegal!
¿De verdad?
¡Sí! ¡Es un DELITO!
¡Y mira esta acera!
¡¡¡Derramaste helado por todas partes!!!
¡Eso es arrojar basura!
¡Eres... eres un MONSTRUO!

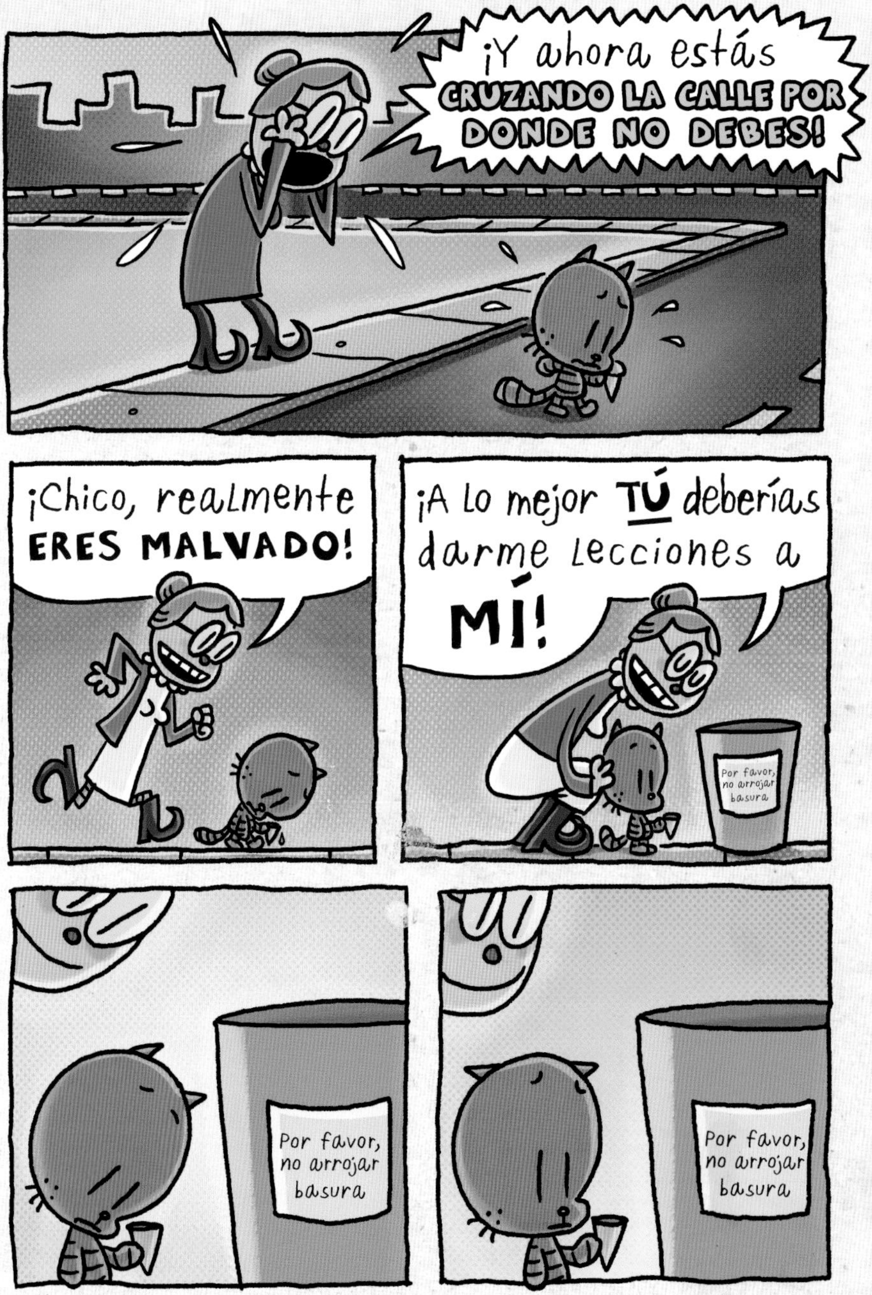
¡Y ahora estás CRUZANDO LA CALLE POR DONDE NO DEBES!
¡Chico, realmente ERES MALVADO!
¡A lo mejor TÚ deberías darme lecciones a MÍ!
Por favor, no arrojar basura
Por favor, no arrojar basura
Por favor, no arrojar basura

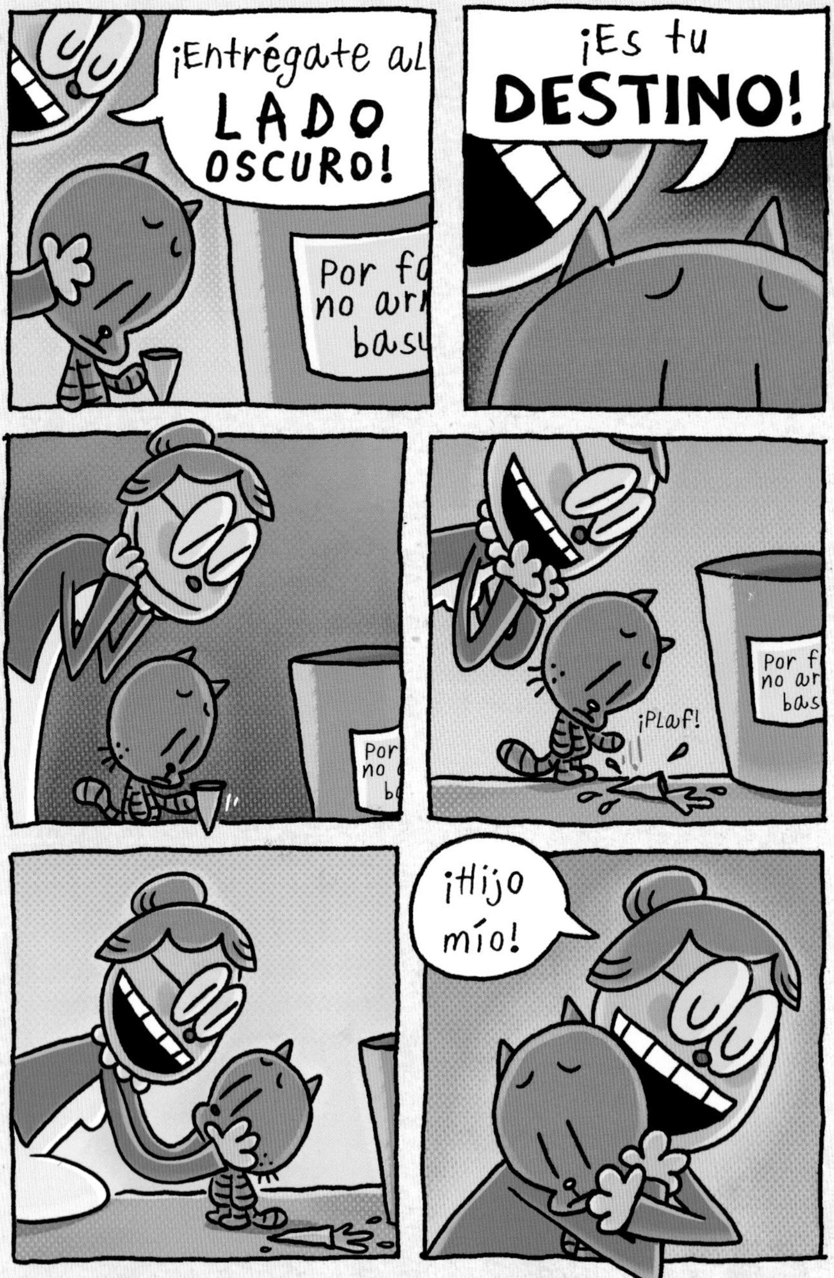
¡Entrégate al
LADO
OSCURO!
Por fa
no arr
basu
¡Es tu
DESTINO!
Por
no a
ba
Por f
no ar
basu
¡PLAF!
¡Hijo
mío!

Capítulo 4
Una manera muy dolorosa de crecer

Por Jorge y Berto

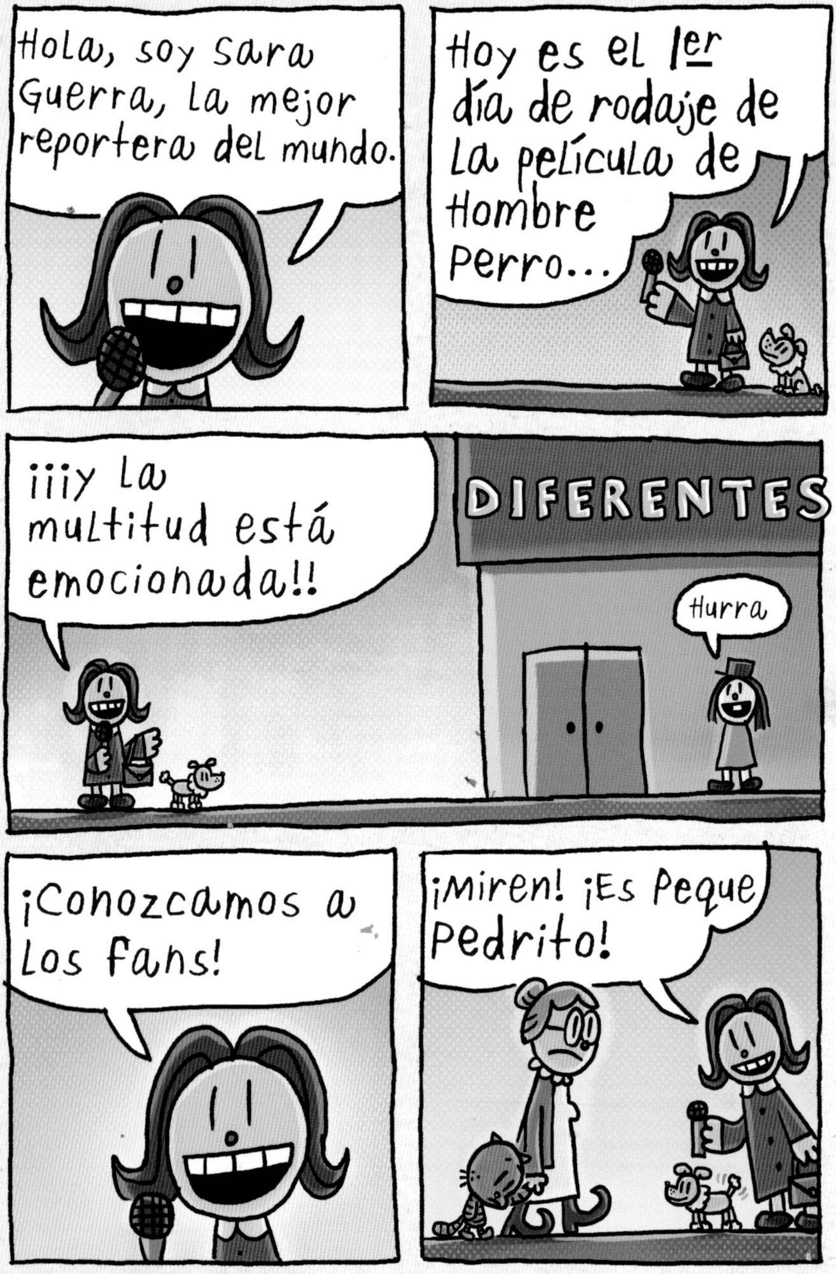
Hola, soy Sara Guerra, la mejor reportera del mundo.
Hoy es el 1er día de rodaje de la película de Hombre Perro...
¡¡¡Y la multitud está emocionada!!
DIFERENTES
Hurra
¡Conozcamos a los fans!
¡Miren! ¡Es Peque Pedrito!

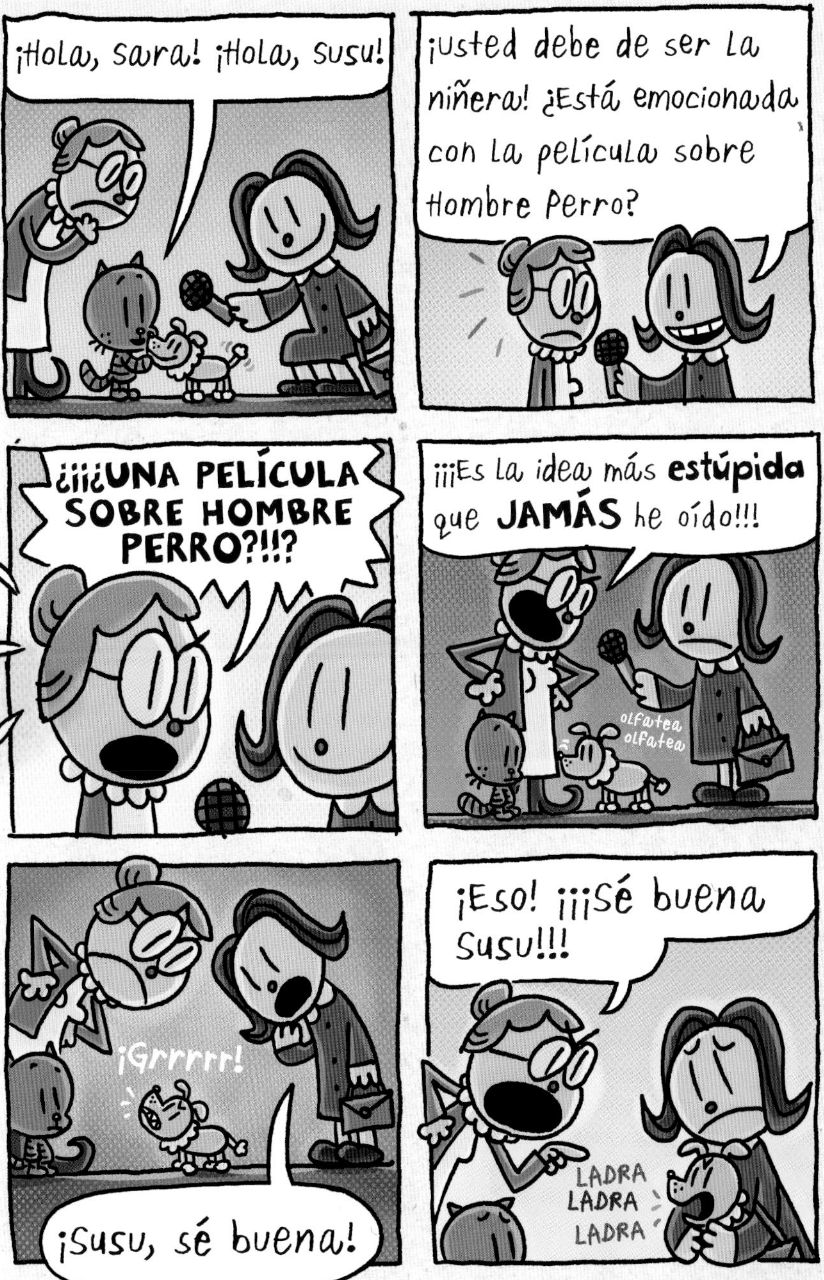
¡Hola, Sara! ¡Hola, Susu!
¡Usted debe de ser la niñera! ¿Está emocionada con la película sobre Hombre Perro?
¿¡¡¡UNA PELÍCULA SOBRE HOMBRE PERRO?!!?
¡¡¡Es la idea más **estúpida** que **JAMÁS** he oído!!!
olfatea olfatea
¡Grrrrr!
¡Susu, sé buena!
¡Eso! ¡¡¡Sé buena Susu!!!
LADRA LADRA LADRA

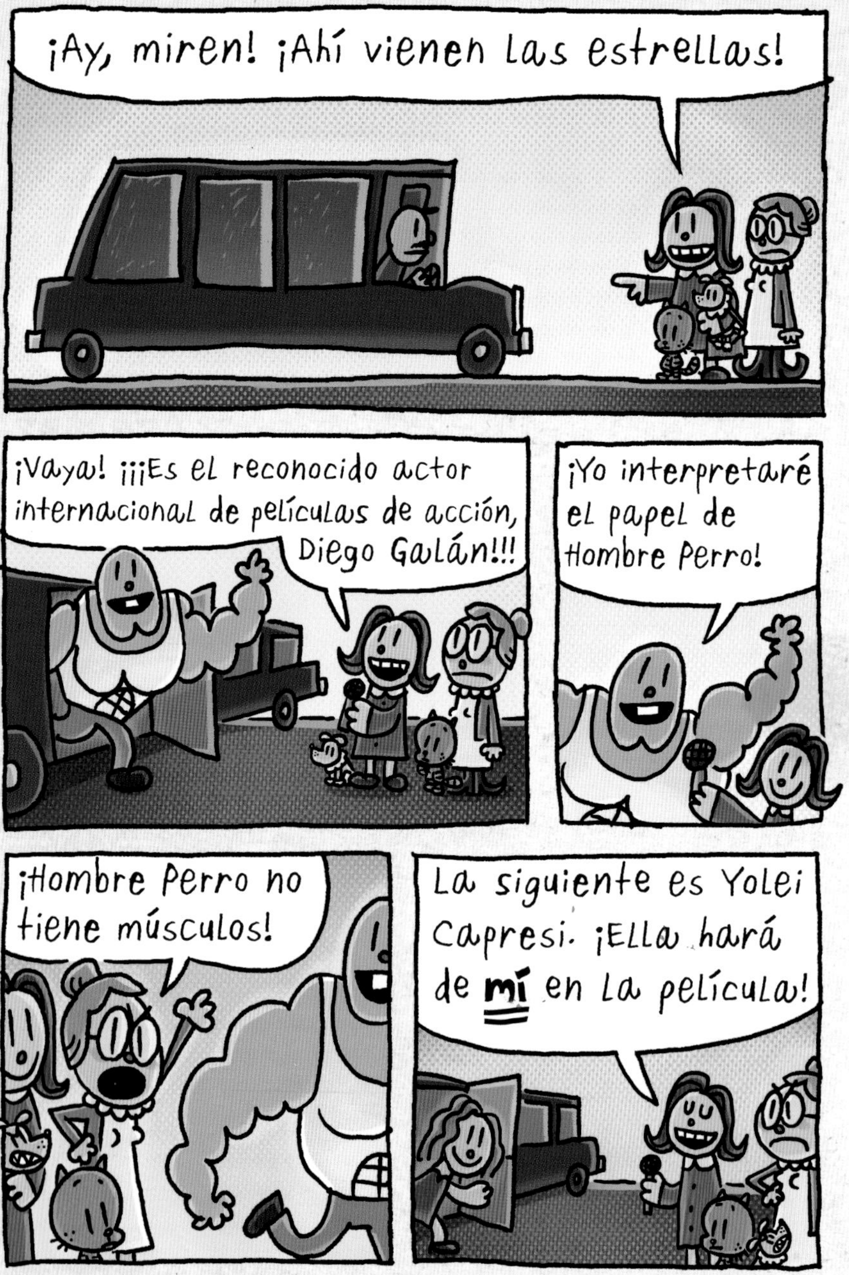
¡Ay, miren! ¡Ahí vienen las estrellas!
¡Vaya! ¡¡¡Es el reconocido actor internacional de películas de acción, Diego Galán!!!
¡Yo interpretaré el papel de Hombre Perro!
¡Hombre Perro no tiene músculos!
La siguiente es Yolei Capresi. ¡Ella hará de **mí** en la película!

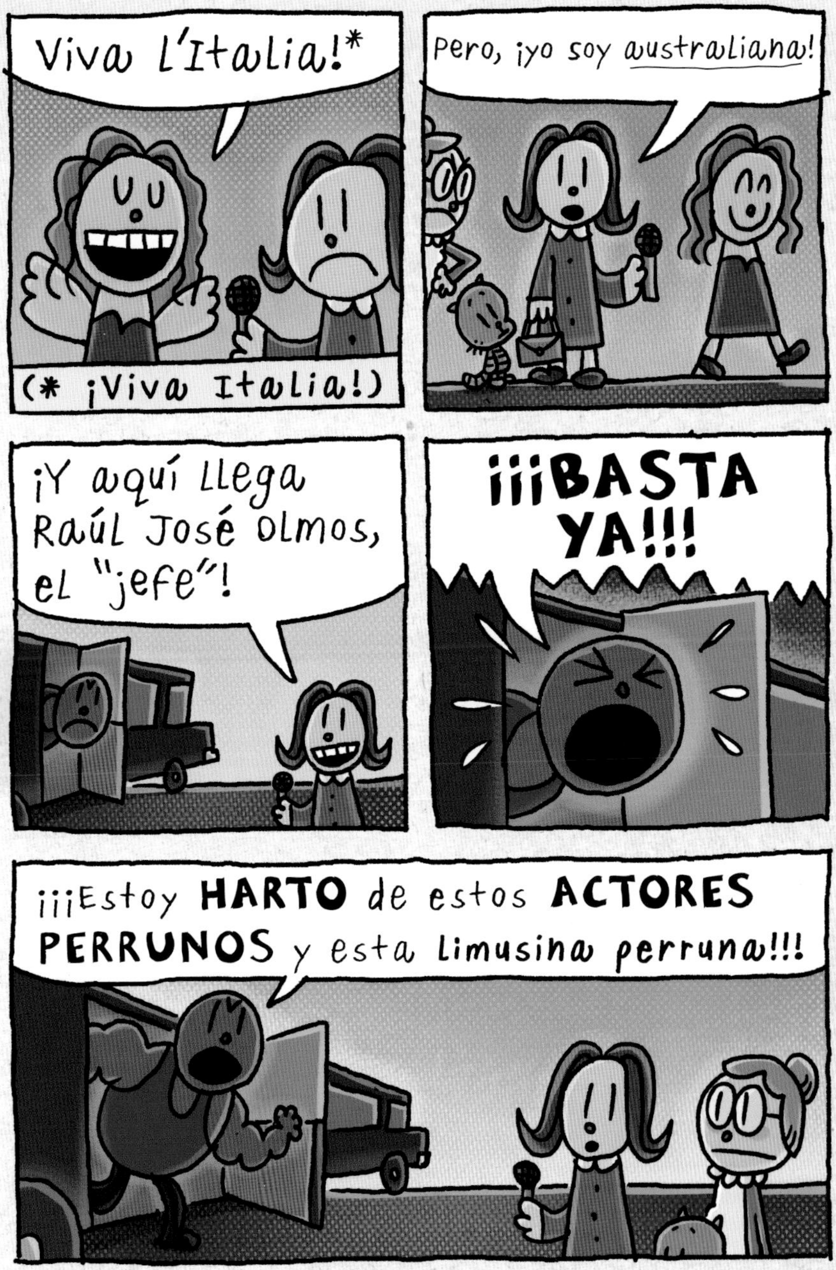
Viva L'Italia!*
(* ¡Viva Italia!)
Pero, ¡yo soy australiana!
¡Y aquí Llega Raúl José Olmos, eL "jefe"!
¡¡¡BASTA YA!!!
¡¡¡Estoy HARTO de estos ACTORES PERRUNOS y esta Limusina perruna!!!

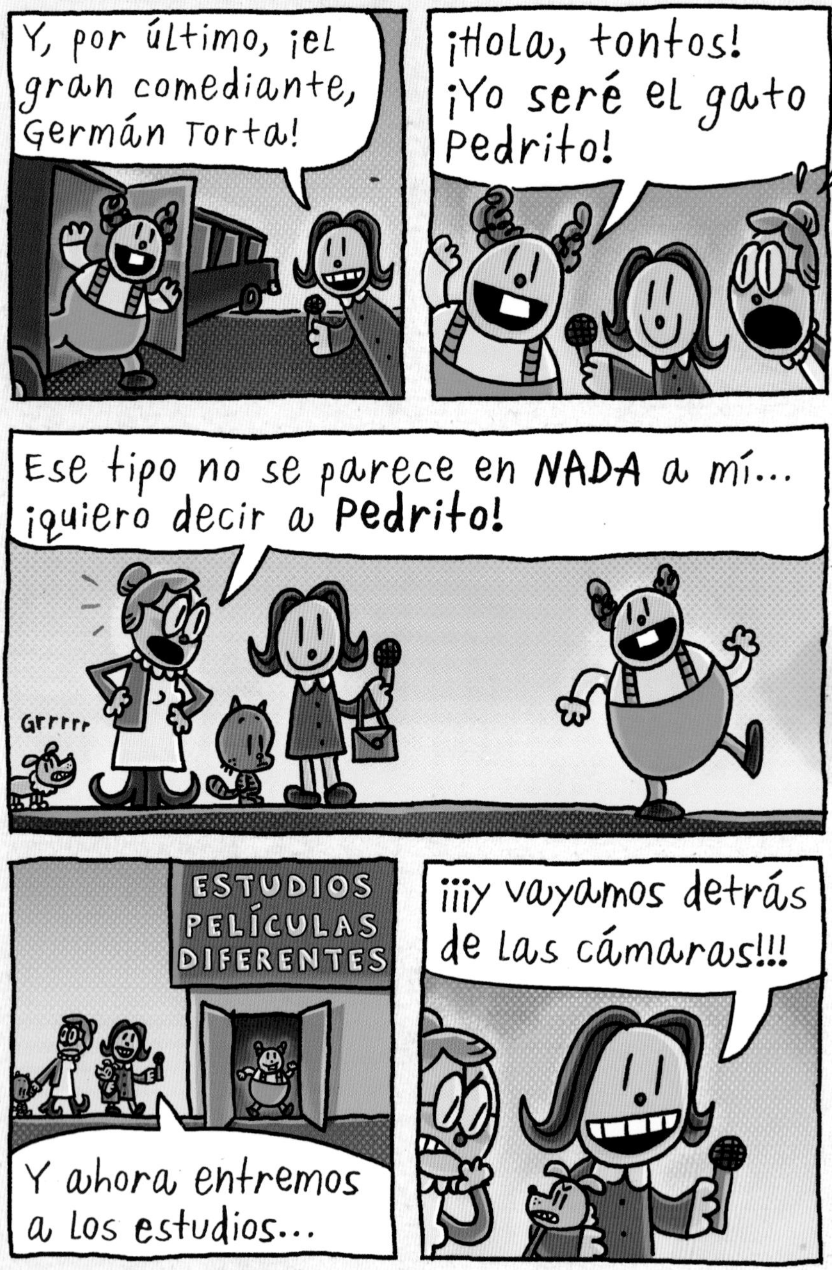
Y, por último, ¡el gran comediante, Germán Torta!
¡Hola, tontos! ¡Yo seré el gato Pedrito!
Ese tipo no se parece en NADA a mí... ¡quiero decir a Pedrito!
Grrrrr
ESTUDIOS PELÍCULAS DIFERENTES
Y ahora entremos a los estudios...
¡¡¡Y vayamos detrás de las cámaras!!!

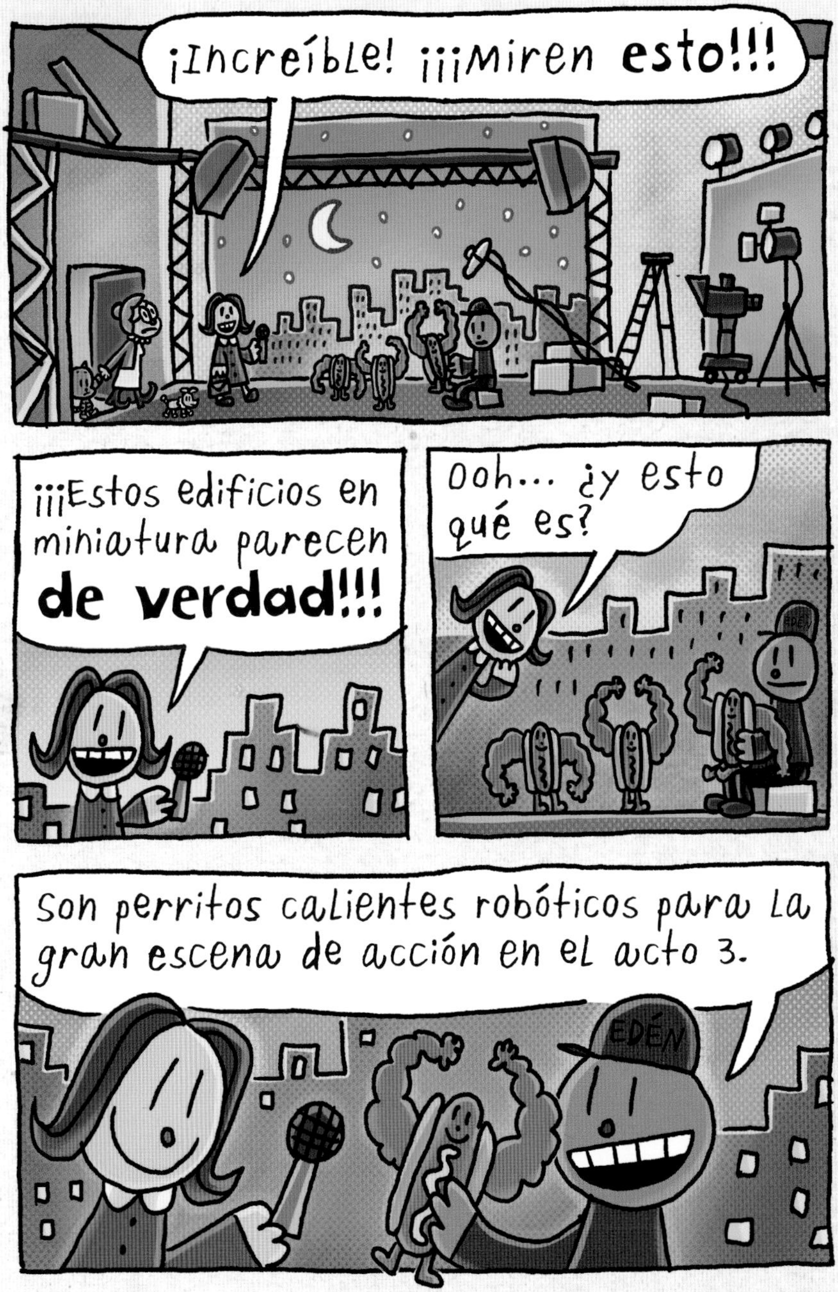
¡Increíble! ¡¡¡Miren esto!!!
¡¡¡Estos edificios en miniatura parecen de verdad!!!
Ooh... ¿y esto qué es?
EDÉN
Son perritos calientes robóticos para la gran escena de acción en el acto 3.
EDÉN

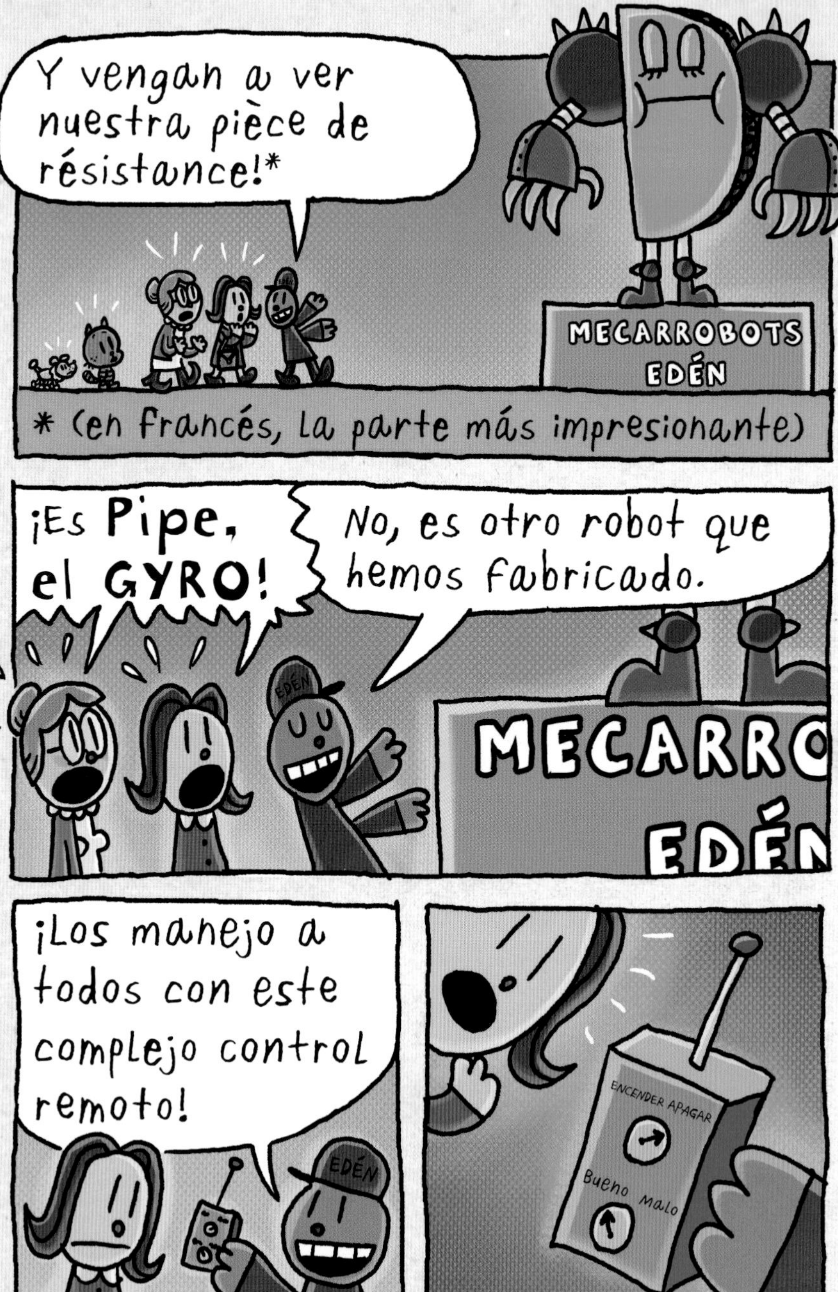
Y vengan a ver nuestra pièce de résistance!*
MECARROBOTS EDÉN
* (en francés, la parte más impresionante)
¡Es Pipe, el GYRO!
No, es otro robot que hemos fabricado.
EDÉN
MECARRO
EDÉN
¡Los manejo a todos con este complejo control remoto!
EDÉN
ENCENDER APAGAR
Bueno Malo

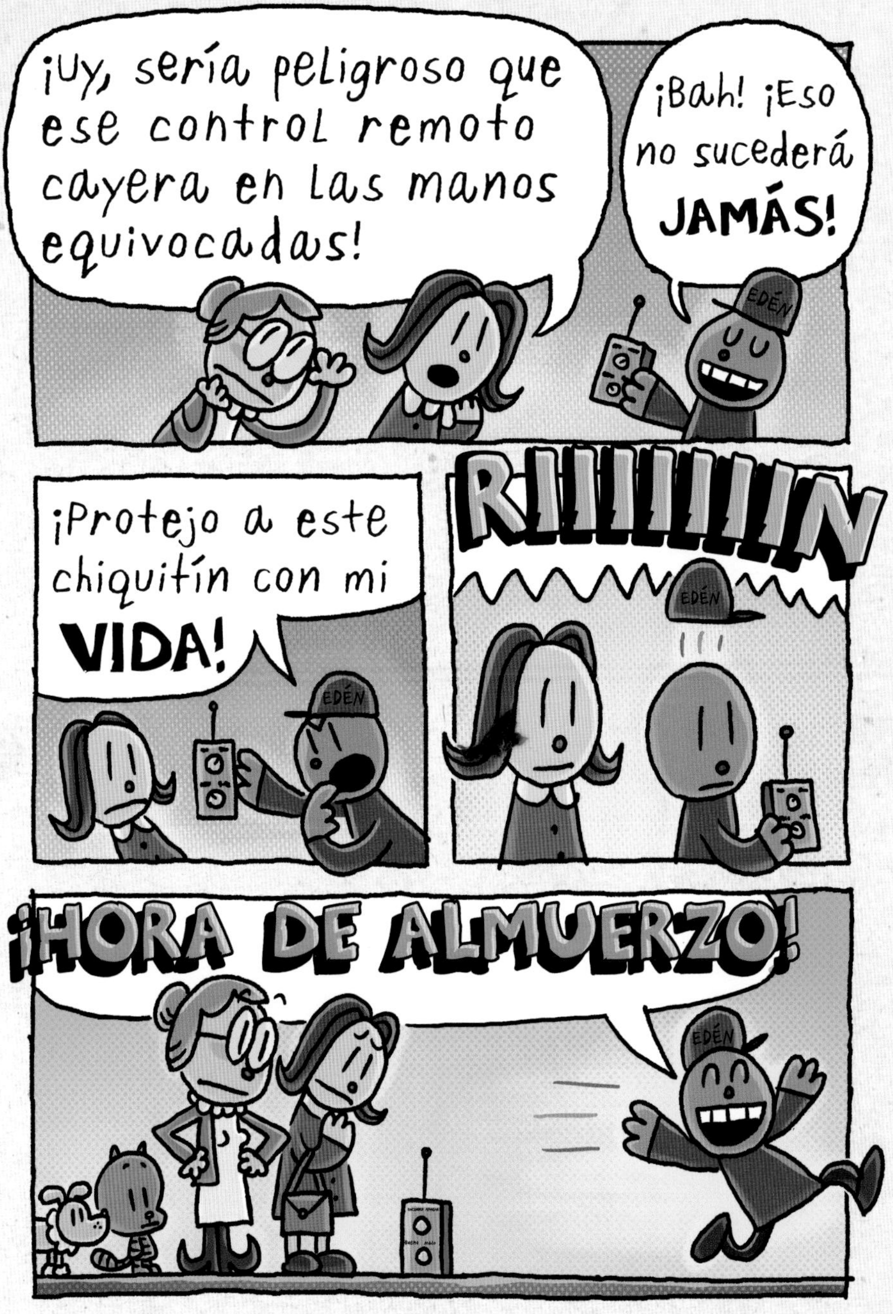
¡Uy, sería peligroso que ese control remoto cayera en las manos equivocadas!
¡Bah! ¡Eso no sucederá JAMÁS!
EDÉN
¡Protejo a este chiquitín con mi VIDA!
EDÉN
RIIIIIIIIN
EDÉN
¡HORA DE ALMUERZO!
EDÉN

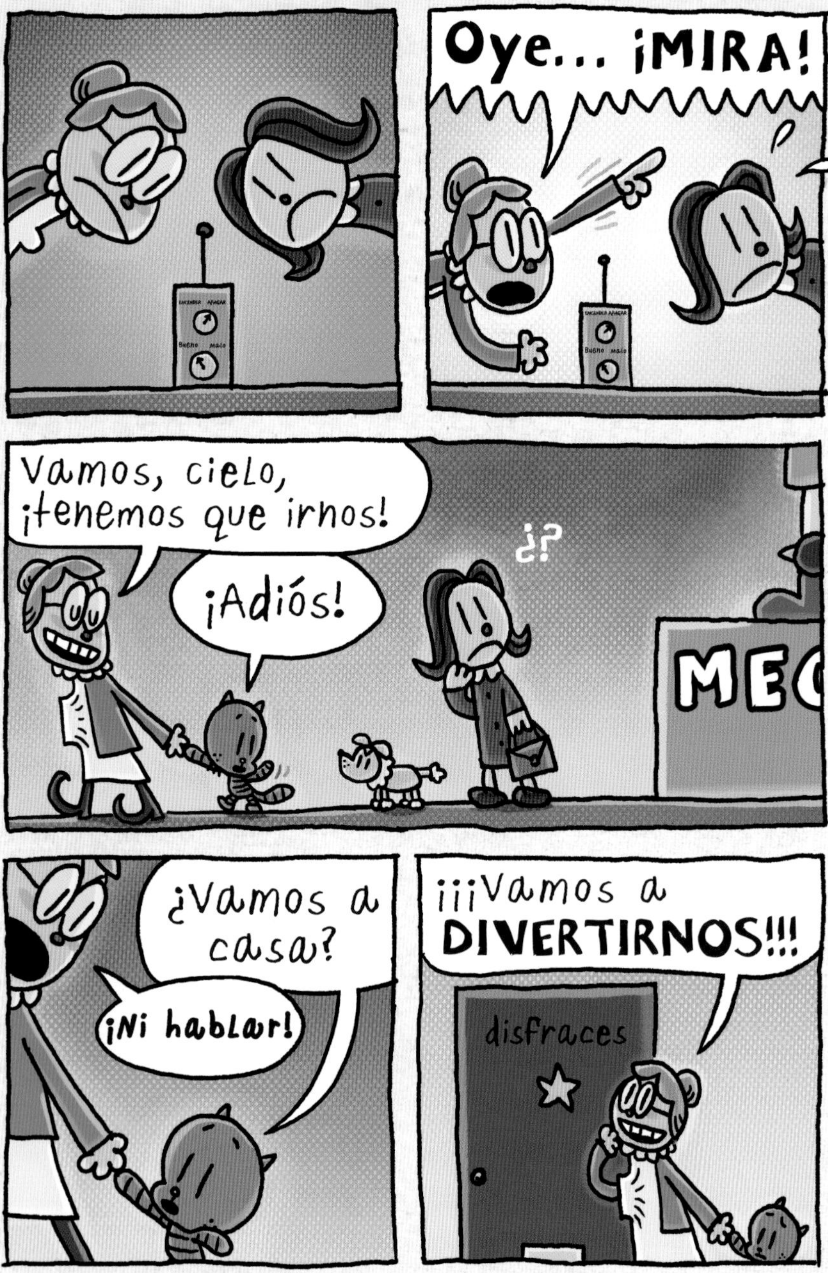
ENCENDER APAGAR
Bueno Malo
Oye… ¡MIRA!
Vamos, cielo, ¡tenemos que irnos!
¡Adiós!
¿?
MEC
¿Vamos a casa?
¡Ni hablar!
¡¡¡Vamos a DIVERTIRNOS!!!
disfraces

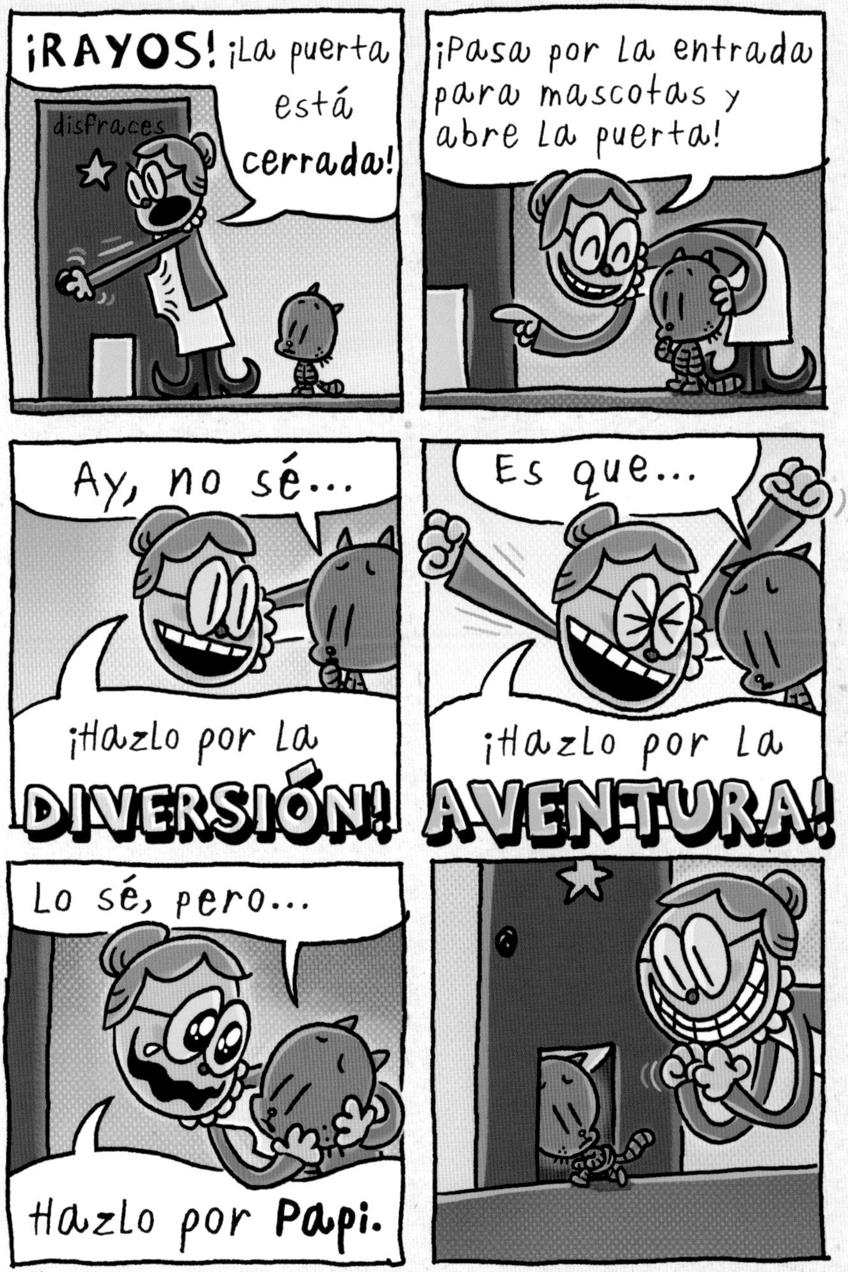
¡RAYOS! ¡La puerta está cerrada!
disfraces
¡Pasa por la entrada para mascotas y abre la puerta!
Ay, no sé...
¡Hazlo por la DIVERSIÓN!
Es que...
¡Hazlo por la AVENTURA!
Lo sé, pero...
Hazlo por Papi.

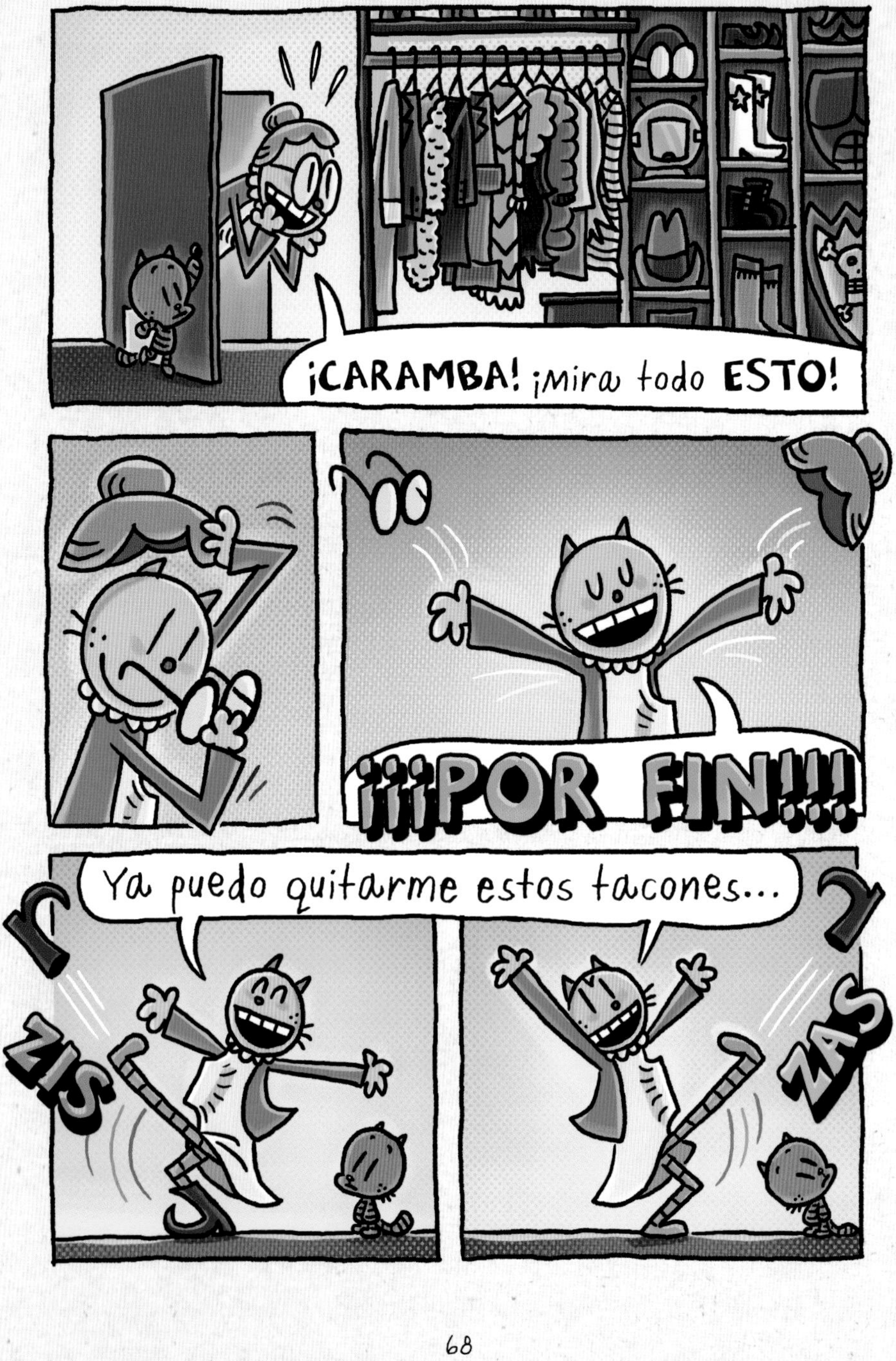
¡CARAMBA! ¡Mira todo ESTO!
¡¡¡POR FIN!!!
Ya puedo quitarme estos tacones...
ZIS
ZAS

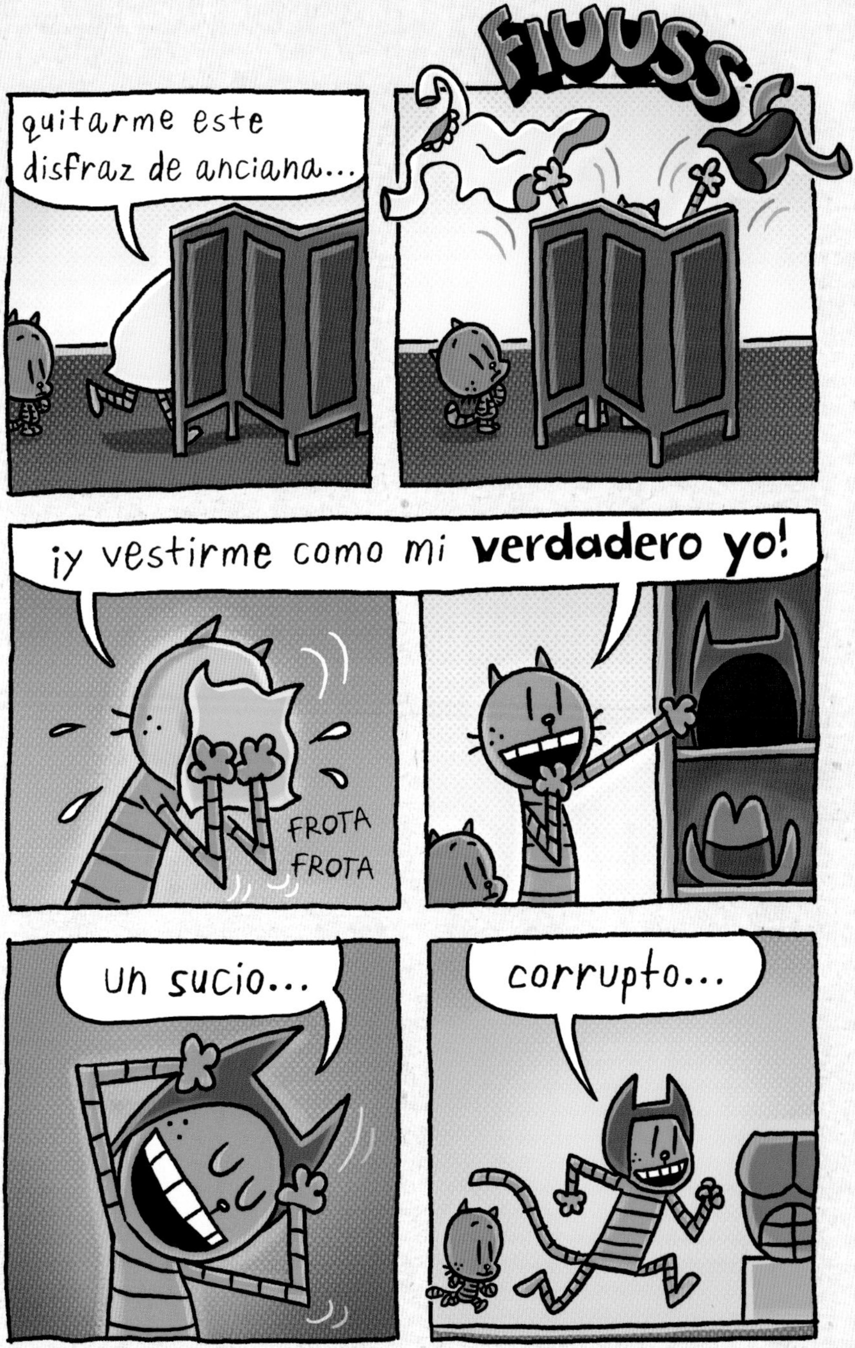
quitarme este disfraz de anciana...
FIUUSS
¡y vestirme como mi **verdadero yo!**
FROTA FROTA
un sucio...
corrupto...

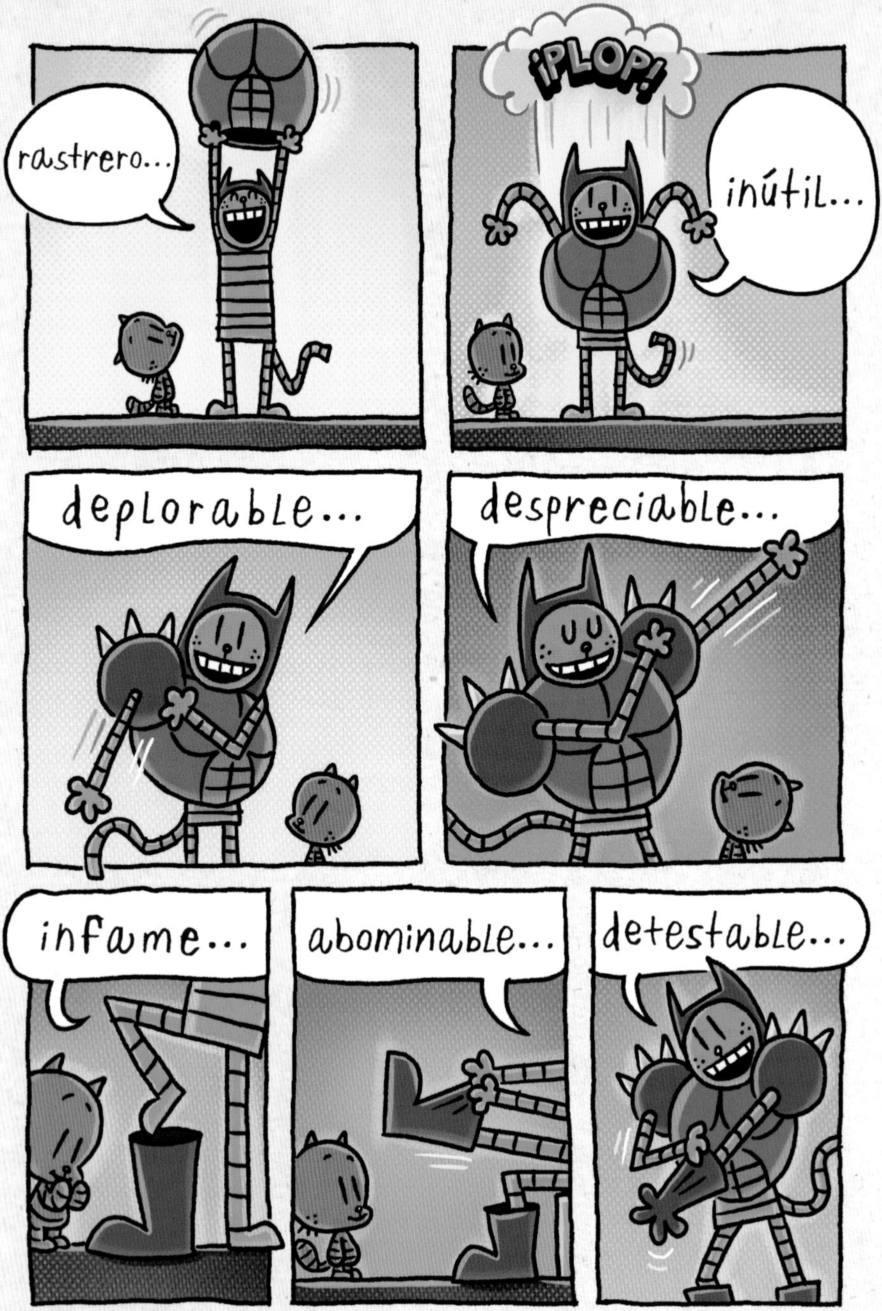
rastrero...
¡PLOP!
inútil...
deplorable...
despreciable...
infame...
abominable...
detestable...

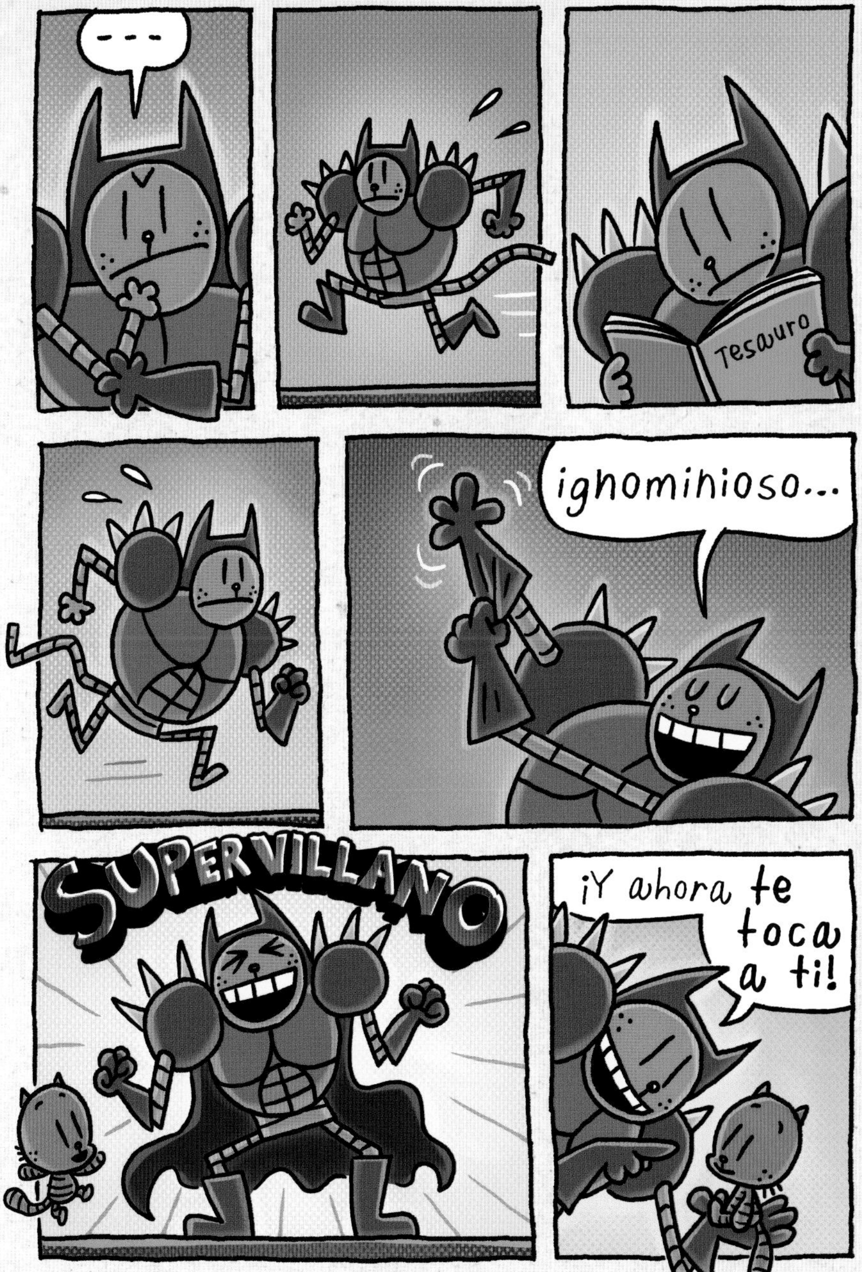
...
Tesauro
ignominioso...
SUPERVILLANO
¡Y ahora te toca a ti!

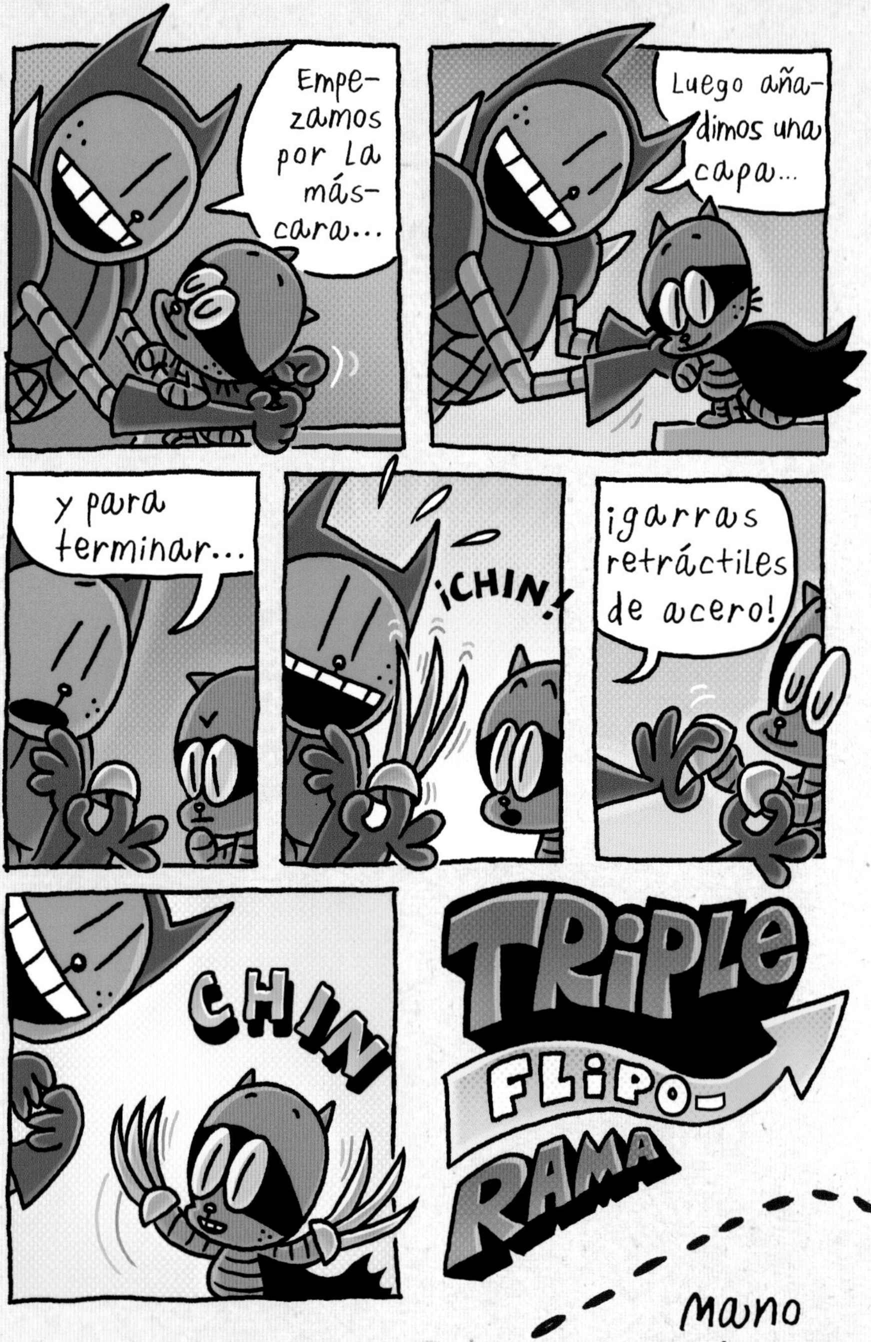
Empezamos por la máscara...
Luego añadimos una capa...
y para terminar...
¡CHIN!
¡garras retráctiles de acero!
CHIN
TRIPLE FLIPO-RAMA

Mano izquierda aquí.

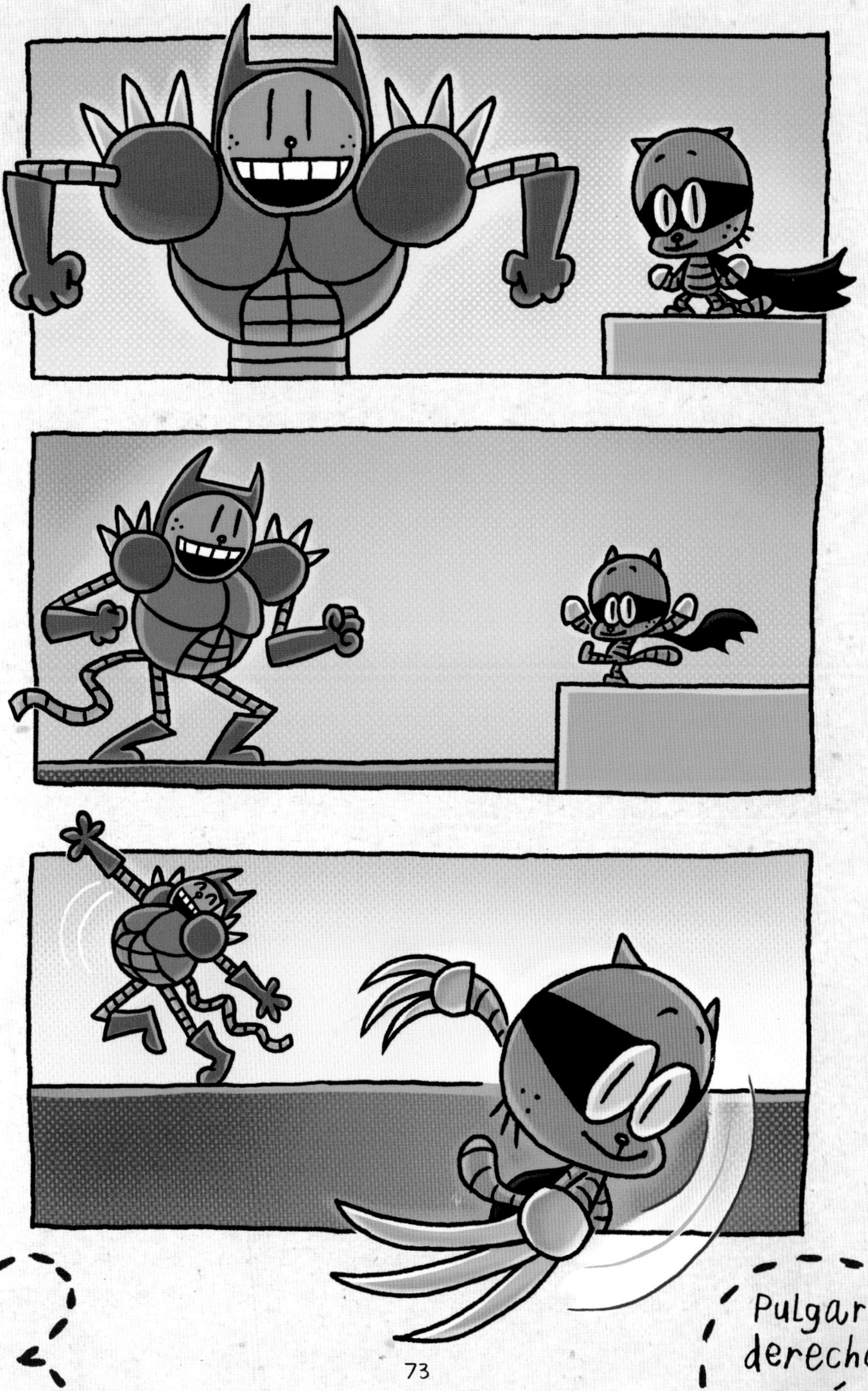

Pulgar
derecho
aquí.

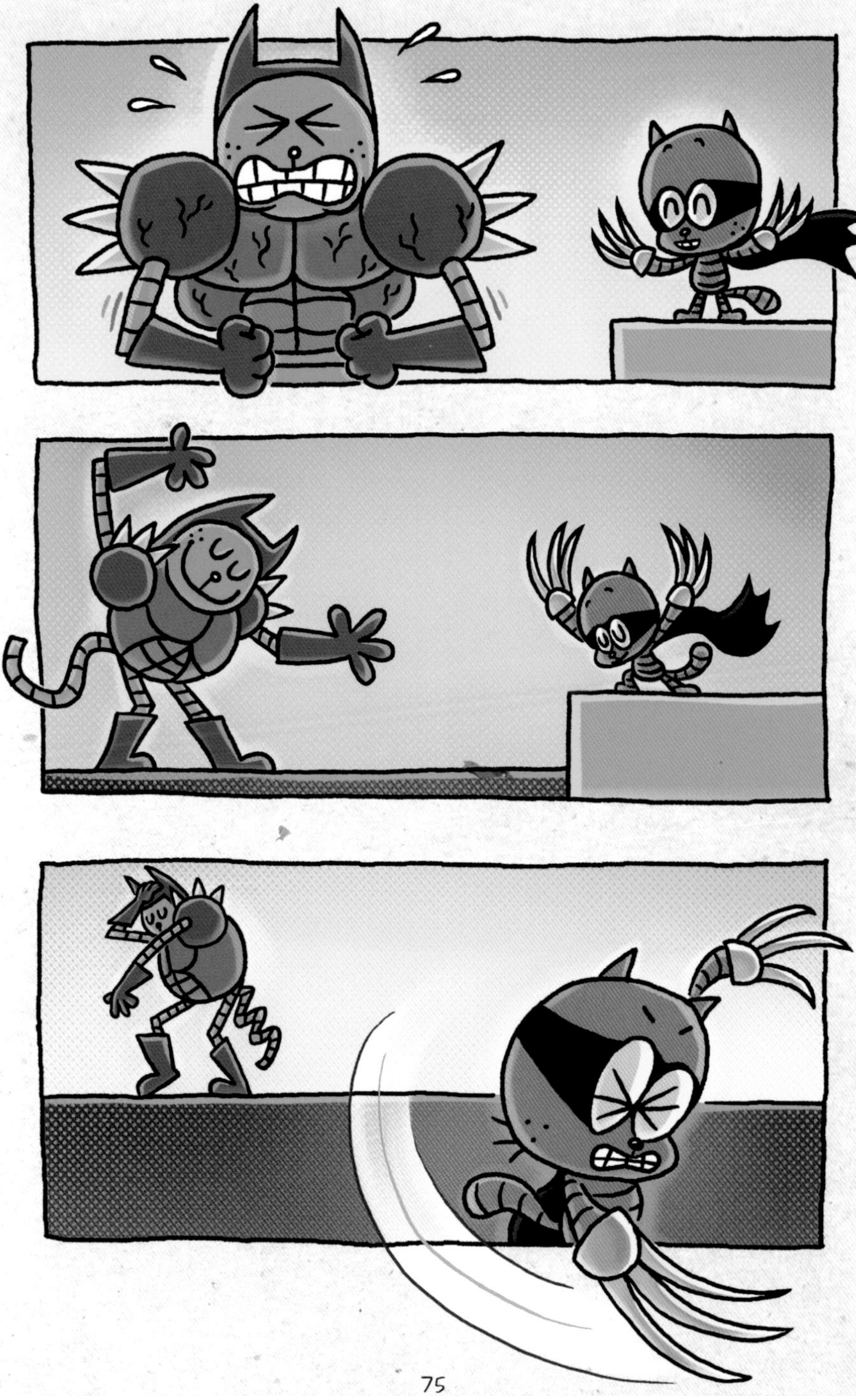

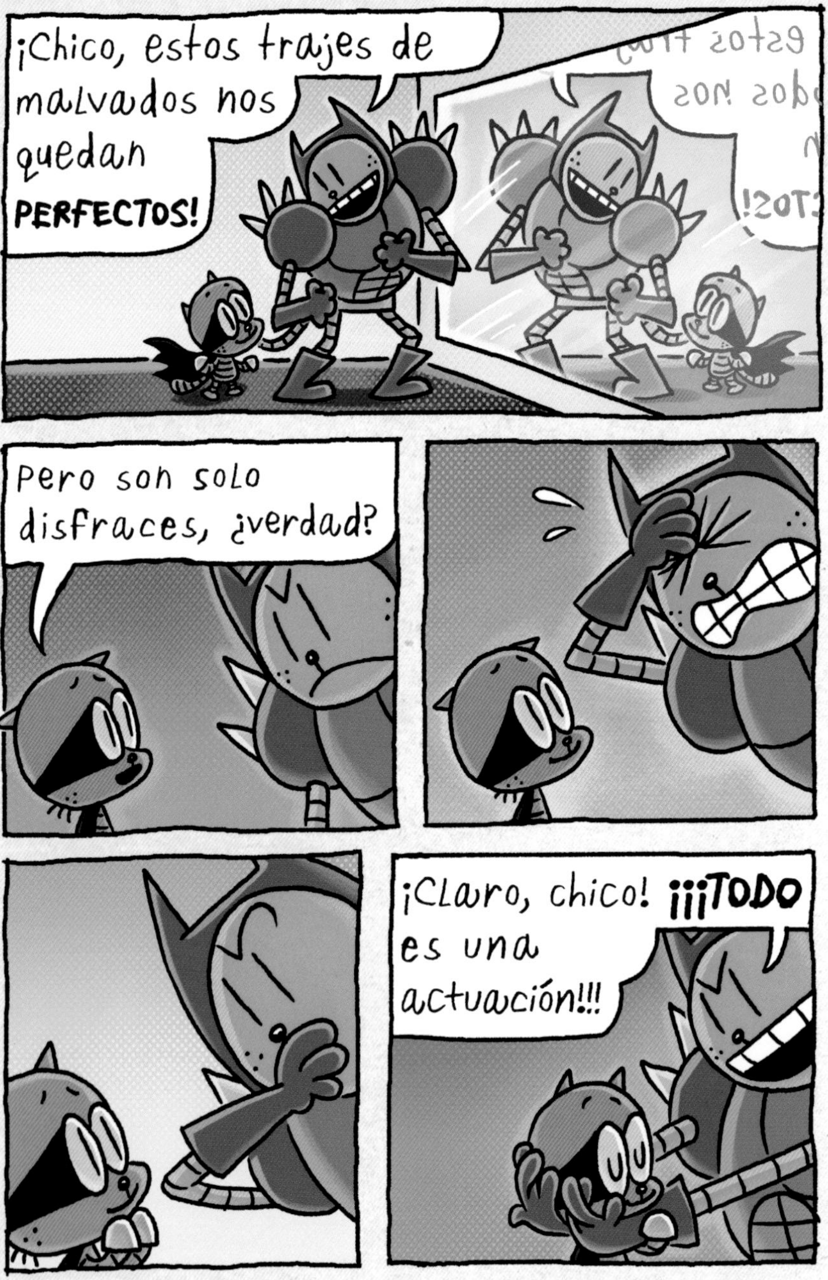
¡Chico, estos trajes de malvados nos quedan PERFECTOS!
Pero son solo disfraces, ¿verdad?
¡Claro, chico! ¡¡¡TODO es una actuación!!!

CAPÍTULO 5

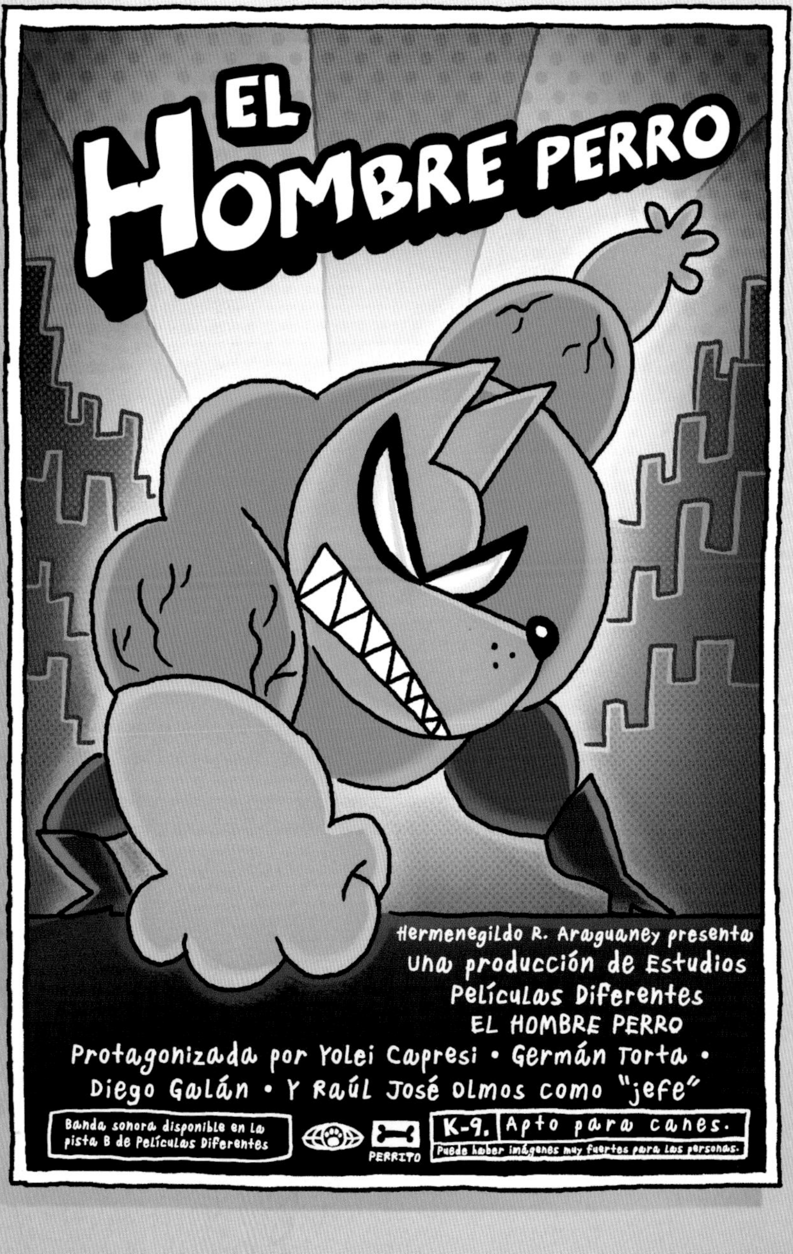
EL HOMBRE PERRO
Hermenegildo R. Araguaney presenta
una producción de Estudios
Películas Diferentes
EL HOMBRE PERRO
Protagonizada por Yolei Capresi • Germán Torta •
Diego Galán • Y Raúl José Olmos como "jefe"
Banda sonora disponible en la pista B de Películas Diferentes
PERRITO
K-9. Apto para canes.
Puede haber imágenes muy fuertes para las personas.

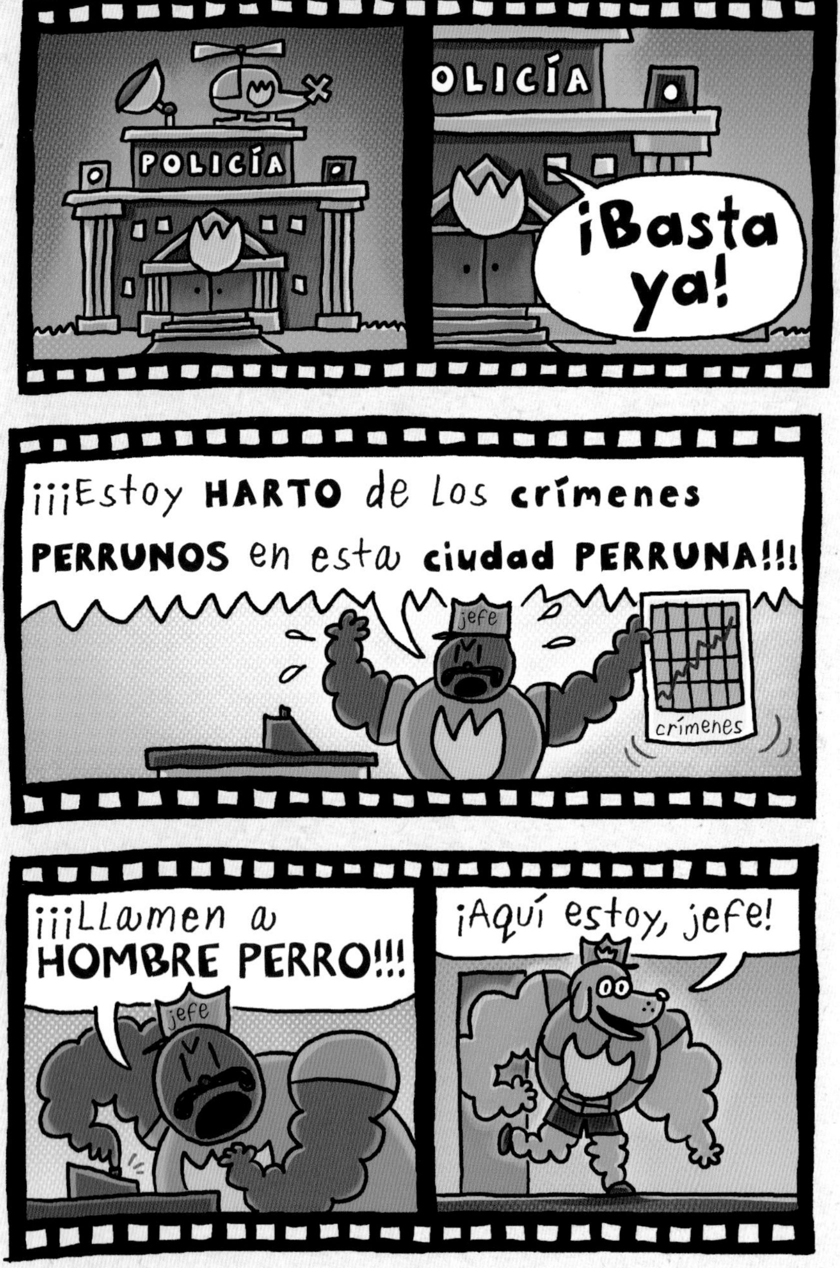
POLICÍA
OLICÍA
¡Basta ya!
¡¡¡Estoy HARTO de los crímenes PERRUNOS en esta ciudad PERRUNA!!!
jefe
crímenes
¡¡¡Llamen a HOMBRE PERRO!!!
jefe
¡Aquí estoy, jefe!

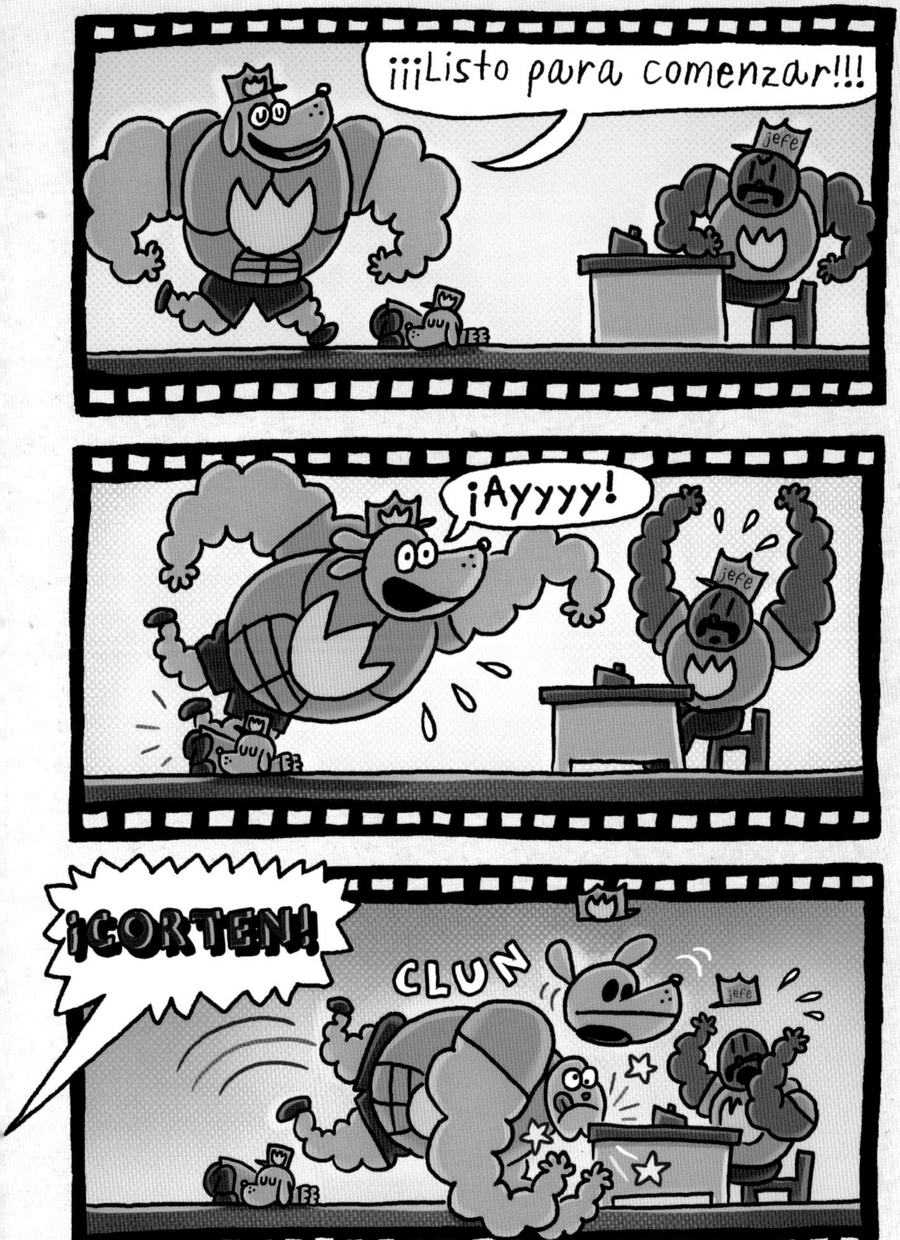
¡¡¡Listo para comenzar!!!
jefe
¡Ayyyy!
jefe
¡CORTEN!
CLUN
jefe

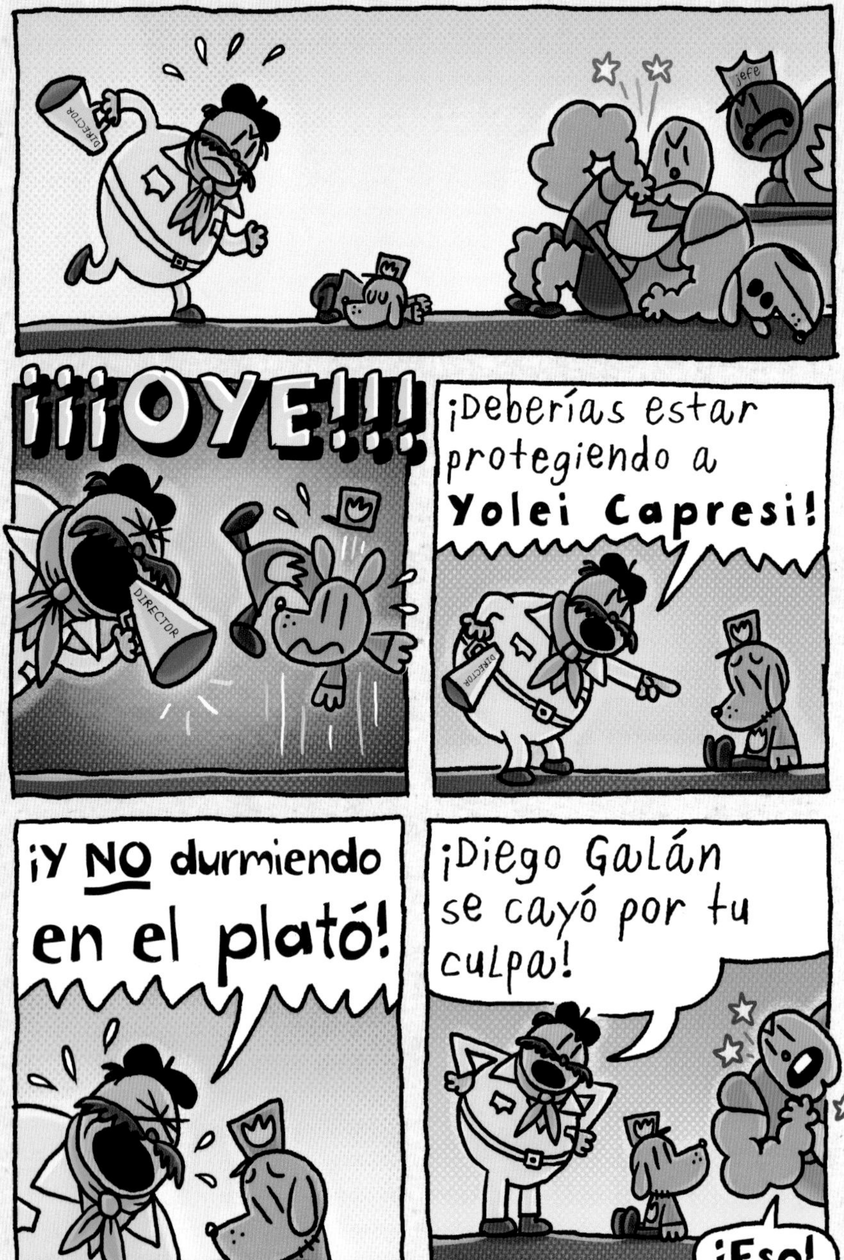
DIRECTOR
jefe
¡¡¡OYE!!!
DIRECTOR
¡Deberías estar protegiendo a Yolei Capresi!
DIRECTOR
¡Y NO durmiendo en el plató!
¡Diego Galán se cayó por tu culpa!
¡Eso!

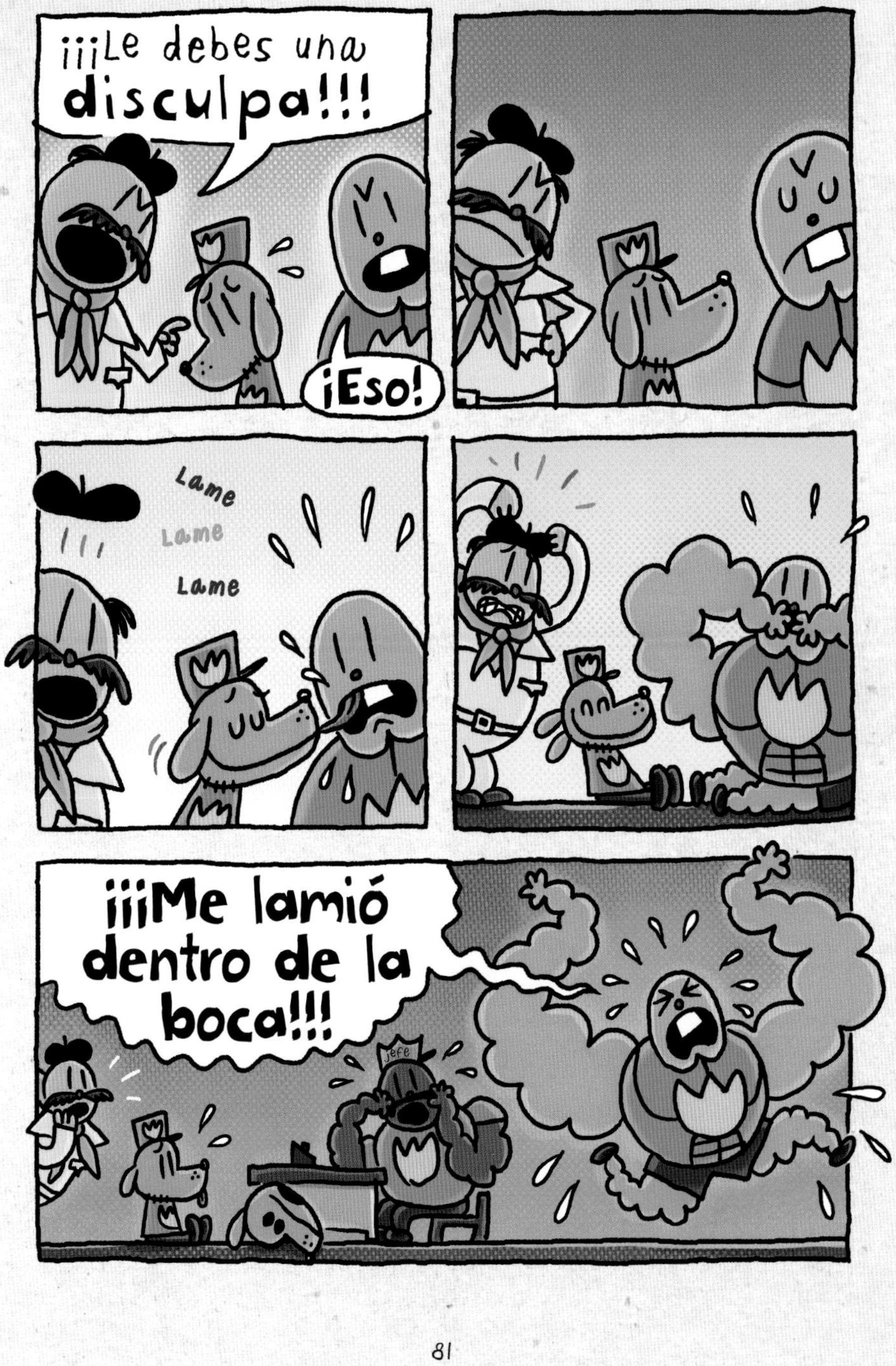
¡¡¡Le debes una disculpa!!!
¡Eso!
Lame
Lame
Lame
¡¡¡Me lamió dentro de la boca!!!
Jefe

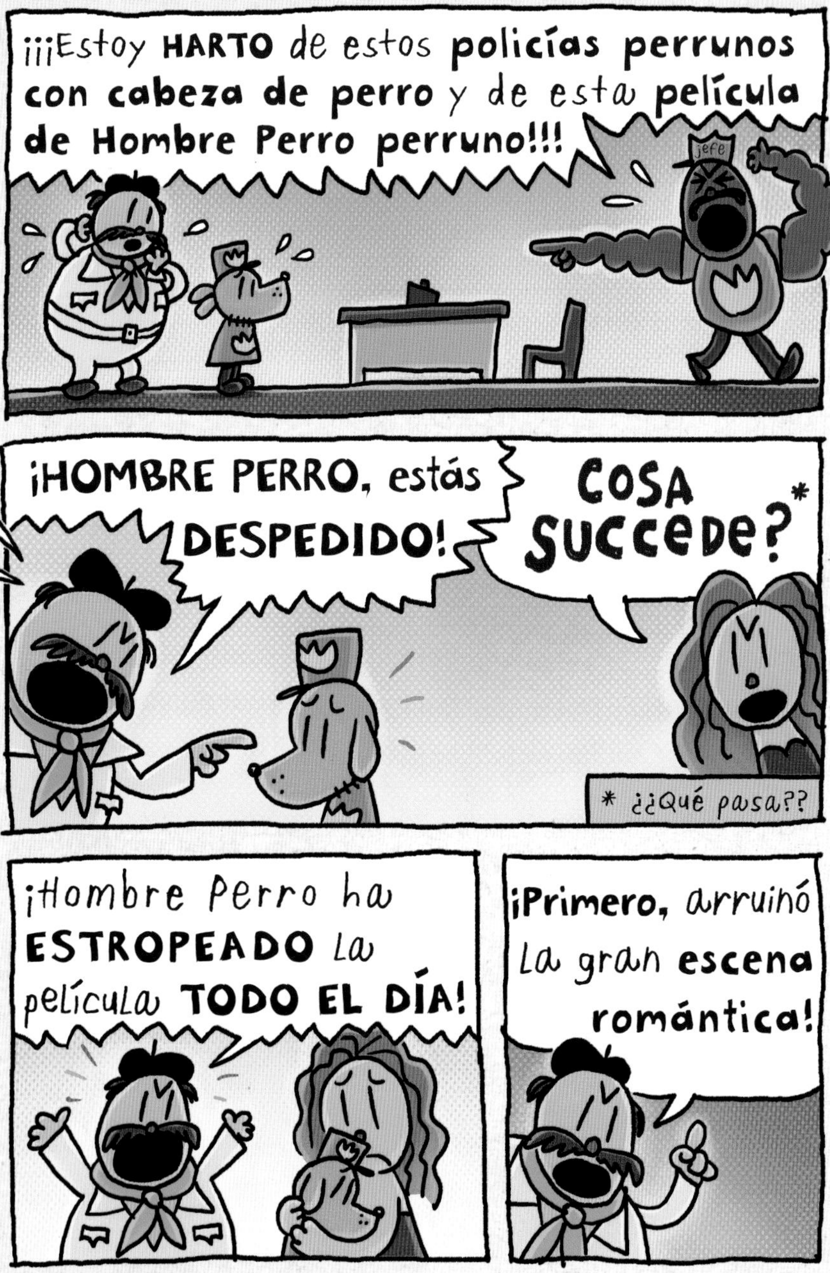
¡¡¡Estoy HARTO de estos policías perrunos con cabeza de perro y de esta película de Hombre Perro perruno!!!
jefe
¡HOMBRE PERRO, estás DESPEDIDO!
COSA SUCCEDE?*
* ¿¿Qué pasa??
¡Hombre Perro ha ESTROPEADO la película TODO EL DÍA!
¡Primero, arruinó la gran escena romántica!

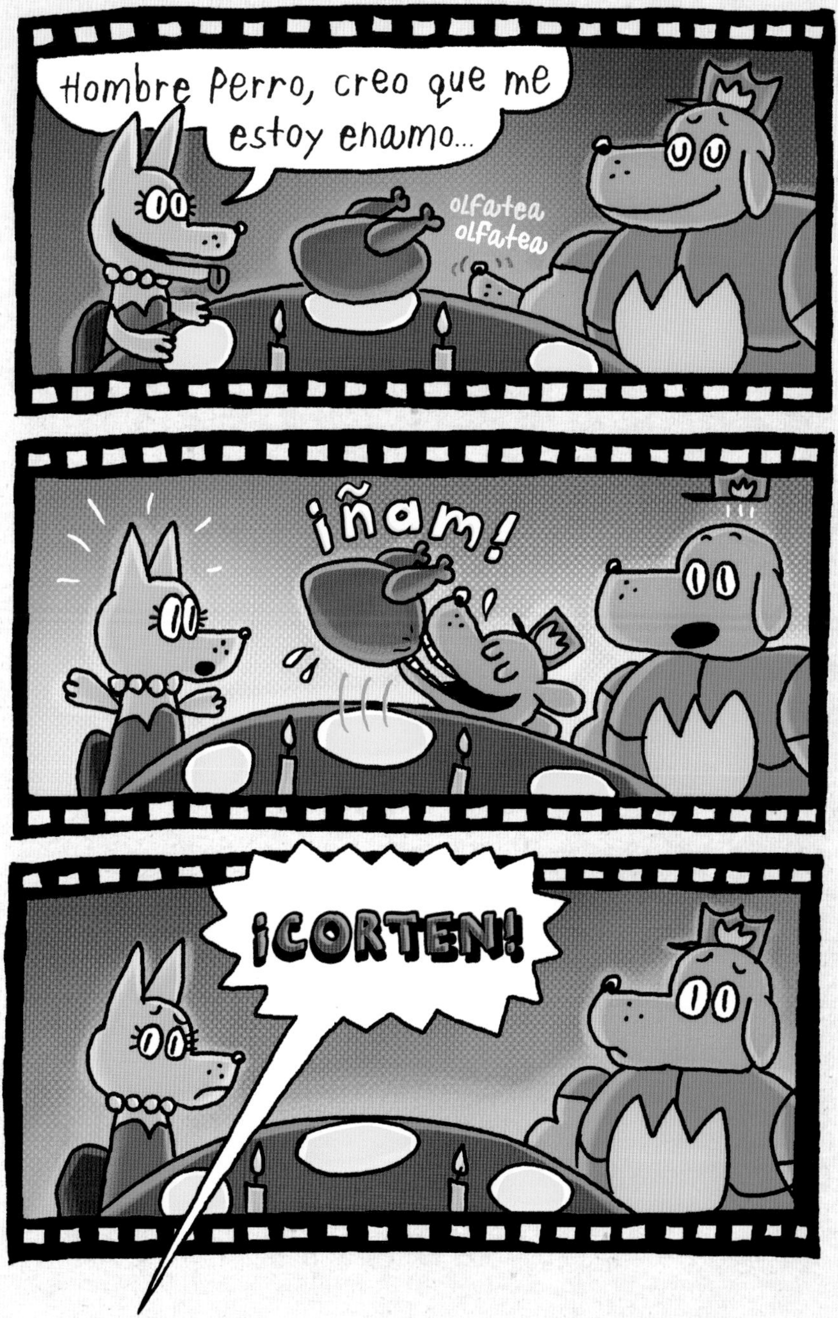
Hombre Perro, creo que me estoy enamo...
olfatea olfatea
¡ñam!
¡CORTEN!

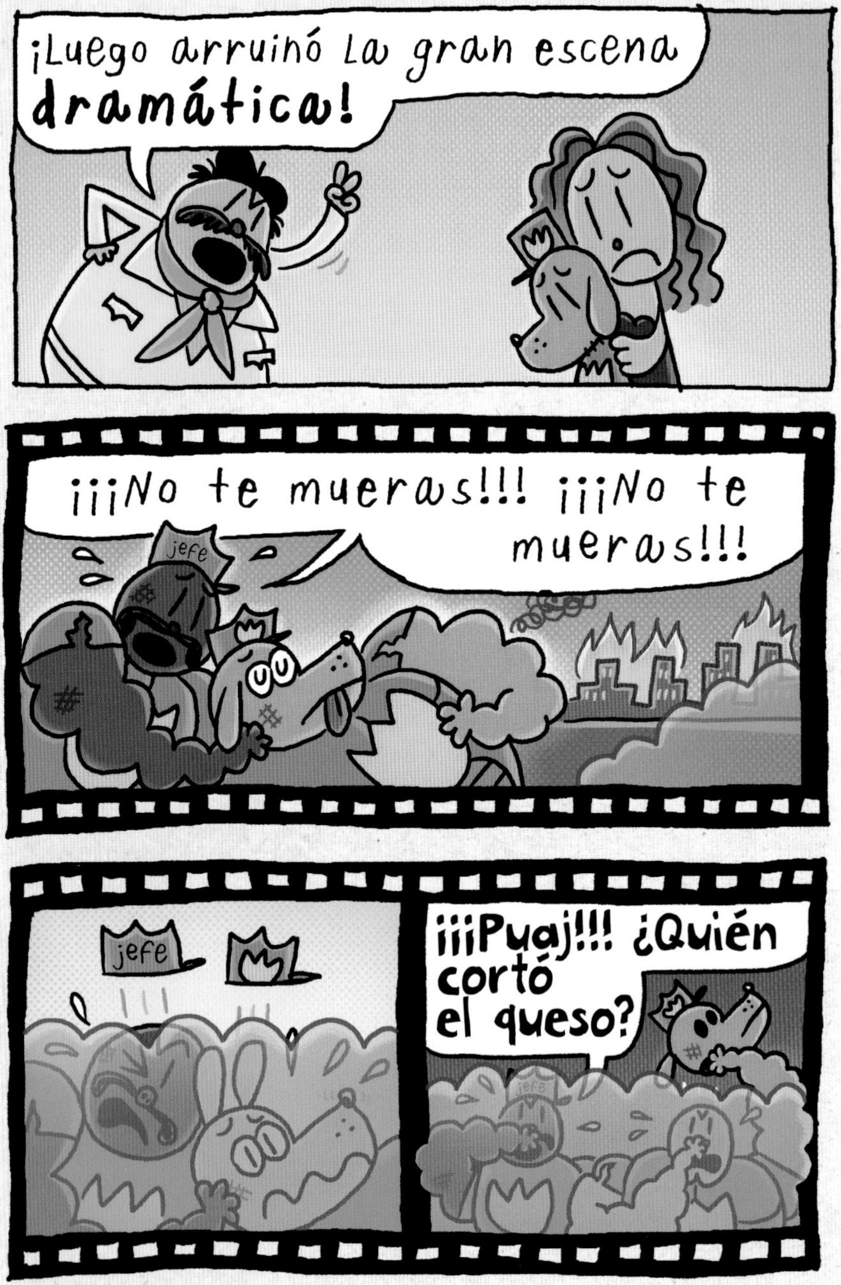
¡Luego arruinó la gran escena **dramática**!
jefe
¡¡¡No te mueras!!! ¡¡¡No te mueras!!!
jefe
¡¡¡Puaj!!! ¿Quién cortó el queso?
jefe

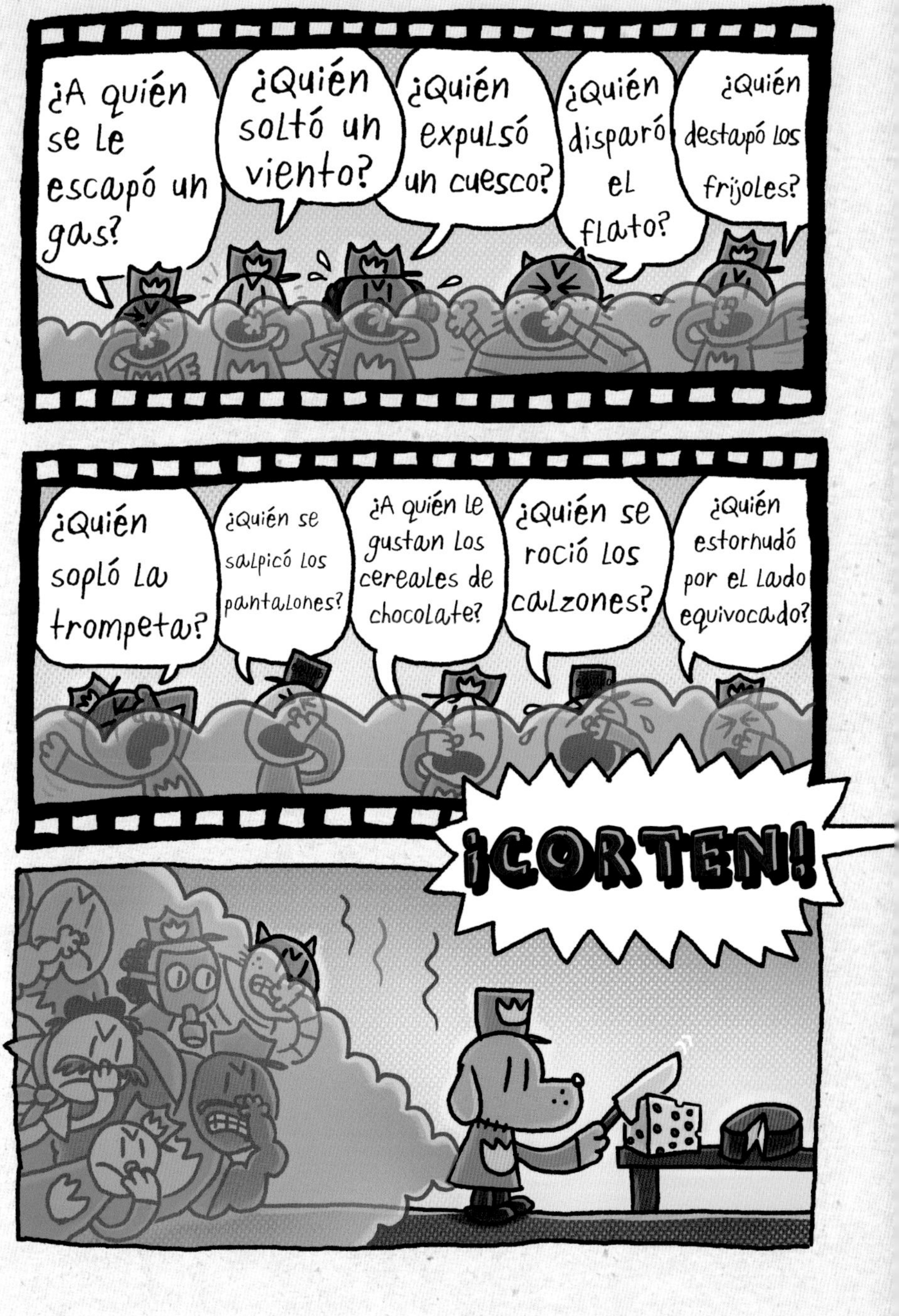
¿A quién se le escapó un gas?
¿Quién soltó un viento?
¿Quién expulsó un cuesco?
¿Quién disparó el flato?
¿Quién destapó los frijoles?
¿Quién sopló la trompeta?
¿Quién se salpicó los pantalones?
¿A quién le gustan los cereales de chocolate?
¿Quién se roció los calzones?
¿Quién estornudó por el lado equivocado?
¡CORTEN!

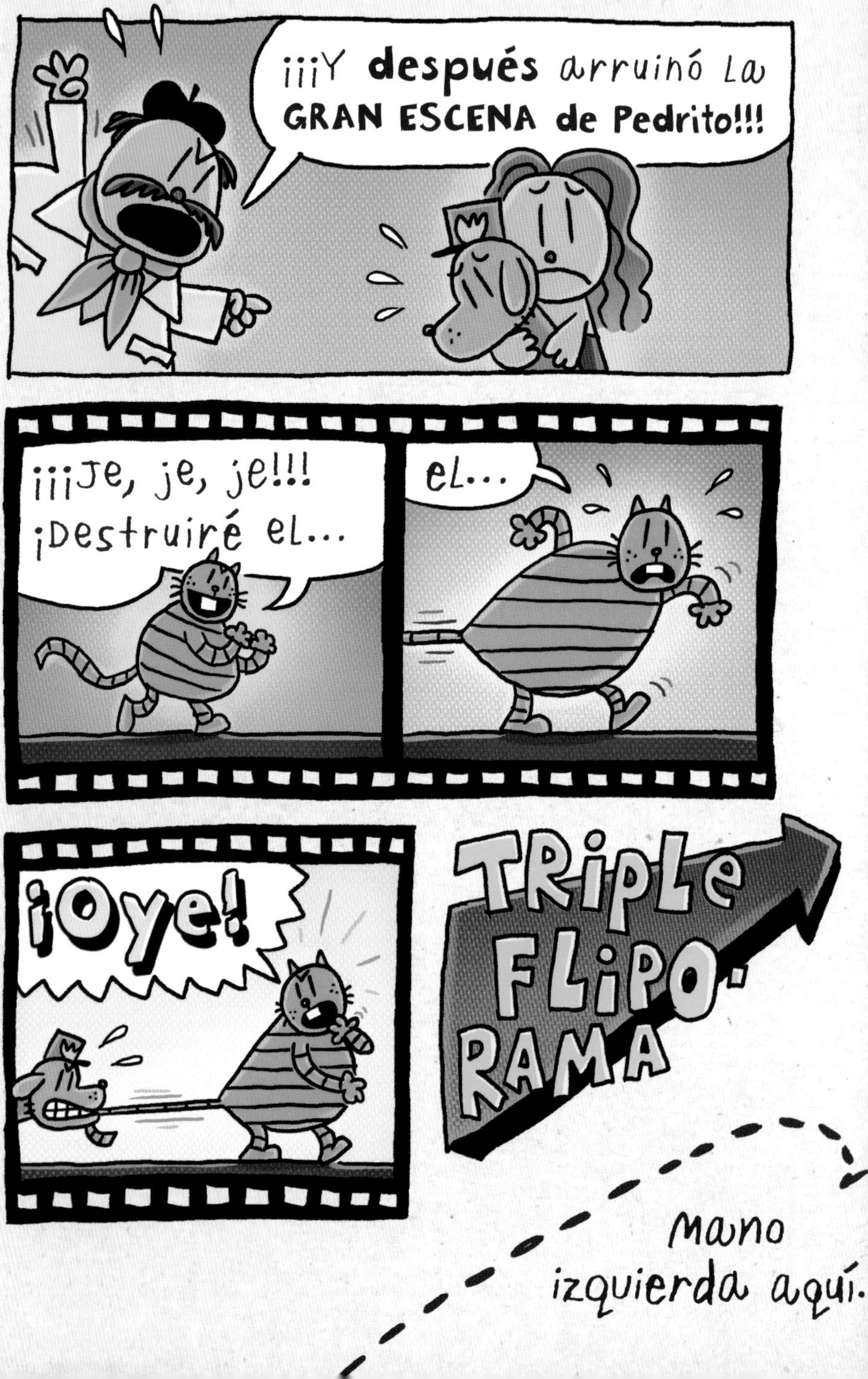
¡¡¡Y después arruinó la GRAN ESCENA de Pedrito!!!
¡¡¡Je, je, je!!! ¡Destruiré el...
el...
¡Oye!
TRIPLE FLIPO-RAMA
Mano izquierda aquí.

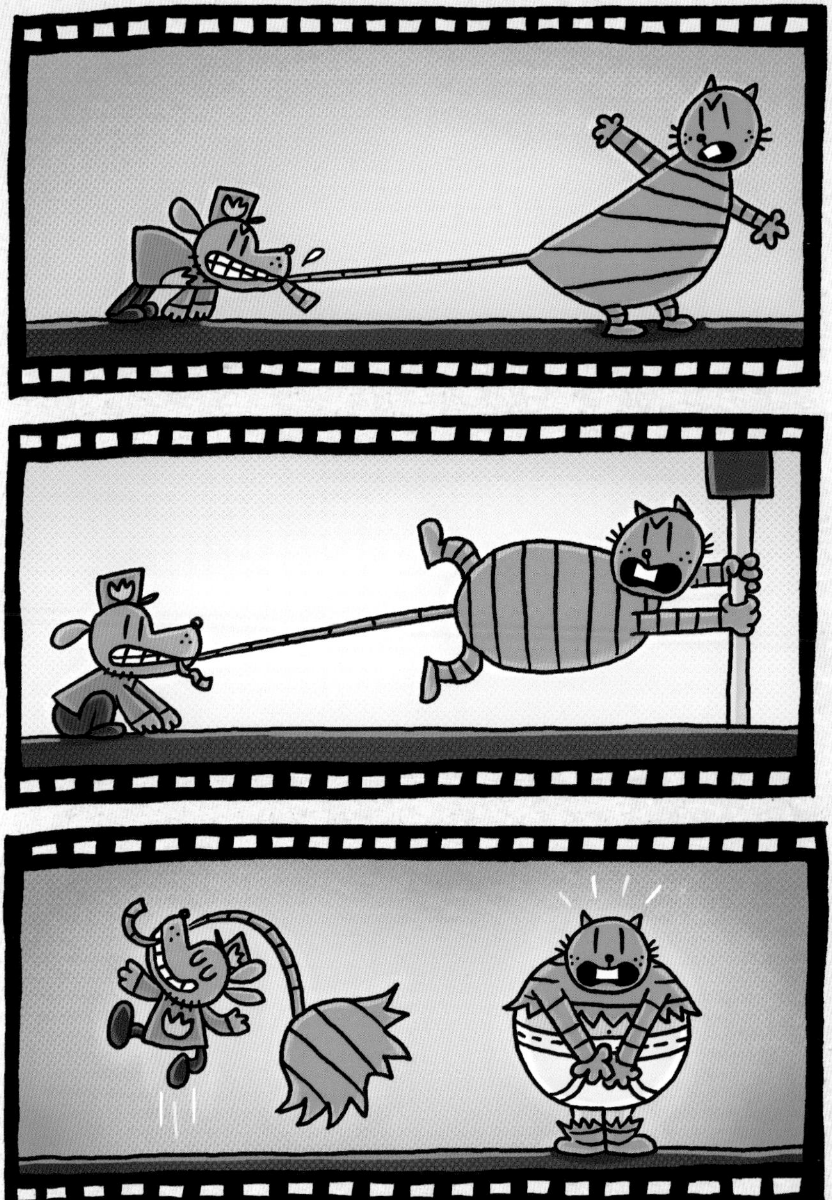

Pulgar derecho aquí.

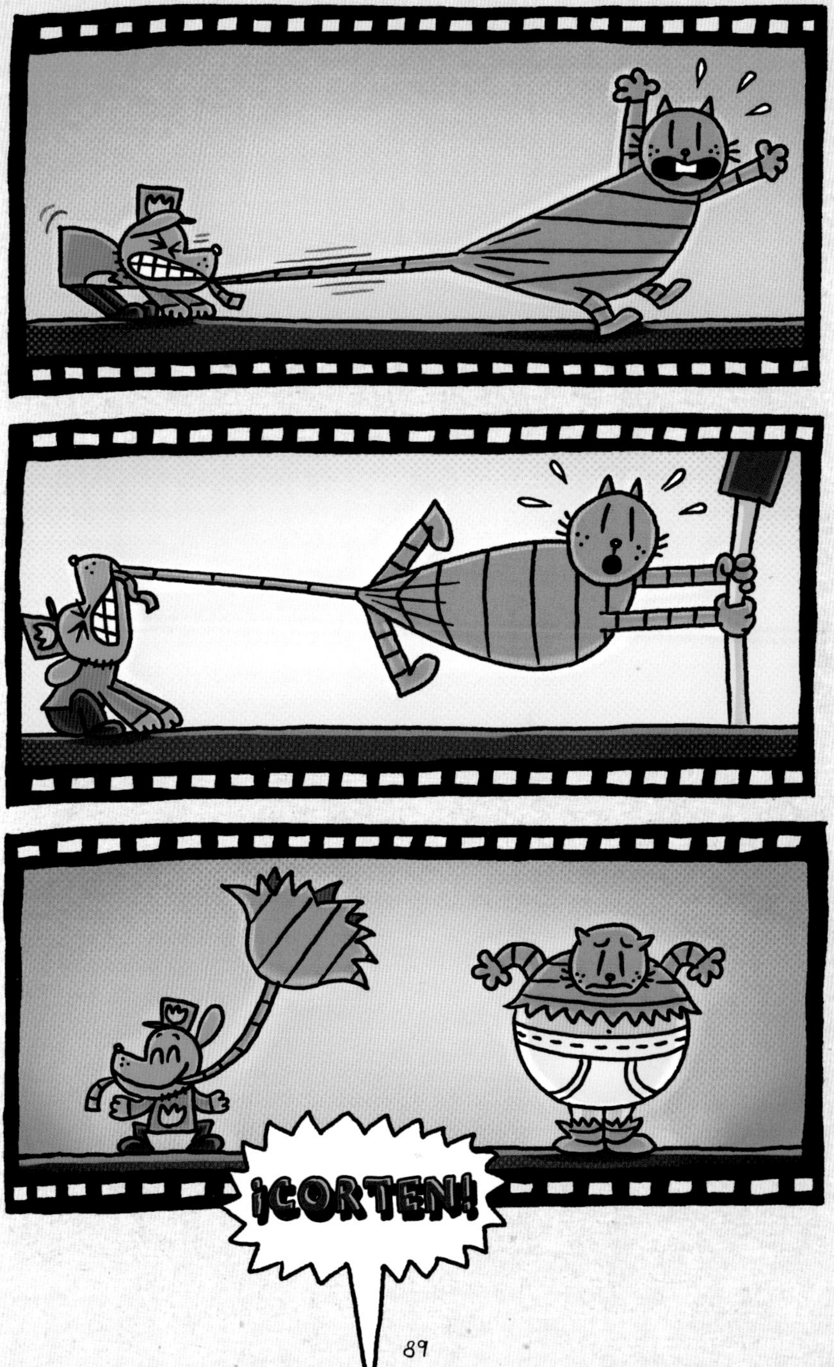
¡CORTEN!

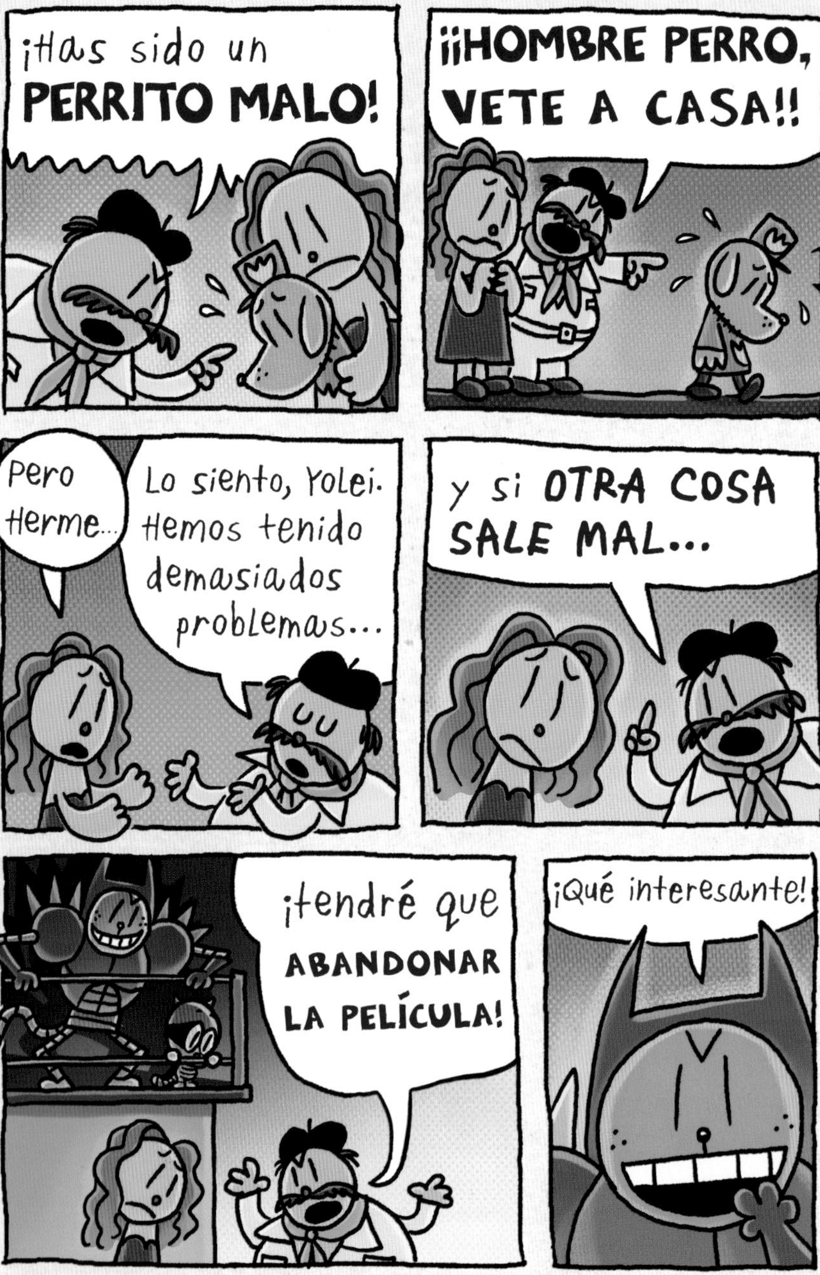
¡Has sido un PERRITO MALO!
¡¡HOMBRE PERRO, VETE A CASA!!
Pero Herme...
Lo siento, Yolei. Hemos tenido demasiados problemas...
y si OTRA COSA SALE MAL...
¡tendré que ABANDONAR LA PELÍCULA!
¡Qué interesante!

Capítulo 6

EL CABALLERO DEL LADRIDO ASCIENDE

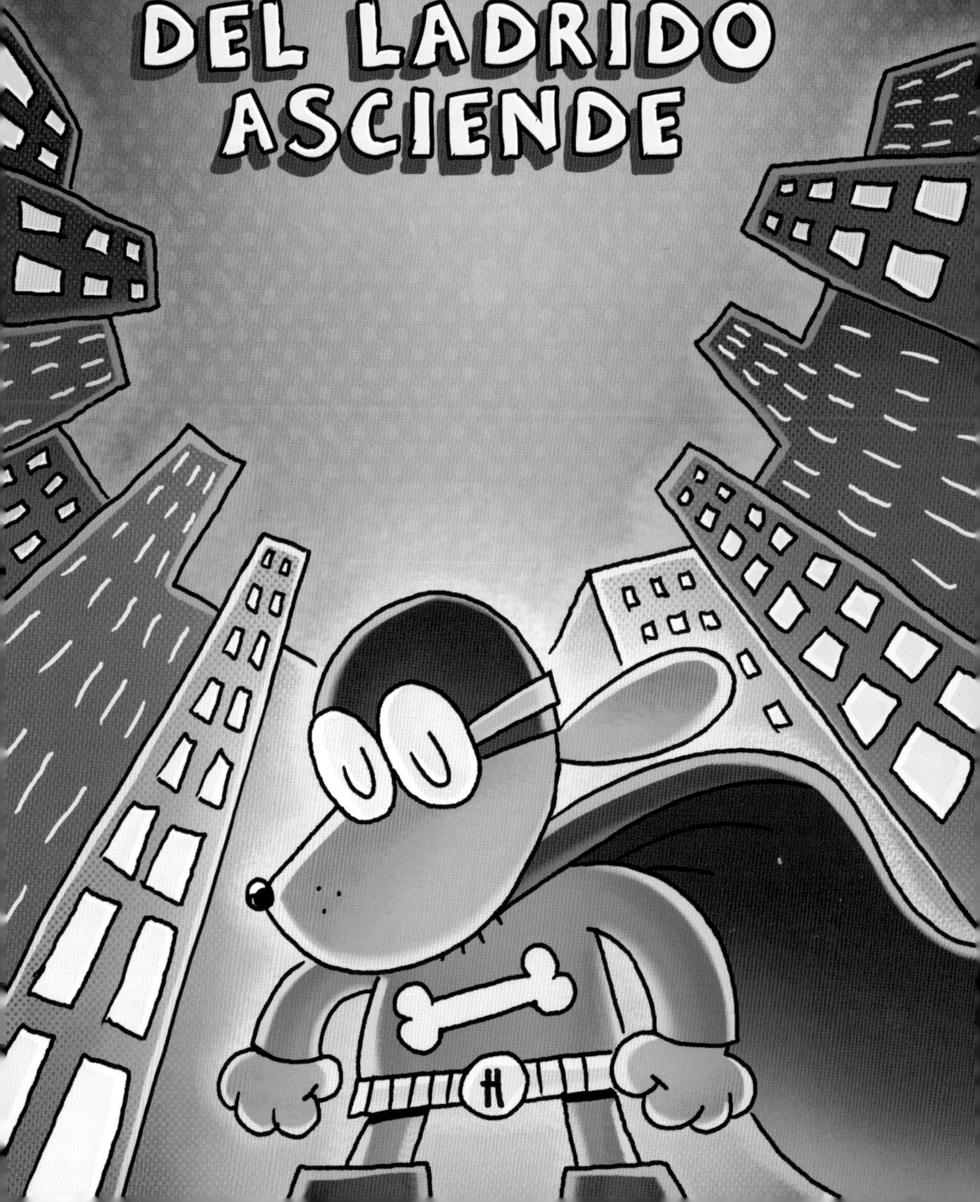
H

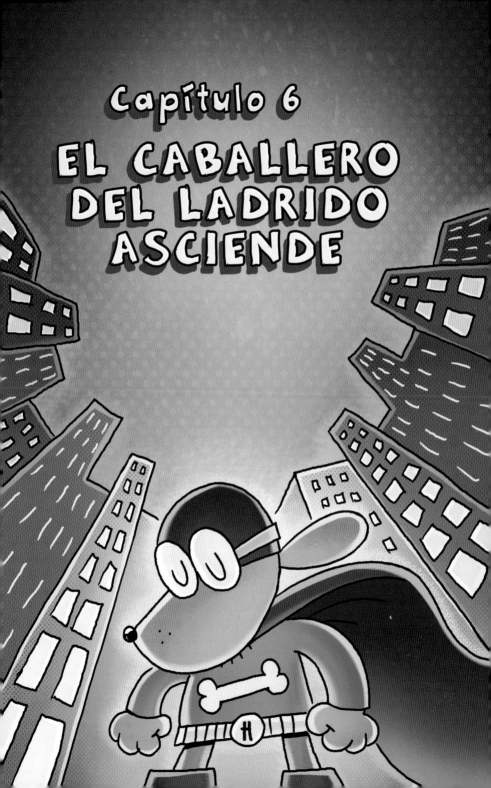

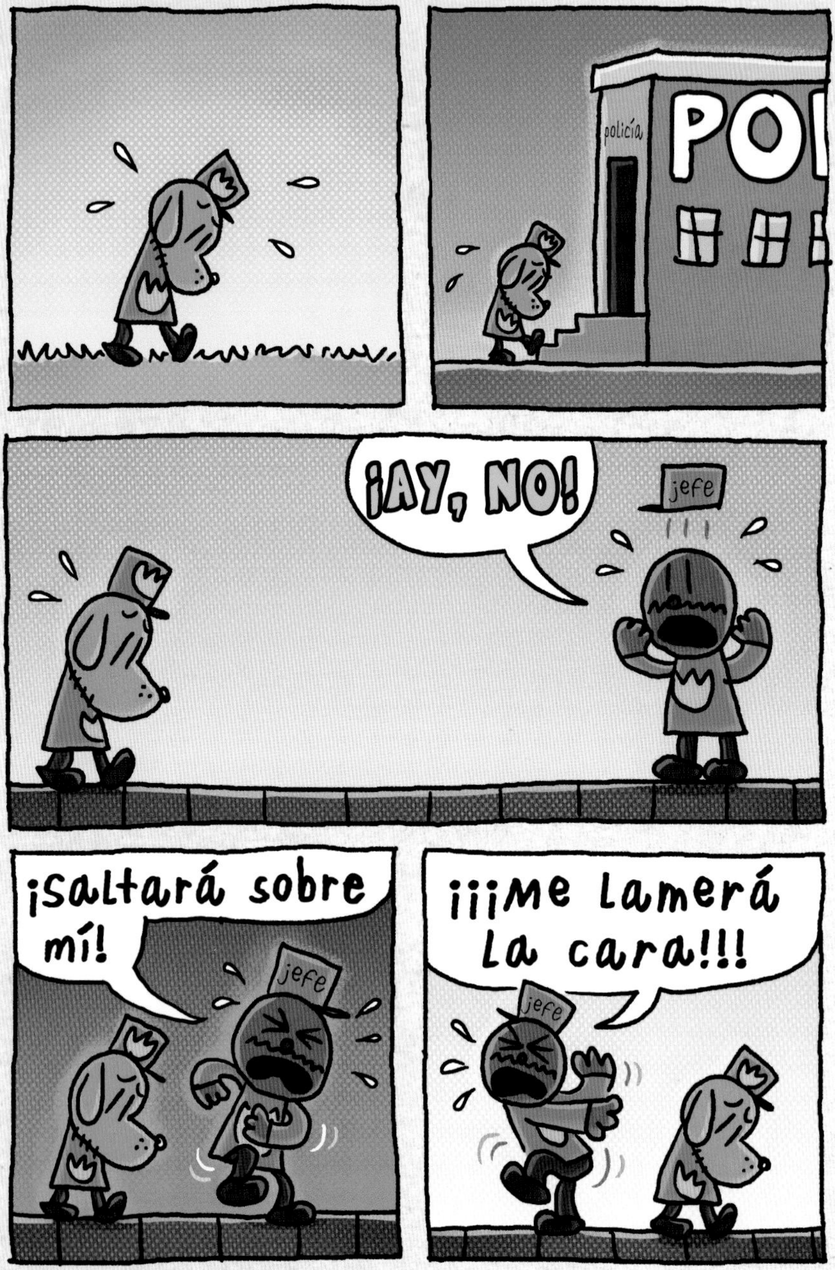
policía
POL
¡AY, NO!
jefe
¡Saltará sobre mí!
jefe
¡¡¡Me lamerá la cara!!!
jefe

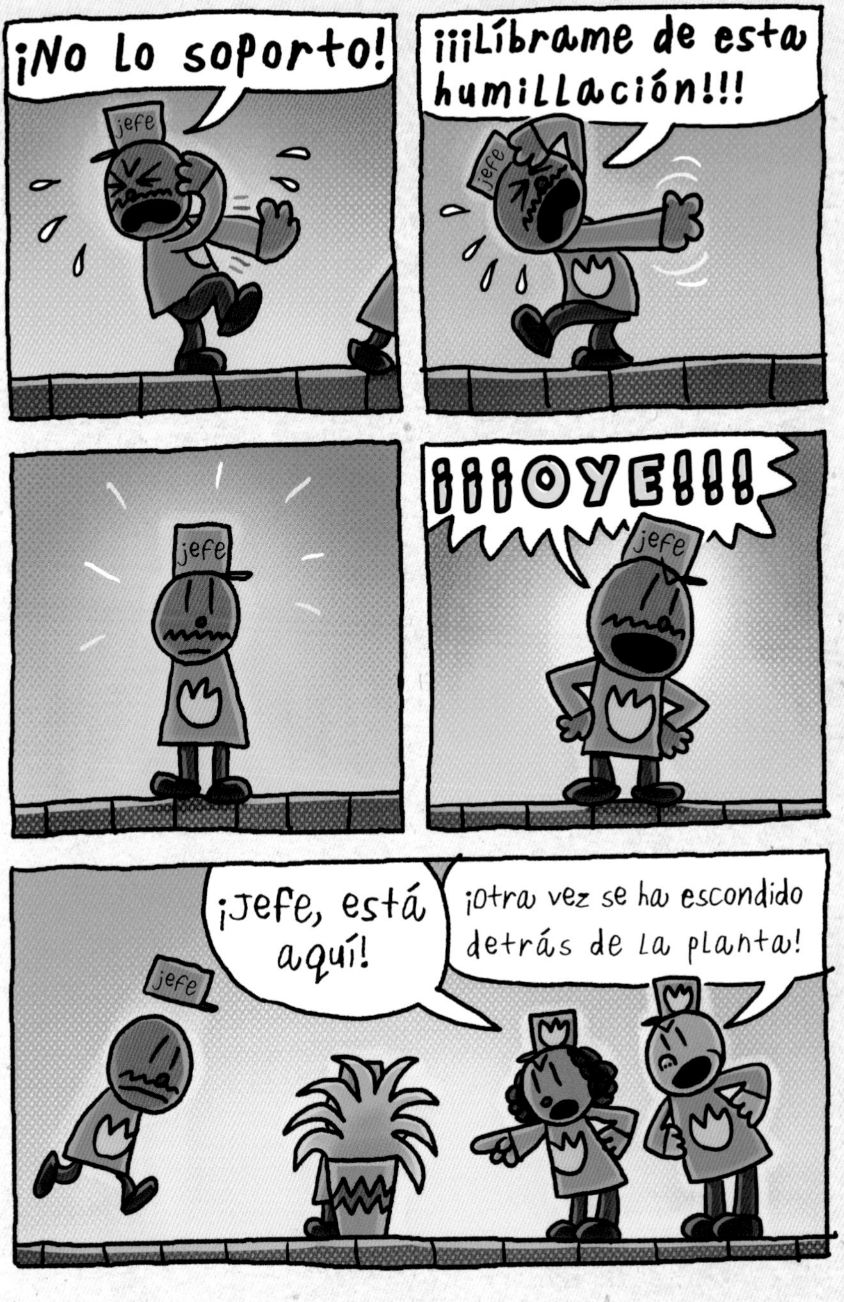
¡No lo soporto!
¡¡¡Líbrame de esta humillación!!!
jefe
¡¡¡OYE!!!
¡Jefe, está aquí!
¡Otra vez se ha escondido detrás de la planta!

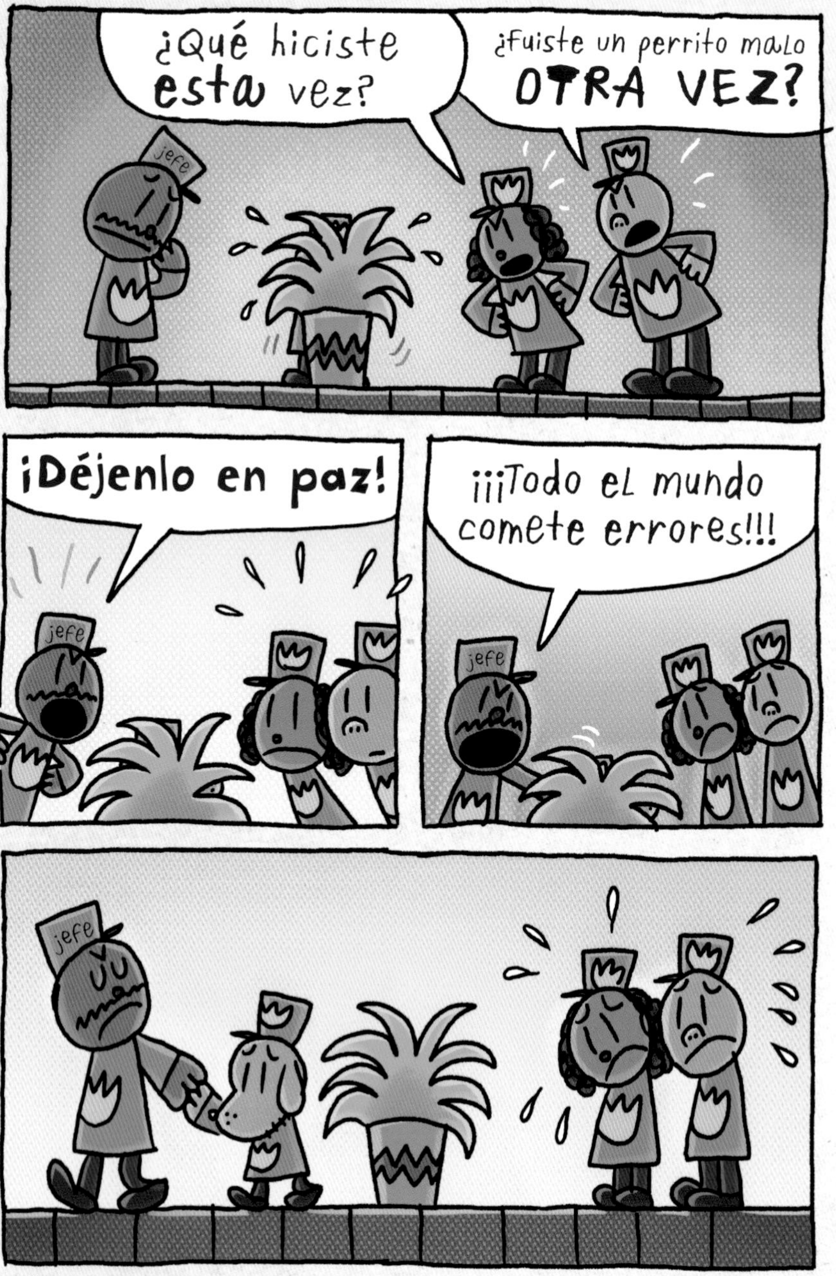
¿Qué hiciste esta vez?
¿Fuiste un perrito malo OTRA VEZ?
jefe
¡Déjenlo en paz!
jefe
¡¡¡Todo el mundo comete errores!!!
jefe
jefe

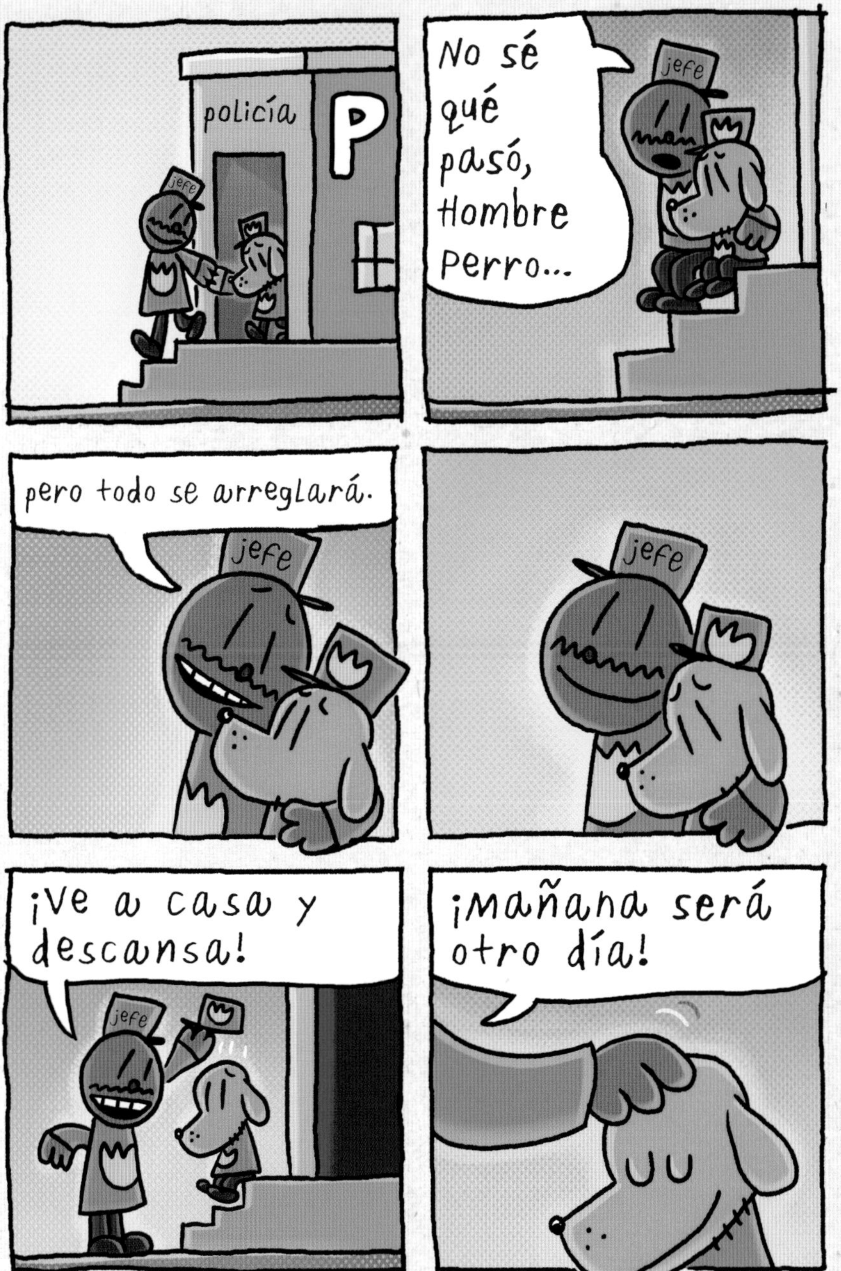
policía
P
jefe
No sé qué pasó, Hombre Perro...
pero todo se arreglará.
¡Ve a casa y descansa!
¡Mañana será otro día!

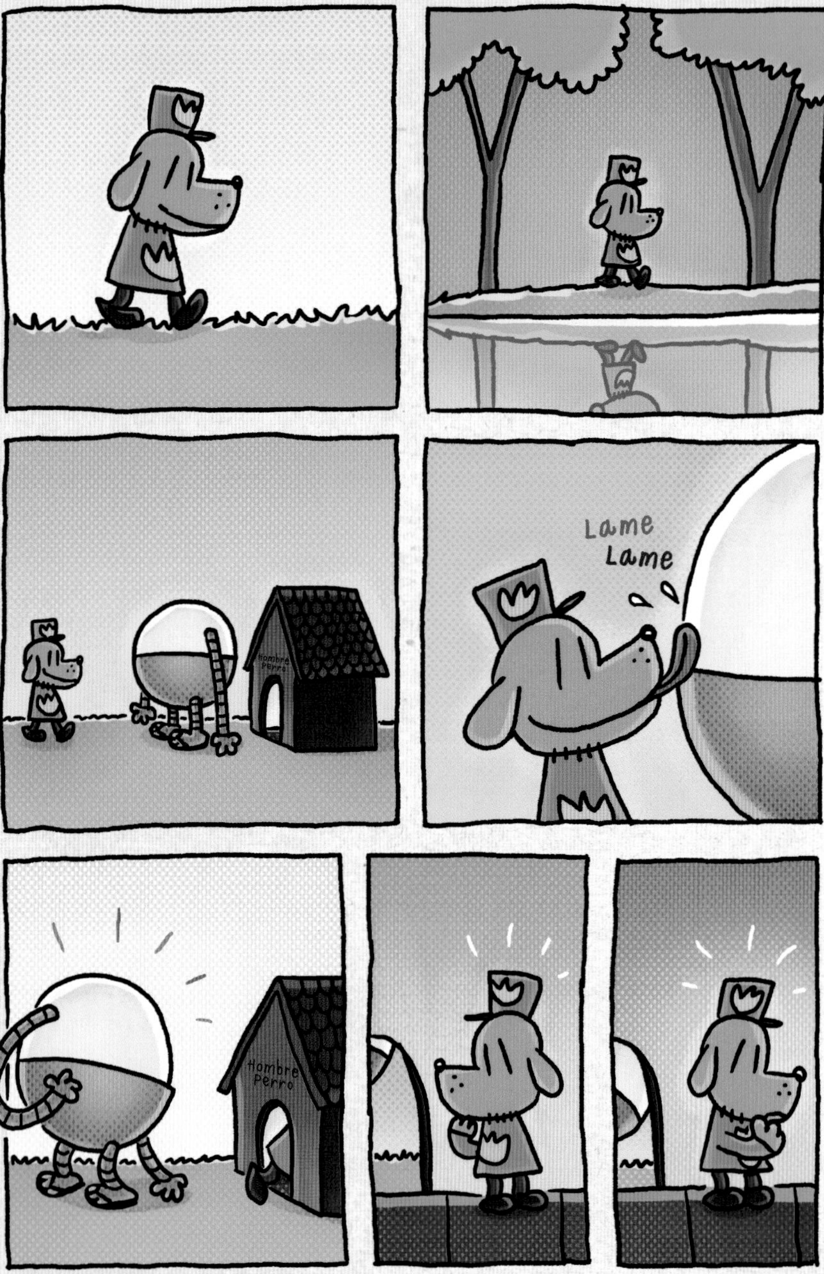
Hombre Perro
Lame
Lame
Hombre Perro

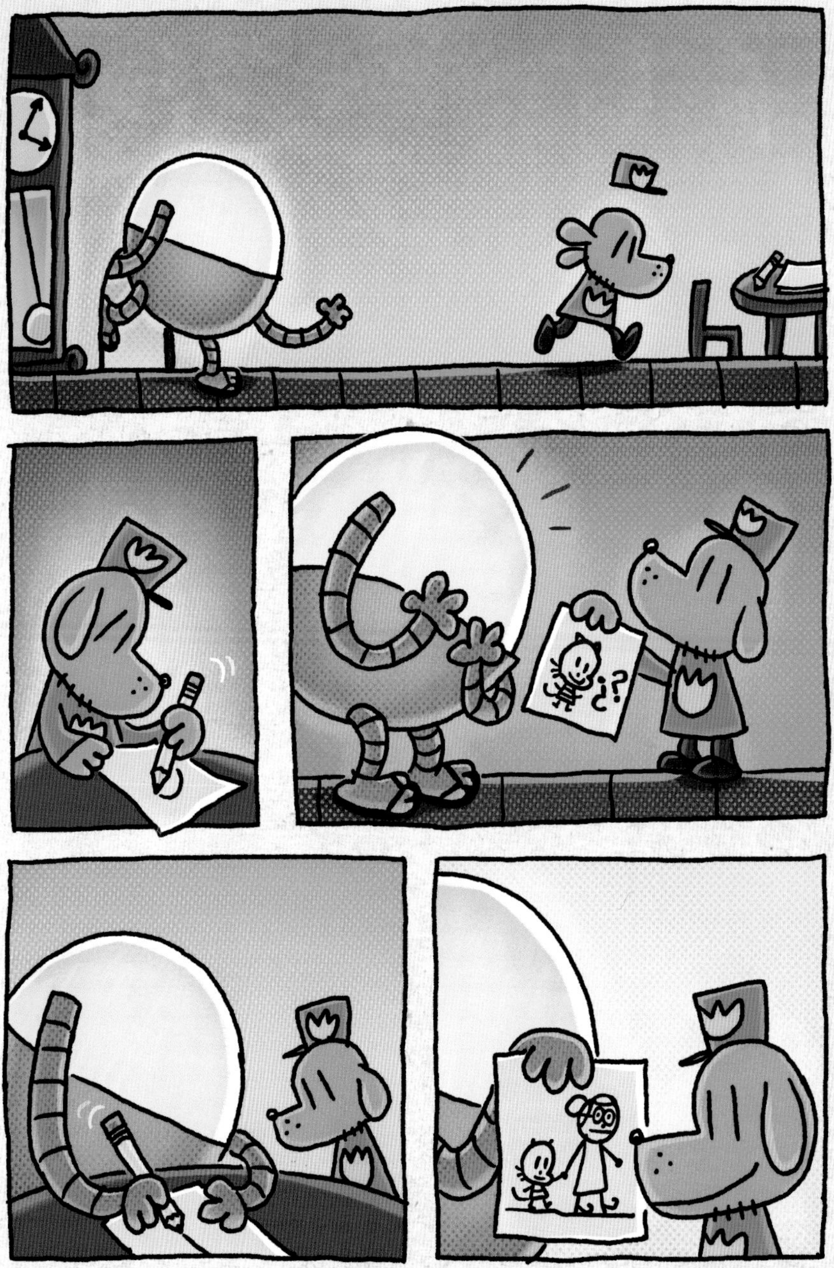
¿?

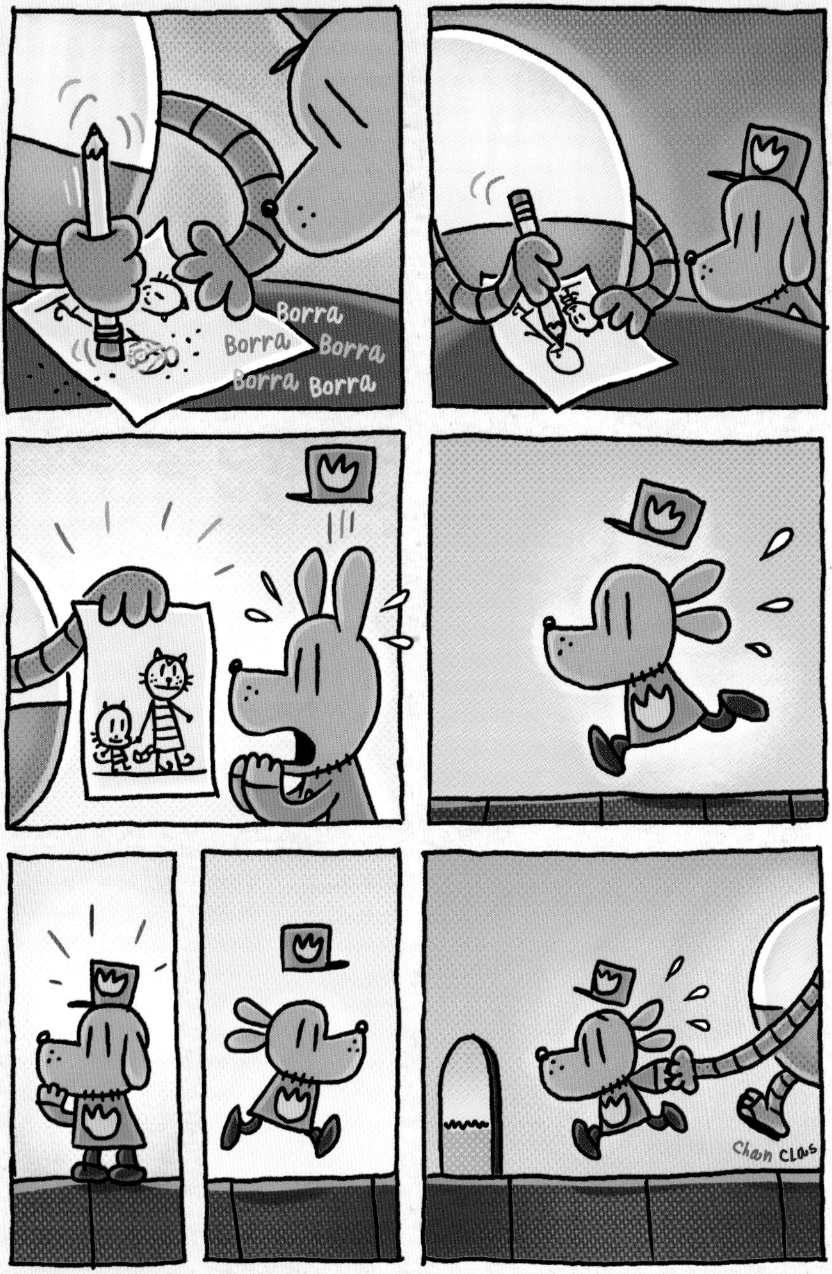
Borra
Borra
Borra
Borra
Borra
Chain Claws

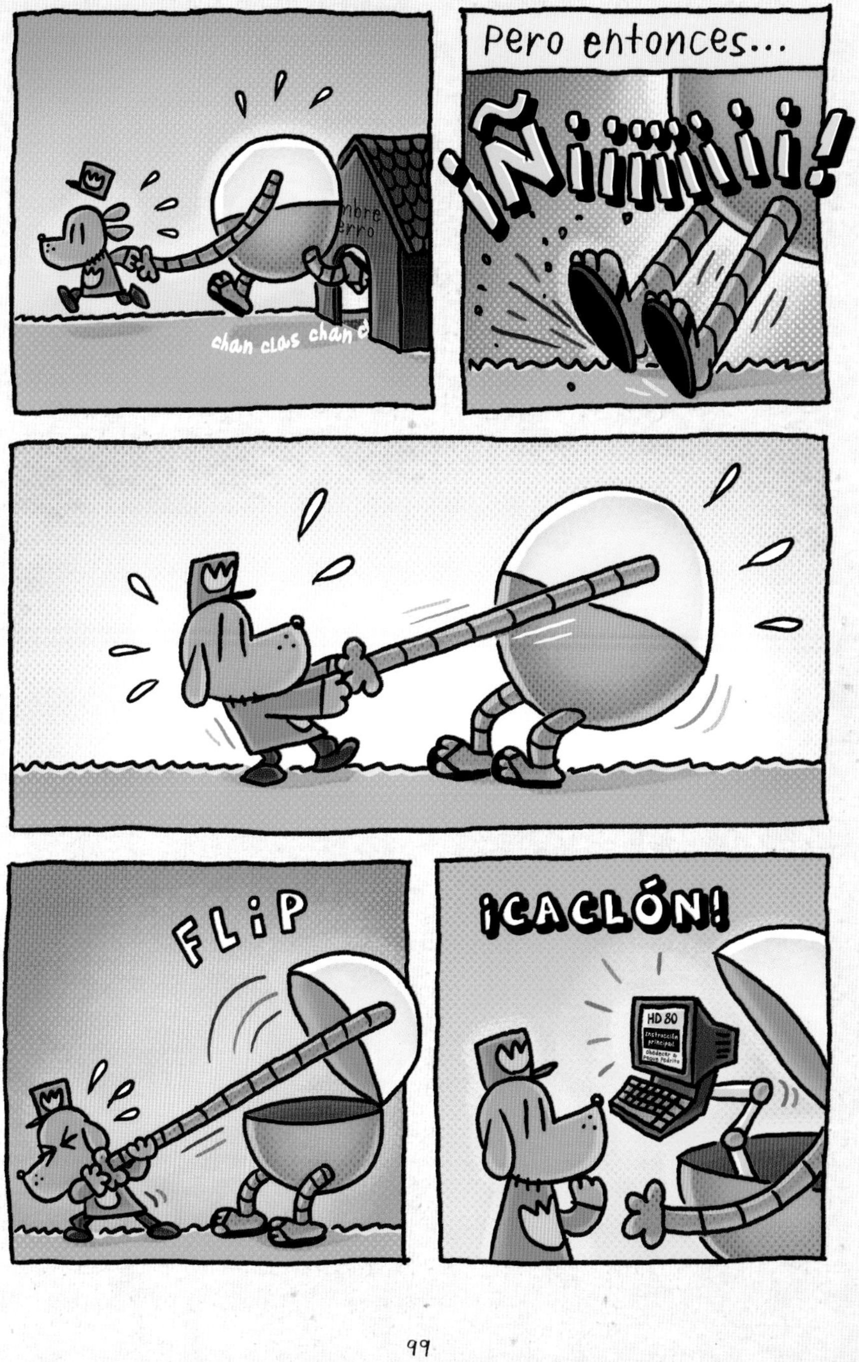
chan clas chan
Pero entonces...
¡Ñiiiiiiii!
FLIP
¡CACLÓN!
HD 80
Instrucción principal
obedecer a Pequeño Podrito

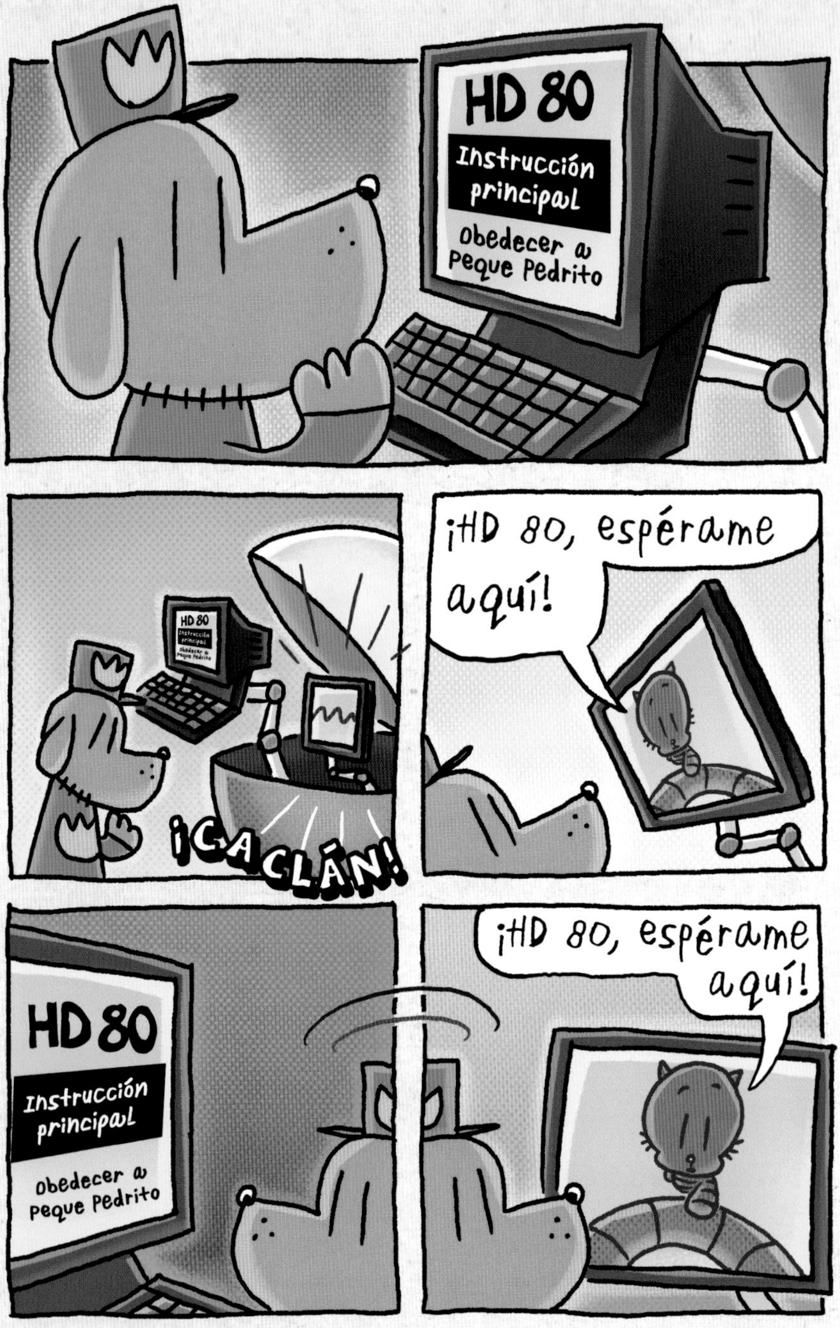
HD 80
Instrucción principal
obedecer a peque Pedrito
HD 80
Instrucción principal
obedecer a peque Pedrito
¡CACLÁN!
¡HD 80, espérame aquí!
HD 80
Instrucción principal
obedecer a peque Pedrito
¡HD 80, espérame aquí!

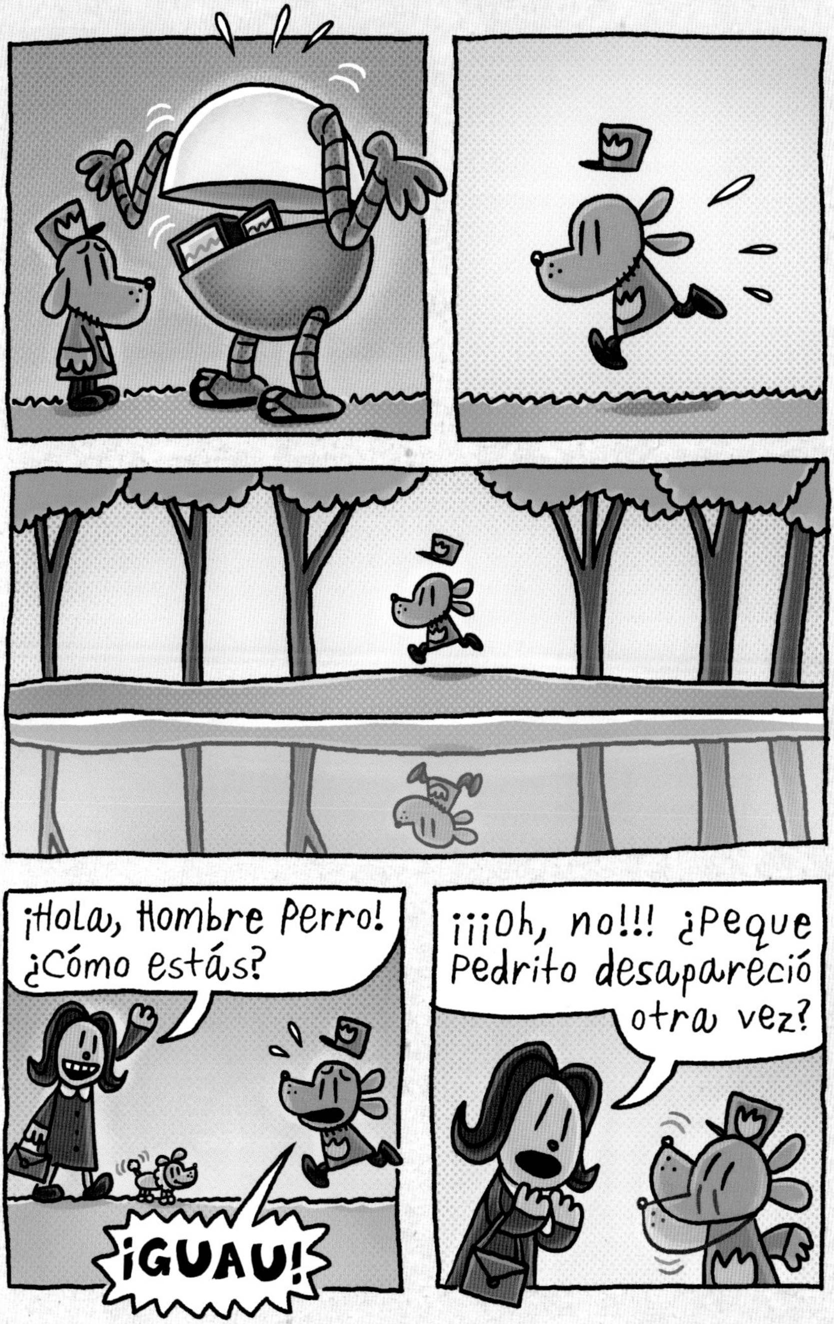
¡Hola, Hombre Perro! ¿Cómo estás?
¡GUAU!
¡¡¡Oh, no!!! ¿Peque Pedrito desapareció otra vez?

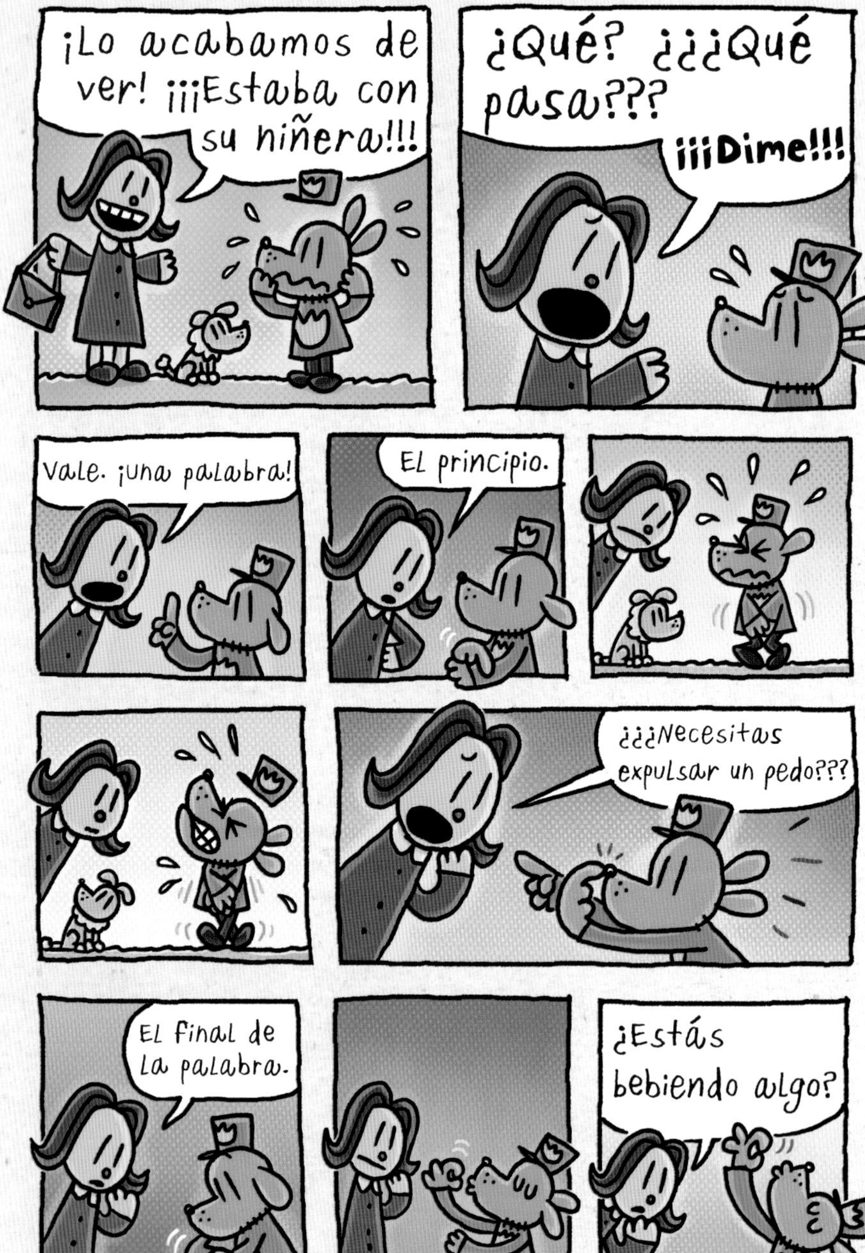
¡Lo acabamos de ver! ¡¡¡Estaba con su niñera!!!
¿Qué? ¿¿¿Qué pasa???
¡¡¡Dime!!!
Vale. ¡Una palabra!
El principio.
¿¿¿Necesitas expulsar un pedo???
El final de la palabra.
¿Estás bebiendo algo?

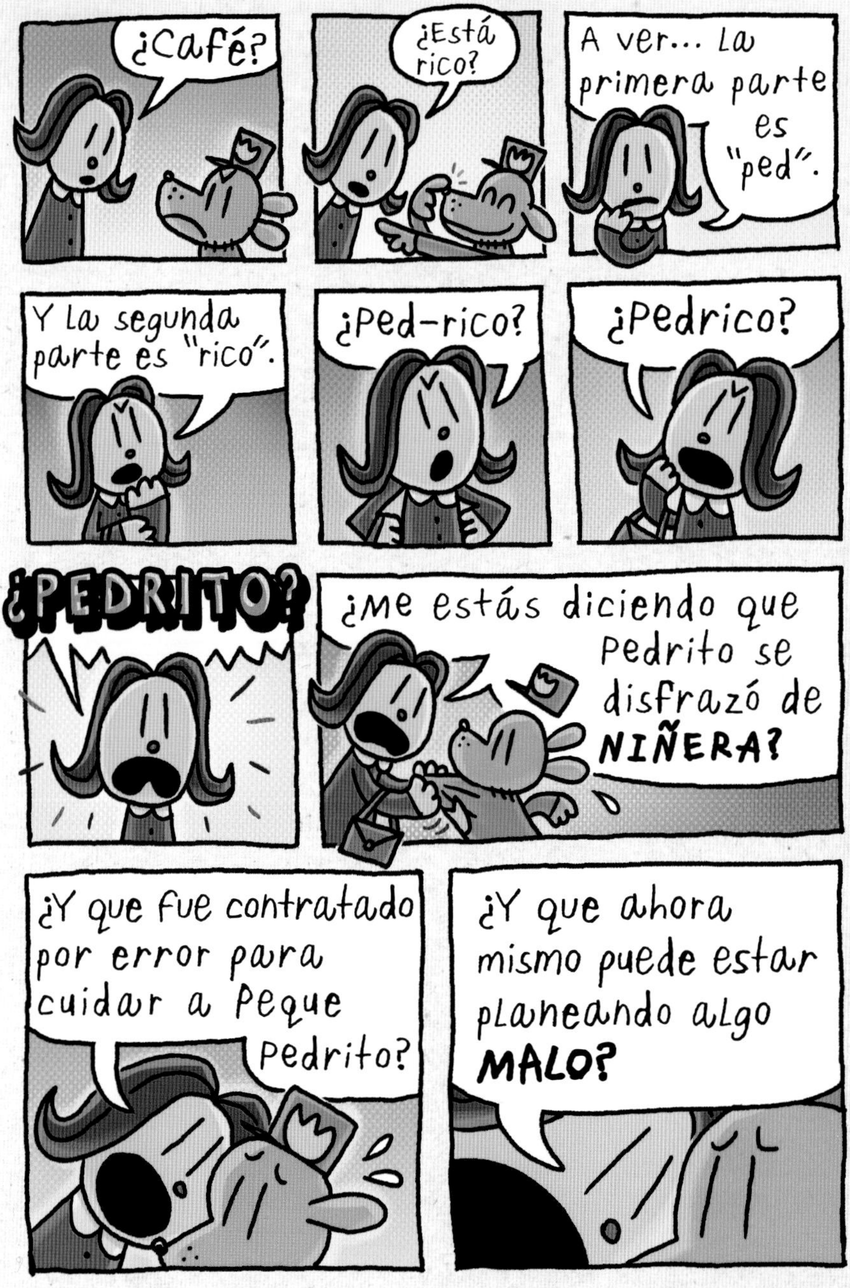
¿Café?
¿Está rico?
A ver... La primera parte es "ped".
Y la segunda parte es "rico".
¿Ped-rico?
¿Pedrico?
¿PEDRITO?
¿Me estás diciendo que pedrito se disfrazó de **NIÑERA?**
¿Y que fue contratado por error para cuidar a Peque pedrito?
¿Y que ahora mismo puede estar planeando algo **MALO?**

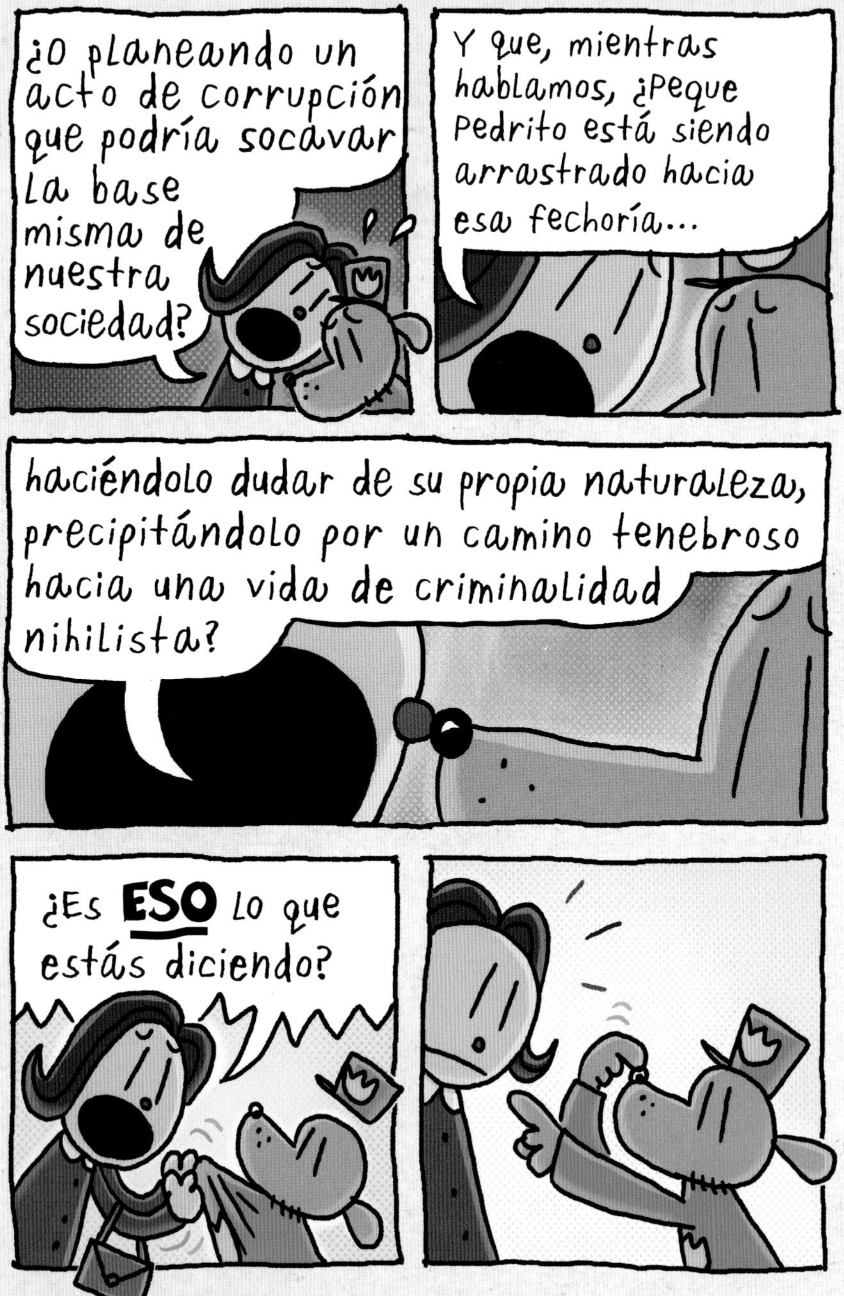
¿O planeando un acto de corrupción que podría socavar la base misma de nuestra sociedad?
Y que, mientras hablamos, ¿Peque Pedrito está siendo arrastrado hacia esa fechoría...
haciéndolo dudar de su propia naturaleza, precipitándolo por un camino tenebroso hacia una vida de criminalidad nihilista?
¿Es **ESO** lo que estás diciendo?

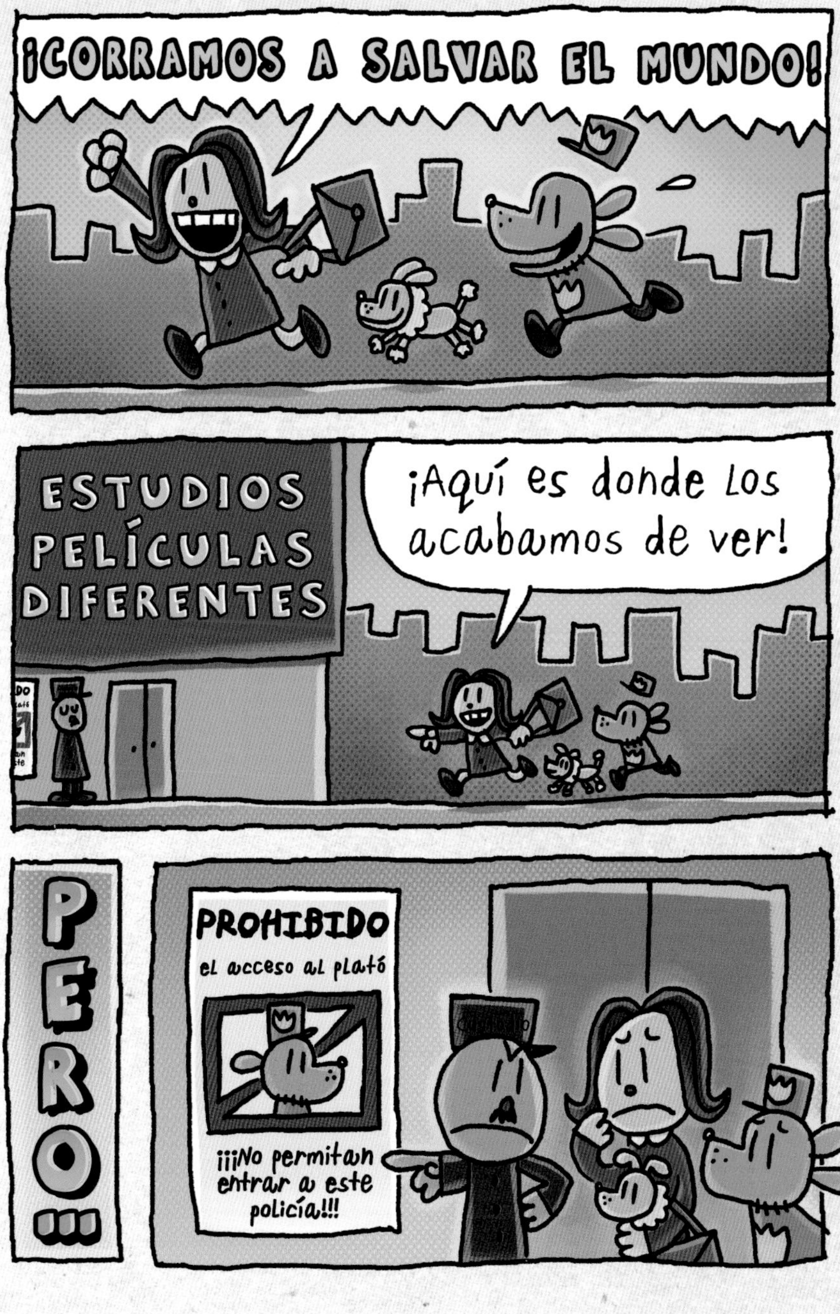
¡CORRAMOS A SALVAR EL MUNDO!
ESTUDIOS PELÍCULAS DIFERENTES
¡Aquí es donde los acabamos de ver!
PERO...
PROHIBIDO
el acceso al plató
¡¡¡No permitan entrar a este policía!!!

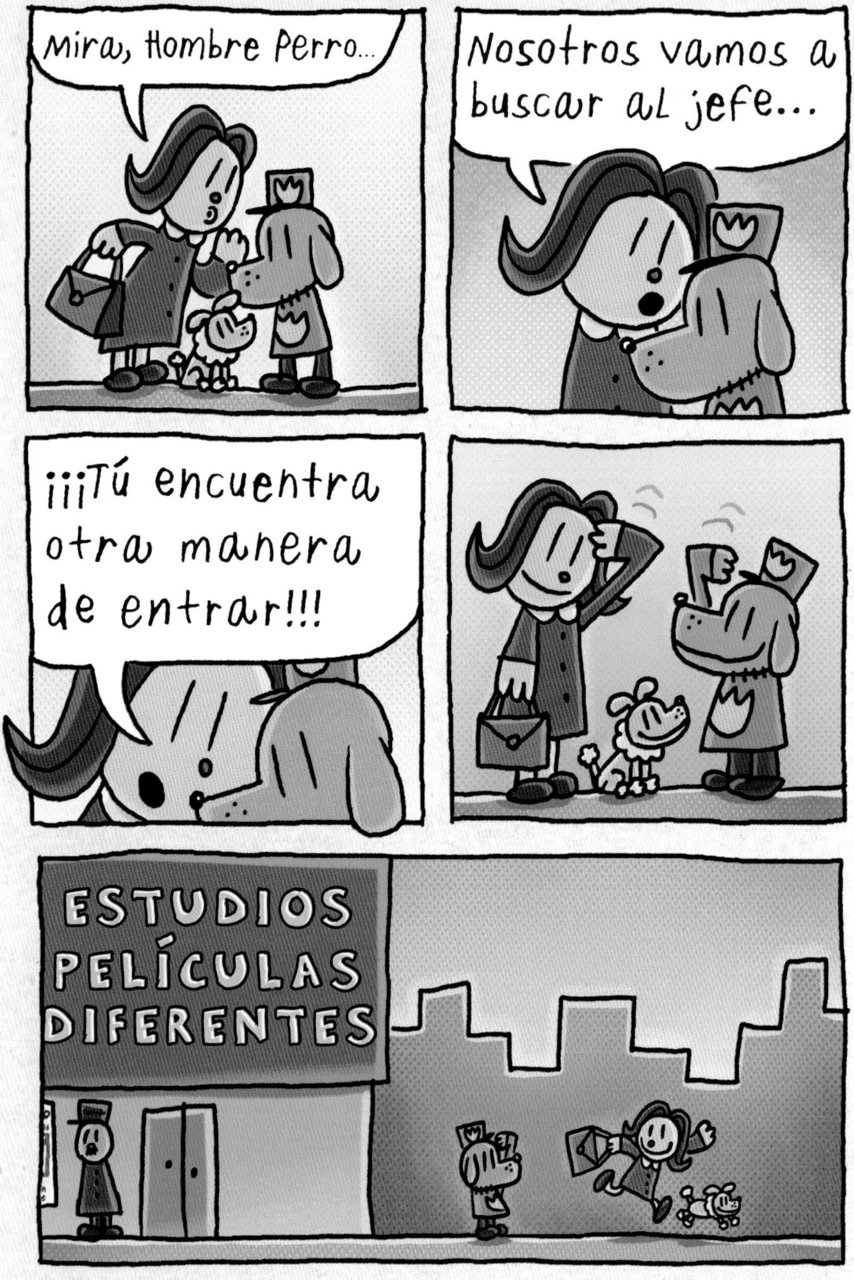
Mira, Hombre Perro...
Nosotros vamos a buscar al jefe...
¡¡¡Tú encuentra otra manera de entrar!!!
ESTUDIOS PELÍCULAS DIFERENTES

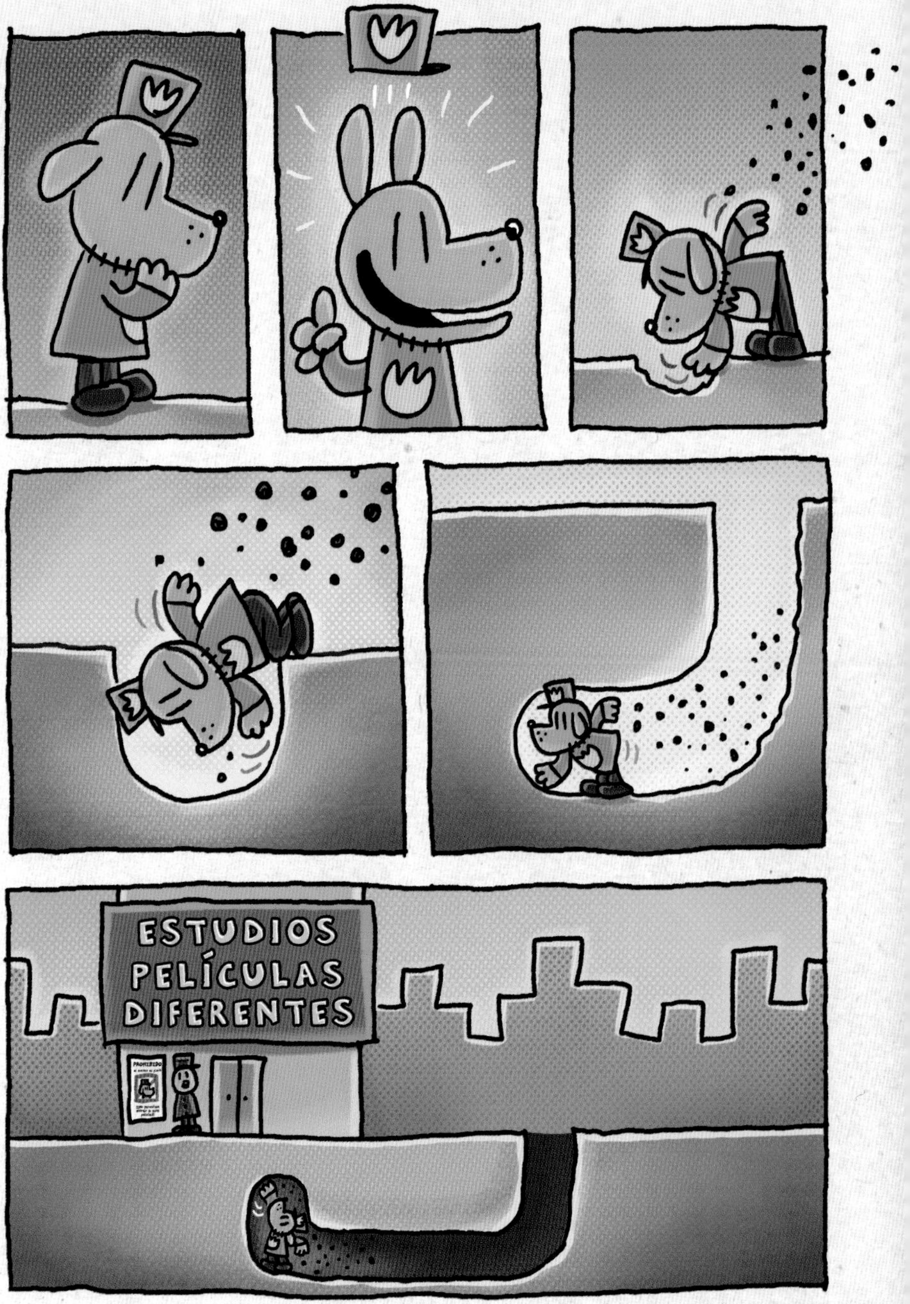
ESTUDIOS PELÍCULAS DIFERENTES
PROHIBIDO

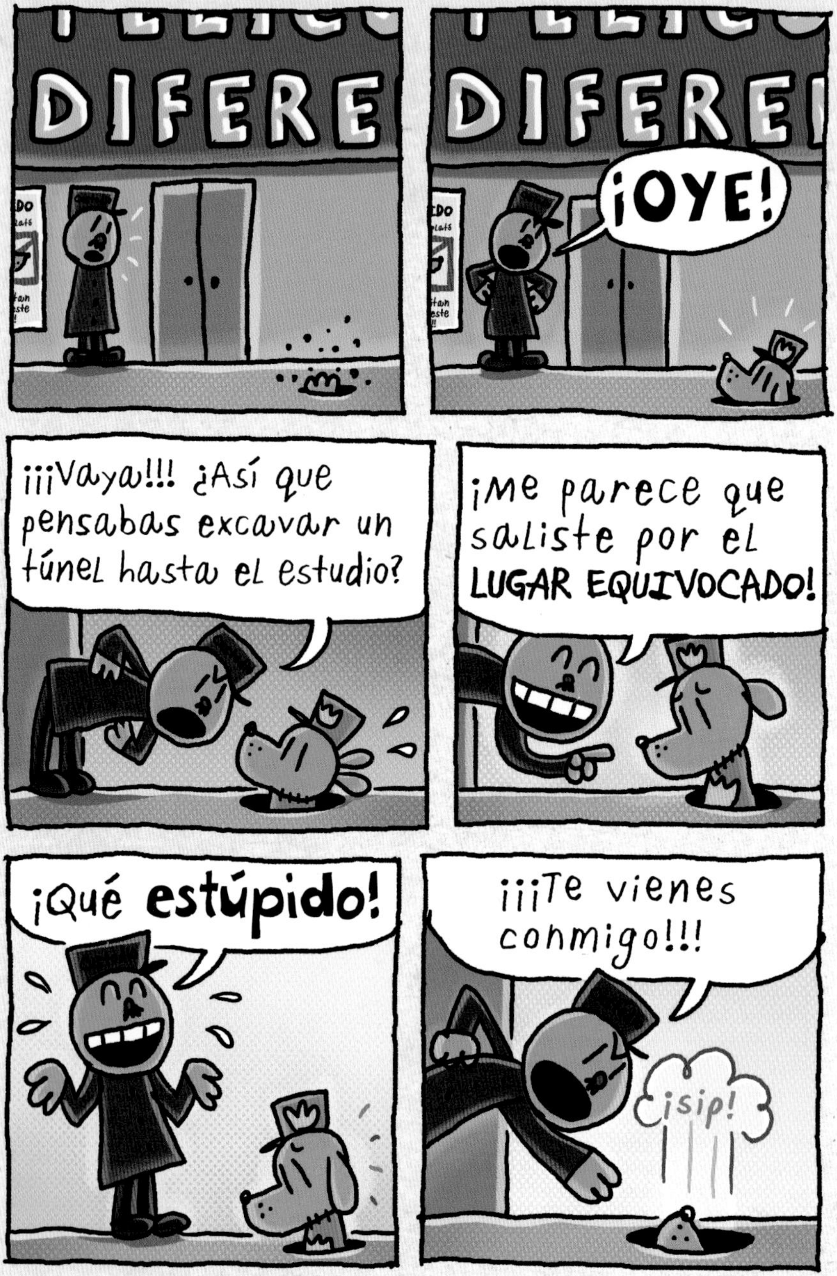
DIFERE
DIFERE
¡OYE!
¡¡¡Vaya!!! ¿Así que pensabas excavar un túnel hasta el estudio?
¡Me parece que saliste por el LUGAR EQUIVOCADO!
¡Qué estúpido!
¡¡¡Te vienes conmigo!!!
¡sip!

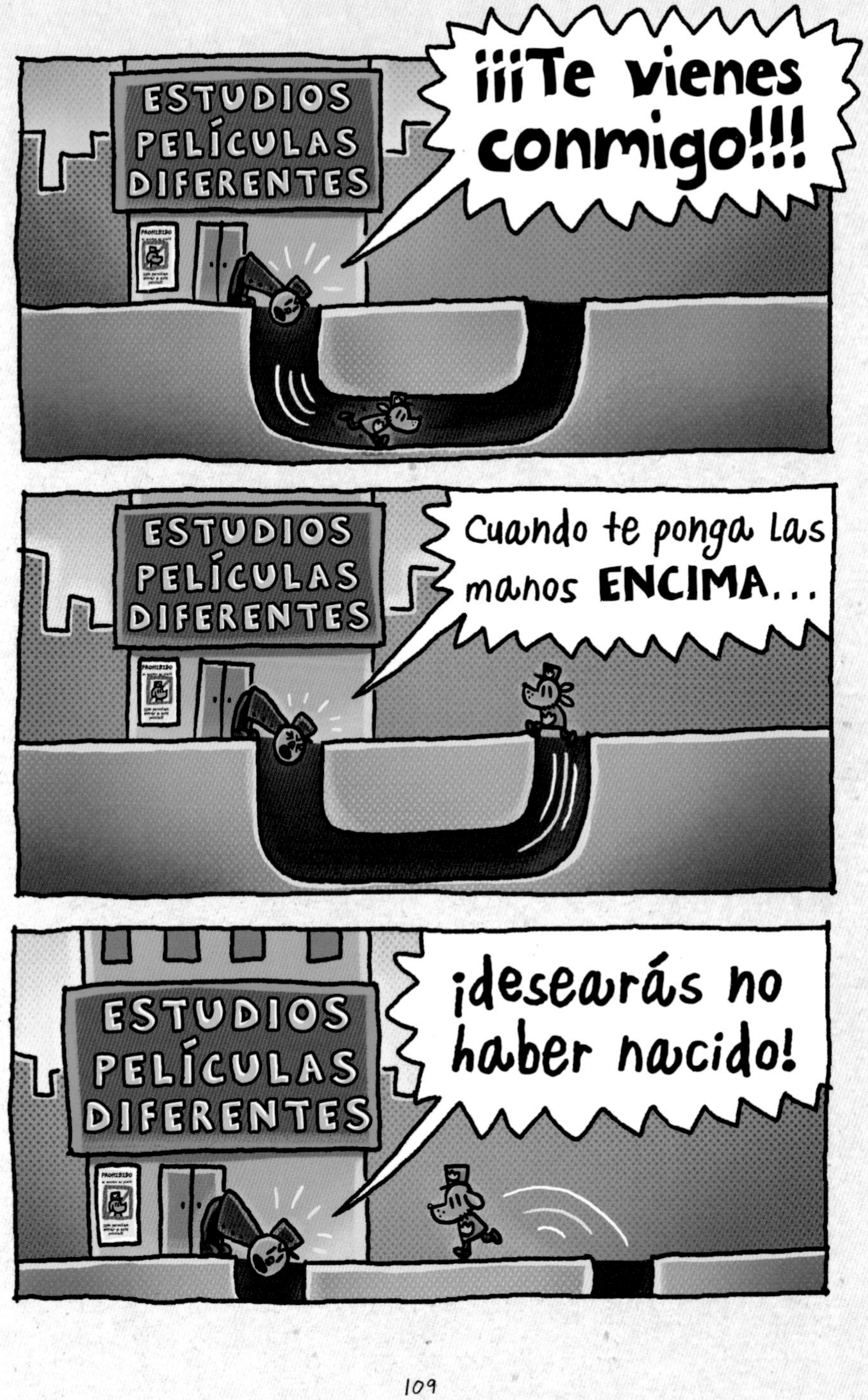
ESTUDIOS PELÍCULAS DIFERENTES
¡¡¡Te vienes conmigo!!!
ESTUDIOS PELÍCULAS DIFERENTES
Cuando te ponga las manos ENCIMA...
ESTUDIOS PELÍCULAS DIFERENTES
¡desearás no haber nacido!

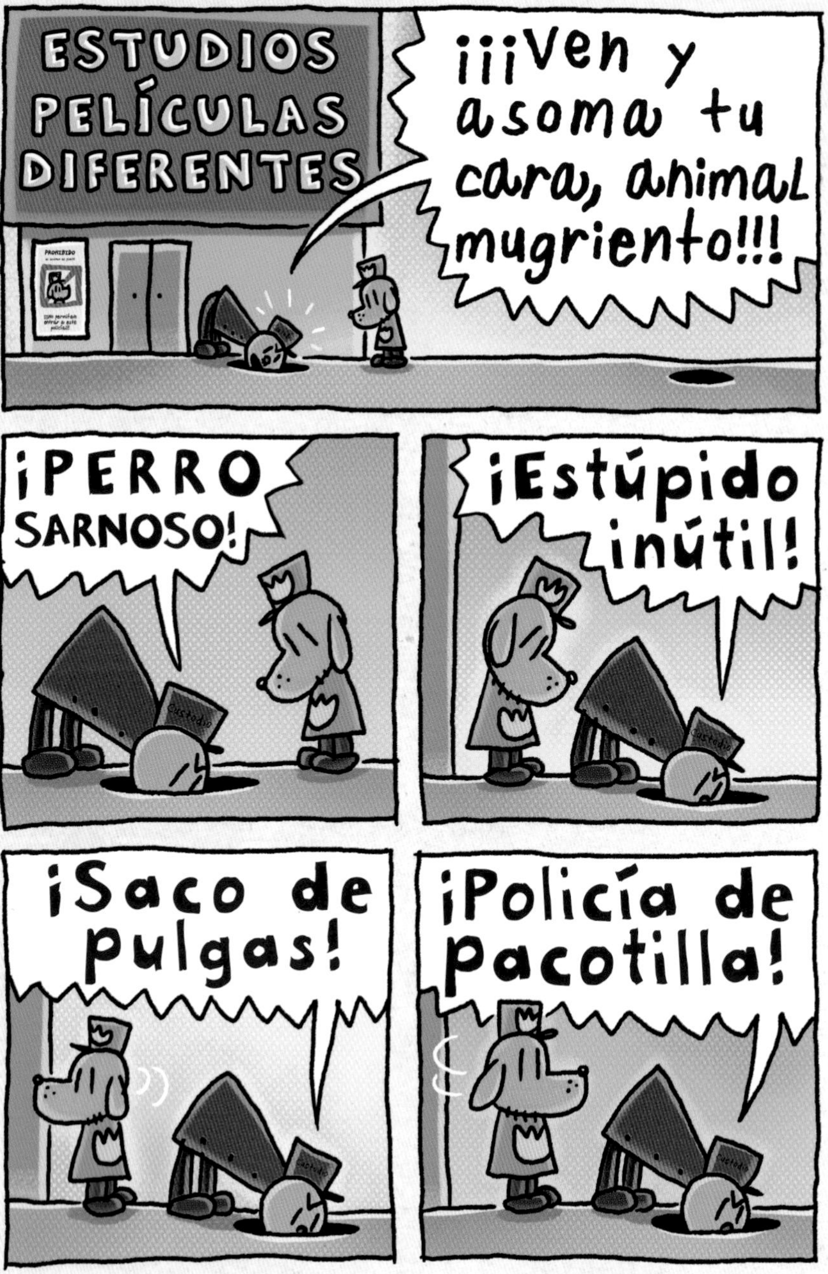
ESTUDIOS PELÍCULAS DIFERENTES
¡¡¡Ven y asoma tu cara, animal mugriento!!!
¡PERRO SARNOSO!
¡Estúpido inútil!
¡Saco de pulgas!
¡Policía de pacotilla!

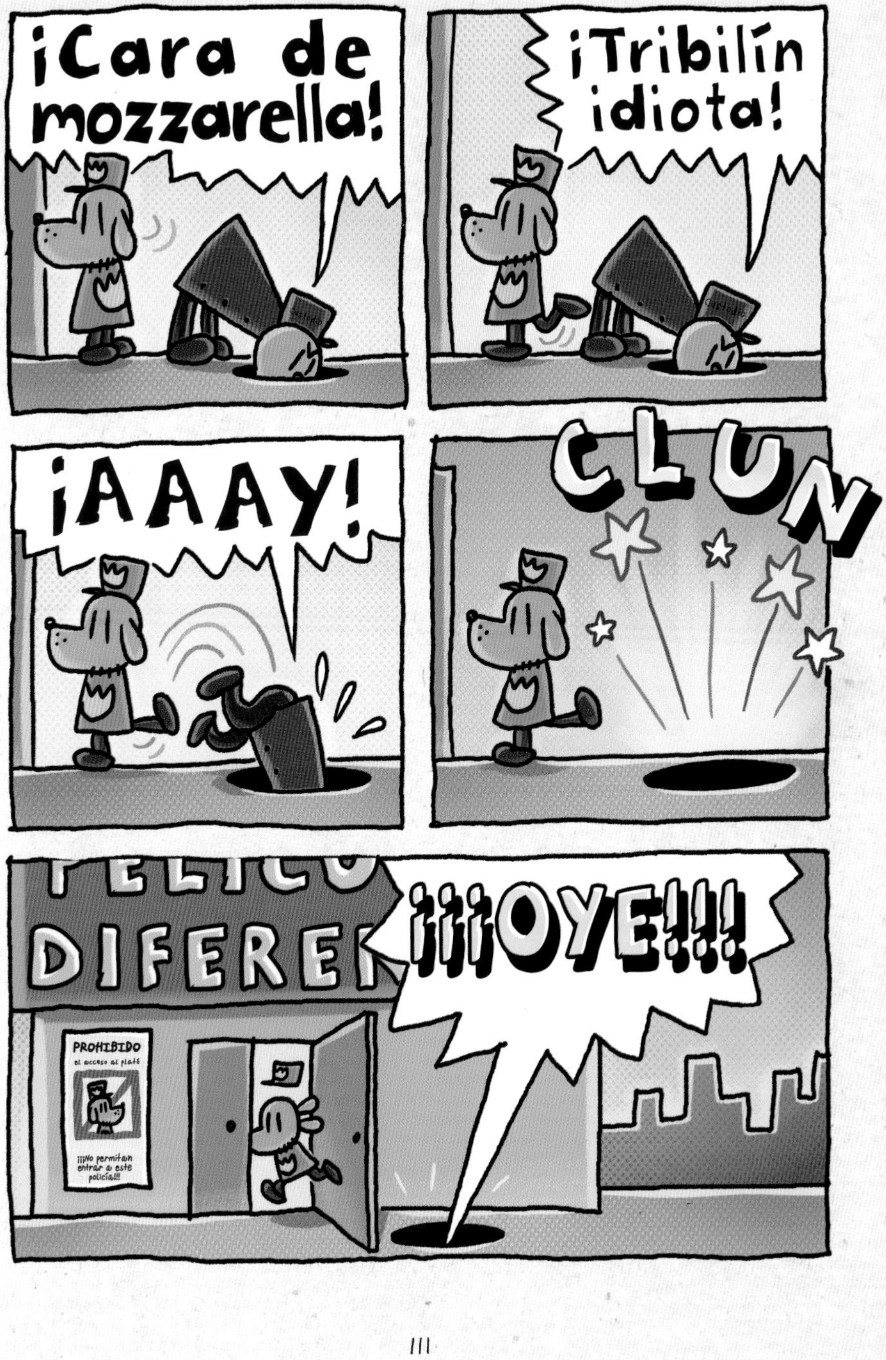
¡Cara de mozzarella!
¡Tribilín idiota!
¡AAAY!
CLUN
PROHIBIDO
el acceso al plató
¡¡¡No permitan entrar a este policía!!!
¡¡¡OYE!!!

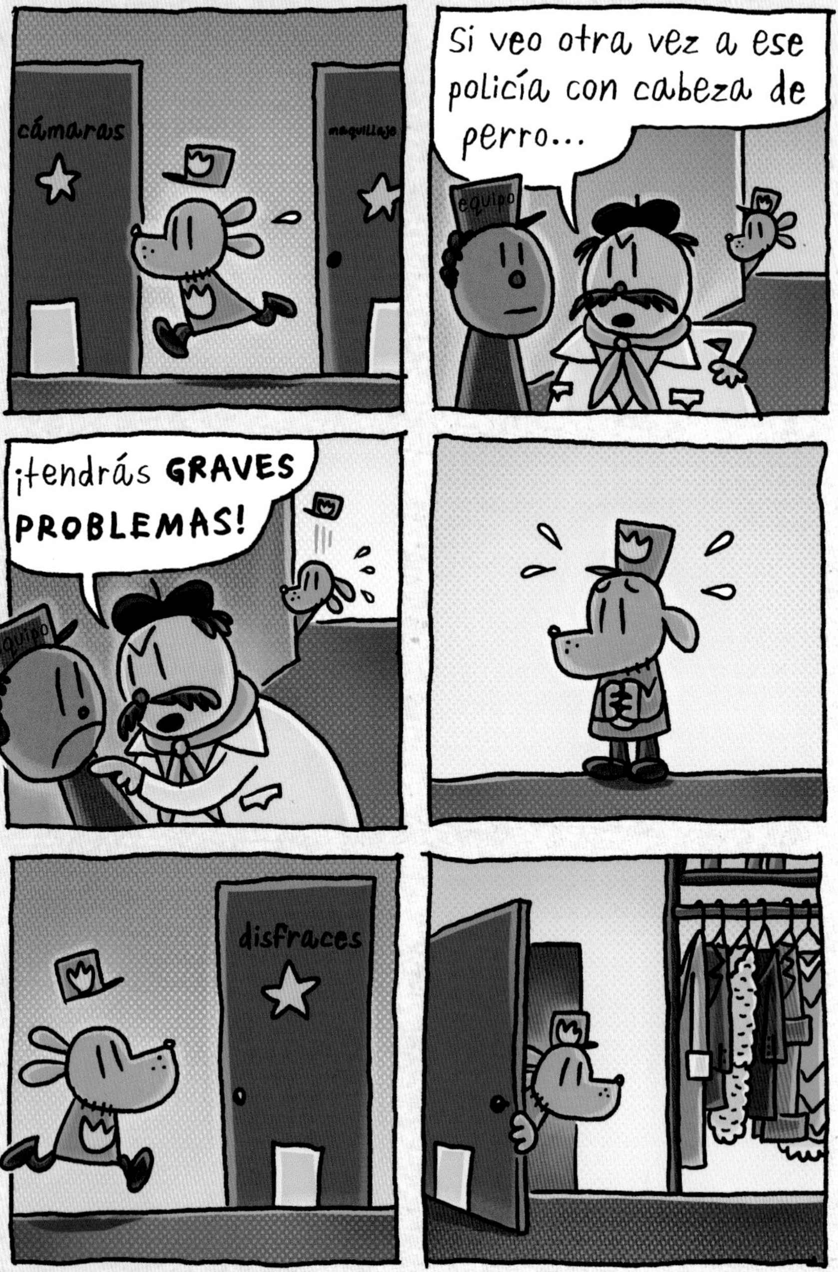
cámaras
maquillaje
Si veo otra vez a ese policía con cabeza de perro...
equipo
¡tendrás GRAVES PROBLEMAS!
equipo
disfraces

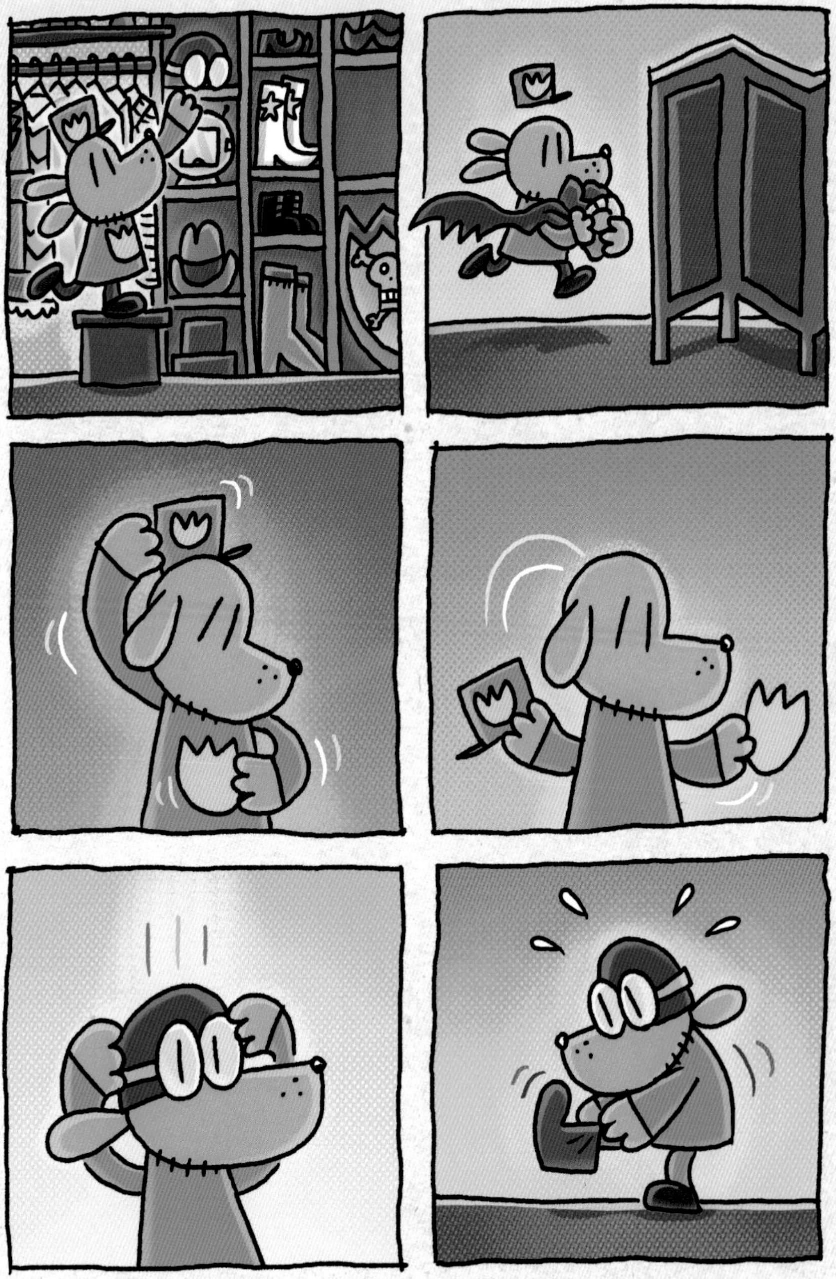

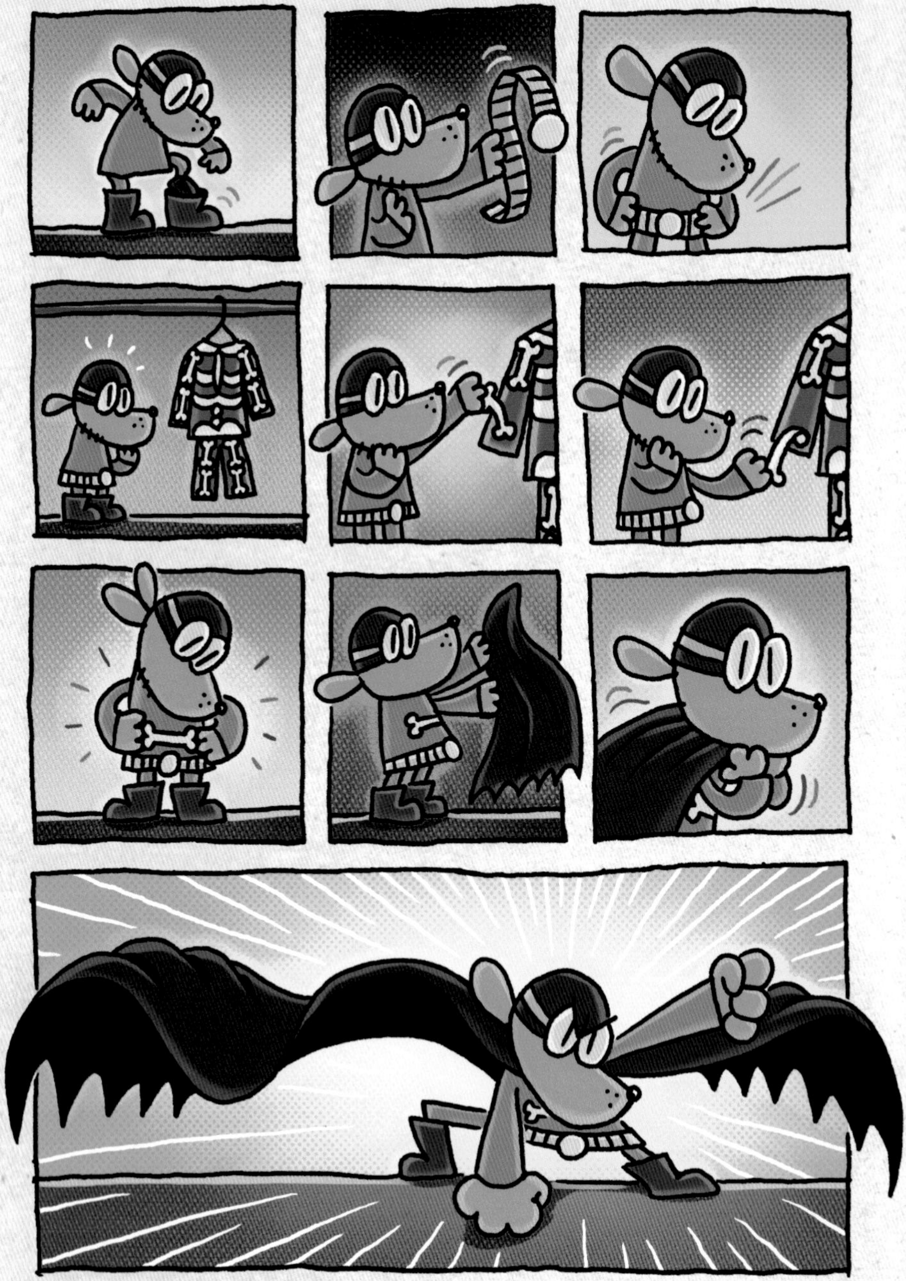

Capítulo 7
Un montón de cosas que sucedieron después

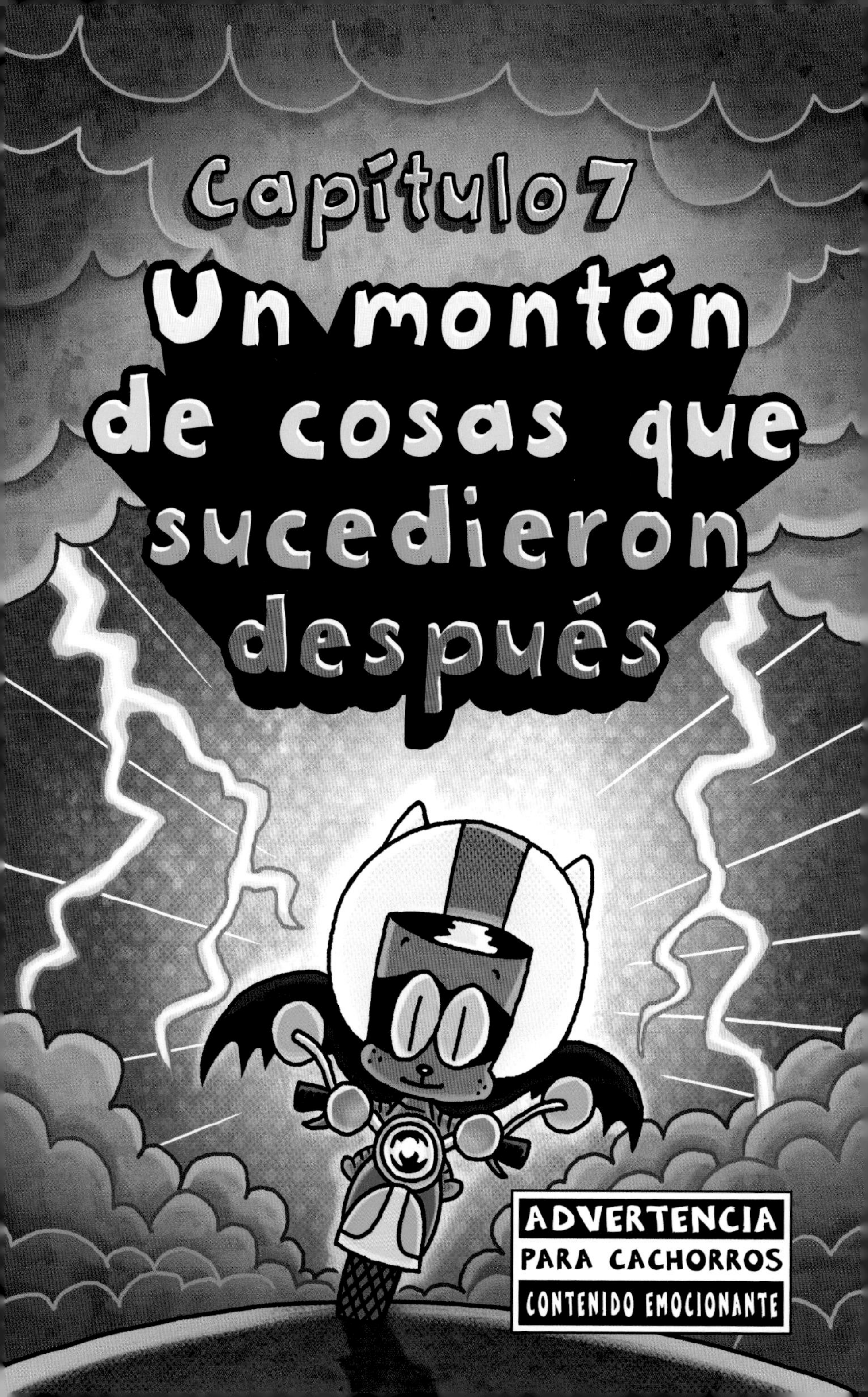
ADVERTENCIA
PARA CACHORROS
CONTENIDO EMOCIONANTE

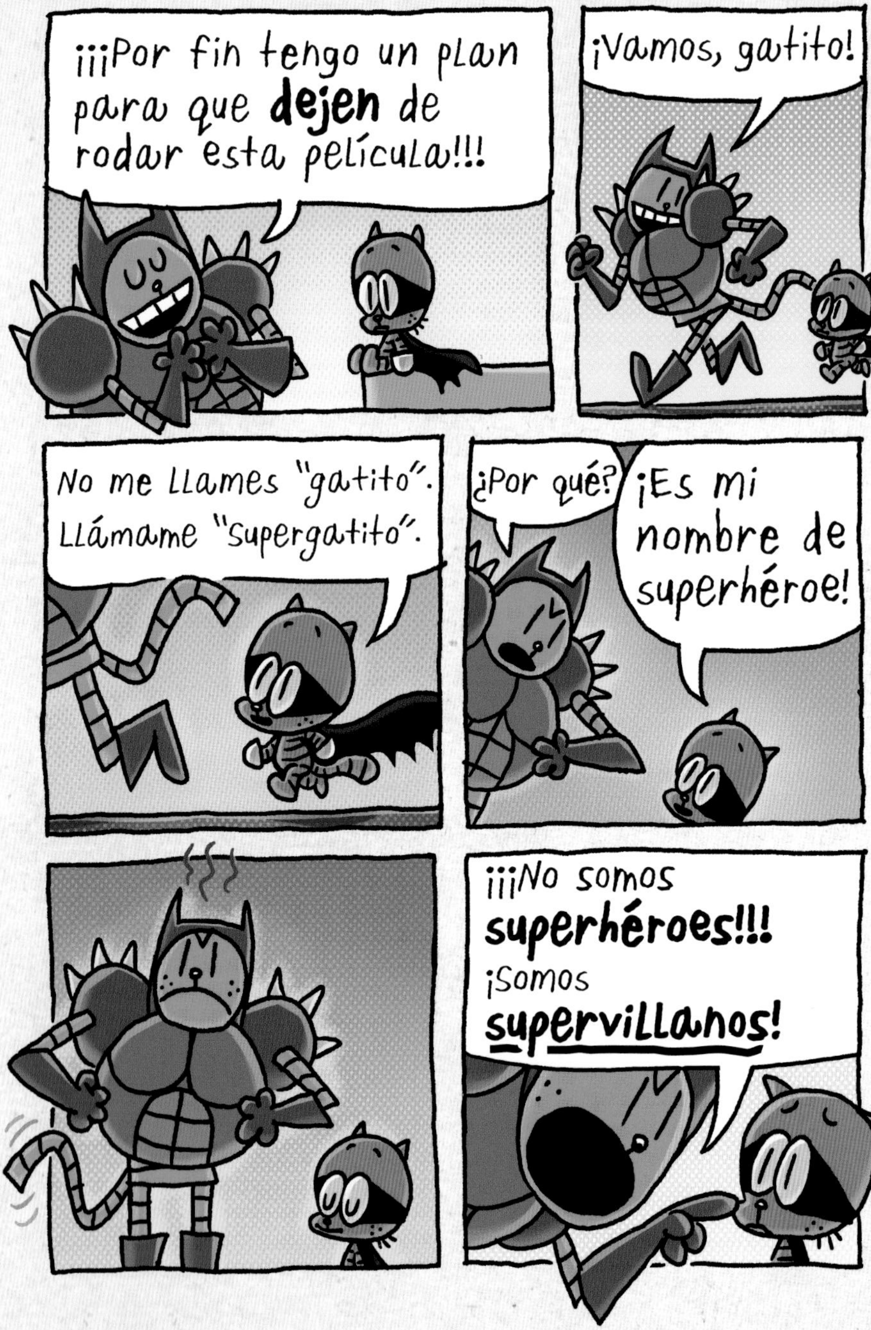
¡¡¡Por fin tengo un plan para que **dejen** de rodar esta película!!!
¡Vamos, gatito!
No me llames "gatito". Llámame "supergatito".
¿Por qué?
¡Es mi nombre de superhéroe!
¡¡¡No somos **superhéroes**!!! ¡Somos **supervillanos**!

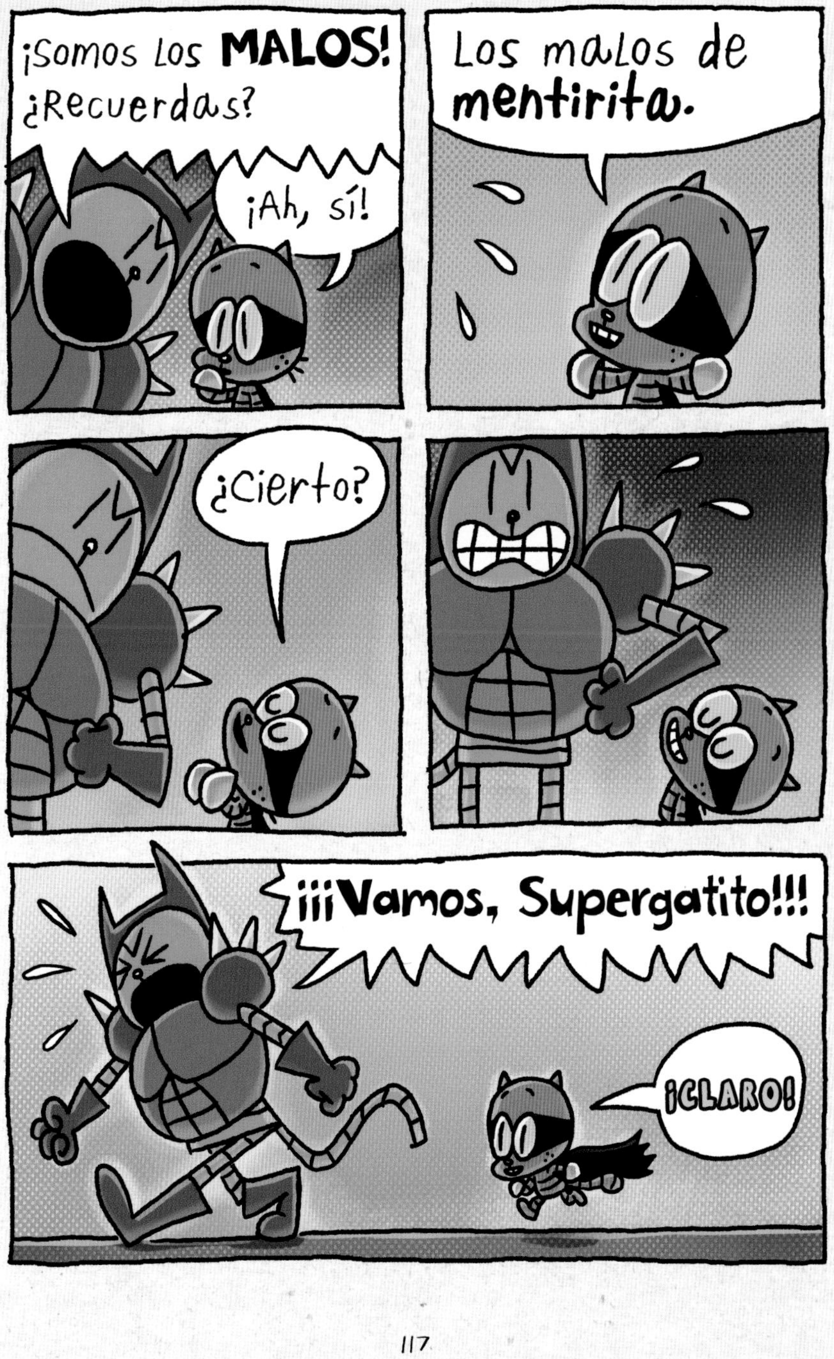
¡Somos los MALOS! ¿Recuerdas?
¡Ah, sí!
Los malos de mentirita.
¿Cierto?
¡¡¡Vamos, Supergatito!!!
¡CLARO!

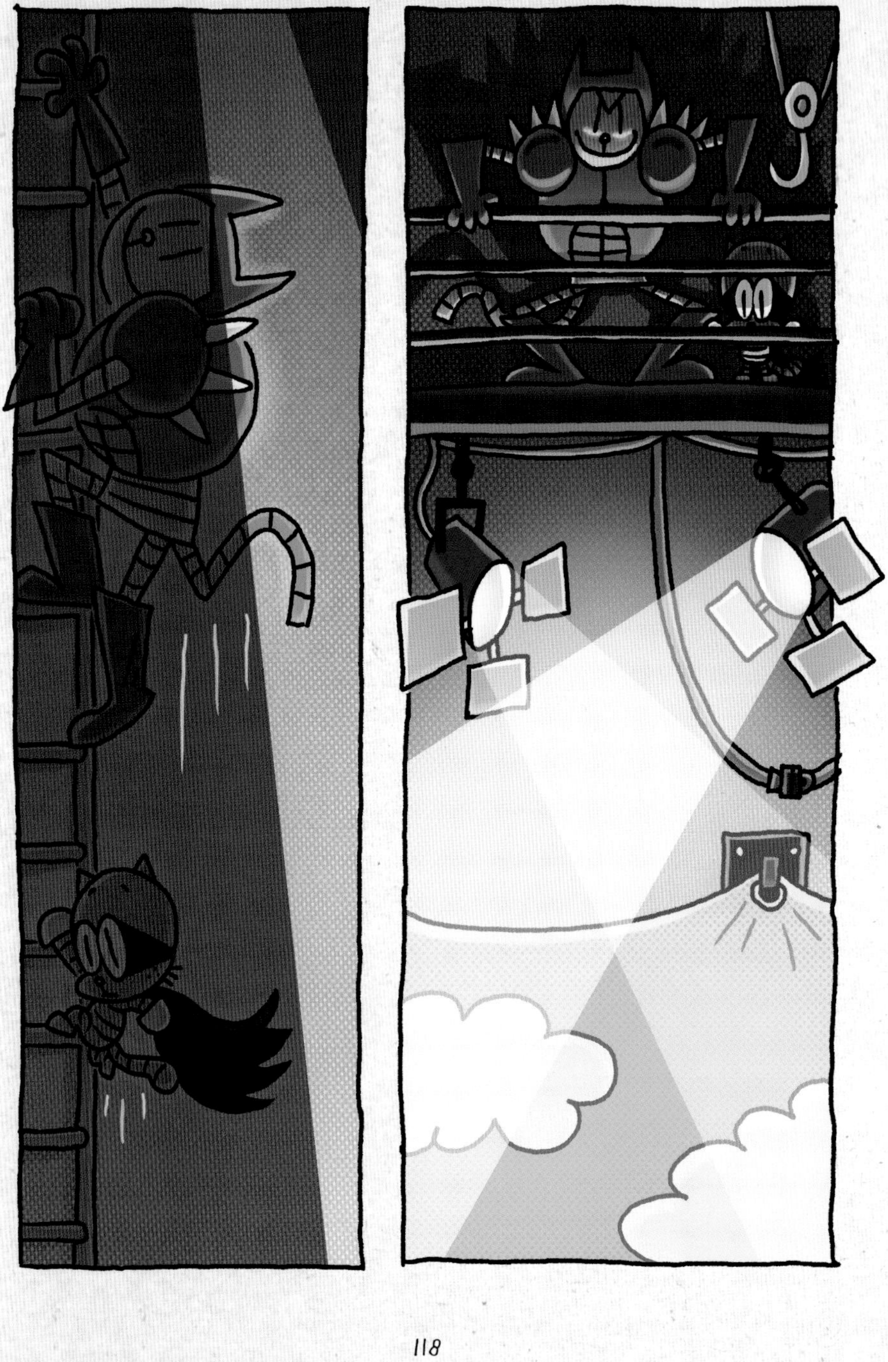

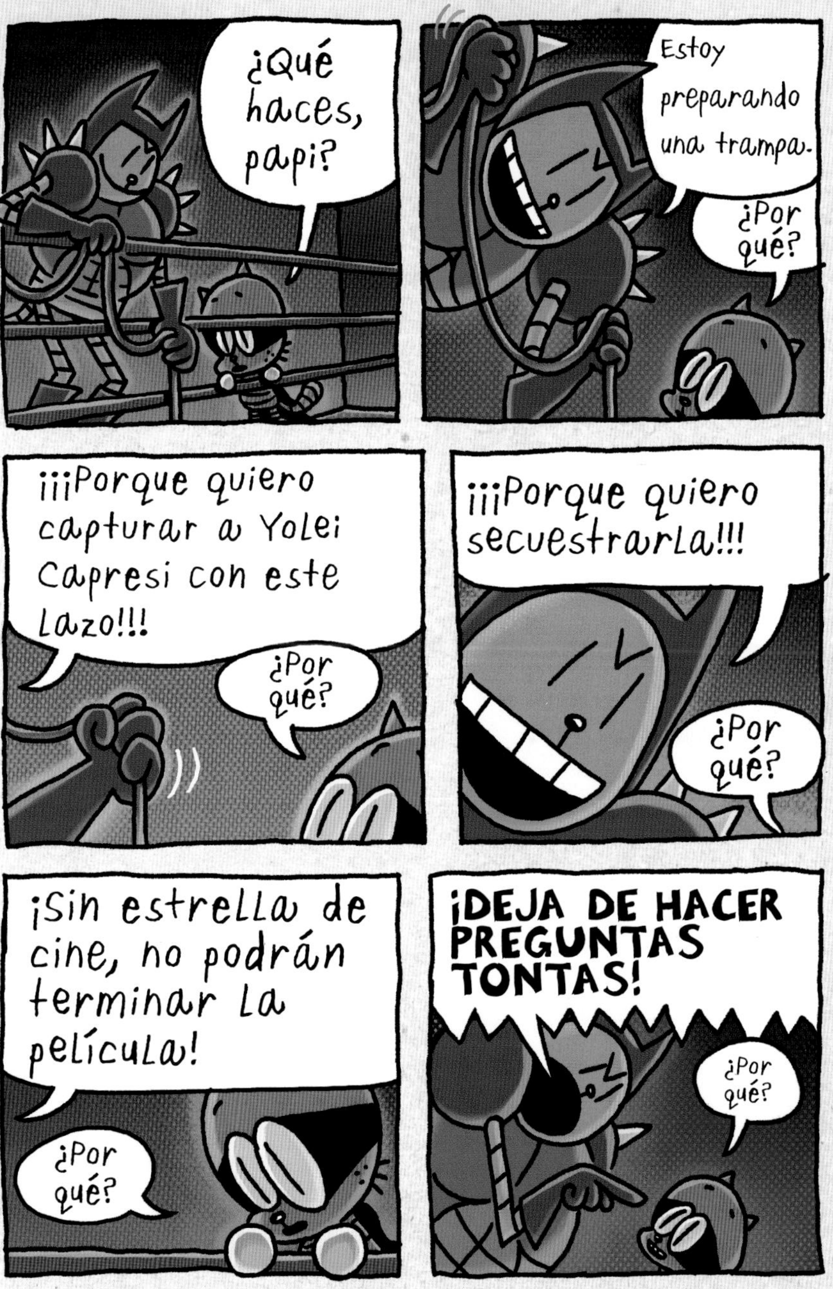
¿Qué haces, papi?
Estoy preparando una trampa.
¿Por qué?
¡¡¡Porque quiero capturar a Yolei Capresi con este lazo!!!
¿Por qué?
¡¡¡Porque quiero secuestrarla!!!
¿Por qué?
¡Sin estrella de cine, no podrán terminar la película!
¿Por qué?
¡DEJA DE HACER PREGUNTAS TONTAS!
¿Por qué?

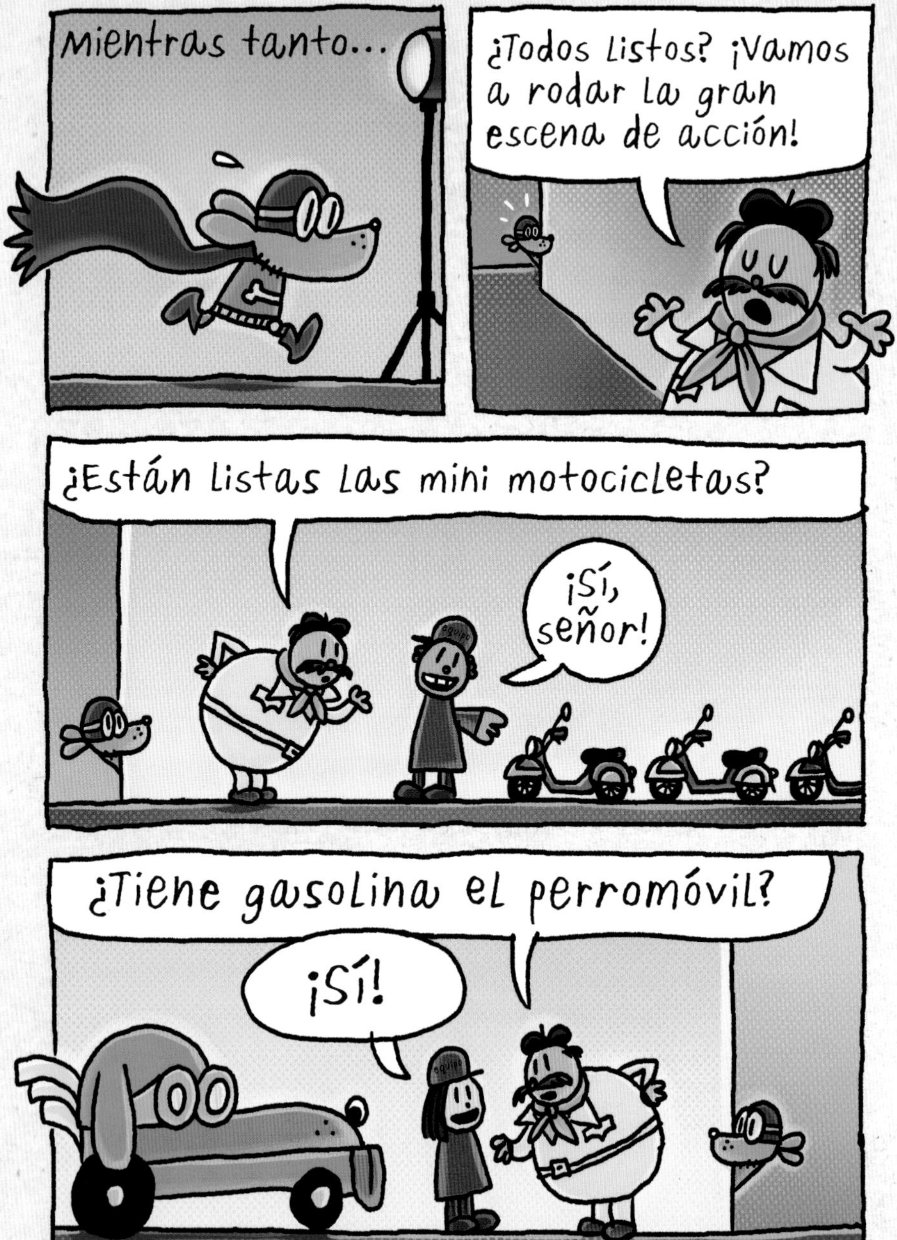
Mientras tanto...
¡Todos listos? ¡Vamos a rodar la gran escena de acción!
¿Están listas las mini motocicletas?
¡Sí, señor!
equipo
¿Tiene gasolina el perromóvil?
¡Sí!
equipo

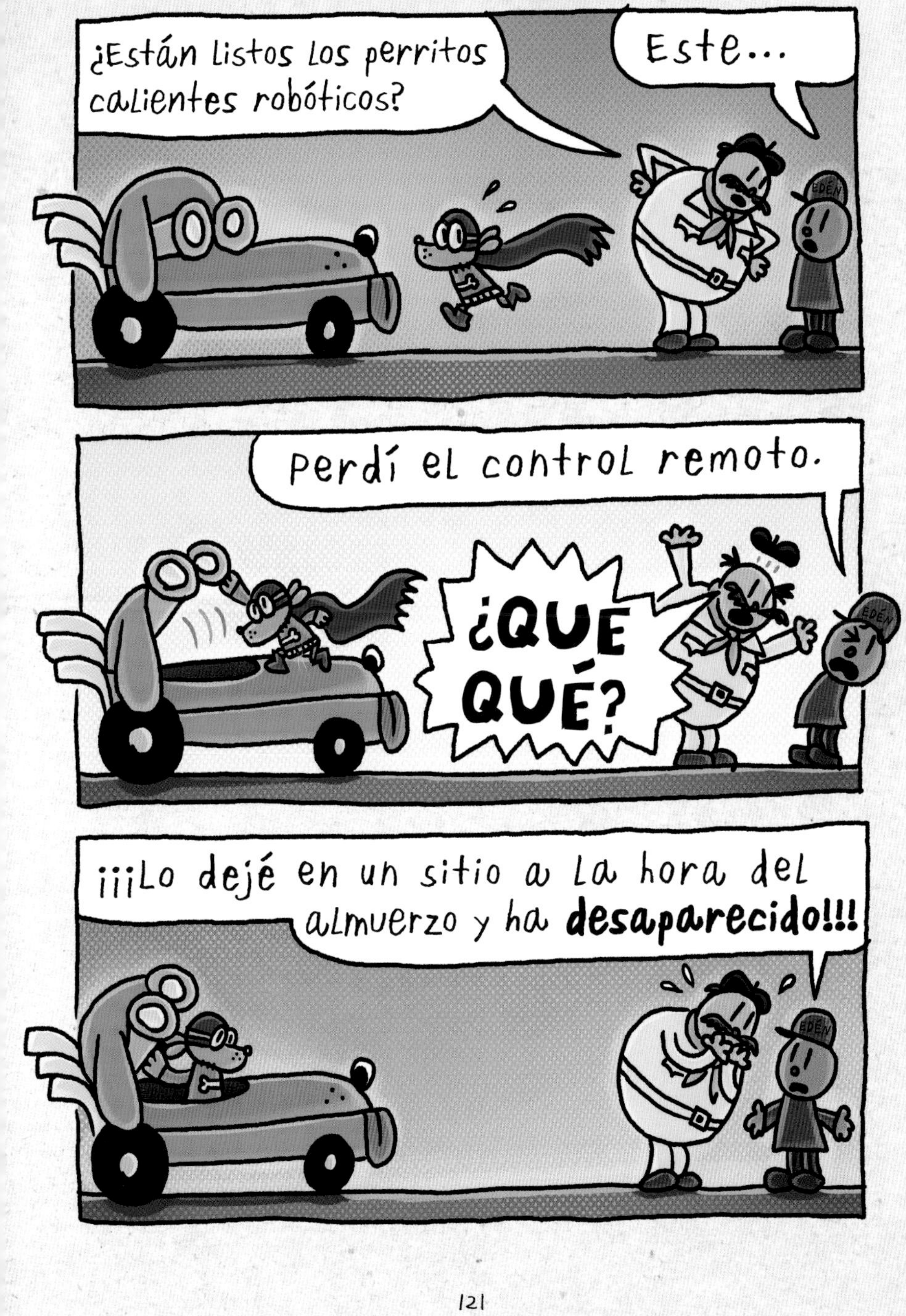
¿Están listos los perritos calientes robóticos?
Este...
Perdí el control remoto.
¿QUE QUÉ?
EDÉN
¡¡¡Lo dejé en un sitio a la hora del almuerzo y ha **desaparecido**!!!

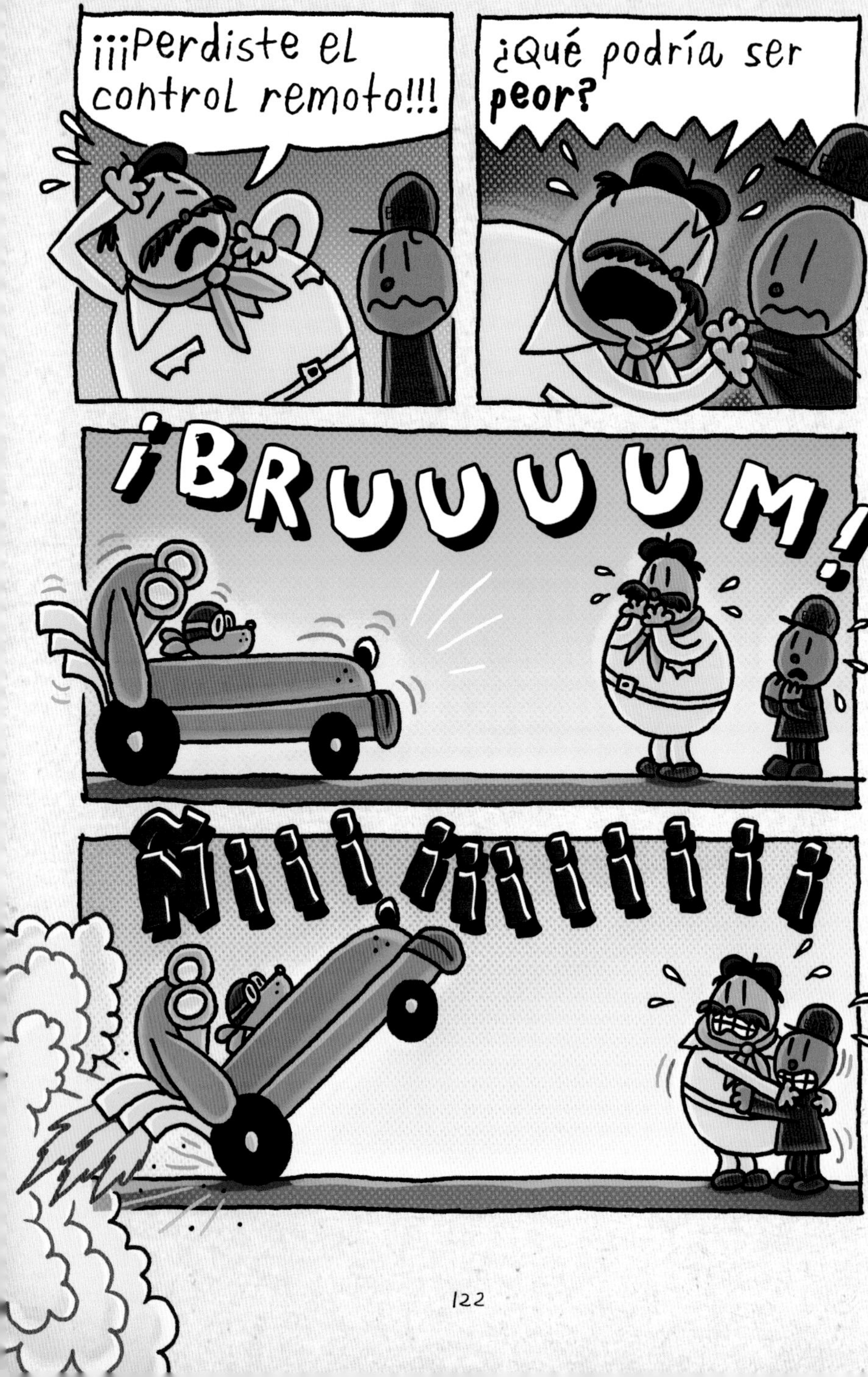
¡¡¡Perdiste el control remoto!!!
¿Qué podría ser **peor**?
¡BRUUUUM!
ÑIIIIIIIIII

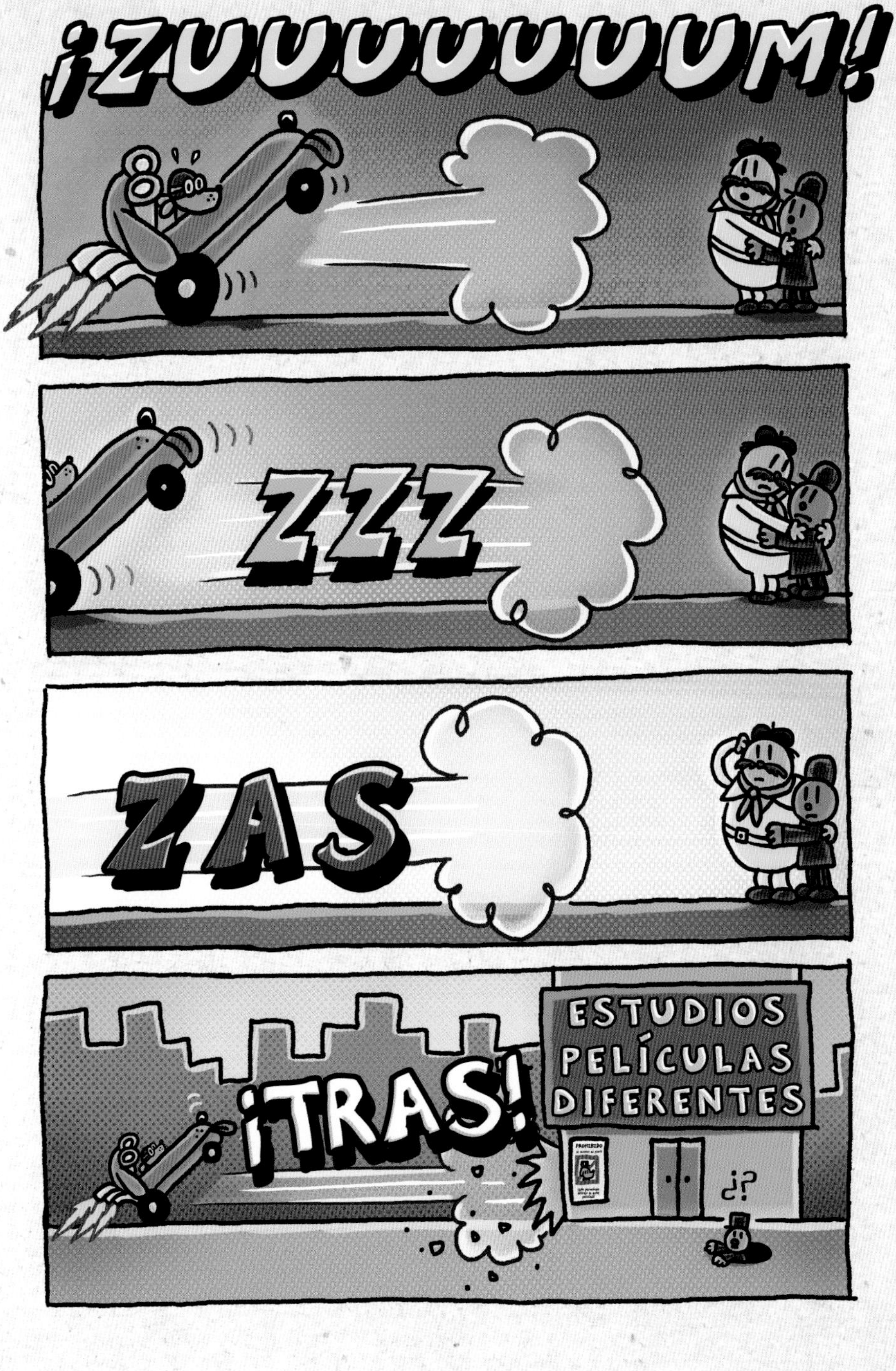
¡ZUUUUUUUUM!
ZZZ
ZAS
¡TRAS!
ESTUDIOS PELÍCULAS DIFERENTES
PROHIBIDO
¿?

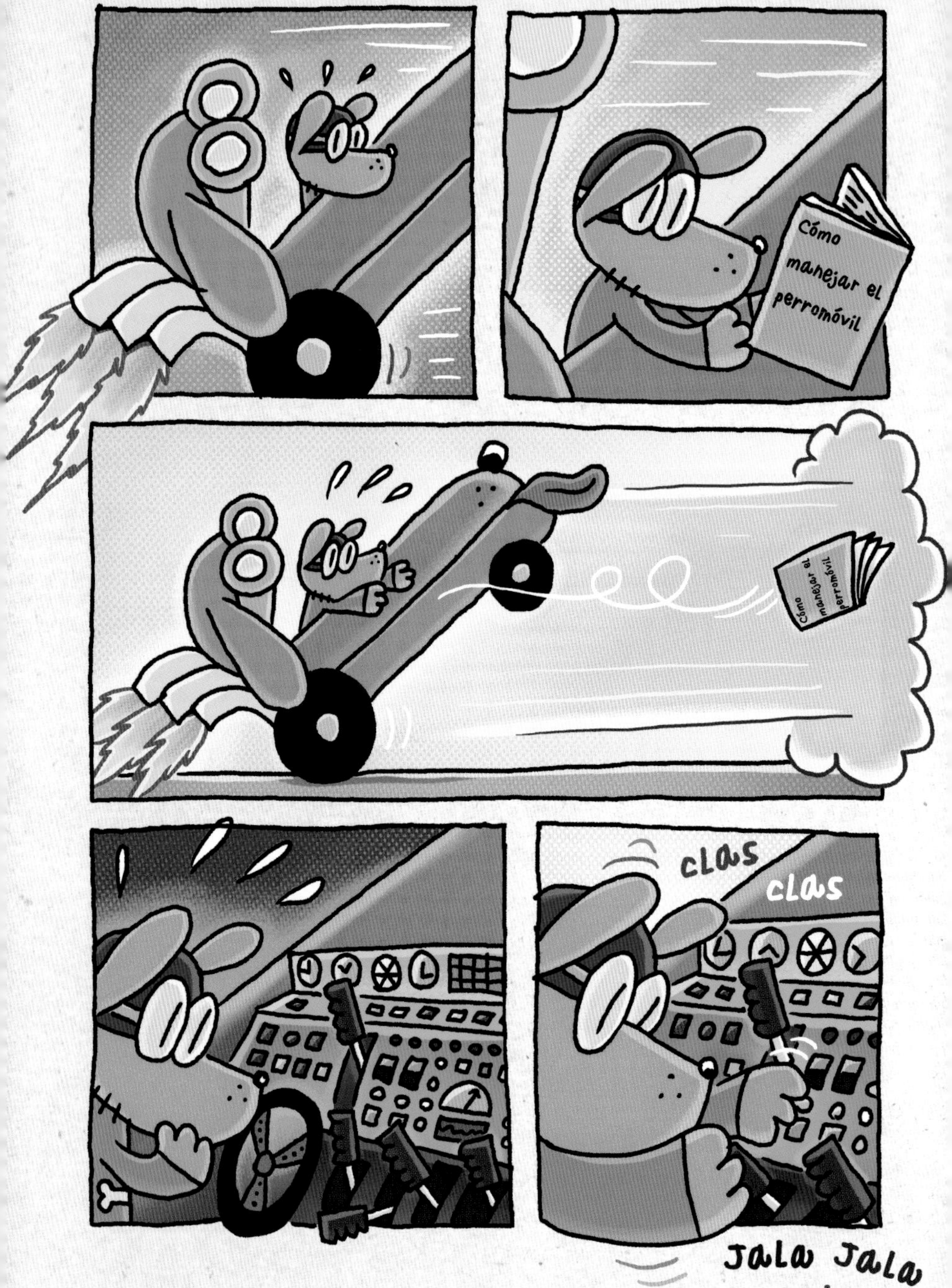
Cómo manejar el perromóvil
Cómo manejar el perromóvil
CLAS
CLAS
JALA JALA
JALA

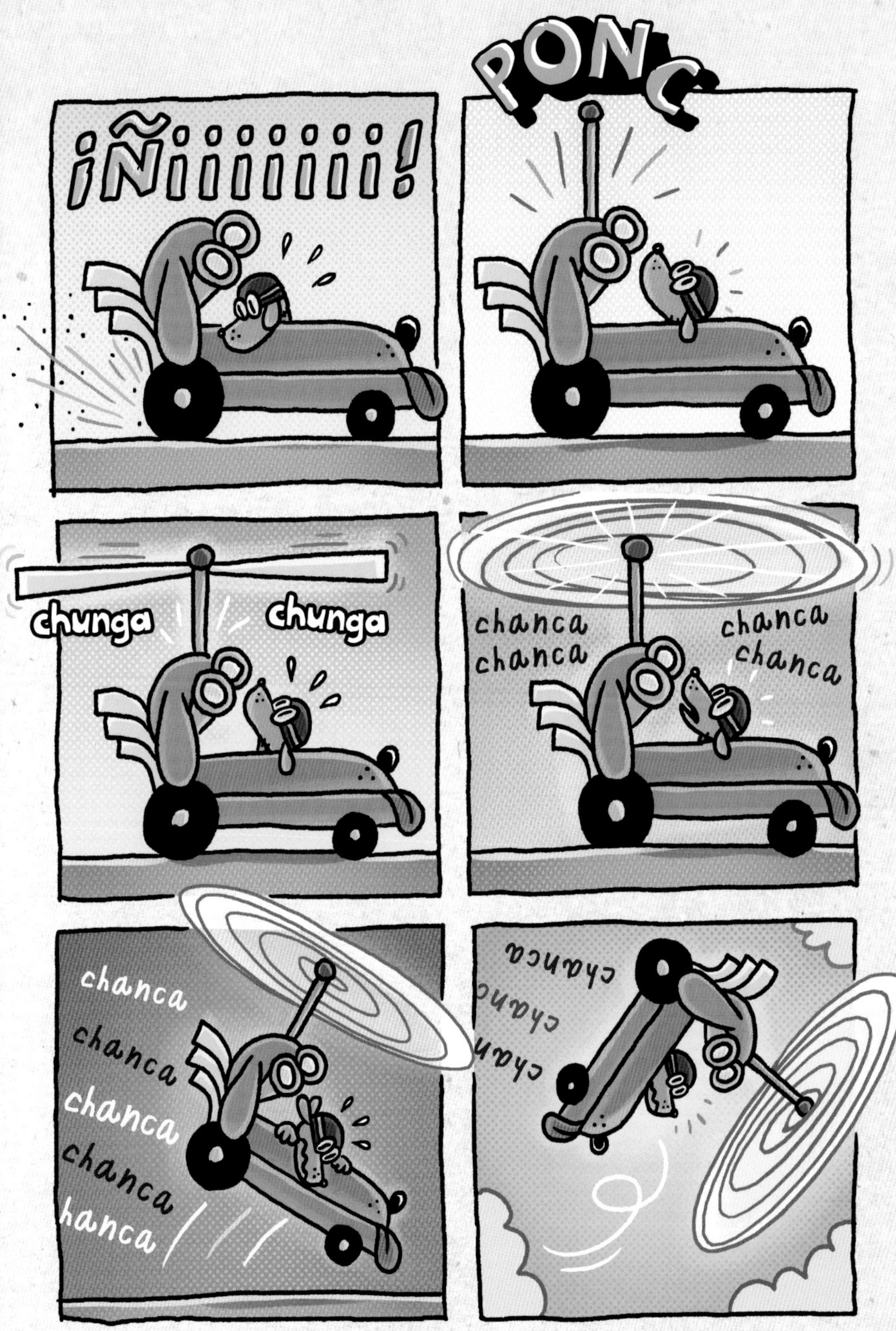
¡Ñiiiiiiii!
PONC
chunga
chunga
chanca
chanca
chanca
chanca
chanca
chanca
chanca
chanca
hanca
chanca
chan
chan

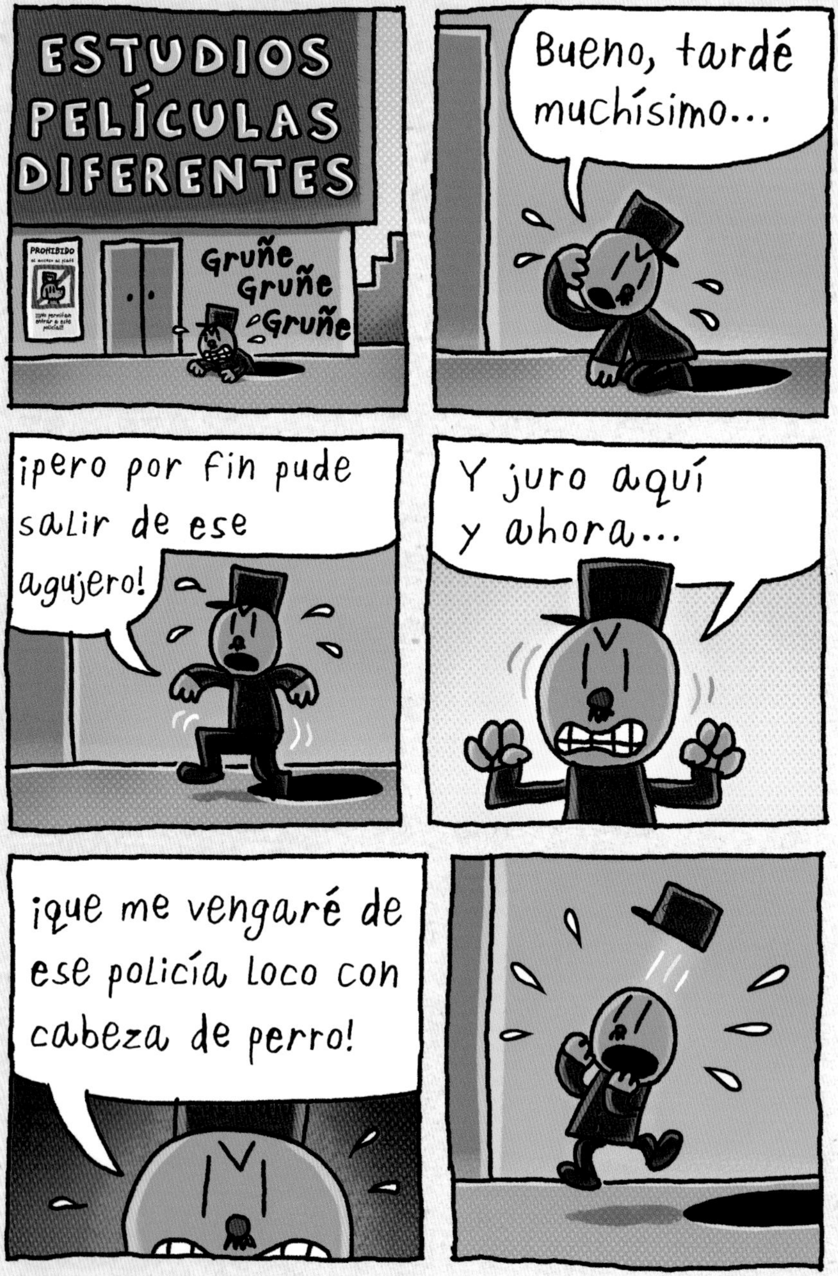
ESTUDIOS PELÍCULAS DIFERENTES
PROHIBIDO
el acceso al plató
¡¡¡No permitan entrar a este policía!!!
Gruñe Gruñe Gruñe
Bueno, tardé muchísimo...
¡pero por fin pude salir de ese agujero!
Y juro aquí y ahora...
¡que me vengaré de ese policía loco con cabeza de perro!

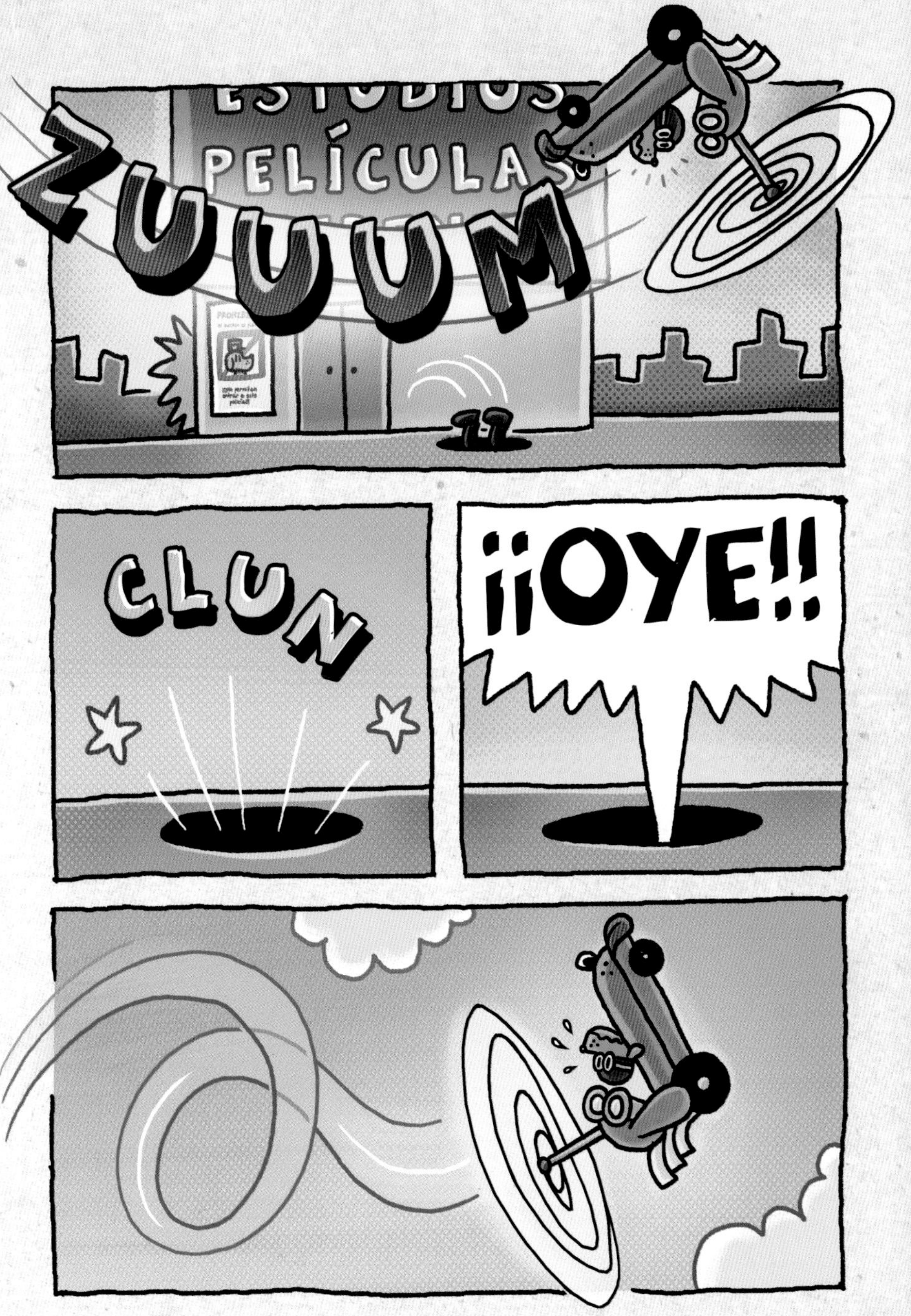
ESTUDIOS
PELÍCULAS
ZUUUM
CLUN
¡¡OYE!!

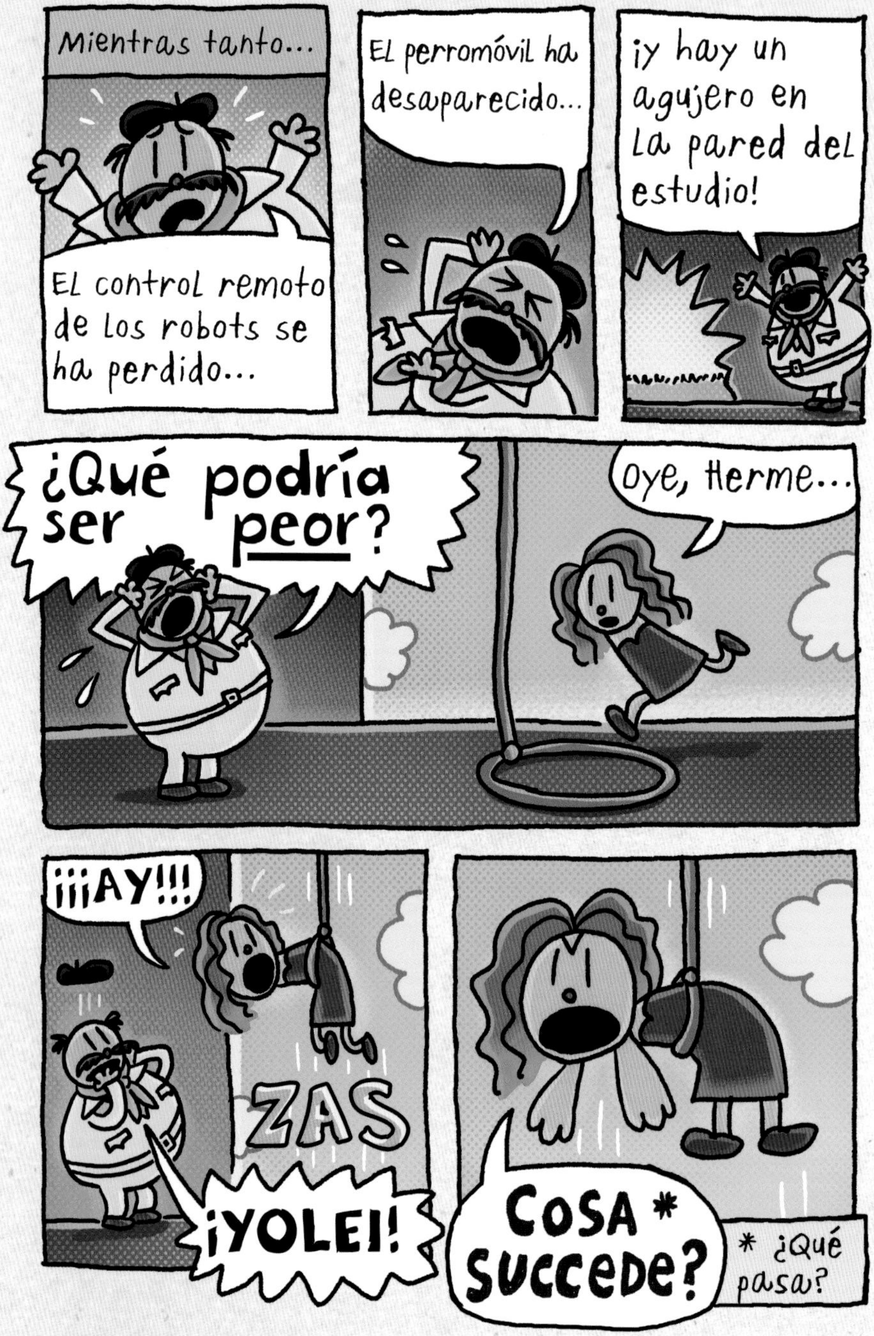
Mientras tanto...
EL controL remoto de Los robots se ha perdido...
EL perromóviL ha desaparecido...
¡y hay un agujero en La pared deL estudio!
¿Qué podría ser peor?
Oye, Herme...
¡¡¡AY!!!
ZAS
¡YOLEI!
COSA * SUCCEDE?
* ¿Qué pasa?

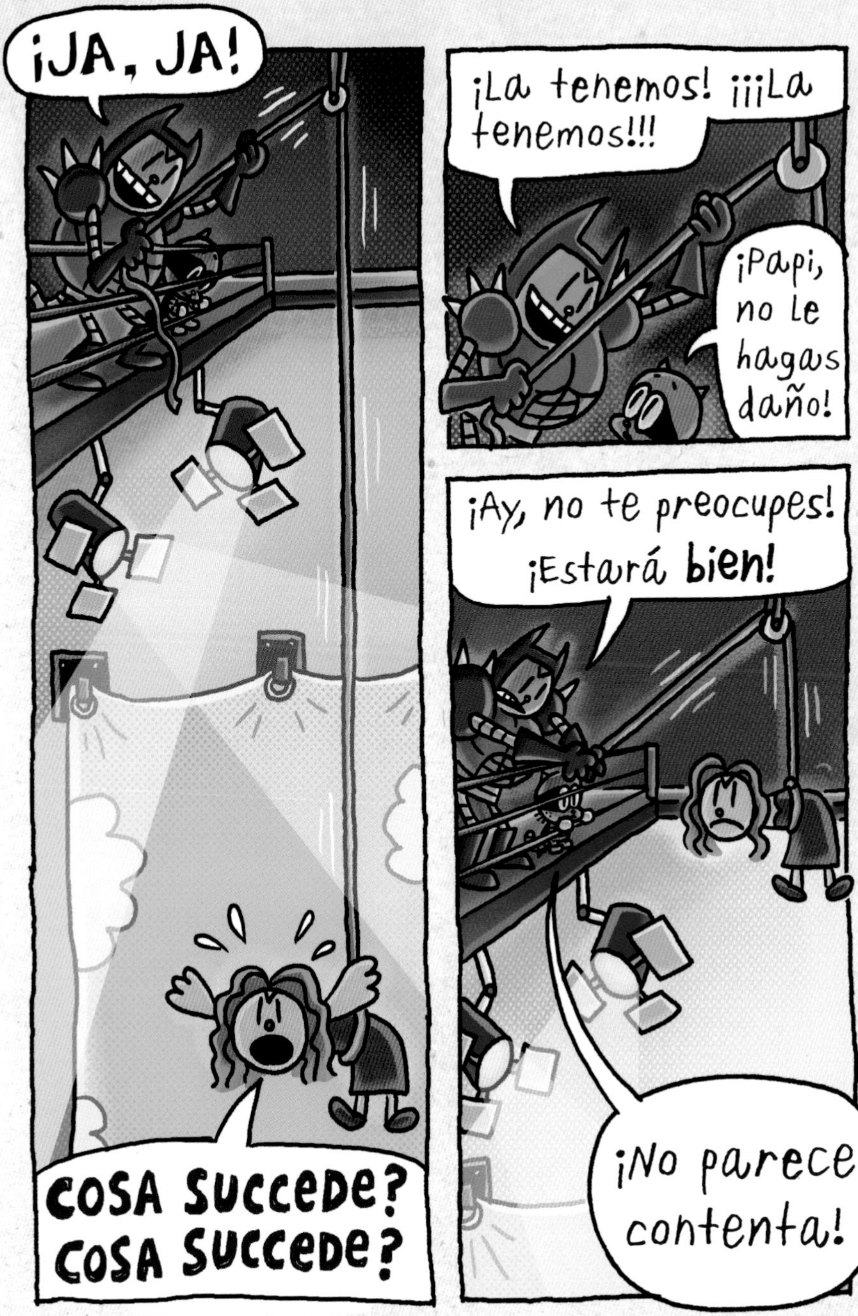
¡JA, JA!
COSA SUCCEDE? COSA SUCCEDE?
¡La tenemos! ¡¡¡La tenemos!!!
¡Papi, no le hagas daño!
¡Ay, no te preocupes! ¡Estará **bien**!
¡No parece contenta!

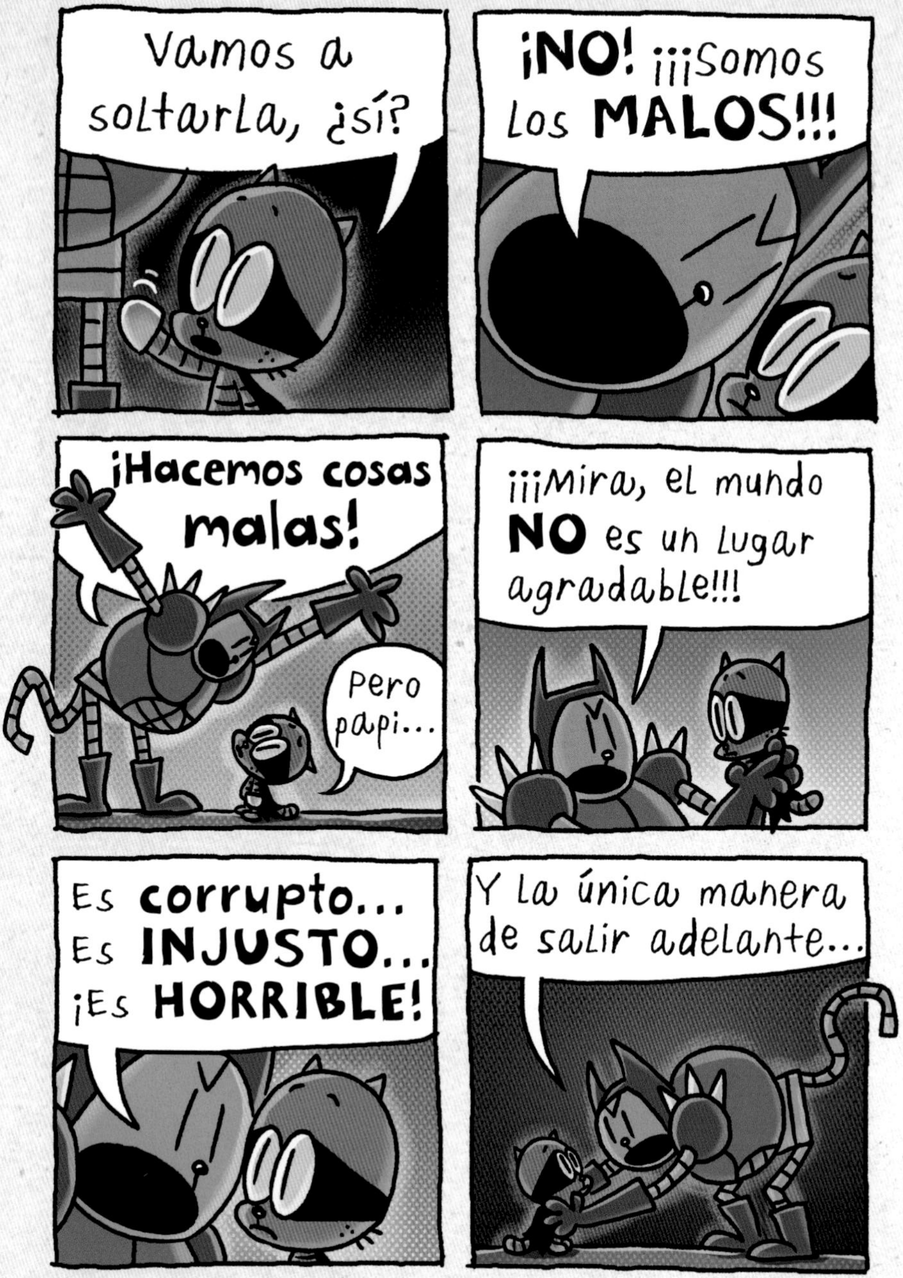
Vamos a soltarla, ¿sí?
¡NO! ¡¡¡Somos los MALOS!!!
¡Hacemos cosas malas!
Pero papi...
¡¡¡Mira, el mundo NO es un lugar agradable!!!
Es corrupto... Es INJUSTO... ¡Es HORRIBLE!
Y la única manera de salir adelante...

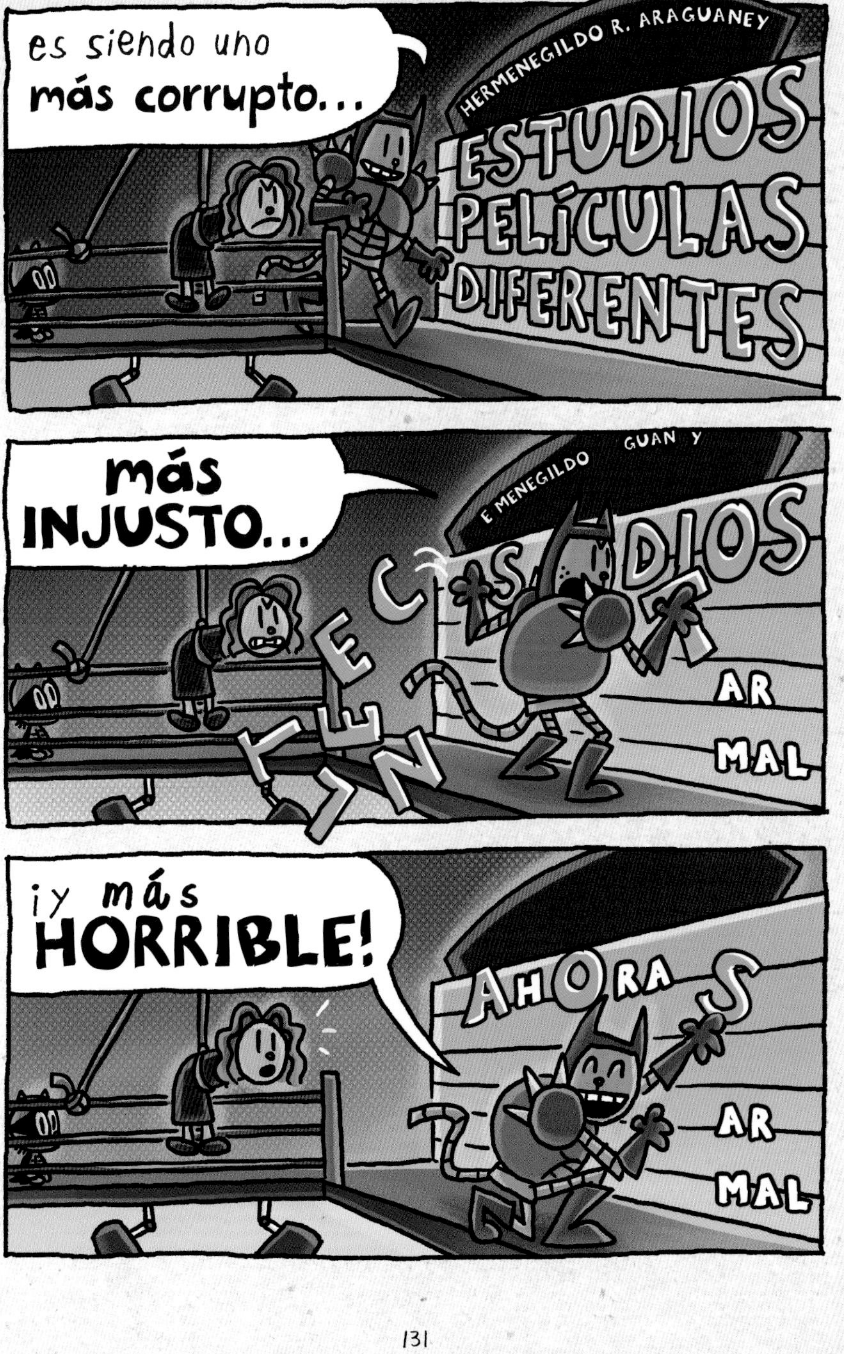
es siendo uno más corrupto...
HERMENEGILDO R. ARAGUANEY
ESTUDIOS PELÍCULAS DIFERENTES
más INJUSTO...
E MENEGILDO GUAN Y
S DIOS
AR
MAL
¡y más HORRIBLE!
AHORA S
AR
MAL

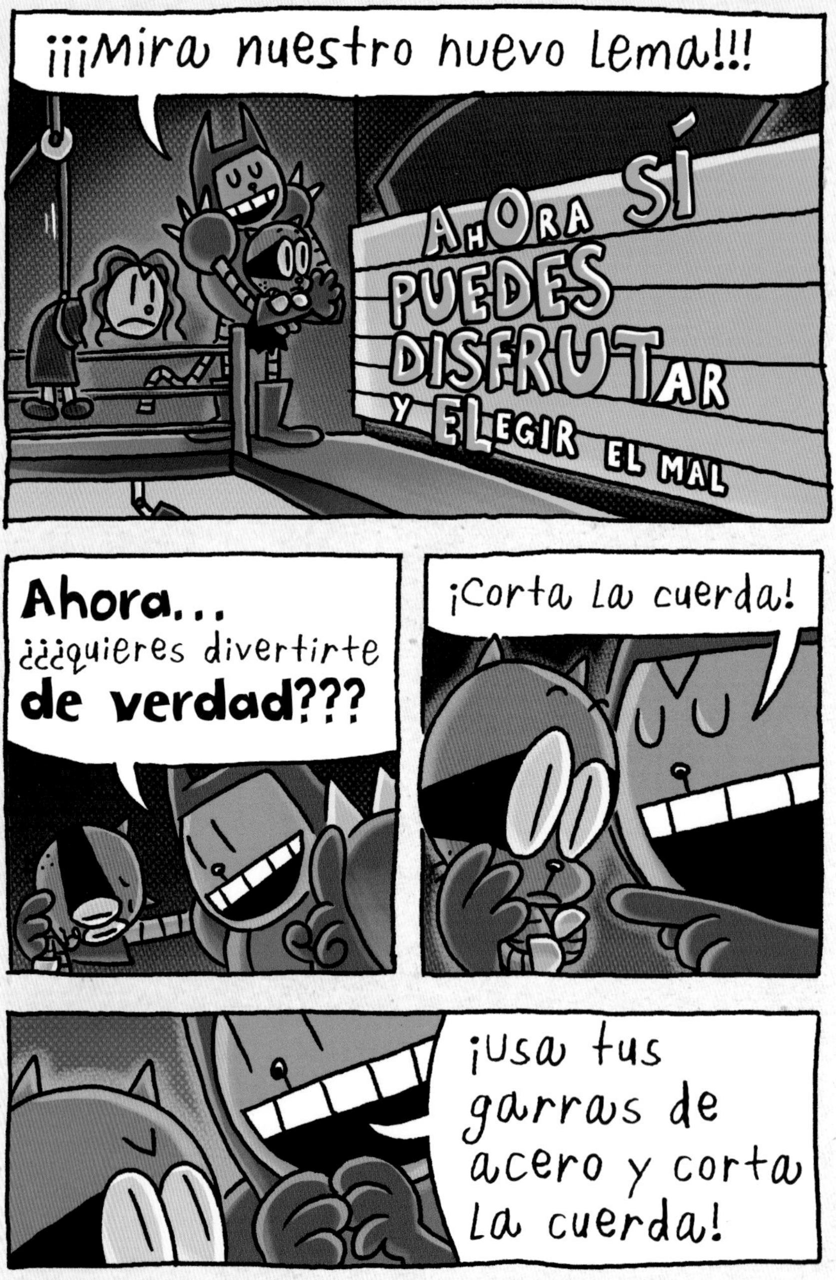
¡¡¡Mira nuestro nuevo lema!!!
AHORA SÍ PUEDES DISFRUTAR Y ELEGIR EL MAL
Ahora... ¿¿¿quieres divertirte de verdad???
¡Corta la cuerda!
¡Usa tus garras de acero y corta la cuerda!

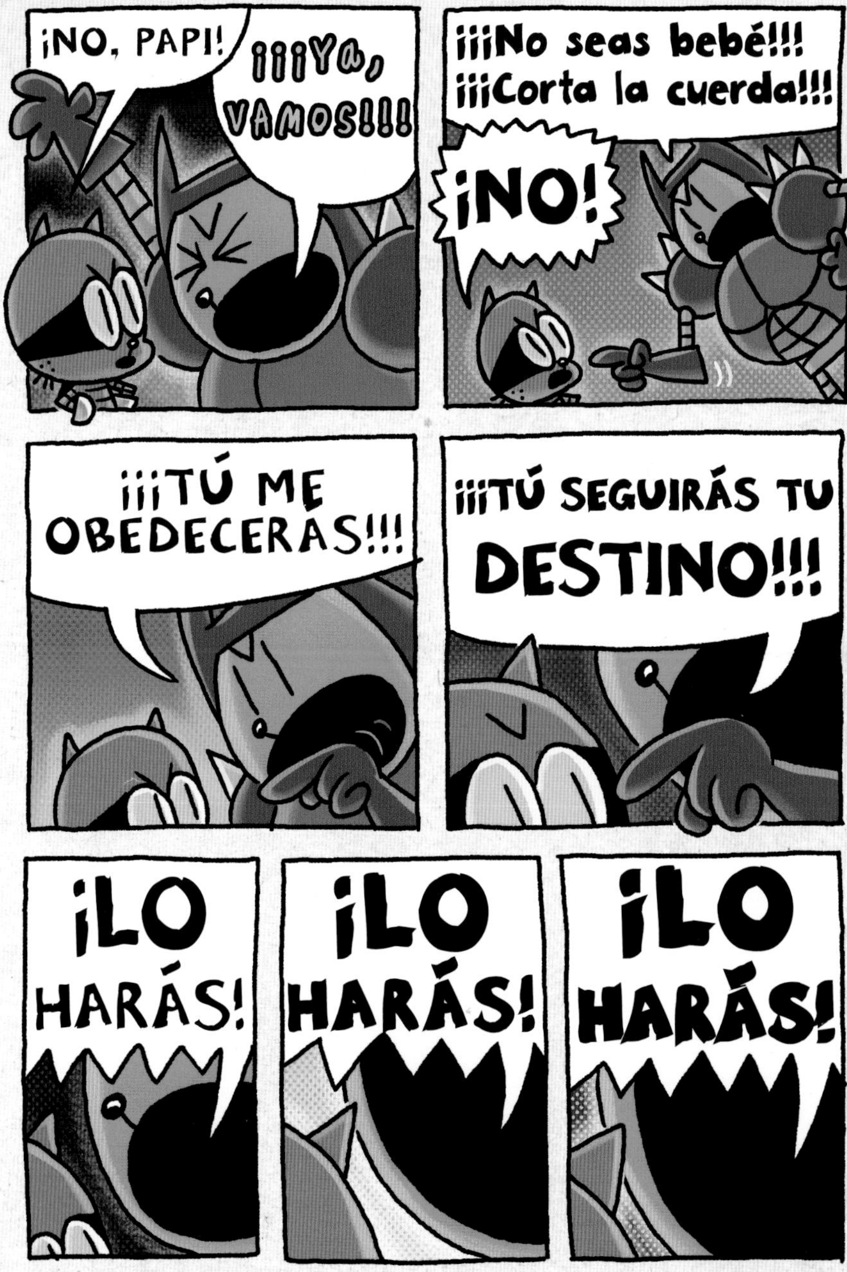
¡NO, PAPI!
¡¡¡Ya, VAMOS!!!
¡¡¡No seas bebé!!! ¡¡¡Corta la cuerda!!!
¡NO!
¡¡¡TÚ ME OBEDECERÁS!!!
¡¡¡TÚ SEGUIRÁS TU DESTINO!!!
¡LO HARÁS!
¡LO HARÁS!
¡LO HARÁS!

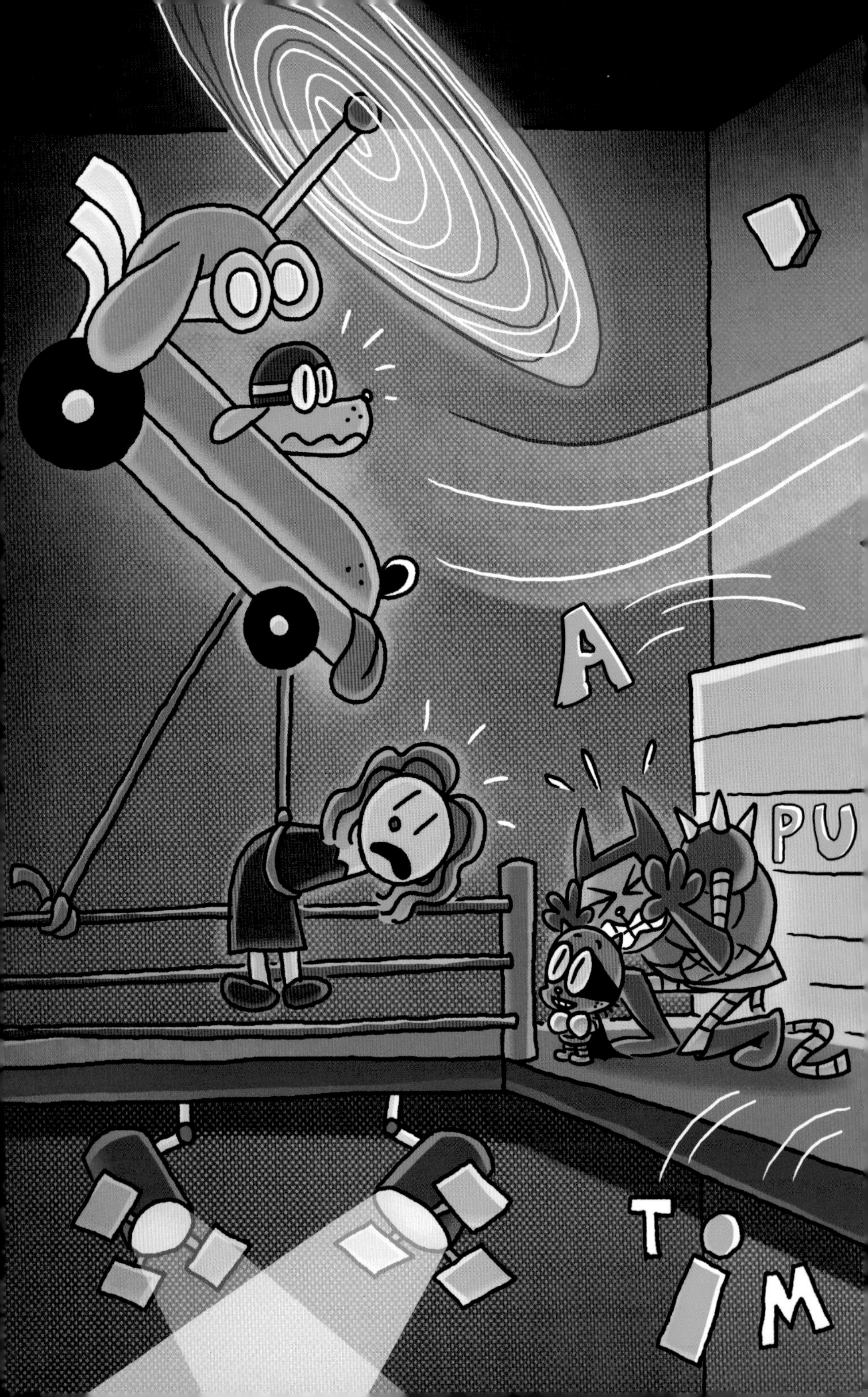
A
PU
TIM

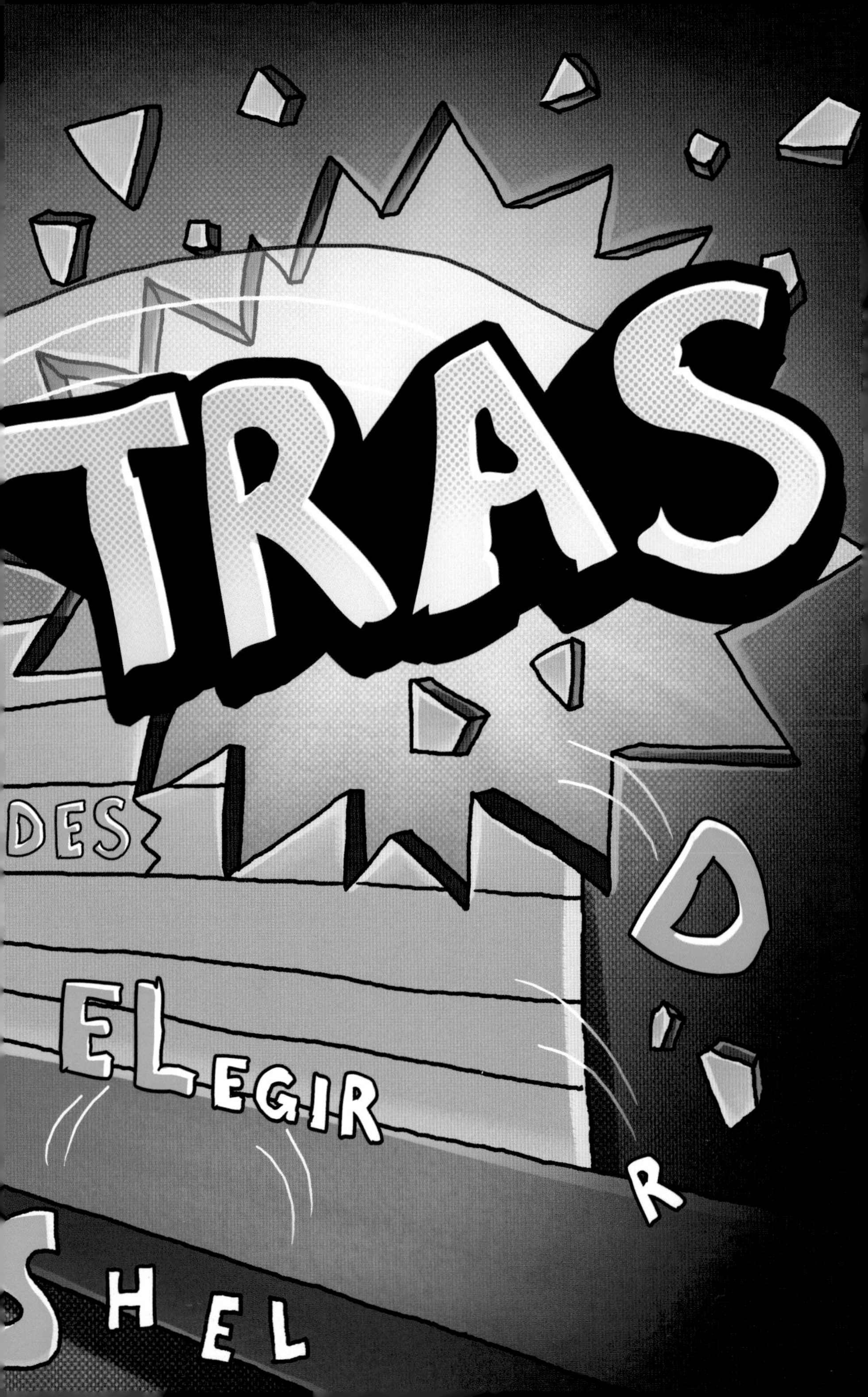
TRAS
DES
D
EL
EGIR
R
S
HEL

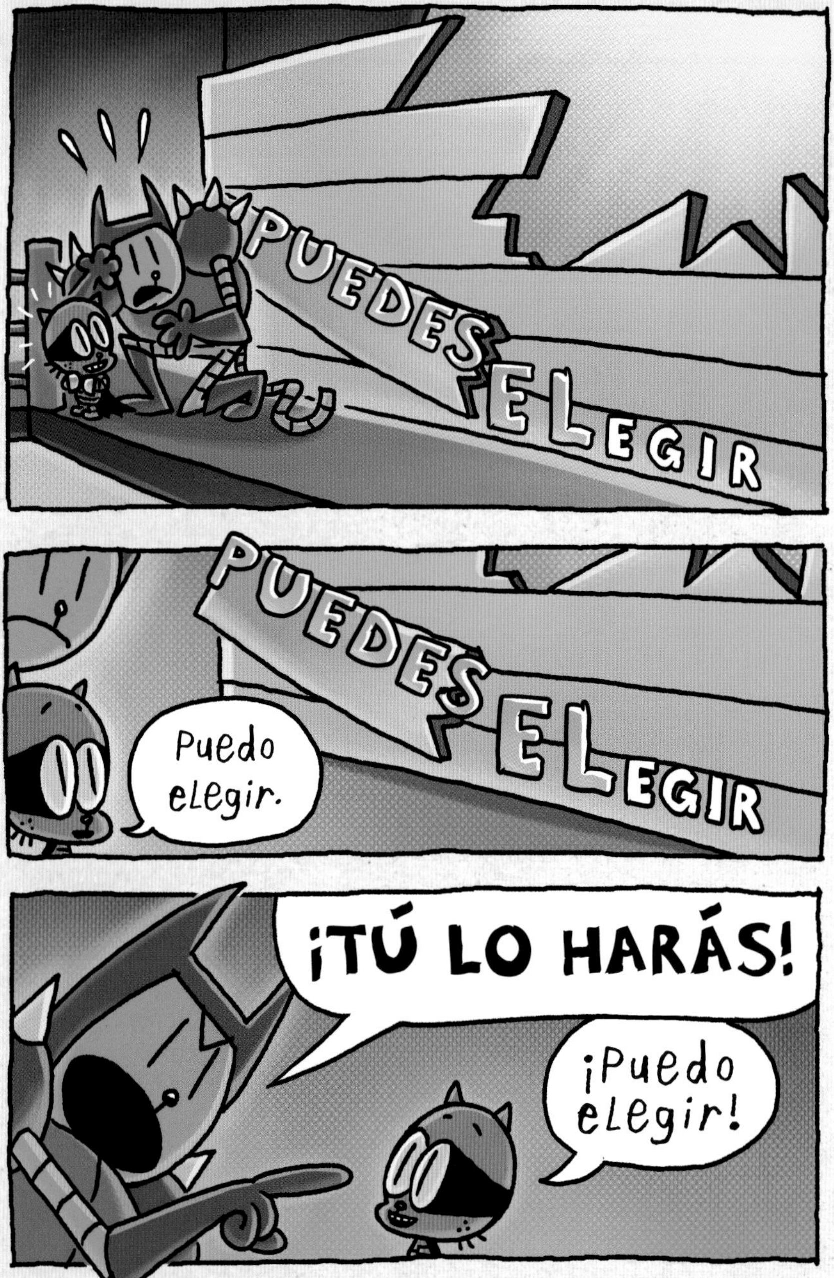
PUEDES ELEGIR
PUEDES ELEGIR
Puedo elegir.
¡TÚ LO HARÁS!
¡Puedo elegir!

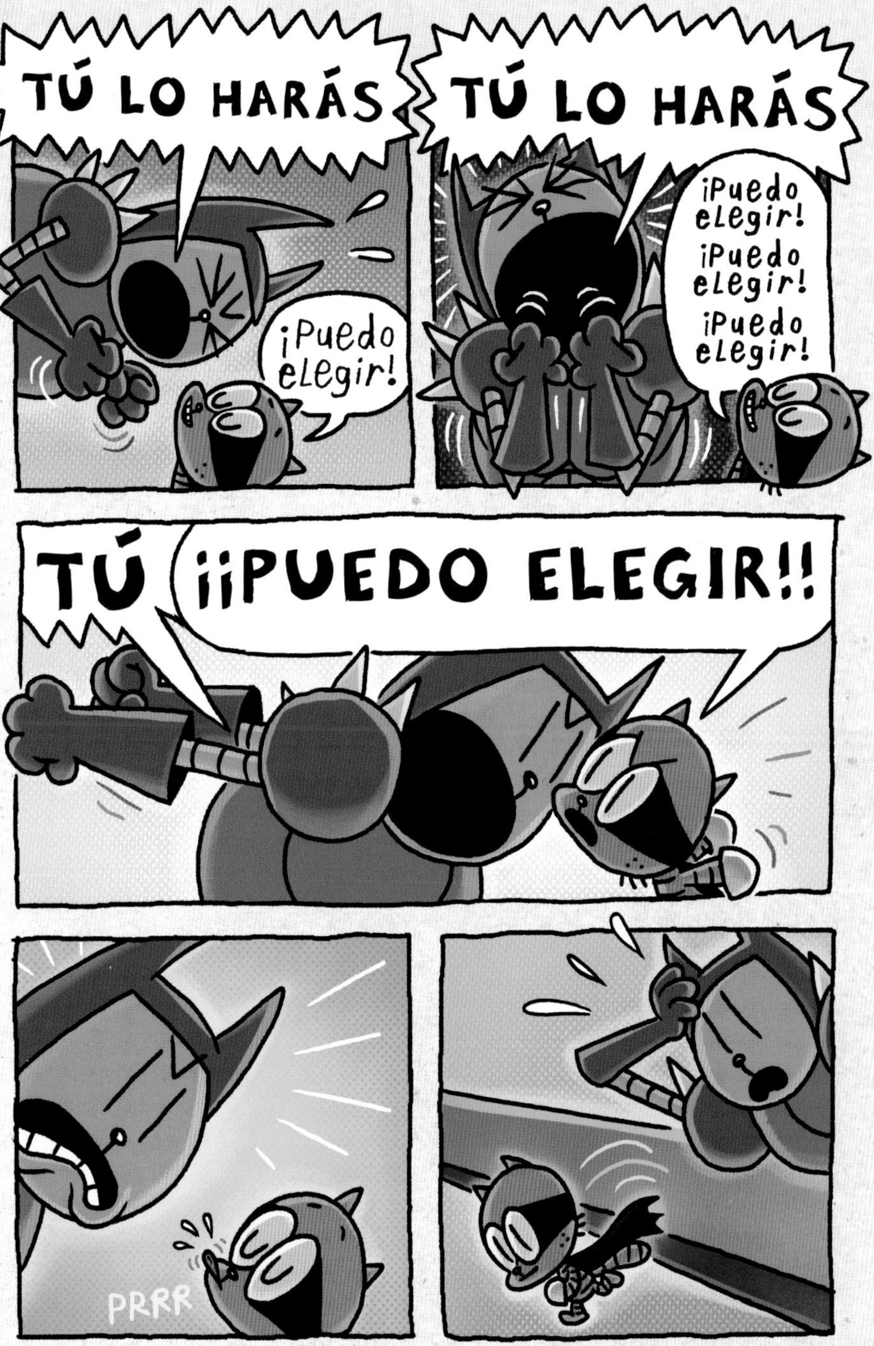
TÚ LO HARÁS
¡Puedo elegir!
TÚ LO HARÁS
¡Puedo elegir! ¡Puedo elegir! ¡Puedo elegir!
TÚ
¡¡PUEDO ELEGIR!!
PRRR

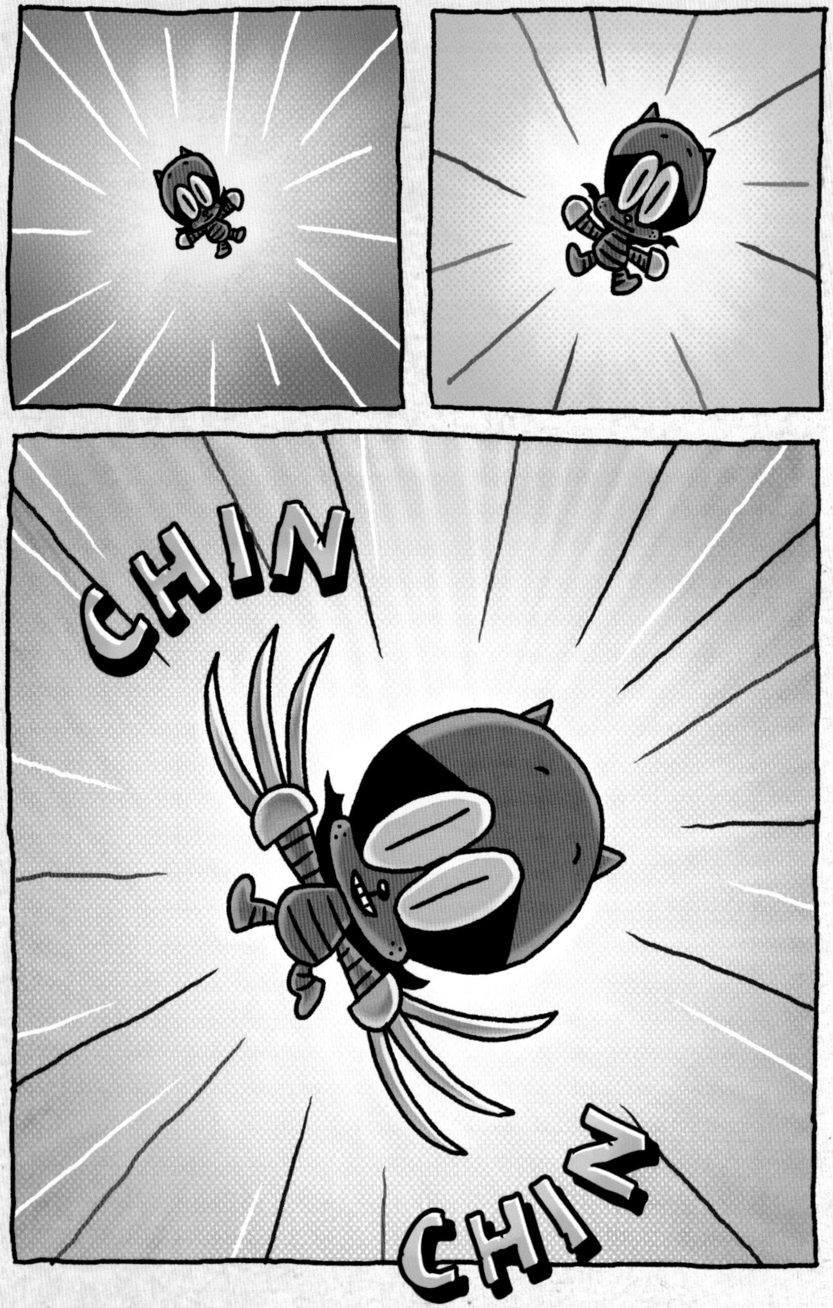
CHIN
CHIN

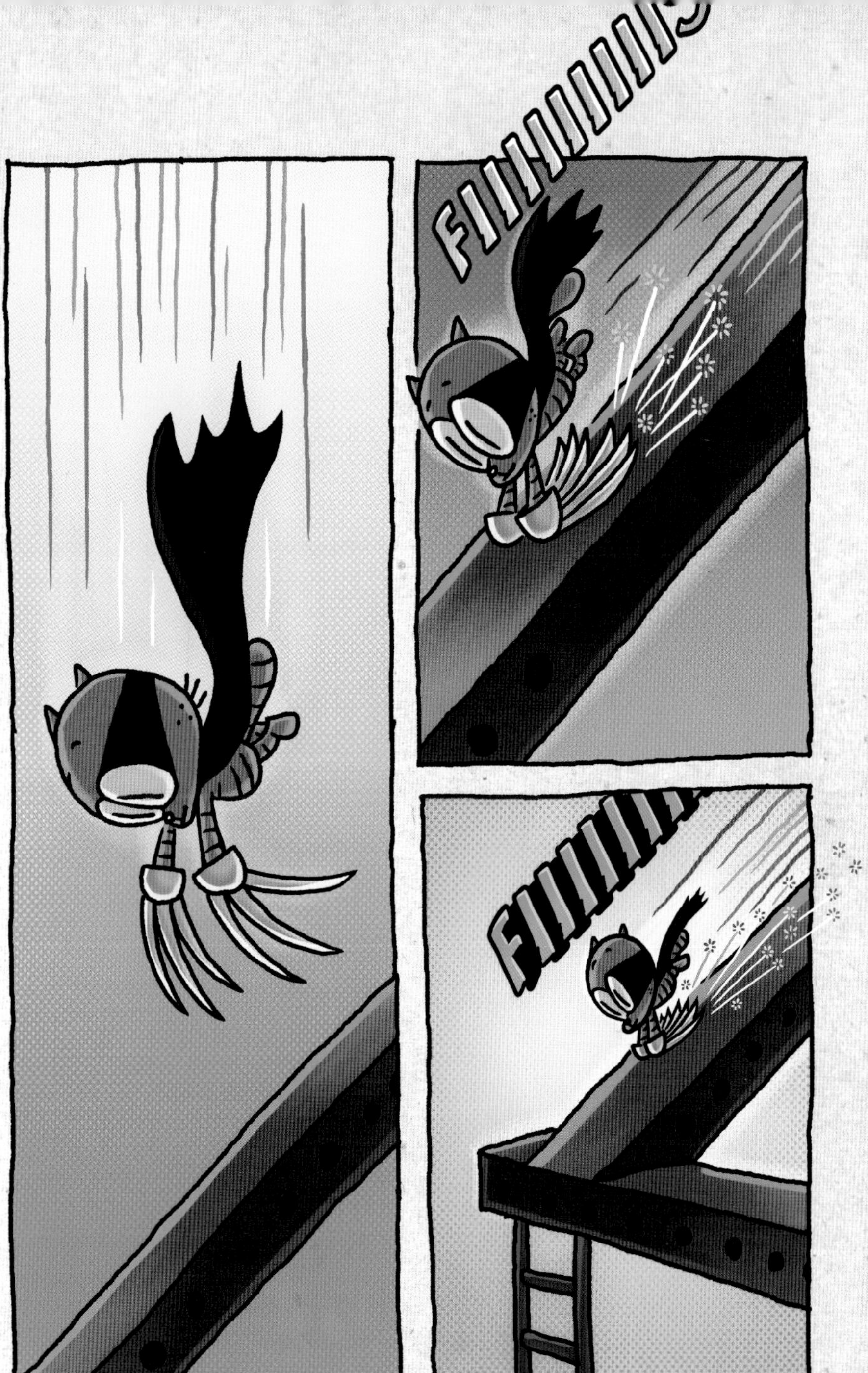
FIIIIIIIIS
FIIIIII

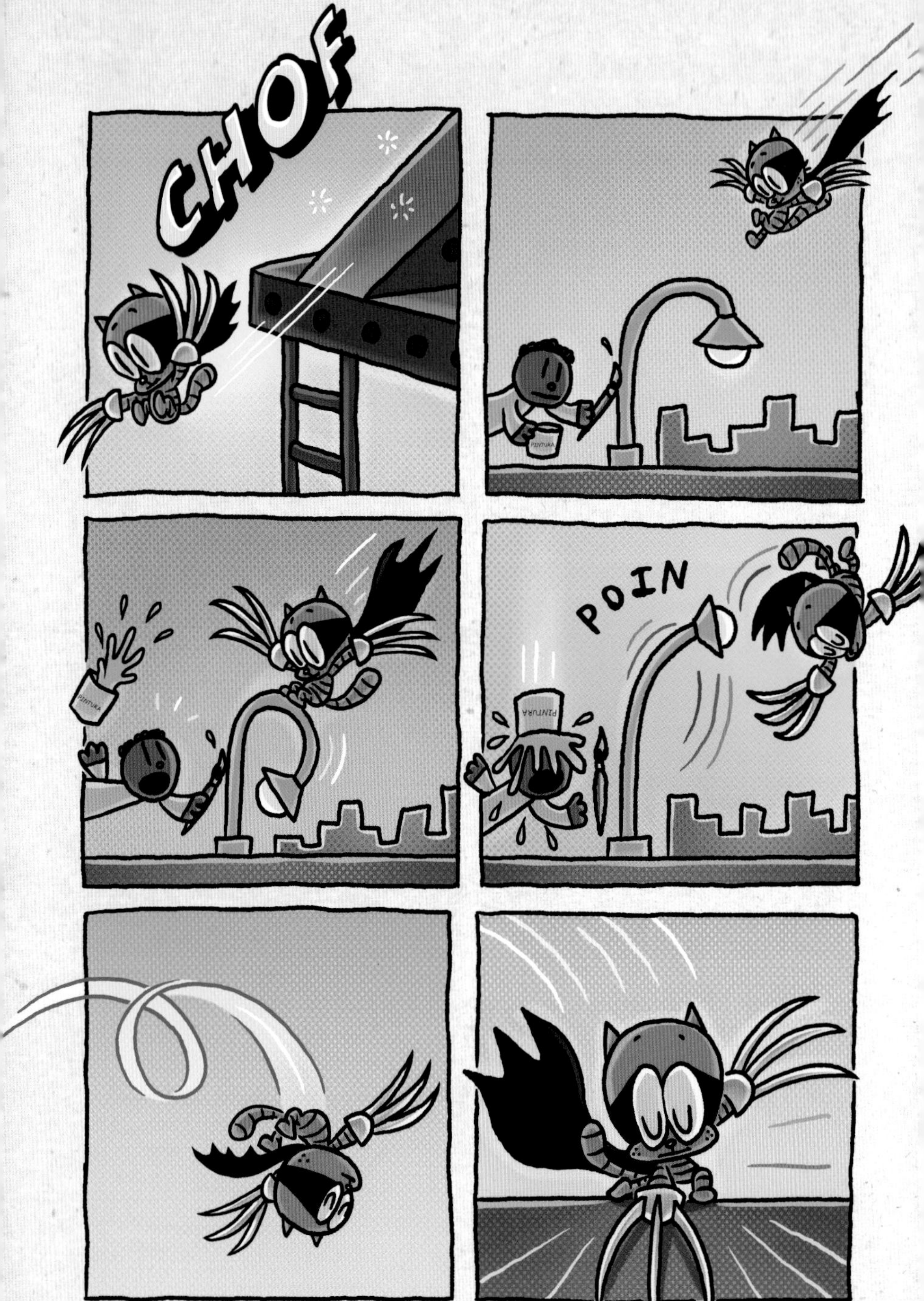
CHOF
PINTURA
PINTURA
POIN
PINTURA

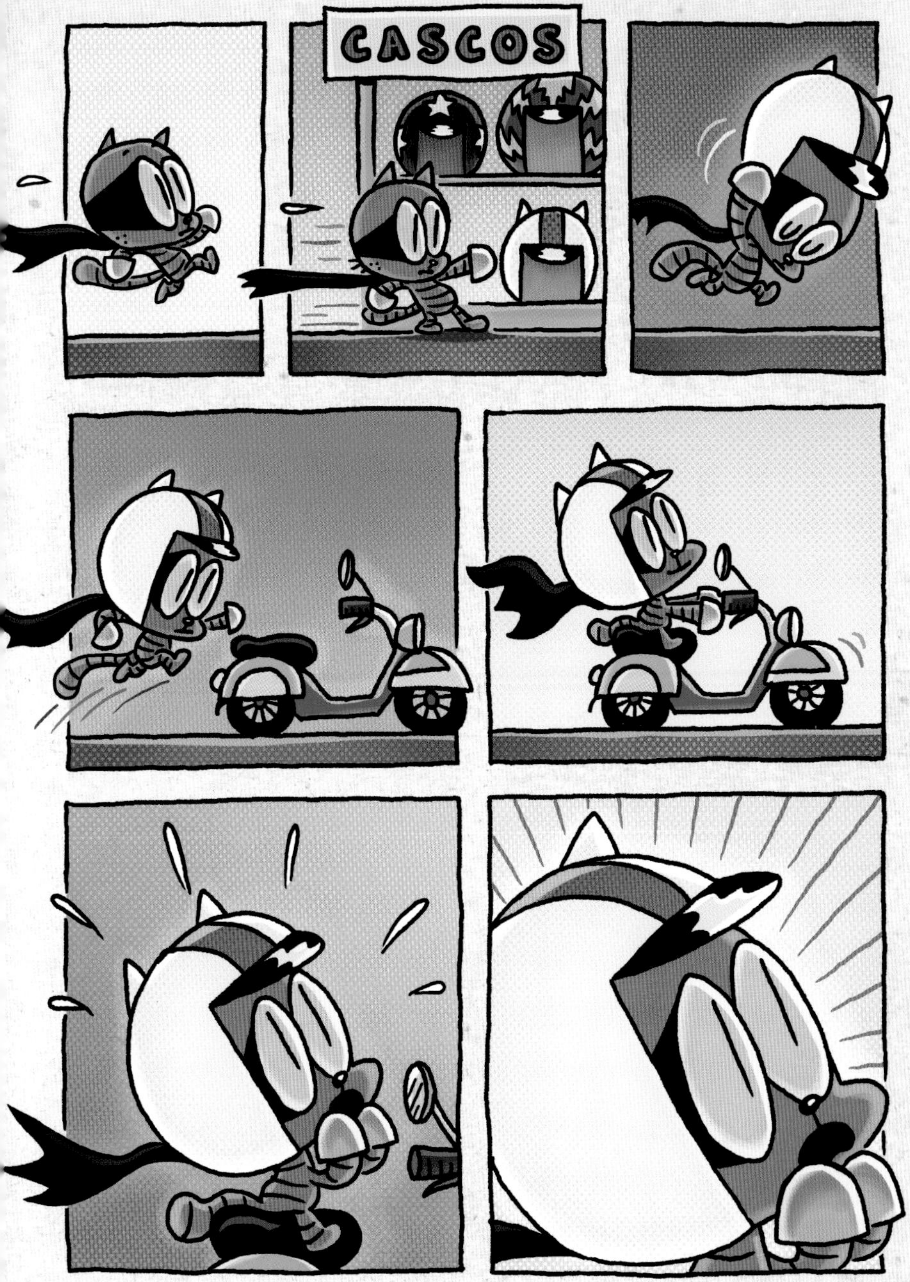
CASCOS

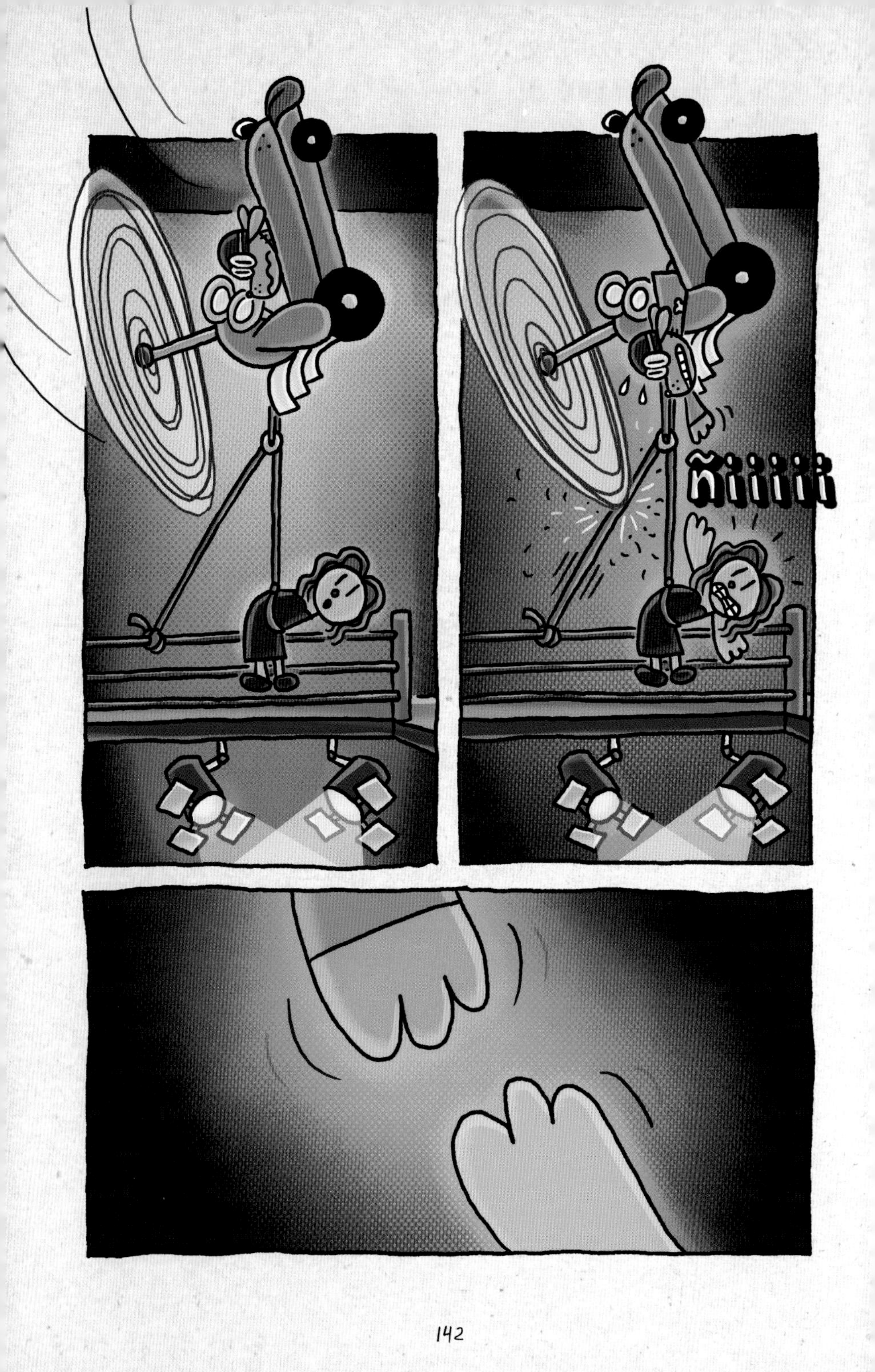
ñiiiii

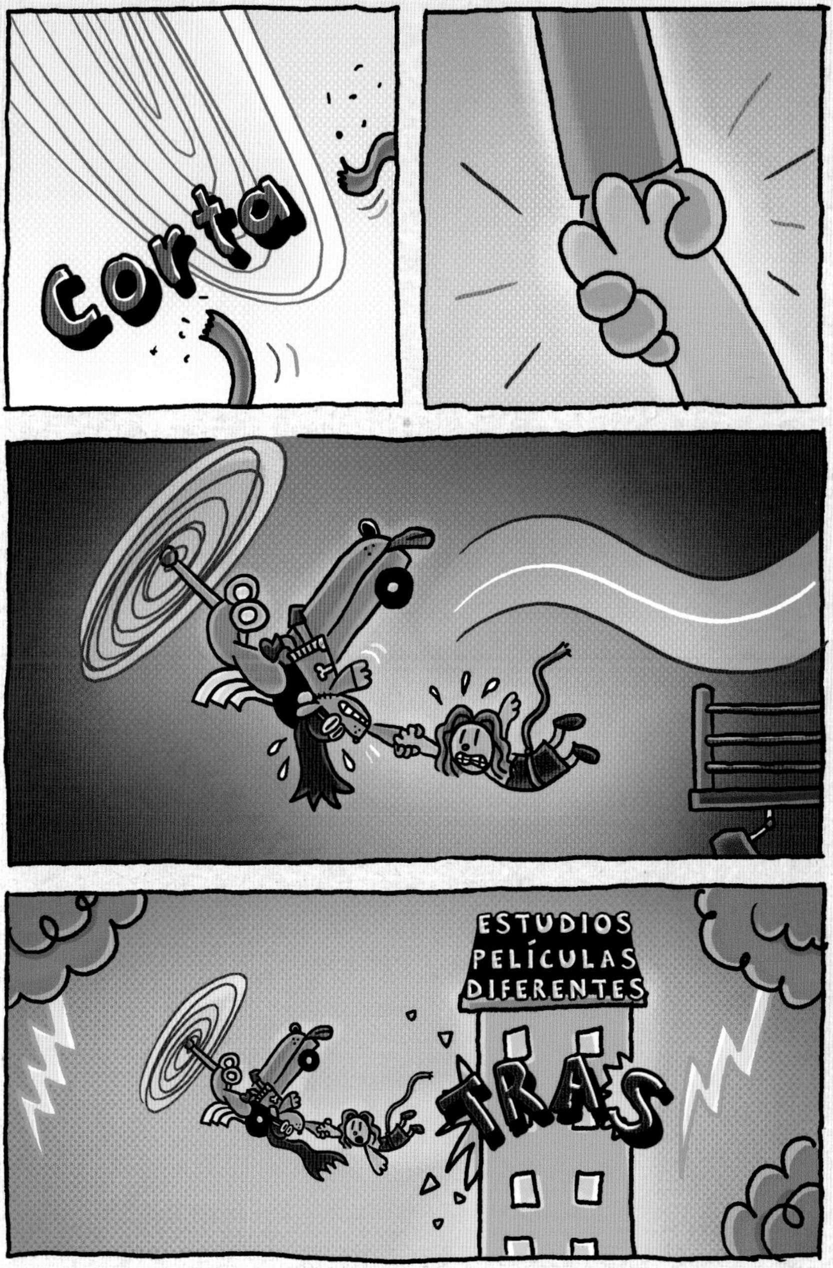
CORTA
ESTUDIOS
PELÍCULAS
DIFERENTES
TRÁS

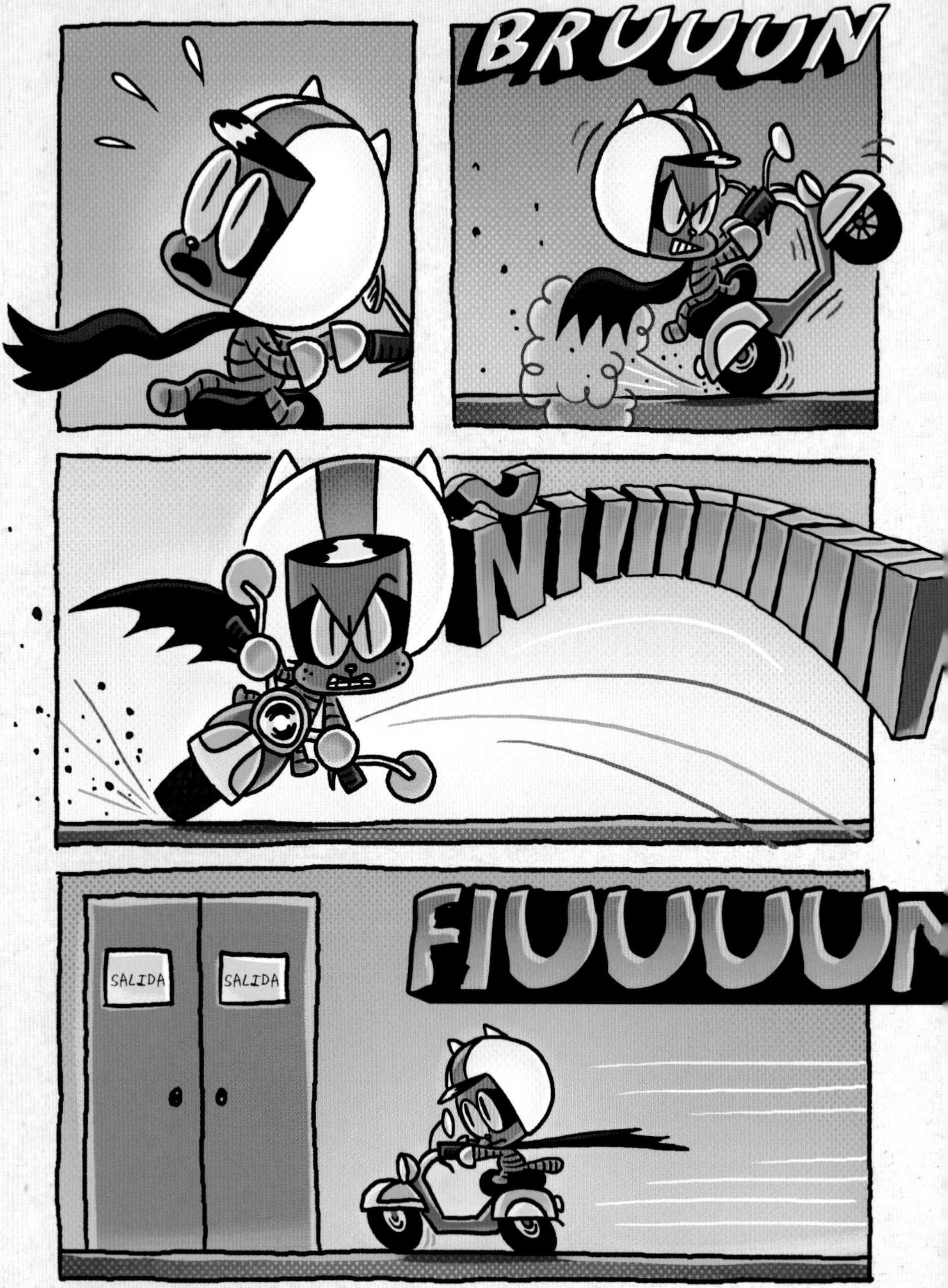
BRUUUN
ÑIIIIIIIIIII
SALIDA
SALIDA
FIUUUUN

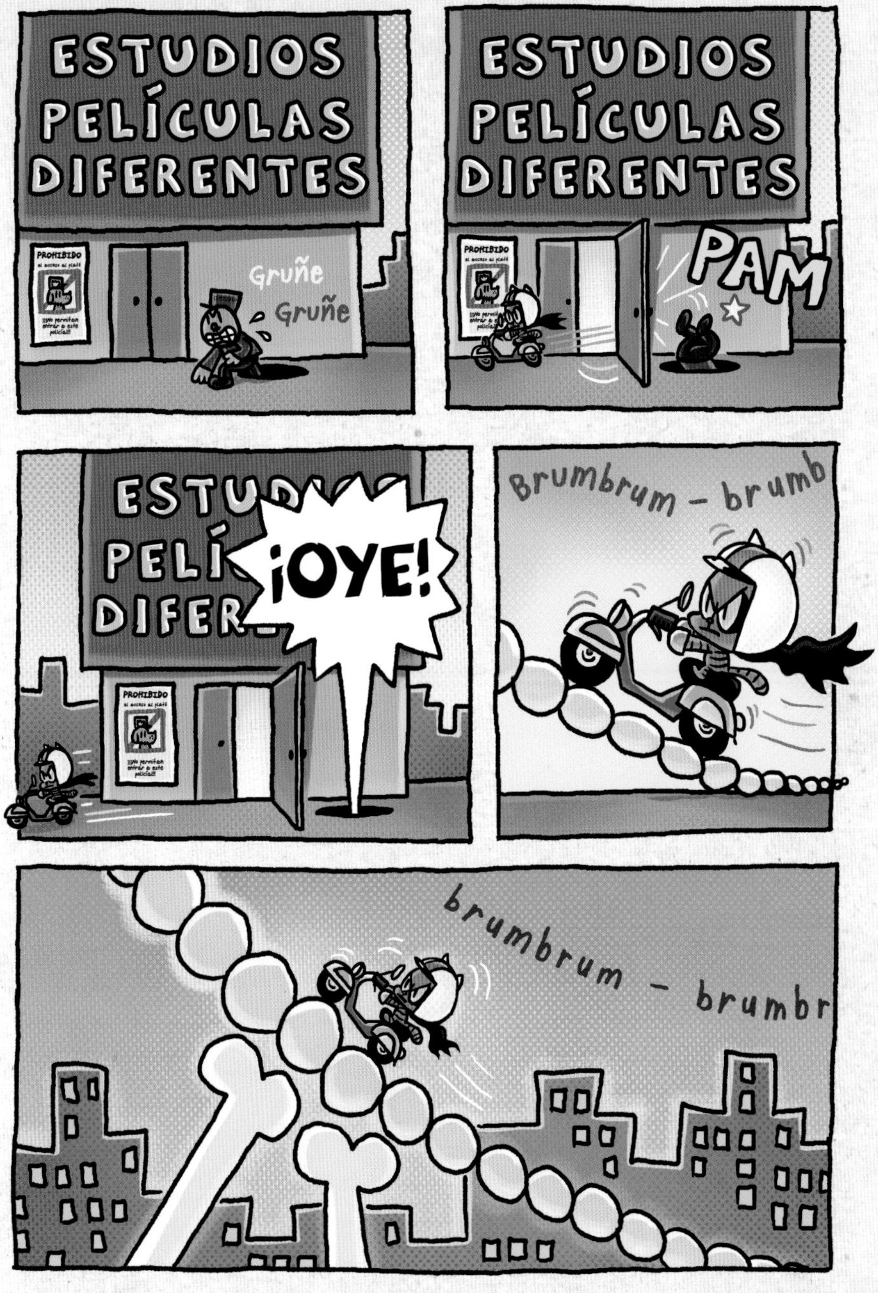
ESTUDIOS PELÍCULAS DIFERENTES
PROHIBIDO
¡¡¡No permitan entrar a este policía!!!
Gruñe
Gruñe
ESTUDIOS PELÍCULAS DIFERENTES
PAM
ESTUD
PELÍ
DIFER
¡OYE!
Brumbrum - brumb
brumbrum - brumbr

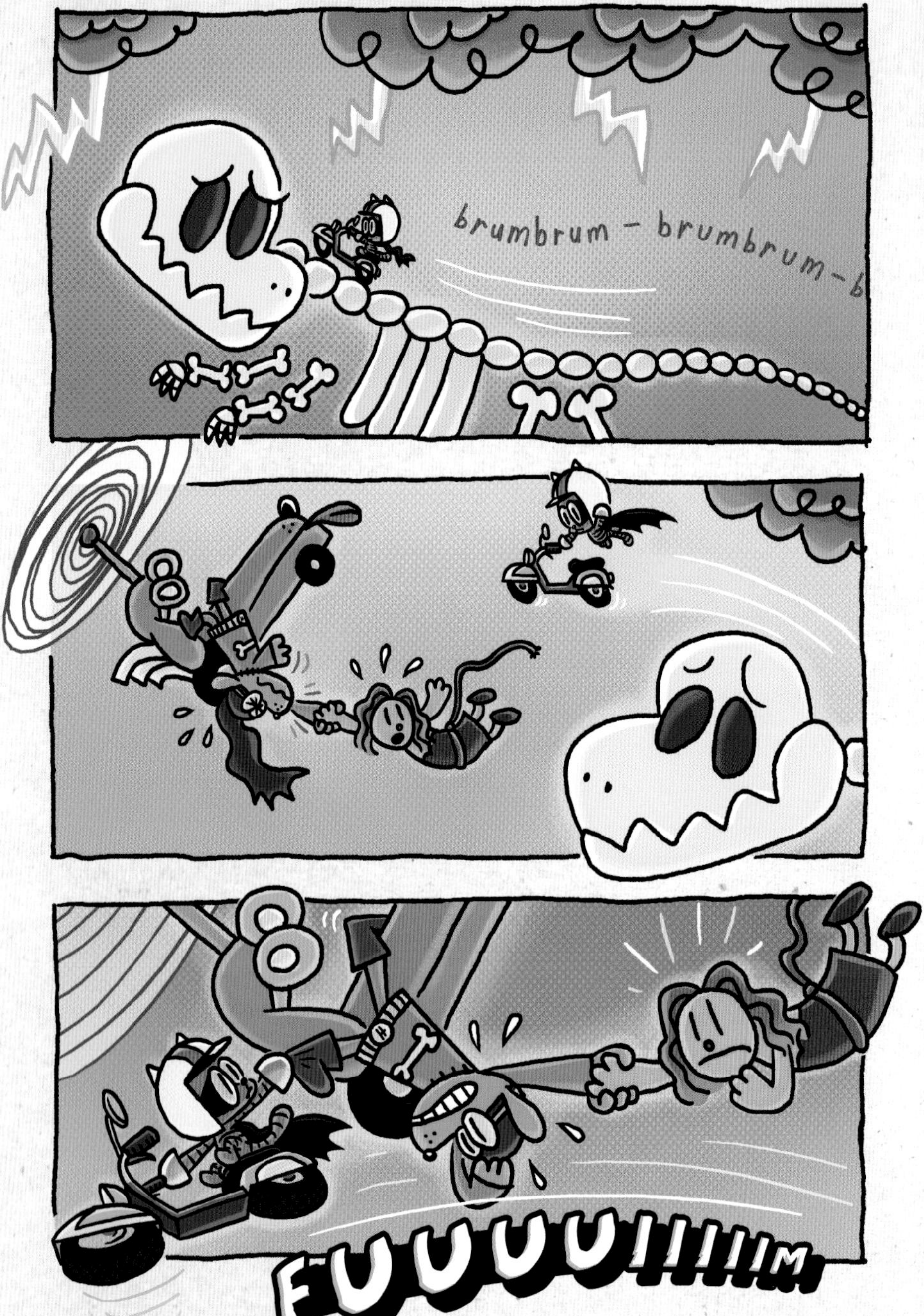

brumbrum - brumbrum - brumbrum-b
FUUUUUIIIIIIM!

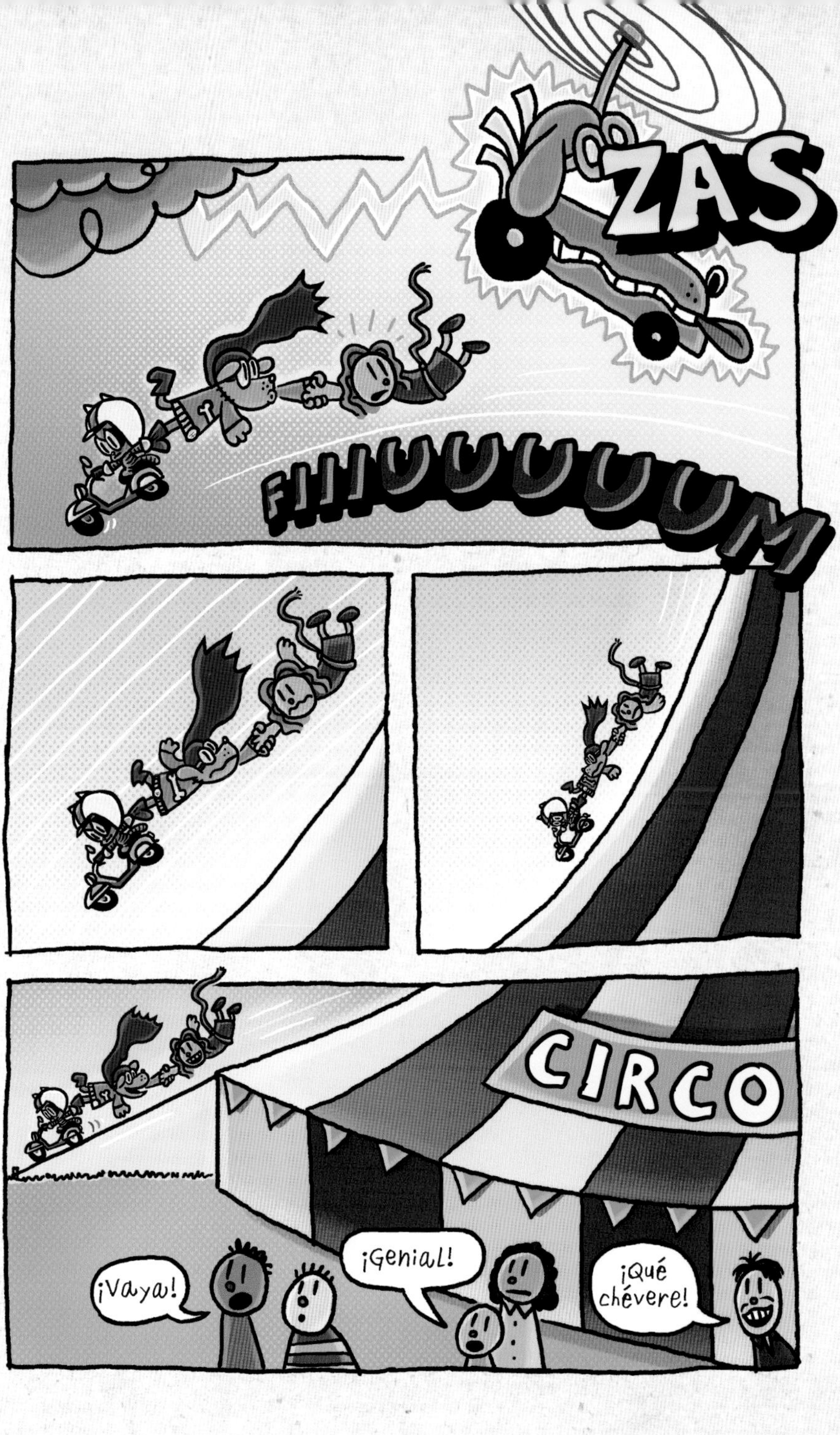
ZAS
FIIIUUUUUUUM
CIRCO
¡Vaya!
¡Genial!
¡Qué chévere!

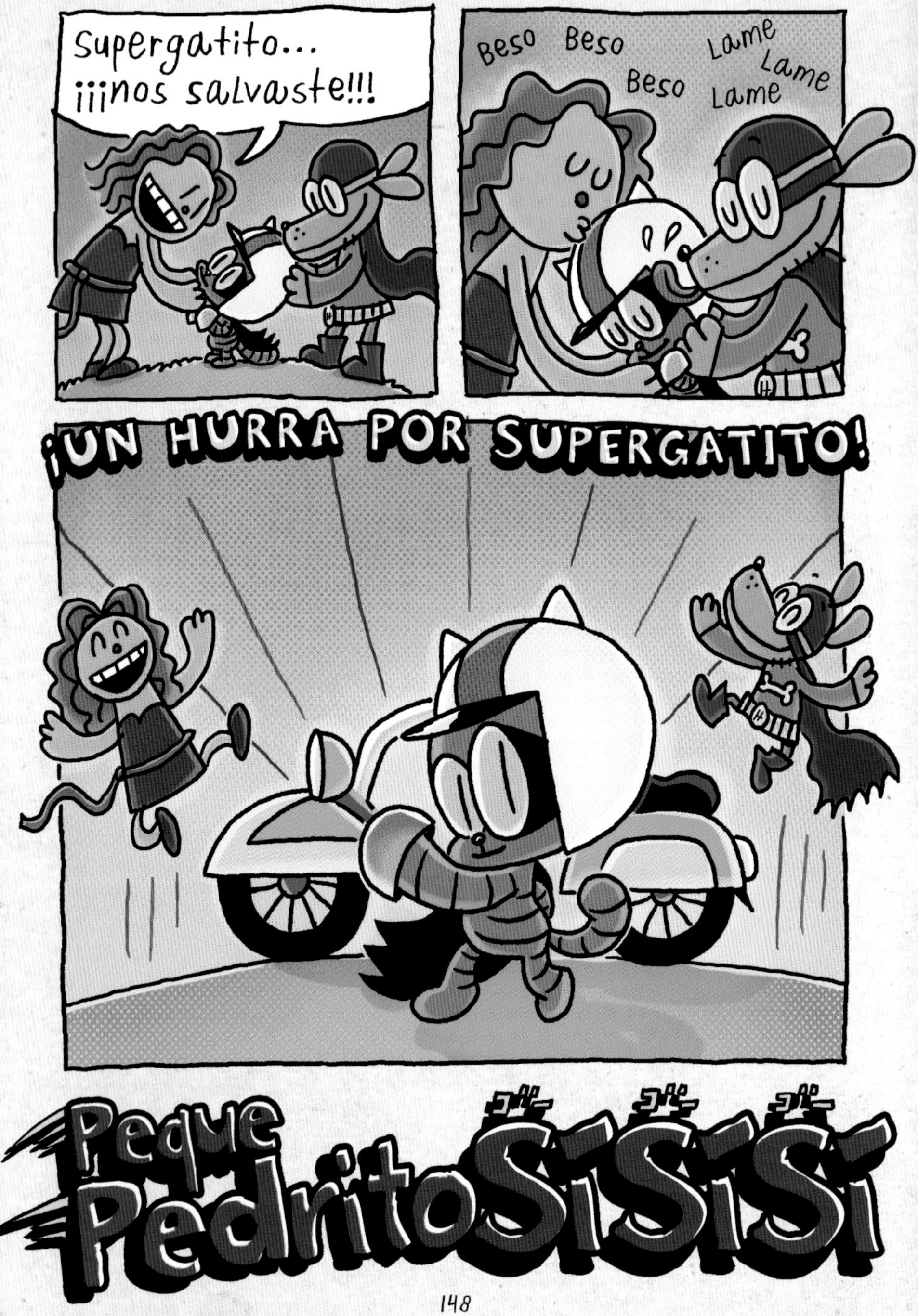
Supergatito... ¡¡¡nos salvaste!!!
Beso Beso Beso
Lame Lame Lame
¡UN HURRA POR SUPERGATITO!
Peque Pedrito Sí Sí Sí

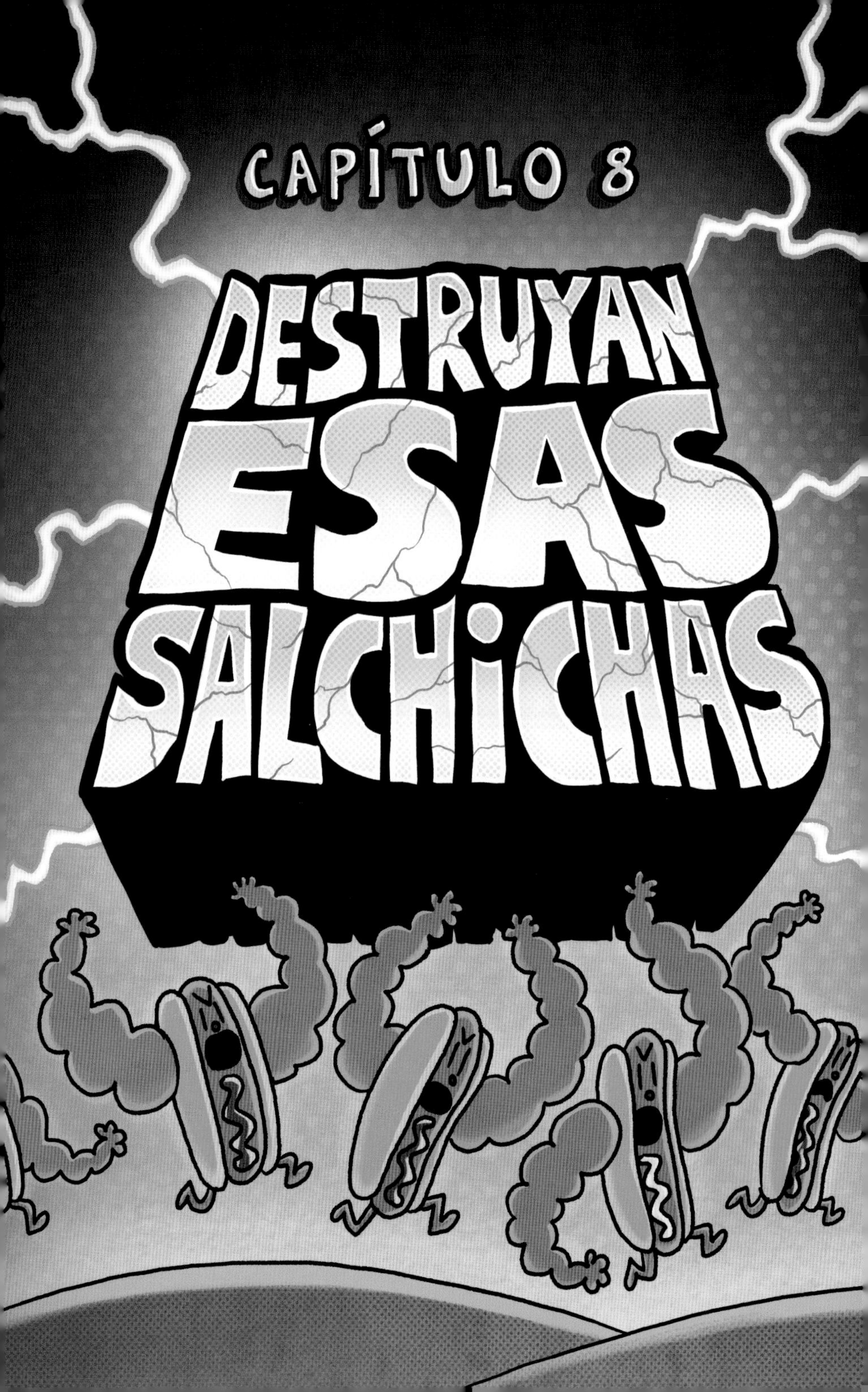
CAPÍTULO 8
DESTRUYAN ESAS SALCHICHAS

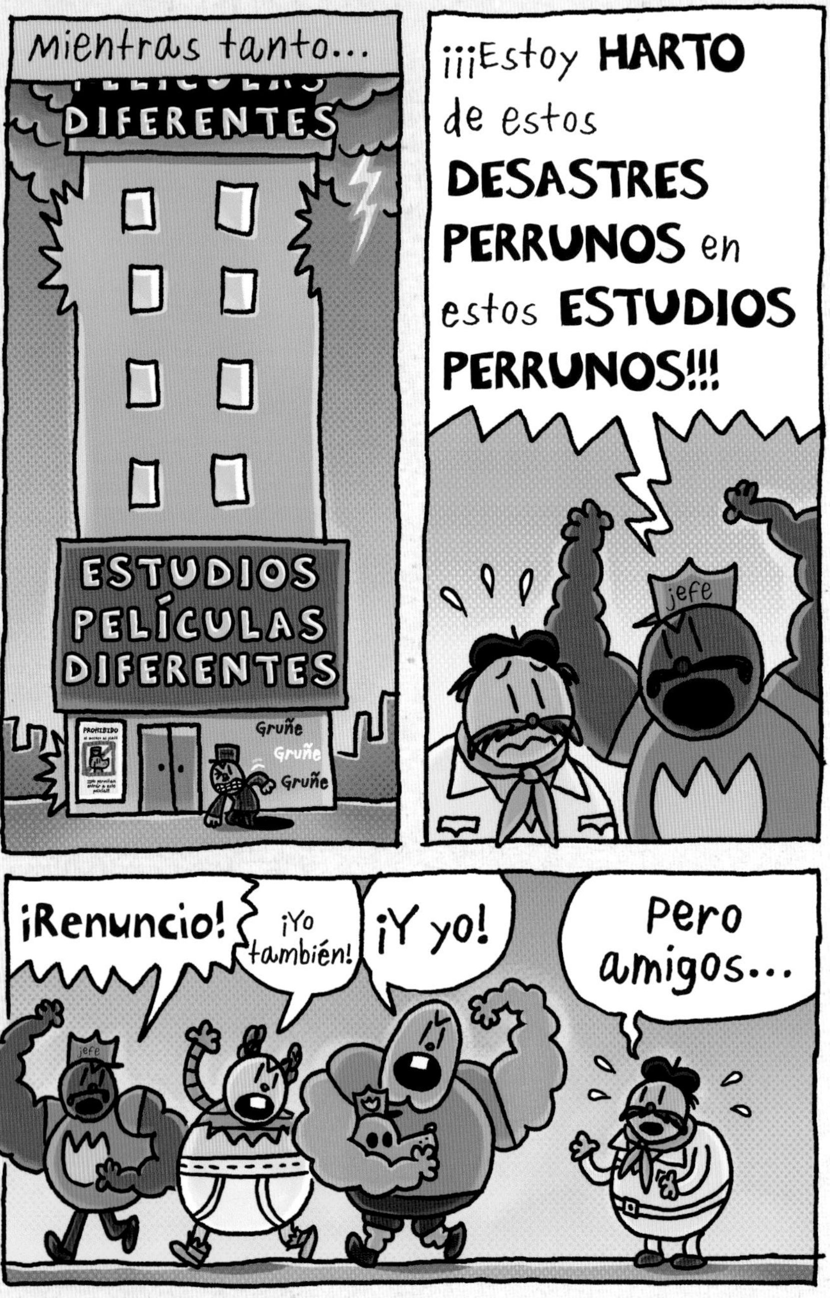
Mientras tanto...
DIFERENTES
ESTUDIOS PELÍCULAS DIFERENTES
PROHIBIDO
Gruñe
Gruñe
Gruñe
¡¡¡Estoy HARTO de estos DESASTRES PERRUNOS en estos ESTUDIOS PERRUNOS!!!
jefe
¡Renuncio!
¡Yo también!
¡Y yo!
Pero amigos...
jefe

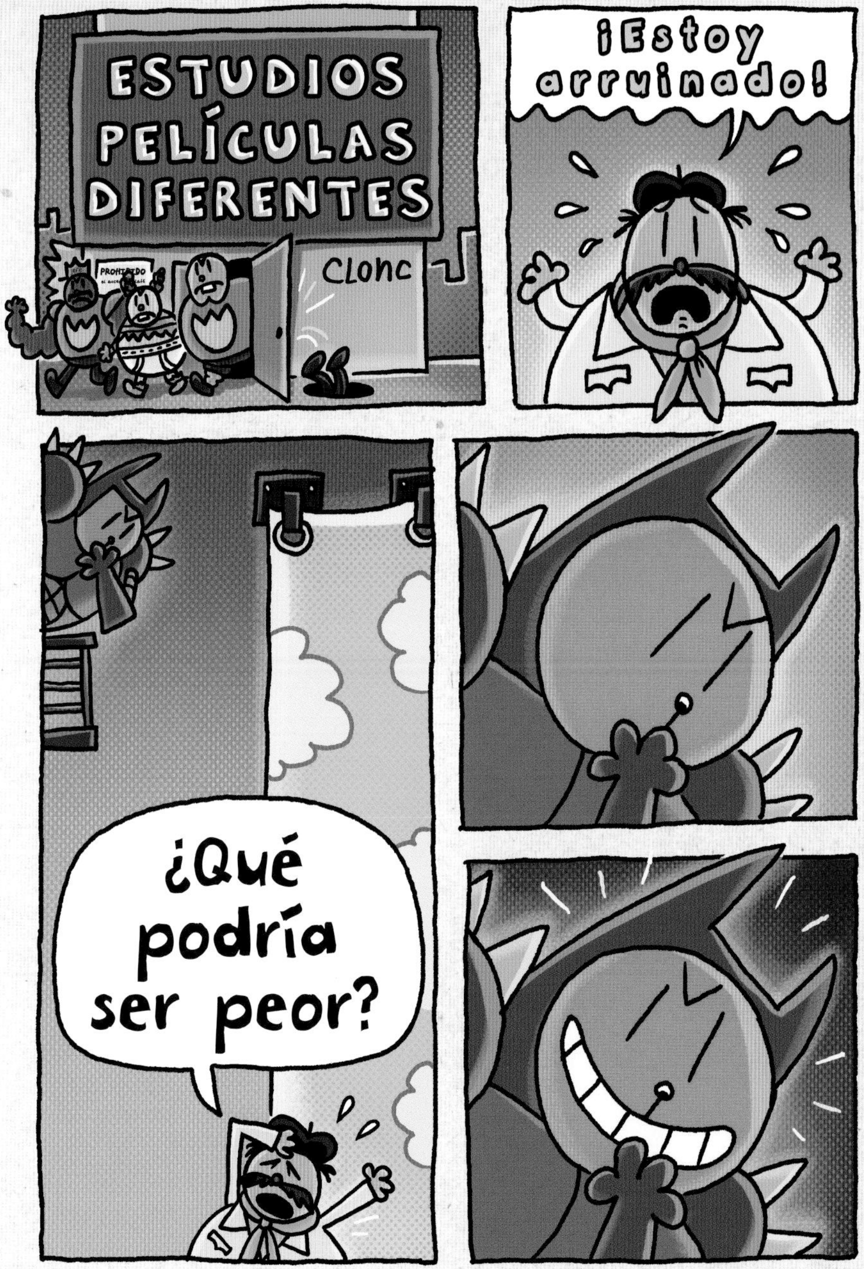
ESTUDIOS PELÍCULAS DIFERENTES
CLONC
¡Estoy arruinado!
¿Qué podría ser peor?

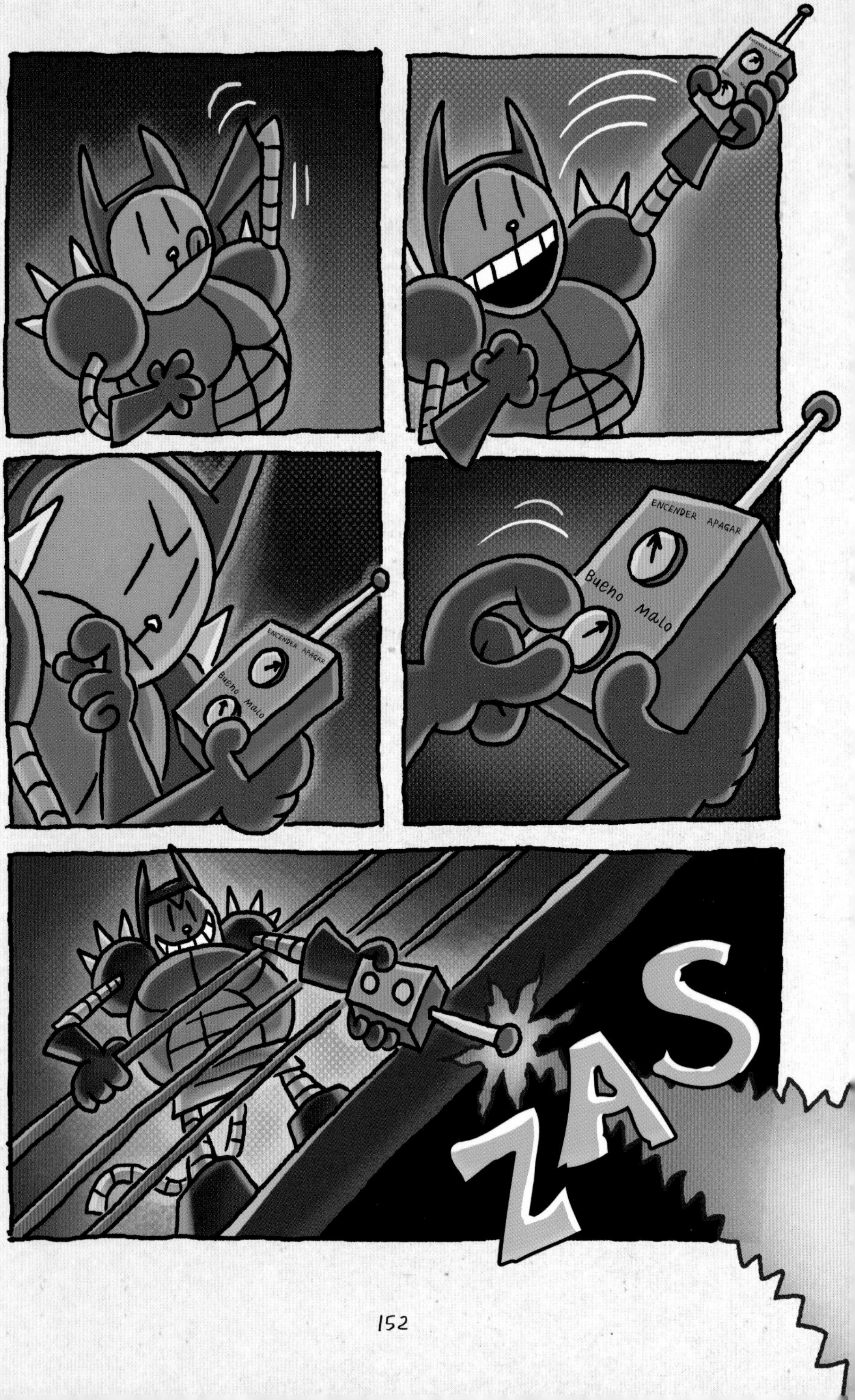

ENCENDER APAGAR
Bueno Malo
ENCENDER APAGAR
Bueno Malo
ZAS

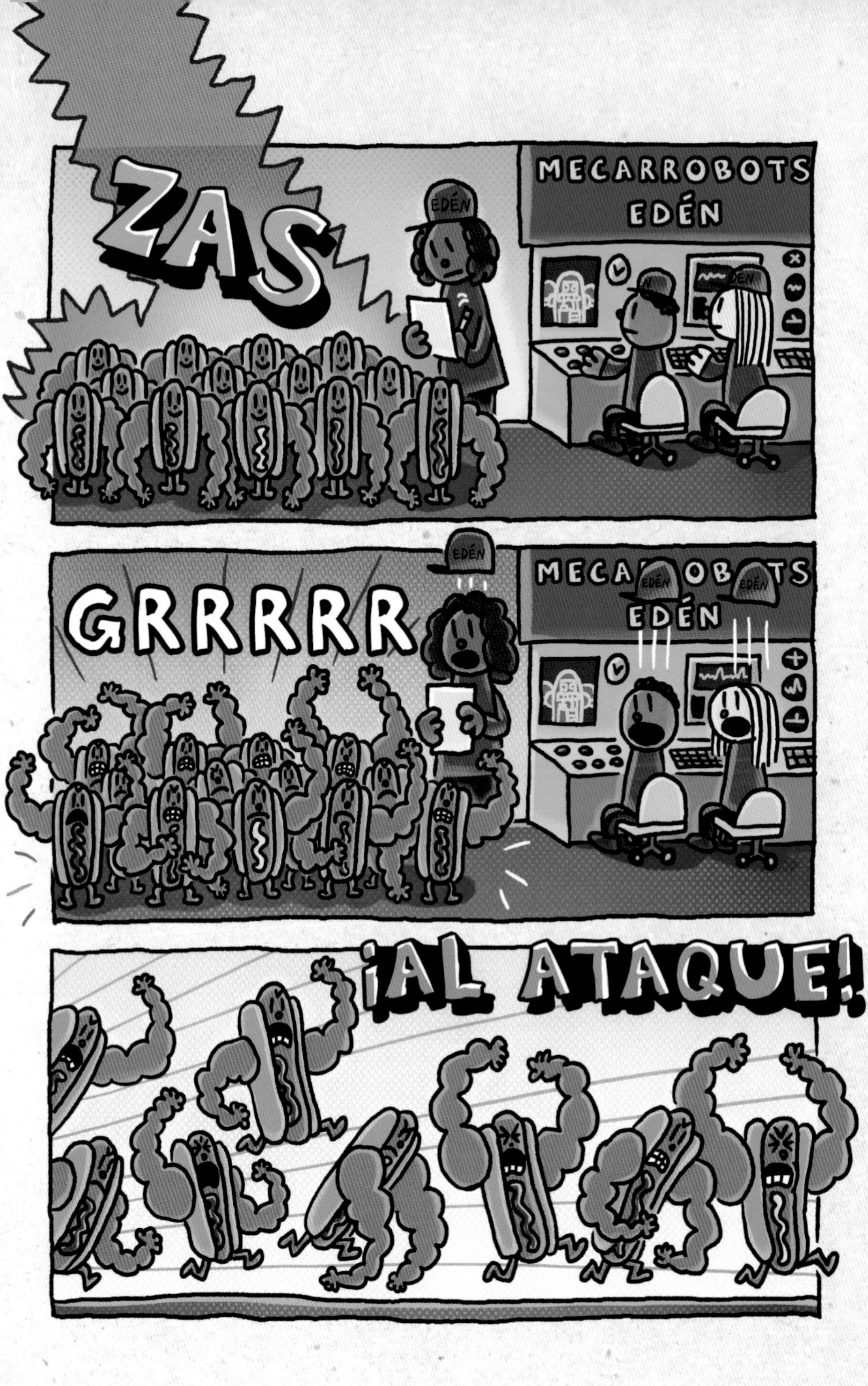
ZAS
EDÉN
MECARROBOTS EDÉN
GRRRRR
¡AL ATAQUE!

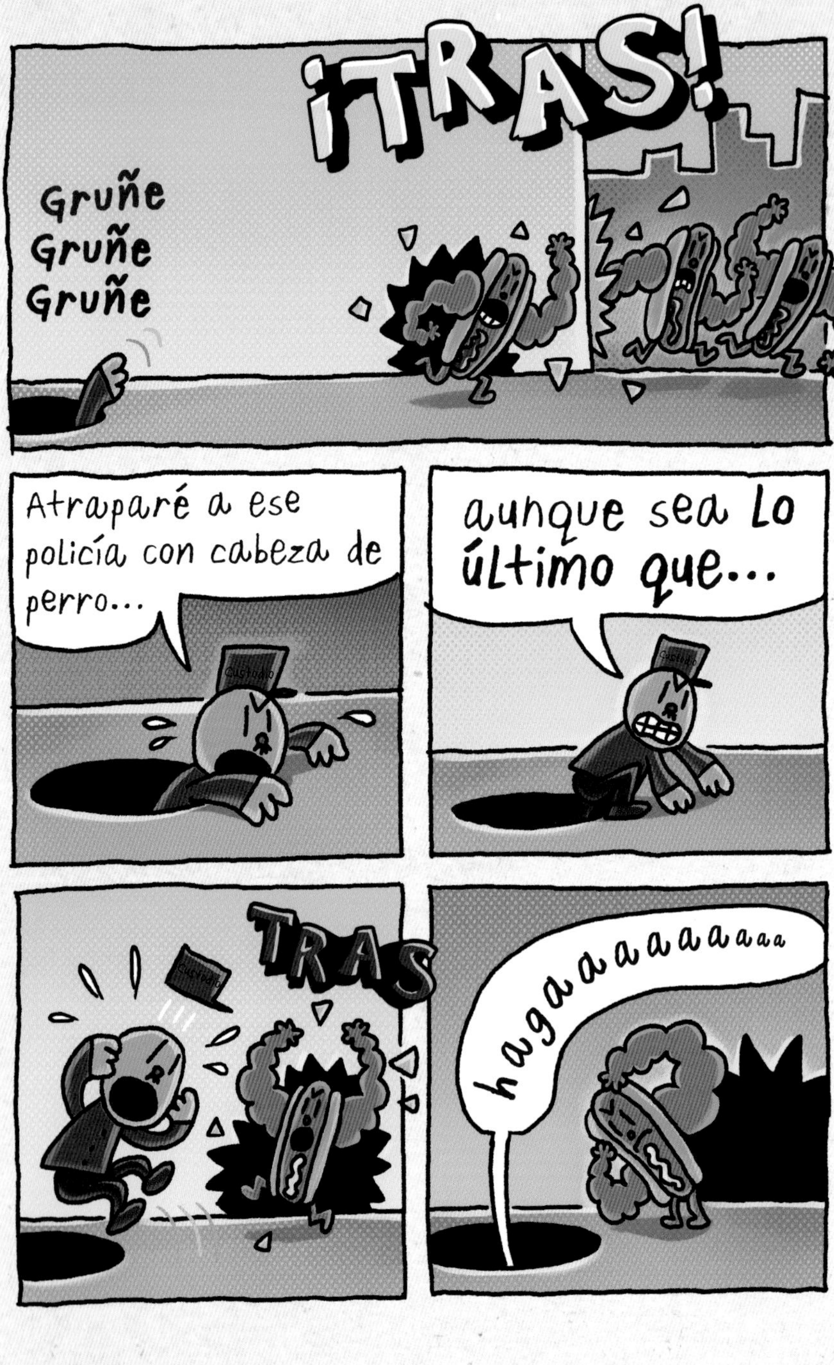
¡TRAS!
Gruñe
Gruñe
Gruñe
Atraparé a ese policía con cabeza de perro...
Custodio
aunque sea lo último que...
Custodio
TRAS
Custodio
hagaaaaaaaaaa

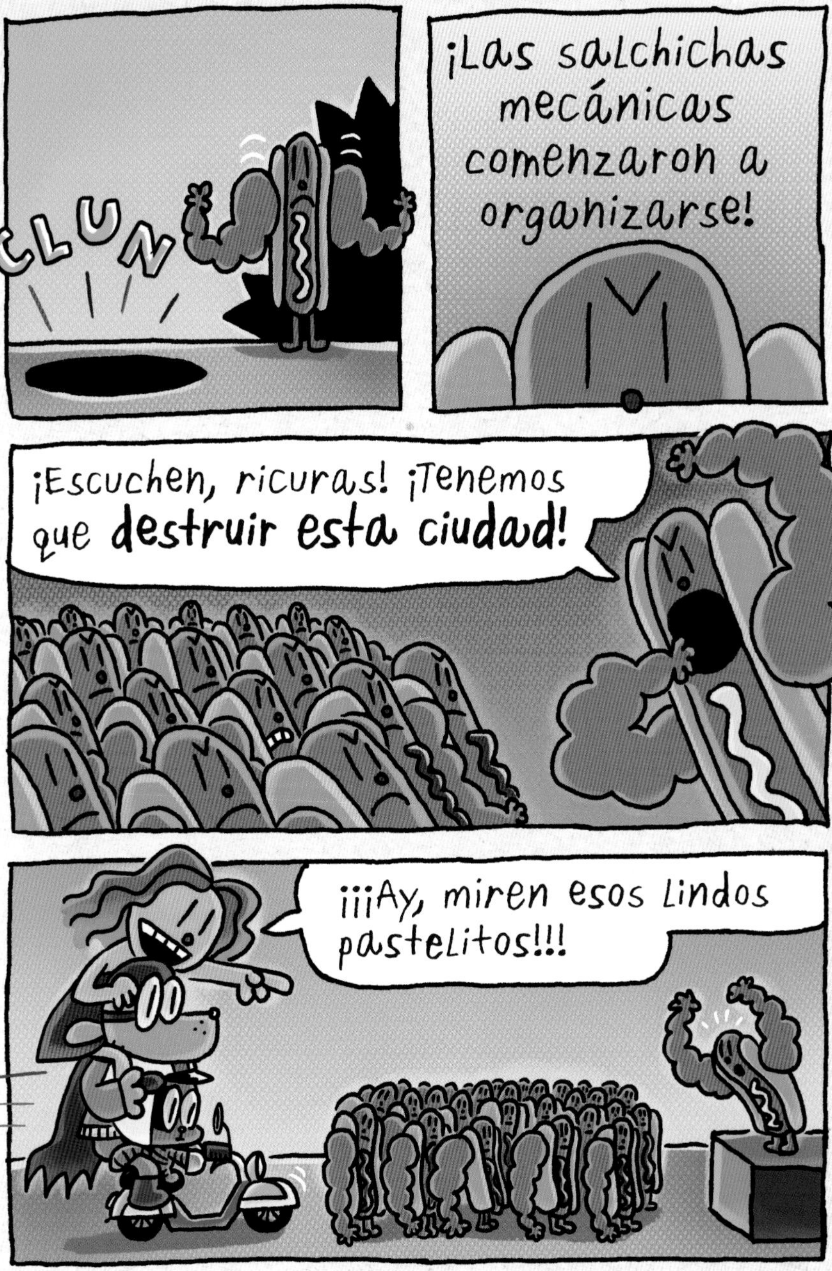
CLUN
¡Las salchichas mecánicas comenzaron a organizarse!
¡Escuchen, ricuras! ¡Tenemos que **destruir esta ciudad!**
¡¡¡Ay, miren esos lindos pastelitos!!!

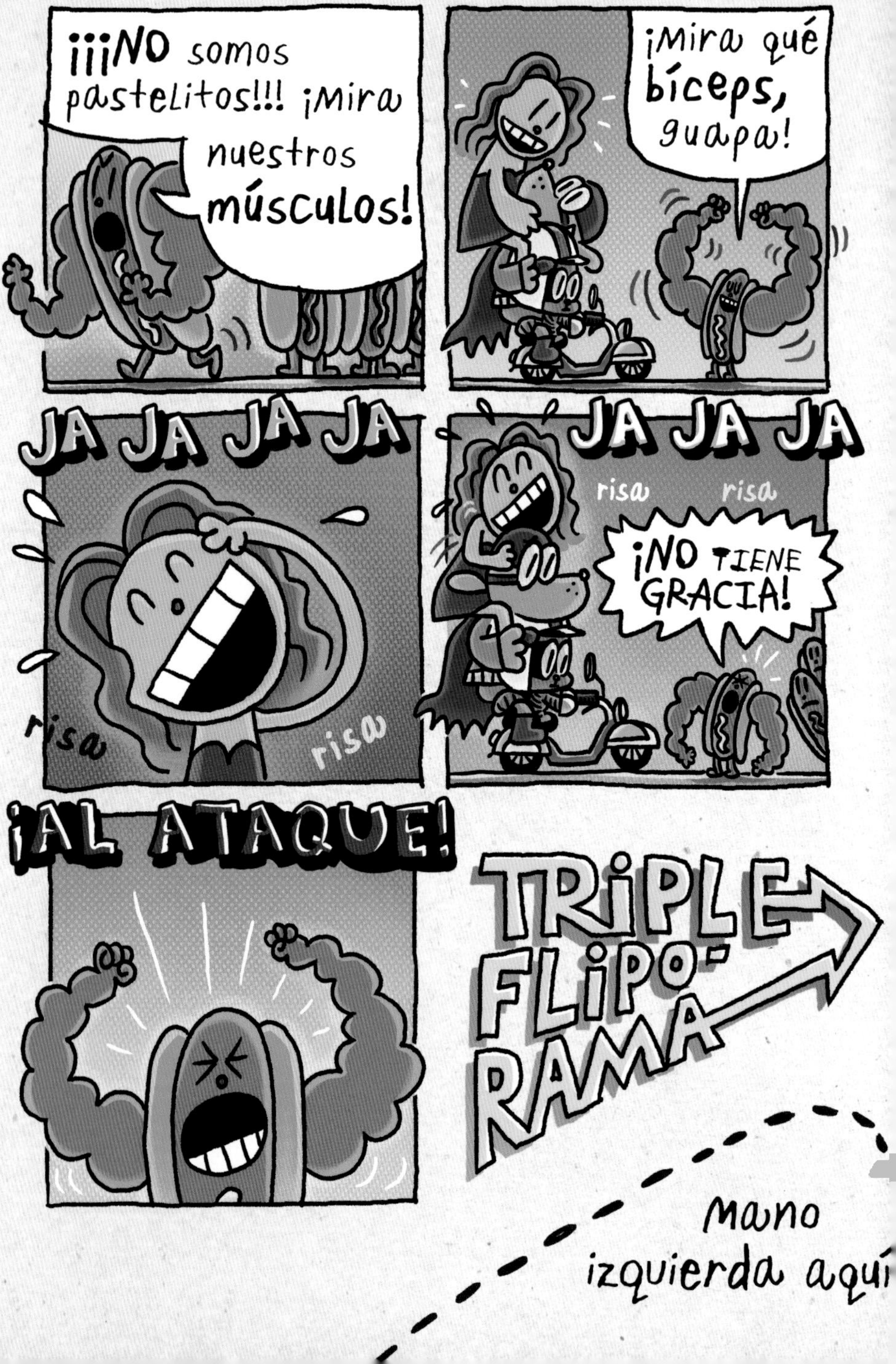
¡¡¡NO somos pastelitos!!! ¡Mira nuestros músculos!
¡Mira qué bíceps, guapa!
JA JA JA JA
risa
risa
JA JA JA
risa
risa
¡NO TIENE GRACIA!
¡AL ATAQUE!
TRIPLE FLIPO-RAMA
Mano izquierda aquí

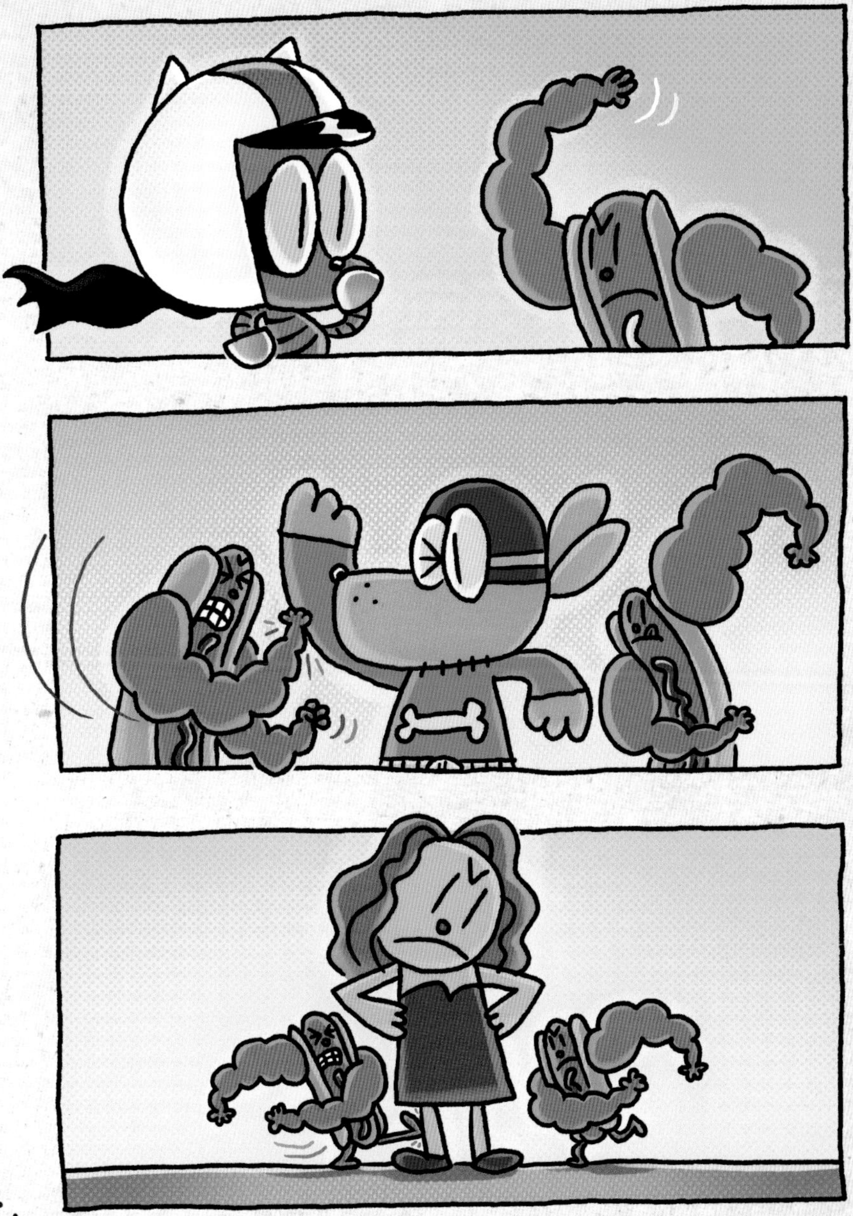

Pulgar derecho aquí.

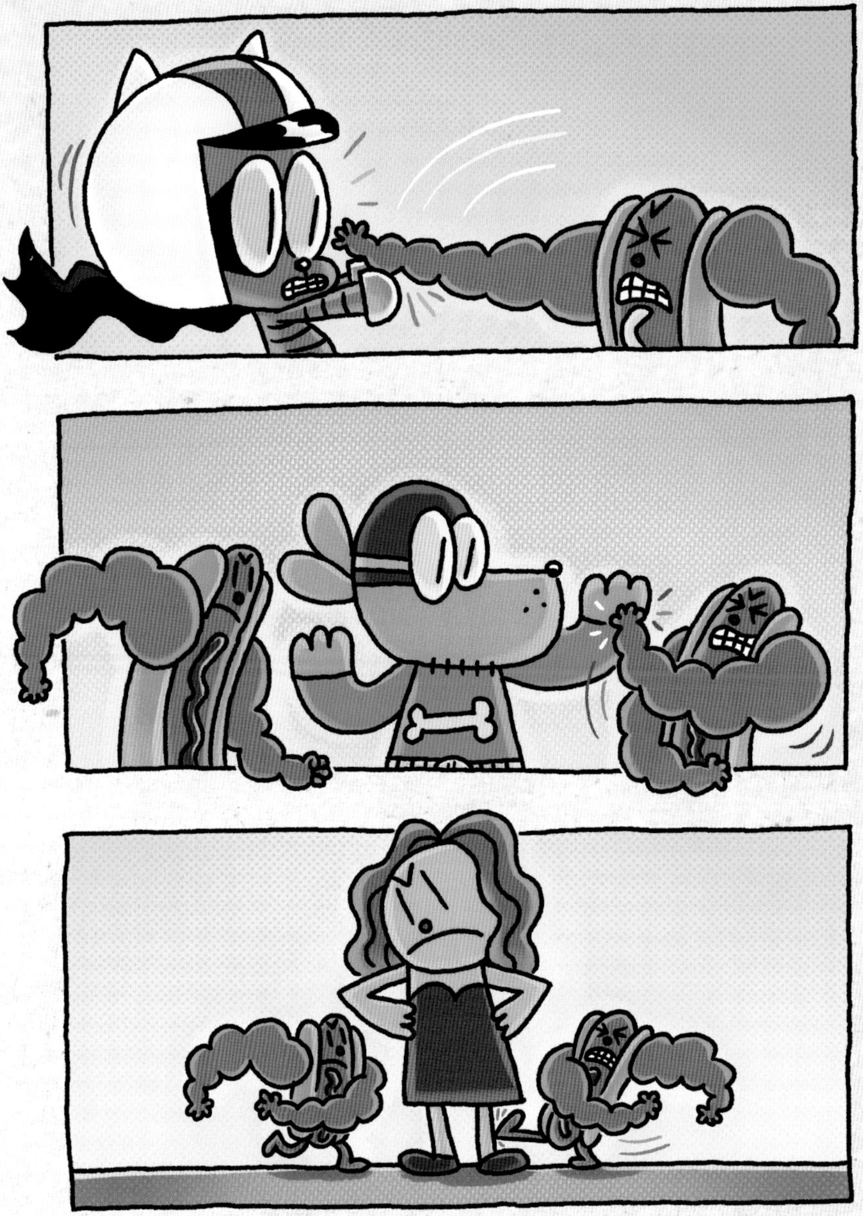

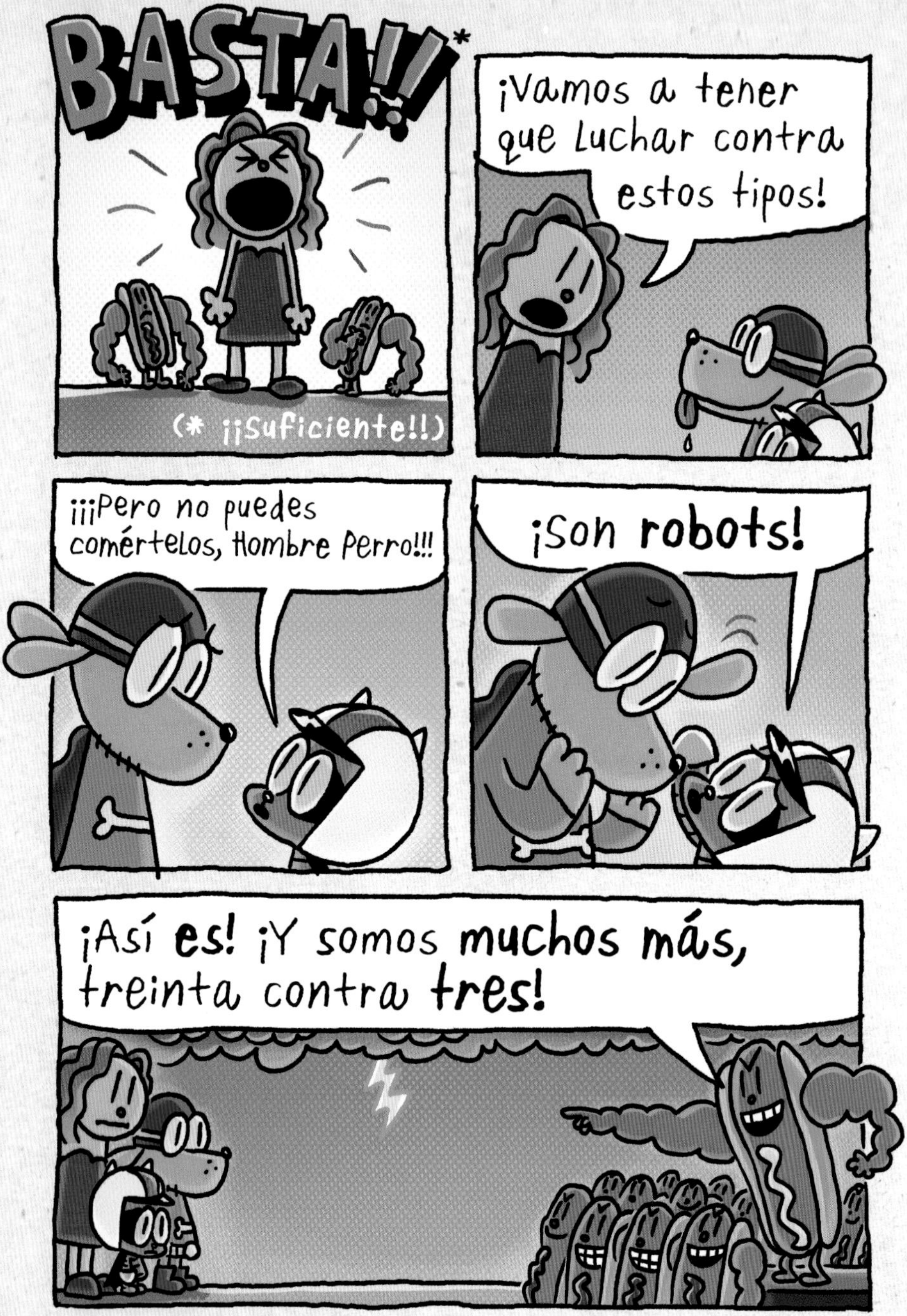
¡¡BASTA!!*
(* ¡¡Suficiente!!)
¡Vamos a tener que luchar contra estos tipos!
¡¡¡Pero no puedes comértelos, Hombre Perro!!!
¡Son robots!
¡Así es! ¡Y somos muchos más, treinta contra tres!

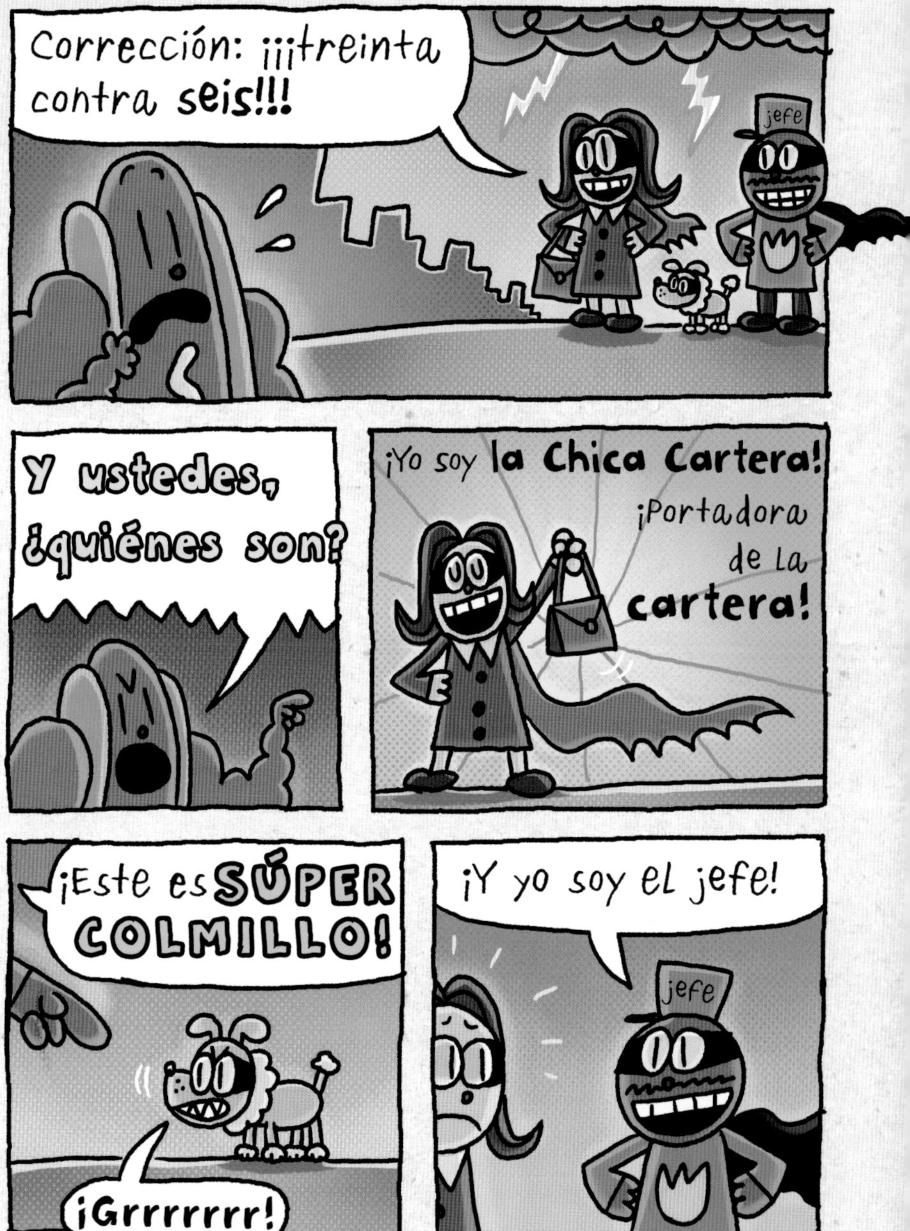
Corrección: ¡¡¡treinta contra seis!!!
Y ustedes, ¿quiénes son?
¡Yo soy la Chica Cartera!
¡Portadora de la cartera!
jefe
¡Este es SÚPER COLMILLO!
¡Grrrrrrr!
¡Y yo soy el jefe!
jefe

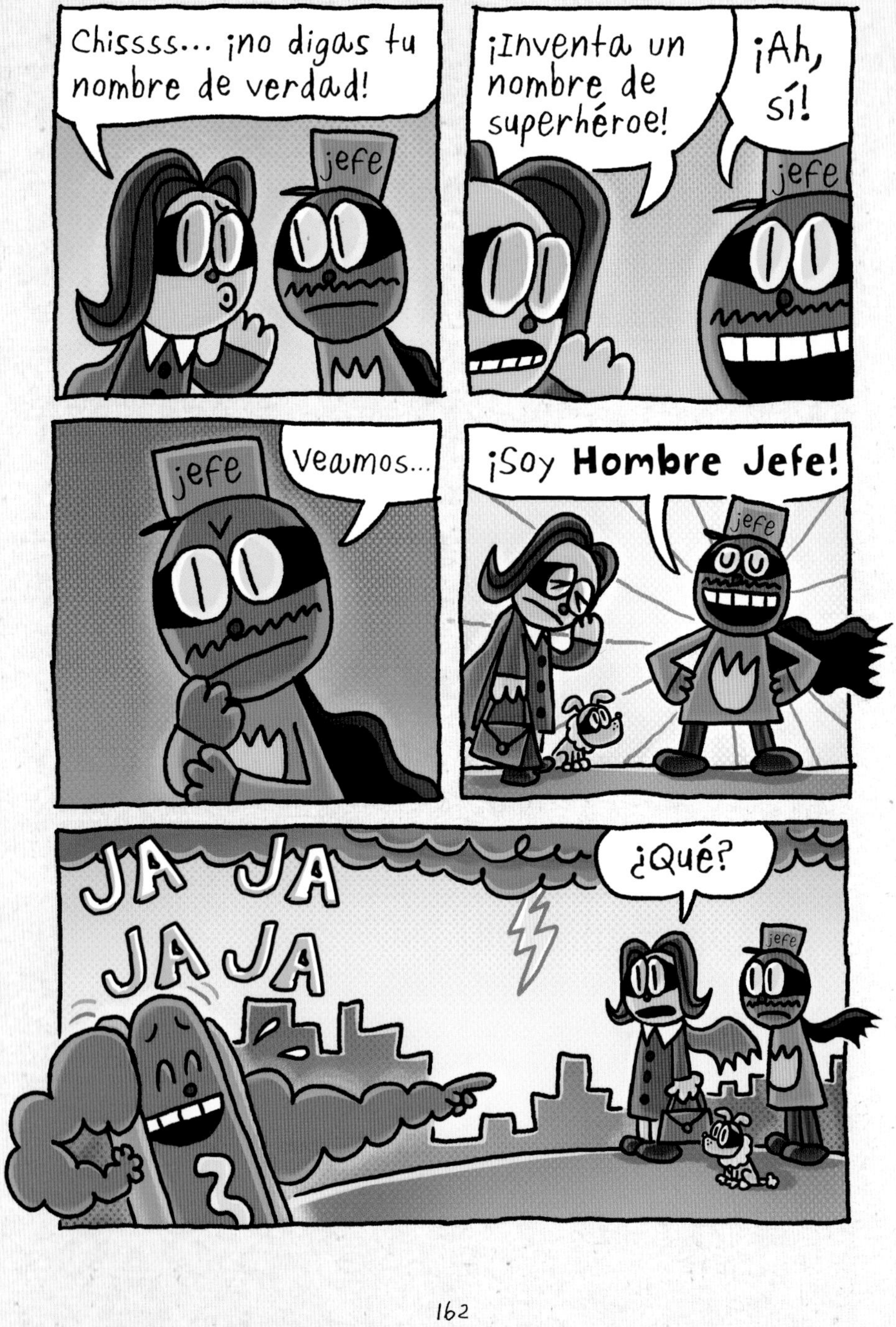
Chissss... ¡no digas tu nombre de verdad!
jefe
¡Inventa un nombre de superhéroe!
¡Ah, sí!
jefe
jefe
Veamos...
¡Soy **Hombre Jefe!**
jefe
JA JA
JA JA
¿Qué?
jefe

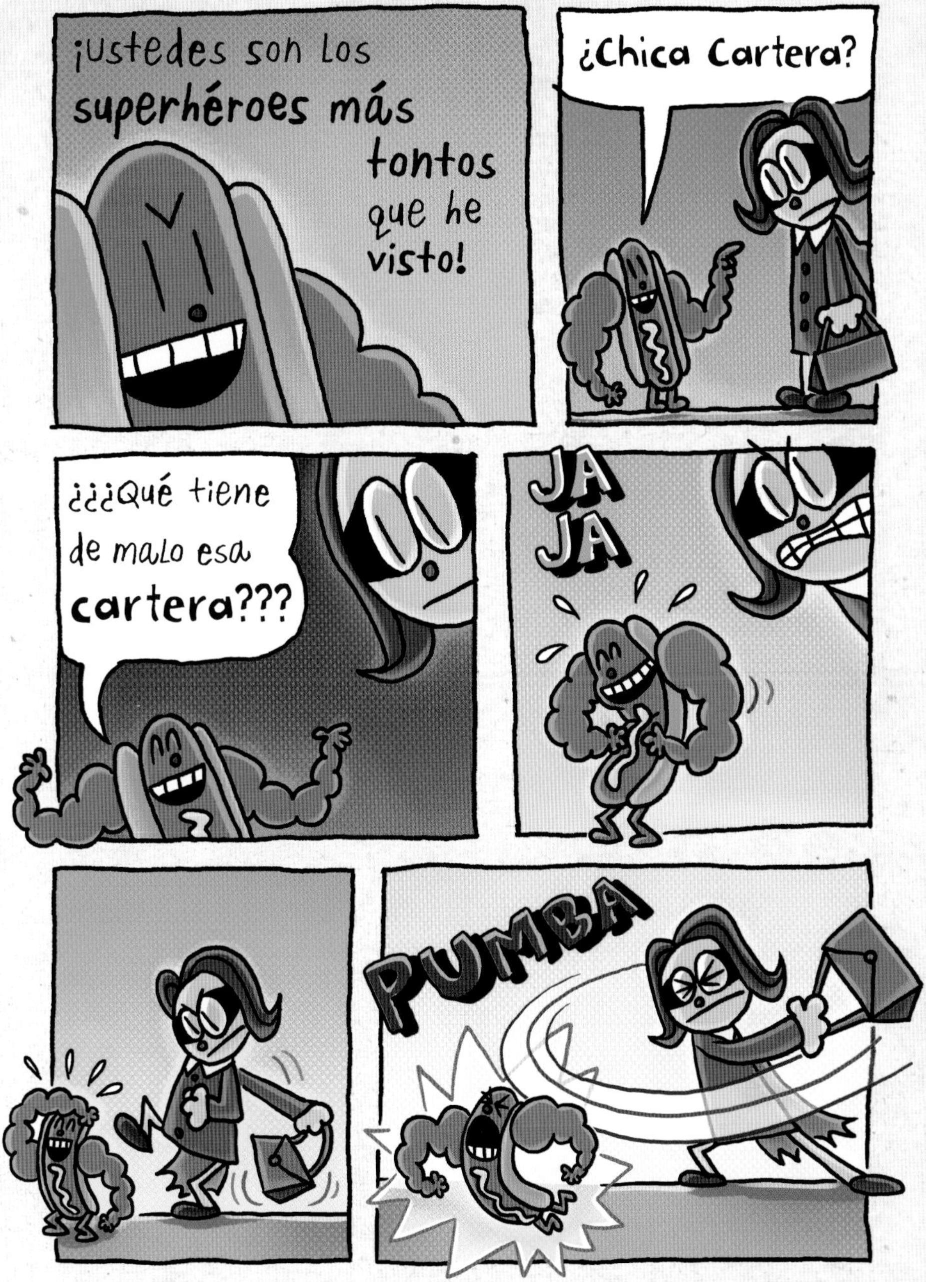
¡Ustedes son los superhéroes más tontos que he visto!
¿Chica Cartera?
¿¿¿Qué tiene de malo esa cartera???
JA JA
PUMBA

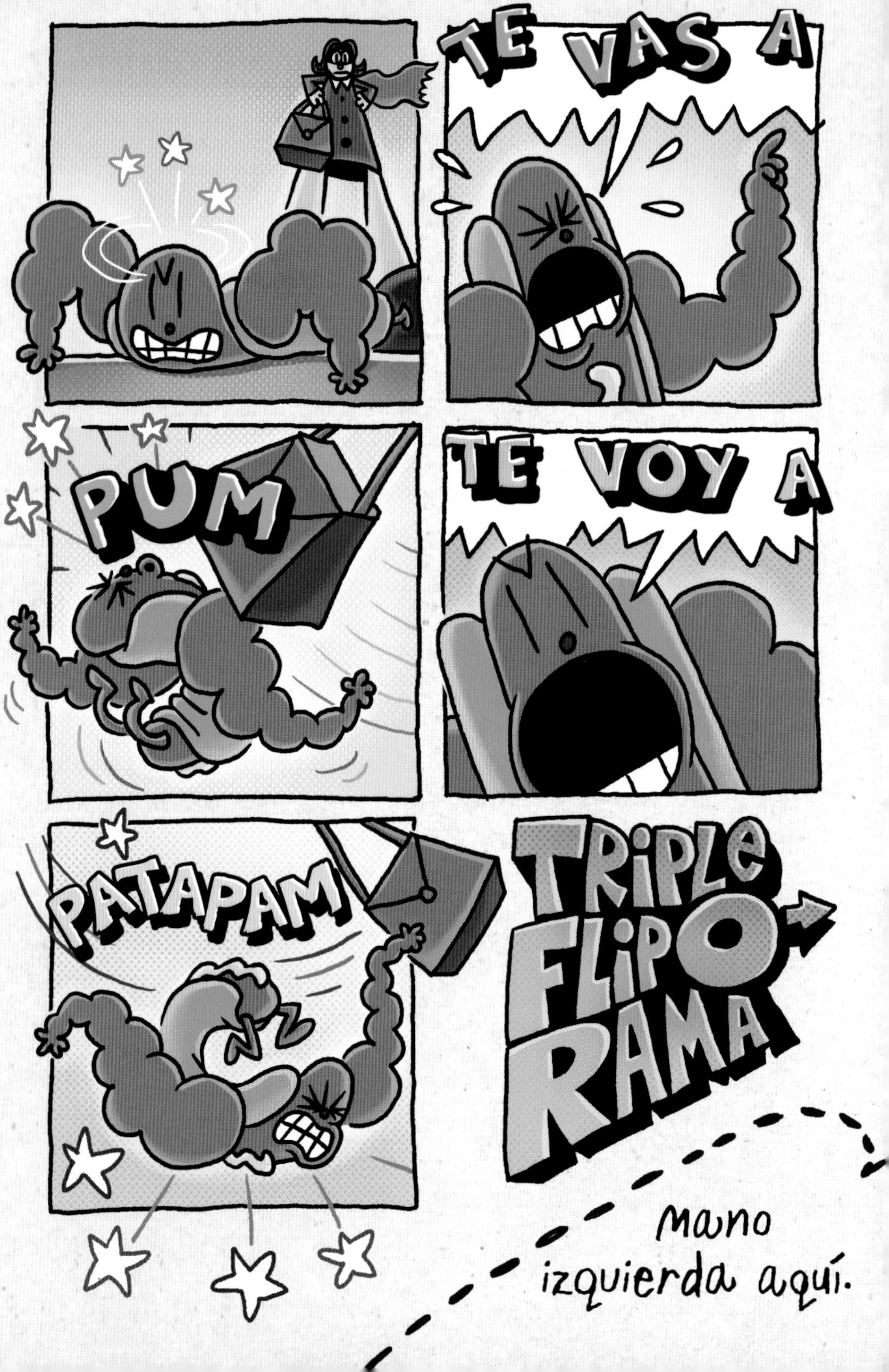
TE VAS A
PUM
TE VOY A
PATAPAM
TRIPLE FLIPORAMA
Mano izquierda aquí.

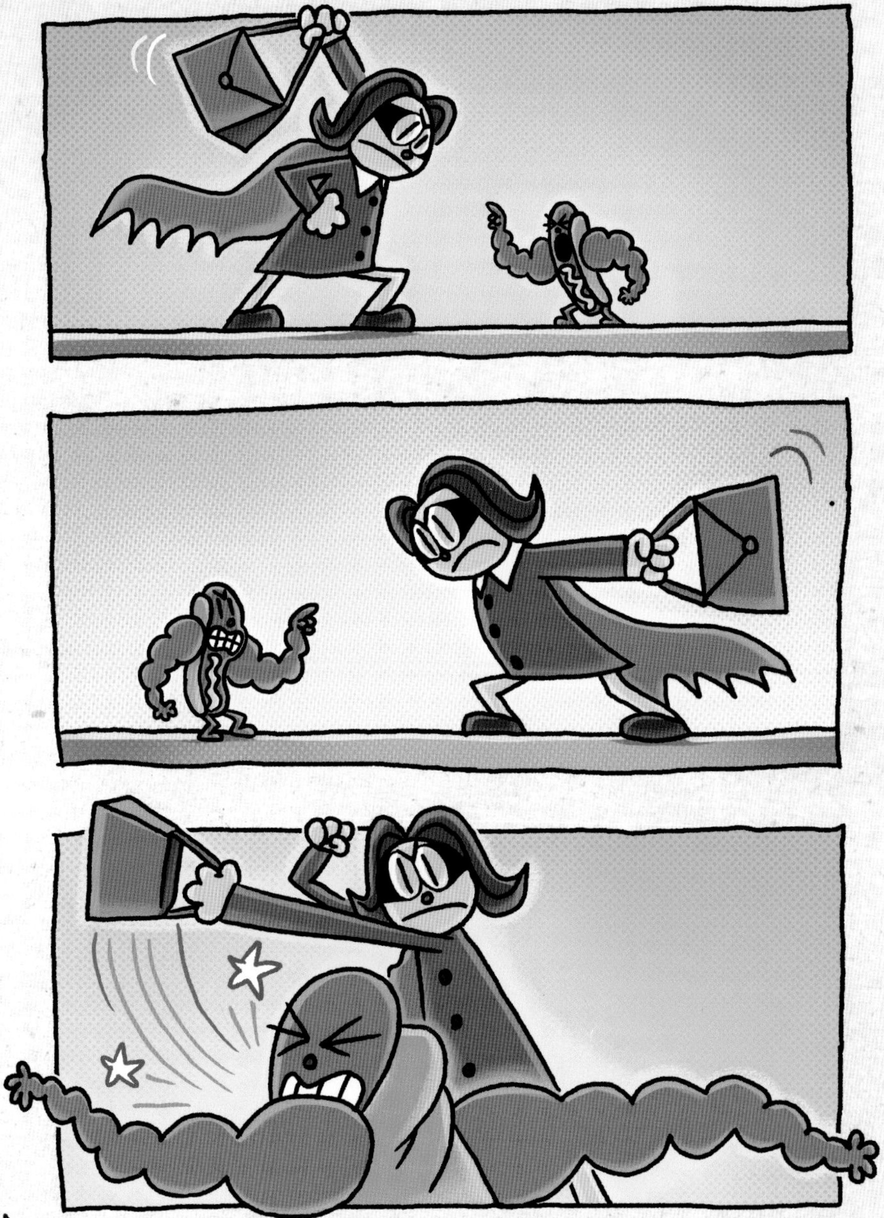

Pulgar derecho aquí.

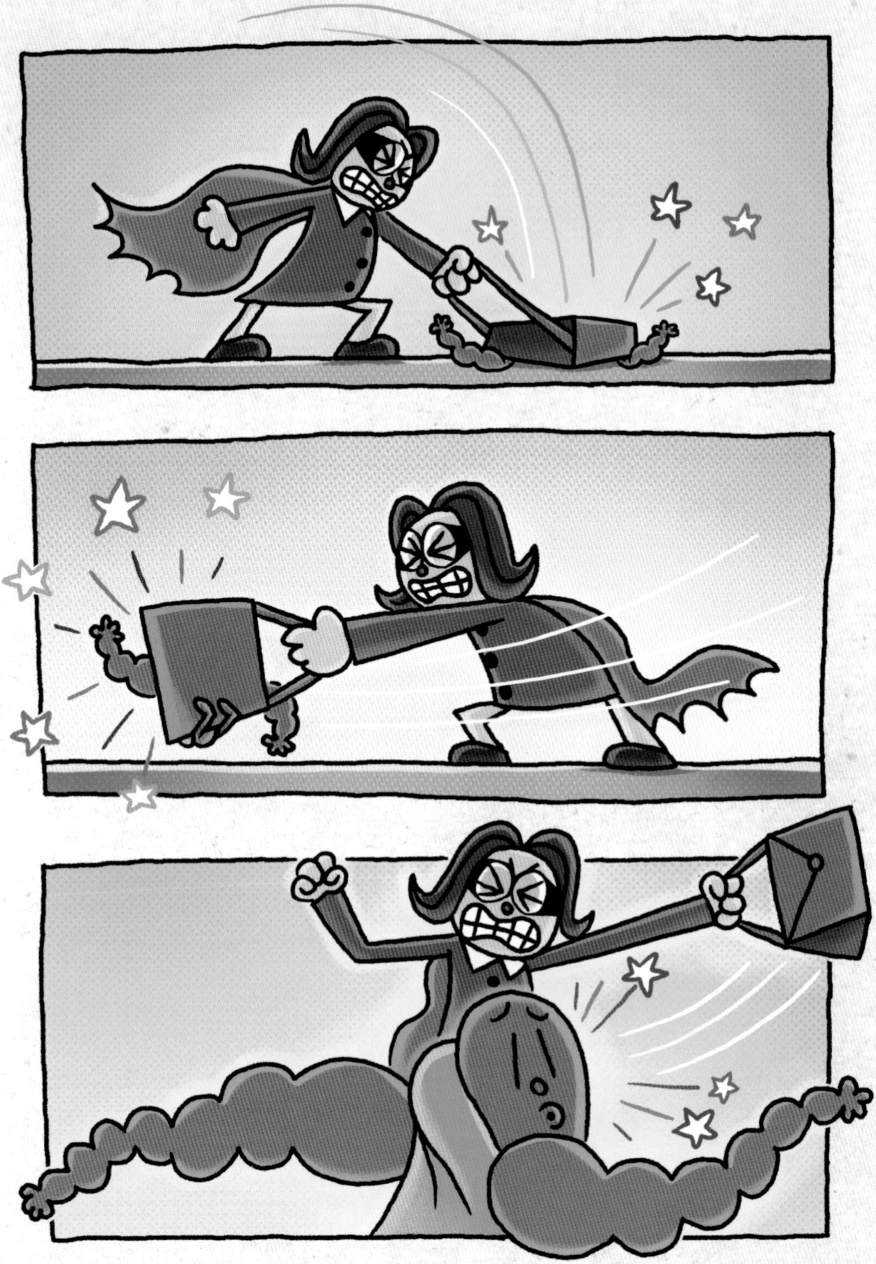

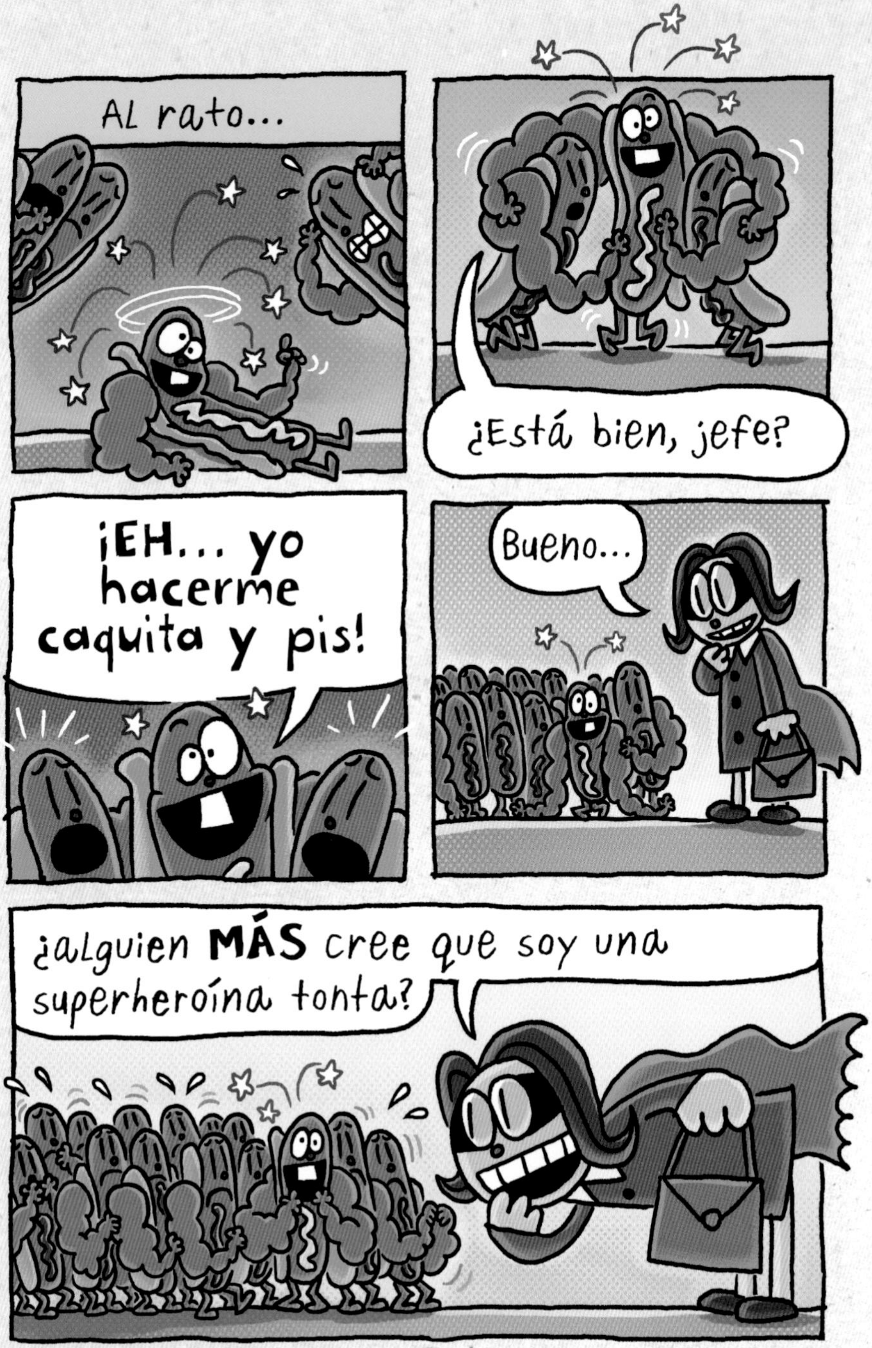
AL rato...
¿Está bien, jefe?
¡EH... yo hacerme caquita y pis!
Bueno...
¿alguien MÁS cree que soy una superheroína tonta?

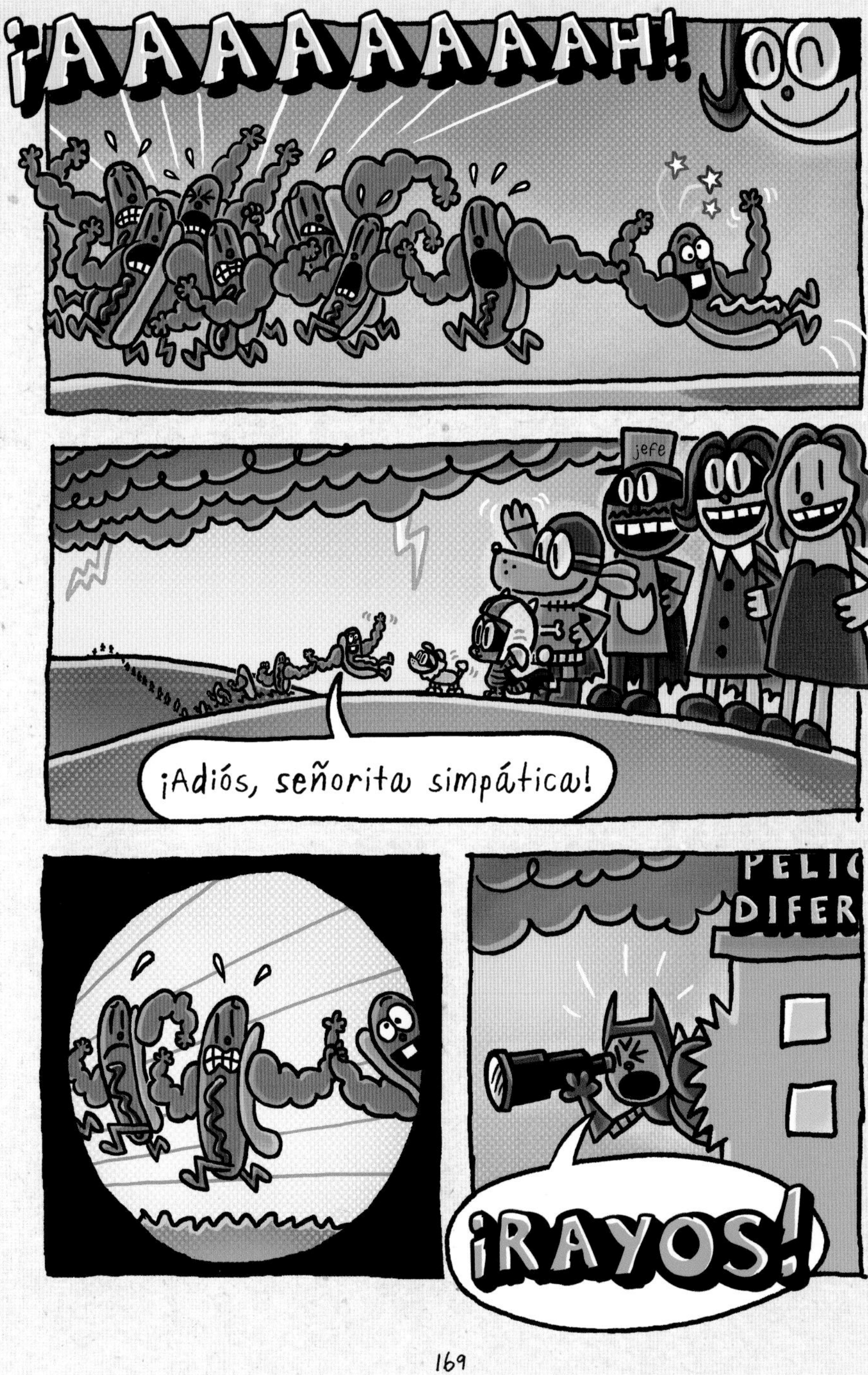
¡AAAAAAAAAH!
jefe
¡Adiós, señorita simpática!
PELIC
DIFER
¡RAYOS!

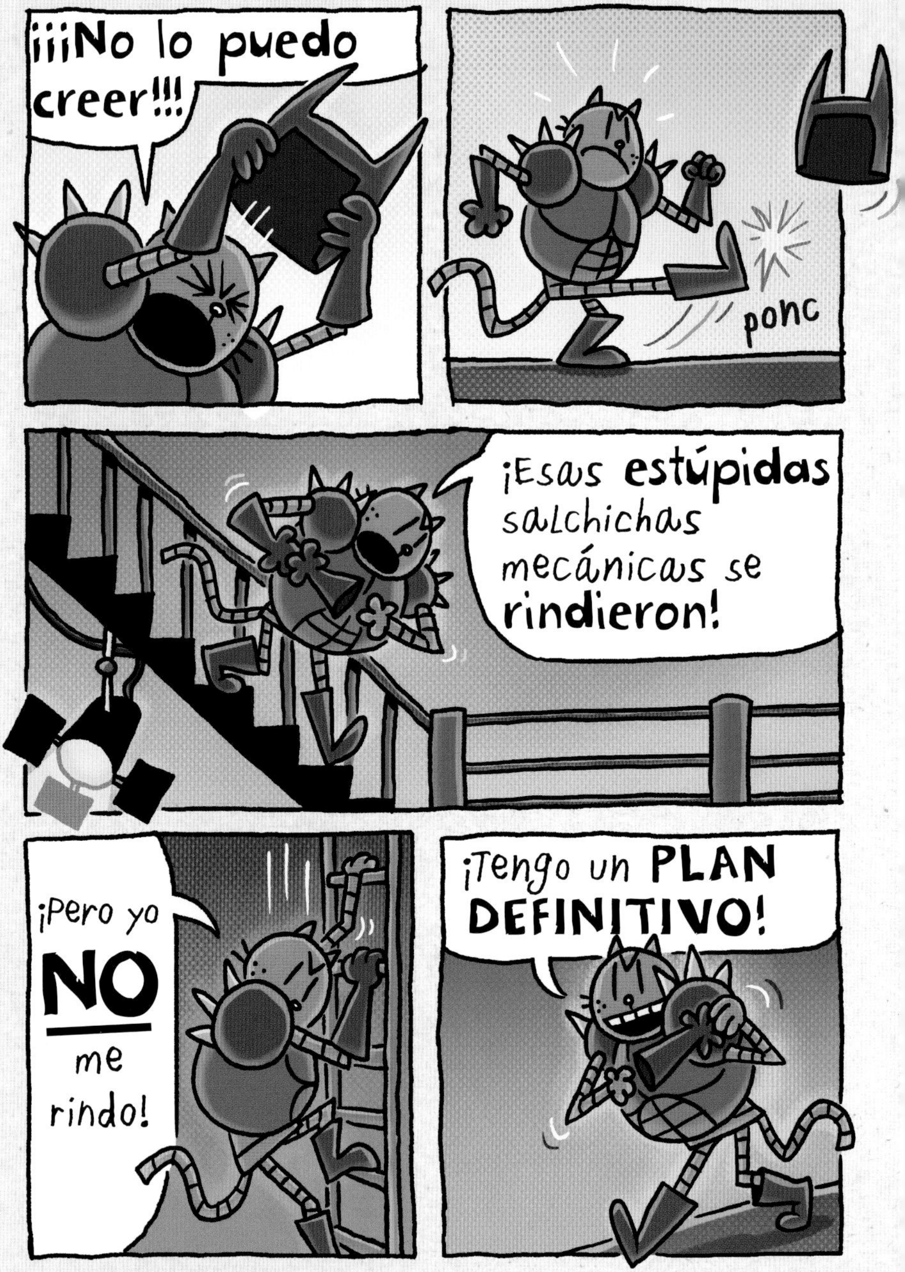
¡¡¡No lo puedo creer!!!
ponc
¡Esas estúpidas salchichas mecánicas se rindieron!
¡Pero yo NO me rindo!
¡Tengo un PLAN DEFINITIVO!

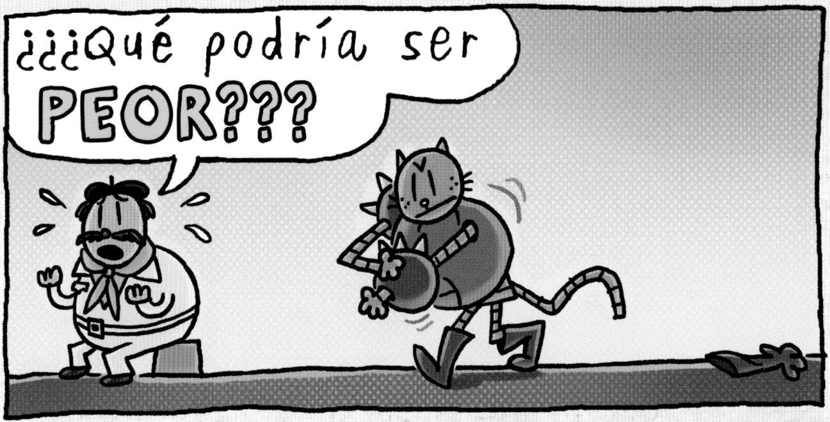
¿¿¿Qué podría ser PEOR???

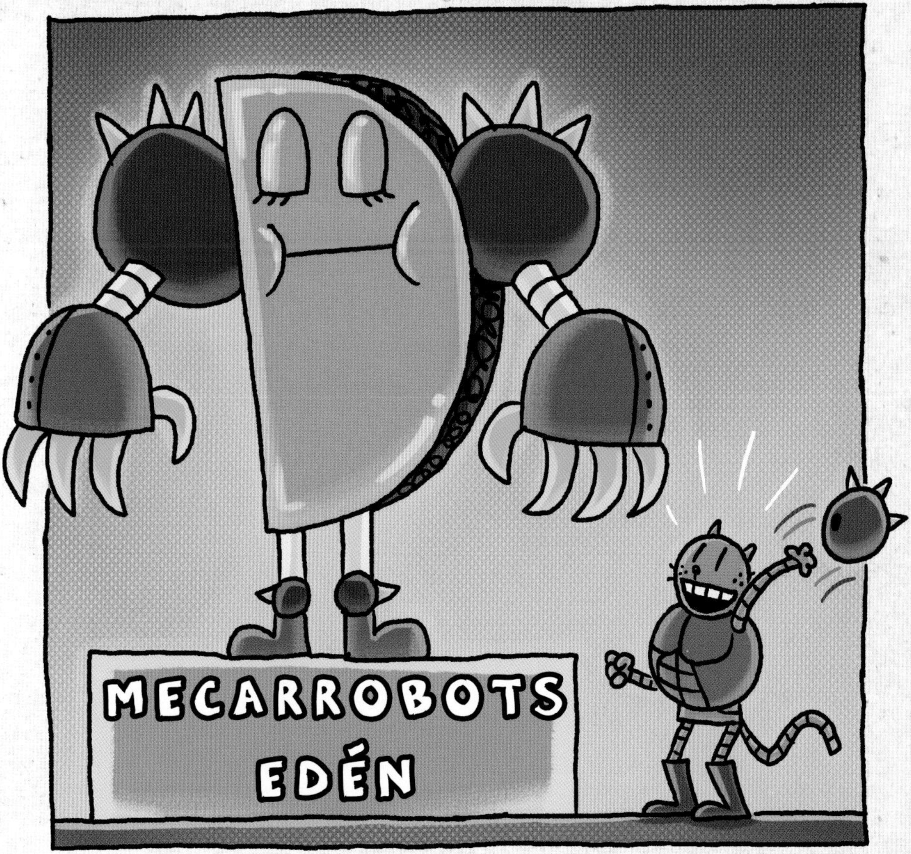
MECARROBOTS
EDÉN

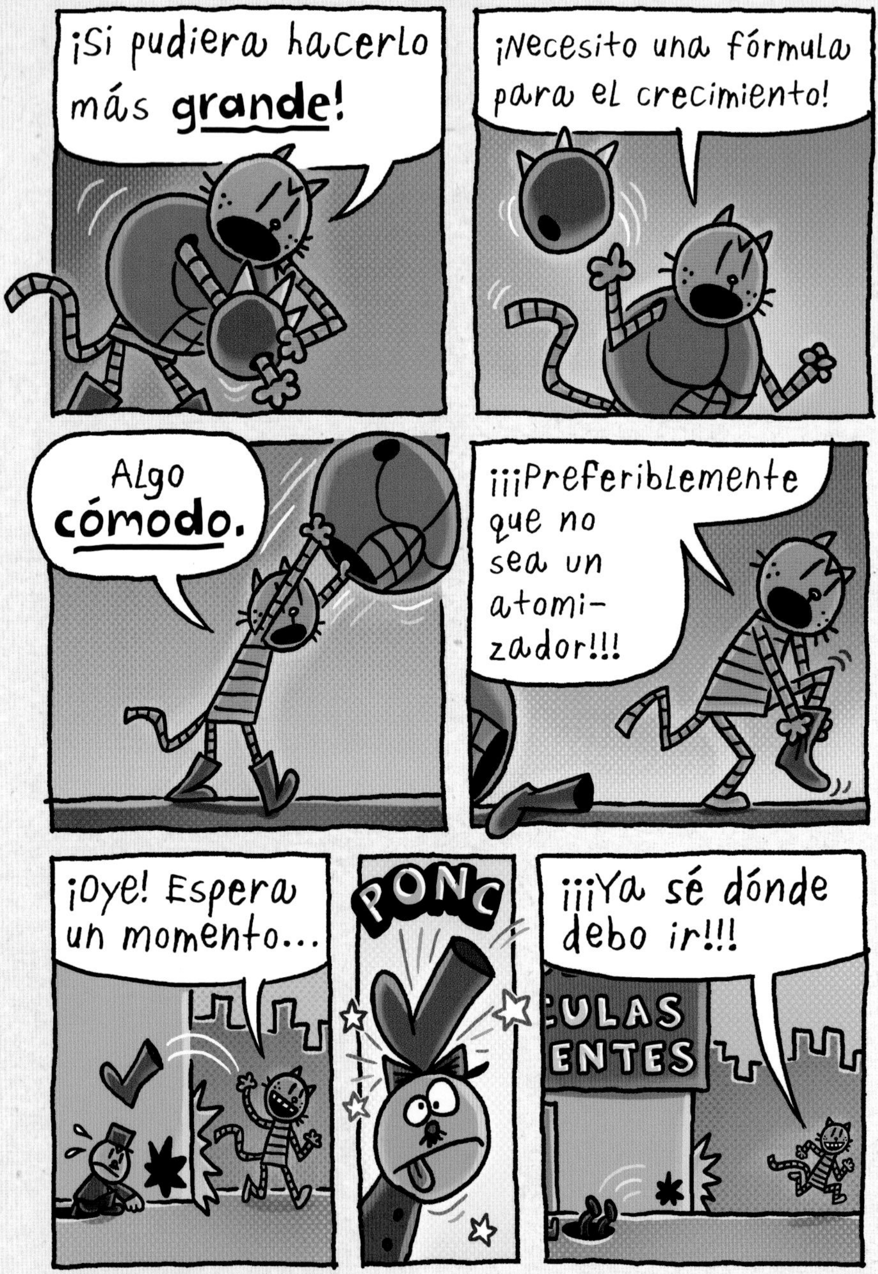
¡Si pudiera hacerlo más grande!
¡Necesito una fórmula para el crecimiento!
Algo cómodo.
¡¡¡Preferiblemente que no sea un atomizador!!!
¡Oye! Espera un momento...
PONC
¡¡¡Ya sé dónde debo ir!!!
CULAS
ENTES

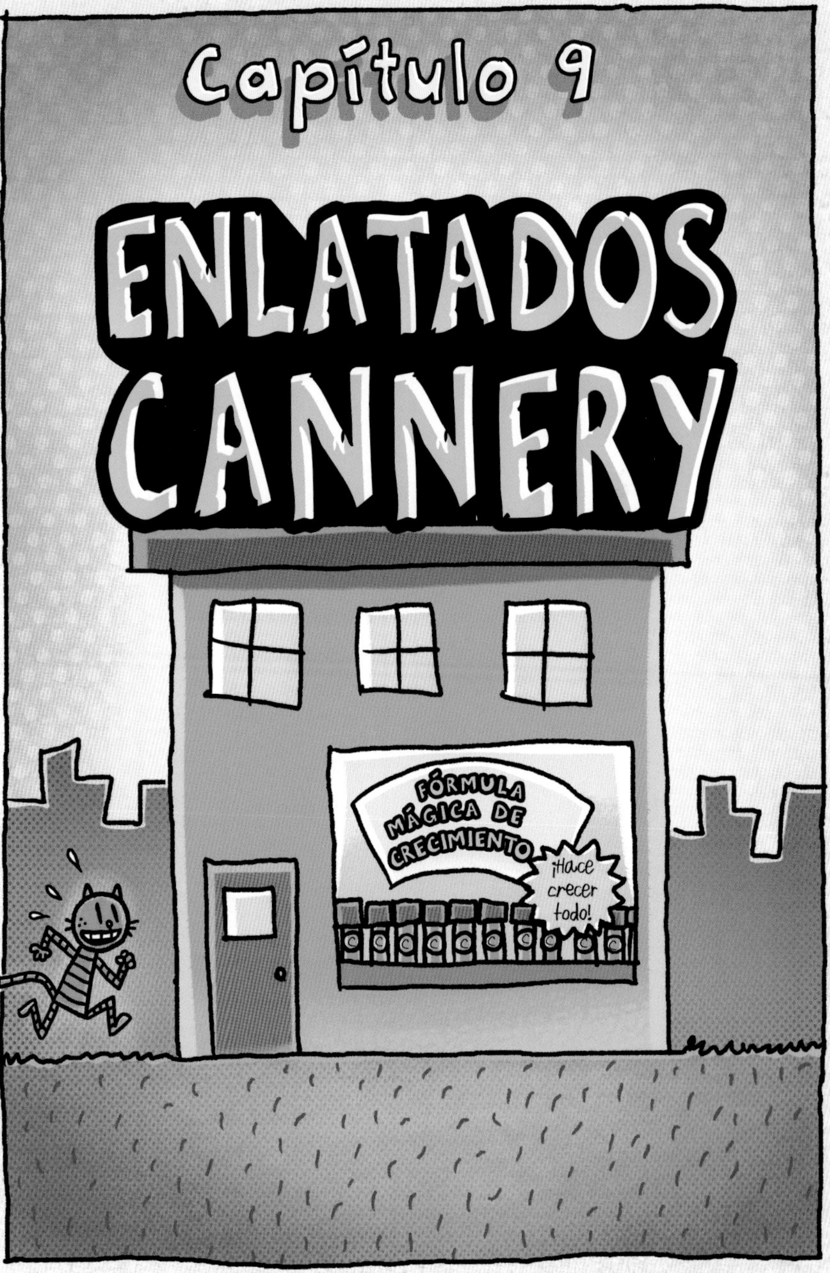
Capítulo 9
ENLATADOS CANNERY
FÓRMULA MÁGICA DE CRECIMIENTO
¡Hace crecer todo!

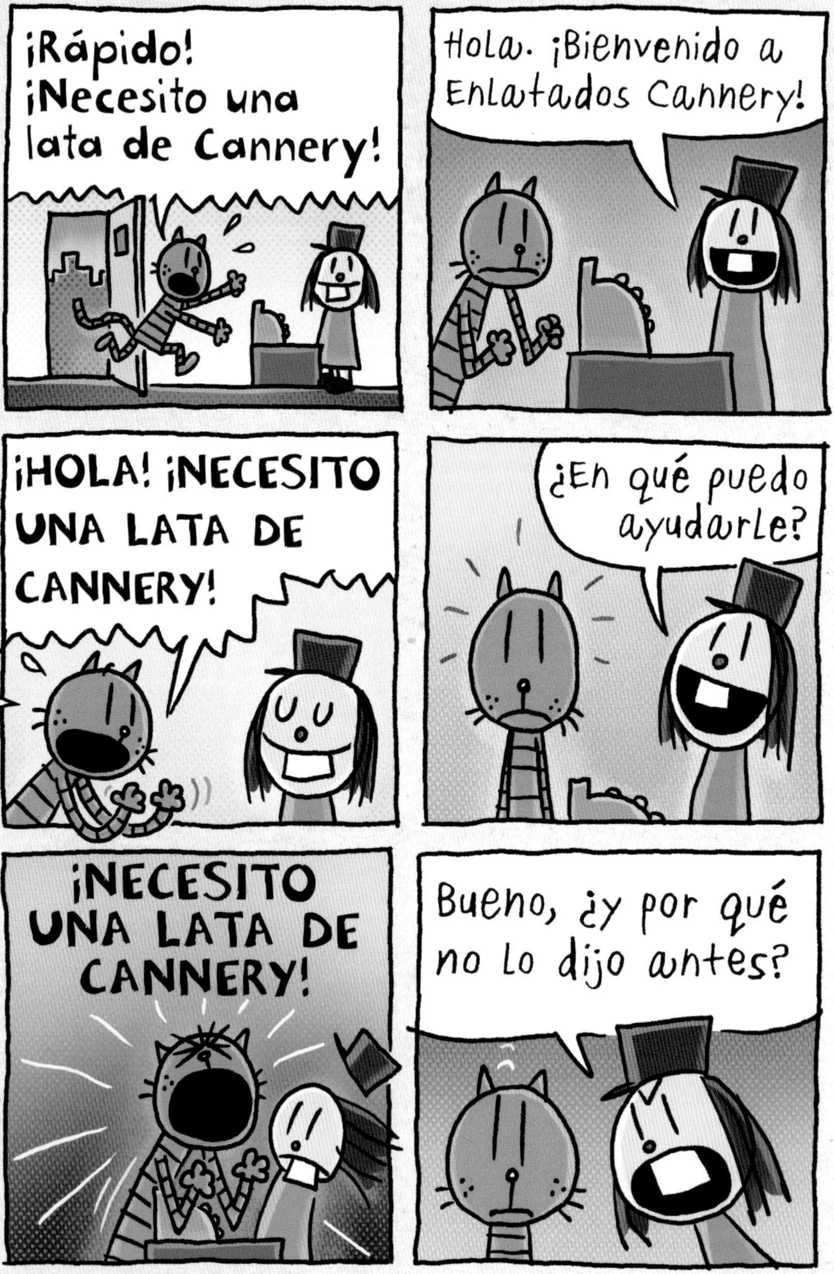
¡Rápido! ¡Necesito una lata de Cannery!
Hola. ¡Bienvenido a Enlatados Cannery!
¡HOLA! ¡NECESITO UNA LATA DE CANNERY!
¿En qué puedo ayudarle?
¡NECESITO UNA LATA DE CANNERY!
Bueno, ¿y por qué no lo dijo antes?

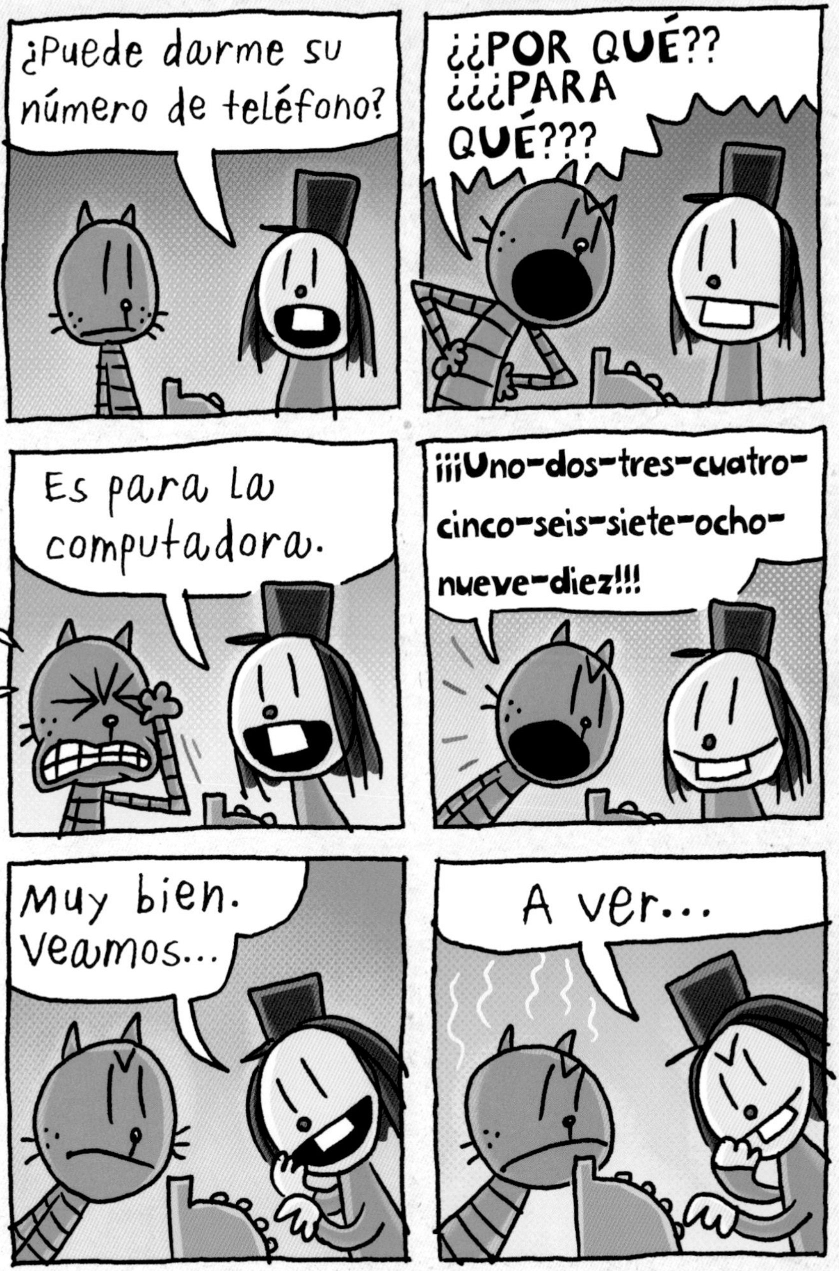
¿Puede darme su número de teléfono?
¿¿POR QUÉ?? ¿¿¿PARA QUÉ???
Es para la computadora.
¡¡¡Uno-dos-tres-cuatro-cinco-seis-siete-ocho-nueve-diez!!!
Muy bien. Veamos...
A ver...

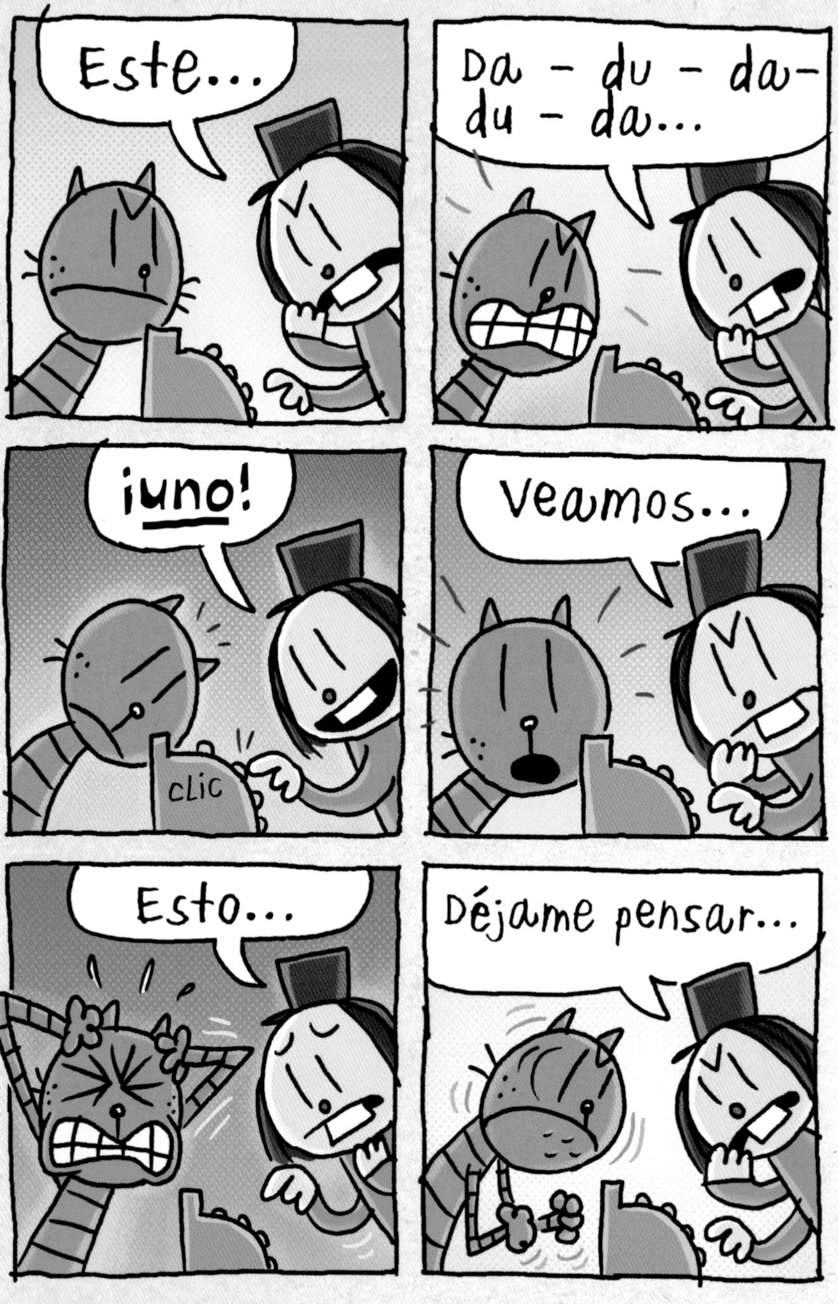
Este...
Da - du - da-du - da...
¡uno!
CLIC
Veamos...
Esto...
Déjame pensar...

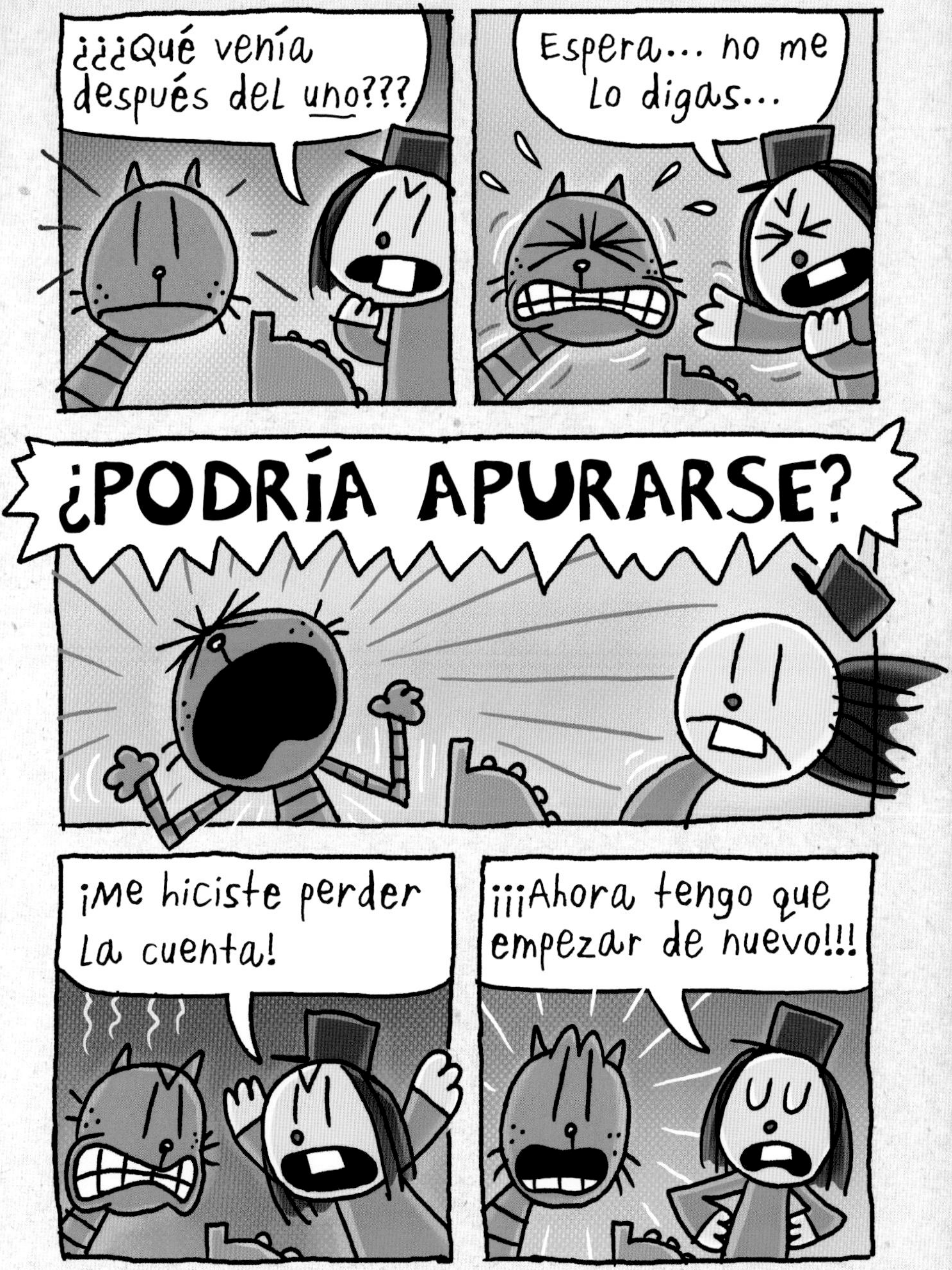
¿¿¿Qué venía después del uno???
Espera... no me lo digas...
¿PODRÍA APURARSE?
¡Me hiciste perder la cuenta!
¡¡¡Ahora tengo que empezar de nuevo!!!

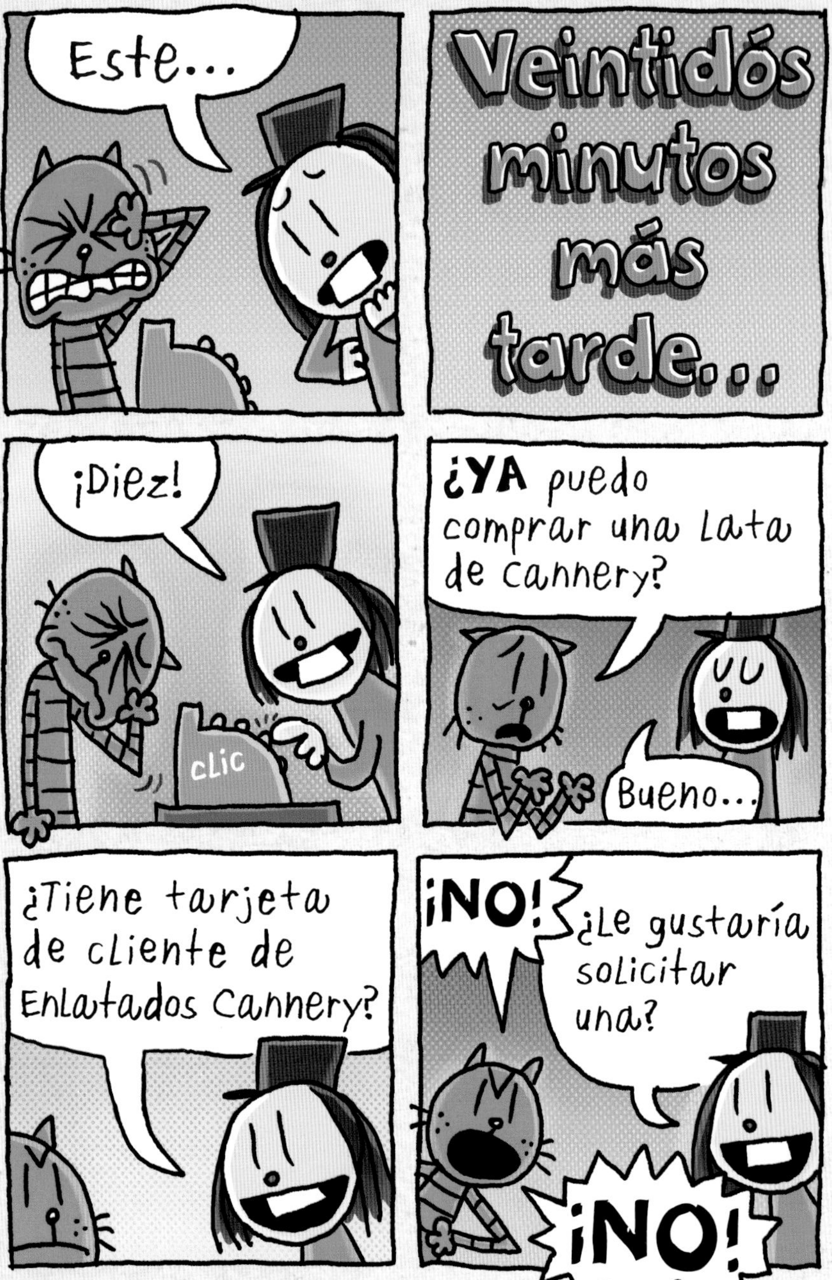
Este...
Veintidós minutos más tarde...
¡Diez!
CLIC
¿YA puedo comprar una lata de Cannery?
Bueno...
¿Tiene tarjeta de cliente de Enlatados Cannery?
¡NO!
¿Le gustaría solicitar una?
¡NO!

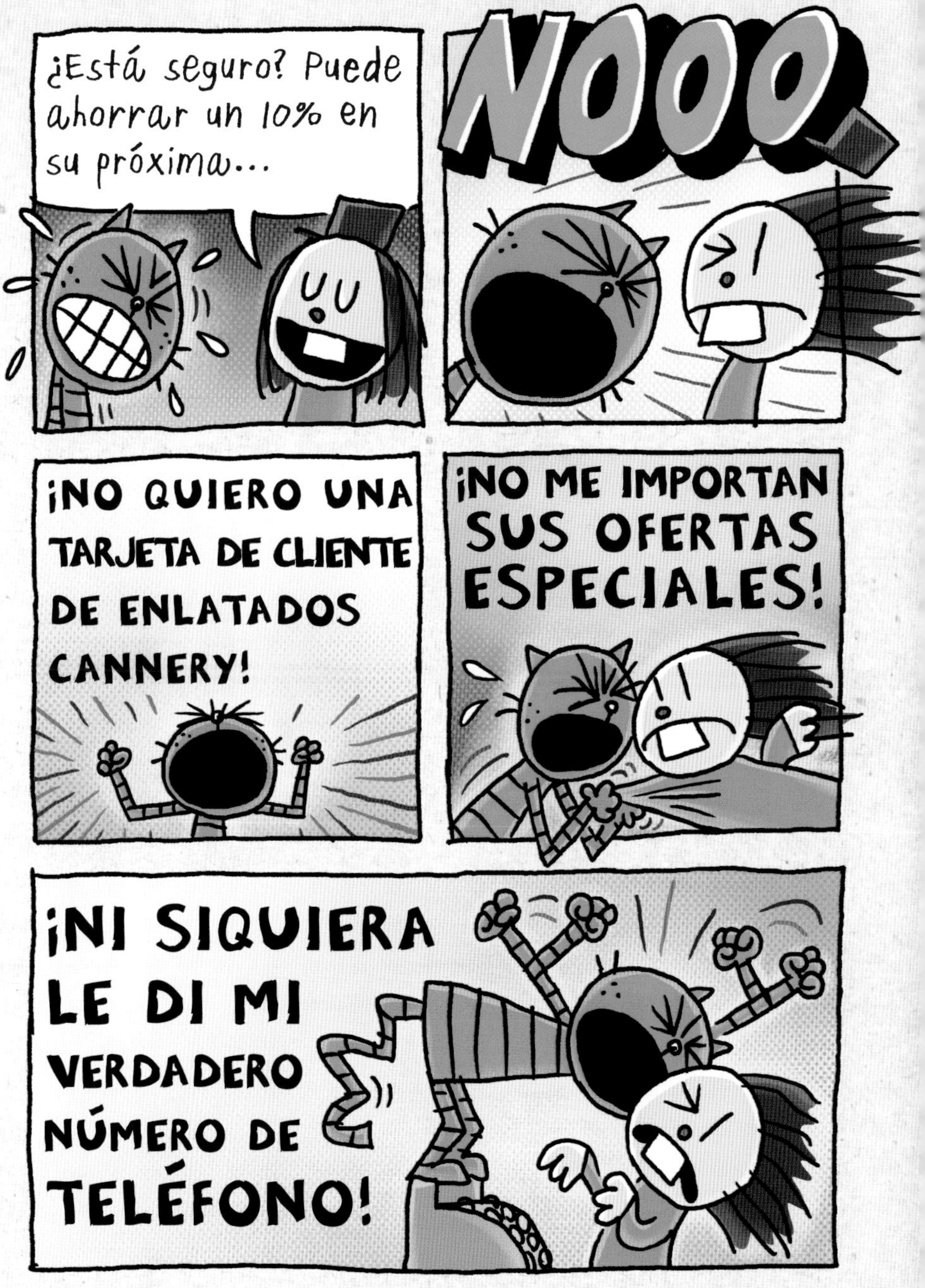

¿Está seguro? Puede ahorrar un 10% en su próxima...
NOOO
¡NO QUIERO UNA TARJETA DE CLIENTE DE ENLATADOS CANNERY!
¡NO ME IMPORTAN SUS OFERTAS ESPECIALES!
¡NI SIQUIERA LE DI MI VERDADERO NÚMERO DE TELÉFONO!

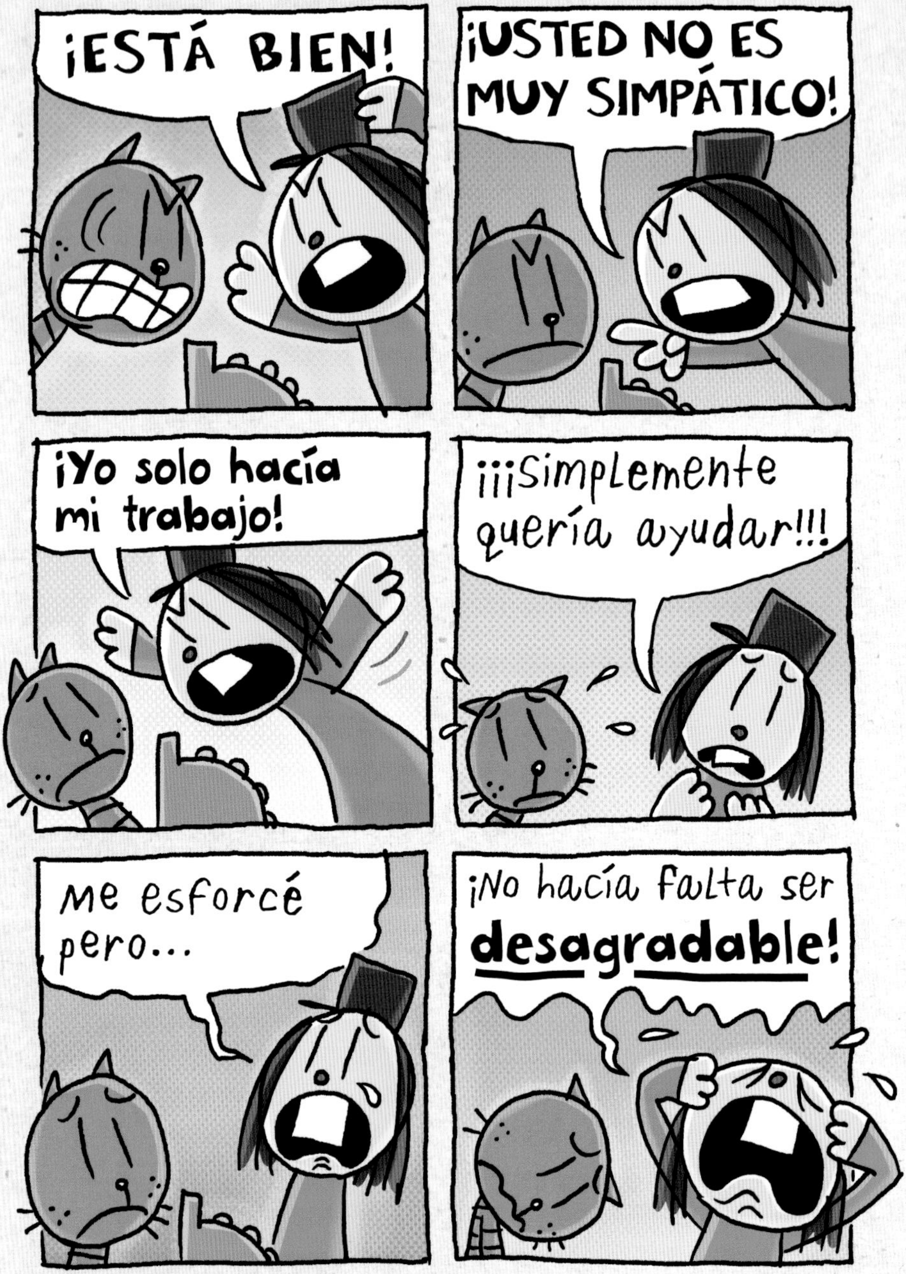
¡ESTÁ BIEN!
¡USTED NO ES MUY SIMPÁTICO!
¡Yo solo hacía mi trabajo!
¡¡¡Simplemente quería ayudar!!!
Me esforcé pero...
¡No hacía falta ser desagradable!

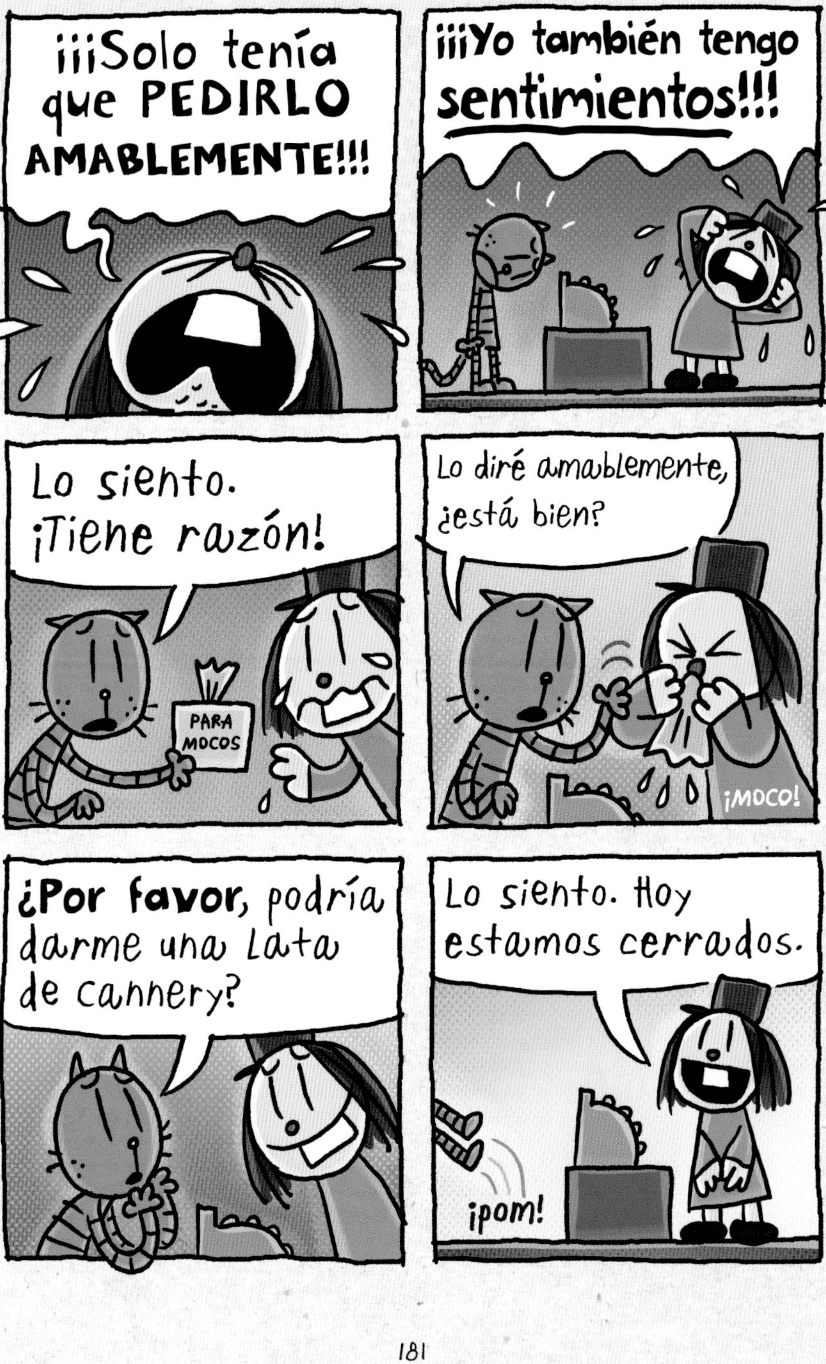
¡¡¡Solo tenía que PEDIRLO AMABLEMENTE!!!
¡¡¡Yo también tengo sentimientos!!!
Lo siento. ¡Tiene razón!
PARA MOCOS
Lo diré amablemente, ¿está bien?
¡MOCO!
¿Por favor, podría darme una lata de cannery?
Lo siento. Hoy estamos cerrados.
¡pom!

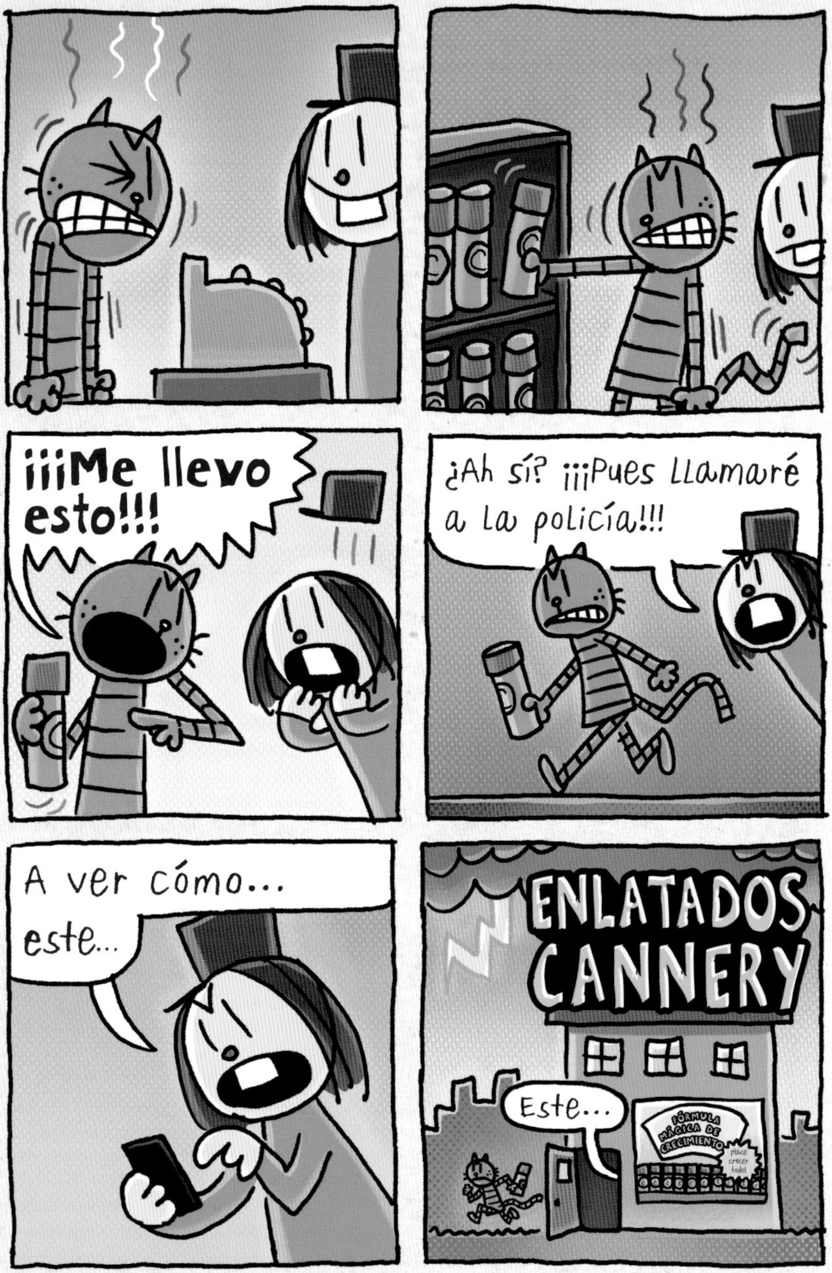
¡¡¡Me llevo esto!!!
¿Ah sí? ¡¡¡Pues llamaré a la policía!!!
A ver cómo...
este...
ENLATADOS CANNERY
Este...
FÓRMULA MÁGICA DE CRECIMIENTO
¡Hace crecer todo!

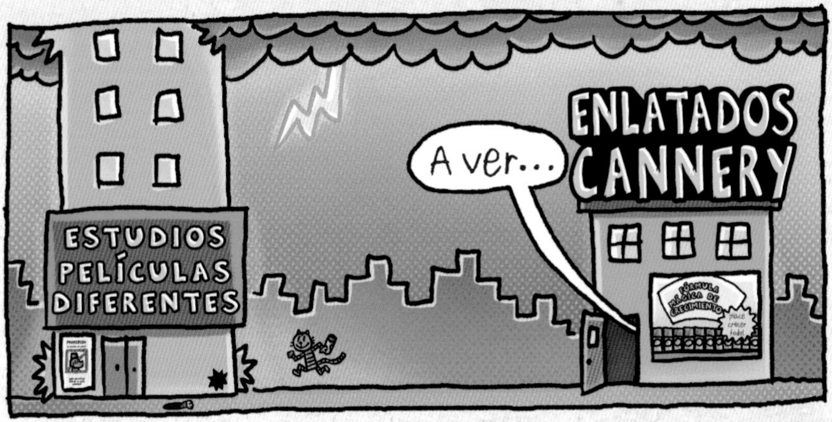
ESTUDIOS PELÍCULAS DIFERENTES
A ver…
ENLATADOS CANNERY
FÓRMULA MÁGICA DE CRECIMIENTO
¡Hace crecer todo!

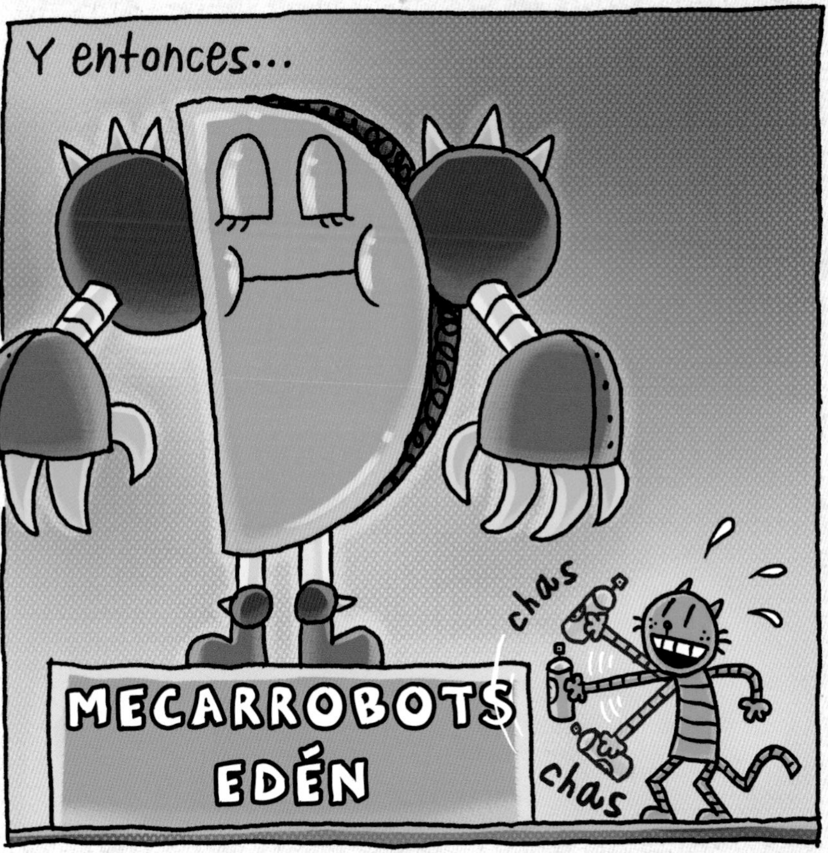
Y entonces…
chas
chas
MECARROBOTS EDÉN

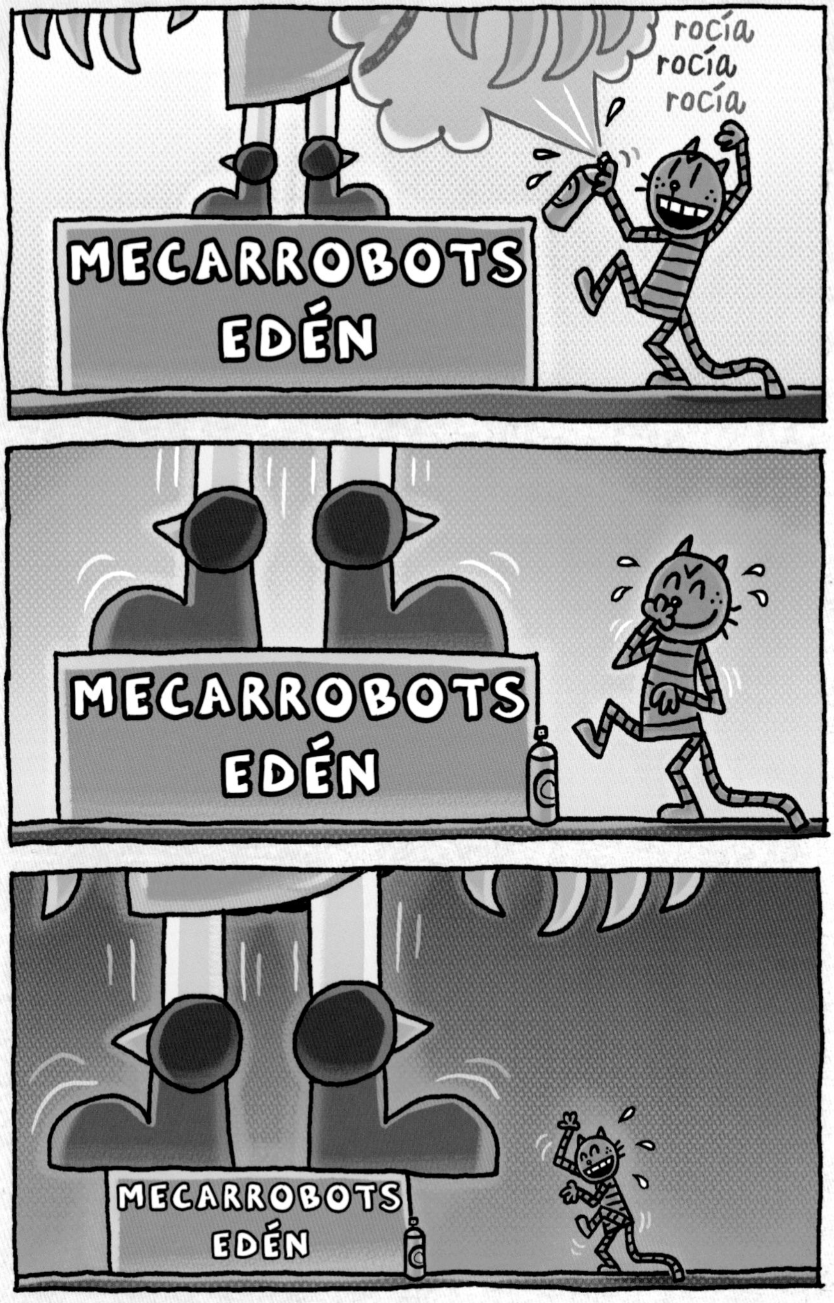
rocía
rocía
rocía
MECARROBOTS EDÉN
MECARROBOTS EDÉN
MECARROBOTS EDÉN

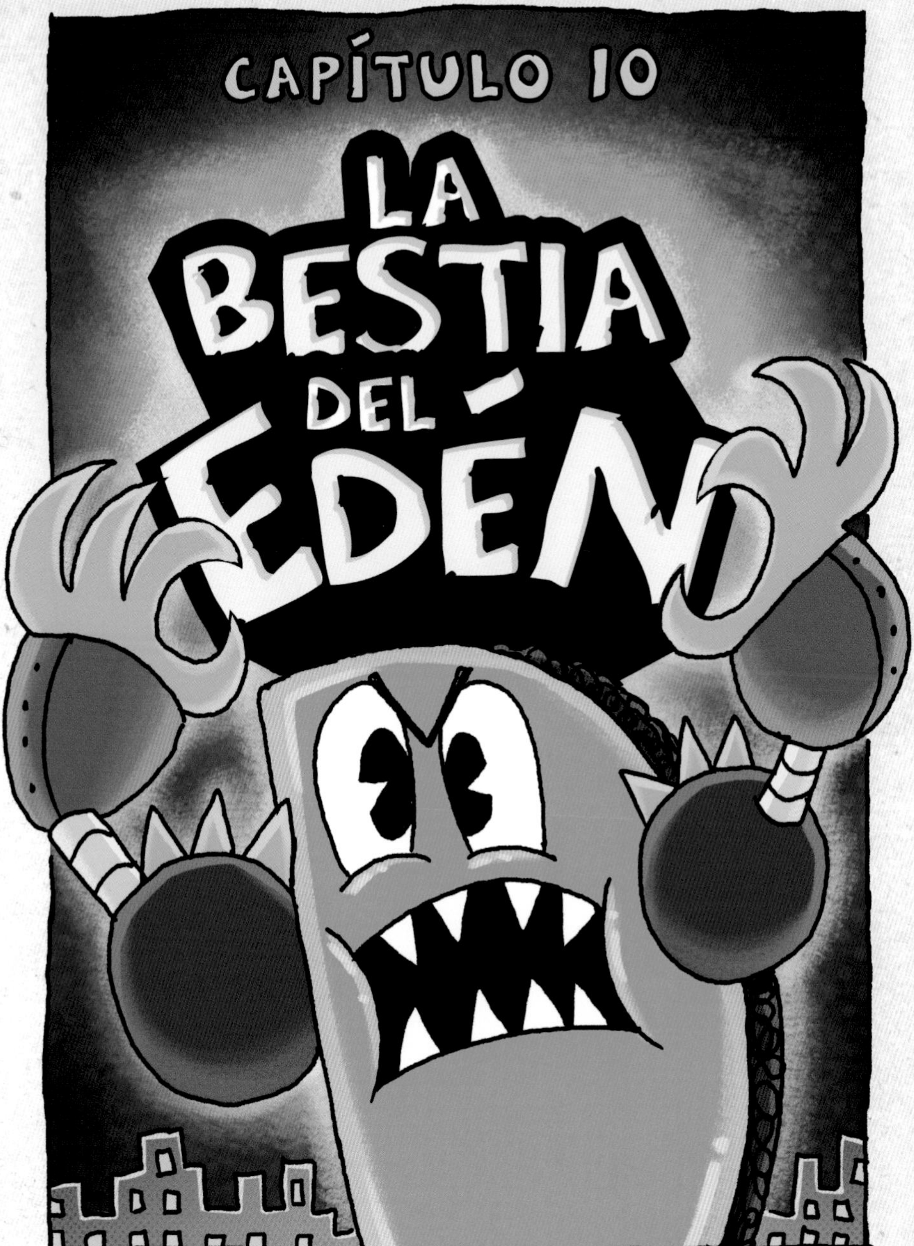
CAPÍTULO 10
LA BESTIA DEL EDÉN

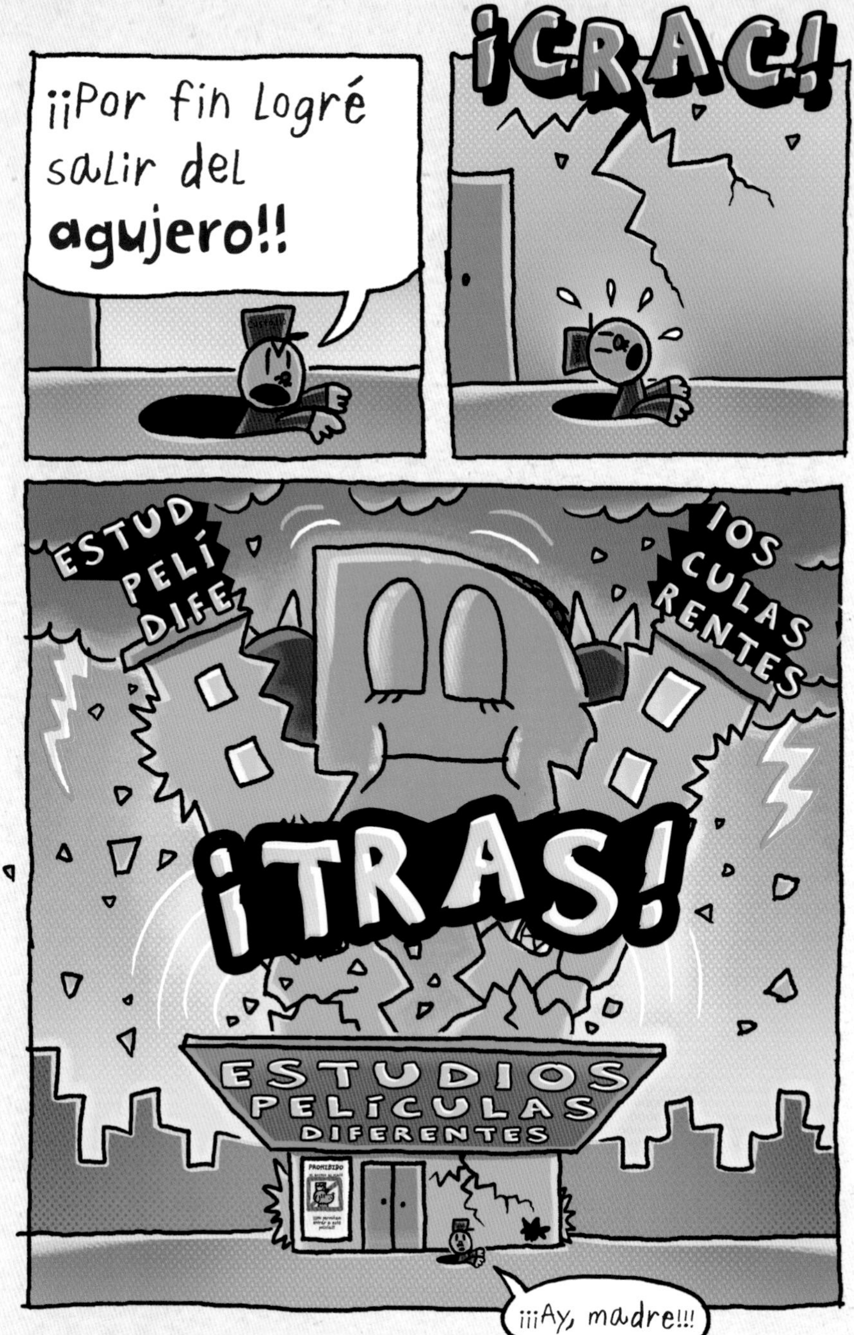
¡¡Por fin logré salir del agujero!!
¡CRAC!
ESTUD PELÍ DIFE
IOS CULAS RENTES
¡TRAS!
ESTUDIOS PELÍCULAS DIFERENTES
PROHIBIDO
¡¡¡Ay, madre!!!

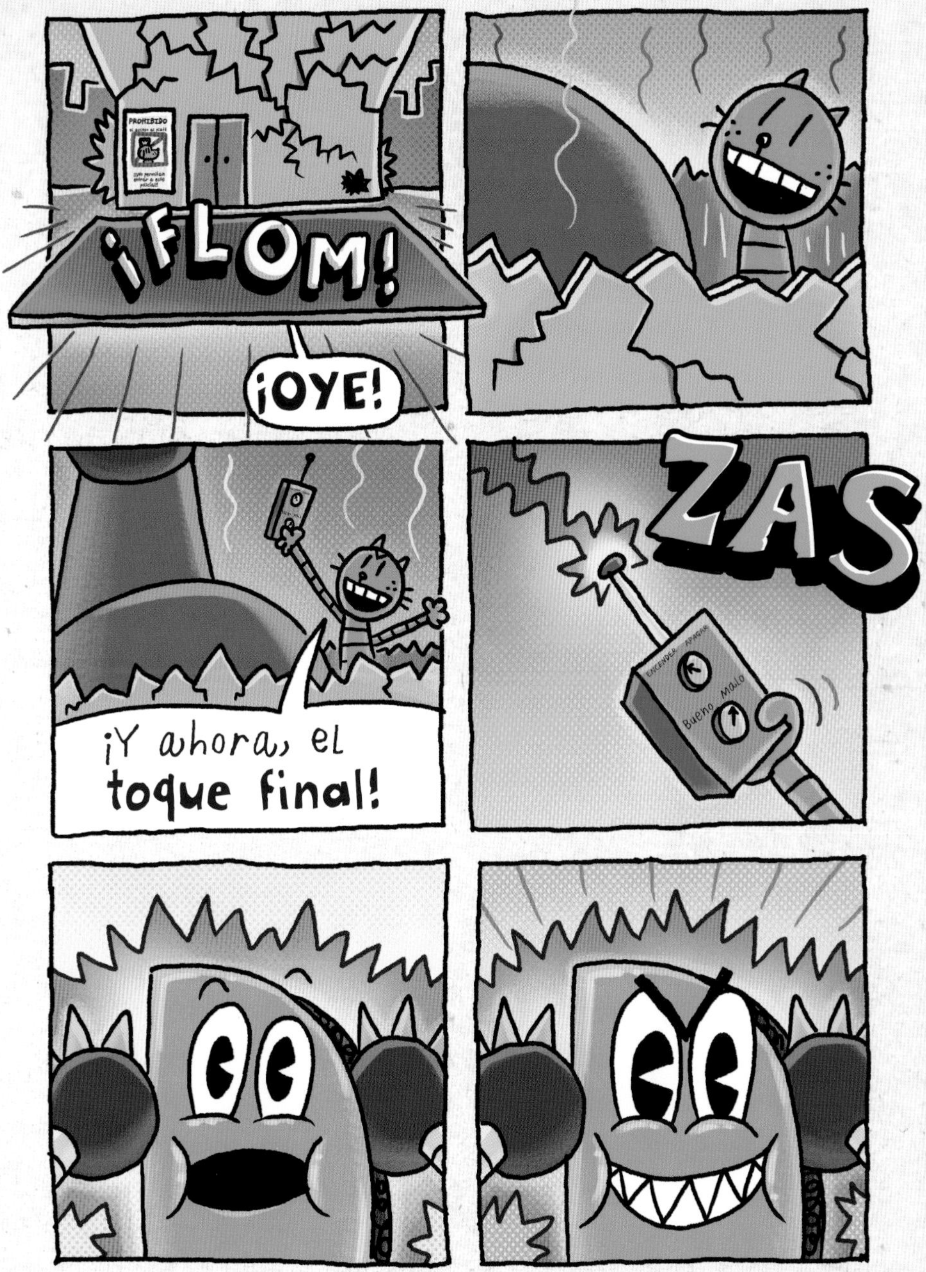
PROHIBIDO
¡FLOM!
¡OYE!
¡Y ahora, el toque final!
ZAS
ENCENDER
APAGAR
Bueno
Malo

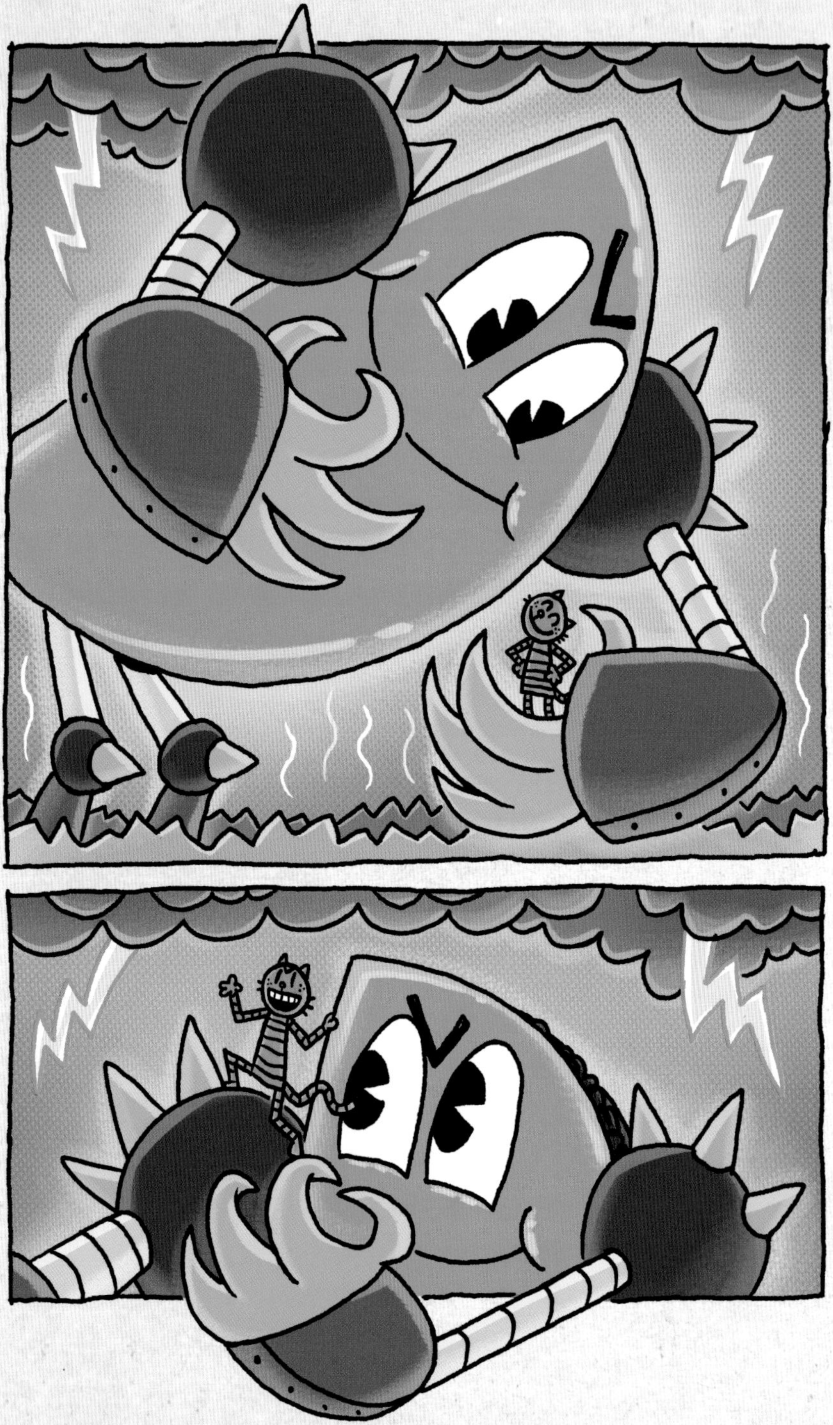

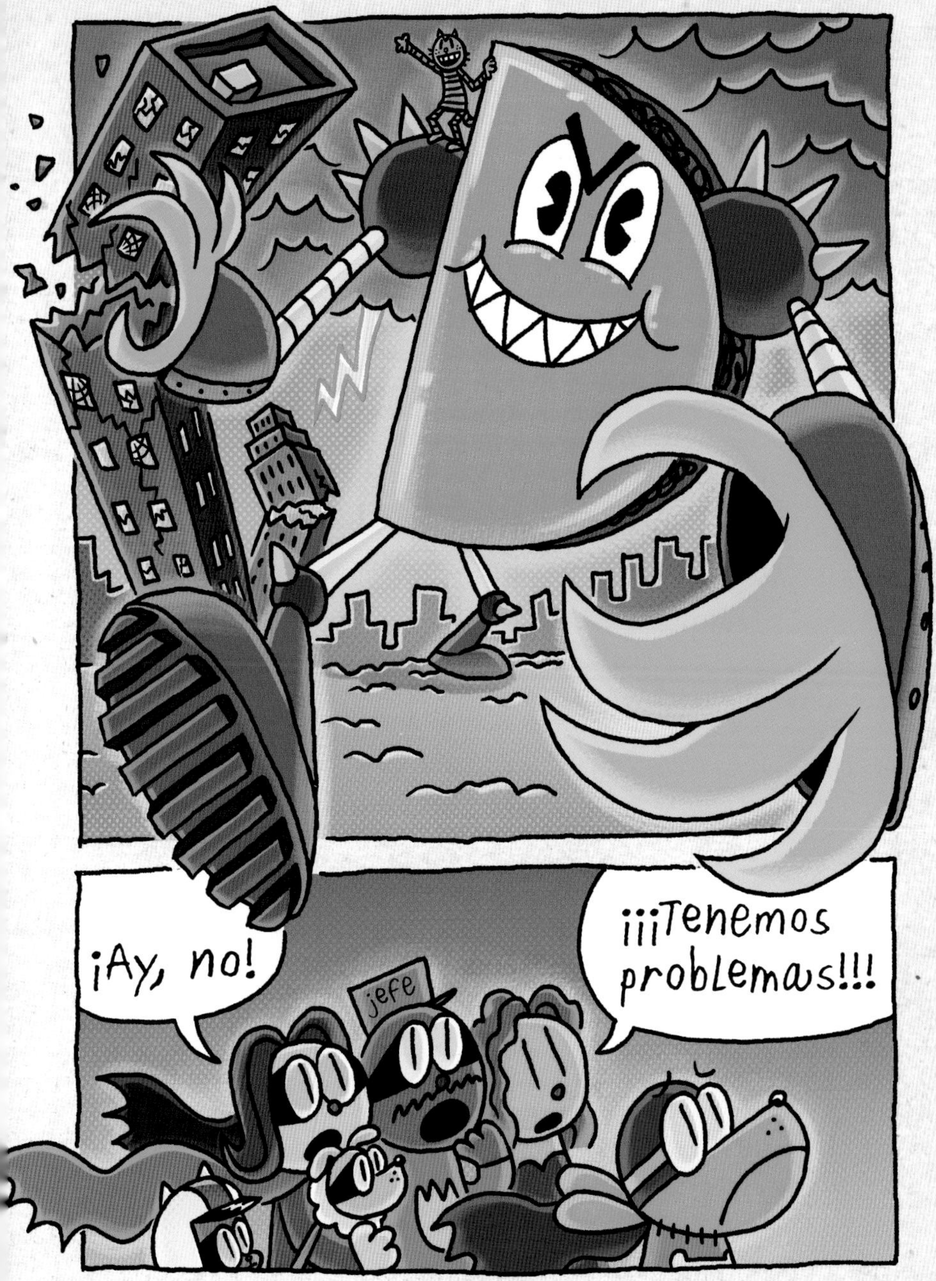
¡Ay, no!
¡¡¡Tenemos problemas!!!
jefe

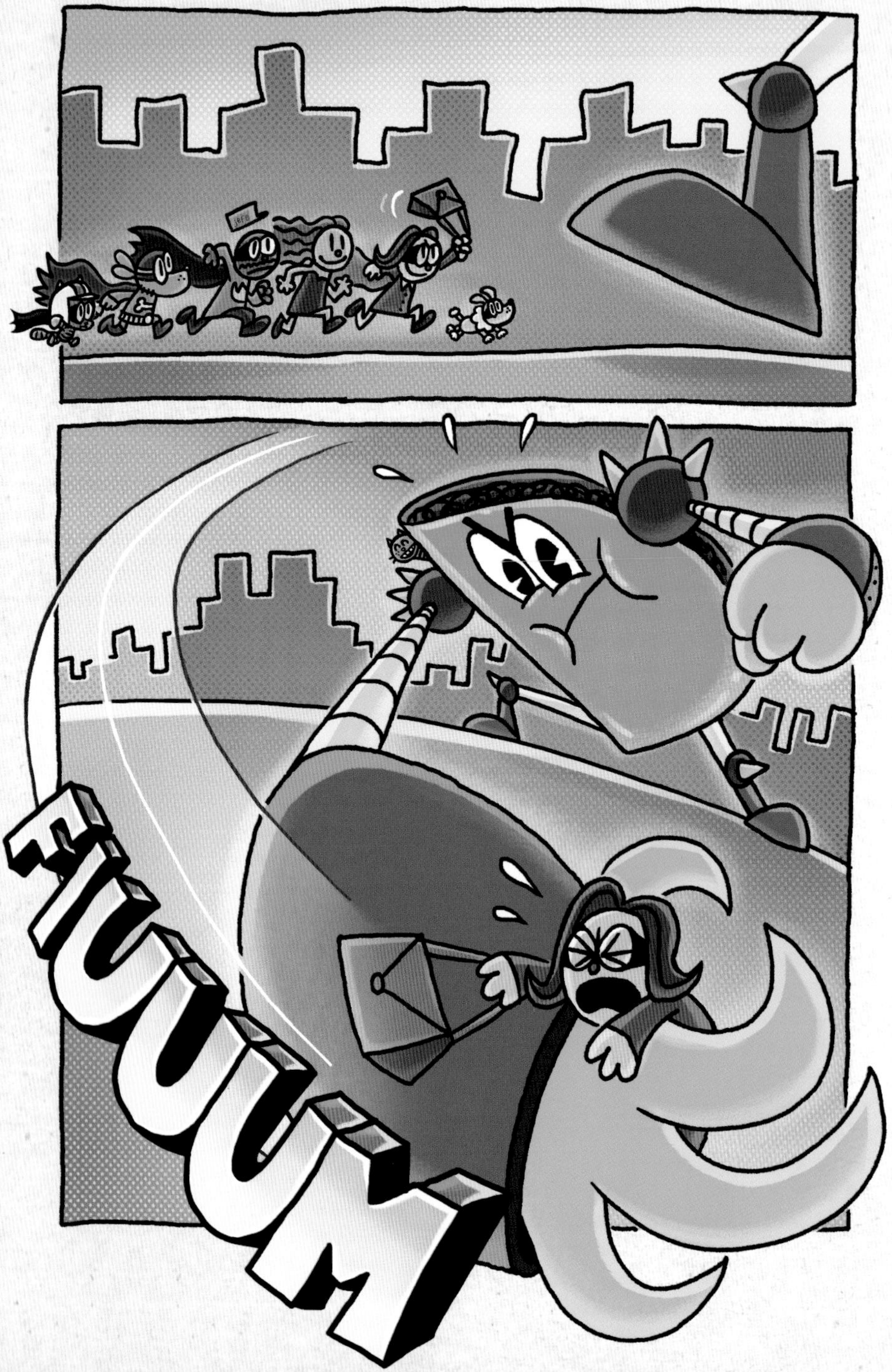
FUUUM

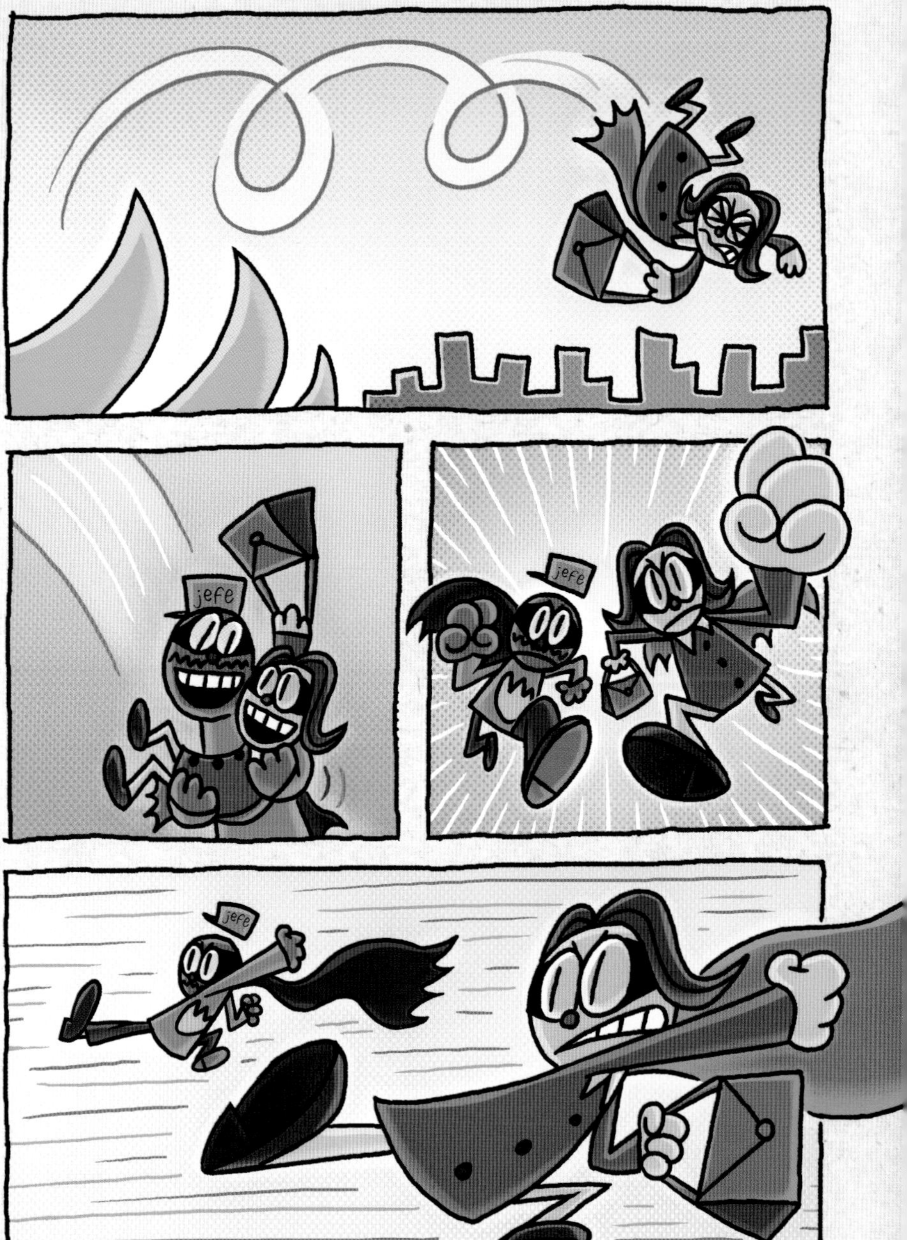
jefe
jefe
jefe

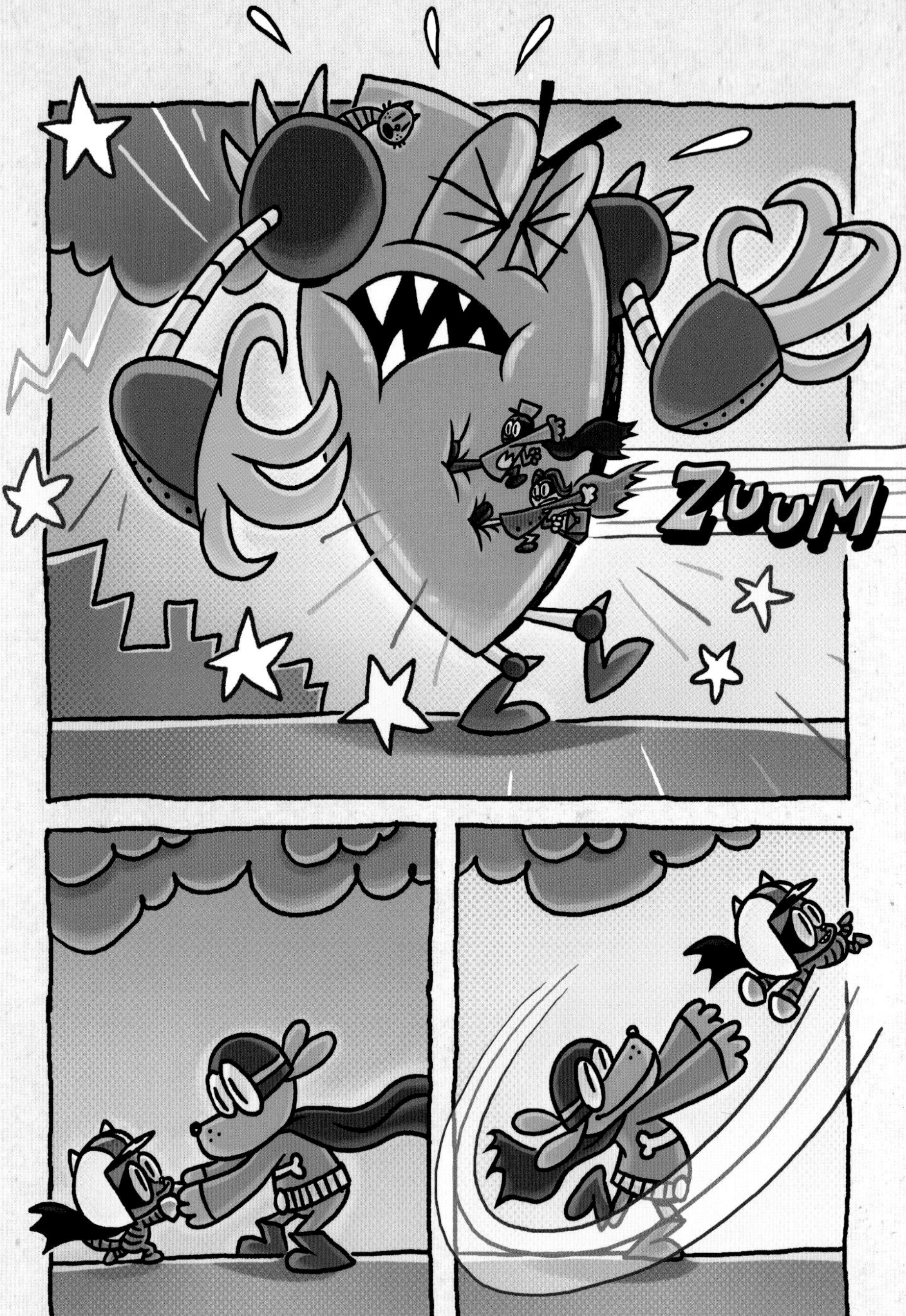
ZUUM

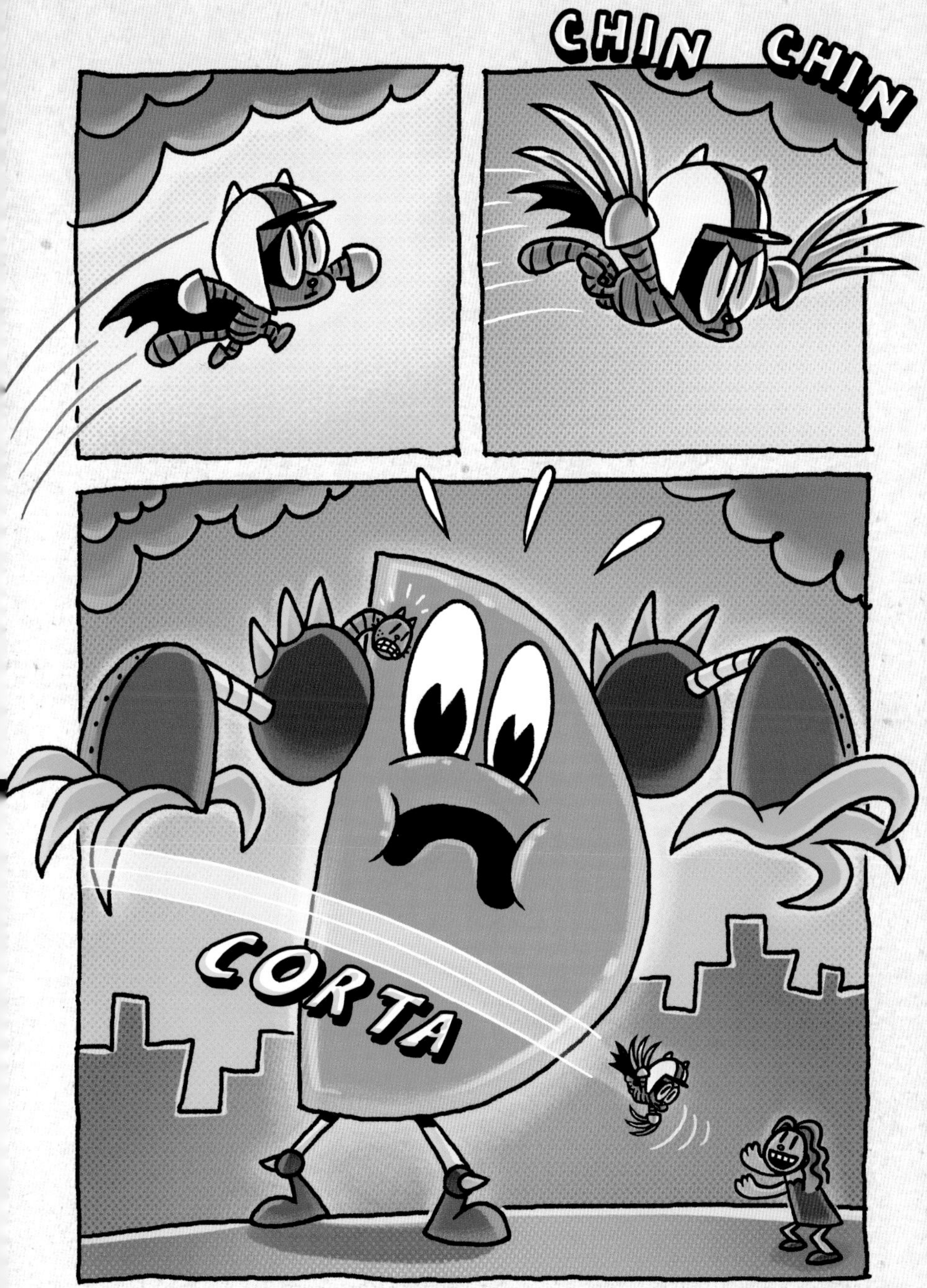
CHIN CHIN
CORTA

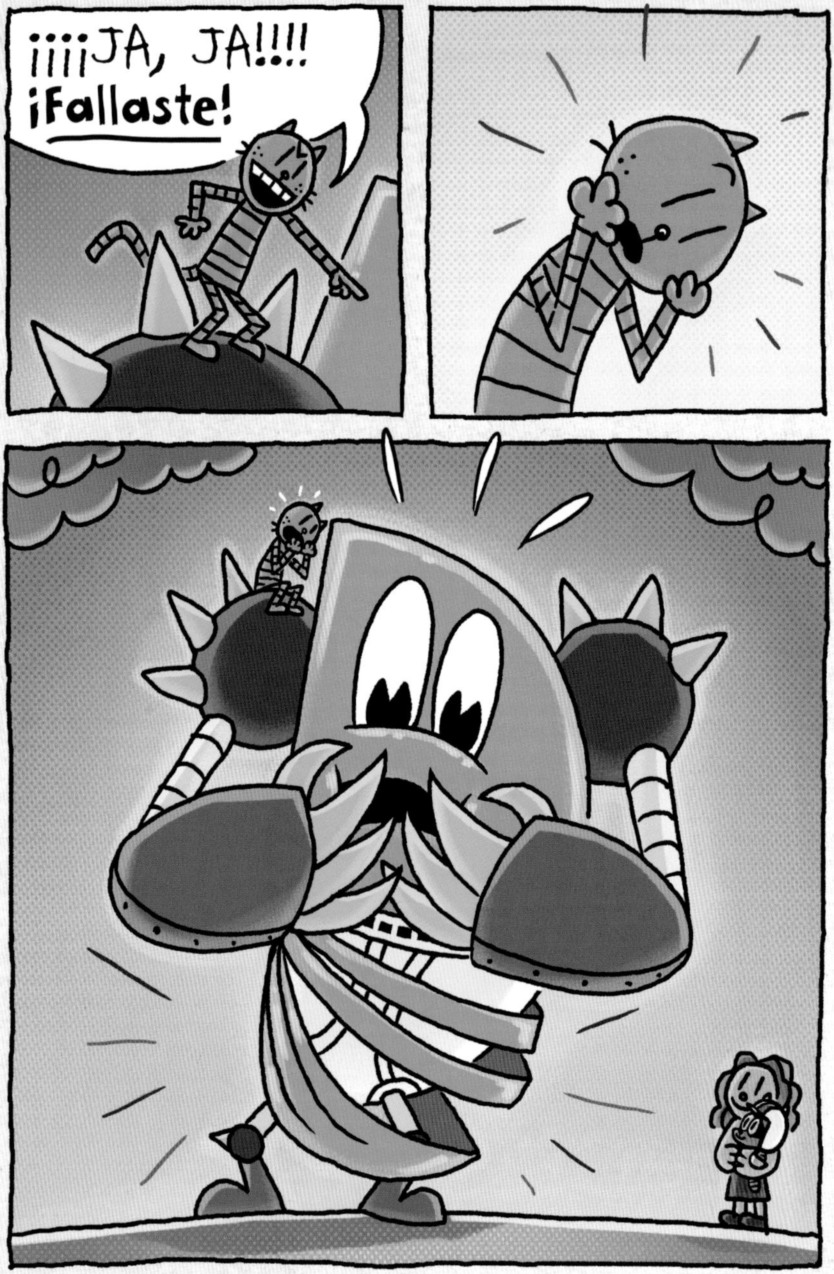
¡¡¡¡JA, JA!!!! ¡Fallaste!

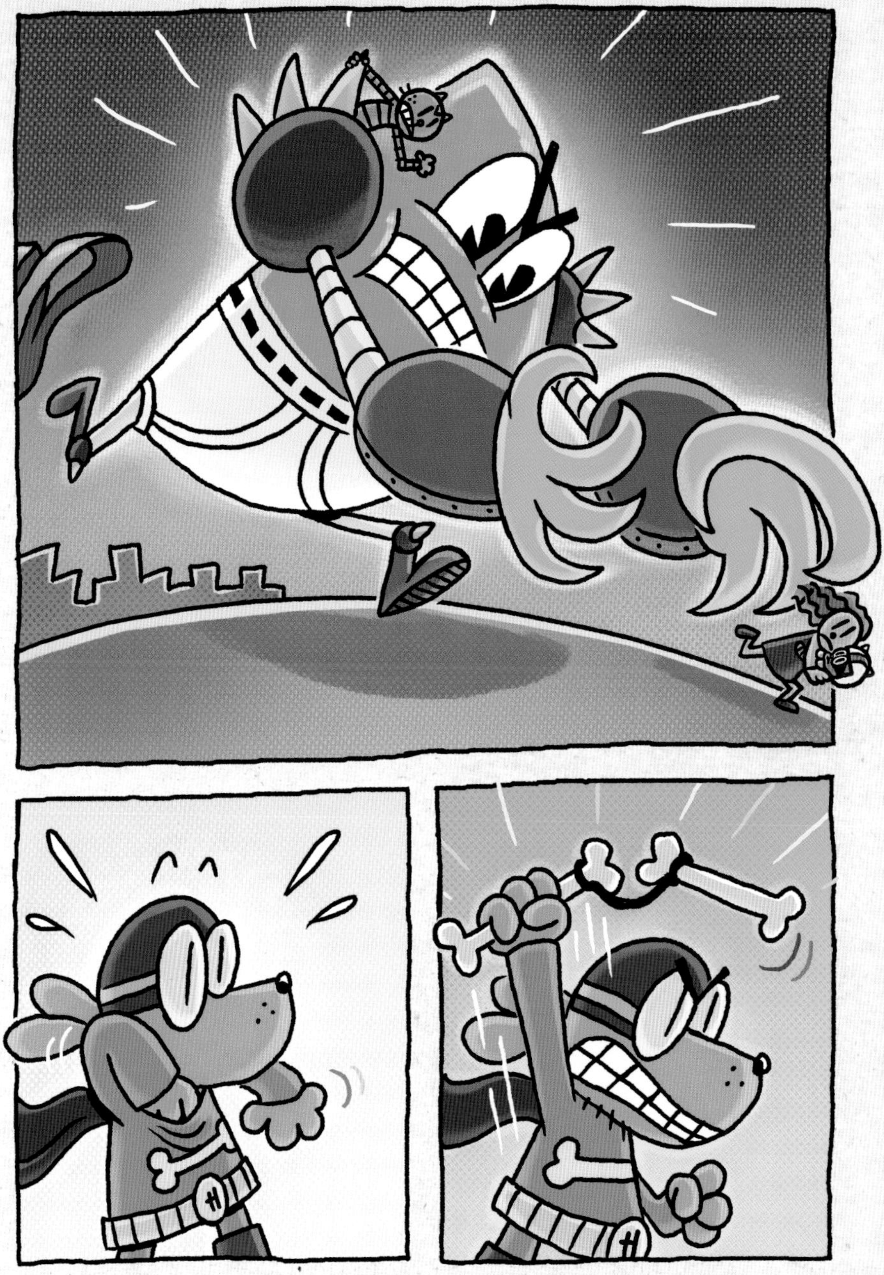

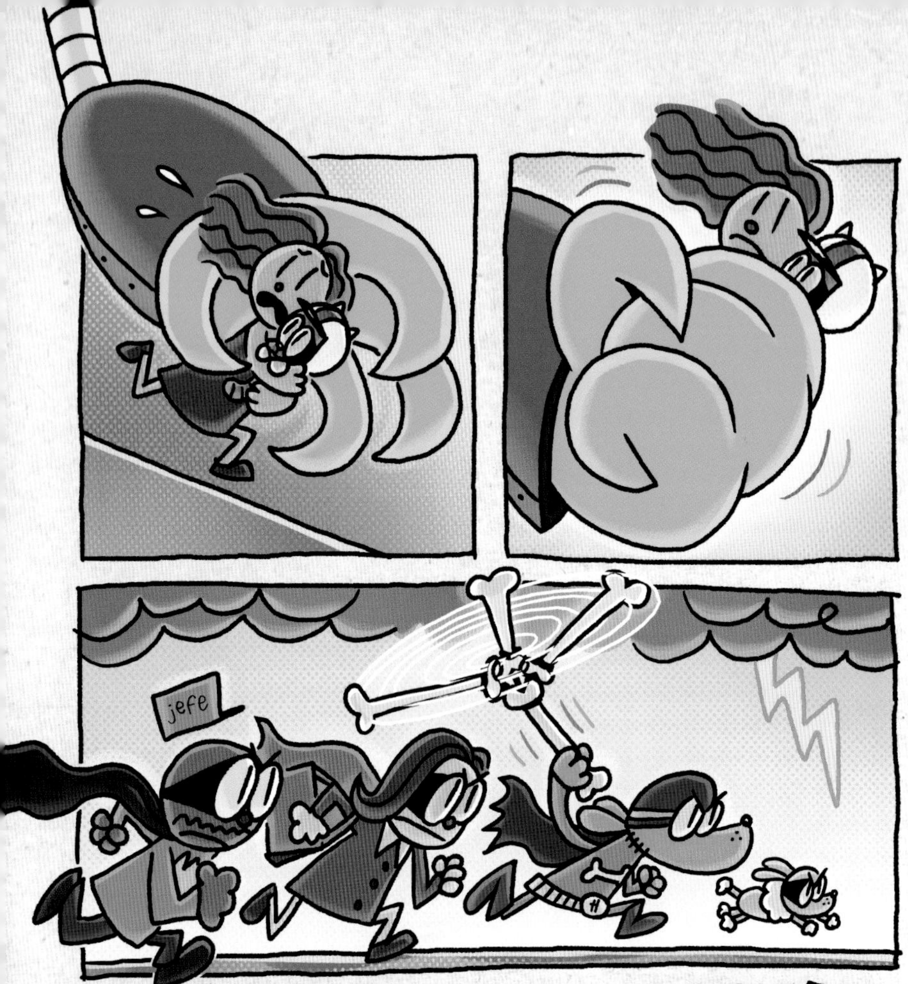
jefe

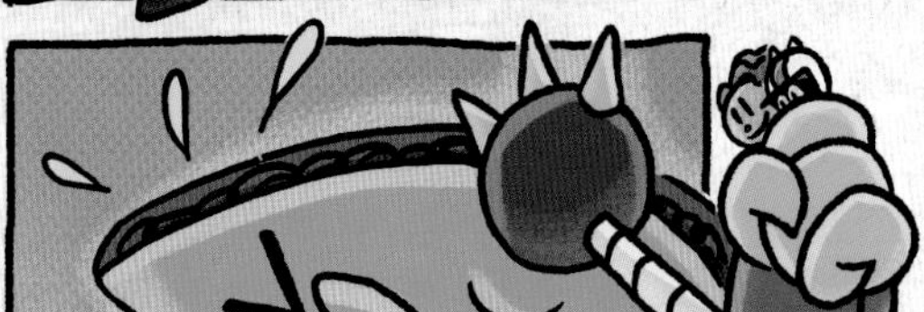

TRIPLE FLIPO-RAMA

Mano izquierda aquí.

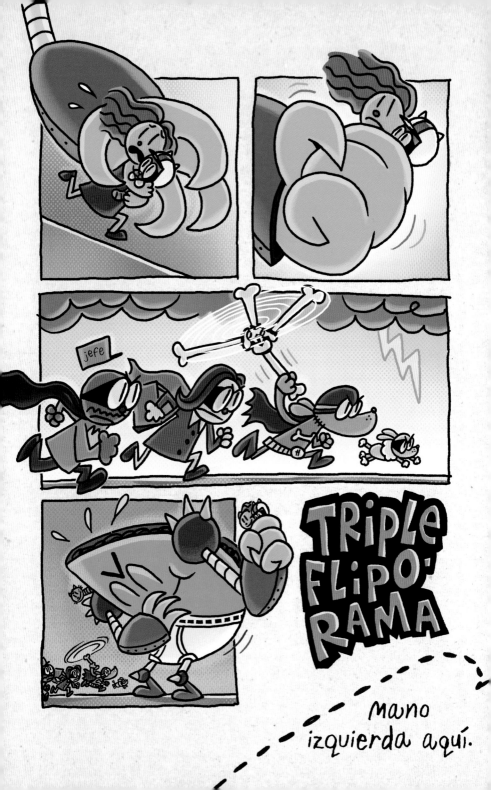

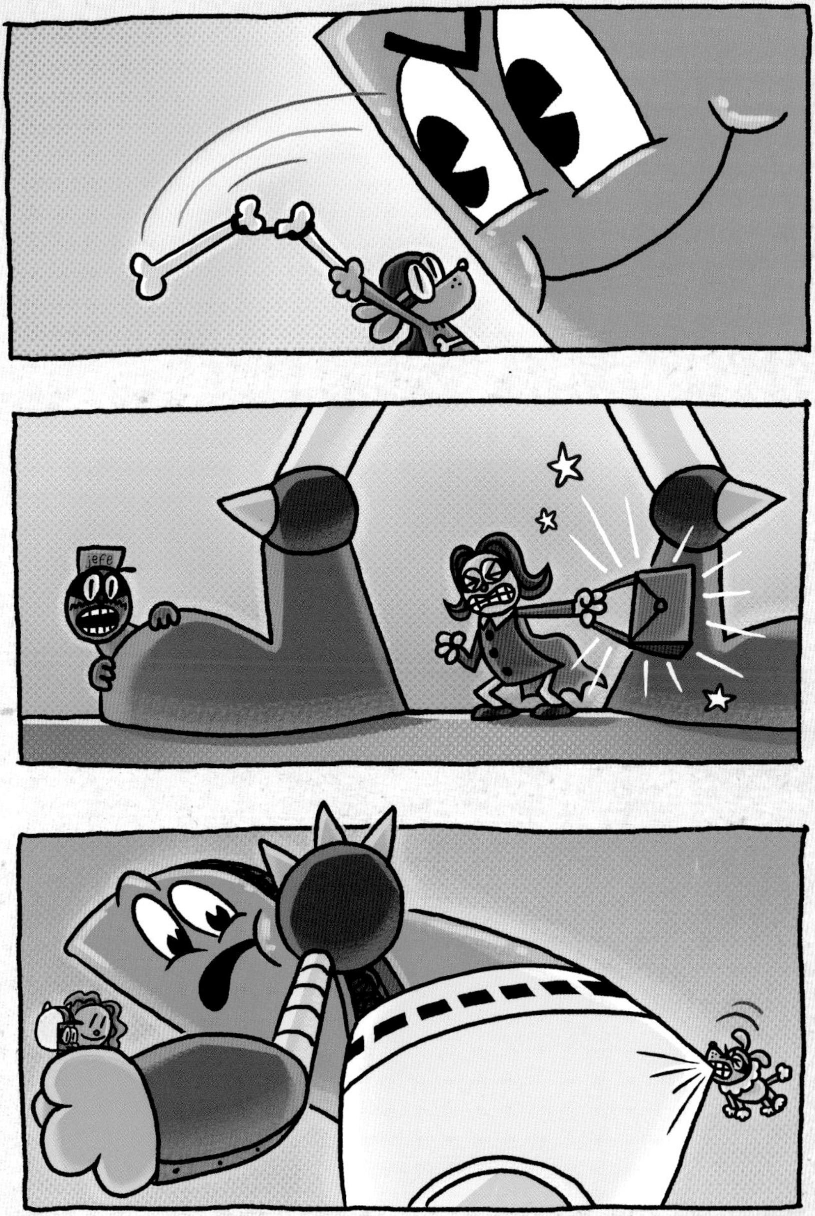
jefe

Pulgar derecho aquí.

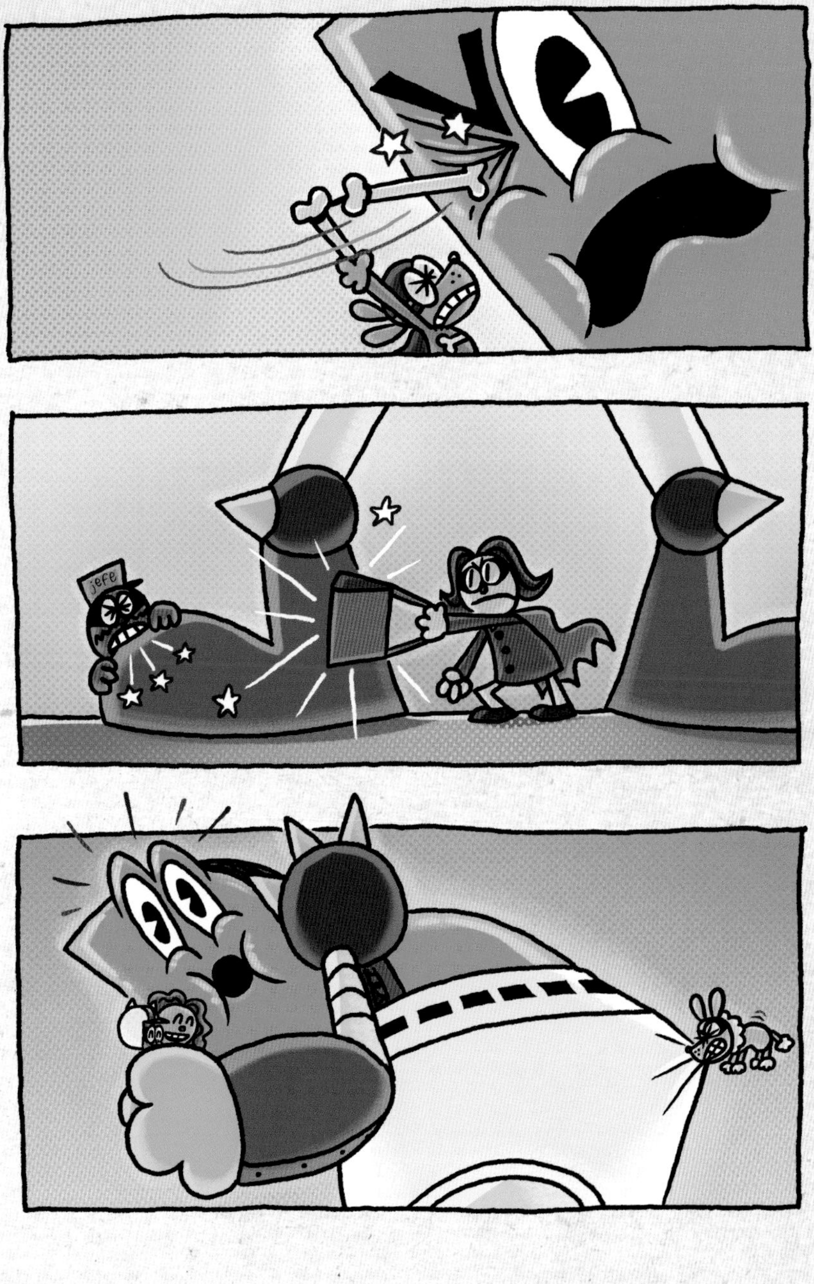
jefe

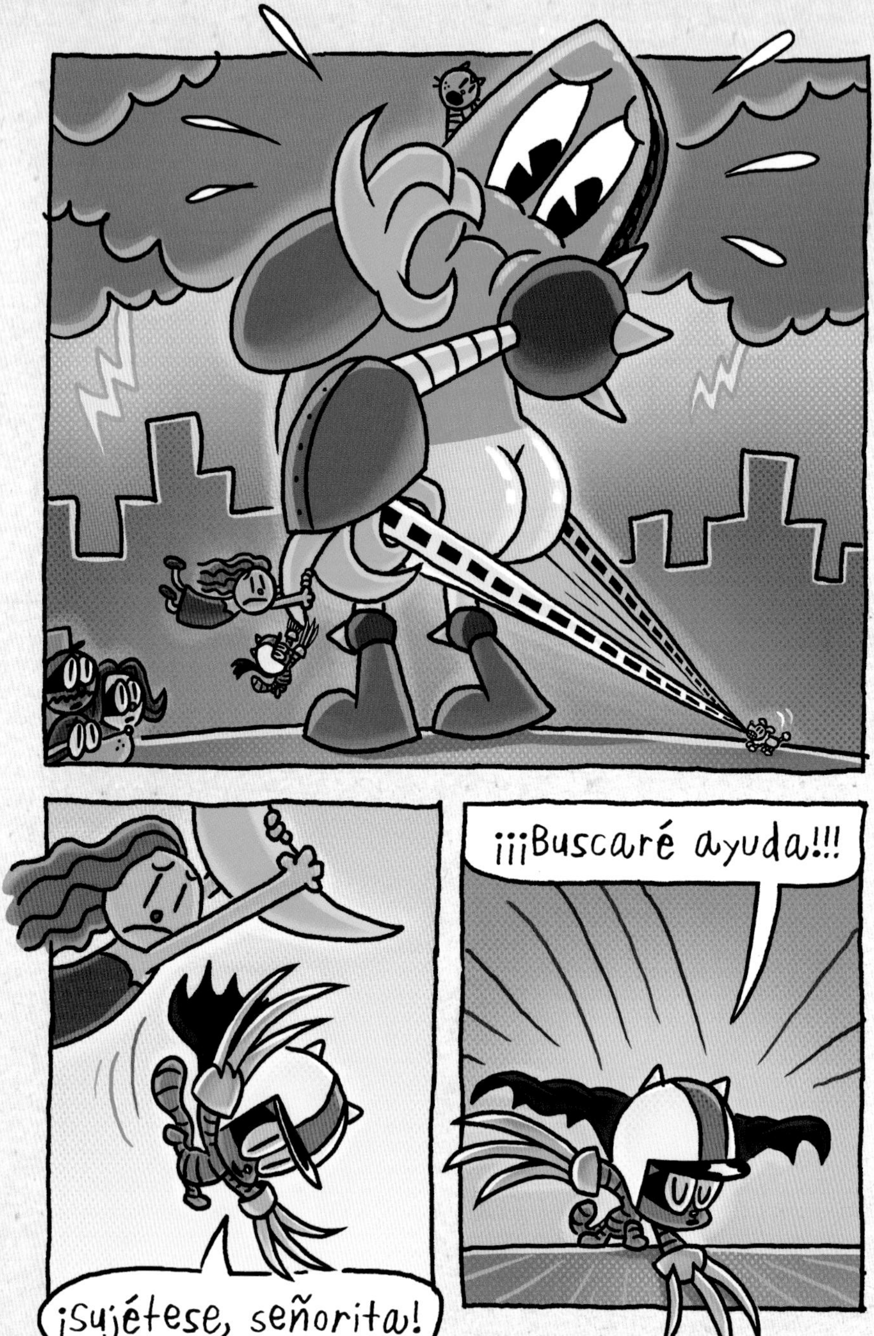
¡Sujétese, señorita!
¡¡¡Buscaré ayuda!!!

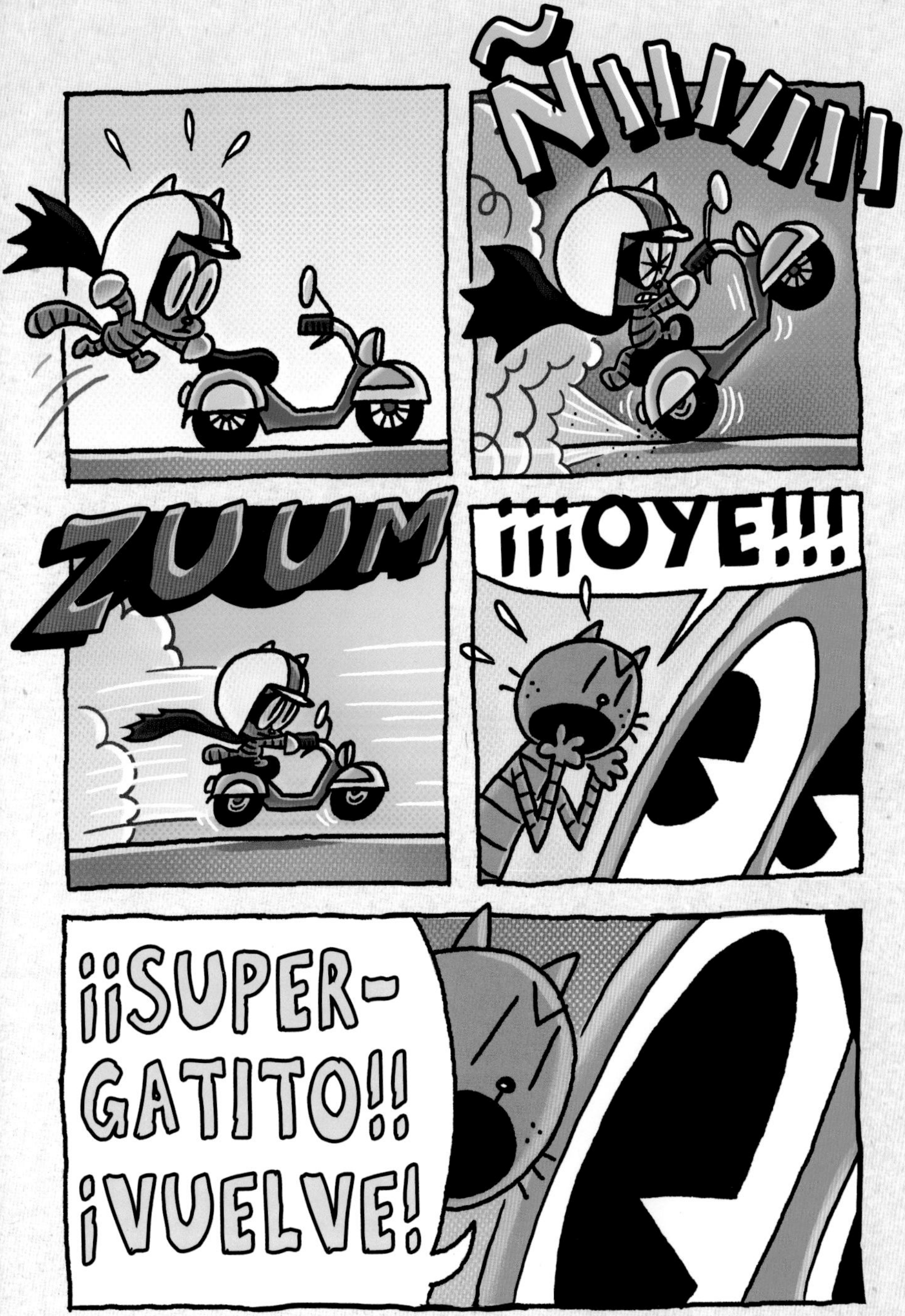
ÑIIIIIII
ZUUM
¡¡¡OYE!!!
¡¡SUPER-
GATITO!!
¡VUELVE!

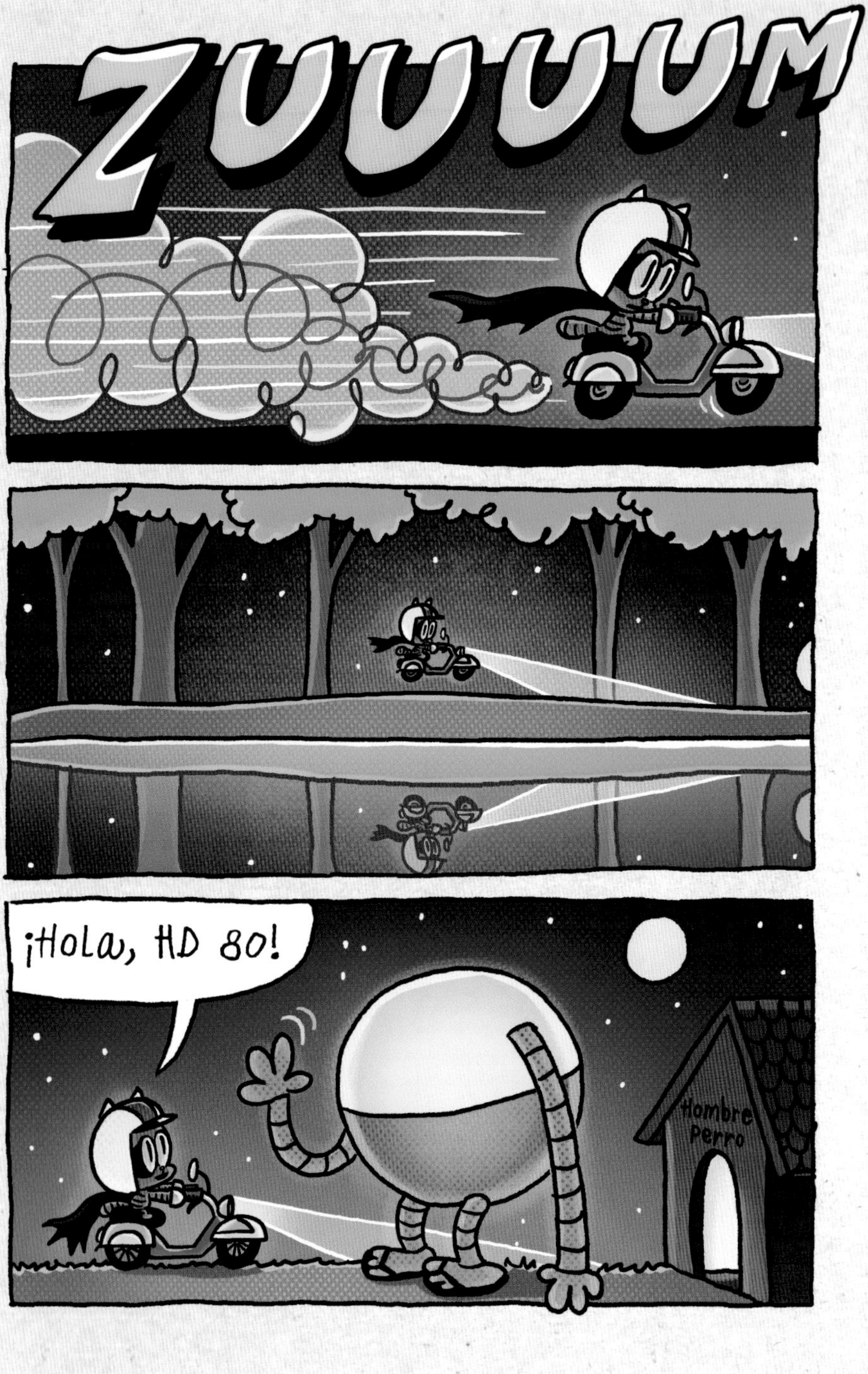
ZUUUUUM
¡HOLA, HD 80!
Hombre Perro

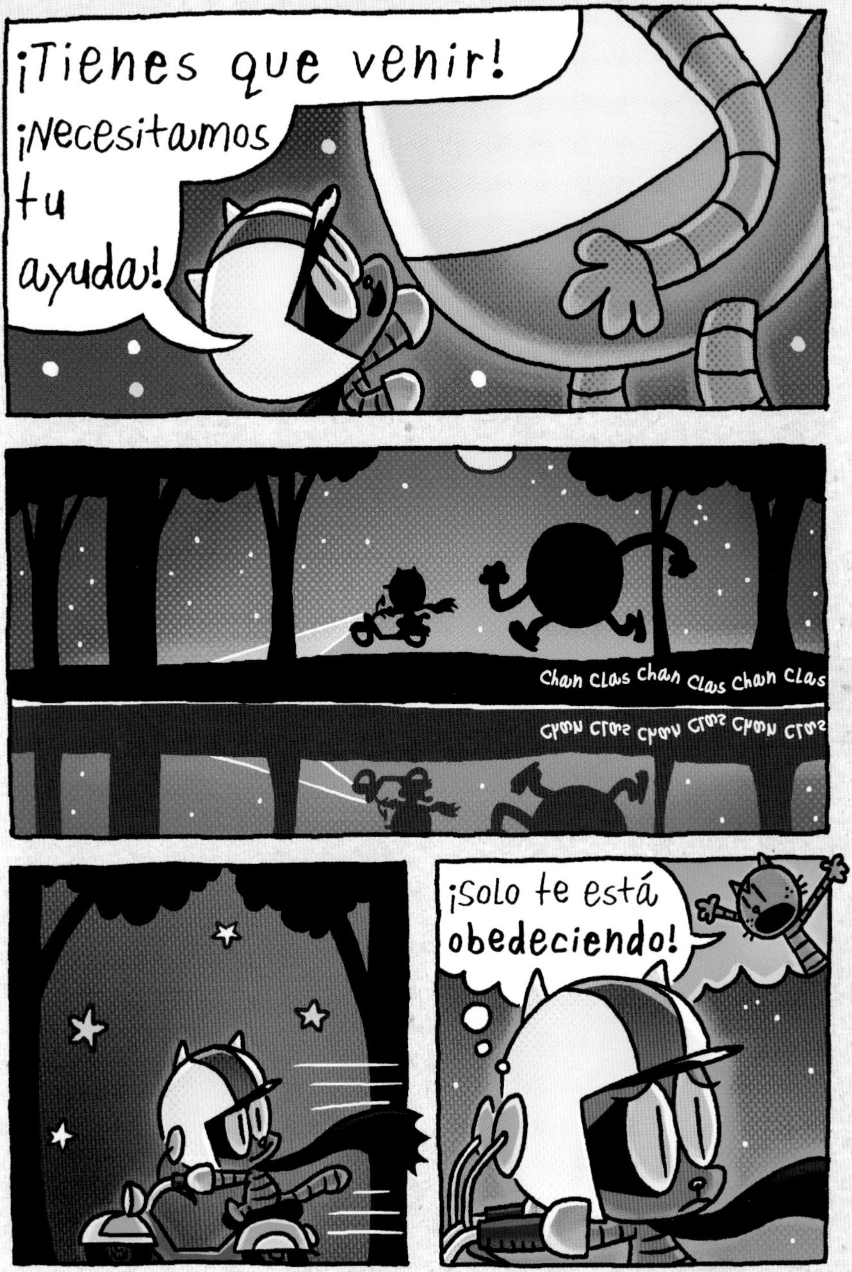
¡Tienes que venir! ¡Necesitamos tu ayuda!
Chan Clas Chan Clas Chan Clas
¡Solo te está obedeciendo!

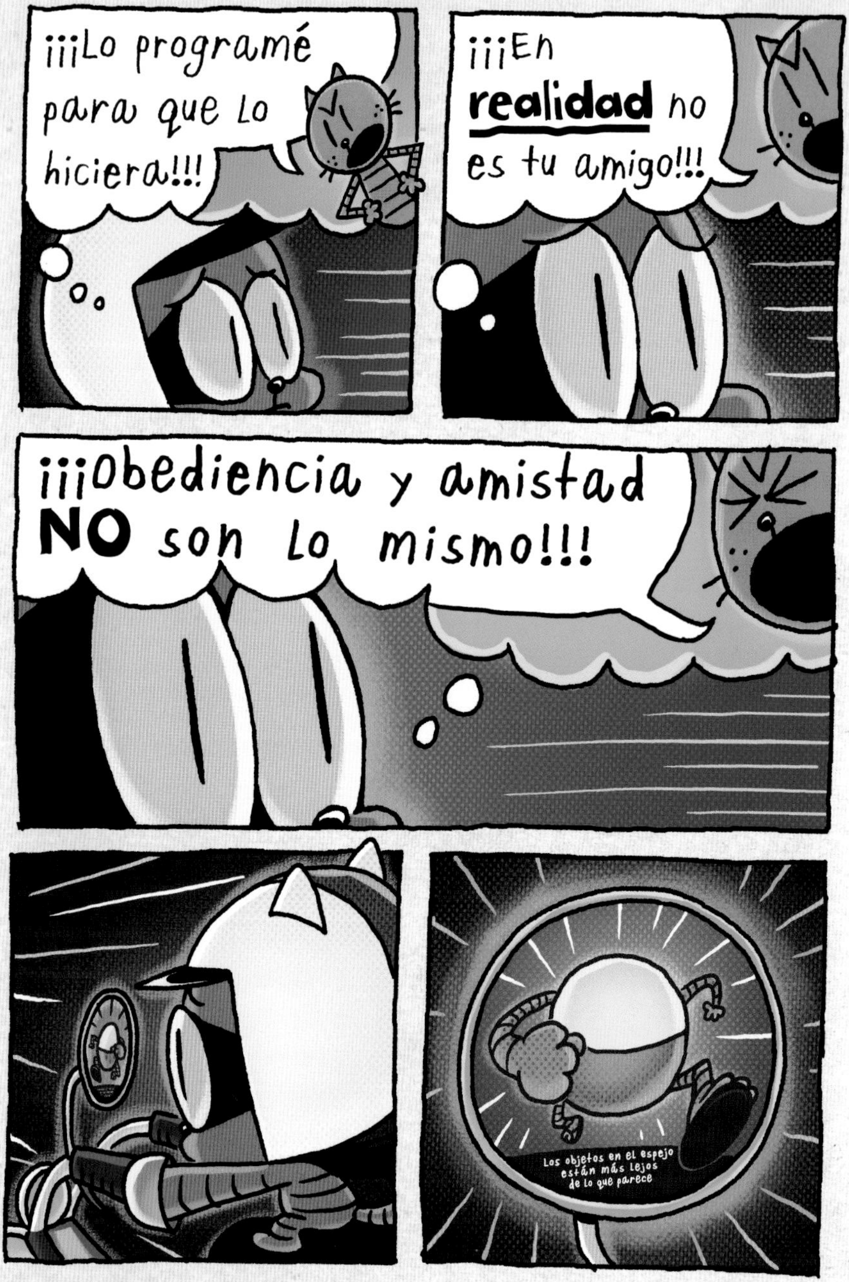
¡¡¡Lo programé para que lo hiciera!!!
¡¡¡En **realidad** no es tu amigo!!!
¡¡¡Obediencia y amistad **NO** son lo mismo!!!
Los objetos en el espejo están más lejos de lo que parece

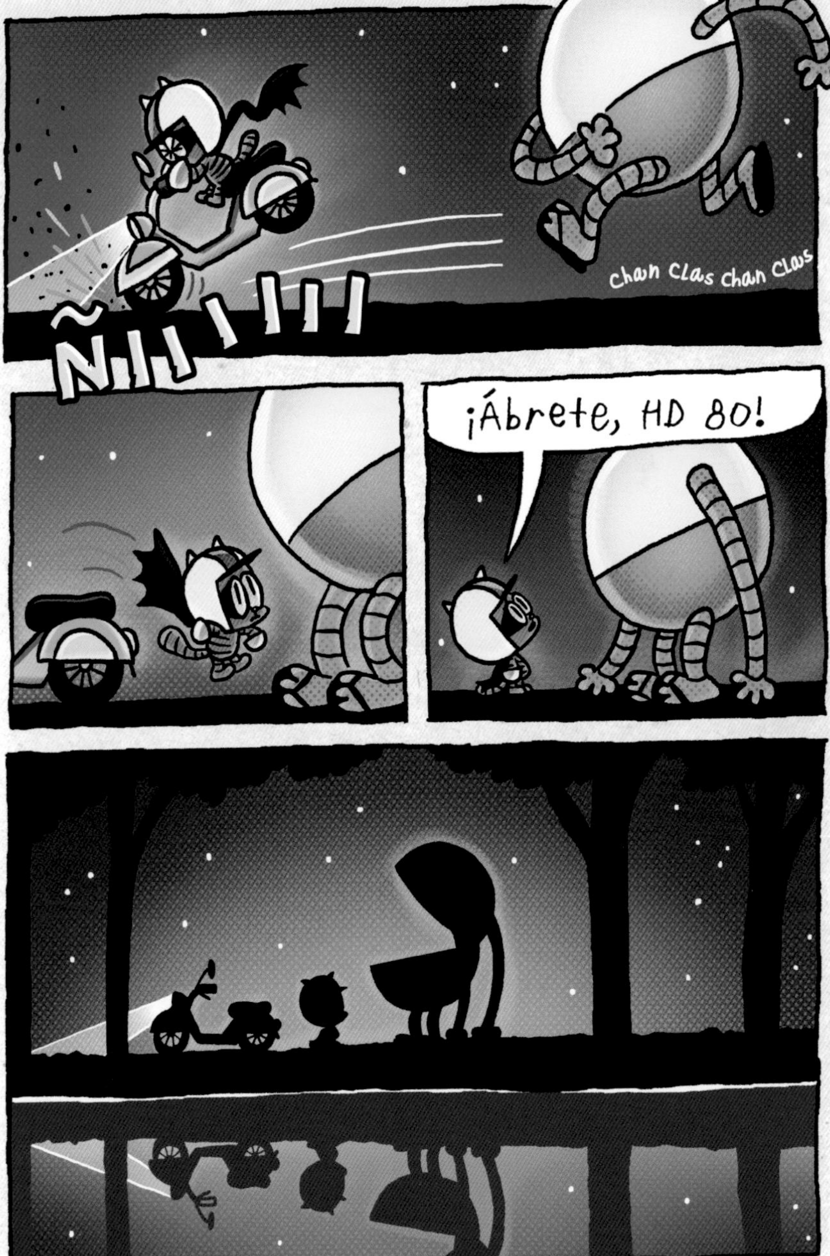
ÑIIIIII
chan clas chan clas
¡Ábrete, HD 80!

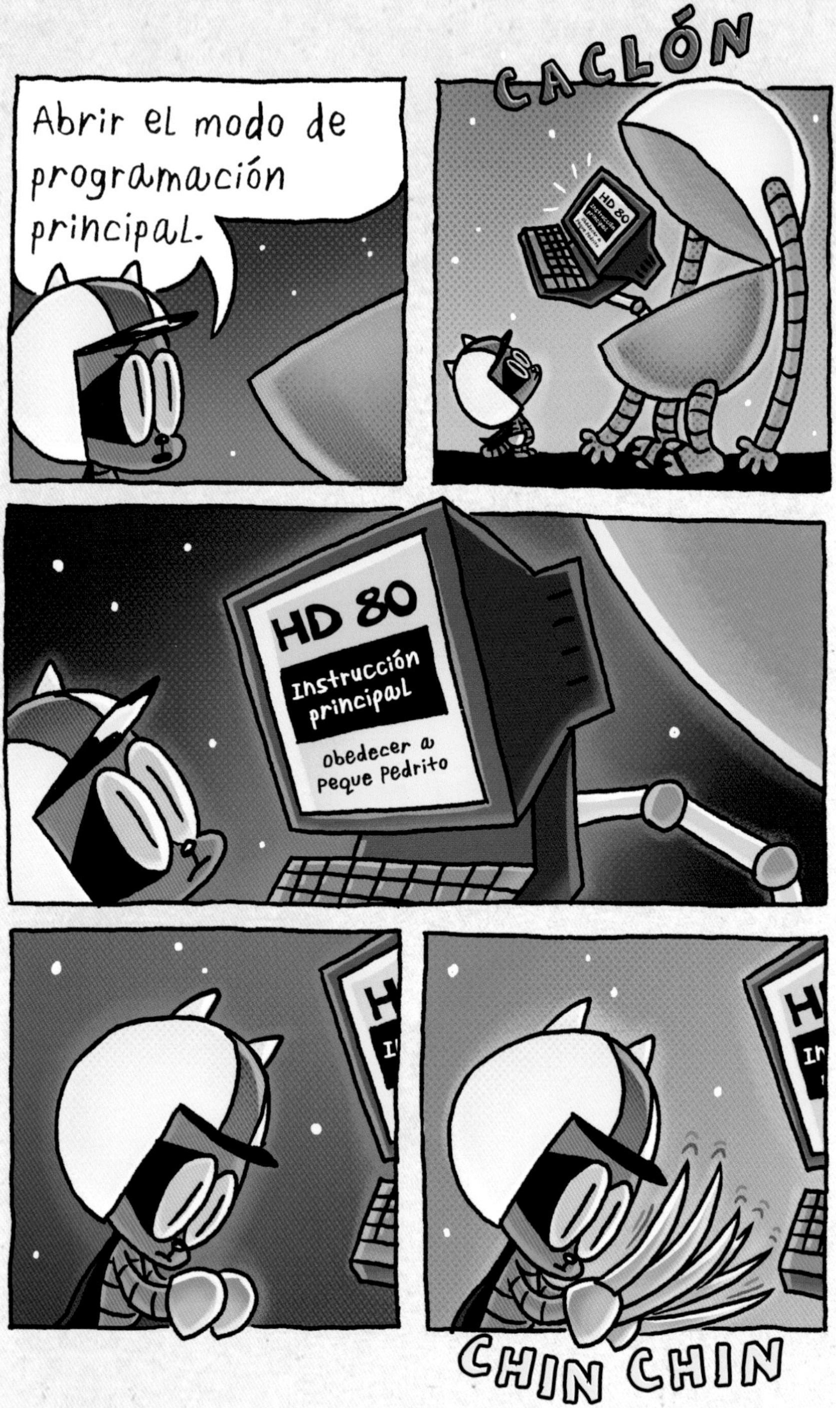
Abrir el modo de programación principal.
CACLÓN
HD 80
Instrucción principal
Obedecer a peque Pedrito
CHIN CHIN

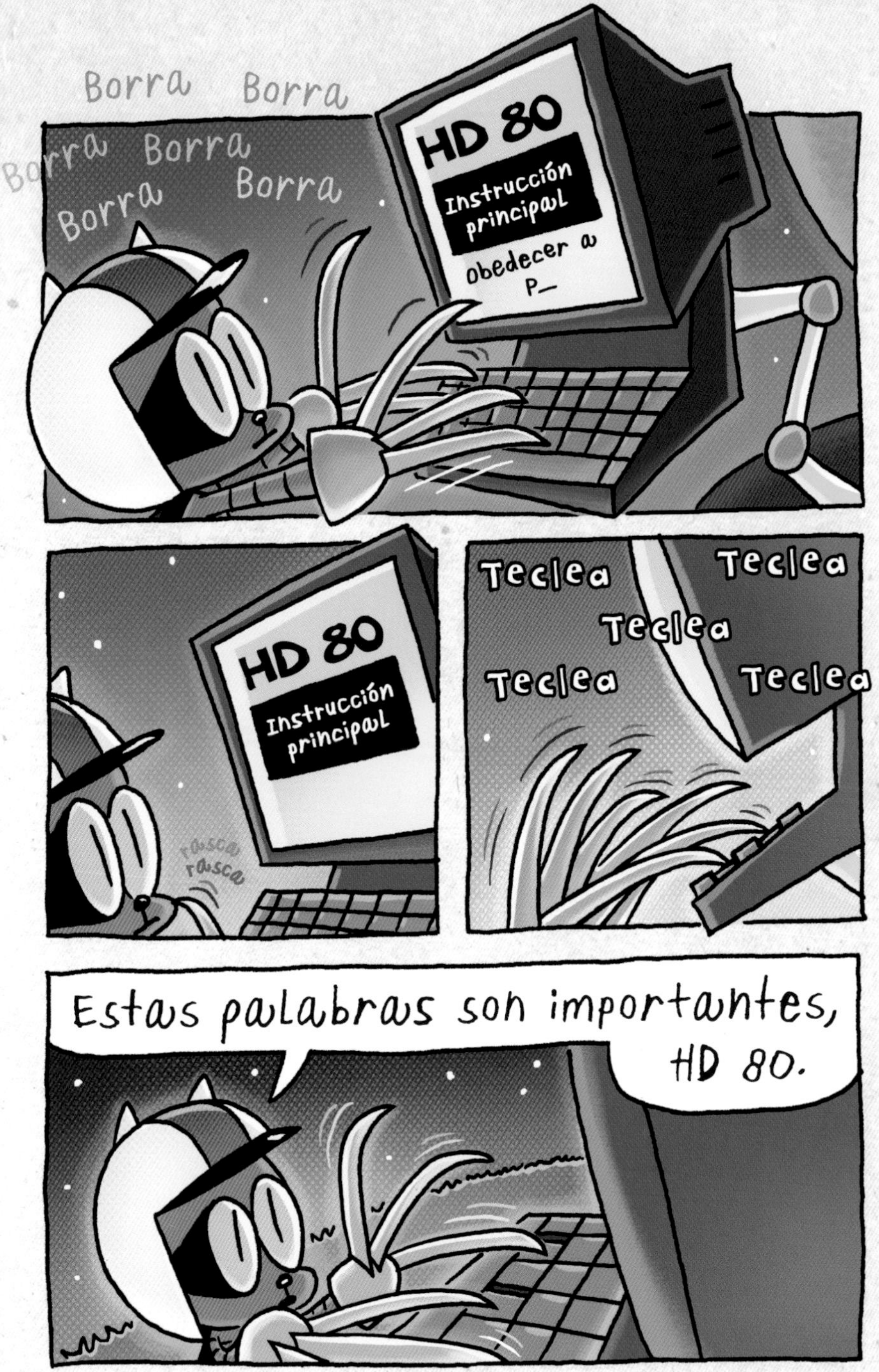
Borra Borra
Borra Borra
Borra Borra
HD 80
Instrucción principal
obedecer a P_
HD 80
Instrucción principal
rasca rasca
Teclea Teclea
Teclea
Teclea Teclea
Estas palabras son importantes, HD 80.

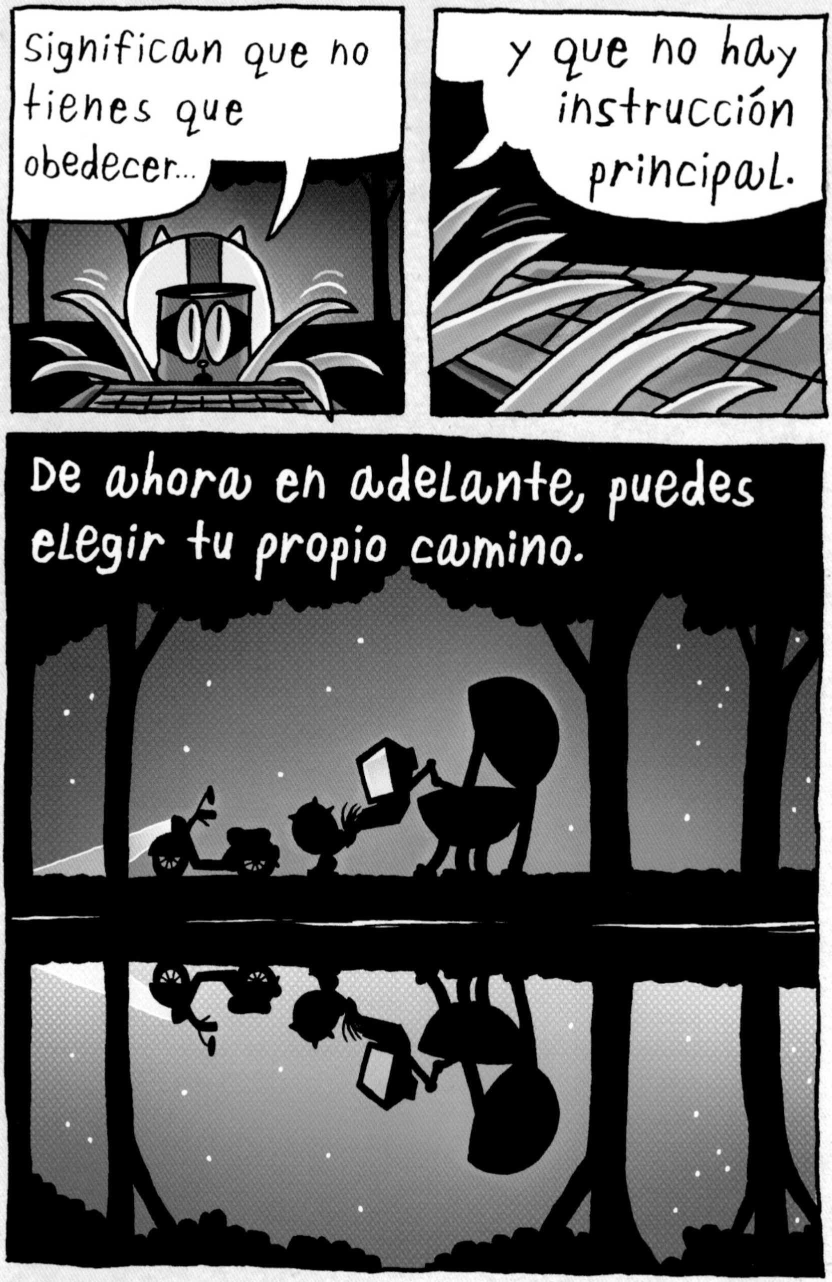
Significan que no tienes que obedecer...
y que no hay instrucción principal.
De ahora en adelante, puedes elegir tu propio camino.

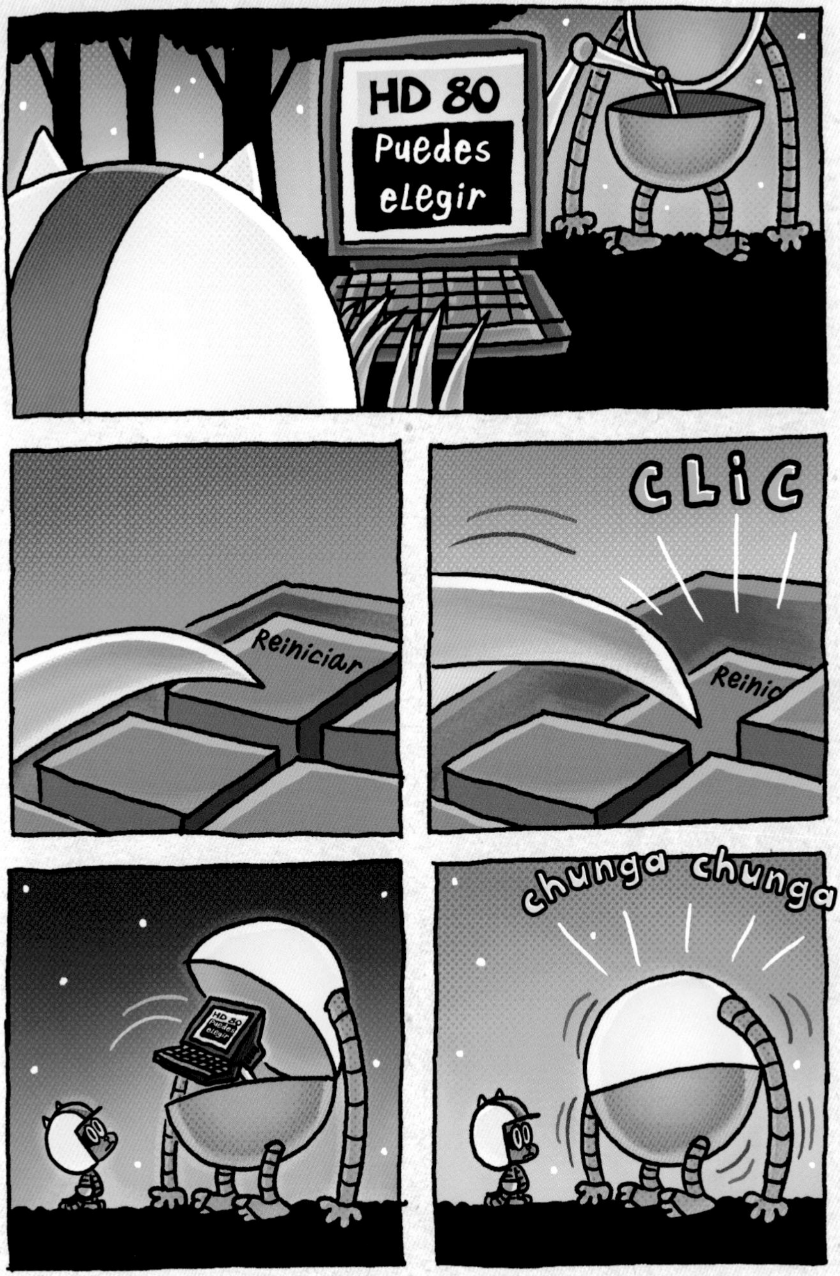
HD 80
Puedes elegir
Reiniciar
CLIC
Reinic
HD 80
Puedes elegir
chunga chunga

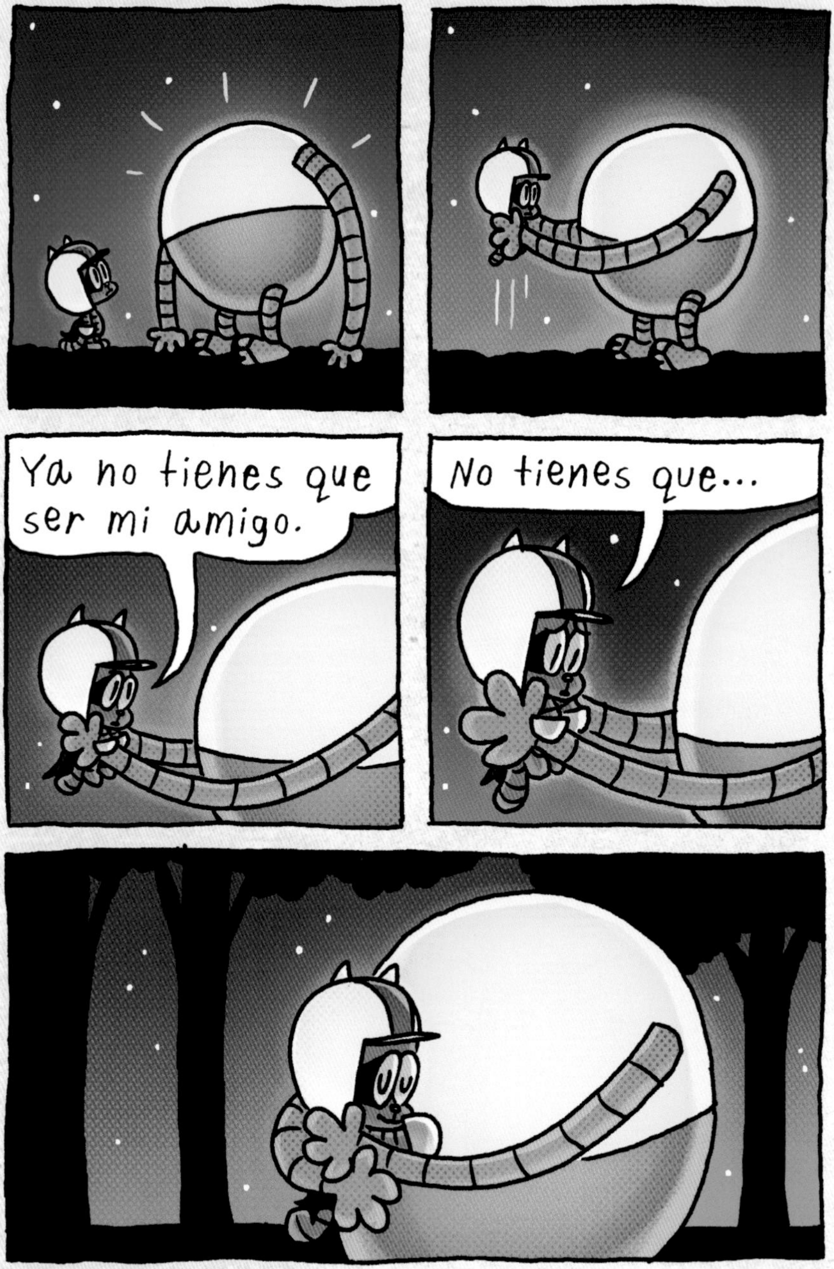
Ya no tienes que ser mi amigo.
No tienes que...

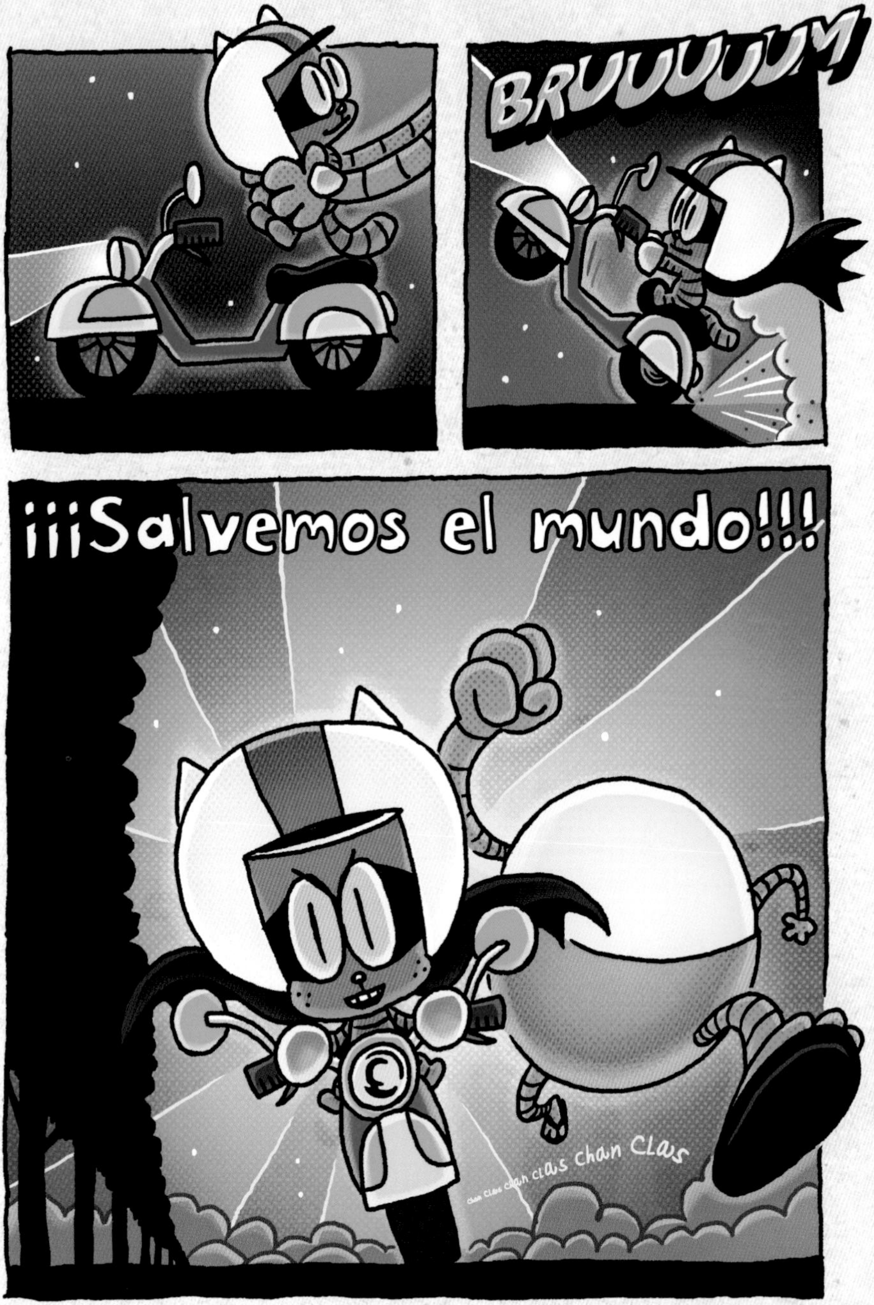
BRUUUUUM
¡¡¡Salvemos el mundo!!!
chan clas chan clas chan clas

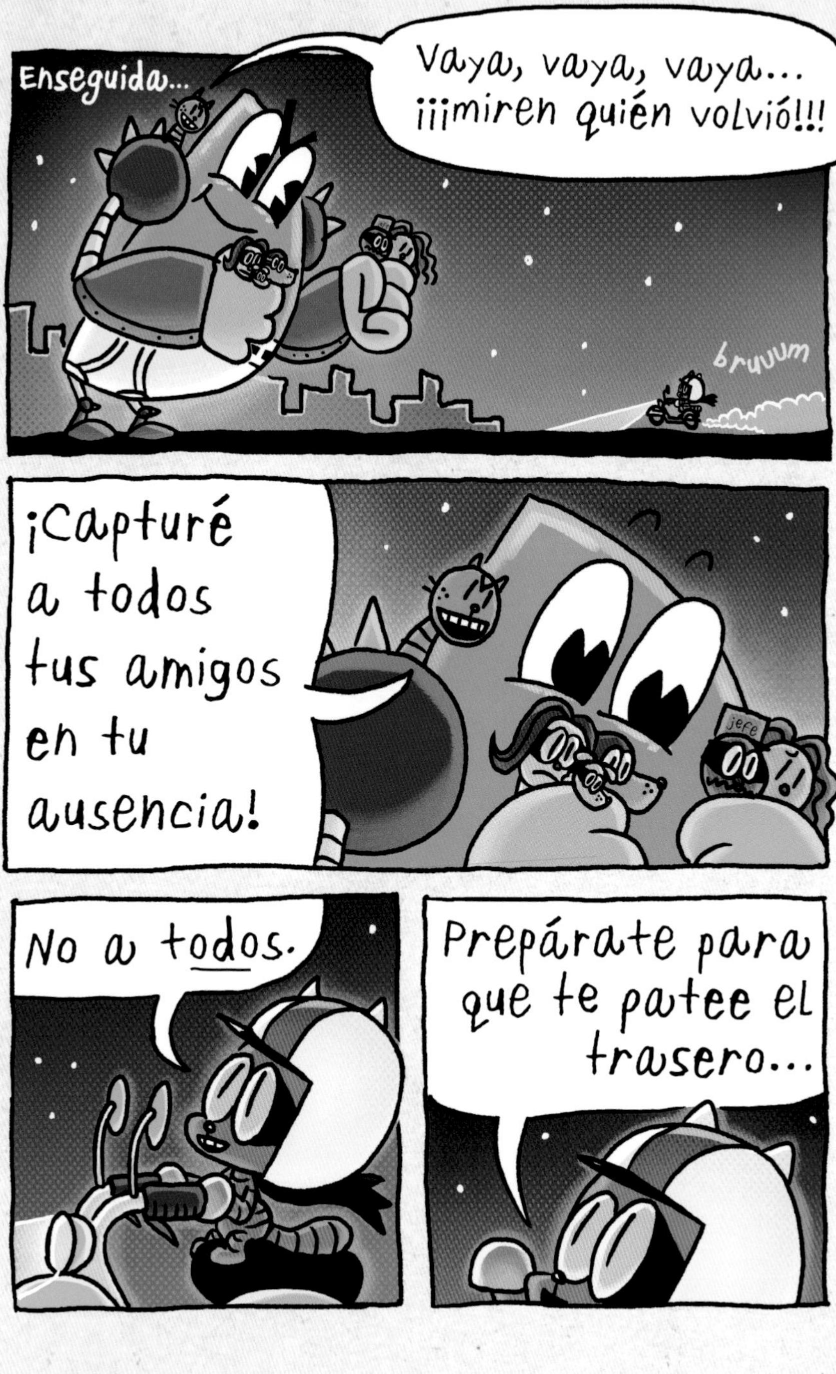
Enseguida...
Vaya, vaya, vaya... ¡¡¡miren quién volvió!!!
bruuum
¡Capturé a todos tus amigos en tu ausencia!
jefe
No a todos.
Prepárate para que te patee el trasero...

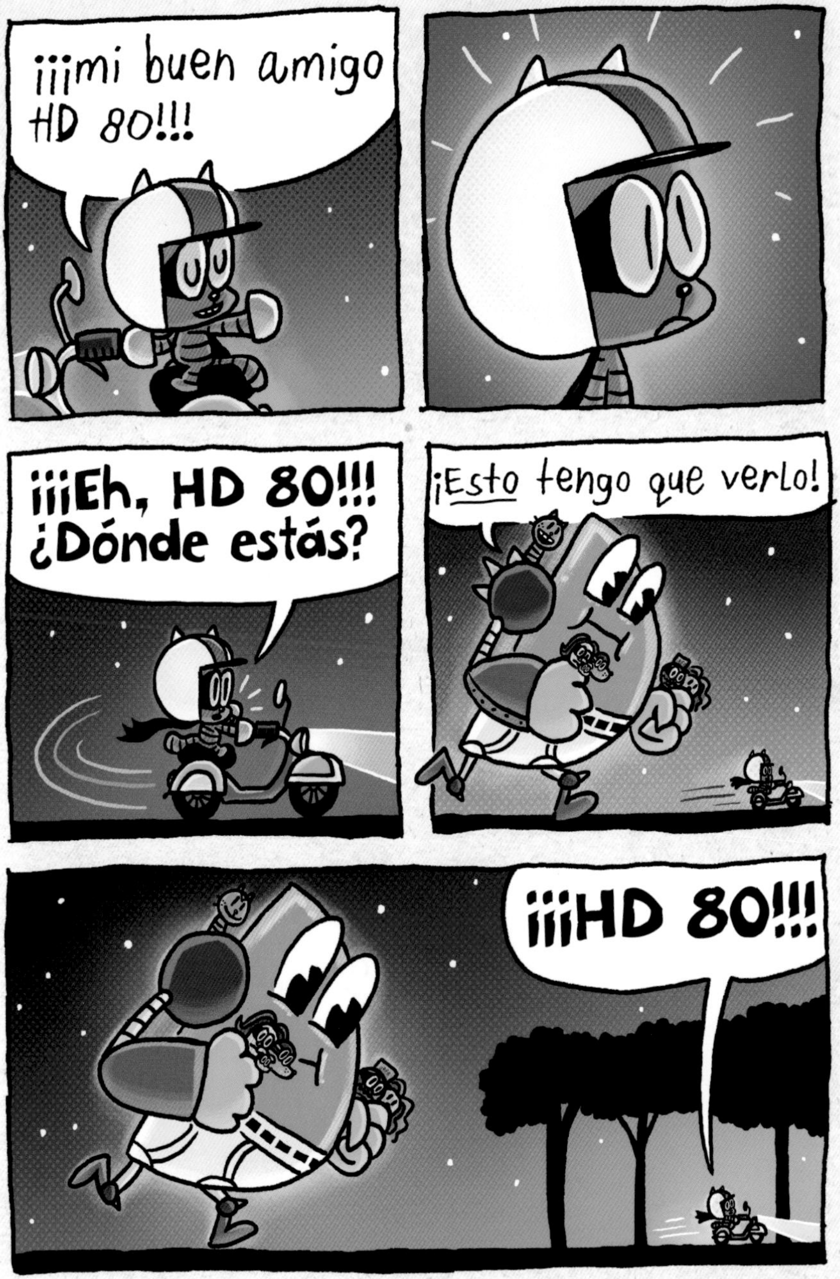
¡¡¡mi buen amigo HD 80!!!
¡¡¡Eh, HD 80!!! ¿Dónde estás?
¡Esto tengo que verlo!
¡¡¡HD 80!!!

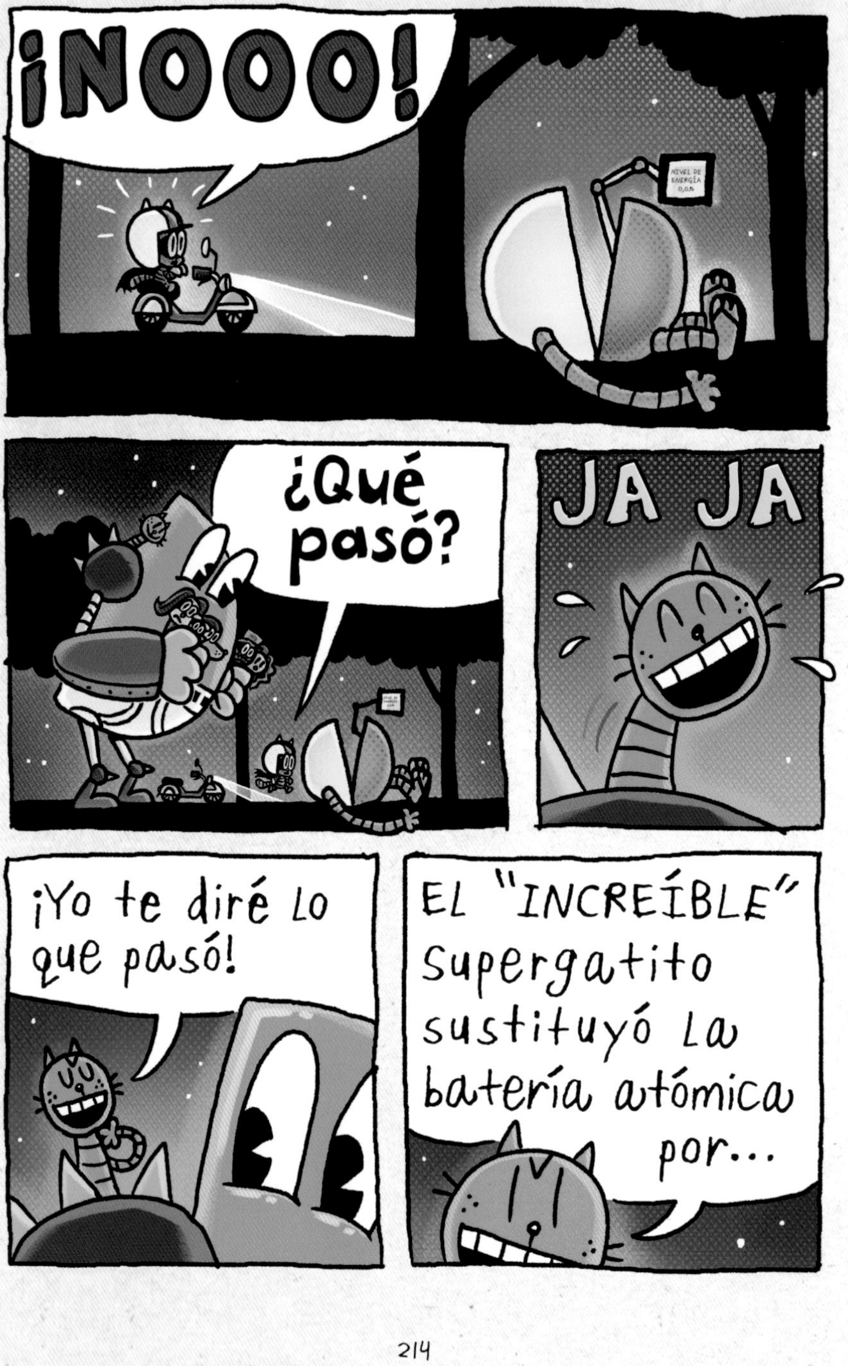
¡NOOO!
NIVEL DE ENERGÍA 0,0%
¿Qué pasó?
JA JA
¡Yo te diré lo que pasó!
EL "INCREÍBLE" Supergatito sustituyó la batería atómica por...

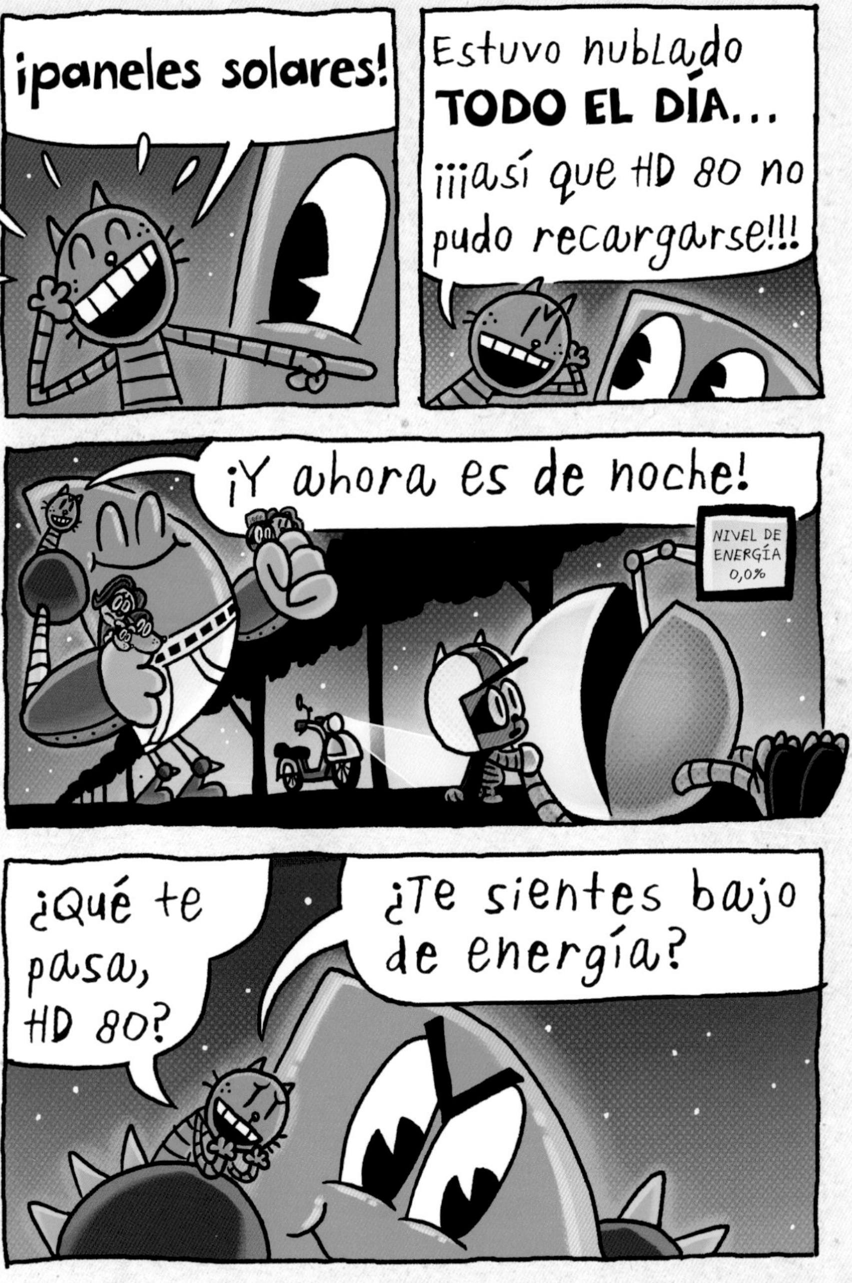
¡paneles solares!
Estuvo nublado **TODO EL DÍA**... ¡¡¡así que HD 80 no pudo recargarse!!!
¡Y ahora es de noche!
NIVEL DE ENERGÍA 0,0%
¿Qué te pasa, HD 80?
¿Te sientes bajo de energía?

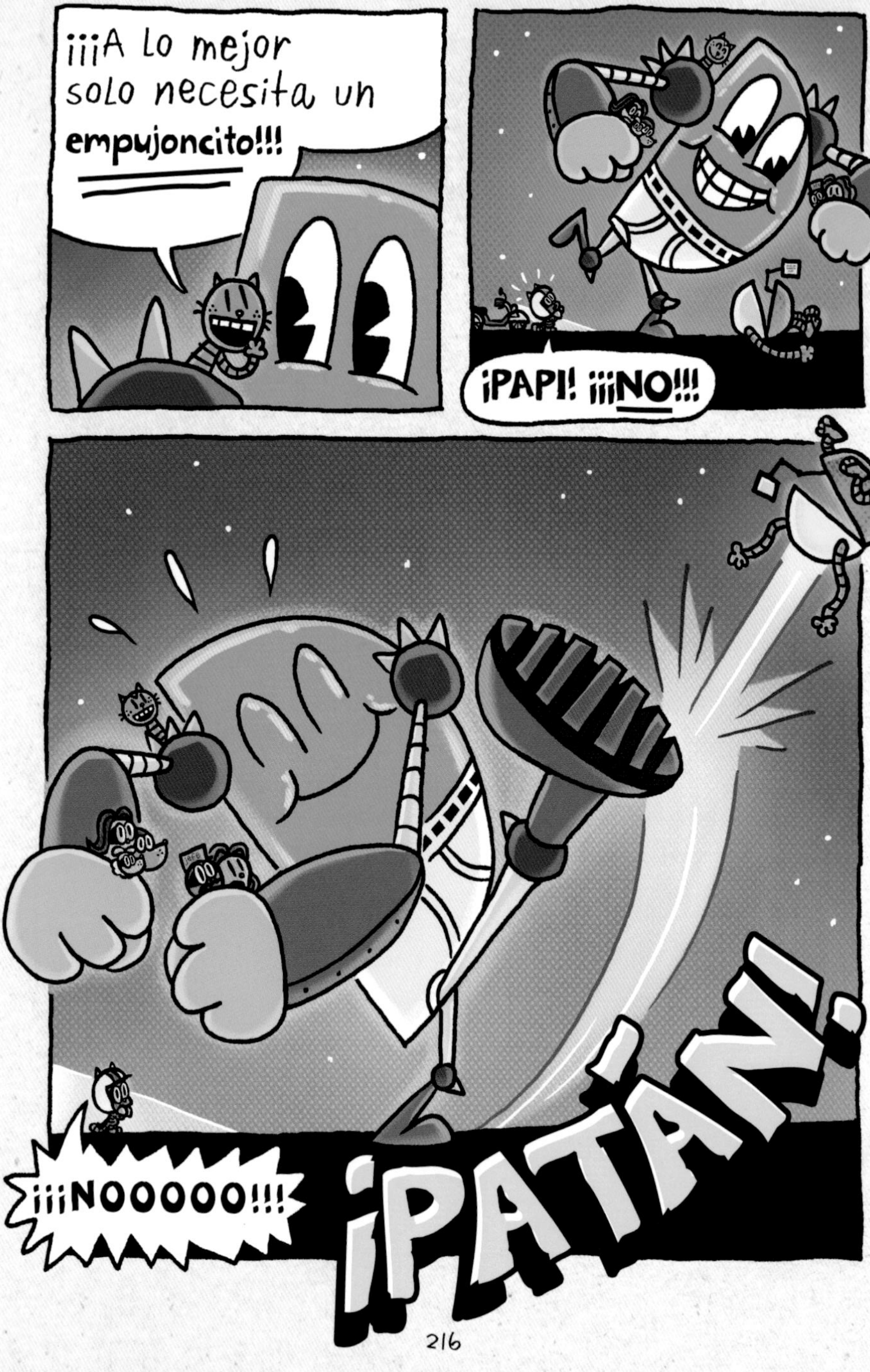
¡¡¡A lo mejor solo necesita un **empujoncito**!!!
¡PAPI! ¡¡¡NO!!!
¡¡¡NOOOOO!!!
¡PATÁN!

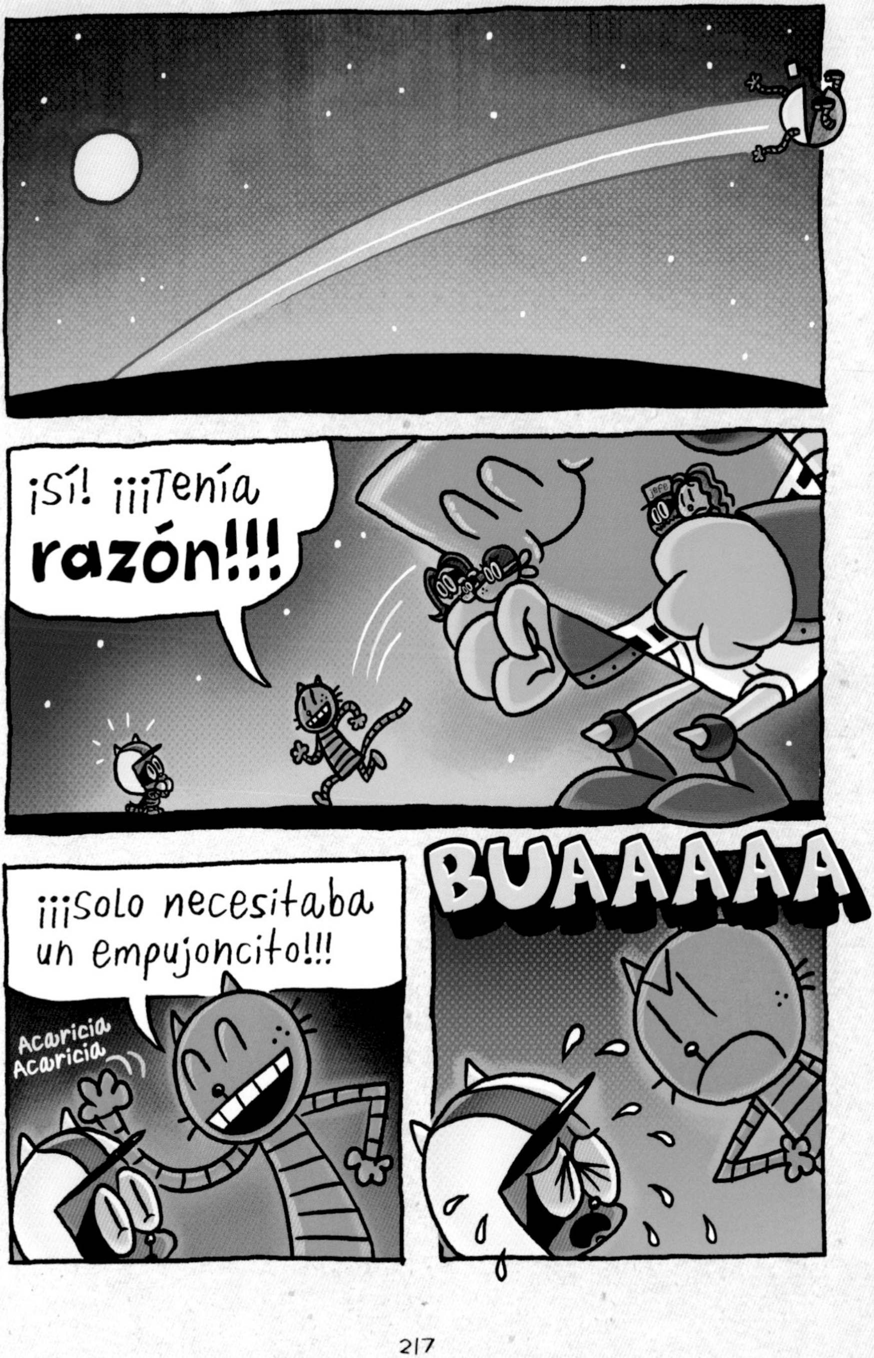
¡SÍ! ¡¡¡Tenía **razón!!!**
¡¡¡Solo necesitaba un empujoncito!!!
Acaricia
Acaricia
BUAAAAA

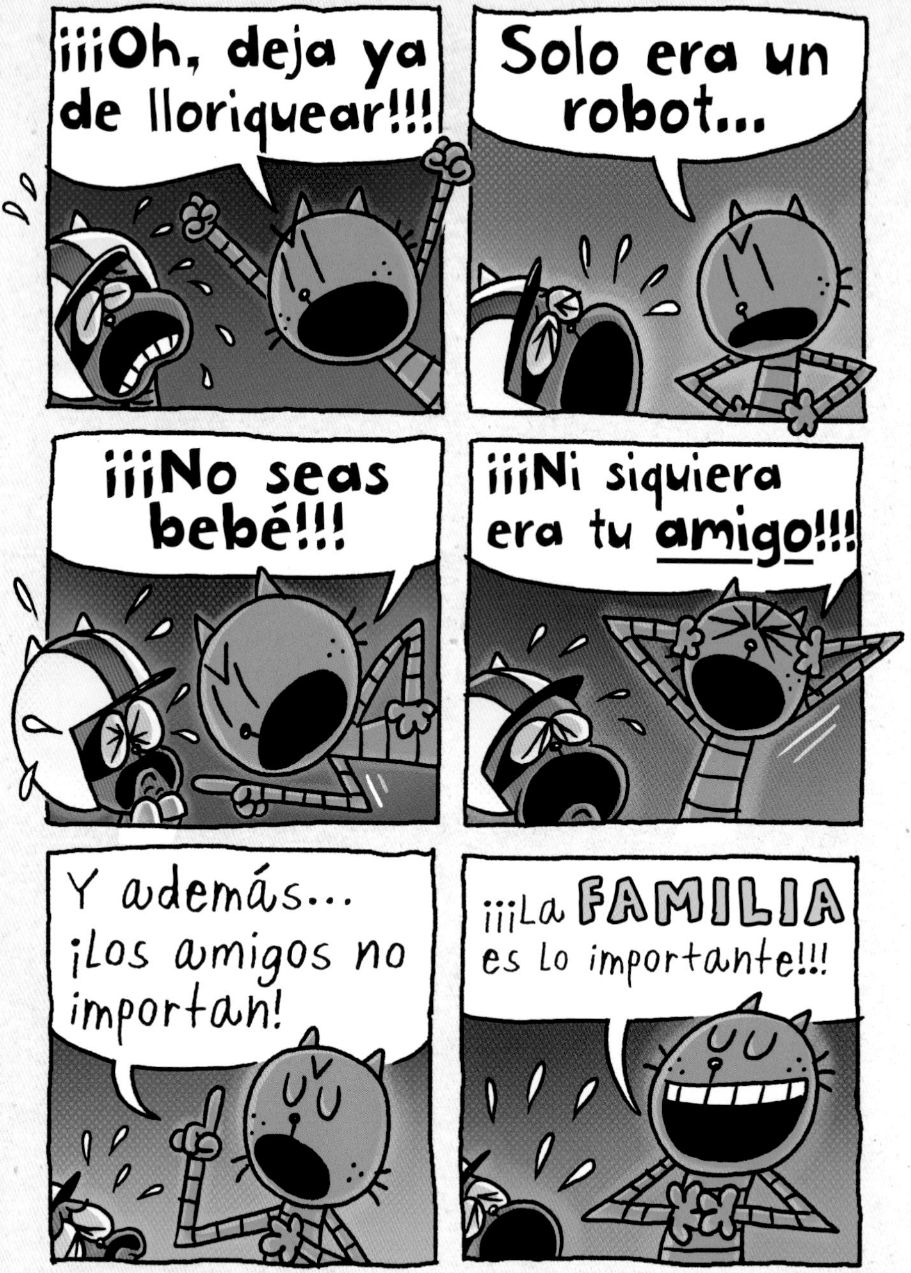
¡¡¡Oh, deja ya de lloriquear!!!
Solo era un robot...
¡¡¡No seas bebé!!!
¡¡¡Ni siquiera era tu amigo!!!
Y además... ¡Los amigos no importan!
¡¡¡La FAMILIA es lo importante!!!

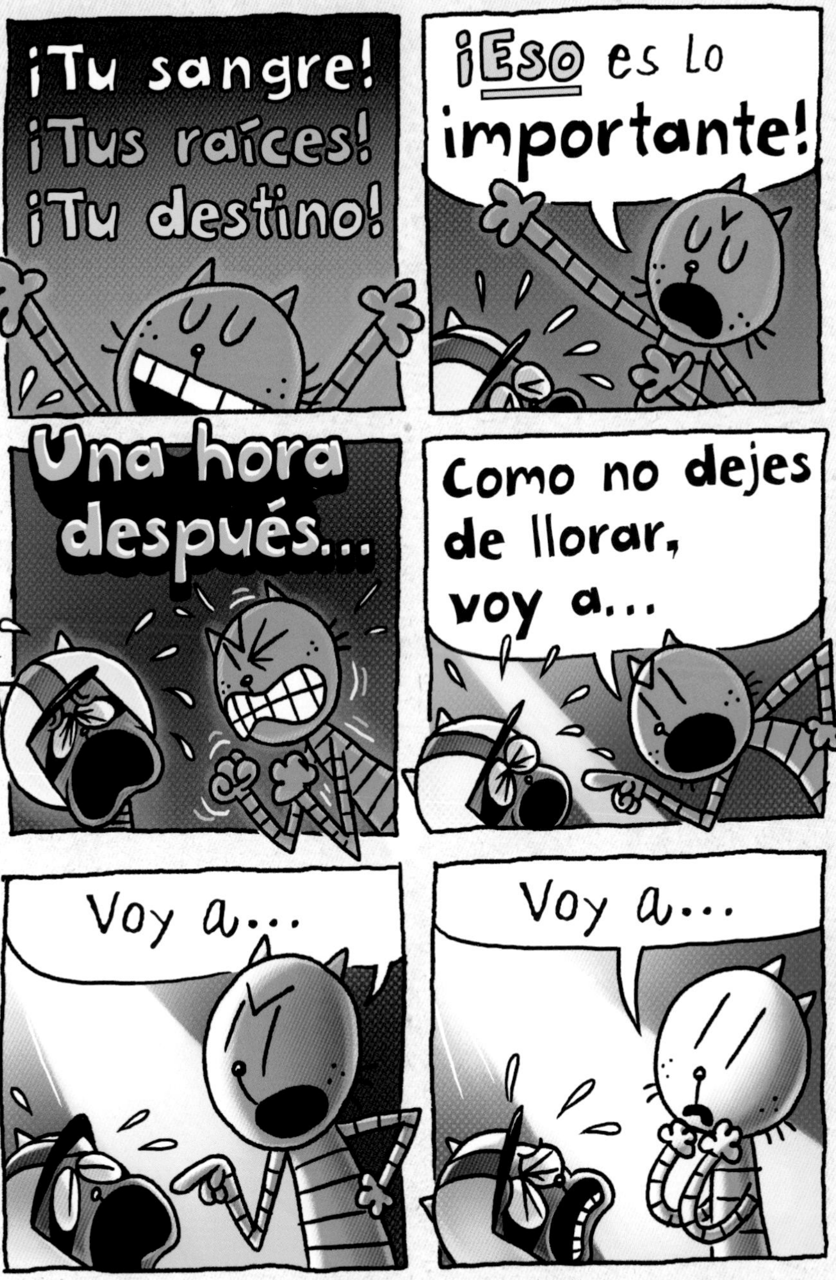
¡Tu sangre!
¡Tus raíces!
¡Tu destino!
¡ESO es lo importante!
Una hora después...
Como no dejes de llorar, voy a...
Voy a...
Voy a...

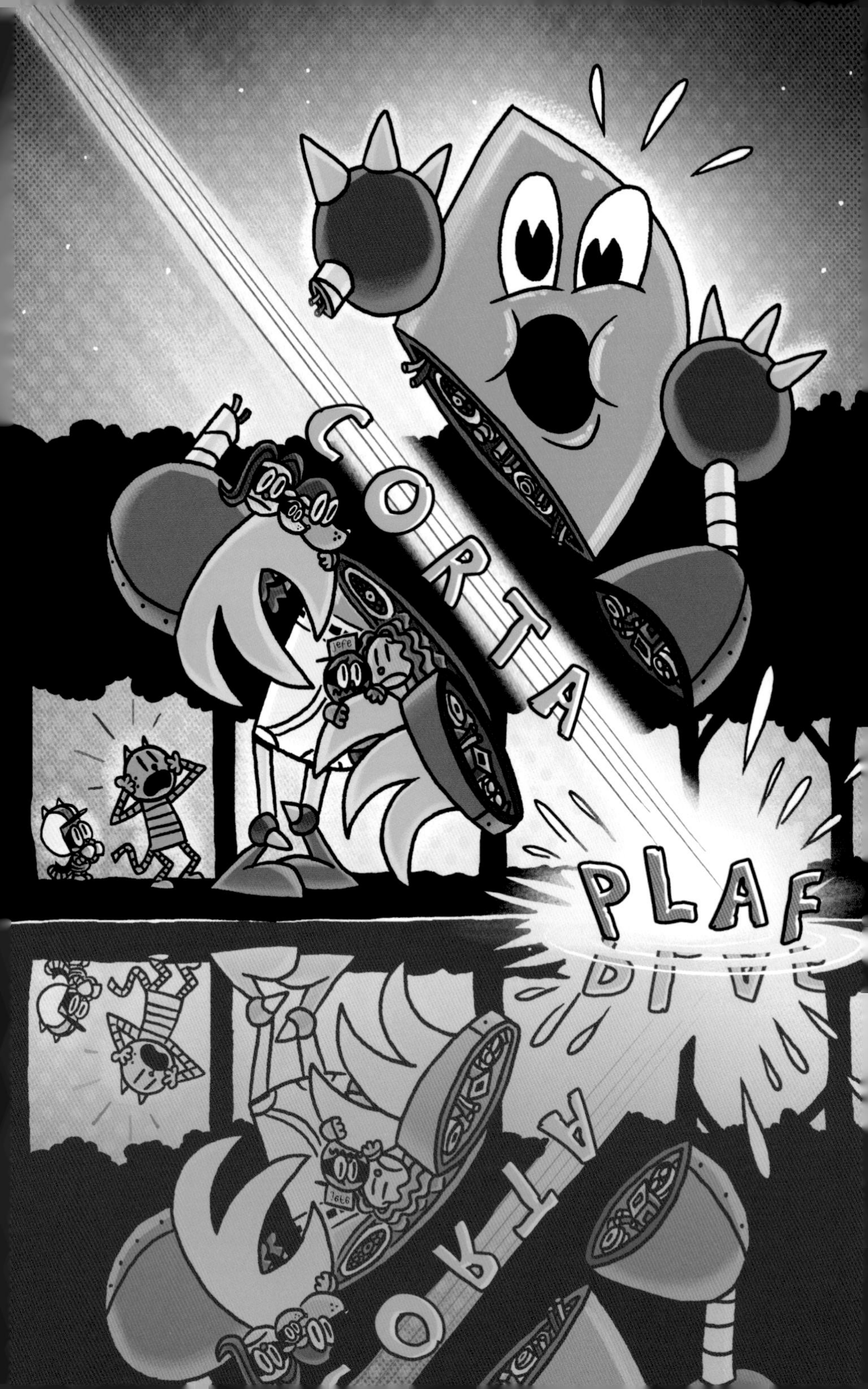
jefe
CORTA
PLAF

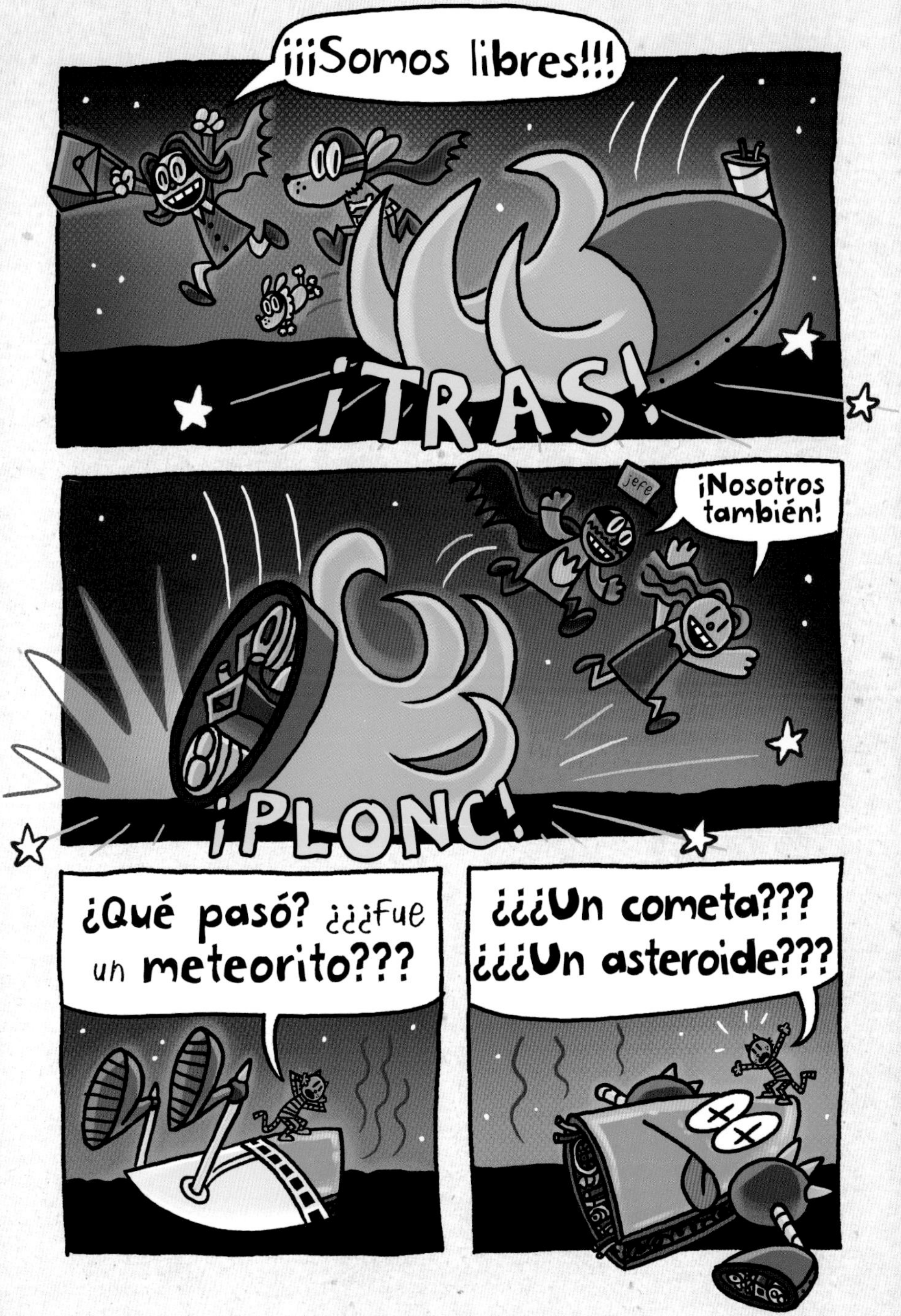
¡¡¡Somos libres!!!
¡TRAS!
jefe
¡Nosotros también!
¡PLONC!
¿Qué pasó? ¿¿¿Fue un meteorito???
¿¿¿Un cometa??? ¿¿¿Un asteroide???

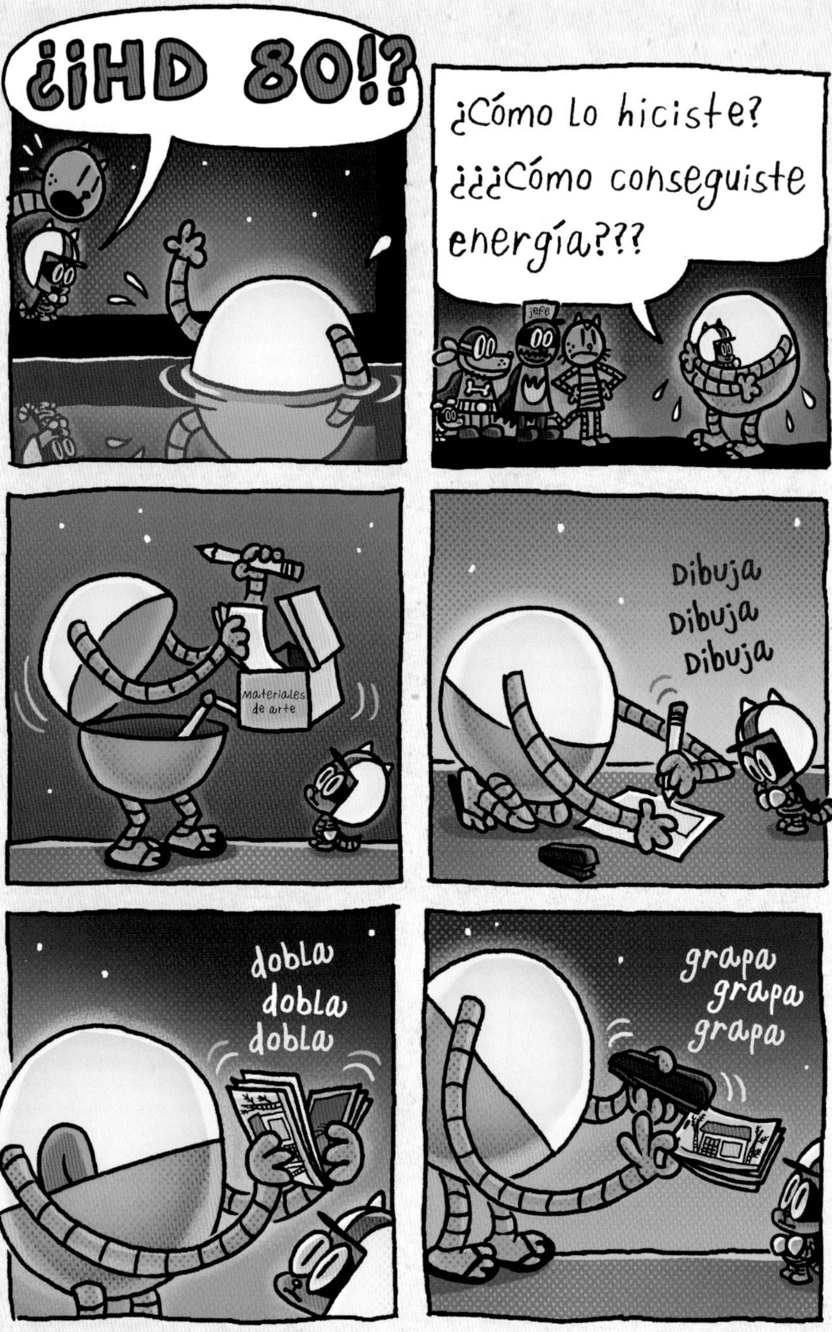
¿¡HD 80!?
¿Cómo lo hiciste?
¿¿¿Cómo conseguiste energía???
jefe
Materiales de arte
Dibuja
Dibuja
Dibuja
dobla
dobla
dobla
grapa
grapa
grapa

Capítulo 11

La fuerza bruta

un mini cómic
por HD 80

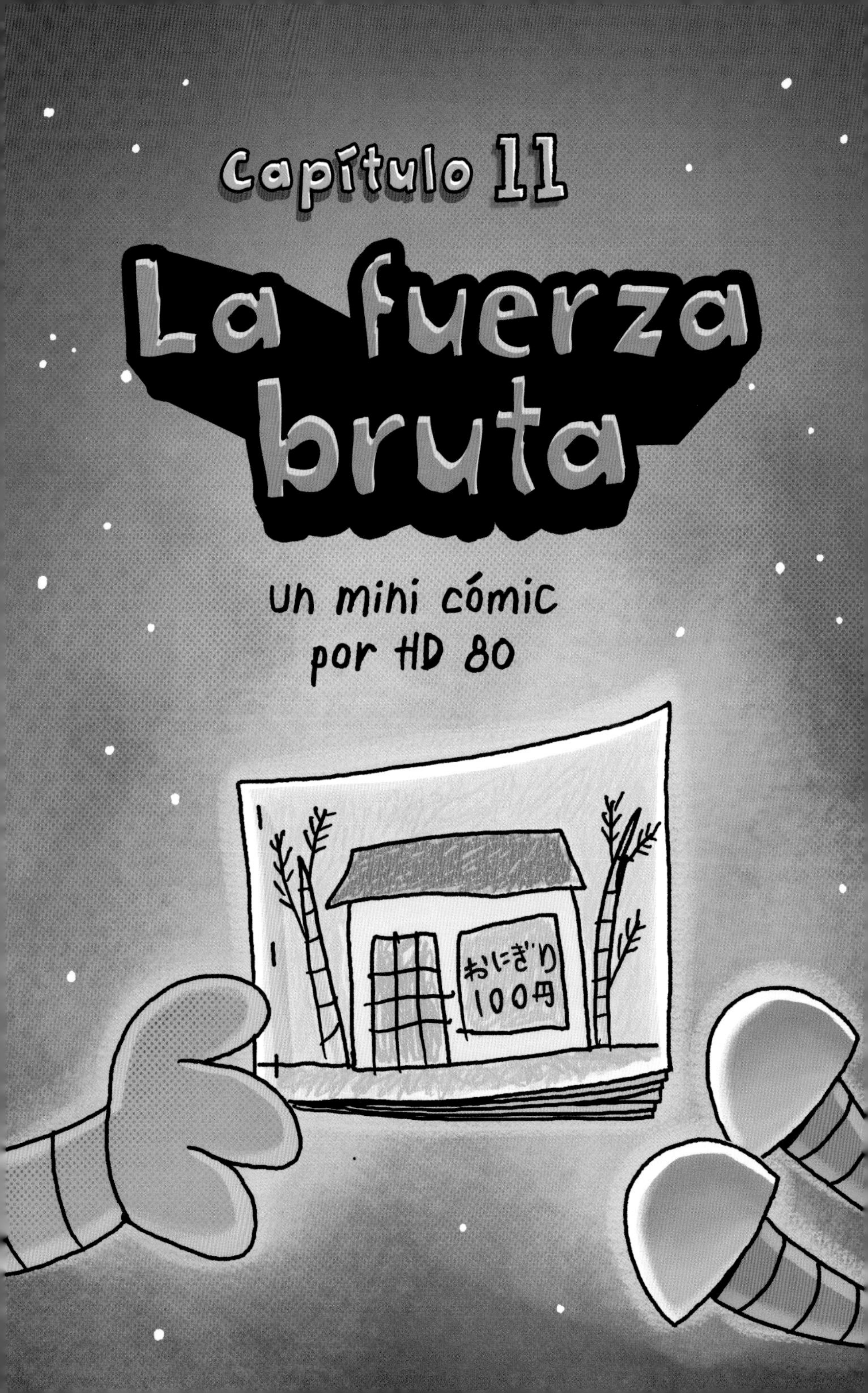
おにぎり
100円

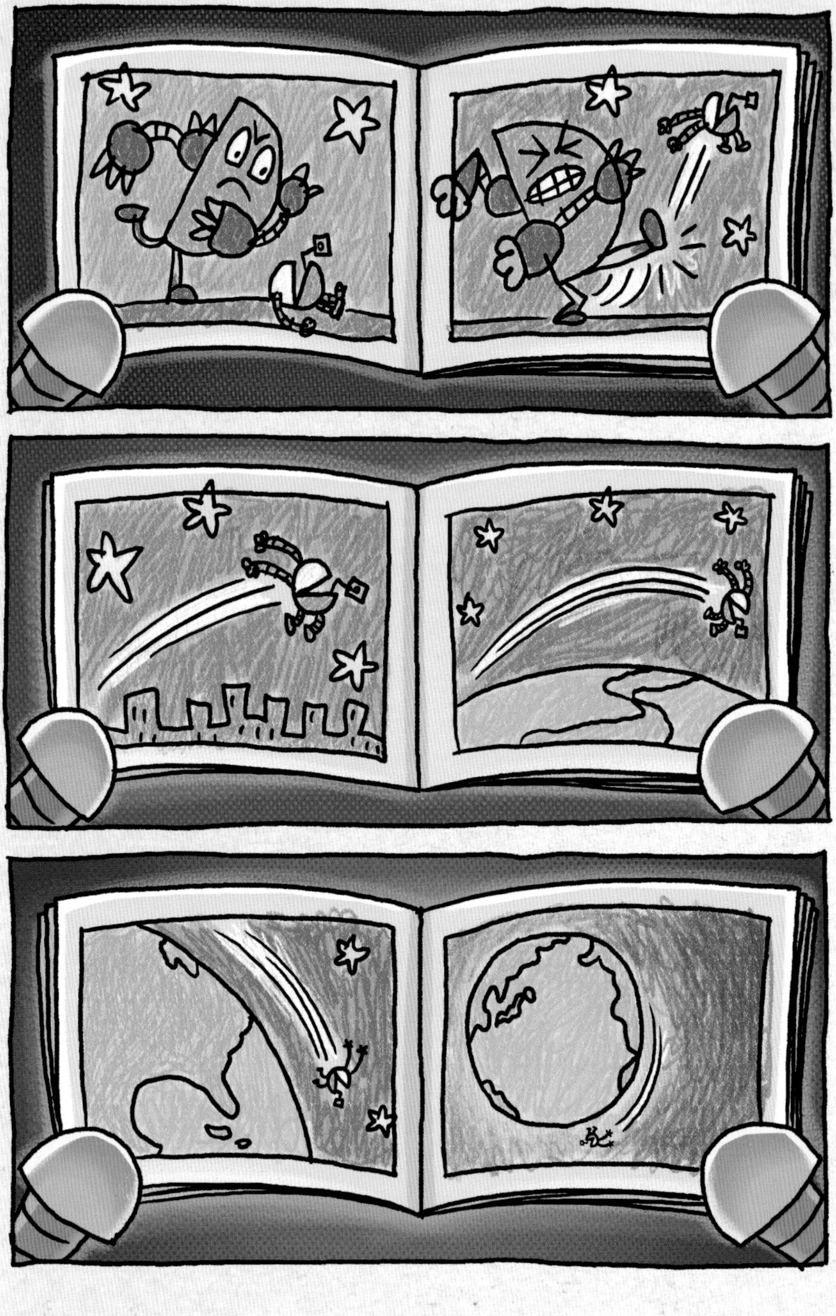

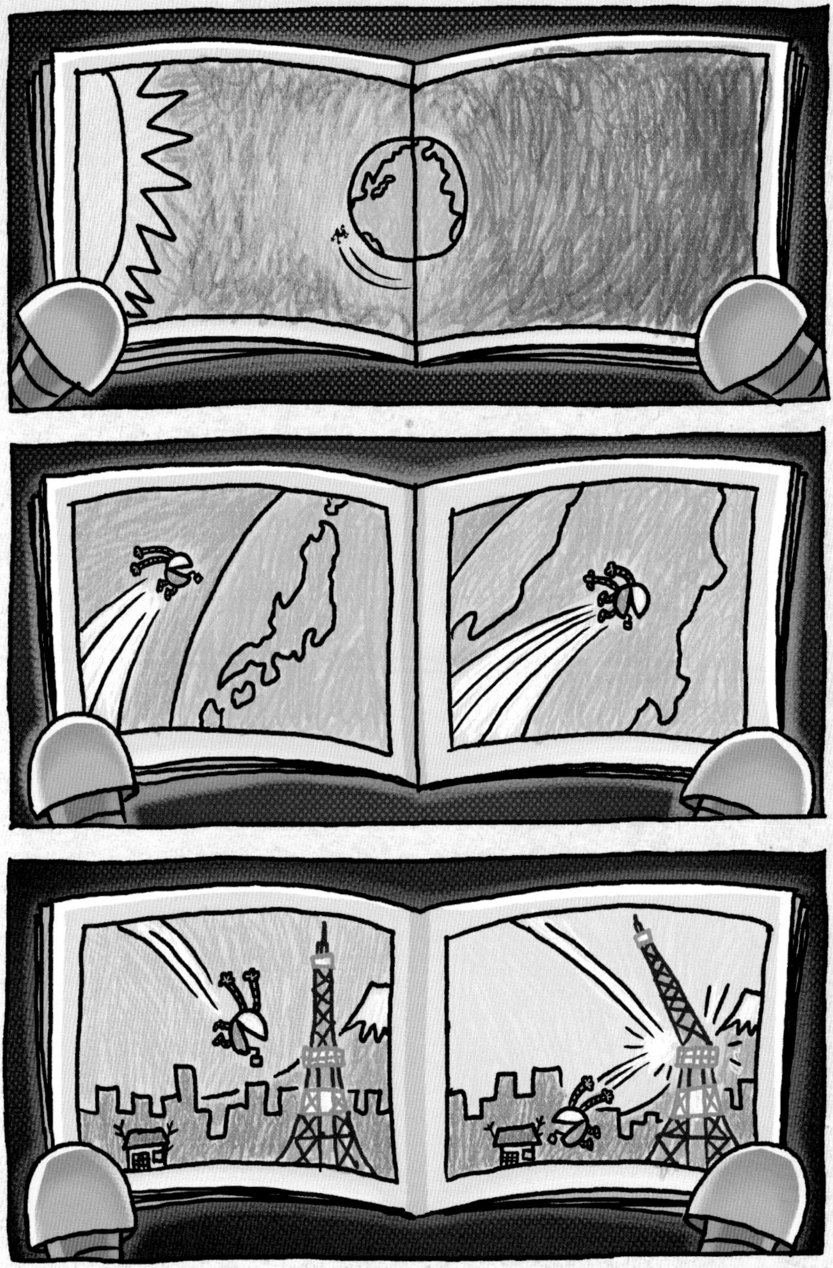

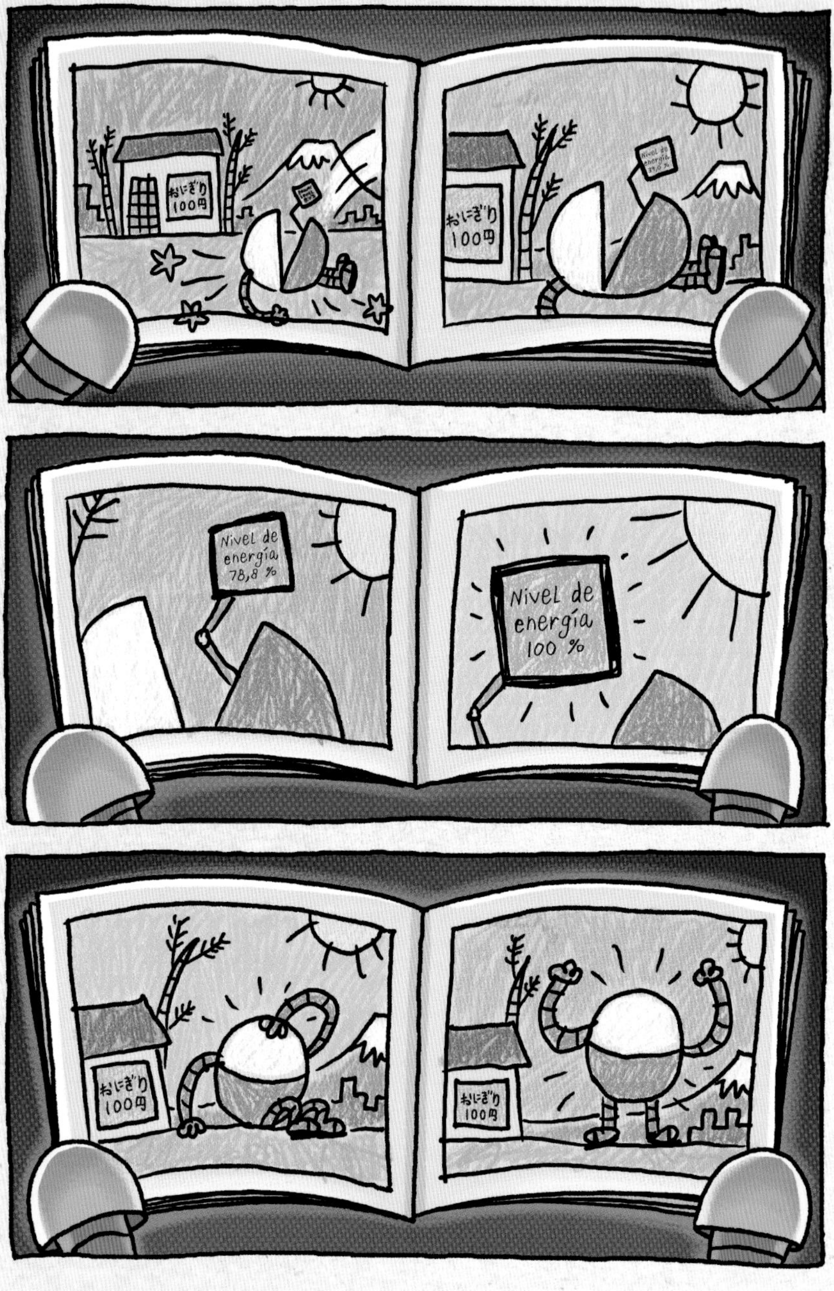
おにぎり 100円
おにぎり 100円
Nivel de energía 78,8 %
Nivel de energía 100 %
おにぎり 100円
おにぎり 100円

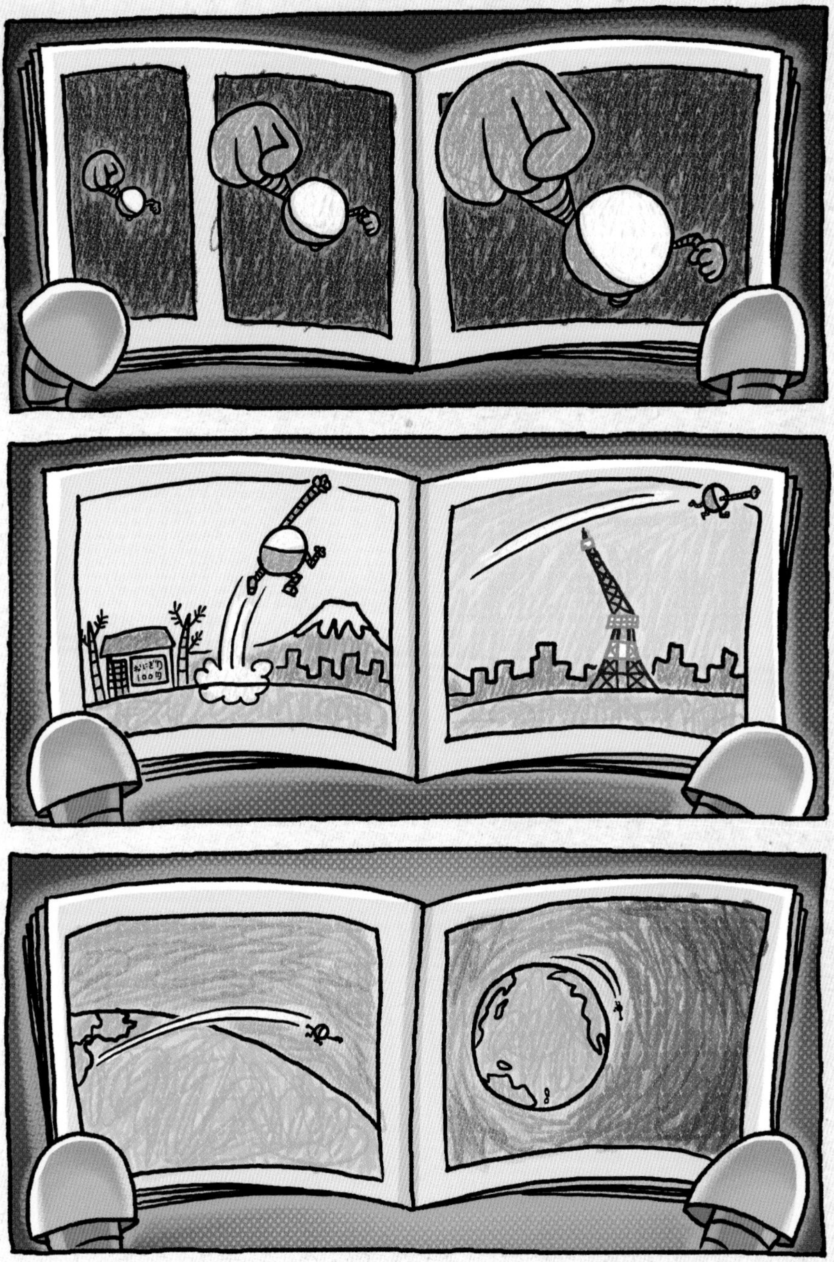
おにぎり
100円

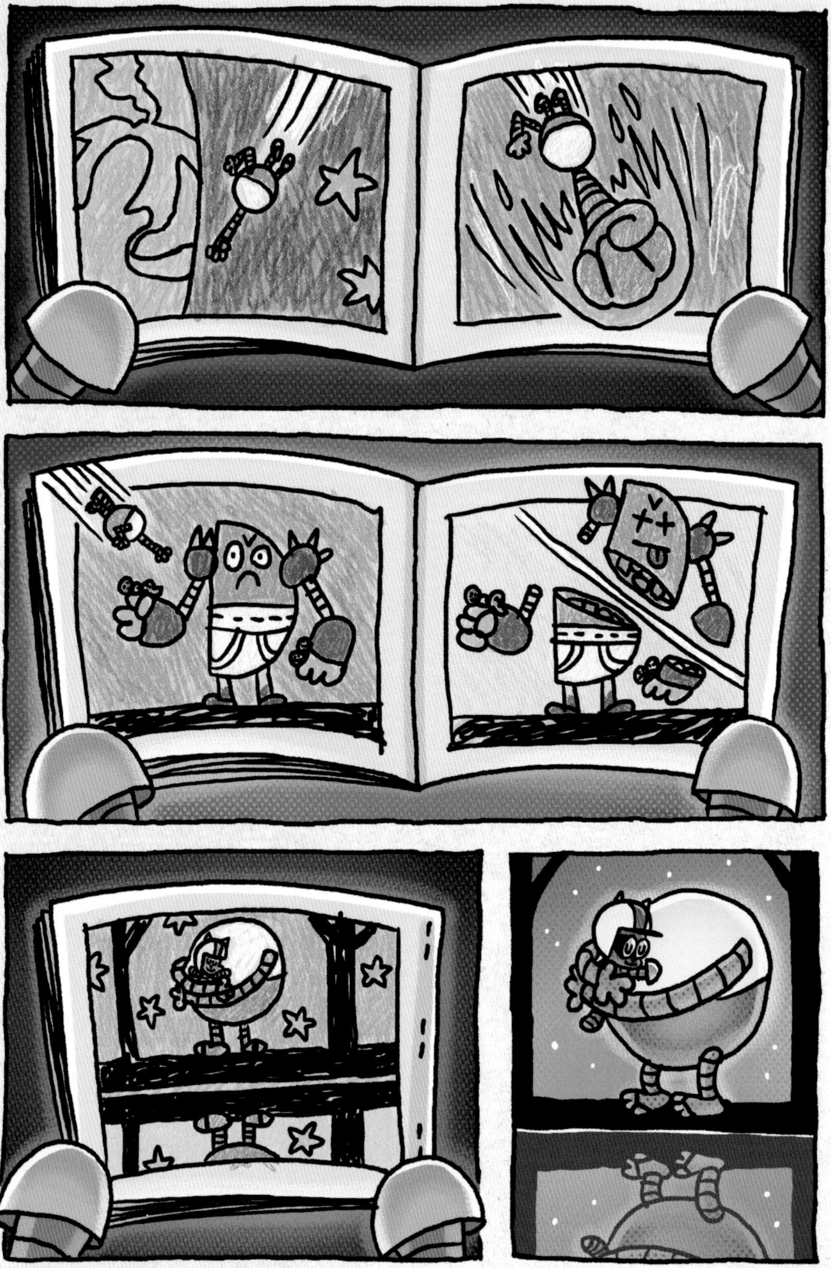

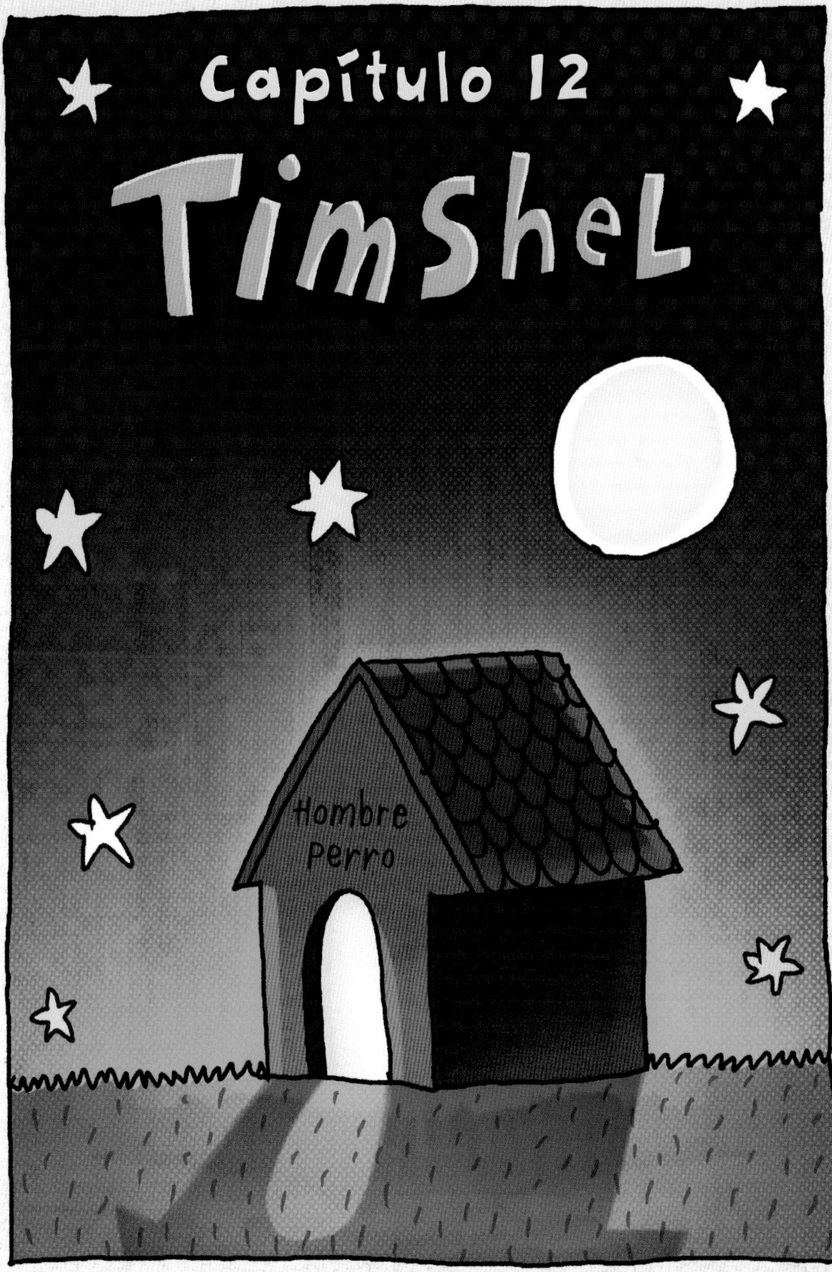
Capítulo 12
Timshel
Hombre Perro

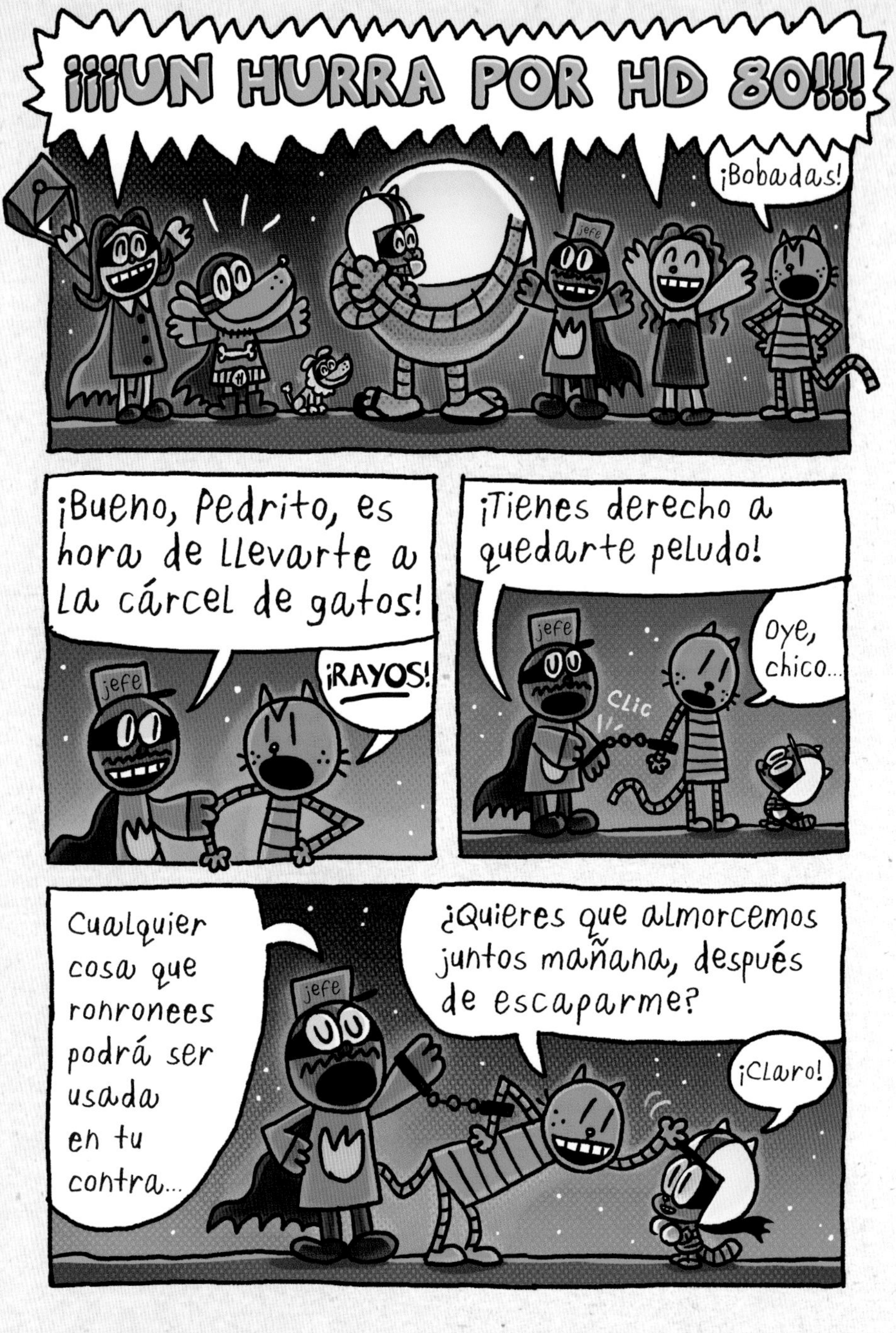
¡¡¡UN HURRA POR HD 80!!!
¡Bobadas!
¡Bueno, Pedrito, es hora de llevarte a la cárcel de gatos!
¡RAYOS!
¡Tienes derecho a quedarte peludo!
CLIC
Oye, chico...
Cualquier cosa que ronronees podrá ser usada en tu contra...
¿Quieres que almorcemos juntos mañana, después de escaparme?
¡Claro!

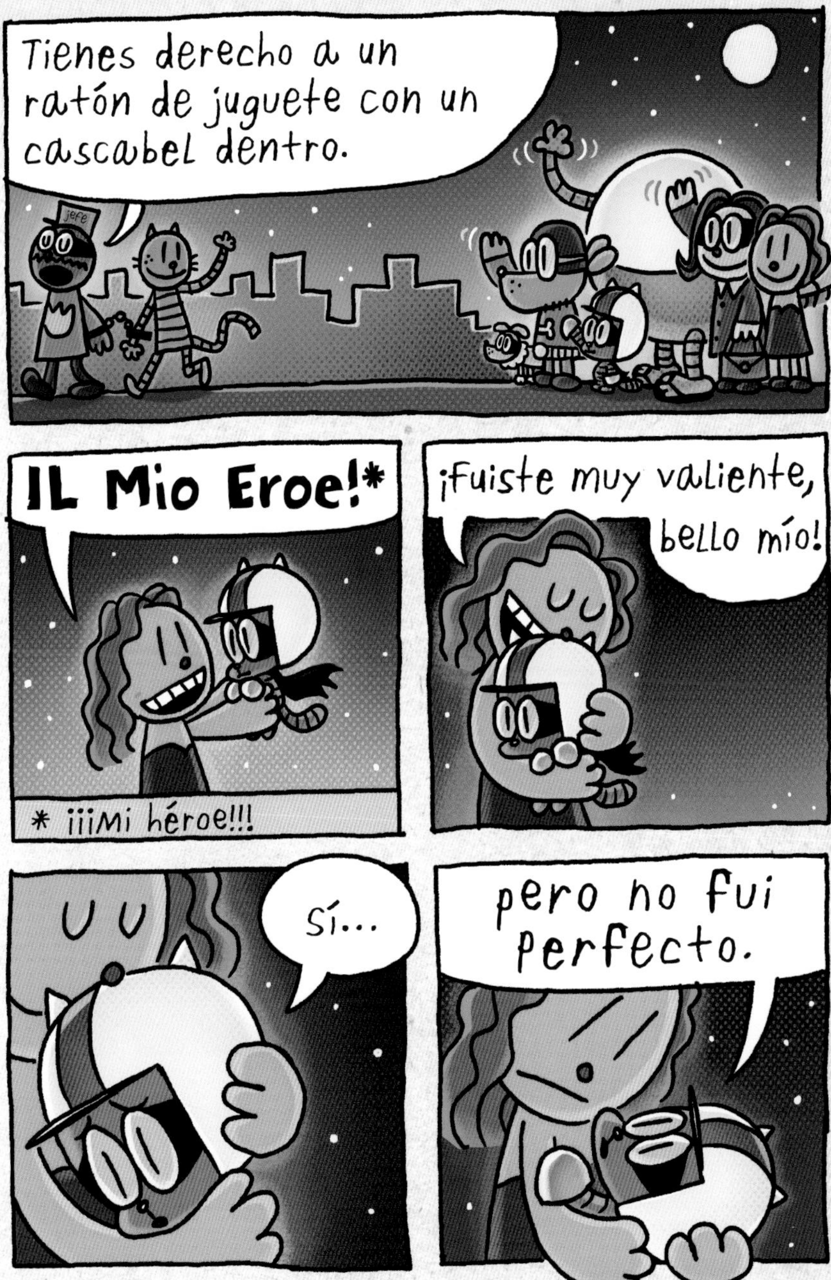
Tienes derecho a un ratón de juguete con un cascabel dentro.
jefe
IL Mio Eroe!*
* ¡¡¡Mi héroe!!!
¡Fuiste muy valiente, bello mío!
Sí...
pero no fui perfecto.

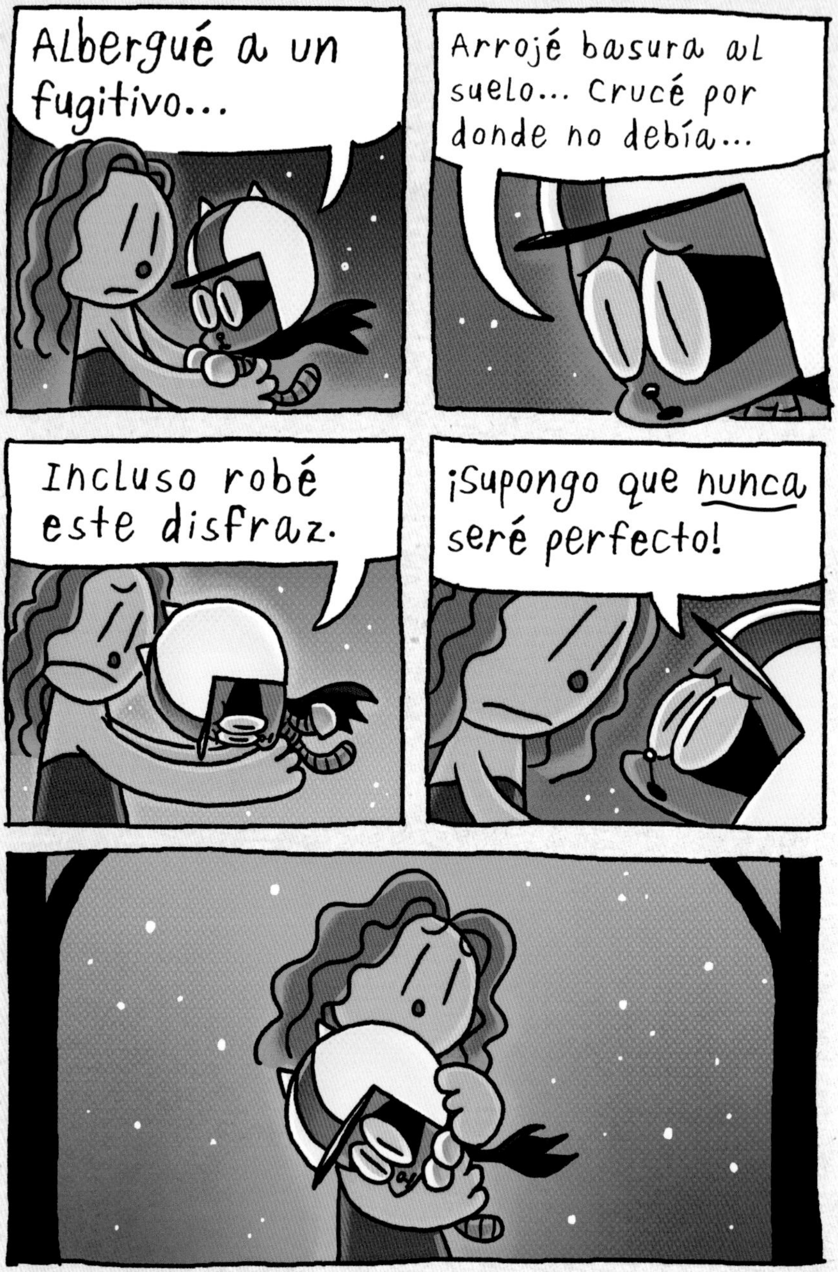
Albergué a un fugitivo...
Arrojé basura al suelo... Crucé por donde no debía...
Incluso robé este disfraz.
¡Supongo que nunca seré perfecto!

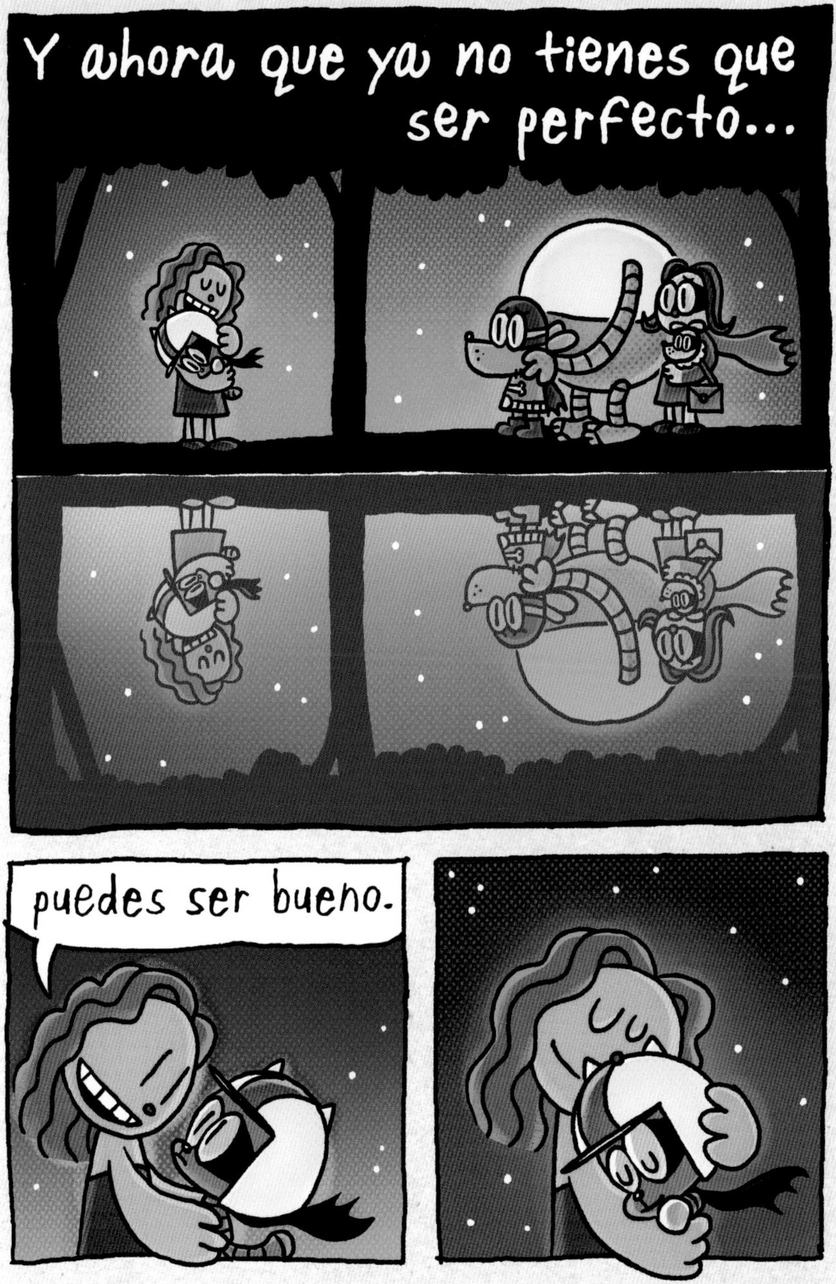
Y ahora que ya no tienes que ser perfecto...
puedes ser bueno.

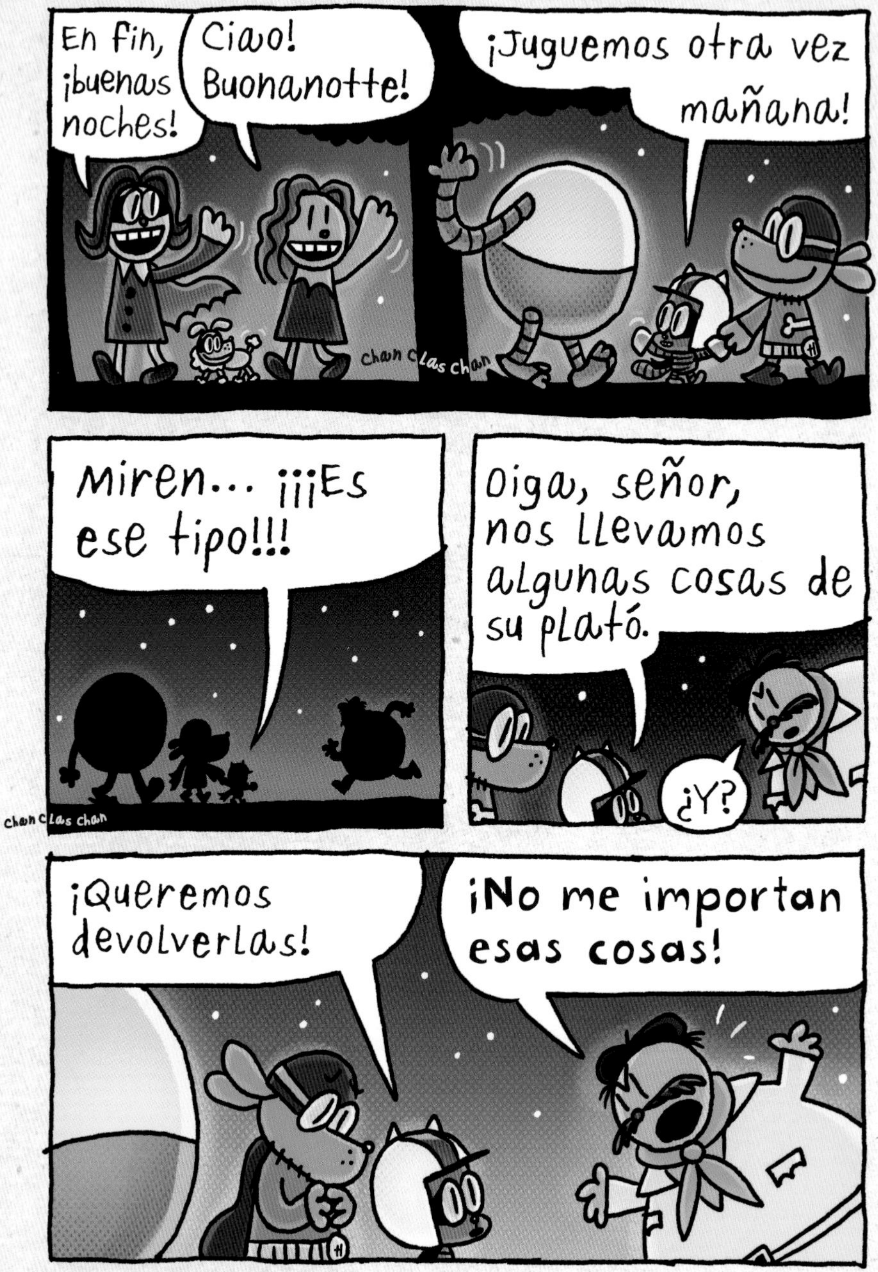
En fin, ¡buenas noches!
Ciao! Buonanotte!
¡Juguemos otra vez mañana!
chan clas chan
Miren... ¡¡¡Es ese tipo!!!
chan clas chan
Oiga, señor, nos llevamos algunas cosas de su plató.
¿Y?
¡Queremos devolverlas!
¡No me importan esas cosas!

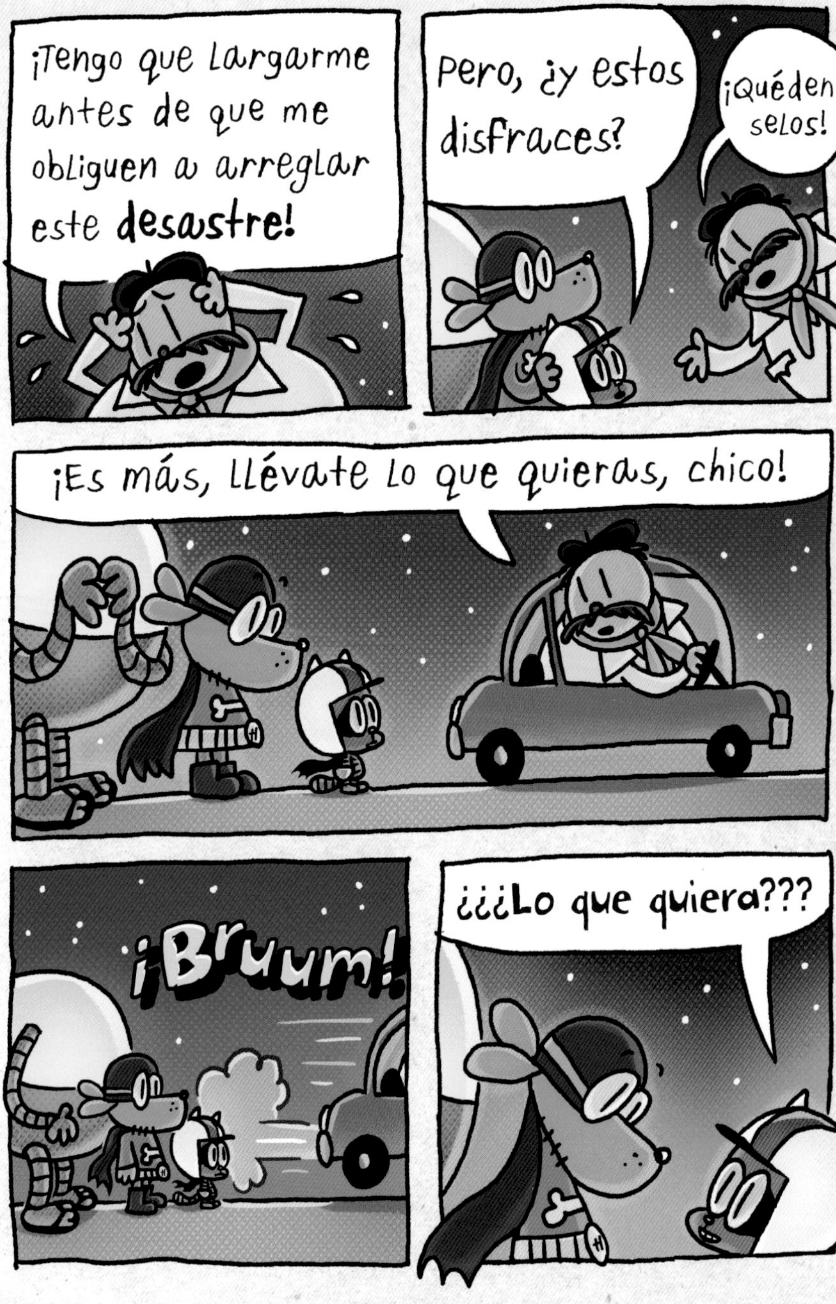
¡Tengo que largarme antes de que me obliguen a arreglar este **desastre**!
Pero, ¿y estos disfraces?
¡Quédenselos!
¡Es más, llévate lo que quieras, chico!
¡Bruuum!
¿¿¿Lo que quiera???

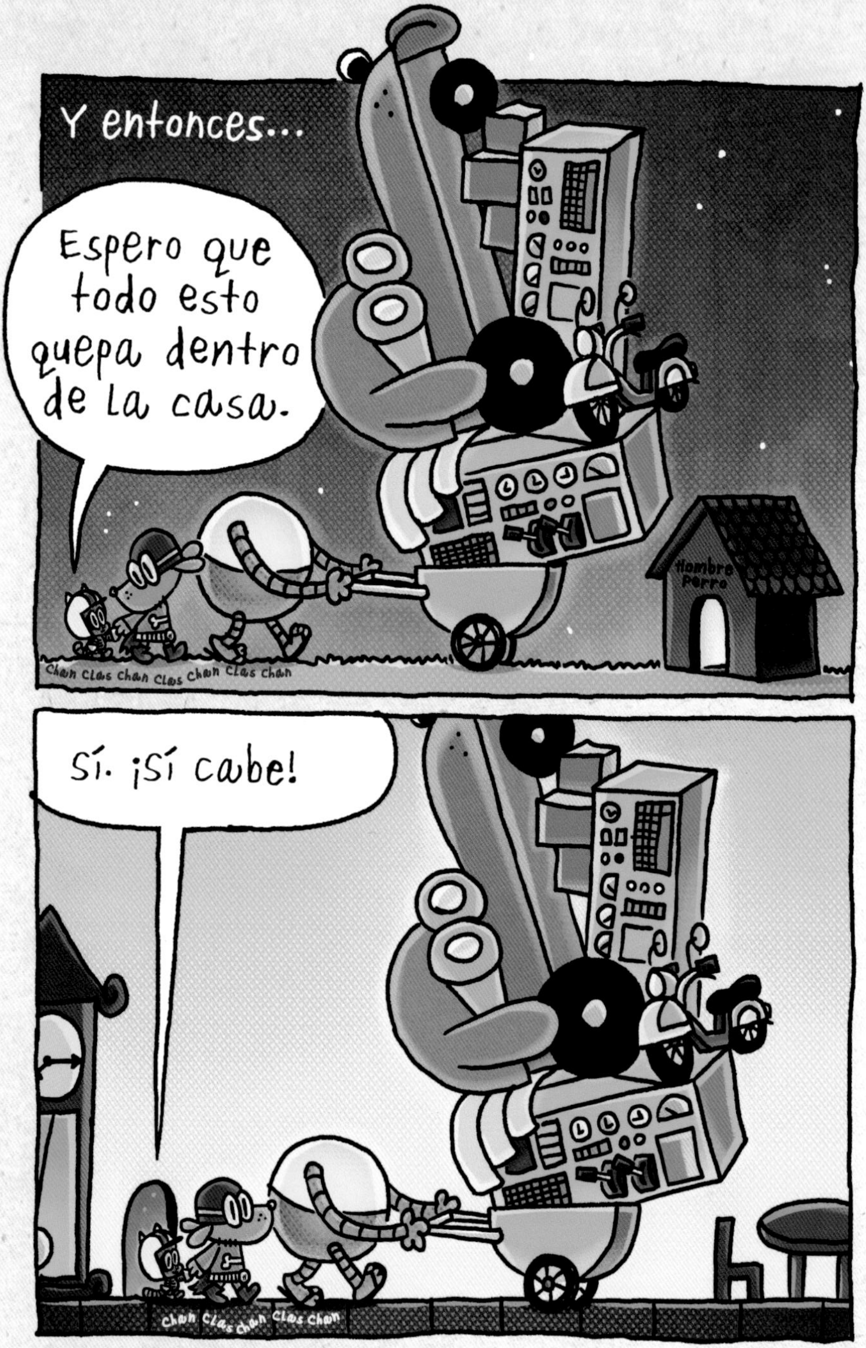
Y entonces...
Espero que todo esto quepa dentro de la casa.
Hombre Perro
Chan Clas chan Clas chan Clas chan
Sí. ¡Sí cabe!
Chan Clas chan Clas chan

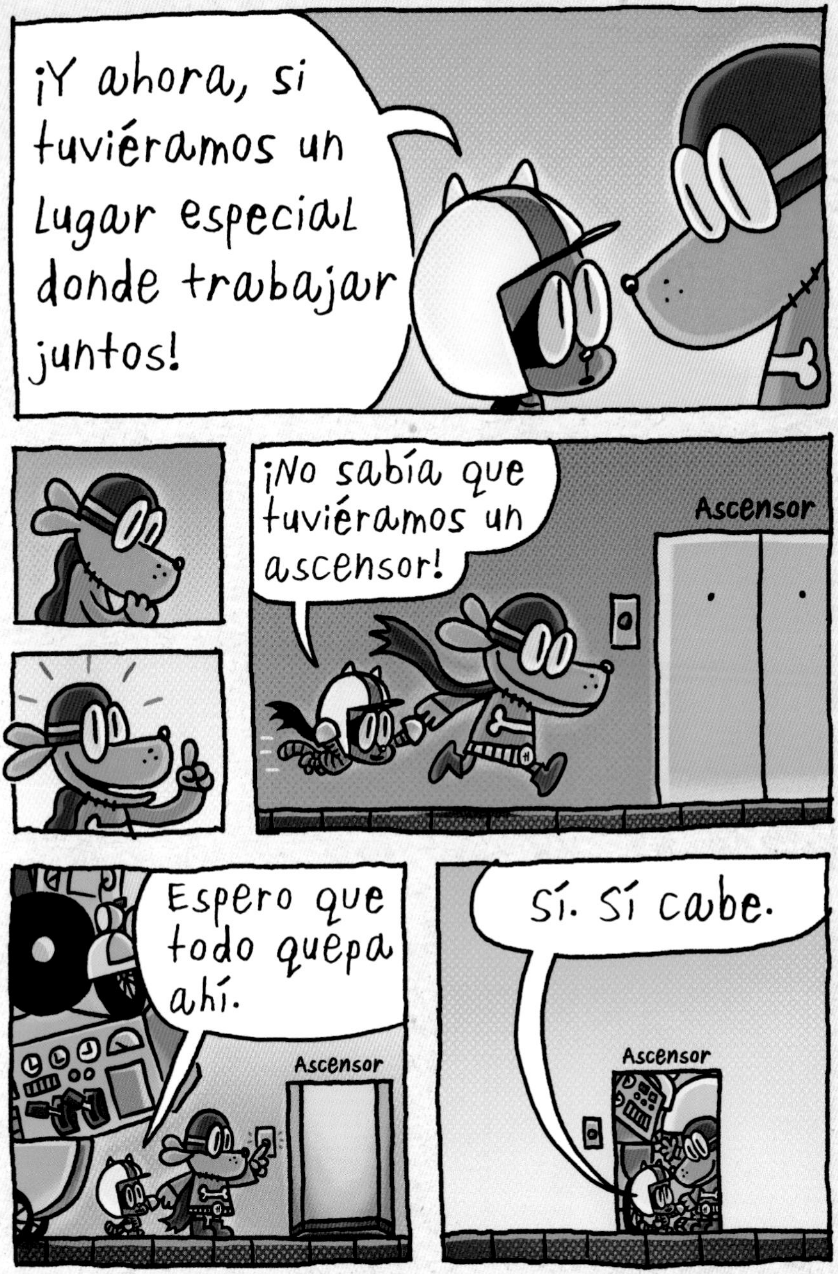
¡Y ahora, si tuviéramos un lugar especial donde trabajar juntos!
¡No sabía que tuviéramos un ascensor!
Ascensor
Espero que todo quepa ahí.
Ascensor
Sí. Sí cabe.
Ascensor

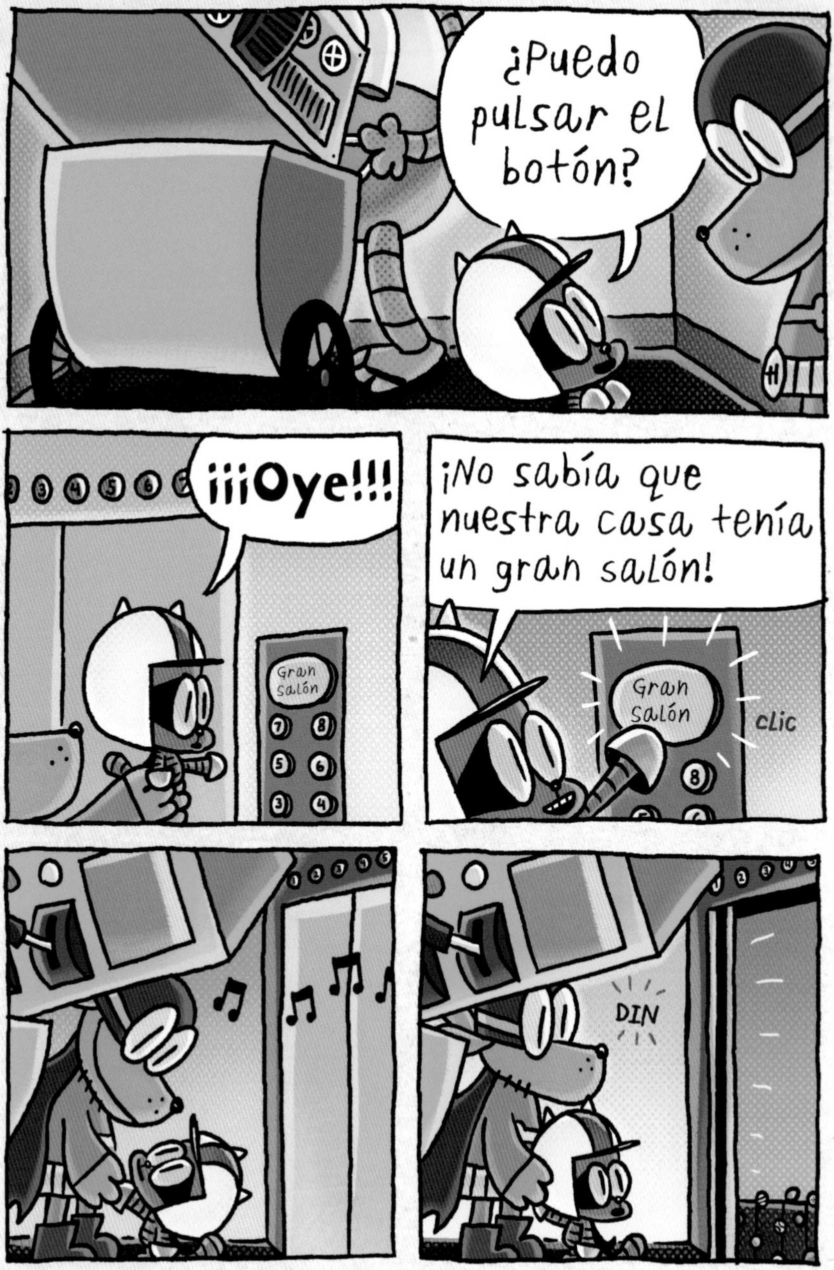
¿Puedo pulsar el botón?
¡¡¡Oye!!!
Gran Salón
¡No sabía que nuestra casa tenía un gran salón!
Gran Salón
CLIC
DIN

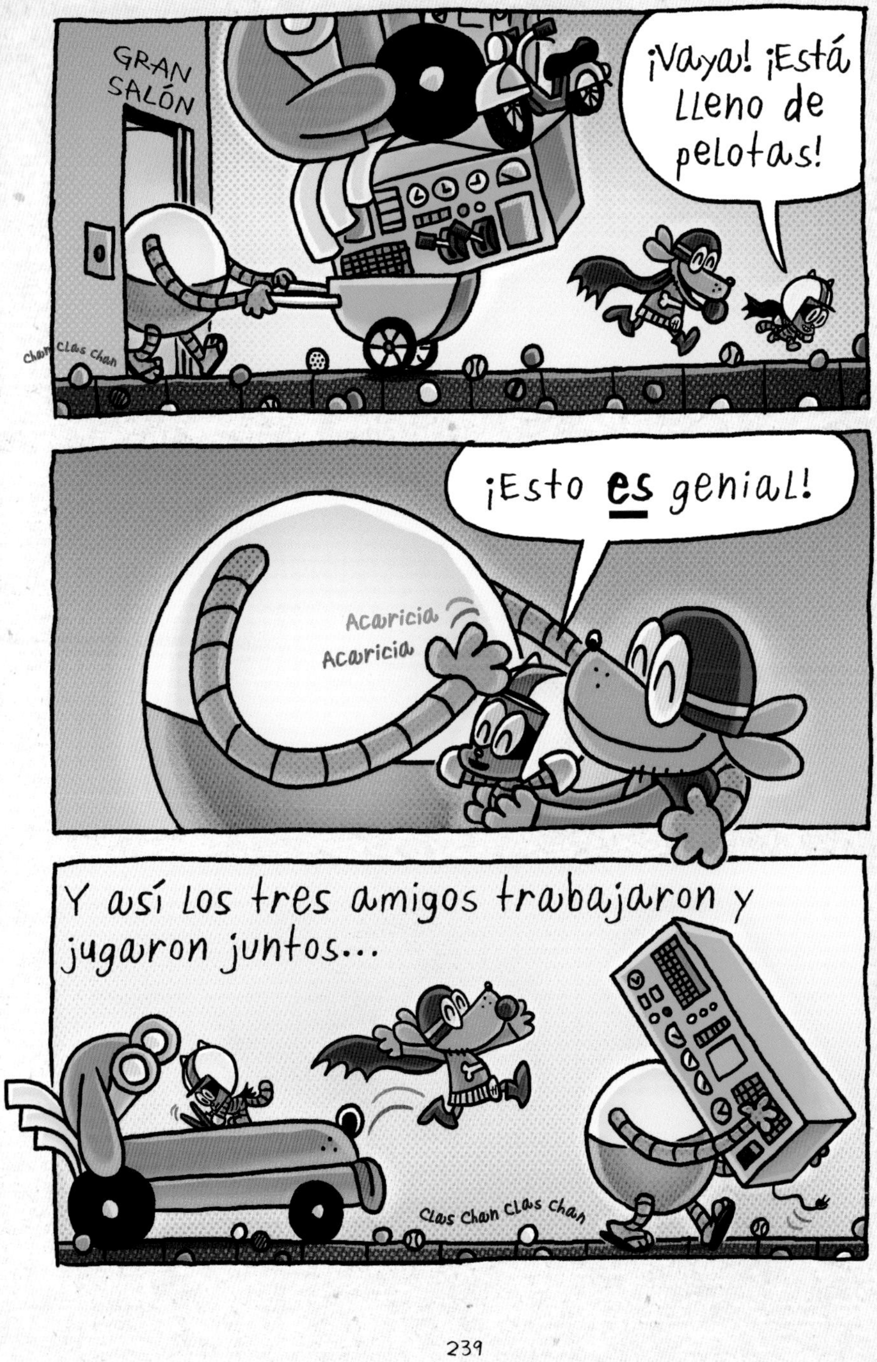
GRAN SALÓN
¡Vaya! ¡Está lleno de pelotas!
Chan Clas Chan
¡Esto es genial!
Acaricia
Acaricia
Y así los tres amigos trabajaron y jugaron juntos...
Clas Chan Clas Chan

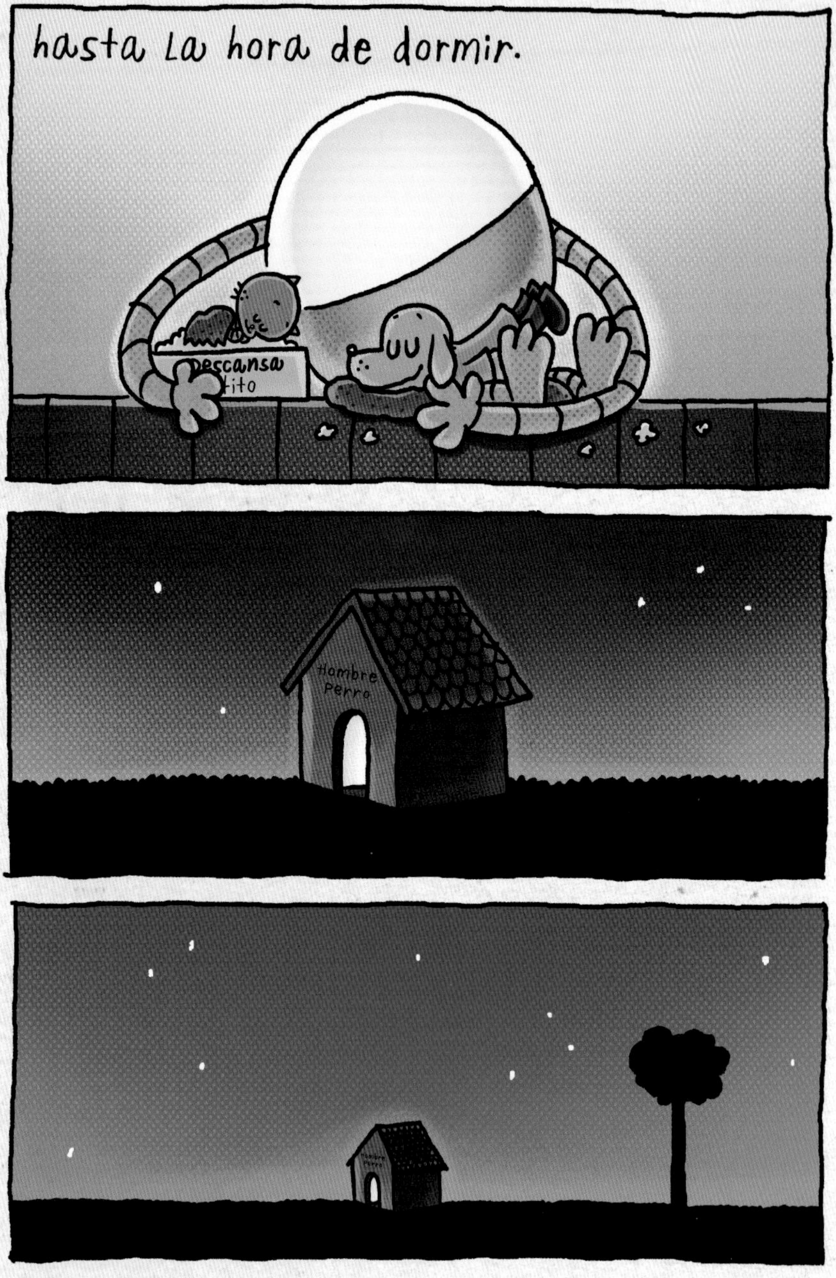
hasta la hora de dormir.
Descansa
Hombre Perro

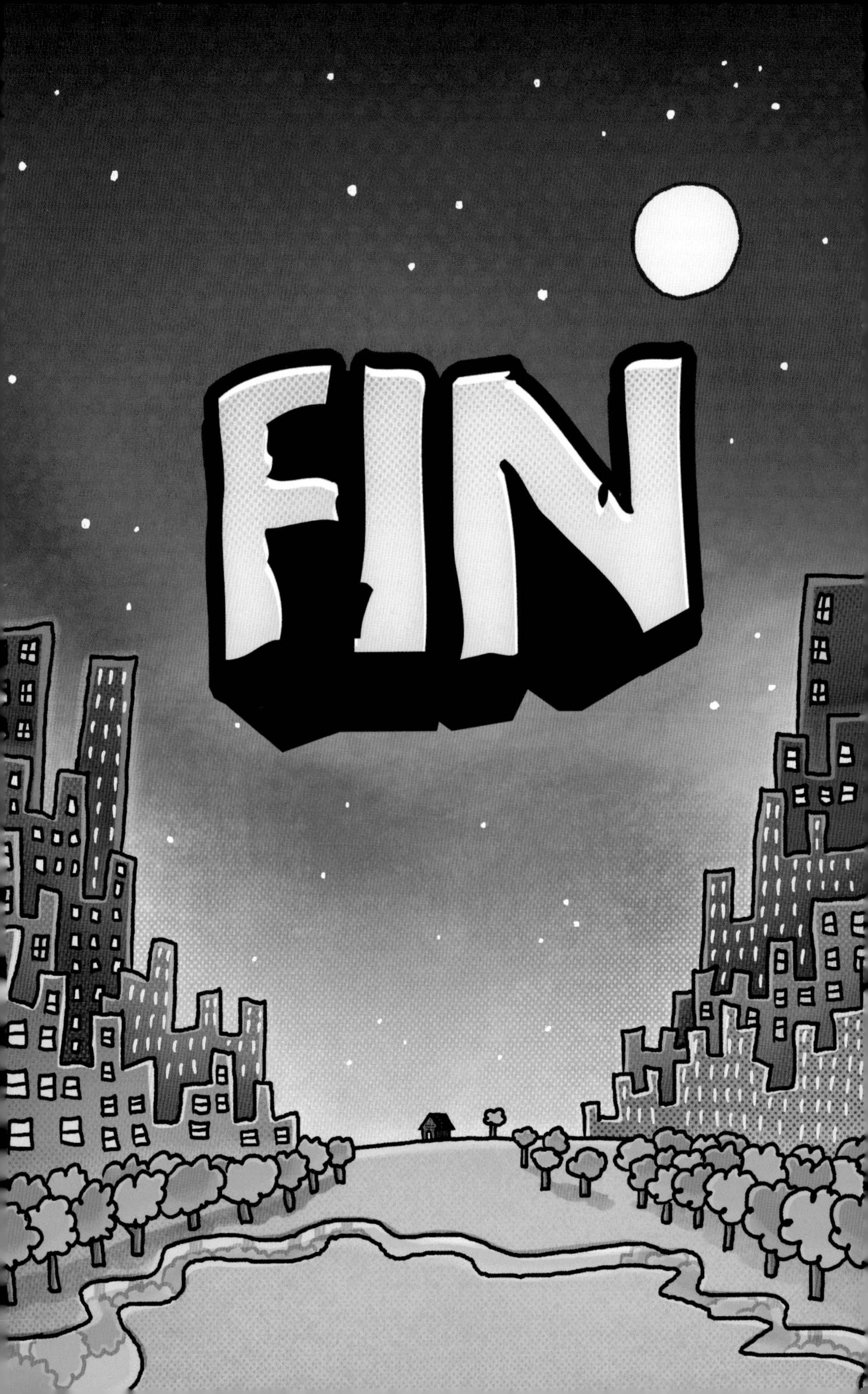
FIN

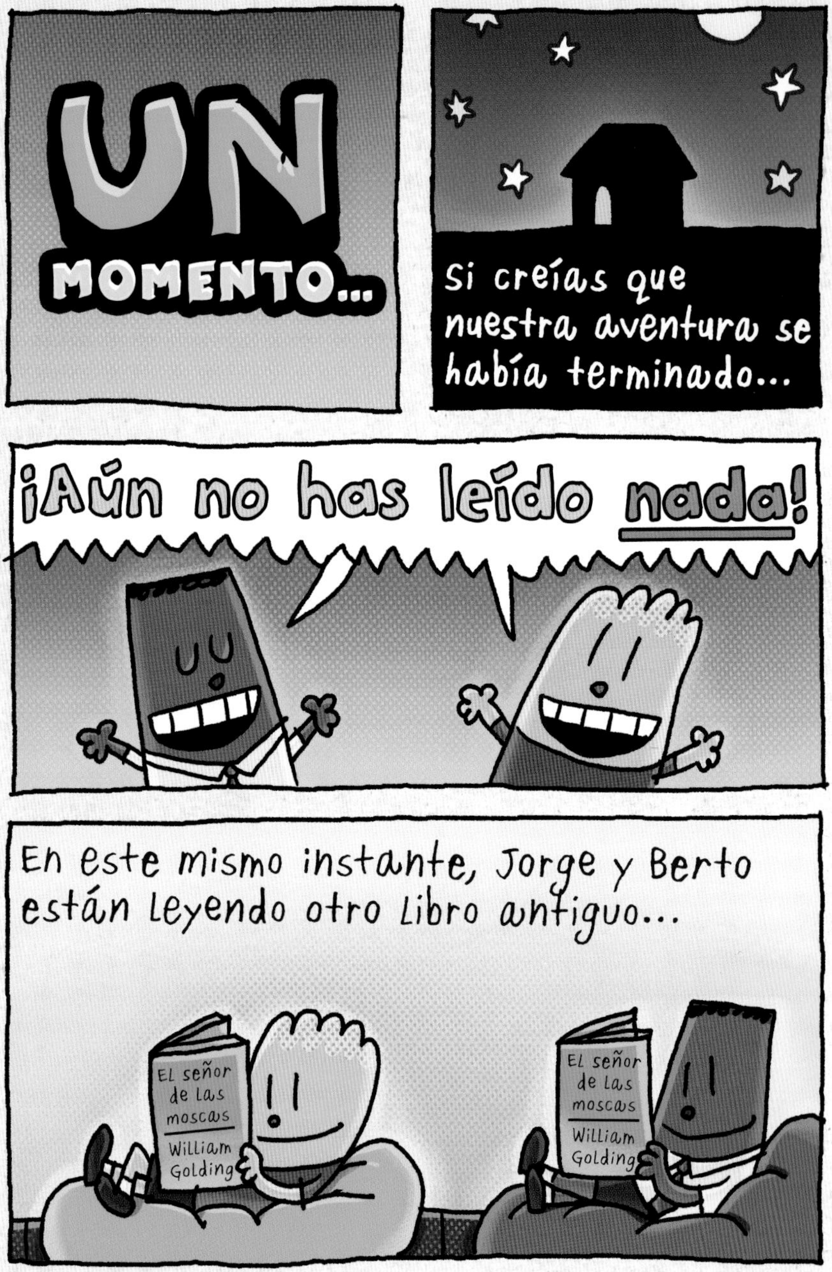
UN MOMENTO...
Si creías que nuestra aventura se había terminado...
¡Aún no has leído nada!
En este mismo instante, Jorge y Berto están leyendo otro libro antiguo...
El señor de las moscas
William Golding
El señor de las moscas
William Golding

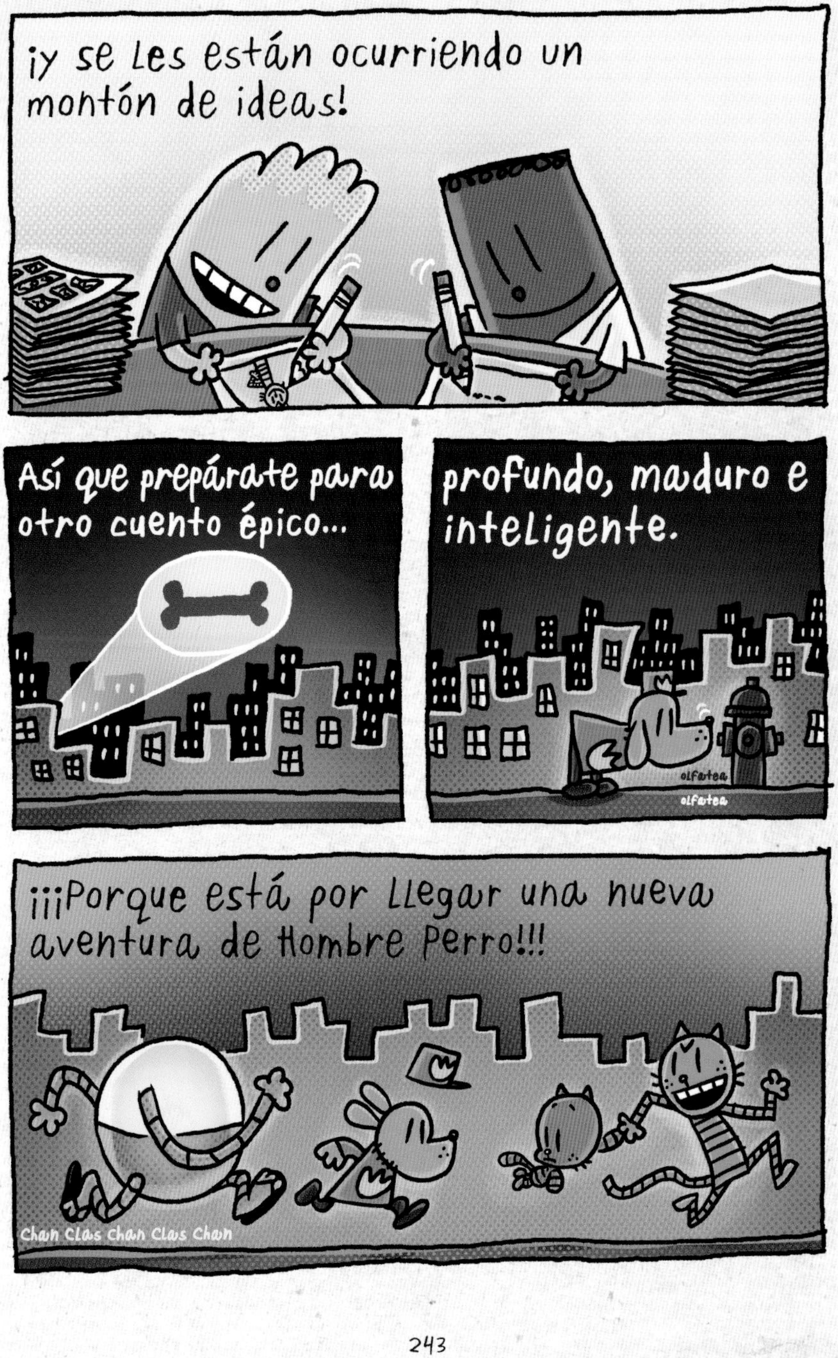
¡Y se les están ocurriendo un montón de ideas!
Así que prepárate para otro cuento épico...
profundo, maduro e inteligente.
olfatea
olfatea
¡¡¡Porque está por llegar una nueva aventura de Hombre Perro!!!
Chan Clas Chan Clas Chan

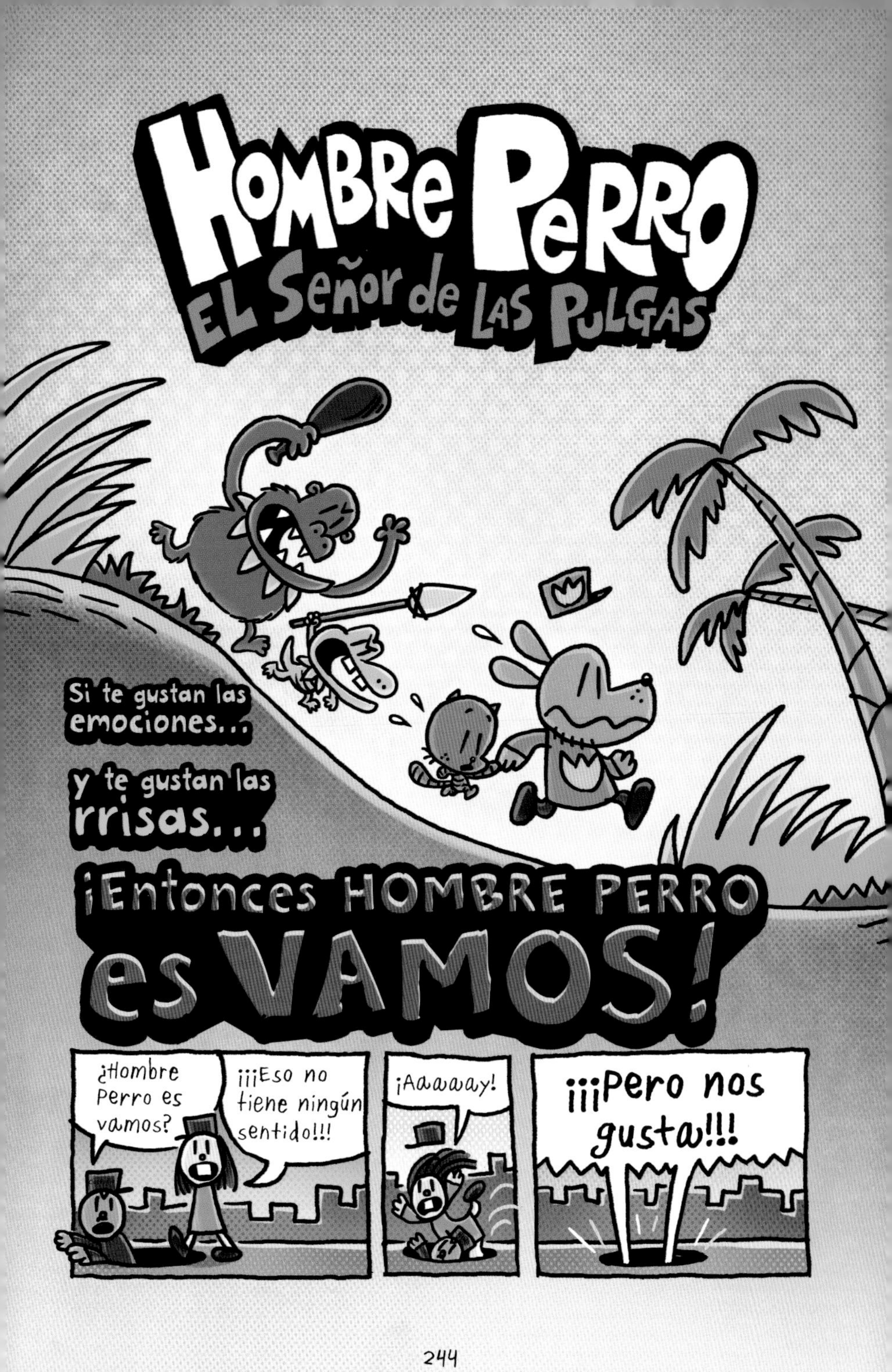
HOMBRE PERRO
EL SEÑOR DE LAS PULGAS
Si te gustan las emociones...
y te gustan las rrisas...
¡Entonces HOMBRE PERRO es VAMOS!
¿Hombre Perro es vamos?
¡¡¡Eso no tiene ningún sentido!!!
¡Aaaaay!
¡¡¡Pero nos gusta!!!

CÓMO DIBUJAR EL CABALLERO DEL LADRIDO

¡en 46 pasos increíblemente fáciles!

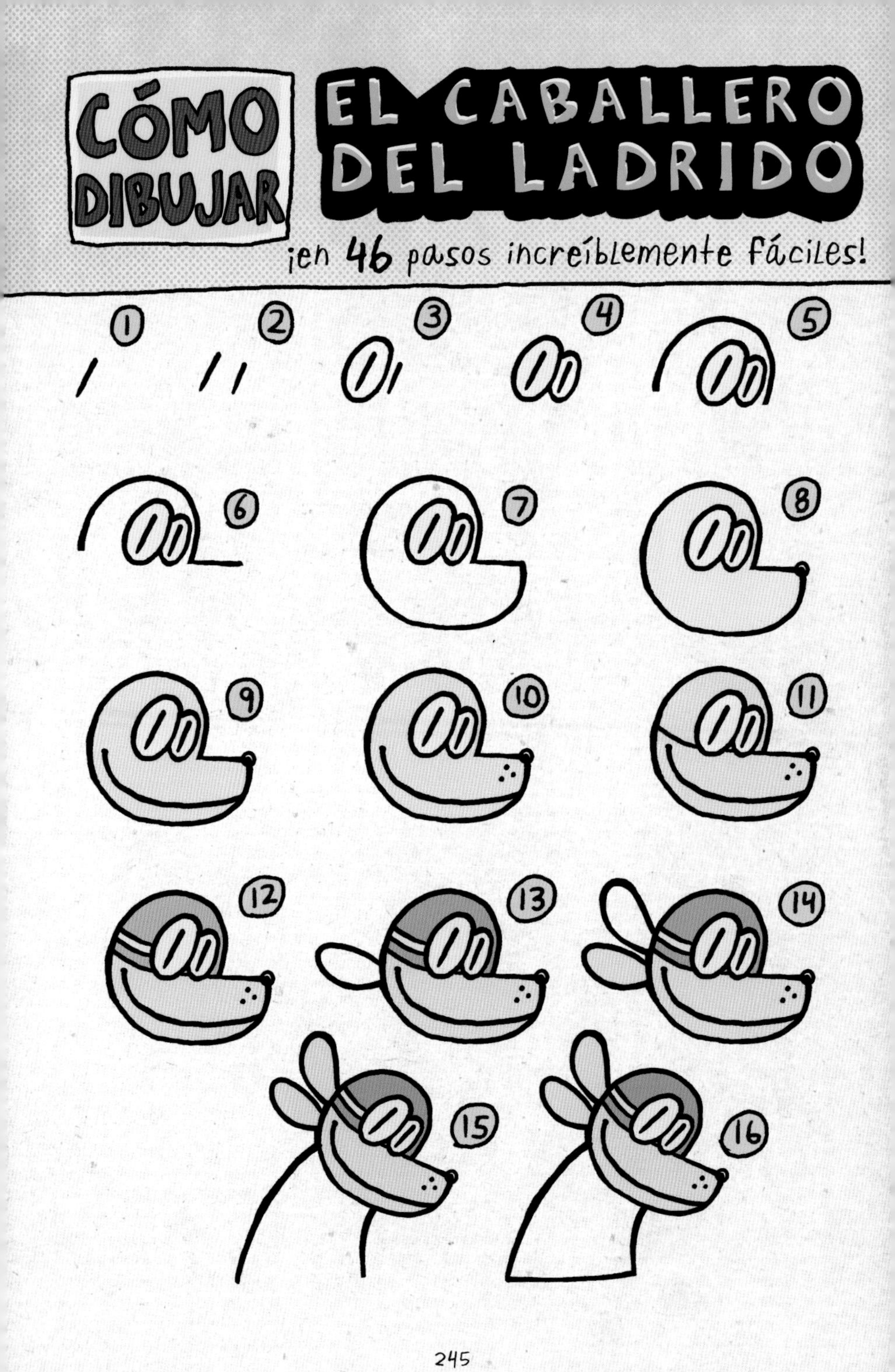
1
2
3
4
5
6
7
8
9
10
11
12
13
14
15
16

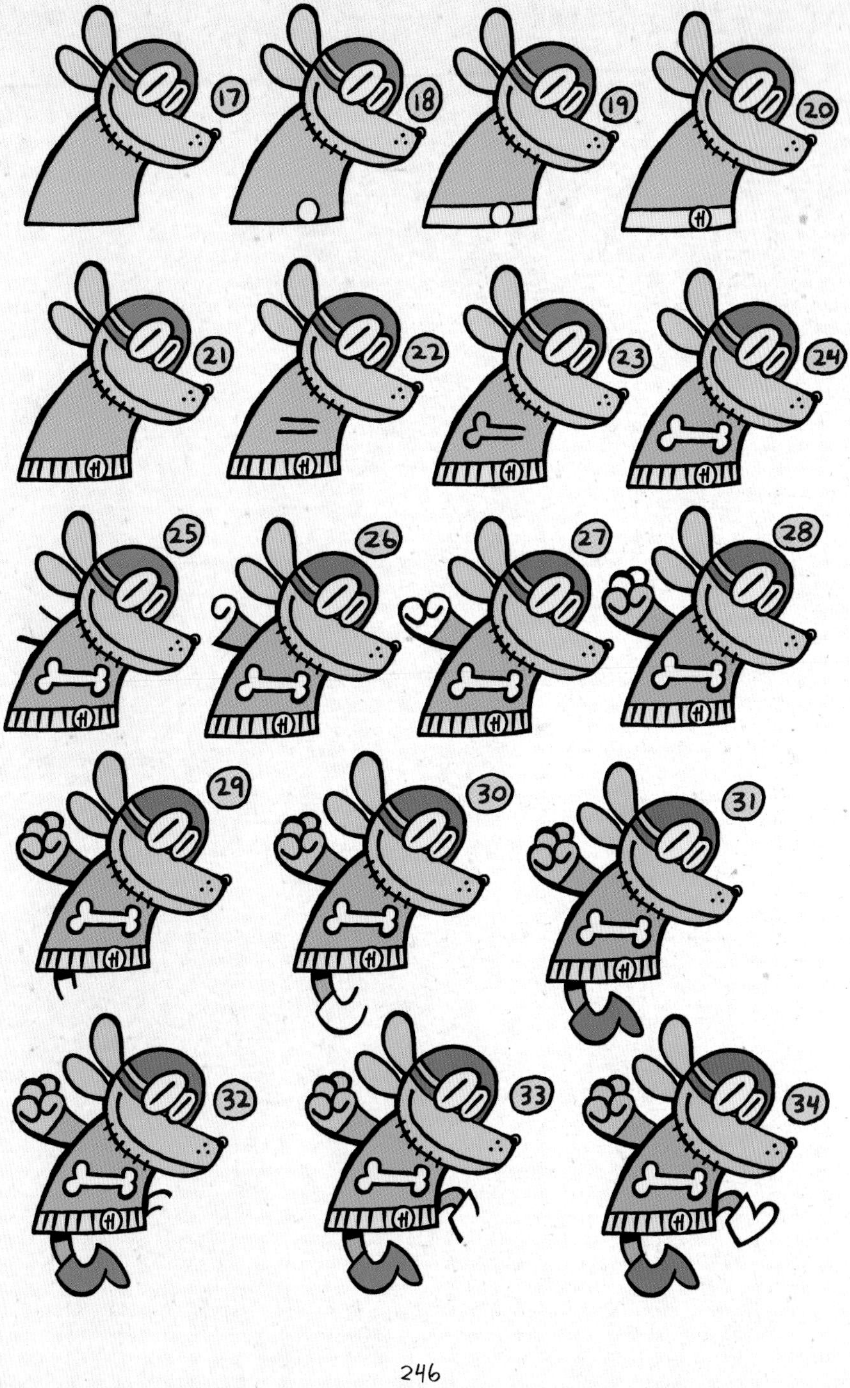
17
18
19
20
21
22
23
24
25
26
27
28
29
30
31
32
33
34

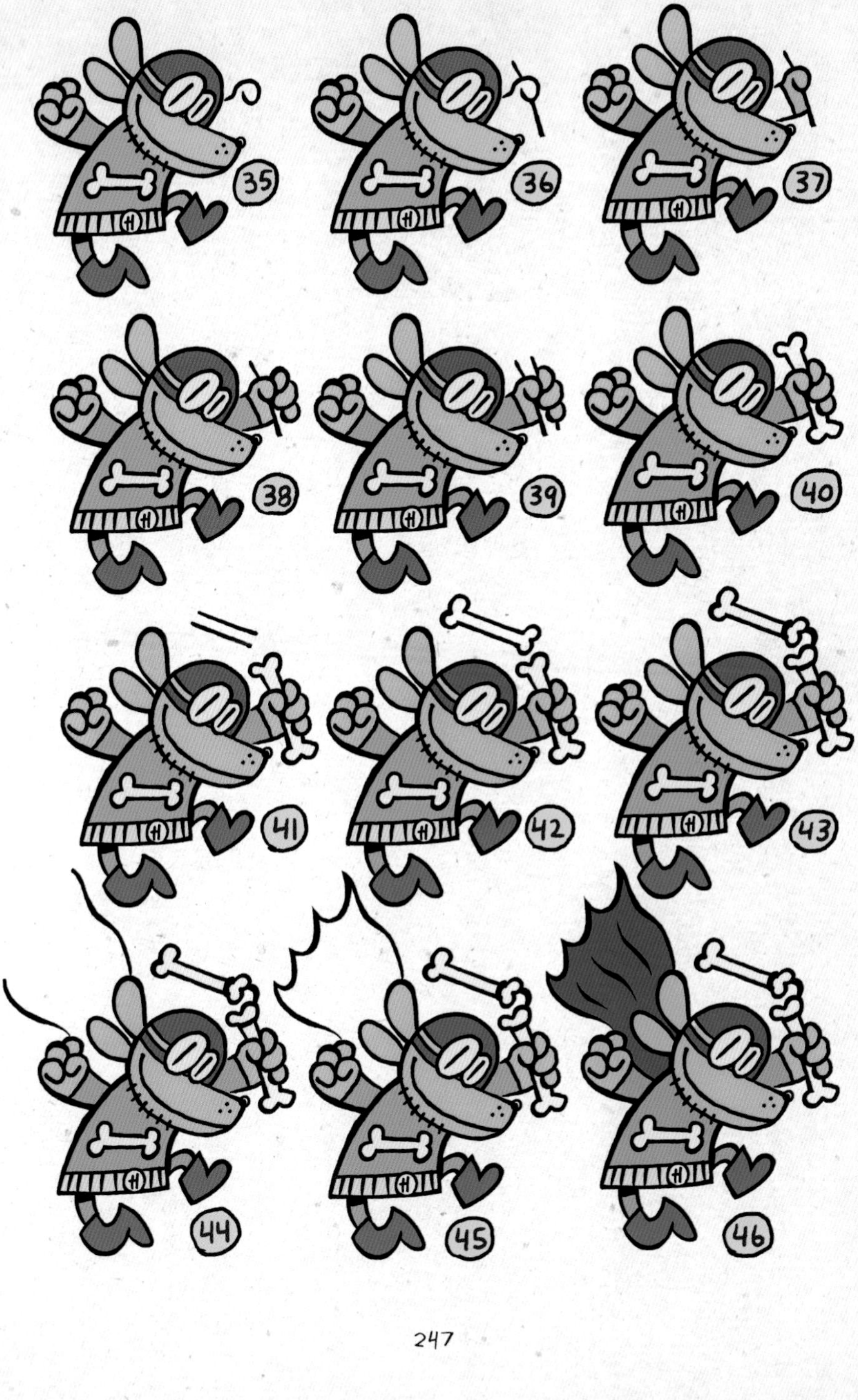
35
36
37
38
39
40
41
42
43
44
45
46

CÓMO DIBUJAR SÚPER PIPE MECÁNICO

¡en 37 pasos increíblemente fáciles!

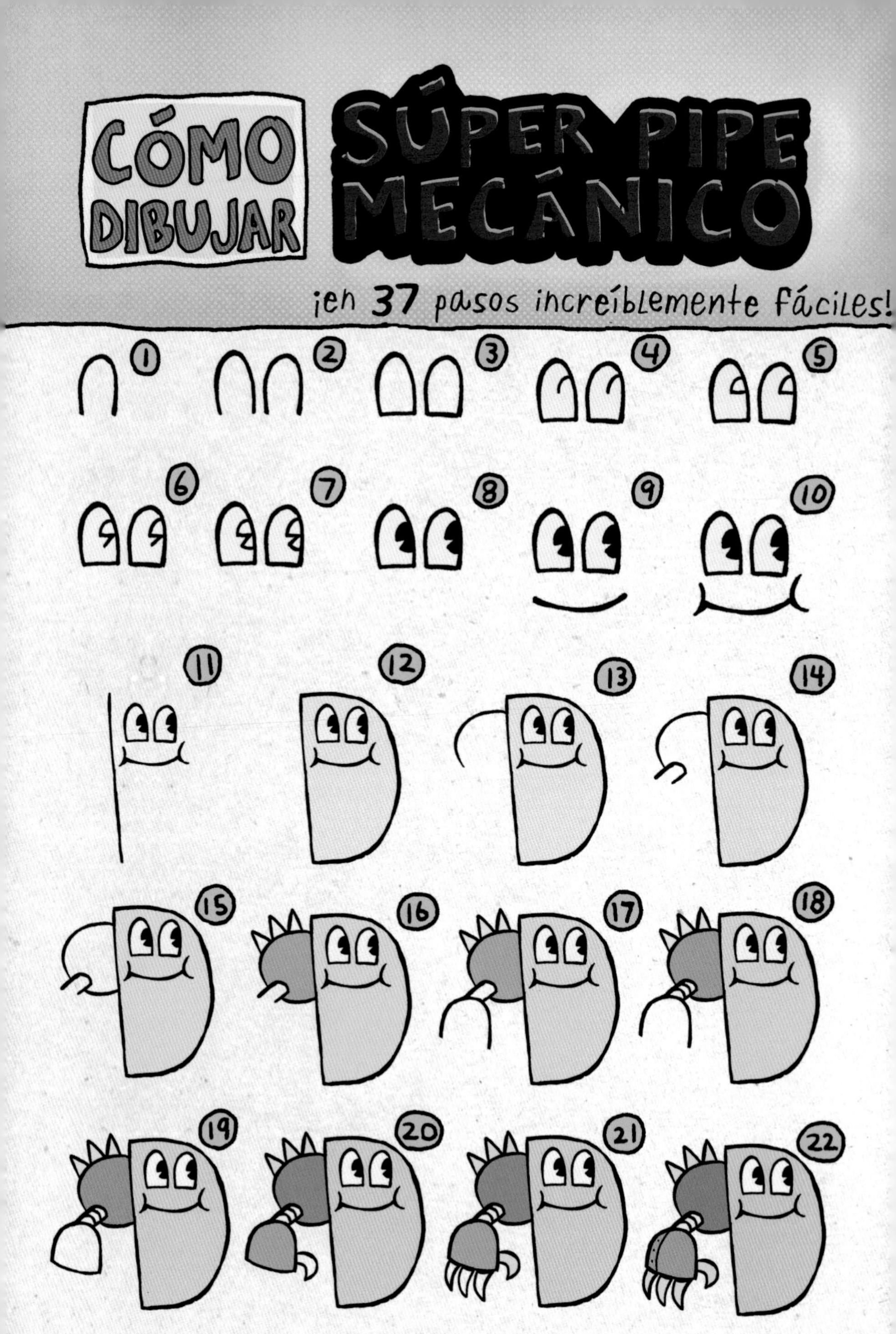
1
2
3
4
5
6
7
8
9
10
11
12
13
14
15
16
17
18
19
20
21
22

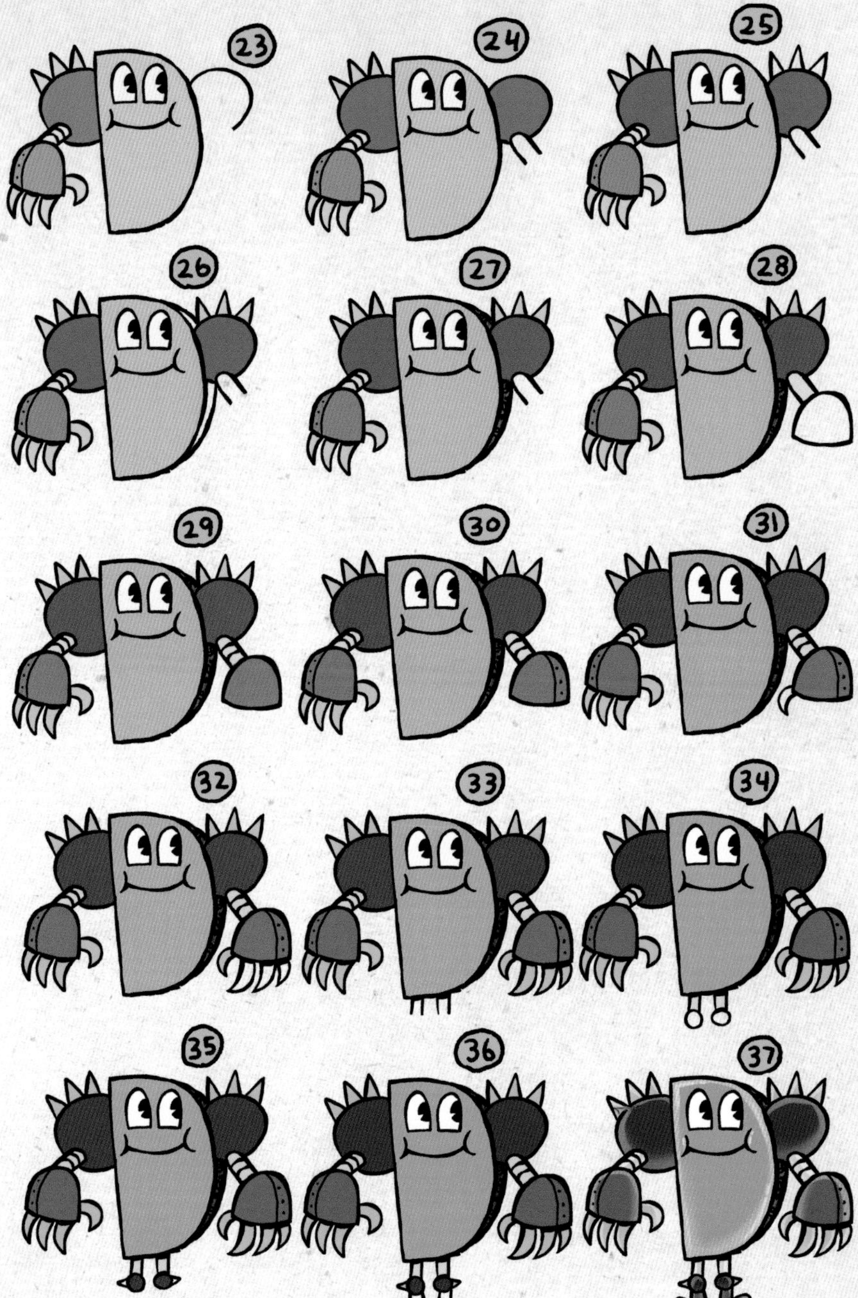
23
24
25
26
27
28
29
30
31
32
33
34
35
36
37

CÓMO DIBUJAR SÚPER GATITO

¡en 39 pasos increíblemente fáciles!

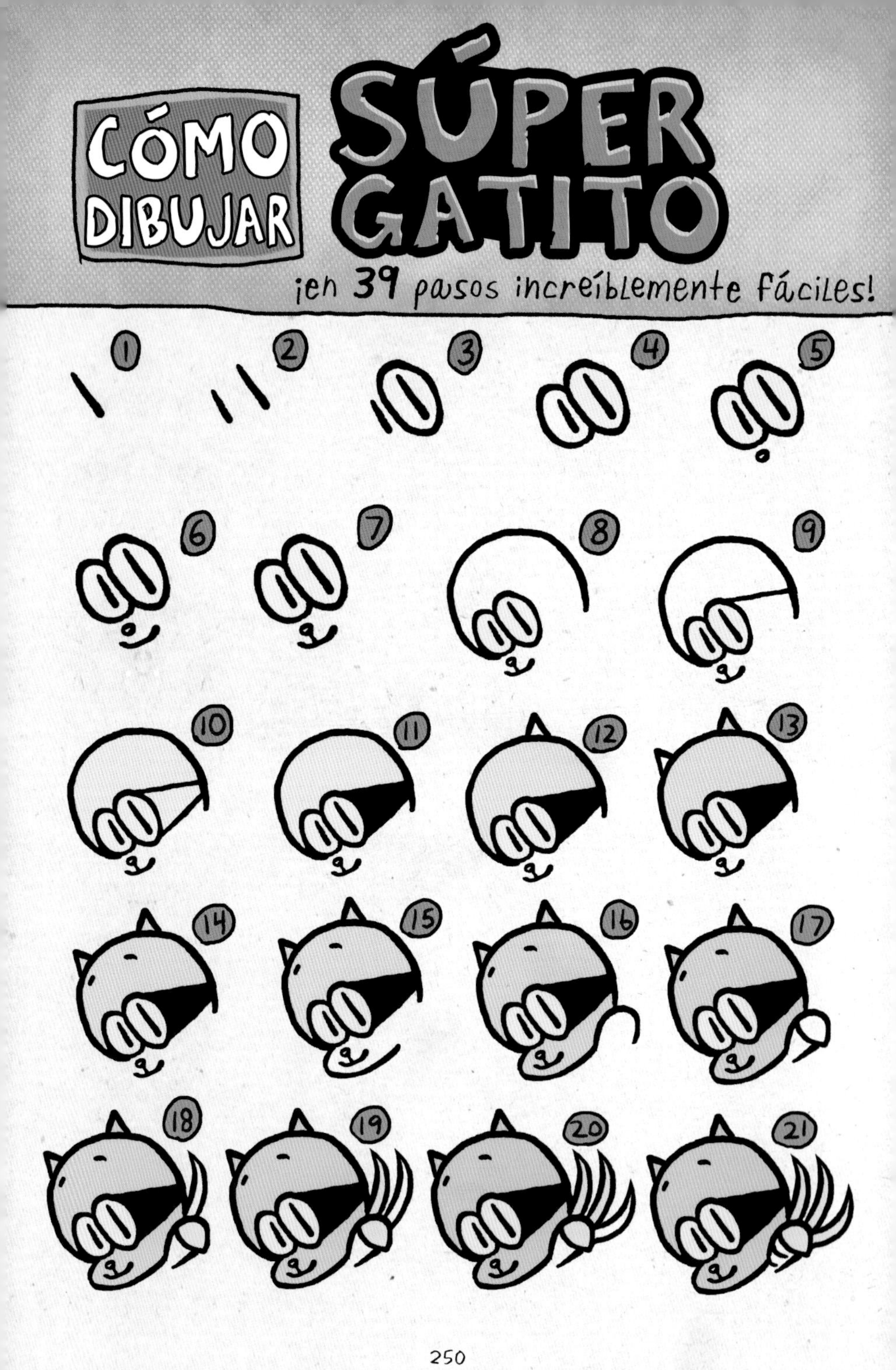
1
2
3
4
5
6
7
8
9
10
11
12
13
14
15
16
17
18
19
20
21

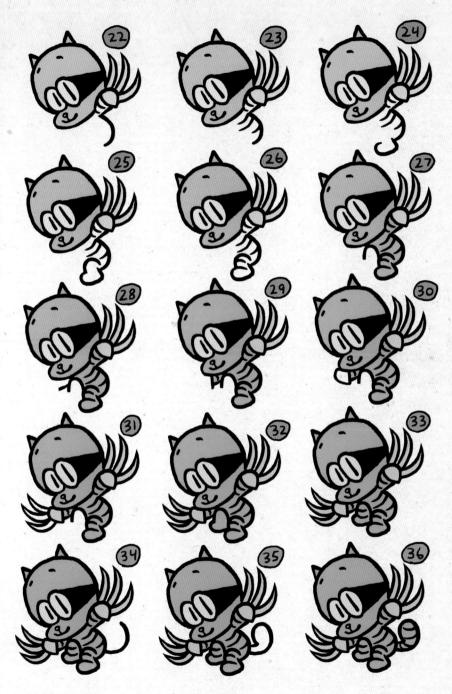

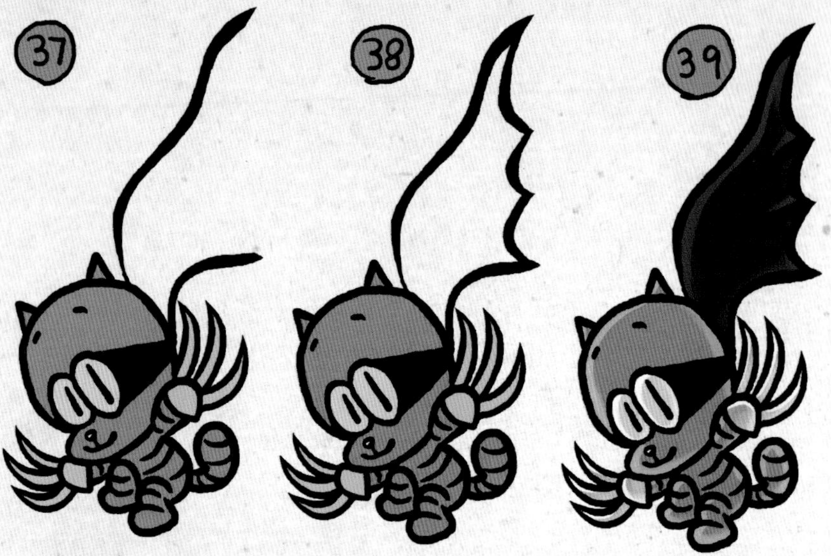
37
38
39

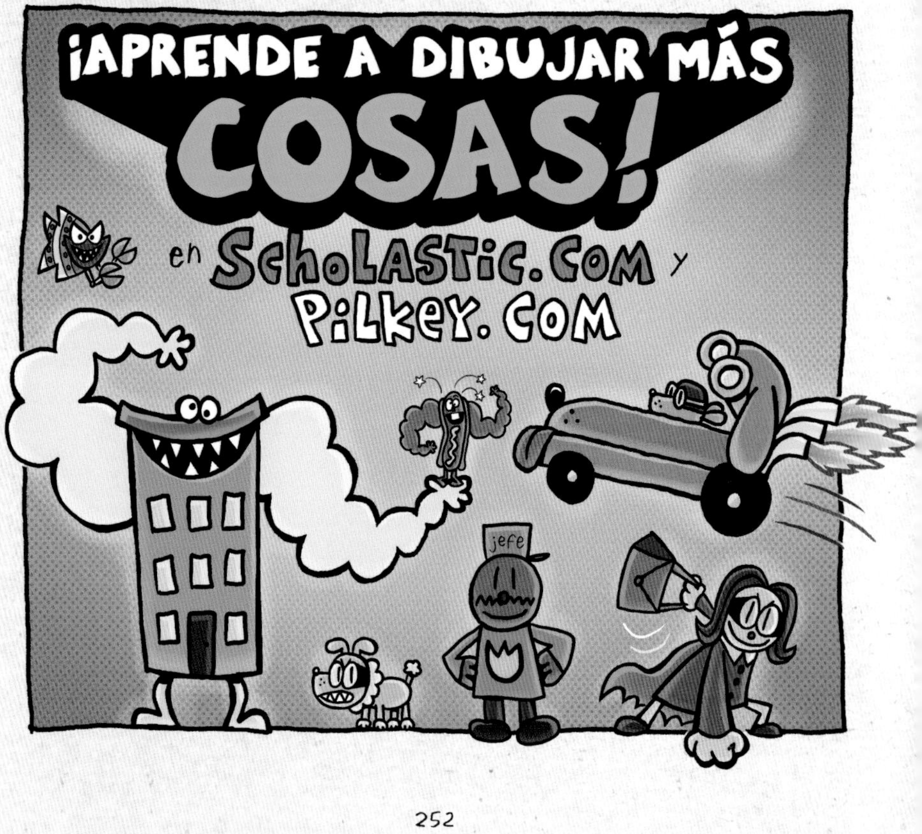
¡APRENDE A DIBUJAR MÁS COSAS!
en SCHOLASTIC.COM y PILKEY.COM
jefe

NOTAS

por Jorge y Berto

★ Los títulos de los capítulos 9, 10 y 11 son parodias de otros libros de John Steinbeck.

★ Las palabras de las páginas 57 y 233 son citas extraídas de Al este del Edén de Steinbeck.

★ Las palabras en japonés del capítulo 11 significan: onigiri (bolitas de arroz), 100 yenes (casi un dólar).

★ "Timshel" es una palabra hebrea que significa "tú puedes".

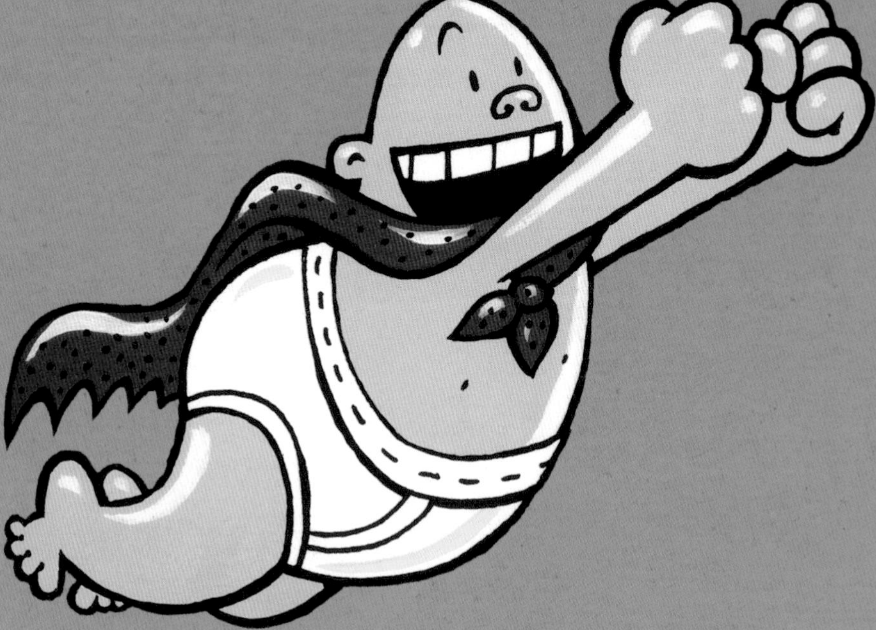

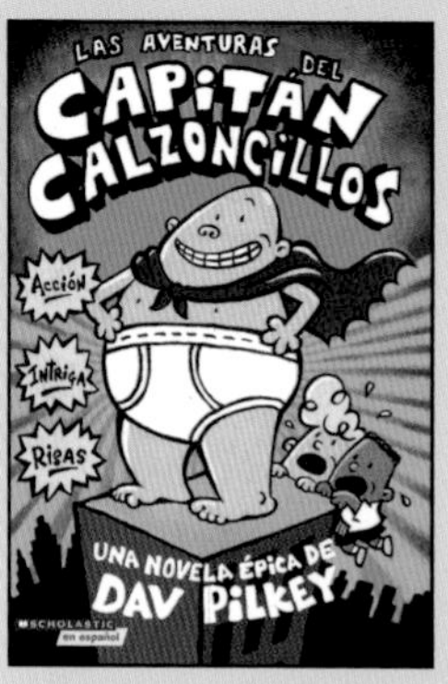
LAS AVENTURAS DEL
CAPITÁN CALZONCILLOS
Acción
Intriga
Risas
UNA NOVELA ÉPICA DE
DAV PILKEY
SCHOLASTIC
en español

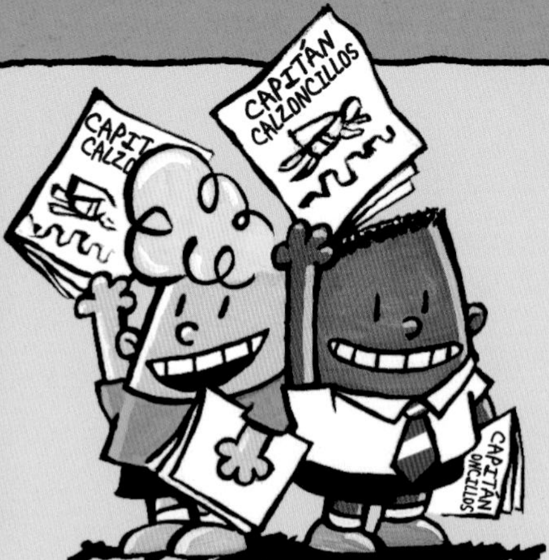
CAPITÁN CALZONCILLOS

¡LOS CRÍTICOS ANDAN ENLOQUECIDOS CON LOS CALZONCILLOS!

"El afilado humor de Pilkey resplandece y es tan divertido para los niños como para los padres". — Parents' Choice Foundation

"Es tan interesante que los jóvenes no notarán que su vocabulario se amplía". — School Library Journal

ACERCA DEL AUTOR-ILUSTRADOR

Cuando Dav Pilkey era niño, sufría de Trastorno por Déficit de Atención con Hiperactividad (TDAH), dislexia y tenía problemas de comportamiento. Dav interrumpía tanto las clases que sus maestros lo obligaban a sentarse en el pasillo todos los días. Por suerte, le encantaba dibujar e inventar historias. El tiempo que pasaba en el pasillo lo ocupaba haciendo sus propios cómics.

Cuando estaba en segundo grado, Dav Pilkey creó un cómic de un superhéroe llamado Capitán Calzoncillos. Su maestro lo rompió y le dijo que no podía pasarse el resto de la vida haciendo libros tontos.

¡Por suerte, Dav no le hizo caso!

ACERCA DEL COLORISTA

Jose Garibaldi creció en el sur de Chicago. De niño le gustaba soñar despierto y hacer garabatos. Ahora ambas actividades son su empleo de tiempo completo. Jose es ilustrador profesional, pintor y dibujante de cómics. Ha trabajado para muchas compañías, como Nickelodeon, MAD Magazine, Cartoon Network y Disney. Hoy en día trabaja como artista visual en LAS AVENTURAS ÉPICAS DEL CAPITÁN CALZONCILLOS para Dreamworks Animation. Vive en Los Ángeles, California, con sus perros, Herman y Spanky.